化欧化古的当代汉语诗艺 张枣研究集

颜炼军 编

隐匿的汉语之光·中国当代诗人研究集

华文出版社

本丛书无意于面面俱到，而仅关注那些我们认为重要的、有特色的中国当代诗人及其得到讨论的状况，旨在为进一步探讨存留一份资料，或提供一条进入相关领域的线索。其间显然经过了审慎的拣选——既包括讨论对象（诗人）的选定，也包括研究篇目的选录，甚至还包括编选者的延请。

在这个喧嚣的年代，诗界从来不乏炙手可热、炫人眼目的弄潮儿，但我们的目光在其上不会停驻太久。我们更看重那些沉潜的、通过艰卓的探索为汉语写作——进而言之即汉语本身，做出贡献的诗歌写作者，愿意以某种方式向他们致以敬意。他们不事声张、摒弃夸饰的招摇，对诗歌保持着单纯的热爱以及足够的耐性和虔敬之心。他们的取向各异、风格悬殊，但有一个共同点就是：他们的写作彰显了一种布朗肖所说的写作的沉默与"无名"性质，能够经受哗声的销蚀和流俗的磨损。这也是本丛书名为"隐匿的汉语之光·中国当代诗人研究集"的由来。

在我们看来，诗人不应该随波逐流，成为文化时尚的合谋者、某些媒体舆论的传声筒，而是应该对这些保持一定的距离、采取必要的审视态度，同时从其身处的时代中提炼出"噬心"（陈超语）的主题。后一点尤为重要，诗人以锐利的敏思切入历史与人性的深层议题，同他对语言的发明、诗艺的锻造一样，需要付出巨大的心智。本丛书对诗人的甄选即出于如许期待。

从新诗的百年历程来看，中国当代诗歌（特别是最近四十年的诗歌）已经显示了与现代时期诗歌有别的主题意向、形式特征乃至写作意识。简而言之就是，不同于后者对"现代性"的探寻和展现，当代诗歌立足于当代的历史语境，呈现出某些可称为"当代性"的质素。这种"当代性"有其自身的问题阈和书写逻辑，也许较之现代诗歌更为复杂，但也背负着"当代性"特有的焦虑与压力。从诗学方面来说，当代诗歌发展了现代诗歌的部分路向，却在开辟当代诸多命题、凸显其"当代性"的过程中，抽空了问题得以生发、延展的路径，过于强化某些单一的层面，从而窄化了自身的可能性的向度，因此难掩其局限与危机。本丛书收录的研究论文，一定程度上回应了当代诗歌面临的这些理论话题。

本丛书以"研究集"取代一般谈及当代诗歌时习见的"批评集"，除了想要回避已经被污名化的"批评"这样的字眼外——其实毋需赘言，批评本身是不应受到排斥的，真正的批评无不包含深刻的洞见和强大的辐射力——还想着意强调论析当代诗人的文字中所应具有的历史眼光、探究成分和学术本色，并对严肃的讨论表示必要的尊崇。

2017年1月动笔，6月拟定
张桃洲　王东东

化欧化古的当代汉语诗艺　张枣研究集

第一辑

- *003* 朝向诗的纯粹
- *007* 站在虚构这一边
- *017* 抵抗流亡
  ——张枣三周年祭
- *031* 张枣:"文化身份"的困扰
- *085* 诗歌的好故事
  ——论张枣诗中的五个主题
- *133* 笼子里的鸟儿和外面的俄耳甫斯
- *159* 护身符、练习曲与哀歌:语言的灵魂
  ——张枣论
- *189* 两个"古典",还有一个"叙事"
  ——张枣诗片论
- *201* 张枣:扮鬼脸和不扮鬼脸的抒情者
- *217* 张枣的"元诗"理论及其诗学实践
- *229* 张枣诗歌语言的现代性与汉语性

第二辑

- 245　一棵树是什么？
  ——"树"，"对话"和文化差异：细读张枣的《今年的云雀》
- 257　时间中的远方
  ——解读张枣的《镜中》
- 269　诗歌细读：从"重言"到发现
  ——以细读张枣《镜中》为例
- 283　言说的芬芳：读张枣的《跟茨维塔伊娃的对话》
- 317　茨娃密码
  ——张枣诗歌的微观分析
- 339　祖母的"仙鹤拳"
  ——读张枣《祖母》
- 351　意外的身体与语言"当下性"维度
  ——重读张枣《祖母》
- 369　"鹤"的诗学
  ——读张枣的《大地之歌》

第三辑

- 387　综合的心智
  ——张枣诗集《春秋来信》译后记
- 393　"伦敦，一座红色的迷宫"
  ——纪念张枣
- 399　最后的歌吟已远逝
- 403　访谈张枣

化欧化古的当代汉语诗艺　张枣研究集

第一辑

化欧化古的当代汉语诗艺

张枣研究集

张枣一开始写诗即引人注目，他的《镜中》曾使许多人为之倾倒，但他最好的诗，我认为还是《何人斯》。《镜中》固然很美，但毕竟是一时的灵动之作，到了《何人斯》，诗人则有意识地为自己增大了艺术上的难度。他力图使诗歌返回到它的本源，不仅在一定程度上恢复了汉语言本身的纯粹和魅力，而且为现代"抒情诗"的建立提供了一种新的可能。

　　何人斯？作者使我们感到了她"清洁的牙齿"，但有时又有声无形，只是一个幻影，一个令"我"钟情并且困惑的存在。全诗即在与她的对话中展开，在一种动情的询问、回忆、向往和倾诉中展开。它使我们感到了生活本身的亲切，但同时又有一种无法言说的、犹如风行水上的东西叫人把握不住。它是音乐？或者是一切纯净为诗后，语言自身的那种魅力？在前几年，我曾对某种抒情的泛滥深以为恶，但读了张枣的这首诗后，我自己的感情似乎又被温暖了过来，诗中的那种纯正、刻骨、多少又有点恍惚的抒情意味让我动心，由此我被带进了一种说不出的氛围中，我想这里面一定有某种秘密在。

　　秘密就在于：在生活中，感情的纠葛是你与我之间的事，而在诗中，这种情绪的兴发变幻却是语言自身的事，或者说通过语言的处理，诗人已把生活转换为"艺术"，变为另一种更为神异的东西。有时诗人甚至并没有说什么，但那种"语感"却在读者身上发生着更微妙的

朝向诗的纯粹※　　　　　　　　　　　　　　　　　　　　　　王家新

※ 选自王家新《人与世界的相遇》，文化艺术出版社，1989年版。

反应。

说到《何人斯》的语言，我首先想到的是维特根斯坦的一句话："使精神简洁的努力是一种巨大的诱惑。"而在诗中，"精神"是由语言来体现的。张枣所做的，正是一种使语言达到简洁、纯正和透明的努力。与那种彩绘和堆砌的风格相反，张枣去掉了那些附加于诗上的东西，拂去了遮蔽在语言之上的积垢，从而恢复了语言原初的质地和光洁度。像下列诗句：

我咬一口自己摘来的鲜桃，让你
清洁的牙齿也尝一口，甜润的
让你也全身膨胀如感激

当语言透明如水底石沙，生活中如此不被我们注意的东西，现在被我们感知了。这种质地简洁的语言，却令人感到了生活中的那份亲切，那份最使人"销魂"的情意。诗中的一些意象和细节，也大都是这样从人的环境、纠葛、表情和饮食起居中来的。但是也很奇怪，它们使我们不仅感到亲切，而且感到了异样，以至人们不得不惊异地打量着语言在生活中所抓住的这一切。

在恢复语言原初的纯洁性的同时，诗人又使它浸润在一种特有的语感和氛围中。这使该诗中那些清澈诗句，看似像水一样"淡"，但又像酒一样醉人。没有任何附加的色彩，却别具魅力。当这样的语言展开自身的呼吸和姿势，"其为物也多姿"，它的味道和情意也就出来了。

你要是正缓缓向前行进
马匹悠懒，六根辔绳积满阴天
你要是正匆匆向前行进
马匹婉转，长鞭飞扬

在"我们的甬道冷得酸心刺骨"后，诗人突然来了这一段，令人想起了"言之不足故嗟叹之，嗟叹之不足故咏歌之，咏歌之不足……"语言的节奏出自诗人内在的姿势，它是语言的诗，但具备了音乐的歌唱性。而当语言之中出现了另一种语言——音乐——的时候，诗最终也在我们身上唤起了一种超越自身的东西，那就是"精神"。而我们作为人，也只有在精神性被唤起、出现的时候，才算是真正进入了"诗"的状态。

张枣上大学读的是外语系，后来又成为欧美文学研究生，但他的诗却一点也不"西化"，在众多"探索性"作品类同翻译诗的当代诗坛尤为难得。实际上，张枣在走一条十分独特的路子，作为一个中国诗人，他意识到他赖以安身立命的不是别的，正是他的母语，要写出的必须是一种纯正的汉语诗歌。而这足以使他付出比其他探索要艰巨得多的努力。首先，汉语言不单是"五四"以来的现代汉语，它还是一种更深厚的积淀、一种更悠久的传统。要写出这种"汉诗"来，就必须对我们民族自身的语言传统和文化积淀进行一种深入不懈的挖掘。但与此同时，我们要写出的又必须是一种现代诗，一种和我们自身的生命相契合的诗，这对从事这种尝试的诗人提出了考验。朱光潜先生曾对朱自清的散文这样评价：它使用的是白话口语，但却达到了古文的简练。在读张枣的《何人斯》等诗时，我也有类似的感觉。像"只要想起一生中后悔的事／梅花便落了下来"（《镜中》），完全是口语，但里面有文化的积淀；像"我如此旅程不敢落宿别人的旅店／板桥霜迹，我礼貌如一块玉坠"（《十月之水》），古典的东西被组合在语言中，但这组合方式却是现代的，诗行之间的意味比起古典来也更为微妙、更为刺激。当然，这种尝试只是个开始，要使汉语言在进入现代诗歌时变得更为纯粹、更富有生机，这不是一天两天的事，也不是一两个人的事。从某种意义上讲，一种语言的光洁度，是和对它的磨炼程度成正比的。■

化欧化古的当代汉语诗艺　张枣研究集

稍有现代诗阅读经验的人，都不至于天真地把张枣的《悠悠》看作一首抒情诗，虽然这首诗并不缺少撩起乡愁的抒情成分。它也不能算作一首叙事诗，尽管它含有那种似乎是在讲述着什么的叙述口吻。将这首诗在归类上的暧昧性放到20世纪的诗学史上去考察是件有趣的事：它不是意象派诗歌、象征主义诗歌、表现主义诗歌、超现实诗歌，也不是运动派、语言派诗歌，但上述每种类型的诗歌几乎都能在《悠悠》一诗中找到其变体和消失点。这首诗的暧昧性在我看来还远不止这些，原诗如下：

悠悠

顶楼，语音室。
　　　　　秋天哐的一声来临，
清辉给四壁换上宇宙的新玻璃，
大伙儿戴好耳机，表情团结如玉。

怀孕的女老师也在听。迷离声音的
　　　　　吉光片羽：
"晚报，晚报"，磁带绕地球呼啸快进。

站在虚构这一边※　　　　　　　　　　　　　　　　　　　　欧阳江河

※ 选自欧阳江河《站在虚构这一边》，生活·读书·新知三联书店，2001年版。

紧张的单词，不肯逝去，如街景和
喷泉，如几个天外客站定在某边缘，
拨弄着夕照，他们猛地泻下一匹锦绣：
虚空少于一朵花！

她看了看四周的
新格局，每个人嘴里都有一台织布机，
正喃喃讲述同一个
好的故事。
每个人都沉浸在倾听中，
每个人都裸着器官，工作着，

全不察觉。
　　　（1997）

依我看，在这首诗中，暧昧性可以说是作者精心考虑过的一种结构。作者对字词安排做了零件化处理，在若隐若现的文本意义轨迹中，暧昧性是如此婉转地与清晰性缠结在一起，以至难以判断，暧昧本身究竟是诗意的透明表达所要的，还是对表达的掩饰和回避所要的。也许更吊诡的是，在这首诗中，表达和对表达的掩饰有可能是一回事。因为就语义设计与真实处境的同构关系而言，暧昧在这里是把含混性与清晰度合并在一起考虑的。诗的起首就有所暗示：

顶楼，语音室。
　　　　　秋天哐的一声来临，
清辉给四壁换上宇宙的新玻璃，
大伙儿戴好耳机，表情团结如玉。

语音室展示了由高科技和现代教育抽象出来的后荒原风景，其暧昧之处在于：就视觉意象而言它是一个清晰的、高透明度的玻璃共同体，但在听觉上却是彼此隔离的、异质混成的——每个戴上耳机的人所听到的语音,究竟是发自人声呢,还是发自机器,其间的界限难以划分。"每个人都沉浸在倾听中",但却不知道谁在说。"说"在这里由一个空缺的位置构成:只有说,没有说者,空缺作为一种中介体系在起作用。人的声音一经此体系的过滤,就会成为失去原音的"超声音"(Hyper-voice)。人们在超声音中听到的是一个假声音,却比真的还要真。它不会咳嗽,不会沙哑,不会随时间的推移而变得衰老。这是一个教学发音过程,在其后面,存在着一个录音和混音的技术过程:原有的那个发自真人的声音,作为预设的现实,在被录制下来的同时被抹去了,而录下来的声音替代原音成了现实本身。就自然属性而言,这个超声音的现实什么也不是,但却也不是无。在现代性中,它已成了一种体制化的人工自然。它无所不在,作为一个位置、一个形象,与消息来源,与各种日常的或超常的经验交织在一起。超声音是反常的,但在这里,反常本身成了常态。

张枣身上有着当代知识分子特有的怀疑气质,同时又是一个天性敏感的诗人。他从怀疑与敏感的综合发展出一种分寸感,一种对诗歌写作至关重要的分离技巧。这表面上限制了诗作的长度和风格上的广阔性,但限制本身在《悠悠》一诗中被证明是必要的、深思熟虑的。正是这种限制,使张枣得以在一首诗的具体写作过程中含蓄地形成自己的诗学。我的意思是,张枣为《悠悠》找到了这样一种方案:它既属于诗,又属于理论。这个方案为读者提供的诗学角度,简单地说,就是坚持文学性对于技术带来的标准化状况的优先地位,同时又坚持物质性对于词的虚构性质的渗透。前面的讨论已经涉及了"语音室"这一暧昧的话语场所,现代性从中发出的是复制的、灌输的声音,它是否就是另外一位诗人柏桦所说的"甩掉了思想的声音"呢?从传播学的角度看,是否它在技术上是CNN、BBC或新华社共有的呢?

"晚报,晚报",磁带绕地球呼啸快进。

是否这就是那种变成了"物"的声音?抹了一层磁粉,带220伏或110伏电压,有人在听和没人在听都一样——它和任何听者的联系都是偶然的、无足轻重的。它很可能是从一个早已写就的文本借来的,卡勒指出："我们有一个早已写就的文本，它已被切断了与说话者的联系。"你不知道，超声音是对谁的嘴、谁的耳朵的挪用或取消。你甚至不知道，当"早已写就的文本"被超声音借用时，到底是哪一个文本被借用了。比如，《悠悠》一诗中提到了"好的故事"，它是鲁迅《野草》中的一首散文诗作，很难说，它在语音室里是作为一个文学性文本被借用的，还是作为一个官方性质的教科书范本被借用的。

或许被借用的只是一个作为读音依据的准文本。中国幅员辽阔，汉语发音南辕北辙。考虑到张枣是个南方诗人，他肯定意识到了，口音问题不仅是个乡愁问题，也是个文化身份问题。在《悠悠》这首诗中，语音室提供了一个说和听的中介场所，作为故乡的替代物，在这个场所中，听者的耳朵从对生活的倾听中被分离出来。戴上了耳机，超声音的口音来自配方和组装，不带乡音，没有国籍和省份。或许，这是专为外国人发明的"全球化"口音。要不要把外星人也算进来？我们听他们在电影里说过话，用的是那种事先规定好的工具腔，带着典型的ET口音，仿佛是嘴里的机器在说。问题是，怎么才能从这些工具理性的声音转向对生活的倾听？

怀孕的女老师也在听。迷离声音的

吉光片羽：

"晚报，晚报"，磁带绕地球呼啸快进。

这是那种超出了职业范围、走神状态的听。女老师听到的不是耳机所预设的超声音（她是语音室里唯一不用戴耳机的人），而是日常生活中的"晚报"叫卖声。不过，在这个新闻本身已经日益全球化的时代，人们从各地报纸上读到的东西都差不多。所谓的地方特色，也就只剩"晚报，晚报"这沿街传开的叫卖声了。这是与方言、交通、零钱、小偷混在一起的本地声音，在超声音中肯定听不到。于是，女老师换了一种听法在听：她想要听听原汁原味的生活，她出了神，好像另有一个人在她身上听。天边外，几个天外客也在听。

紧张的单词，不肯逝去，如街景和

喷泉，如几个天外客站定在某边缘，

拨弄着夕照……

  《悠悠》一诗所指涉的现实，给人一种悬浮于空中的感觉。瞧，语音室在顶楼，走神的女老师在讲台之外听着什么，天外客在天边外拨弄着夕照。这现实，悬得也够高了，但要多高，才够得上最高虚构真实？要多高，女老师的耳朵才够得上天外客的耳朵，晚报的叫卖声才能被他们听到？

  这首诗的题目是"悠悠"，"晚报"似乎可以作为一个时间量词来理解。"悠悠"本身是时间词汇中最慢、最邈远、最不可测度的一个词，它无始无终，因为它所指涉的不是机械时间，而是文本时间。作者在这首诗中使用了一系列零件化词汇——耳机、磁带、织布机，用以强调超声音作为物的硬品质。有趣的是，指代时间的词刚好与此相反，全是非机械性的：秋天、怀孕、晚报、夕照。它们当中只有"晚报"与现代性有直接联系，就时间界定的有效性而言，"晚报"不过一天那么长。用这一长度来度量那种前不见古人、后不见来者的"天地之悠悠"，会怅然生出一种不知今夕何夕、此地何地、此身何人的荒凉感。语音室里的女老师和一个怀孕的女人，这两个人在诗学上是同一个人吗？超声音和"晚报"的叫卖声、中国和西方，在她身上能聚焦吗？《悠悠》的视角相当奇特，读者可以从"语音室"这个地点、从女老师这个人、从"晚报"所提供的符合日历的时间刻度，朝秋天、夕照、悠悠的过往和将来，朝无限宇宙，无止境地望去。不过，这可是置身于一个文本的地址，处在一个出神的时刻，手中拿着一架词语的望远镜在眺望。你是站在虚构这边的，以为这样凭空一望，世俗生活的真实影像就能汇聚到人类对起源的眺望和对乌托邦的眺望中去，这未免过于急躁。张枣本人宁可把天外客看作杰弗里·哈特曼所说的"不受调节的视象"，宁可看到"他们猛地泻下一匹锦绣：／虚空少于一朵花"，也不愿矫情地将"不受调节的视象"升华为那喀索斯式的自我凝视。张枣深知，超声音与晚报叫卖声之间，存在着一种互文性。超声音本身就是一系列互文关系的产物：零件系统和人体器官、语音和词义、中文和外语、词和物、文学语境和社会语境。或许本雅明"任何诗意的倾听都是从对现实生活的倾听借来的"这一观点,有助于我们理解,为什么"晚报,晚报"这样的市井嘈杂之声,会在女老师屏息捕捉的那些远在天边的、近乎无限透明的"迷离声音/吉光片羽"之上浮现出来。暧昧的是,张枣诗作中那种强烈的虚构性质,与他对真实生活的借用,常常是缠结在一起的。暧昧不仅是由个人气质和行文风格决定的,就《悠悠》而言,暧昧更多是个关于词的秘密的诗学原理问题。历史的秘密、物的秘密、思想的秘密,其深处若无词的秘密在支撑,充其量只是对常识的说明。

"怀孕的女老师"似乎预示了词的异议者这一形象,其中暗含了某个尚未诞生的他者身体,和某种尚未说出的匿名声音。当代诗人自我中的他者话语在这里应该被看作一种将现实与非现实、诗与非诗之间存在的大量中间过渡层次包括进来的书写策略,它加深了对原创意义上的"写"的深度追问。对张枣来说,写,既不是物质现实的直接仿写,也不是书写符号之间的自由滑移,而是词与物的相互折叠,以及由此形成的命名与解命名之层叠的渐次打开。写,就是物在词中的涌现、持留、消失。写,在某处写着它自己根深蒂固的空白和无迹可寻,它擦去的刚好是它正在呈现的。而磁带的定义是:既能发音又能消音。写的信号一旦织入文本,形成文理和秩序,我们就会发现,不仅词是站在虚构这边的,物似乎也在虚构这一边。

但是,真有这回事吗?真的现实在它不在的地方,是它不是的样子?真的当物被减轻到"不"的程度,词就能获得"是"的重量吗?读者有权持这样的疑问。不过,张枣在《悠悠》的写作过程中,通篇对现实不加预设,不做说明,他只是审慎地将"站在虚构这边"与"不用思想而用物来说话"这两个相互背离的诗学方案加以合并,仿佛它们是一枚硬币的两面。实际上,整个20世纪的诗歌写作都是由上述两个方案支配的。第一个方案把诗的语言与意指物区别开来,它向自身折叠起来并获得了纯属于自己的厚度,按照福柯的观点,它"越来越有别于观念话语,并把自己封闭在一种根本的非及物性之中……它要讲的全部东西仅仅是它自身"。在第二个方案中,词失去了透明性,它把自己投射到物体之中并听任物象把自己通体穿透,词与现实成了对等物。前面的讨论已经注意到了《悠悠》在处理声音和时间这两个基本主题时,使用了两组质地完全不同的语码,它们分属上述两个诗学方案。其中,声音词是从关于物的状况的技术语码借入的,而时间词则是不及物的。"晚报"一词实际上是两个诗学方案的汇合词,既指涉时间,又传出了声音,此词的混用对紧接着出现的"磁带"一词造成了明显的干扰。

"晚报,晚报",磁带绕地球呼啸快进。

磁带是作为超声音载体进入一个"转"的机器世界的,但只有按照预先设定的转速它才发出声音,如果"呼啸快进"的话,它将是无声的。我感兴趣的是,一个失去声音的声音词,会不会转移到别的语义层,作为一个时间语码起作用?磁带的转,形成了圆形语轨。熟悉西方现代诗学理论中"诗歌仿型手法"的读者,会立刻把这一圆形与时间形态联系起来。但磁带本身并没有预设圆形性,相反,磁带是线形的。换句话说,时间的圆形性作为诗的仿型维度在磁带上并不是自动呈现出来的,得借助机械之转动磁带才呈现出圆形。我想,《悠悠》意在说明,时间没有结构也得依赖结构。问题是,为什么作者在处理古老的圆形时间意象与现代性之奇遇时,对钟表构造不予考虑,而宁可将奇遇安排在超声音的结构世界中?原因或许在于,奇遇在张枣身上所唤起的乃是词的事件,也就是说,奇遇实际上是零件和词的相遇,亦即两个诗学方案的相遇。此一奇遇被置入了"转"的状态,可进可退,可快可慢,这种状态被歌德称为"变化的持久"(Dauer im Wechsel)。当磁带转动时,无论进退快慢,时间本身是静止的。我们看到的,是由元时间、元写作和元语法结构共同构成的同心圆,以及从中产生出来的离心力。

如果没有这种离心力的介入,"磁带绕地球呼啸快进"这行诗就会让人感到迷惑。想想看,一盒磁带围绕地球在转,一个小一些的、微观领域的圆,围绕一个近乎无限大的圆在转。这是万物的晕眩全都参与进来的转,我们却在其中感觉到了词的晕眩。在物的转动中,是词在转:地球的自转公转、磁带的呼啸快进……一切都在转,如叶芝《再度降临》一诗所写:"旋转又旋转着更大的圈子。"《悠悠》与《再度降临》一样，意在描述"意指中心"的空缺和溃散。张枣用"喷泉"这一意象来指涉"紧张的单词"，就模拟溃散状而言，没什么能如"喷泉"般直观：水被管道力量推送到高处后四散落下。这里，我们能感觉有好几种力量在汇合，在较量：地心引力、工业和技术的马力、时间的离心力、词的构造力及其解构力。所有这些力量相互作用，不仅能使磁带倒过来转，也能使句子倒过来读，并产生断裂。比如，"虚空少于一朵花"可以拆解成三个语段，除去中间的"少于一"（这是布罗茨基一本文集的书名，作为一个专用名它不至于被颠倒了读），另两个语段都能倒过来读，前者读作"空虚"，后者读作"花朵"。这种读法使词的上下文关系不再是单向度的，它暗示了词在反词中出现、在时间中逆行的可能性。逆行迹象在诗中藏得如油画底色那么深，以至于丧失了词和反词的对比，只剩下差异的大致轮廓。比如，"悠悠"一词本身就可任意颠倒和逆行。又如，要是将"虚空少于一朵花"中的"少"换成其反义字"多"的话，你会发现，这句诗的含义丝毫没起变化。在这样一个特定语境中，少也就是多。这符合《悠悠》的精神氛围，因为"好的故事"不是线形的，作者给了它一些直观的圆（夕照、磁带、地球）和一些语象的圆（团结如玉、喷泉、虚空）。引人注目的是，在这些圆中出现了一个半圆：

怀孕的女老师也在听……

"怀孕"使言说和倾听发生了弯曲，使历史的某些硬事实发生了弯曲。时间之圆的缺欠，在"怀孕"这一意象中耐人寻味地与父亲的缺席联系在一起，两者都指向悠悠生命的传递。因传递而失去的不只是"迷离声音的／吉光片羽"，不只是女老师在社会中的位置，以及她的片刻出神。传递过来的也不只是世俗幸福的絮叨、排场、沿街叫卖的晚报……"好的故事"夹杂其间传递了过来。或许，张枣想要捎带神的秘密口信？那独自出神的女老师能回过神吗？我认为，诗歌时间的全部含义，都包含在"怀孕的女老师"从出神到回过神来这一段时间里了。在出神的片刻，女老师对"迷离声音"的听转换成了对天外景象的看，当她回过神来，又重新看到了眼前的现实："她看了看四周的／新格局，每个人嘴里都有一台织布机，／正喃喃讲述同一个／好的故事。／每个人都沉浸在倾听中……全不察觉。"

　　一切如故，一切又都变了。诗是发生，被诗写过的现实与从没被写的现实肯定有所不同。狄兰·托马斯说过，一首好诗写出来之后，世界就发生了某种变化。当然，站在虚构这边才能看到这种变化。变化形成的"新格局"对每个人的说、听、工作都产生了影响，在女老师看来，"新格局"是透明的，"裸着器官的"，让人"全不察觉"。问题在于，是零件体系的"新格局"，还是诗的语言整理过的"新格局"在起作用？要是词的"日日新"能把物的状况也包括进来，那该多好，因为"好的故事"即使是站在虚构这边讲，它也是讲给生活听的。问题是，无论我们用古老乡愁的耳朵还是现代消费的耳朵在听，"好的故事"都已失去了真人的嗓子，它被超声音讲述着，被每个人嘴里的"织布机"讲述着。超声音是"交往"的产物，它从我们身上分离出一种没人在说但却到处都被人听到的声音。张枣用"怀孕"这一深度意象提醒世界，诗的声音是尚未发出的、正在形成的声音。他相信，那个声音有它自己的自然、身体、呼吸和骨骼。实际上，每个人身上都有这样的诗的声音，遗憾的是，它几乎没被听到过。听到了又能怎样？对于众多倾听者，"好的故事"听着听着就变成了别的什么。诗的真意，恐无以深问。■

化欧化古的当代汉语诗艺　张枣研究集

各位同学、各位朋友：大家晚上好！

今天，是张枣三周年的祭日。三年前的今天凌晨，张枣病逝于德国图宾根大学校医院。他去世后，我只接受过一家媒体的采访。我说，我来中央民族大学任教十多年，从未做过讲座，为了张枣，愿意破例。转眼间，三年说过去就过去了。今天我站在这里，既是为了纪念和缅怀一位天才诗人，也是兑现对亡友与前同事的承诺。我希望安息于天国的张枣，能看到我们今天集合在这里，学习他的诗歌，分享他的诗歌给我们带来的启发——虽然，他现在待在一个不愿意或不方便评价人间事务的地方。

本次讲座，试图对张枣的诗歌做一个主题学的分析，而不是文本分析。我愿意这样来理解两者之间的关系，也希望各位朋友能够同意。主题学分析强调的是诗歌作品在主题上的重大性，它或许会贯穿一个诗人的几乎所有作品；在此之下，文本分析才成为可能，因为主题学分析是文本分析的背景。从这样一个大背景去观照具体的文本甚至诗行，才有可能是靠谱的，主题学研究具有头等重要性。我想，大家基本上不会怀疑如下观点的正确性——它出自一位德国哲人之口——一个好的思想者或者一个好的作家，他一生中念兹在兹的问题也就那么两三个。这就是说，他要处理的重大主题也就那么两三个。钟鸣曾经写过两篇奇文，或专门或部分地涉及张枣《笼子里的鸟儿和外面的

抵抗流亡——张枣三周年祭※　　　　　　　　　　　　　　　　　　　　　敬文东

※ 原载于《当代文坛》2013年第9期。

俄耳甫斯》，还有《秋天的戏剧》。他认为张枣诗歌最重大的主题是"知音"问题。不过，我今天不准备从这个角度来展开讲座，因为钟鸣已经谈得非常精彩。依我看，张枣的诗歌写作还有一个重大主题，那就是他以更开阔的眼界，在诗歌中，努力寻找一种理想的自我。

在展开讲座之前，让我们先看两段话。一段是维特根斯坦说的："我走过的道路是这样的：唯心论把人从单一存在的世界中分离出来，唯我论又把我单独分离出来，最后我看到，我也属于余下的世界，因此一方面没有余下别的什么，另一方面唯独留下这个世界。"维特根斯坦这段话乍看之下比较费解，等一会儿可能还会提到。另外一句话是海德格尔说的："从常人中收回自己。"也许，我把寻找理想自我当作张枣诗歌写作的重大主题，听起来很小儿科，或者说，非常老套，但我不这么看。我认为寻找理想的自我是张枣诗歌写作中最基本的问题：如何"从常人中收回自己"，又不犯下"唯我论"的错误，才是真正的难题。

通常情况下，人与人之间有可能构成三种关系：我—他关系、我—你关系、我—我关系。我—他关系是欧洲文化中人际关系的主体形式，它始终受到"世界"概念和"世纪"概念的支持与鼓励。这种关系的实质是："他"永远只是"我"的对象，而对象，仅仅是供"我"征服的异己物。只有从这个角度，我们才能理解施米特（Carl Schmitt）心目中的头号政治原则，为什么仅仅是分清敌我；也才能理解施米特的政治口号："哪个讲人类，就是想搞欺骗。"我—你关系属于以儒家文化为主体的华夏文明。它强调怀柔远人，强调"我"和"你"是一种平等关系，只有远近，不存在"他者"这个怪异的说法。我—你关系的目的，是化"你"为"我"，最后解除"你"——也就是说，从此，不再有"你""我"之间的区别，"你"就是"我"，"我"就是"你"。与我—你关系相配套的时空观念，只能是天下和甲子。"天下"和"甲子"强调循环，而不是"世界"和"世纪"强调的单向度。我—我关系呢，刚好跟我们这会儿要重点谈论的寻找理想自我密切相关。我与我之间该是一个什么样的关系？很显然，理想的自我应该是我与我相重合。我—他关系、我—你关系讲的是人与人之间的关系，我—我关系表征的，刚好是自我问题。按照赵汀阳的观点，个人是现代性的产物，在个人(即自我人)出现之前,只有自然人,身体是自然人的边界,自然人不存在自我不自我的问题。在现代之前,个体尚未从自身(self)中发展出自我(ego),所有自然人都共享公共的精神资源。对于信奉儒家的人来说,仁、义、礼、智、信就是他们共同遵守的价值观念;而对于古希腊人来说,勇气、高贵的德行等,就是他们共同遵守的准则。在这种情况下,自然人的自我不可能产生断裂,我与我始终和睦相处。我—我关系有可能产生断裂,甚至走向自己的对立面、反面,是一个现代性问题。和个人(即自我人)一样,我—我关系处于分崩离析的状态,也是现代性的终端产品。如果我们从这个角度探讨张枣以及他的诗歌,或许会很有意思。

欧阳江河有一句名诗:"从一个象形的人变为一个拼音的人。"(欧阳江河《汉英之间》)他的意思大约是指20世纪80年代,有很多中国人想移居国外,尤其是欧美——这就是所谓的"世界大串联"。最终,这伙人将汉语"看作离婚的前妻""破镜里的家园"。张枣本来是一个象形人,1986年后,变成了说德语、英语,间或说法语的拼音人。和进入异域的其他中国人大不相同,张枣因为用汉语写诗而拥有双重身份:既是象形人,也是拼音人。在此,"我"(象形人)与"我"(拼音人)必将发生冲突。什么是理想的自我呢?我们可以借用维特根斯坦的一句话来说明:"我应当意指我能。"(I ought imply I can.)追寻理想的我—我关系,首先强调的是"我能",不仅是我意识到什么;指的是"我行",不仅是"我思"。赵汀阳说:"现代性一方面在政治权利和利益追求上肯定了个人,但又在生活经验和精神性上通过大众文化否定了个人,这个悖论相当于使个人在主权上获得独立性的同时又使之在价值上变得虚无,使个人获得唯一的自我的同时又使之成为无面目的群众。"不用说,"群众"是一个典型的现代发明物。它的英文单词是mass,意思是"团块",有人将其译成"乌合之众"。所谓群众,就是大家共用同一张面孔,但更是一张面孔消失于所有面孔,就像一滴水掉进海洋,马上就不见了:群众就是模糊的意思。穆齐尔(Robert Musil)写过一部伟大的小说《没有个性的人》。单从书名我们就可以看出来,现代性生产出来的现代人不过是些群众,他们毫无个性。在这种情况下,要把自己真正的独立性寻找出来,达到理想的自我,是极其困难的；要将自己从群众——也就是海德格尔所说的"常人"——中抽取出来，又不落入维特根斯坦所谓的唯我论陷阱，更加艰难。这一切，张枣能做到吗？或者，他能做到何种程度？

张枣的诗歌或张枣在诗歌中寻找理想的自我，跟流亡、虚无以及幸福是否可得等诸多问题联系在一起。

流亡有两种情况，或者两种形式。一种是时间中的流亡。这种情况所有人都将遇到，不仅是诗人，也不仅是张枣。现代性特别强调速度，它推崇速度、敲诈速度。居里死于巴黎速度不太快的马车，加缪、罗兰·巴特尔则死于速度奇快的汽车——在马车和汽车之间，在慢和快之间，相距最多不过半个世纪。速度一方面是现代性的追求，另一方面，它让所有事情瞬息万变。所谓现代，就是把昨天当古代、把昨天的建筑物定义为古迹的这么一个时代。所以，昨天能够重合于"我"的那个"我"，就有可能不重合于今天这个"我"。这是我们每一个人都会遇到的问题，并不是作为诗人的张枣才会遇到。和我们相比，张枣将遭遇一种更重要、更难缠的流亡：母语之外的流亡。这是他屡屡提到的。（可以说是第二种流亡。）在《跟茨维塔伊娃的对话》[1]这篇杰作中，张枣写道："母语之舟撇弃在汪洋的边界，／登岸，我徒步在我之外……"虽然他描述的是茨维塔伊娃在法国的流亡，实际上谈的也是张枣自己在欧洲的状况。在张枣看来，母语中止的地方，祖国中止了，自我中止了，他获得的，仅仅是个"肉人"的身份。母语意味着血液，张枣在《诗人与母语》一文中说过："母语是我们的血液，我们宁肯死去也不愿意换血。"他在心底默念单音节的汉语，固守象形人的形象，却在德国的街头或法国的巷尾，充当拼音人，以便于讨生活。但对于理想自我的寻找，象形人必定是自我人的前提。

张枣诗歌主题涉及的另一个问题是虚无。没有必要怀疑，虚无也是一种现代疾病，是现代性的另一个终端产品。mass 不仅面孔模糊，目标更模糊——这就是虚无的源头。自我一方面处于暧昧不清的状态，另一方面又不知道要往何处去。在历史目的论被完全解除的时代，

---

(1) 茨维塔伊娃，也译作"茨维塔耶娃"。苏联女诗人，20世纪80—90年代对中国诗人产生过影响。本书中，为尊重版权，除了张枣诗作及文本中用"茨维塔伊娃"，其余统一为"茨维塔耶娃"。

作为"团块"或"乌合之众"的我们，确实不知道该往哪个方向迈进。这就是一个肉身的"我"和一个想到某个地方去的"我"之间产生的冲突。张枣的虚无感非常强烈，在一篇很有趣的文章中，他说过："枯坐是难以描绘的，既不是焦虑地坐，又不是松弛地坐，既若有所思，又意绪缥缈；它有点走神，了无意愿，也没有俗人坐禅时那种虚中有实的企图。反正就是枯坐，坐而不自知，坐着无端端地严肃，表情纯粹，仿佛是有意无意地要向虚无讨个说法似的。"我们可以确认，虚无的确与自我有关。而在同一篇文章中，他还有更明确的说法："有一夜醉了，无力回家，便借宿在黄珂家的客房里。不知过了多久，突然被一层沁骨的寂静惊醒，这寂静有点虚拟，又有点陌生，使人起了身在何方之思。"这照样跟虚无有关系：虚无不仅指认过去为零，更指认未来为零。谭嗣同有两句诗，我觉得写得很好："无端歌哭因长夜，婪尾阴阳胜此时。"为什么要无端端地歌哭呢？就是因为这长夜、这孤独造成的虚无感与孤独感。人生天地之间，你所占据的位置连沧海一粟都算不上，而且印堂发暗，四处漆黑，你根本不知道身在何方，根本不知道往哪个地方去，既歌且哭，就是因为这漫漫长夜，也是为了对付这漫漫长夜。我们生活在现代性横行无忌的时代，其实就是长夜——这应该是海德格尔的著名表述。张枣对虚无的领会，预示着理想自我的重要性、我与我和睦相处的重要性，因为只有这样，虚无才能遭到抵制。而一个流浪的自我安在？是拼音人在寻找象形人吗？

张枣的诗歌主题涉及的第三个问题是幸福。有两件关于张枣的逸事在此必须提及。一件是柏桦提供的，柏桦回忆说张枣曾经明确表述过：谁相信世间有幸福，谁就是个原始人。另一件是钟鸣提供的：张枣承认他有过不少女友，但几乎没有爱过其中的任何一个，张枣对此深感悲哀。这让我想起博尔赫斯的一句诗（大意如此）——我犯下了人类有史以来最大的罪行：我从不感到幸福。伦理学家有可能都会承认：幸福和爱是对等的，是互为条件的。按照赵汀阳的说法，"存在直接要求善在"。就是很"完善"的"在"——"在"是海德格尔的著名术语。以我的理解，"善在"就是幸福。但是事实上，我们今天只有快乐，快乐变得非常廉价，幸福则是奢侈品。但无论如何，艺术必须思考幸福问题；幸福问题不能简单地化约为一个伦理学问题，它可能是伦理学的最高问题,但它不仅仅是一个伦理学问题。在其后,我将会分析张枣对理想自我的寻找能否抵抗漂泊,能否抵抗虚无,同时,也要看看能否呼唤或者引导幸福。

《镜中》非常有名,盖过了张枣的其他所有诗作。事实上,它很可能不是张枣最重要的作品,但它是理解张枣全部作品最重要的路径。萨比娜·梅尔基奥尔-博奈(Sabine Melchior-Bonnet)在《镜像的历史》一书中认为,镜子大概在1650年以后大规模流行于欧洲,从此,在隐喻的意义上,欧洲人开始有机会从镜子中观察自己,镜子能够帮助欧洲人认识自我、寻找自我。比如说,这里有一面镜子,我们可以把它看成一个坐标轴。人站在镜子前能够照见自己。"我"离镜面有多远,镜像也将离镜面有多远。我们可以把这种距离唤作"景深"——这是一个美术术语。景深是测度自我——"我"离"我"有多远的仪器。景深越大,说明"我"离我距离越远,我—我关系就处于一种不是很妙的状况中。假如"我"不站在镜子面前,完全脱离了镜子,意味着"我"和"我"完全处于断裂的关系之中。但这种情况基本上不允许存在,因为"一面镜子永远等候她/让她坐到镜中常坐的地方"。当我们把《镜中》当作解读张枣诗歌写作的钥匙的时候,我们甚至可以将他的所有作品当作一个大组诗来看待。镜子是埋藏在张枣作品中的一个影子,钟鸣曾经认为,张枣在诗歌写作中,几乎所有的词汇都是一次性的;也就是说,每首诗的词汇只对这一首诗负责,同样一个词,用到另一首诗中,含义是不一样的。钟鸣的总结很精湛:张枣确实具有赋予词语气韵、"音势"的超强能力。但镜子将张枣诗作中所有一次性的词汇集结起来,或者说,所有一次性的词语,它的堂兄弟们,它的表姐妹们,都团结在镜子周围,为张枣追求理想的自我献心献力。也就是在这里,张枣才有可能在诗歌中罢黜拼音人的身位,把全部地盘留给象形人。词语团结在镜子周围,最终是为了团结在母语周围,是对虚无和流亡的抵抗,也是对幸福的呼唤。

早在《镜中》之前,张枣就有这样的看法和做法,《早晨的风暴》中有这样的句子:"我发现自己变成许多的人/漫游在众多而美妙的路上/最后大家变成一个人/一个老人……"更重要的是《题辞》中的诗句:"一个男人般的影子/走近我谛听的影子/他递给我一支烟／他说，他愿意在这个夜晚跟我讲和／跟我心中另一个透明的脸蛋讲和……"所谓"讲和"，就是我对我的赞同和回归，就是零距离地贴近镜子，就是废除景深。"跟我心中另一个透明的脸蛋讲和"，意思是我身上还有另一个人——但又不同于巴赫金所谓"人身上的人"；要跟"透明的脸蛋"讲和，就不仅要零距离贴近镜子，还要进到镜子里面去。这意味着对自我的无限深入和赞同。镜子是测度我离我究竟有多远的仪器，这让我想起苏格拉底一个非常有意思的行为。据柏拉图记载，苏格拉底曾经把一个醉鬼拉到镜子面前，让他看一看自己究竟有多滥、德行有多差。在创作《镜中》之前，张枣对此是不自觉的；在创作《镜中》之后，应该说越来越有自觉的意识。

从逻辑上讲，张枣完成诗歌的重大主题有如下几个步骤。

首先，是说出"我"分离于"我"导致的可怕性。《十月之水》里有一句话很重要："我们所猎之物恰恰只是自己。"也就是说，对自我的寻找、对理想自我的追逐，才是一个人的真正目的；让"我"重合于"我"，零距离接近镜面，才是一个现代人的头等大事。但事情的严重性和困难性，也刚好卡在这里。张枣另一首也许不太重要的诗作《天鹅》中有两个小节，对我现在的讲座主题来说极其重要："尚未抵达形式之前／你是各种厌倦自己／逆着暗流，顶着冷雨，／惩罚自己，一遍又一遍／／你是怎样／飘零在你自身之外／什么都可以伤害你／甚至最温柔的情侣……"在这里，特别重要的是"尚未抵达形式之前"的那个"形式"，它指的就是自我的"形式"："我"必须坐落于"我"的形式之中，"我"必须掏空自己，以便于安放"我"自己。而"尚未抵达"，意味着"我"始终在"我"的形式的外面；"我"虽然把"我"的形式给掏空了，但另一个"我"仍然无法驻扎进来。所以，"尚未抵达"就是"飘零"一词最准确的含义。"我"在追逐"我"自己、猎获"我"自己的过程中屡屡扑空，只能说明"我"处于"飘零"的状态之中：I和Me完全分裂，影子（Me）追不上本体（I）。这两小节诗，将"我"和"我"分离之后造成的可怕局面，淋漓尽致地说出来了：如果理想的自"我"处于匿名状态，那么"我"和"我"的分离、"我"达不到"我"的形式，就是必然的结局。而另外一个结局，也将是无法逃避的："飘零"，"我""飘零"于"我"之外。把这个问题表述得更加清楚的，是组诗《卡夫卡致菲丽丝》中的一句话,"而我,总是难将自己够着"。这是对尚未抵达自我的形式的非常精妙、非常形象的说法。《到江南去》中的那句"你丢失在你正在的地方",也很重要:在自己正在的地方反倒将自己弄丢了,I和Me背道而驰,相互扑空。这就是张枣发现的现代人的现代困境。

如果大家读过本雅明研究巴黎拱廊街的著作,估计会对他的如下描述和论断有着十分深刻的印象:巴黎拱廊街是19世纪后期欧洲工业文明和商业文明一个极其辉煌的成果,但到了20世纪初期,突然之间就变成了历史遗迹,变成了"古老"的文明。安托瓦纳·贡巴尼翁(Antoine Compagnon)认为,现代是一个疲于更新的时代,昨天让我们觉得美好的东西,今天已经不那么美好了(假如还称不上丑陋的话);它倾向于把昨天看成古代,而昨天的那个"我"完全是古代的"我",跟今天和明天的"我"完全不配套。在这样的时代里,张枣看到的是"我"总是够不着"我"自己,总要差那么一点点,有点像维特根斯坦的一个比喻。他说,我已经爬到了梯子最高的地方,但还是够不着上面的东西,虽然只差最后一点点,因此,每一次攀爬都是徒劳的。张枣非常敏锐地发现了这一点:"我"在"我"之外,"我"在等待着与"我"自己会合。现代性倾向于将人分裂,而自我的含义刚好是:"我"必须抵达"我"自己的形式,不再飘零;"我"必须重回镜面,让镜中的"我"重合于镜外的"我",让景深完全消失,不成其为景深。

接下来,张枣必须在诗歌写作中,道明我们现代人遭遇到的真实现实:"我"和"我"之间的关系确实是断裂的,而不是想象中可能的断裂。《秋天的戏剧》无疑是一首杰出的诗作,跟我们的讲座相关的句子如下:"瞧瞧,我们怎样更换着:你与我,我与陌生的心/唉,一地之于另一地是多么虚幻……"《蓝色日记》里还有一句话,"而我们还在等着我们",《空白练习曲》里也说"我啊我呀,总站在某个外面"。张枣用到了第一人称的复数形式,这让我想起李亚伟《进行曲》里的几行诗:"我要到很远很远的地方,/去看看我本人,/今儿个到底怎么啦。"李亚伟这几行诗,类似于《空白练习曲》里我"总站在某个外面"。但无论是复数还是单数,宾格和主格都不在一起,宾格在另外一个地方,主格的"我"找不到宾格的"我",主格和宾格捉迷藏,这种意识，曾普遍存在于20世纪80年代中国很多诗人的心目之中，他们对此有非常深的体会，张枣的表述很漂亮：我"总是难将自己够着"。这应该不是张枣一个人的发现。

张枣的第三个步骤，就是必须表达出"我"对"我"自己求之而不得的尴尬状况。他有一首非常棒的诗，叫《何人斯》，应该是对《诗经》中《何人斯》一诗的改写："彼何人斯，其心孔艰。胡适我梁，不入我门。"这个人究竟是谁啊，跑到我这里来，但就是不来看我、跟我打照面。基本上可以断言，《诗经》中的《何人斯》是某个怨妇写给她丈夫或情人的怨恨之词，不是儒生们认为的"苏公刺暴公"之作。张枣在《何人斯》一开篇的那两句话，恰好是对"彼何人斯，其心孔艰"的翻译："究竟那是什么人？在外面的声音／只可能在外面。你的心地幽深莫测……"这首诗最关键的部分是最后一段，写得非常棒："二月开白花，你逃也逃不脱，你在哪儿休息／哪儿就被我守望着。你若告诉我／你的双臂怎样垂落，我就会告诉你／你将怎样再一次招手；你若告诉我／你看见什么东西正在消逝／我就会告诉你，你是哪一个"。怨妇对抛弃和背叛她的情人了如指掌，张枣对《诗经》的改写，就是要将一个怨妇的怨恨之词，创造性地改写为我—我关系以及它的存在状况。"我"（I）曾经和"我"（me）像一对幸福的情侣一样连在一块儿，和谐、幸福、相依为命，是一个完全处于理想状态中的自我。即便是"我"和"我"分裂之后，"我"对另一个"我"（即诗中的"你"）仍然了如指掌："你若告诉我／你的双臂怎样垂落，我就会告诉你／你将怎样再一次招手"——你的手是怎样放下去的，我就知道它将怎样再举起来。"我"和另一个"我"的关系曾经如此亲密，但是现在"我"和那个"我"分开了：这就是"我"对"我"自己求之而不得的一个非常精妙的描写。欧阳江河有如下几行诗："孤零零的求偶，限于对立和均衡／转动自身但不能转动／紧随的影像。"它几乎就是对张枣《何人斯》结尾一段的转写或改写："我"对"我"自己的追求，仅仅是"孤零零的求偶"，me并没有随着I转动，I也无法统领me，即便me曾经和I朝夕相处、亲密无间。

接下来，为着重大主题能够合逻辑地展开，张枣得在诗歌中考虑"我"向"我"自身走去的可能性与现实性。《历史与欲望·梁山伯与祝英台》中有如下诗句:"你喊你的名字,／并看见自己朝自己走过来……"这首诗的结尾则这样写道:"这是蝴蝶腾空了自己的存在,／以便容纳他俩最芬芳的夜晚:／他们深入彼此,震悚花的血脉。"蝴蝶腾空自己,让梁山伯和祝英台住进来。"腾空"表示镜子凹下去了,它不再是一个平面;人进入镜子里面去,镜子像脸盆一样凹陷下去,像脸盆盛纳洗脸水一样,盛纳了"我"和"我"自己。但这仍然是一种理想状态,是一个过渡——一个朝向渡过难关的过渡。让我们仔细阅读张枣"晚年"的《枯坐》,这是张枣写下的最后几首诗之一:

枯坐的时候,我想,那好吧,就让我
像一对陌生人那样搬到海南岛
去住吧,去住到一个新奇的节奏里——
那男的是体育老师,那女的很聪明,会炒股;
就让我住到他们一起去买锅碗瓢盆时
胯骨叮当响的那个节奏里。
在路边摊,
那女的第一次举起一个椰子,喝一种
说不出口的沁甜;那男的望着海,指了指
带来阵雨的乌云里的一个熟人模样,说:你看,
那像谁?那女的抬头望,又惊疑地看了看
他。突然,他们俩捧腹大笑起来。

那女的后来总结说:
我们每天都随便去个地方,去偷一个
惊叹号,
就这样,我们熬过了危机。

这首诗拥有一种极好的心境,焦虑感、"我"与"我"的分离,已经完全被消除了。《枯坐》中的"我们",其实就是"我"。张枣在他的初稿里——我曾经在他的电脑上看见过,是"就让我和我／像一对陌生人那样……"后来,他省掉了"和我"二字,可能是想把这个秘密藏

得更深一点。

在讲座一开始,我提到过张枣对"枯坐"的散文化描述,我们应该明白张枣对"枯坐"的认识:枯坐跟"虚无""起了身在何方之思"的感觉连在一块。张枣写黄珂的那篇文章也叫《枯坐》,这不是偶然的。这首诗,对于我分析张枣诗歌的主题极其重要。最终,诗人张枣渡过了危机,关键就在这个"节奏"里面。这个"节奏"之所以值得注意,就是因为它很新奇,最终帮助张枣渡过了自我分裂的危机。"我"就是"他们",也可以将"他们"分解成"我"和"我"。这种"节奏"有点类似于蝴蝶腾空了自己,然后像镜子一样凹下去,让"我"住进来,在这里面渡过危机。我认为我们应该这样去理解"节奏"这个词汇,否则的话,张枣不会两次使用它:这个"节奏"相当于我刚才说的"腾空了",它能让某一个人寻找到一个可靠的、不会让自己处于崩溃边缘的理想自我。那个人不仅要进入镜子里边,不仅要和镜面保持零距离、取消景深,还要让它凹下去,这就是所谓的"节奏"。

张枣去世后,德国汉学家顾彬用德文写了一篇回忆文章,由肖鹰译成汉语。其中有这样的句子:"他的生命是一种浪费吗?我们的最后一次相遇是在 2007 年 9 月,在北京大学举办的一次中外诗人参与的朗诵会上。会后,他在回家的巴士上向我解释他的写作已经穷尽了,在他内心已经没有值得表达的东西了。"也许顾彬的回忆是准确的,但我仍然想说的是:《枯坐》表达的是一种解脱,特别要注意刚才说的张枣对"枯坐"的描述。对危机的解脱,也就是找到了"我",一种理想、和谐的"我"。我觉得无论是在生活中真实地找到了,还是在写作中想象性地找到了,都值得庆幸。

渡过自我分裂的危机后,张枣获得了一种宽恕别人的能力,拥有了一种原谅某些事情、某些状态的能力。英国诗人蒲伯说过,犯错误的是人,原谅错误的是上帝。我觉得这个观点太绝对了一点。人也有能力,或者有权利原谅别人。但只有正派的人、德行完善的人、对世界不充满仇恨的人,才真正拥有宽恕他人、原谅他人,或者说原谅某种不良情况的能力和权利。我忘了是谁说过的一句话:理解生活的真相之后还能热爱生活的人,是真正勇敢的人。昌耀也说过一句话:所谓乐观,必须以悲观打底。如果没有悲观作为基础,乐观就是轻飘飘的。正是在这种情况下，张枣表达了他对世界的态度：

> 我们的心要这样对待世界：
> 记下飞的，飞的不甜却是蜜
> 记下世界，好像它跃跃欲飞
> 飞的时候记下一个标点
> 流浪的酒边记下祖国和杨柳
> 化腐朽为神奇
> 我们的心要祝福世界
> 像一只小小的蜜蜂来到春天

当张枣至少在诗歌写作中获取和谐的我——我关系后，或者，他在获得自身的完善之后，他原谅了这个世界所有的丑陋，原谅了所有其他的东西，因为他，还有我们，还要在这个世界上厮混下去。可以这么讲：当他的我与我达成和解之后，至少在想象中，虚无消失，剩下的，只是对世界的柔情蜜意。在《雪的挽歌》里，张枣明确地写道："瞧，爱的身后来了信仰。"这句话特别高尚、清澈，特别富有力量。母语之外的流亡、时间之中的流亡，都被抵消了。"我"重新回归于"我"，宛如金黄色回归于秋天。但幸福是另外一个问题，张枣即便是在诗里面抵制了流亡，抵制了虚无，却仍然无法唤出幸福。海子说，从明天起，要做一个幸福的人。他为什么不说从今天起、从此刻起呢？他说从明天起，这里边有很多悲哀的东西被掩盖下去了，但最终得到了彰显。张枣的心境，与海子有点类似。对于幸福问题，张枣没有回答，但不是拒绝回答，仅仅是不知道怎么回答。"我"和"我"和睦相处，"我"进入凹下去的镜子，可以保证很多东西，唯独不能保证幸福。或者说，在今天这个世界上，幸福是一个奢侈的东西。我觉得张枣的诗给了我们这样一个很悲观的判断——我们是现代人，不是原始人。

1988年1月18日，张枣在《云天》的结尾中这样写道：

> 我想我的好运气
> 终有一天会来临

我将被我终生想象着的

寥若晨星的

那么几个佼佼者

阅读，并且喜爱

我在这里讲了一个多小时，突然感到有点害怕。要是张枣复活，像你们一样坐在这里，他听我这样谈论他的诗歌，会感到高兴吗？他是很鄙夷地在那儿看我呢，还是对我的讲解报以微笑？我是他期待的那种"佼佼者"吗？对此，我不清楚，也毫无把握。我把做结论的权利和机会，交付给在座的诸位。

愿枣哥安息。

谢谢诸位的光临。

2013年3月8日

中央民族大学文华楼西区806

录音整理：何笠■

化欧化古的当代汉语诗艺　张枣研究集

在"20世纪90年代诗歌"场域中,不同的诗人无疑分享着某些共同的前提。[1]有些概念如"叙事性""日常经验"等,在诗人与批评家的文章中前呼后应着出现,彼此的诗歌创作也达成了"视域同构",存在着一种"不自觉"的联合与相互影响。[2]但在一系列诗学策略所勾勒的场域背后,其实并不存在一个较为完整、明确的方向,而是在相互激发阐释中不断拓展的独立探索。不仅开掘"日常经验"时"叙事性的使用与展开方式"表现出迥异风格,自身所处位置和立场,以及针对问题与借用资源的不同,也导致了差异的诗歌想象。

臧棣在经历了"历史个人化"时期后,最终把诗歌的设想联结到"浪漫主义"上。他对诗歌的功能建构,并没有获得更为广泛的认同,其间的分歧,大概说来,集中在两个较为突出的问题:第一,诗歌如何处理历史/现实的关系?第二,"古典诗传统"/新诗之间是连续还是断裂?

---

(1) 在《叙述中的当代诗歌》中,姜涛归纳出20世纪90年代诗歌体现出来的一些共同性:"宽泛地讲,'90年代诗歌'摆脱了以纯诗理想为代表的种种青春性偏执,在与历史现实的多维纠葛中显示出清新的综合力:由单一的抒情性独白到叙事性、戏剧性因素的纷纷到场,由线性的美学趣味到对异质经验的包容,由对写作不及物性的迷恋到对时代生活的再度掘进,诗歌写作的认识尺度和伦理尺度重新被尊重……"见姜涛:《叙述中的当代诗歌》,载于《诗探索》1998年第2期。

(2) 胡续冬:《在"亡灵"与"出卖黑暗的人"之间——关于20世纪90年代知识分子个人的诗歌写作》,载于《北京大学研究生学刊》1997年第1期。

张枣:"文化身份"的困扰※   余旸

※ 选自余旸《"九十年代诗歌"的内在分歧——以功能、建构为视角》,人民出版社,2016年版。收入本集时有删改。

就第一个问题而言,臧棣本人的诗歌实践发生过主题学意义上的转向。当他寻求与"浪漫主义"之间的关联时,其间的矛盾与冲突,正好折射出臧棣曾经在新诗与西方现代诗歌的现代性之间做出的区分。他后来的写作,呼应柯勒律治以来"浪漫主义"对诗歌的自我想象,呈现出他所谓的"西方现代诗歌的现代性特征","其最醒目的特征是把诗的主题深度和想象力向度设定在对历史的疏离、反叛和挑衅上……指向一种超越历史、时代和现实的永恒感";而新诗"基本上是把它的主题深度和想象力向度设定在它与中国历史的现代性的张力关系上"[1],因此现代主义的"审美自律",虽被绝大多数诗人或明或暗地接受为写作原则[2],但社会历史状况的变化,也容易引发诗人进行"一场诗学与社会学的内心争论"[3],迫切要求诗歌"和目前中国社会及知识界的'话语实践'发生一种深刻的关联","实现'向历史的幸运跌落'"[4],所以并不能完全接受臧棣对诗歌的功能想象。而在"古典诗传统/新诗"的连续还是断裂问题上,臧棣对"可能性"诗学的阐释,相当完整地传达出多数诗人对这一问题的理解,也即两者之间不是一种继承,而是重新解释的关系。但诗人张枣对此则与臧棣有着不同的理解,虽然他们之间的分歧,在不同的层面上提出,但细究起来,可能并不存在根本的差异。但张枣在"古典诗传统/新诗"关系上的不同理解,落在现代新诗写作中如何处理"古典诗资源"的问题上,讨论往往突破了诗歌的范畴,与现代化进程中的文化政治息息相关,反而补充了臧棣论述中含混与暧昧之处。

---

(1) 臧棣:《现代性与新诗的评价》,载于《文艺争鸣》1998年第3期。
(2) 现代主义的"审美自律"实际上是绝大多数诗人批评家自觉或不自觉的诗歌诉求。陈东东的创作谈道出了20世纪90年代诗人们普遍的心声:"写作被理解为一个只及于语言却不及于物的动词(语言因此成为写作的物理世界),写作时间也被视作与平凡琐碎具体的世俗生活截然分开的诗意生活。对写作者来说,语言更为真实、可靠,有着更多的可能性和自由度,更值得去冒险、斗争、把握和经受。"见陈东东《有关我们的写作》,载于《诗歌报》1996年第2期。
(3) 耿占春:《一场诗学与社会学的内心争论》,载于《山花》1998年第5期。
(4) 王家新:《阐释之外》,载于《文学评论》1997年第2期。

一、"传统/现代"的争论与分歧

从胡适尝试"白话诗"开始,"传统/现代"——"古典诗传统/新诗"——的问题就一直纠缠在新诗探索与评价史中。几乎每一次诗潮的涌动,新诗都要经受"古典诗传统"的质询、评判、衡量,以至臧棣发出了感叹:"为什么我们总能在对新诗进行总体评价的时候感觉到古典诗歌及其审美传统的徘徊的阴影?"[1]在20世纪90年代复杂的社会语境下,如何对待"古典诗传统"再次成为诗人与批评家阐释及争论的核心。对这个问题的探讨,不仅涉及新诗文化身份"合法性"的探寻,也涉及可能性资源的寻找与探索,成为"20世纪90年代诗歌"自我建构中非常重要的一部分。[2]

把包括"20世纪90年代诗歌"以来的新诗置入世界范围内,运用"古典诗传统"来批评新诗,除了那些西方的汉学家,比如杜博妮、顾彬、柯雷、兼乐、宇文所安等,在当代引起了重大反响的,就是国内著名诗人郑敏,她于1993年发表长文批判新诗,引起众多的回应与争论。文中,老诗人郑敏借用德里达等人的后结构主义理论,认为:新文学运动的倡导者极端的二元对立的思维模式和对现代语言学的无知,导致以白话为媒介的现代汉诗丧失了古典语言与文学传统最为宝贵的文化资源,同时又钟爱、模仿西方文学,因而失去其"中华性"[3]。

郑敏对新诗"中华性"的强调,遭到了美籍华裔学者奚密的批评。奚密紧抓文章开头提出问题的逻辑起点,认为郑敏鼓吹"中华性",主要是来自对现代汉诗的不满,认为现代汉诗至今未能达到古典诗的高度并赢得国际的"公认"和赞赏,而"中华性"是中国跻身国际文坛唯一有效的"门票"。在揭示了郑敏批评新诗的认知动机后,她又指出郑敏文章中存在一个未经检验的前提,认为"中国古典传统是一个永恒不变、普遍统一的个体",忽略了"传统本身是一充满抗衡、协

---

(1) 臧棣:《现代性与新诗的评价》,载于《文艺争鸣》1998年第3期。
(2) 冷霜:《九十年代"诗人批评"》,北京大学2000届中文系硕士学位论文。
(3) 郑敏:《世纪末的回顾:汉语言语变革与中国新诗创作》,载于《文学评论》1993年第3期。

商、诠释、再诠释的过程"[1]。奚密在具体诗学问题上并不过多纠缠,而是想将问题引向更深的层面,即"为什么要从'现代性'退回'中华性'?为什么中国现代受西方的'现代性'影响就意味着'中华性'的丧失呢?"在奚密看来,郑敏所谓"中华性"的提法背后,实际上无意识地内化了"以西方的价值取向为判断依据"的部分海外汉学界的偏见。他们对中国当代新诗的评价奇怪地一致,纷纷指责其身份的暧昧不明:一方面中国新诗模仿西方诗歌又不及西方原典,另一方面又丧失了中国古典诗的神韵。而这种认为中国文学在当今世界文学格局里仍处于"二等地"的看法,潜含着在结构性不平等的世界文化格局中"西方中心论"的逻辑:源自现代中国的双重危机,新诗的身份,也就面临着同样的双重危机,即时间危机(总落在西方后面)和"典范危机"(总不及西方原本)。

国内外对新诗身份合法性的怀疑与批评,也遭到了众多诗人批评家的反驳与回应。在谈到西方诗歌的巨大影响时,王家新首先指出新诗的话语实践性质,即其"身份"既非给定之物,也不可能是"拿来"之物,它的"主体性"存在于话语的运用中。在他看来,90年代诗歌的一个显著特征是,它与西方诗歌的基本关系已发生了一种重大改变,即由以前的"影响与被影响"关系变为一种平行关系或互文关系。[2]他进而认为,与此有关,在经历了西方诗歌的充分"洗礼"之后,"传统"作为一种参照因素也被重新纳入20世纪90年代诗歌,从而建立起另一种"互文"关系。

针对"传统"与新诗之间的关联,诗人们似乎达成了普遍的共识,多数时候,在他们看来似乎并不构成问题。诗人孙文波在《我的诗歌观》中表达的对于"传统"的态度颇具代表性,从最为广泛的意义上,孙文波认为"传统是一种精神。从这个意义上来讲,我们实际上就置身在传统之中,是传统的一部分"。随后他引用艾略特《传统与个人才能》中的著名观点,即"传统的现存性",指出"传统的界定权利应该是在后来者的手中",因而他宁愿相信"正是我们自己在创造传

---

(1) [美]奚密:《中国式的后现代?——现代汉诗的文化政治》,载于《中国研究》1998年9月号。

(2) 王家新:《中国现代诗歌自我建构诸问题》,载于《诗探索》1997年第4辑。

统"⁽¹⁾。孙文波在此所表达的，很大程度上是绝大多数当代中国诗人们的共识，即对于具体的诗歌写作者来说，这首先是一个个体实践的问题而非其他。

与之遥相呼应，臧棣探究新诗史上有关"传统／现代"的关系这一压迫性的疑问，所做出的回应，更富理论说服力与普遍性。他借用哈贝马斯"现代性未完成"的结论，指出"中国新诗的问题，从根本上说，并非是一个继承还是反叛传统的问题，而是……在传统之外出现了一个越来越开阔的新的审美空间"。因此，在与"古典诗传统"的问题上，不可避免地，新诗"会借用已经处于过去的一切。但这只是借用，而不是沿袭"。⁽²⁾可以看到，一种虚拟却绝对化的连续性被臧棣拆除，他指出两者之间是一种重新解释的关系；他继而补充，这种重新解释并不存在着规律性的东西，它可能会对新诗的发展产生戏剧性的影响或推动，但却不可能成为决定其发展的根本力量，换句话说，"它不能发展成一种似是而非的标准，用以决定或是衡量新诗的发展"。臧棣这一总结性的工作为当代诗歌的有关讨论提供了一个坚实可靠的起点，辨明了对新诗的评价，并不取决于"古典诗传统"提供的标准，在这个意义上，批评家王光明才认为："过去的传统，不是（至少不完全是）我们生活与创造的标准，而是出发和创新过程中不断对话的资源。"⁽³⁾

从新诗使用"现代汉语"诞生的独特性角度，不止一位诗人谈及现代汉语与文言之间的断裂，认为现代汉语作为由白话文和汉译语言逐渐合成的语言，是"作为一种诗歌语言被自觉发明和人为造就的"。陈东东在《回顾现代汉语》中写道："由于古汉语的死于'现代'——不便于说出，更不用说对强行涌入中国人意识和生活的现代，无从表达对'现代'那过于复杂的感受、感想和感慨"，因此"现代汉语"就被迫生成和自觉发明了。"现代汉语特殊出生的要点在于，它就是它想要说出的话语……它是被'现代'所迫而生成的语言，它是用于

（1）　孙文波：《我的诗歌观》，载于《诗探索》1998年第4辑。
（2）　臧棣：《现代性与新诗的评价》，载于《文艺争鸣》1998年第3期。
（3）　王光明：《传统：标准还是资源？》，载于《湛江师范学院学报（哲学社会科学版）》2004年第5期。

'现代'的语言,它是语言与话语的合一。"(1)臧棣也强调了新诗所使用的"现代汉语"的社会性:"新诗的发生全然同一种现代性的语言观念的形成相联系,即语言具有社会性,作为一种语言的文学应积极参与社会的现代化构造。"(2)因而"古典诗传统"与新诗之间的断裂,在很大程度上是和文言与现代汉语之间的这种断裂关系直接相关的。

同样,从"现代汉语"这一语言角度出发,诗人们也谈论到西方诗歌与汉语诗歌之间的影响问题。西方现代汉语诗歌所产生的巨大影响,主要是通过汉语翻译来完成的,但"翻译家在翻译一首诗的时候,要做的事情就不仅是'翻译'了——翻译家还得依据原作者提供的'诗',用另一种语言去写出新'诗'"(3)。因此,无视语言的中介性,认为西方诗歌对汉语诗歌有绝对压制性的影响,其有效性就需要仔细斟酌,因为这些译文本身正是"现代"汉语,它们的自觉"发明",为现代汉语作为一种诗歌语言的自我建设起到了极为重要的作用。

诗人的反驳与论述,从新诗的"文化身份"上,有力地阐明了新诗与"古典诗传统"和西方诗歌(尤指欧美现代主义诗歌)影响之间的关系,不仅捍卫了新诗的身份合法性,并指出其广阔的未来:由于特殊的历史机遇,现代汉语的命名机制正处于形成中,仍未严密起来,(4)新诗反而面临着丰富的"可能性"。值得注意的是,当上述观点成为20世纪90年代诗人的共识后,他们注意力的核心已经逐渐发生了变化,进一步探讨这种预想中的丰富的"可能性"前景,如何转变成为当下诗歌自我实践的有效性,也成为当代诗歌自我建设的一部分。

黄灿然认为,从新诗诞生以来,"整个汉语写作都处在两大传统(即中国古典传统与西方现代传统)的阴影下。写作者由于自身的焦虑,经常把阴影夸大成一种压力,进而把压力本身也夸大了"。通过"阴影"与"压力"的区分,黄灿然巧妙地阐释了新诗——也就是现代汉语——的新生性以及由其新生性带来的丰富可能性,但同时他又从

---

(1) 陈东东:《回顾现代汉语》,见《中国诗歌:九十年代备忘录》,人民文学出版社,2000年版,第111、112页。
(2) 臧棣:《现代性与新诗的评价》,载于《文艺争鸣》1998年第3期。
(3) 陈东东:《杜鹃侵巢的仪式》,载于《读书》2001年第9期。
(4) 黄灿然:《在两大传统的阴影下》(上),载于《读书》2000年第3期。

文体的代终体换的角度指出:"现代汉语诗人的劣势,恰恰在于他们没有足够的压力。"

黄灿然的表述,触及了新诗在未来发展的丰富可能性,与自我实践之间的矛盾辩证关系,也是在摆脱了各种虚假的意识模式之后,直面现代汉诗自身历史而形成的信心与忧虑。当西川写到"在近现代中国诗歌史上,我们缺乏堪称榜样或是经得起严格批评的诗歌作品,以使后继的写作者获得借鉴的可能或对抗性的冲击力"时,也与黄灿然所谓"劣势在于压力不足"表达了同样的意思。也就是说,"新诗的前途、命运并不取决于对这种'传统'的学习和沿革,相反,新诗的自我探索将会深刻地影响我们对于'传统'的认识、估定和发掘。"⁽¹⁾但作为可供参照的文学资源,"古典诗传统"提供借鉴的可能或对抗性的冲击力,如何从个人写作的意义上"重新解释伟大的传统",20 世纪 90 年代的绝大部分诗人,不同程度地忽略了这一点,更多倾向于与西方诗歌的传统发生关联,以至黄灿然得出了这样一个结论:"由于命名机制的不同,古典汉语诗歌对现代汉语诗人实际上不构成压力,倒是西方现代诗歌汉译对现代汉语诗人构成一定的压力。"[2]

自 20 世纪 90 年代后期以来,不少诗人在诗和文章中开始提到杜甫、李白、李商隐等古代诗人。在个别情况下,他们是作为一种资料意义上的"互文性"因素被引入,或泛泛地作为某种"诗歌精神"被谈论。而少量针对古典文学的解读,实际上表现为"充分个人化的,更近于趣味的延伸,而不像新路的寻求"[3]。

与众多诗人不同,诗人张枣因为对"古典诗传统"独特的阐释与转化显得极其醒目、偏执,引起了广泛的注意,评论张枣时总会提及

---

(1) 冷霜:《新诗与"古典诗传统":诠释性关系的建构——以 1930 年代"现代派"诗人为中心》,北京大学 2006 届中文系博士学位论文,第 37 页。
(2) 黄灿然:《在两大传统的阴影下》(上),载于《读书》2000 年第 3 期。
(3) 1996 年,西川写出《贴近创作本身读解》(一名《原诗举目》),对屈原《山鬼》、贾谊《鵩鸟赋》、曹植《洛神赋》、李白《梦游天姥吟留别》、张若虚《春江花月夜》等作品加以解读,就是这方面一个突出的例子。(详细解读见西川《大意如此》,湖南文艺出版社,1997 年版。)因此,冷霜认为:"西川这一解读,与新诗史上类似的个案相比较,则它既不像废名《谈新诗》,借一种被现代所'发现'的传统,针对已有的新诗写作,来伸张其新的美学方案,也不像闻一多《唐诗杂话》,已进入学术研究范畴。而无论从选取的文本还是释读的方式,此文都是充分个人化的,更近于趣味的延伸,而不像新路的寻求。"(《九十年代"诗人批评"》,北京大学 2000 届中文系硕士学位论文)

他与"传统"之间的关系。诗人柏桦一再强调张枣诗歌与"传统"之间的关联:"《镜中》《何人斯》迎合了他不久写出的一个诗观,这个诗观的中心,就是传统精神。……他着迷于他那已经开始的现代汉诗的试验,着迷于成为一个古老的、馨香时代的活的体现者。"[1]洪子诚评价张枣时也注意到他的特异之处:"80年代的《镜中》《何人斯》就表现了和当时诗歌潮流不同的特质。……他(注:张枣)的诗延续了早期的'古典'的特征。"[2]张枣本人则提出了一个一直以来遭到误解的"汉语性"概念,认为在对"现代性"的寻求中,放弃了"汉语性",也就是加入了"诗歌写作的寰球后现代性,也使其加入了它一切的危机。说到底,就是用封闭的能指方式来命名造成的生活与艺术的脱节的危机。它最终导向身份危机"。

> 中国当代诗歌最多是一种迟到的用中文写作的西方后现代诗歌,它既无独创性和尖端,又没有能生成精神和想象力的卓然自足的语言原本,也就是说它缺乏丰盈的汉语性,或曰:它缺乏诗。[3]

张枣的这一表述,粗看上去重复了奚密所批判的、郑敏所提倡的"中华性"的逻辑,显露出身处西方(德国)的中国当代诗人的文化身份的危机,但是在其本质、整一化的表述逻辑下,他的诗歌实践,却时刻显露出置身在现代性话语的进程中,重铸"传统"的努力,体现了"20世纪90年代诗歌"中"可能性"的另一面向:从个人写作的意义上"重新解释伟大的传统",同时也折射出诗歌的"可能性"不仅仅局限于文学史内部的独立演进,而是与社会历史之间处于极为复杂的关联互动中。因此,有必要从"传统"这一角度进入,结合其诗歌实践,分析其所建构的"传统"的具体内涵,有助于更为充分地了解张枣在"古典诗传统"与新诗之间建构的具体关联。

---

[1] 柏桦:《左边——毛泽东时代的抒情诗人》,香港牛津大学出版社,2001年版,第118、119页。
[2] 洪子诚:《中国当代文学史(修订版)》,北京大学出版社,2007年版,第345页。
[3] 张枣:《朝向语言风景的危险旅行——当代中国诗歌的元诗诗歌结构和写者姿态》,载于《上海文学》2001年第1期。

二、建构"传统":"日常之神的磁场"的缺失

任何一个稍微对新诗敏感的人,都能意识到从"五四"时期胡适提倡白话新诗伊始,"传统"与"新诗"之间的关系便纠缠不清。出于种种原因,许多诗人在诗歌面临困境的时候,纷纷回头去"传统"中寻找资源,获得新的诗歌可能性。比如,废名在《谈新诗》中说:"新诗将是温、李这一派的发展。"[1]显然是想在戴望舒等人对西方"象征主义"的借用中寻找到与温庭筠、李商隐的写作强调"暗示"间的渊源;再如卞之琳、吴兴华等人在"化古"方面做出了种种努力,在20世纪二三十年代诗人中,尤以朱湘对古典诗歌美妙意境和韵律的迷恋表现得最为明显。"文革"之后,朦胧诗以来,在新诗实践领域,也不乏力图在现代与"传统"之间进行一种沟通和联系的诗人。随着20世纪80年代初"文化热"的兴起,诗坛兴起了以文化为内容的诗歌风气,传统文化以及相关意象大面积挤进诗歌,成为诗坛一道独特的风景线。

20世纪80年代诗歌对文化的关注,最先由"朦胧五诗人"之一的江河开始,并为杨炼所发展,进而得到了一批四川更年轻诗人的响应,他们提出了"整体主义"和"新传统主义"的口号,把诗歌写作中以"文化传统"为目标的新动向公开化。正像"'文化寻根'小说对待传统的态度上,实际上判分为两大支系:一个是认同传统,一个是批判传统。'文化寻根'诗同样如此,也同样在对待传统的情感态度和理智认识上,判分为两个不同的流向"[2]。但无论是认同传统,还是批判传统,"传统"都已成为诗歌中频频出现的主角。一时之间,局限在盆地四周的"四川诗坛",谈玄论道盛行,典籍经书齐飞,甚至波及了一些不隶属于这个团体的诗人,比如王家新。同时,远在北京的海子也开始了写作文化诗的尝试,就连最初反对"文化寻根"诗潮最有力的"莽汉"诗人李亚伟,在驱却文化痕迹赤裸裸进入诗歌不久,转而又把个人形象与中国古代文化中的"酒徒或游侠"的形象联结起来。这么一

---

(1) 废名:《草儿》,见《新诗十二讲——废名的老北大讲义》,辽宁教育出版社,2006年版,第107页。
(2) 李振声:《季节轮换》,学林出版社,1996年版,第18页。

来,"李亚伟就和他初出道时所反对的,那种主张'寻根'并且认同于'根'的'整体'诗,在精神意趣上快坐到同一条板凳上。"[1]置身在全国,准确地说是四川诗歌的整体氛围中,张枣显然也不例外,接受文化诗歌的观念,[2]在为柏桦的《左边——毛泽东时代的抒情诗人》作序时,张枣明确表示了他对"传统"的体认:

> 我试图从汉语古典精神中衍生出现代日常生活的唯美启示的诗歌方法。在我家乡湖南,那弥漫着浓郁的楚文化日常微妙的地方,却完全得不到同代人的半点回应;先锋诗歌这些年不知为何一直与那片土地绝缘,虽然我的同学之中涌现了一批如何立伟、韩少功、残雪、徐小鹤似的散文叙述艺术的革新者。当代汉语诗歌为何重点选择了四川、南京等地来显灵,这真是一个大谜。[3]

尽管"传统"或者说"文化"作为一个大而化之的范畴,在不同的诗人那里得到普遍的借用和理解,但是不同的诗人进入传统的角度和方式大不一样。张枣发出抱怨,认为"在我家乡湖南,那弥漫着浓郁的楚文化日常微妙的地方,却完全得不到同代人的半点回应",与韩少功的追问不谋而合:"我以前常常想一个问题:绚丽的楚文化到哪里去了?"[4]所以寻根文学作家共同分享的理想抱负——深入传统文化的根部有生命力的因素,释放现代观念的热能,来重铸新的民族自我——同样适用于张枣。但从张枣对诗歌界的判断来看,他对"传统"的借用,更强调了一种与日常微妙相关的新的语言风格的可能性。

---

(1) 李振声:《季节轮换》,学林出版社,1996年版,第65页。
(2) 其实从"文化"或"文明"的角度来理解诗歌,不仅仅表现在张枣等人的身上,甚至可以说是20世纪80年代相当一部分诗人的根本出发点。比如姜涛就指出骆一禾、海子等人诗歌的特点:"毋庸讳言,骆一禾、海子的诗歌趣味迥异于当时乃至尚今的文学风尚,他们的写作也与习见的现代主义/后现代主义的立场,直接构成一种对峙。似乎可以说,他们所要掀起的是一场'新浪漫主义运动',这样说也大致不差,但值得关注的是,这场'新浪漫主义运动'的前提,并不局限于文学的层面,骆一禾诗学思考最突出的特点表现在:他从一种文明觉醒与消长的历程,或者说从一种文化形态学的视角,去构想诗歌的价值形象,这与惯见的从意识形态或美学的紧张中提出诗学话题的方式判然有别。"见姜涛《在山巅上万物尽收眼底——重读骆一禾的诗论》,载于《新诗评论》2009年第2辑,北京大学出版社,2009年版,第59页。
(3) 张枣:《销魂》,见《左边——毛泽东时代的抒情诗人》,香港牛津大学出版社,2001年版,第7页。
(4) 韩少功:《文学的"根"》,载于《作家》1985年第6期。

作为一个怀有把"传统"带入现代诗歌这种抱负的诗人，张枣面临着一个如何进入"传统"的问题。他切入"传统"的视角是通过对话，把"传统"转变为一个倾诉的对象"你"——"若即若离，比我更好的我"[1]。在一种动情的询问、回忆、向往和倾诉中，展现出"我"与"你"曾经有过的惺惺相惜、如鱼得水的美好回忆，但是现在，"你"却处于一种无法寻找的境地，只是留下一些微不足道的信息、蛛丝马迹、光影声色，留待"我"追怀和缅想。因此，诗人萧开愚评价张枣时说："张枣说话的对象是一个好像因为住得太远、形象显得虚幻的人，但我们还是可以从中分享到春风般的甜滋滋的爱意。"[2]

在前期诗歌创作中，张枣广泛借用了许多古代文化文本，比如对《诗经·何人斯》的改写，《苹果树林》里对《聊斋志异》中《崂山道士》的化用，《刺客之歌》里对荆轲刺秦王故事的借用等，甚至古希腊神话故事、莎士比亚戏剧中的典故，也成为他借以说话的诗学面具。但是，正是在这些具有历史内涵的诗歌文本中，历史故事所具有的社会政治内涵却被张枣巧妙地转化取消了，[3]诗歌中洋溢荡漾的，是一种深刻的恍惚感。诗歌全由一些日常温馨的生活小细节构成，通过一个婉转深情的声音组织，完成了一个充满日常人性的小磁场。在这个磁场内，那种温馨动人的微妙感觉蔓延开去，化成诗歌的整体氛围。《何人斯》中美好的日常细节比比皆是："你和我本来是一件东西／享受另一件东西；纸窗、星宿和锅／谁使眼睛昏花／一片雪花转成两片雪花"；"我咬一口自己摘来的鲜桃，让你／清洁的牙齿也尝一口，甜润的／让你也全身膨胀如感激"[4]。生活中如此不被我们注意的东西，现在被我们感知了。连"你"吸烟吃水果的日常细节都被纳入这个深情的追问与祈祷之中："为何只有你说话的声音／不见你遗留的晚餐皮果／空空

---

(1) 张枣：《春秋来信》，文化艺术出版社，1998年版，第38页。
(2) 萧开愚：《安高诗歌奖授奖辞》，《从最小的可能性开始：中国诗歌评论》，第234—257页，人民文学出版社，2001年版。
(3) 诗人批评家钟鸣就指出了这一点："他早期的历史感依据的还不是历史本身，而是一种音势。这种音势，发源于古汉语那种先验的甜美。"见钟鸣《笼子里的鸟儿和外面的俄耳甫斯》，载于《今天》1992年第3辑，后收入《秋天的戏剧》（黑客文丛），学林出版社，2002年版，第59页。
(4) 同（1），第35页。

的外衣留着灰垢／不见你的脸,香烟袅袅上升——"[1]

这种"日常之神的磁场"[2]意味着什么呢?如果我们将其与张枣对"传统"的理解结合起来,其中的含义就不言而喻了。在写出《何人斯》之后不久,张枣系统阐释了个人的诗歌观,其核心就是"传统",恰好印证了他的艺术实践:

> 历来就没有不属于某种传统的人,没有传统是不可思议的,他至少会因为寂寞和百无聊赖而死去。的确,我们也见过没有传统的人,比如某些极端的个人主义者和浪漫主义者,不过他们最多只是热闹了一阵子,到后来却什么都没有干。而传统从来就不尽然是那些家喻户晓的东西,一个民族所遗忘了的,或者那些它至今为之缄默的,很可能是构成一个传统的最优秀的成分。……如何进入传统,是对每个人的考验。总之,任何方式的进入和接近传统,都会使我们变得成熟、正派和大度。只有这样,我们的语言才能代表周围每个人的环境、纠葛、表情和饮食起居。[3]

显然,这种"日常之神的磁场"实际上代表着张枣对"传统"的理解。换句话来说,这种"日常之神的磁场"就是构成我们"传统"中最优秀的成分,是我们民族文化的精粹,洋溢着渗透进我们周围每个人的"环境、纠葛、表情和饮食起居"中的"传统"精神。当张枣说"传统从来就不尽然是那些家喻户晓的东西,一个民族所遗忘了的,或者那些它至今为之缄默的,很可能是构成一个传统的最优秀的成分"时,实际上包含着他对其他诗人诗歌中所谓"传统"的怀疑或者否定,也就是说"传统"对他而言,有糟粕与精华之别,并不是"传统"中的一切都值得我们借鉴。也许能够说明张枣早年对待"传统"态度的是诗人柏桦。在《左边——毛泽东时代的抒情诗人》一书中,他这样回忆早年与张枣的交往:

---

(1) 张枣:《春秋来信》,文化艺术出版社,1998年版,第36页。
(2) 这个说法出自张枣。参见张枣《而立之年》,见《春秋来信》,文化艺术出版社,1998年版,第129页。
(3) 引自柏桦《左边——毛泽东时代的抒情诗人》,香港牛津大学出版社,2001年版,第118、119页。

> 在川外,夜半的星星照耀着一条伸向远方的铁路,我们并肩走着,荡人的春气,森林或杜鹃正倾听我们的交谈,他的声音变得柔和而缓慢:"东方诗人表达聪慧、明智、愉快的内心生活和体现我们对文字工作和精神境界的偏爱和禀赋,老子、陶渊明和毛泽东正是顺应了这种倾向的圣人。诗人的事业是从三十岁才开始的(当时他才二十二岁)。诗的中心技巧就是情景交融,我们在十五岁时初次听到这句训言,二十岁开始触动,二十至二十五岁因寻找伴侣而合情,二十至二十五岁因布置环境而懂得'景',幸运的人到了三十岁才开始把两者结合,中国人由于性压抑,所有人只向往青春的荣耀,而仅有几个人想到老年的,孔子、老子……因而成了例外。"[1]

然后,在描述了个人不成功的家庭生活之后,柏桦又为我们进一步刻画了张枣的形象:

> 疼痛在逼迫我歌唱、逼迫我渴望成功,甚至幻想以诗歌成功来冲破我苦闷、单调的家庭生活,他不止一次告诉我中国文人有一个大缺点,就是爱把写作与个人幸福连在一起,因此要么就去投机取巧,要么就碰得头破血流,这是十分原始的心理,谁相信人间有什么幸福可言,谁就是原始人。痛苦和不幸是我们的常调,幸福才是十分偶然的事情,什么时候把痛苦变成家常便饭,当成睡眠、起居一类东西,那么一个人就算有福了。他在我的印象中基本没有任何世俗生活痛苦,他的痛苦仅仅是因为时光寸寸流逝,因为死亡是无法战胜的,因为"一江春水向东流"的青春将不再回来。他的这种纯粹诗意的力量对于我当时的心情是一个很大的安慰。[2]

综合柏桦所述,这种"日常之神的磁场"毫无疑问代表了张枣对

---

(1) 引自柏桦《左边——毛泽东时代的抒情诗人》,香港牛津大学出版社,2001 年版,第 115、116 页。

(2) 同上,第 119 页。

中国"传统"精神的理解。但是，张枣诗歌中那种恍惚而又焦虑的追问，又意味着"日常之神的磁场"的丧失或者缺席。他的早期诗歌中那种莫名其妙的失败感、难以进入的焦虑感，渗透到诗歌内部的肌理之中。于是，在《何人斯》里出现了这样近似抱怨的语气："为何只有你说话的声音／不见你遗留的晚餐皮果／空空的外衣留着灰垢／不见你的脸，香烟袅袅上升——"；而在《桃花园》中，诗人一开始就焦虑地呼吁："哪儿我能再找到你，唯独不疼的园地"[1]；在一番追忆后，诗人失望地说："君不见，空气中有任何一个角度／夏日炎炎，热汗直冒的隐士解小便；／我再也找不到，那不疼的园地"[2]；这种痛苦焦虑，最后只能变成了《楚王梦雨》的祈祷："如果雨滴有你，火焰岂不是我？／人神道殊，而殊途同归，／我要，我要，爱上你神的热泪"[3]。

但是，美好的"传统"不可能完全消失，彻底从我们现代生活中缺席，它总是留下了一些蛛丝马迹、断壁残垣，让我们可以琢磨追问。这种缺席的痕迹，有时候只是一种声音："正午是一叶修长的刀片／也许看不见里面血液的流动，／也没有一双臂膀和腰身／你却可能听见唐代的声音。"[4]或者"为何只有你说话的声音／不见你遗留的晚餐皮果／空空的外衣留着灰垢／不见你的脸，香烟袅袅上升——"[5]。或者只是一片芳香或者气味："你只是一个瞬息，你被无数个瞬息牵引／因此你追踪那些威严的芳香，那个明镜抛弃的光亮／你在梦中也尽力分辨白天和黑夜。"[6]实际上，在张枣诗歌里，对"传统"的理解，也投射了现代生活的细节和经验。比如，《何人斯》里，吸烟这个细节，显然来自现代日常生活，但这种"传统"美好精神的缺席却是更根本的。而张枣的诗歌，其实就是把"传统"的美好精神注入现代生活经验中，按照柏桦的评价就是：

这两首诗预示了一种在传统中创造新诗学的努力，这努力代

---

(1) 张枣：《桃花园》，见《春秋来信》，文化艺术出版社，1998年版，第37页。
(2) 同上，第38页。
(3) 同上，第55页。
(4) 同上，第19页。
(5) 同上，第35页。
(6) 同上，第20页。

表了一代更年轻的知识分子诗人的中国品质。《何人斯》是对《诗经·何人斯》的创造性（甚至革命性）的重写，并融入了个人的当代生活和知识经验。[1]

可以看出，张枣早期写作采取的具体策略，是从汉语古典精神中衍生现代日常生活的唯美启示的诗歌方法[2]，或者说，把现代日常生活中捕捉到的微妙的场景弹射或者寄托到古典文化精神之中去。在这里，"历史"或者说"传统"仅是一种借用。在张枣对"古典文本"或者"历史"的借用中，社会历史的因素完全被剔除干净，只剩下那些美好快乐的细节，它们只与时间的流逝有关，却又能通过某种精神性的复活，代代传递下去。这种日常生活性，可以理解为昆德拉《笑忘书》中那棵炮火之中老太太念念不忘的梨树。[3]

最能体现这种"日常之神的磁场"永恒性质的是他的《木兰树》和《早春二月》。与其他诗歌不同，这两首诗歌中，张枣不再戴着古典文本的面具，而是直接抒写诗人个人的当代生活。《早春二月》写诗人在故乡长沙和重庆时度过的快乐生活：那里，"尘埃绕城市袅袅地跳循环舞／喇叭像弟弟，车轮就是万花筒"[4]，而"果实把我捉到树上，狠狠地把我／摔落"[5]。在这个和谐甜美的世界中，一切都充满了生机："无论上下，都让我幽会般爱着"[6]。《木兰树》则写他和住所前一棵树的和谐关系。写树，又借树的眼光来写自己，两者甚至还开起了玩笑："她看出我手上的一壶水，对别的可是毒药。"[7]树一阵轻舞，把我"从她微汗的心上，肌肤上，退出去"。[8]树和人之间这种和谐快乐可以

---

(1) 柏桦：《左边——毛泽东时代的抒情诗人》，香港牛津大学出版社，2001年版，第117页。

(2) 张枣：《销魂》，为《左边——毛泽东时代的抒情诗人》作序。

(3) 米兰·昆德拉这样提到那棵梨树："他们都指责她说，大家想的都是坦克，而你，你想的是梨子。后来他们搬走了，在他们带走的记忆中，妈妈心胸狭窄。可是坦克真的比梨子重要吗？随着时间的流逝，卡莱尔领悟到……实际上妈妈是对的：坦克是易朽的，而梨子是永恒的。"具体参见米兰·昆德拉《笑忘录》，上海译文出版社，2004年版，第48、49页。

(4) 张枣：《春秋来信》，文化艺术出版社，1998年版，第17页。

(5) 同上。

(6) 同上。

(7) 同上，第9页。

(8) 同上。

想见。这两首写现代生活的诗歌，从反面再次证明了张枣所谓的"传统"，只不过是代表我们"周围每个人的环境、纠葛、表情和饮食起居"的"日常之神的磁场"。

张枣充满古趣和现代生活细节的诗歌出现在20世纪80年代诗坛中，宛如清新柔和的春风，吹过混乱而又喧嚣的诗坛，读过张枣的《何人斯》后，诗人王家新忍不住感叹道：

> 在前几年，我曾对那种抒情的泛滥深以为恶，但读了张枣的这首诗（指《何人斯》——笔者注）后，我自己的感情似乎又被温暖了过来。诗中那种纯正、刻骨，多少又带点恍惚的抒情味让我动心。由此，我被带进了一种说不出的氛围中。我想这里面一定有某种秘密在。[1]

说张枣的诗歌充满了日常生活之诗意，并不是说张枣的诗歌不具有现实针对性。张枣在评论同代诗人的写作趋向时，指出：

> 值得注意的是，诗人之间用"抒情我"所显露的写者姿态的差异：柏桦的"我"常是一个过敏的以文人疯子姿态独辟蹊径的写者，西川强调写者姿态的人文情怀和悲剧情结，孟浪呢，至少在这首诗里他用"我"的姿态来塑造了一个故意破坏公共财物的"汪达尔人"，具有挑衅的自我意识和后青春期多动症……[2]

张枣自己的写作实践自然也在这一过程中，正是通过塑造一个哀叹在和谐相处、私密亲爱的日常生活中精神丧失的多情人形象，从题材、语调、感情上，与朦胧诗人早期作品拉开了距离。在为柏桦的书作序时，张枣指出：

> 我们若掂出北岛的《回答》（1978年）作为其早期代表作，来

（1）王家新：《人与世界的相遇》，文化艺术出版社，1989年版，第71页。
（2）张枣：《朝向语言风景的危险旅行——当代中国诗歌的元诗结构和写者姿态》，载于《上海文学》2001年第1期。

比较柏桦的前期力作《表达》，我们又能看出两者作为不同诗学宣言的一种对称：虽然两者都是关涉言说的，但一个是外向的，另一个却内倾；北岛更关心言说对社会的感召力，并坚信言说的正确性，柏桦想要的是言说对个人内心的抚慰作用。[1]

其实，张枣对柏桦的评价完全可以转移到他自己身上。在张枣诗歌那种充满了感性的"日常之神的磁场"里，几乎寻找不到任何有关敏感话语的痕迹，也剔掉了语言的社会历史因素。张枣的诗歌，每一首都可以读作一场倾谈，但所有的对话无一例外都是哀叹或焦虑于"你"的失踪。正是通过"你"莫名其妙的失踪或者消失，张枣拒绝姿态的彻底性表露无遗。

当然，说社会现实的指涉在张枣早期诗歌中不存在有些绝对。在"我"和"你"娓娓对谈中，社会现实的指涉偶尔也会进入诗歌，但其形象往往被漫画化。让我们来看一看《桃花园》这首诗："每天来一些讥讽的光，点缀道路。／怪兽般的称上，地主骑驴，拎八哥／我看见他们被花蚊叮住，咬破了耳朵／遍地吐一些捕风捉影的唾沫。"[2]在对所谓的那些"称上的"人漫画化后，张枣指责他们："我知道不是他们造了饥饿，他们太渺小／他们同我们一样饥饿，自身难保。"[3]语气温婉，辛辣的味道并不太重，但在张枣早期诗歌中已经非常罕见。考察其诗歌，可以发现，张枣只对那些精美的细节感兴趣，其诗语气往往纯净温柔。诗中的"我"常常对那些美好之物要么温柔地祈祷，要么深情地召唤，或者自我叹息。讽刺的口吻，几乎难以存身。这首诗歌很罕见地插入了讽刺性的因素，但这种温柔的讥讽，骨子里却是高傲。他不屑于谈论这些"太渺小"的人，"他们"不配进入诗歌的审美范畴。

写于1988年的《海底被囚的魔王》也存在着讽刺因素："看看我的世界吧，这些剪纸，这些贴花／懒洋洋的假东西；哦，让我死吧！"[4]诗中那不屑一谈的语气非常明显。

---

(1) 张枣:《销魂》，为《左边——毛泽东时代的抒情诗人》作序。
(2) 张枣:《春秋来信》，文化艺术出版社，1998年版，第37页。
(3) 同上，第37、38页。
(4) 同上，第21页。

正是这种纯粹、排除社会历史，对"日常之神的磁场"的沉浸，使张枣少年成名。在20世纪80年代热闹而喧嚣的诗歌试验浪潮中，很少有诗人能像张枣这样迅速找到个人独特的写作叙述方式。当然，在一个变化的语境下，这种姿态也可能成为一种限制，导致诗歌题材的局促和意境的偏于精致但相对狭小。

如果审视张枣的"传统观"，可以发现：在"传统的现代性转换"的逻辑下，当张枣把"传统"表述为"很可能是构成一个传统的最优秀的成分"时，他的表述就和"学衡派"主将吴宓的"文化观"接近，换句话来说，"文化"不仅是民族文明，而且应该是其中最精美者，从而"文化"这一概念融入了价值判断。而这一"民族文明"，张枣将其指认为"反映我们周围每个人的环境、纠葛、表情和饮食起居"的精神。

新时期文学一开始就处在东、西文化的碰撞中，特别是在20世纪80年代中期"文化热"兴起以后，人们对文化的意识越来越自觉，学界也开始花费大量气力去分析文化形态的演变和碰撞。尽管李泽厚在对"文化"进行讨论分析的时候指出："'文化'不仅仅就是研究上层文化，如孔子、老子、庄子，更要研究中国的衣食住行等各个物质方面，包括风俗习惯、行为模式。"[1]但这种文化自觉意识的背后是走向世界。因为要走向世界，从世界来看中国，所以中国文化被描述成了一个具有本质意义的整体。一些关于中国文化的本质性的论断开始出现，"农耕文明论""超稳定结构论"等为当时的人们所津津乐道。[2]张枣处在时代氛围中，自然也不能免俗，有忽略现实复杂语境而把"传统"本质化的趋向。而他所认同的"传统"，可以用柏桦的话来说明：

（1）李泽厚：《文化讲习班答问》，载于《台湾论坛》1987年第296期。
（2）"农耕文明论"主要出现在20世纪80年代"文化热"中，强调中国应该向西方靠拢。而建立在这一现代化意识形态下，就有必要划分文明性质，区分高低之别，从而把向西方学习这一立场合理化。按照人们的大致划分，世界被分为海洋文明、农耕文明、游牧文明、工业文明、商业文明和狩猎文明。中国被划为农耕文明，西方社会自然隶属于高级态的工业文明。20世纪80年代初，金观涛、刘青峰的论文《中国历史上封建社会的结构：一个超稳定系统》（《贵阳师范学院学报》1980年第1、2期）和据此改编的两本内容繁简不同的专著《在历史表象背后——对封建社会超稳定结构的探索》（四川人民出版社1983年版）、《兴盛与危机——中国封建社会超稳定结构》（湖南人民出版社1984年版）引起学界关注，提出了中国社会是一个"超稳定结构论"，封建主义根深蒂固，这种整体主义文化观也是服务于现代化的意识形态的。

中国文学历来都有这么一个气象，即和平、恬淡、殷实、享乐，即便有悲哀但也文雅而不抱怨，更不会紧张（须知紧张属西洋文学），当然更无深仇大恨，而且完全取消攻击性，还有"从不为悲苦所扰，要么化苦为美，要么就享受有限的人生"等。[1]

在这种对中国传统精神认可的过程中，原本作为策略借用以对抗现实话语秩序的"传统"却逐渐趋于本质化，丧失了和人的生存处境、现实境遇进行更密切灵活的对话的可能性。用华裔美籍学者奚密对郑敏的批评来说，这种"传统观"有一个未经检验的前提，那就是认为"中国古典传统是一个永恒不变、普遍统一的个体"，而忽略了"传统本身是一充满抗衡、协商、诠释、再诠释的过程。"[2]随着张枣离开中国，离开中国这个生动活泼的大环境，身份、语境、文化结构的变化，都导致了他对"传统"理解的变化。但毫无疑问，这个时候对"传统"认同、切入的角度，与他后期重构"传统"有一定的关联性。

三、重构"传统"："文化身份"认同

1986年，张枣以留学生的身份来到德国。真到了他所仰慕的"西方"，他却遭遇到了一个"漂泊"诗人所遭遇到的普遍困窘：

> 如果有人要将一个流亡作家的生活划入某一体裁，那么这便将是悲喜剧。由于他先前的生活，他能远比民主制度下的居民更强烈地体会到民主制度的社会和物质优势。然而，恰恰由于同样的原因（其主要的副产品是语言上的障碍），他发现自己完全无法在新社会中扮演任何一个有意义的角色。他所抵达的民主向他提供了人身安全，却使他在社会上变得无足轻重了。而没有任何

---

(1) 柏桦：《从胡兰成到杨键：汉语之美的两极》，载于《新诗评论》2005年第2辑。
(2) ［美］奚密：《中国式的后现代？——现代汉诗的文化政治》，见《学术思想评论》第五辑，辽宁大学出版社，1999年版。

一个作家，无论他流亡与否，能接受这样的无足轻重。[1]

1986年出国留学的诗人张枣，只是作为一个留学生的身份，获得德国的承认。尽管他对德语并不陌生，但并没有达到纳博柯夫或者布罗茨基那样，到了德国之后用德语写作的程度。因此，很长时间以来，他作为一个诗人的身份，得不到承认。"现实是，当年曾经在国内任何一个地方都能遇到被人当众诵出他的诗歌的待遇，到了国外无人识君，足足忍受两年的寂寂无闻，然后金子才开始发光。幸好他自己把中国诗人20世纪80年代的精英意识带到了国外，每次向陌生人做自我介绍时，他都会说：'我是张枣，我是一个诗人。'"[2]尽管将个人身份确定为诗人的自我介绍，饱含着精英主义的自傲与对诗歌自主性的强调，但是也从一个侧面反映出他在德国的尴尬地位：作为一个诗人，很长时间不能获得承认。

毫无疑问，张枣陷入巨大的孤独之中。按照2006年"五一"前后《新京报》的采访要求，张枣描述了出国后的处境：

我在国内好像少年才俊出名，到了国外之后谁也不认识我。我觉得自己像一块烧红的铁，哧溜一下被放到凉水里，受到的刺激特别大。我整整有三个月的时间讲不出来话，完全失语，不光没有写信，连日记也写不出来。我唯一讲的几句话就是到超市买东西，对人说一句谢谢。我的这种遭遇也是非常典型的八十年代留学生的遭遇，即新的物质对人的心理所造成的压力。[3]

这种困境，钟鸣在《旁观者》中有所反映：

张枣身在德国，从阅读和语言上与里尔克的距离更近了，按理说，是最有理由写写里尔克的。然而他没有这样做（这也是张

---

(1) ［美］布罗茨基：《我们称之为"流亡"的状态，或浮起的橡实》，见《文明的孩子》，中央编译出版社，1999年版，第49、50页。
(2) 刘晋锋：《张枣：80年代是理想覆盖一切》，原载于《新京报》，转引自诗生活网站"诗观点文库"，网址为http://www.poemlife.com/index.php?mod=libshow&id=1523。
(3) 同上。

枣聪明的地方),相反地选择了卡夫卡。其中最重要的缘由是,他的处境和卡夫卡更有着某种相似性:活着时的孤魂。[1]

  接张枣明信片,上印有怪鸟和"Help"字样。开始,我把它作"帮助"解,"感激涕零",写了这首诗(《画片上的怪鸟》,笔者注)。后来才反应过来,应该是"救命"。救命呀!救命呀!因为,那时,他才去国外不久,刚刚缓过气来,吃苦,几乎有一年多时间不说话。通过信,我发现他很苦闷,常常借酒消愁。这是"蓝色时期"的普遍情绪,但从未妨碍他幻想。写诗甜美而无懈可击,正像海底被囚的海底魔王和与情人巧妙周旋的卡夫卡。[2]

据钟鸣《旁观者》的记载,《海底被囚的魔王》写于1988年,正能反映张枣当时孤独消极的悲观心态。

一百年后我又等待了一千年;几千年
过去了,海面仍漂浮我无力的诺言

帆船更换了姿态驰向了惆怅的海岸
飞鸟一代代衰老了,返回不死的太阳

人的尸首如邪恶的珠宝盘旋下沉
乌贼鱼优哉游哉,梦着陆地上的明灯

这海底好比一只古代的鼻子
天天嗅着那囚得我变形了的瓶子

看看我的世界吧,这些剪纸,这些贴花
懒洋洋的假东西;哦,让我死吧

---

(1) 钟鸣:《手稿和对哭泣的一种愿望》,见《旁观者》第三卷,海南出版社,1998年版,第1358—1362页。
(2) 同上,第1382页。

有一天大海晴朗地上下打开，我读到
那个像我的渔夫，我便朝我倾身走来[1]

"一百年后我又等待了一千年；几千年／过去了，海面仍漂浮我无力的诺言"。诗人寂寞难耐的状态可以想见。最能形容他所处的状态的是"囚得我变形了的瓶子"，诗人难以自处的心态直接表露。这首诗歌的主题，就是孤独。这种孤魂般的处境，几乎到了压倒人的地步。但是这种孤独，并不是政治经济原因，主要是因为他身处德国，无人赏识。他的中文写作，就是在国内，除了有限的几个朋友，这个时期也同样面临着丧失读者的境遇。

如果仔细观察该诗主题，会微妙地发现诗歌的性质有了一个小小的但是重要的变化。简单来说，张枣诗歌中寻求"知音"的观念，"寻找对话"的主题开始萌芽。这个变化发生在最后一句："有一天大海晴朗地上下打开，我读到／那个像我的渔夫，我便朝我倾身走来。"这一句突兀而来，好像是厌烦中的突然倾诉，近似于祈祷，渴求着理解和解救。

在张枣出国前的诗歌中，类似于这一句的表达比比皆是："他们不在眼前，却在某个左边或右边／像另一个我的双手，总是左右着这徒劳又徒劳，辛酸的一双手。""那么，他是谁？他是不是那另一个／若即若离，比我更好的我？""如果雨滴有你，火焰岂不是我／人同道殊，而殊途同归／我要，我要，爱上你神的热泪。"但是相似的表达，还是发生了"质"的变化，变化主要发生在"我"和"你"位置的互相更换上。

在张枣早期诗歌中，"我"作为倾诉之人，是在追忆或者询问"你"的位置，而"你"却若即若离、恍兮惚兮，具有神一样的性质：无所不在却又无处寻找。之所以"你"如此神秘，只不过是因为"你"对应于"传统"，而一个个人总是属于"传统"的，所以"传统—你"才上帝般的既亲切而又神秘。而在这一首诗歌里，"你"和"我"的位置发生了戏剧性的互换，"我"成为被解救、被召唤的对象，"那个像我的渔夫"

---

[1] 张枣：《春秋来信》，文化艺术出版社，1998年版，第21页。

也具有一种和"我"对等的身份。

可以看出,正是因为出国之后,身份变化,处境改变,导致孤独而无人理解的困境,才为张枣的诗歌腾挪出活力来。在继承原来诗歌对"传统"理解的基础上,他发展出"寻找知音"的主题来,写出了一批内容更丰富的优秀诗歌来。这个时候,诗歌中的"你"就变成了某一具体而又私密的个人,比如《今年的云雀》展开了与诗人保罗·策兰的对话,而在《跟茨维塔伊娃的对话》中,俄国革命后流落异地十多年的女诗人茨维塔伊娃成为交谈的密友。组诗《云》为两岁的儿子生日而作,诗歌中对话的"你",就是诗人年幼的儿子。

随着张枣把对话的对象转向某一个人,诗歌的内蕴更为丰厚起来。具体来说,原因很简单:因为对话的是具有各自背景和历史的个体,在"寻找知音"的过程中,许多人文历史话题就被引渡了过来,区别于早期诗歌中那些只是充满了人性的日常生活细节,从而为诗歌铺垫上了丰厚的历史底蕴。举例来说,《跟茨维塔伊娃的对话》中,俄国革命后流落异地十多年的女诗人茨维塔伊娃成为交谈的密友。两个人相同之处很多。作为诗人,诗歌的艺术成为相互探讨的内容,两人流落异国、诗人身份不被承认的处境也比较相似,因此两个人进入一种非常美好的对话氛围——"东方即白,经典的一幕正收场:俩知音一左一右,亦人亦鬼,/谈心的橘子荡漾着言说的芬芳,深处是爱,恬静和肉体的玫瑰。"[1]但毕竟处境不同,时代发生了变化,"你"生活在革命历史年代,"我"面临的却是英雄隐身的商业化时代:"再回到外面,英雄早隐身,只剩/非人和可乐瓶,围观肌肉的健美赛,/龙虾般生猛的零件,凸显出未来。"[2]

在张枣发展"寻找知音"主题的过程中,《卡夫卡致菲丽丝》的地位比较特殊。这首诗歌,模拟卡夫卡给情人菲丽丝写信,实际上却是张枣戴着诗学面具,向他理想中的听者钟鸣发出的号召。也正是在这首诗歌恰好获得了钟鸣知音般的精妙评析后,张枣才有了把"寻找知音"变成他诗歌主题的信心。

---

(1) 张枣:《春秋来信》,文化艺术出版社,1998年版,第113页。
(2) 同上,第110页。

真的，我相信对话是一个神话。它比流亡、政治、性别等词儿更有益于我们时代的诗学认知，不理解它就很难理解今天和未来的诗歌。这种对话总是关于具体的人的，要不我们又回到了20世纪独白的两难处境。这儿，我想中国古典传统，它的知音乐趣可以帮助我们。这个传统还活着。……正如后来出国后的作品，尤其是《卡夫卡致菲丽丝》，它与死者卡夫卡没有太多事实上的关联，而是与我一直佩服的诗人批评家钟鸣有关，那是我在十分复杂的心情下通过面具向钟鸣发出的，发出寻找知音的信号。他当然不知道这些外部的前提，而竟然，在一年之后我突然收到了他的一篇析读文章，那是一篇洋洋得意的文章，整个儿在细节上洋溢着知音的分寸和愉悦……它传给了我一个近似超验的诗学信号：另一个人，一个他者知道你想说什么。也就是：人与人可以用语言联结起来。对我而言，证实了这点很重要。[1]

可以印证这种出国前后"传统"的性质变化的是：出国后，与"传统"对话时，"传统"会以"树"、"祖国"或"祖国丛书"的象征方式出现，成为一个需要追寻摸索的客体他者，不再以"你"的方式出现。

同样，也正是因为诗歌中对话的"你"性质的变化，诗歌的主题也由"对话"变成了"寻找对话"。为什么这么说呢？

观察出国之前与出国之后的作品的叙述方式，将会有一些有趣的发现。早期诗歌中，那个倾诉的声音在对"你"的呼唤中，追忆"我"与"你"相依相恋的美好细节，或者是《何人斯》般的抱怨语气，或者是《楚王梦雨》中那种祈祷的依恋语气。但是，从来没有交代"你"为什么消失不见，或者为什么"我"总是找不到"你"。如果我们理解早期诗歌中的"你"对应的是"传统"，就知道张枣出国之前显然没有身份认同的危机，"传统"与"我"性质是同一的，但由于被放置在时间的进化轴上，其缺席、消失自是不言而喻，无须任何说明了。而现代生活中，作为后代的"我"找到的只能是一丝一缕"传统"留下的踪

---

(1) ［德］苏珊娜·格丝:《一棵树是什么？》，见《语言：形式的命名》（孙文波等编），人民文学出版社，1999年版，第344、345页。

迹。正因为"我"与"传统—你"的性质,早期诗歌采取的基调是对话,直接对着"传统—你"倾诉、抱怨或者祈祷。

但当出国后诗歌中的"你"指代的是某一具体的个人时,"我"与"你"之间的对话,就要复杂多了,因为在两个人之间存在着种种难以抉择无法理解的历史、地理、文化等阻隔因素。在某些时刻,两个个人有着突然获得理解达到瞬间融合的可能。所以,诗歌中寻找对话的可能,只能在叙述中摸索着互相接近,铺展"我"和"你"之间寻找、靠近的过程。可能在一个长久的停滞之后,两个阻隔的个人瞬间接通了:"手继续挖天空。/当它找到你呼吸的床,/也停下。停下,就是我们唯一的地址。//黎明的晨班车通过了/而我们还在等着我们/白昼的另一端,如云的醉汉/突然放歌。"(1)(《蓝色日记》)但更多时候在"传统—你"与"我"的关系中,却无法实现融合,而是一种焦虑和哀叹,因为在"我"和"传统—你"之间阻隔着的是时间的深渊。即使出现某种快乐融融的时光,比如《秋天的戏剧》,张枣也要指出,这个美丽的时光,只能是语言上的:"我潜心做着语言的实验/一遍又一遍地,我默念着誓言/我让冲突发生在体内的节奏中。"(2)

综上所述,张枣诗歌出国前后主题的变化,可以大致概括为:对话的对象由"传统"到"个人",而诗歌的过程则呈现为由"对话的过程"转变为"寻找对话的过程"。有了这种主题上的差别,才导致张枣出国后诗歌语调上呈现出一种总体趋势上的变化:由"倾诉、祈祷"的私密语气转变为"描述"的叙述口吻。

当诗歌的主题变成了"寻找对话",则"空白"的主题就被发明或者引进来。出国前,"传统"与"我"之间,只存在"丧失"和"追问"的关系,但"我"和"传统—你"之间不存在理解上的差异。但当诗歌中的"你"变成了私密的个人,在"我"和"你"之间对话失败的可能性就增大了,时刻要面临难以领悟的阻隔,而这阻隔就是"无边无垠的墙","空空如也"。可以说,张枣诗歌"空白"的主题,就变成了对各种各样阻隔在"我"和"你"之间的"空白"的探索。"空白"这个词

---

(1) 张枣:《春秋来信》,文化艺术出版社,1998年版,第72页。
(2) 同上,第45页。

语不仅反复出现在他的诗歌中，还成为他的一组诗的题目——"空白练习曲"，甚至被提升到哲学的高度上。

从这个角度来讲，"……对话是一个神话。它比流亡、政治、性别等词儿更有益于我们时代的诗学认知"。

当张枣把个人在海外遭遇的困境，转变为"寻找对话"的主题的时候，他就是把海外诗人所面临的困境表达出来。相比其他的海外诗人，不从诗歌技艺上来考究，单就主题的覆盖面、丰富度来说，张枣要远远高过其他诗人。

"对话"的丰富性是建立在主体的身份差异的基础上的。张枣身在异域，展开对话的前提，就是个人文化身份的认同，而这恰好也正是他身处德国遭遇的最大的困境。面对这一困境，张枣往回追溯，开始了文化身份寻求的过程，而这一过程一旦展开，就面临着一个既陌生又熟悉的话题——"传统"。因为一个身在海外的诗人，不同文化的碰撞，必然导致他的追问：个人是建基在什么上的？这个时候，"传统"又被重新发明建构了出来，最能展现张枣诗歌重新建构"传统"逻辑的是他写于1992年的那一首诗——《祖国丛书》，全诗如下：

那溢满又跪下的，那不是酒
那还不是樱桃核，吐出后比死人更多挂一点肉
井底的小男孩，人们还在打捞

直到夜半，直到窒息，才从云嘴落地的
那只空酒瓶，还不是破碎
人类还容忍我穿过大厅

穿过打字机色情的沉默
那被拼写的还不是
安装在水面又被水打肿的

月亮的脸;船长呵你的坏女人
还没有打开水之窗。而我开始舔了
我舔着空气中明净的衣裳

我舔着被书页两脚夹紧的锦缎的
小飘带;直到舔交换成被舔
我宁愿终身被舔而不愿去生活。(1)

正如布罗茨基在《我们称之为"流亡"的状态,或浮起的橡实》中所提到的:"也许一个比喻能帮些忙:一位流亡作家,就像是被装进密封舱扔向外层空间的一条狗,或一个人(自然是更像一条狗,因为他们从不将你回收)。而这密封舱的乘客就会发现,左右着他的不是来自地球,而是来自外层空间的引力。"(2)在对流亡作家被逐出这一刻进行了详细的分析之后,又接着说:"对于我们这个职业的人士来说,我们称之为'流亡'的状态,首先是一个语言事件:他被推离了母语,他又在向他的母语退却。开始,母语可以说是他的剑,然后却变成了他的盾牌、他的密封舱。他在流亡中与语言之间那种隐私的、亲密的关系,变成了命运——甚至在此之前,它已变成一种迷恋或一种责任。"(3)

在这首诗歌中,张枣明确表明了个人对"祖国"的"文化典籍"的回返与依赖。而这种返回"祖国丛书"——可以对换为"传统"——的逻辑,也在诗歌中被展现了出来。换句话来说,生活在西方那种"窒息""沉默"的异域文化困境中,诗人的精神生存能够依赖的,只能是"祖国丛书"所提供的生活空间,而在这种求助于"传统"的过程中,"传统"和"我"之间互相触发,出现了一种"我宁愿终身被舔而不愿去生活"的局面。

诗歌中,三个"还不是",强调了这种现实的狼狈处境。为什么

---

(1) 张枣:《春秋来信》,文化艺术出版社,1998年版,第67页。
(2) [美]布罗茨基:《我们称之为"流亡"的状态,或浮起的橡实》,见《文明的孩子》,第59页。
(3) 同上。

"那溢满又跪下的,那不是酒／那还不是樱桃核,吐出后比死人更多挂一点肉"呢?实际上涉及母语文化与异国文化之间的差异带来的抵触情绪。同一个词、同一事物,在不同的语言文化氛围中,所围拢的感觉大有差异,也给异域生活的诗人带来了极大的不适应。当诗人说"那溢满又跪下的,那不是酒",其实说的是"酒"带来的感觉区别于"传统"中"酒"所提示的感觉,而这"酒"所激发的新感觉,又还没有转变成西方人对酒的态度。正是在这个意义上,他用了"还不是"这个副词,来强调身在异国力图认同西方的困难。这种差异,不仅仅局限在物质上,甚至造成了个人精神的困窘,到了心灵破碎的程度。困境还在于身处异国使用异国语言,拼写出的文字不能具有激荡的海水那样的活力。实际上,诗人是在说,他这个待在密封舱中的"诗人船长"还没办法在德语之水中自由地滑翔。诗人被逼着承认了自己的个人处境:"船长呵你的坏女人／还没有打开水之窗。"

"而我开始舔了／我舔着空气中明净的衣裳／／我舔着被书页两脚夹紧的锦缎的／小飘带;直到舔交换成被舔／我宁愿终身被舔而不愿去生活。"布罗茨基的话兑现了:"他被推离了母语,他又在向他的母语退却。开始,母语可以说是他的剑,然后却变成了他的盾牌、他的密封舱。"[1]张枣在诗歌中不停地强调东西方文化的差异,实际上,所谓的东西方文化上的差异,只是他的一种诗歌策略,是他驻留德国针对异国他乡不适应状态的一种被动反应。从主动的"舔"到"被舔"之间,从《刺客之歌》中把留学德国看作承担某种使命,到现在的返回,发生的变化实际上意味着"自我文化身份"的重新建构过程。

文化身份认同的问题,是第三世界知识分子留居第一世界普遍遭遇到的问题。英国学者霍尔(Stuart Hall)谈到文化身份认同的问题时,指出两种不同的心态:

> 一种是回溯本源,往回看的文化身份认同方式。这种认同方式将文化身份认定是众多自我面貌内深藏的一个固定自我,是一种集体的经验,是拥有同样历史、祖先与文化符号的民族所共享

---

(1) [美]布罗茨基:《我们称之为"流亡"的状态,或浮起的橡实》,见《文明的孩子》,第59页。

的文化,这种文化身份认同也使得这个民族在历史变迁之下仍自称为统一的民族。另一种文化认同方式则是认知文化身份中的差异,而放弃强调同一经验与同一身份的论述,并视文化身份为一正在形成中的过程,包含各种变量。这种文化身份一则衔接历史,但亦随时在转变当中。[1]

从20世纪80年代初对"传统"的性质认定,到此时认同的来源——"祖国丛书"或者说文化典籍,我们可以看出,张枣"文化身份"的认同,更趋向于一种集体经验。但在一定意义上,文化身份既是"存在"又是"变化"的,属于过去也同样属于未来。即使是来自集体经验,它并不是可以自外于历史与文化而恒常不变的,而是一个有待发明和重新复活的事物,屈从于历史、文化和权力的不断"嬉戏"。认同"传统"并不是回归源头,也没有一个我们可以最终绝对回归的固定源头。事实上,一个人的身份是由"记忆、幻想、叙事和神话"建构出来的,而不是固定的、永恒不变的。[2]因此,在张枣诗歌中,20世纪80年代建构的"传统—你"与出国后所建构的"传统—祖国丛书"或者"传统—树"之间因为身份语境的变化而产生的差异性显而易见。20世纪80年代初所构筑的"传统—你"针对的是现实,而出国之后,张枣诗歌中所重新建构的"传统—树"却针对着"西方文化"。

但是,强调差异,并不意味着忽略两者之间的继承性。仔细考察,两者之间同样存在着某种同构性,那就是不论建构"传统"针对的是何种话语,在这里,"传统"被建构的前提,都是在西方文化的"看"的视角之下,不可避免地使这种"被看"的"传统"被指认为具有某种确定本质的性质,有被体制化的危险,尤其是当诗人的"文化身份认同"危机与中国当代诗歌面临的"身份合法性"危机纠结在一起的时候。

---

(1) [英]斯图亚特·霍尔:《文化身份与族裔散居》(罗钢译),见《文化研究读本》(罗钢、刘象愚主编),中国社会科学出版社,2000年版,第208—222页。
(2) [美]布罗茨基:《我们称之为"流亡"的状态,或浮起的橡实》,见《文明的孩子》,第59页。

四、"传统"阐释的危险

考察张枣出国前后诗歌的变化,最突出的一个特征就是随着诗人出国,核心意象的选择与出国前有了很大的不同。出国前,诗中的核心意象的"血统"都很纯粹单一:改写古典文本的诗歌,基本上不出现西方文化的意象;翻新西方典故的诗歌,中国古典文本中的语言也很少出现。但是张枣出国之后,中国古典诗歌与西方诗歌意象就互相渗透在文本里了,两者交互改写,使诗歌的肌质呈现出一种复杂的质地。联系他身处异国遭遇文化身份认同的困境,考虑到其诗歌的选词,多在"文化"意义上勾连与互文,那么这种诗歌肌质混杂现象就不仅仅单纯是词汇选择的问题,还反映出他"文化身份认同"上的犹豫矛盾和紧张,在一定意义上说,也就是个人与"传统"认同的内部紧张。

1986年,张枣出国,第三世界的中国诗人进入第一世界的德国。如其他海外诗人一样,张枣也要面临着一个"文化身份认同"的问题。出国前,通过一个个文化语码的暗示,"传统"以"你"的面貌出现在诗歌中,比如《何人斯》《桃花园》《楚王梦雨》等。"西方他者",基本上只是隐含在传统/现代的逻辑中,作为一个"不在场"存在于诗歌文本中。出国之后,"西方他者"成为一个不得不面对的"在场",因而这种内在的"身份认同"的紧张过程,也导致诗歌出现了一种紧张的对峙关系。

在写于1986年刚到德国时的《刺客之歌》中,张枣把个人去国离乡的行为,等同于荆轲刺秦王,承担着某种陌生的难以言明性质的使命:

你看他这时走了进来
像集中了所有的结局和潜力
他也是一个仍在受难的人
你一定会认出他杰出的姿容[1]

---

[1] 张枣:《刺客之歌》。原诗没有公开发表,本节诗歌引自钟鸣《笼子里的鸟儿和外面的俄耳甫斯》,载于《今天》1992年第3辑,后收入《秋天的戏剧》,第61页。

"西方文化"作为一个未出现的"他者",已对诗人造成了一种隐隐的威胁,难以言明的紧张气氛缭绕不去。而《德国士兵雪基斯曼的死刑》[1]一诗,写的是一位德国士兵。他因为会俄语被派往俄国,却被"俄语"的内在风情迷惑,与一个俄国姑娘用俄语谈情说爱,被作为叛徒处以死刑。尽管这首诗歌是诗人"戴着面具"写出的一场小戏剧,其中的背景也与诗人的背景相区别,但德国士兵对异国文化痴迷被作为叛徒处死的隐喻也可转用到张枣与德国文化的关系上。"背叛"一词严重的性质,反映出诗人身份认同的紧张与微妙。组诗《在夜莺婉转的英格兰一个德国间谍的爱与死》[2]遵循同一逻辑,其中"文化身份认同"的性质,以"间谍"来定性。

不过,后两首诗歌中,主人公的遭遇与诗人毕竟不能完全一一对应,所以难以确认为诗人面临"身份认同"危机时的心理。但是这种紧张感,还是渗透到了诗歌内部的肌理中,形成一种难以抉择的对峙,《卡夫卡致菲丽丝》的第四节就体现了这种认同的紧张感:

梅花鹿,一边跑一边更多,
仿佛那消耗的只是风月。
办公楼的左边,布谷鸟说:
活着,无非是缓慢的失血。

当我们把这几句诗放入全诗,意义就相当明显,体现了借卡夫卡说话的"我"夹杂在东西方文化之中的矛盾复杂的心态:前两句是对中国文化中时间观念的形象表达,也即苏轼《赤壁赋》中"主人"所持的"人生有限,风月无边"的时间观。而"办公楼的左边,布谷鸟说:/活着,无非是缓慢的失血",这种对人生的看法源于西方人对时间的悲剧体认:时间是直线式的一去不返,人活着,归宿就是坟墓。夹在梅花鹿(中国意象)与布谷鸟(西方意象)之间,办公室里坐着的"我"如何自处呢?"我真愿什么会把我载走,/载到一个没有我的地方。"

---

(1) 张枣:《春秋来信》,文化艺术出版社,1998年版,第62—64页。
(2) 同上,第56—61页。

随后两句的祈祷语气,显示出他焦急无奈、回避选择的心态。

时间到了1992年,张枣的"身份认同"最终又回到"传统文化"上来。上一节中所分析的《祖国丛书》写于这一年,"祖国"这个词语第一次进入他的诗歌来,并成为他另一首诗歌的题目。这种"身份认同"无疑是他面对困境的一种反应,如同当年郁达夫《沉沦》中的主人公一样。可是这种"传统"建构落实到"文化典籍"中,潜在的危险同样反映在写于1993年的《入夜》里。

《入夜》这首诗歌中,"传统"以一个最通俗而又准确的词——"树"出现了。这首诗歌中隐含的文化态度非常暧昧,却可以作为我们分析的文本,观察张枣诗歌中建构"传统"背后的暧昧。全诗如下:

那竖立的,驰向永恒
花朵抬头注目空难
我深入大雪的俱乐部
靠着冷眼之墙打个倒立
童年的玩意儿哗然泻地

横着的仍烂醉不醒
当指南针给远方喂药
森林里的回声猿人般站起
空虚的驼背掀揭日历
物质之影,人们吹拉弹唱
愉悦的列车编织丝绸

突然,那棵一直在叶子落成的托盘里
吞服自身的树,活了,那棵
曾被发情的马摩擦得凌乱的大树
它解开大地肮脏的神经
它将我皓月般高高搂起

树的耳语果真是这样的

神秘的人,神秘的人
我不知道你是谁,但我深知
你是你而不会是另一个[1]

诗歌前三节展示了三种应对人生困境的不同姿态。一种姿态是站着,"花朵抬头注目空难";一种姿态是横着的,"空虚的驼背掀揭日历";显然这两种应对姿态,都让"我"感到了难以适应,无所适从。可是问题的解决却富有戏剧性:"我"正处在难以抉择的状态中,"突然,那棵一直在叶子落成的托盘里/吞服自身的树""皓月将我般高高搂起"。"横着的"沉湎于物质的萎靡,与"竖立的"精神上的寒冷,都在"我"与这棵"树"发生神秘交流时,变成了一种自得其乐难以索解的愉悦状态。对于最后两节的分析,德国汉学家苏珊娜·格丝在《一棵树是什么?》中做出了令人激赏的解读。

> 今天的个人只得面对他自己发现的现实,而传统肯定也是这现实中的一种。对于张枣,传统也就是"树"的根,是"叶子"(个人)应该去寻找的。一如叶子经过脱离才能再"找到"或者说回归树,个人也只有通过搜寻朝向陌生、开阔,空白和对话之路才能再发现传统。他在同年写的题为《入夜》的那首诗里展现了这一幻境:突然,那棵一直在叶子落成的托盘里/吞服自身的树,活了,那棵/曾被发情的马摩擦得凌乱的大树/它解开大地肮脏的神经/它将我皓月般高高搂起/树的耳语果真是这样的/神秘的人,神秘的人/我不知道你是谁,但我深知/你是你而不会是另一个。这儿出现的神秘合一说明个人与传统不再分离,也就是,在一个地理上远离传统的陌生场地,个人通过学习、记忆和搜寻将传统进行了内化,自身成了传统的携带者:"那棵一直在叶子落成的托盘里/吞服自身的树,活了。"这就是"树"——"个人"的含义。[2]

---

(1) 张枣:《春秋来信》,文化艺术出版社,1998年版,第29页。
(2) [德]苏珊娜·格丝:《一棵树是什么?》,见《语言:形式的命名》,第348页。

有了这一个得当的分析作为基础,再回过头来审视一下第一、二两节,则含义不言自明:站着的姿态,显然与张枣所认定的"西方文化"有关。因为按照对"西方文化"最泛化的理解,朝向永恒的站立姿态,恰好是对西方人人生姿态最典型的说明。诗人用"花朵"的柔嫩、弱小、自然与"空难"的庞大、难以阻挡来形容这种姿态的悲剧性。随后,诗人描绘"我"对"西方文化"的感受,竟仿佛进入了"大雪的俱乐部",寒冷难禁。由于这首诗歌实际上自况意味很重,所以,借助"冷眼之墙"这个词语,他在德国遭受到的冷遇曲折隐晦地传达了出来。陷在这种被"西方文化"拒绝的境遇里,"我"就跟"西方文化"的悲剧姿态相反,采取一种"倒立"的姿态,不再追求永恒,往回看,得到的是一些与"童年"相关的东西,"玩意儿"一词显然表示对这种发现的蔑视、轻忽。那么换种姿态又如何呢?"横着的仍烂醉不醒/当指南针给远方喂药/森林里的回声猿人般站起/空虚的驼背掀揭日历/物质之影,人们吹拉弹唱/愉悦的列车编织丝绸。"这种横着的姿态,与张枣所理解的中国当代人的人生观相通。当代中国人迷恋物质,但是精神却很空虚。敏感的读者如果对张枣足够熟悉的话,实际上可以发现这一节所描绘的风情,带有成都或者重庆的影子。张枣对中国当代尤其是20世纪90年代的精神变化显然有一种不满:

> 没想到三四年之后,中国的电信就迅猛发展,可见物质来得有多快,对诗人的冲击有多大。但我还是觉得有强烈的凄凉感,一年之后我回到家乡湖南,第二天就跑去了四川看我的诗人朋友。我以为我们还会像以前那样彻夜长谈,除了诗歌什么都不谈。我曾经和柏桦三天三夜连续不停地谈论诗歌,像永动机一样滔滔不绝。我回来的时候正好是秋天,仅仅一年之隔,物质当然是越来越多了,柏桦已经从海南岛回来了,万夏开始做咖啡馆,很多朋友都在调动工作……人的表情也开始有一种真正的不安,我在国外最怀念的谈话突然变得不那么沉醉过瘾了,大家在谈论诗歌的时候也开始有些心不在焉。(1)

---

(1)刘晋锋:《张枣:80年代是理想覆盖一切》,原载于《新京报》,转引自诗生活网站"诗观点文库",网址为https://www.poemlife.com/index.php?mod=libshow&id=1523。

当代中国人的人生态度令"我"失望,在追求物质生活快活舒畅的背后,却是难以掩盖的空虚。显然,要想从这两种现实人生态度中寻找出路是虚妄的,但就在这个时候,"传统"却突然在"我"的精神上复活了。有必要辨析一下这里"传统"——"那棵一直在叶子落成的托盘里／吞服自身的树"——的具体所指。显然这里的"树"既指的是"中国传统精粹",同时又指的是承载"中国传统精粹"的古代文化典籍。从这一首诗里,"传统—树"衔接了出国之前呼唤的那个"传统—你",对"传统"的认定带有本质化趋向,但这一次,对"西方文化"却采取了一种怀疑、否定的姿态,同时又通过批判当代中国人,表明"传统"在当代中国现实中找不到了。更奇妙的是,这首诗中的"传统"反倒会复活在一个脱离了"文化母体"的个人身上。如果把这种"追认"继续推广到诗歌的写作上,作为一种策略,在个人写作中复活"传统",来催生一种新的诗歌可能性,尽管艺术上付出的代价是高昂的,但仍然不失为写作中独辟的一条蹊径。

随着张枣诗歌观念的"成熟",他所建构的"传统"[1]逐渐有本质化的趋向,反过来也把西方本质化了。正是在这种中／西二元逻辑的基础上,他诗歌对话中复杂的主题渐渐变成了一种确认中国传统价值的强烈欲望。作为征候,最能反映这一变化的是诗集《春秋来信》的压卷之作《祖母》。全诗如下:

1
她的清晨,我在西边正憋着午夜。

---

(1) 本章中,讨论张枣的"中西文化价值或思维"类比,与学术文章中的"文化价值或思维"使用相类似,但又有极不同的地方。涉及文化价值比较的问题,时代风气使然,20世纪80年代初开始写诗,张枣讨论"文化价值""文明"等时,总和诗人使用的工具——"语言"联系起来。这种思维方式,一方面与80年代流行的诗人自我认知有关——担当时代文化反思的先锋,诗人中的佼佼者,抱负甚大。对使用"语言"来工作的他们来说,其对自我形象的认定,多少接近艾略特在评价叶芝时对诗人的功能的定义,就是诗人既可以被视作一个民族的良心,也可以更新时代的感受力,但这一切都是通过"语言"来完成的;另一方面,80年代,欧美哲学界的语言学转向也影响到国内,语言哲学大受追捧,"语言"崇拜大行其道,诗人们受此时尚影响,讨论文化价值、文明、时代感等也要通过"语言"凸显出来。在诗界影响甚大的俄裔美国诗人布罗茨基的话可以将诗人的这一感受极端地表达出来:"他的诗歌将留存下去,因为语言比国家更古老,因为诗律比历史留存得更长久。"([美]布罗茨基:《哀哭的缪斯》,见《文明的孩子》,中央编译出版社1999年版,第133页)所以张枣在讨论他梦想中的"汉语性"的时候,总是和"西方思维""二元对立""逻辑"等纠缠在一起。

她起床,叠好被子,去堤岸练仙鹤拳。
迷雾的翅膀激荡,河像一根傲骨
于冰封中收敛起一切不可见的仪典
"空",她冲天一唳,"而不止是
肉身,贯满了这些姿势";她蓦地收功,
原型般凝定在一点,一个被发明的中心。

2
给那一切不可见的,注射一针共鸣剂,
以便地球上的窗户一齐敞开。

以便我端坐不倦,眼睛凑近
显微镜,逼视一个细胞里的众说纷纭
和它的螺旋体,那里面,谁正头戴矿灯,
一层层挖向莫名的尽头。星星,
太空的胎儿,汇聚在耳鸣中,以便

物,膨胀,排它,又被眼睛切分成
原子,夸克和无穷尽?
以便这一幕本身
也演变成一个细胞,一个地球似的细胞,
搏动在那冥冥浩渺者的显微镜下:一个
母性的,湿腻的,被分泌的"o";以便

室内满是星期三。
眼睛脱离幻境,掠过桌面的金鱼缸
和灯影下暴君模样的套层玩偶,嵌入
夜之阑珊。

3
夜里的中午,春风猝起。我祖母

走在回居民点的路上,篮子里满是青菜和蛋。

四周,吊车鹤立。忍着嬉笑的小偷翻窗而入,

去偷她的桃木匣子;他闯祸,以便与我们

对称成三个点,协调在某个突破之中。

圆。(1)

"祖母"作为一个完整丰满的形象,出现在第一节。她高渺、从容,甚至略带神秘,尤其是当她练拳时:"'空',她冲天一唉,'而不止是/肉身,贯满了这些姿势';她蓦地收功,/原型般凝定在一点,一个被发明的中心。"这一熟稔的中国形象,源于对"中国传统文化"本质化的想象,尽管在当代中国,这一形象依然是"一个有待发明的中心"。

第二节中的"我",虽与"祖母"有着血缘关系,但在思维方式上,则是持科学实证主义人生观的人,带有典型的"西方思维"的特征。他陷入了困境:"眼睛脱离幻境,掠过桌面的金鱼缸/和灯影下暴君模样的套层玩偶,嵌入/夜之阑珊。"

第三节,出现了一个小偷:"他闯祸,以便与我们/对称成三个点,协调在某个突破之中。"虚构的小偷,是个比喻性的说法,不仅暗示着"西方人"要向中国"传统"学习,同时也指出在西方文化价值观主导全球的当下,只有借用一些古老的,比如来自中国的文化智慧,才能突破困境,这也是"他闯祸,以便与我们/对称成三个点,协调在某个突破之中"所寓的含义。

该诗的语言质地、调子乃至声音节奏都与每节诗歌展示的形象配合无间,体现各自的生动丰富性。描写高渺超越的"祖母"时,语言简洁,质地透亮,轻盈与神秘相配合,意象与动作都非常"东方化"。而转到"我"的描绘,句式就显得漫长缠绕,形容词与物质名词大增,运用的如螺旋体、矿灯、膨胀、浩渺、湿腻、暴君、阑珊等词汇的形状也都重峦叠嶂,拖着光影声色的暗影,与"我"陷入了"无穷尽"的困境相得益彰。第三节那个"小偷",寥寥几笔,其喜人的形象就栩栩地立在眼前。

---

(1) 张枣:《祖母》,见《春秋来信》,文化艺术出版社,1998年版,第143—145页。

张枣对"中国形象"与"西方形象"的造型，以及相互关系的处理，无疑是长久以来中西文化比较中越来越常识化的一个判断：中国文化重智慧，西方文化重科学分析。区别于《入夜》，这首诗无论形象还是声调，作为"自我认同"的主体都充满了自信。如果说《入夜》中的"我"认同于"传统"，是一个充满了寻找、判断、对话，以及自我争辩的游移过程，但这首诗里，"传统—祖母"，形象饱满、意蕴确定。相比之下，对应"西方文化"的"我"的形象就显得困惑重重、举步维艰。其狼狈不堪的样子完全可以对应于陷入困境的西方现代国家的形象。而智慧、年长（古老）的祖母，在作为晚辈的"我"面前，恰好显示了古老的中华文明精粹对西方现代文明的优势，因而从容笃定、沉静自如。此外，《今年的云雀》里张枣强调在文化差异的前提下渴望平等交流的"知音"主题，到了这首诗里转变成了一种中西"文化"之间的价值判断。因此，这首诗并不像张枣或顾彬强调的那样是首纯诗，一如既往地坚持绝对抵制权力的姿态。恰恰相反，"我"与"祖母"的血缘身份暗示着某种暧昧复杂的关系。这种复杂的"政治无意识"，可以转述为"代表一种中华民族经济腾飞的上升势头的文化背景的力量；作为海内外中国人一天天挺直腰杆，增强自信的'明身份符号'"，显露出强烈的文化政治含义。当然，这种由于社会情势带来的心理暗示，在张枣那里不过出自一种偶然的心理耦合，报复性地清除了张枣长久以来文化身份上的"影响的焦虑"：作为曾经向西方现代主义大师积极学习的当代诗人，终于从"影响的焦虑"阴影中走出来，反而在自身文明中获得了自信。如果说西方现代主义诗歌大师影响了全世界的诗歌写作，作为世界文明精粹的代表，他们运用的欧美语言，如同当年拉丁文一样，可以称作一种帝国语言。那么，作为一种有待发明的现代性语言，张枣渴望现代汉语能够重现类似盛唐时汉语作为帝国语言时的光辉与荣耀。可以说，这首诗补偿了张枣渴求自尊与荣耀的文化心理期待。但无论如何，这种源于文化身份焦虑而建构出来的文化认知，仍具有某种本质化的趋向，而张枣在建构"传统"本质化的同时，也完成了对"西方文化"的本质化。处在第一世界的第三世界诗人，其所谓的"中西文化平等交流"的主题因为"传统"体制化而缺乏能够交流容纳的活力，在对"差异性"绝对化的强调中，完成了东西方文化价值高低的判断。

五、"汉语性"——文化帝国的语言

如果说，在不断变化的语境下，"传统"构成了张枣持续不断进行建构或发明的"源泉"，那么，到了20世纪90年代中期，"传统"已不仅仅是身处异国的张枣对抗孤独、寻求知音的防御性武器。从《入夜》到《祖母》，这一有待发明的"传统"逐渐转变成"文化价值"的承担者，在中西文化价值的对比视野中，"传统"获得了越来越主动的优势。而这一切，都和张枣对"汉语性"的思考紧密关联。[1] 通过与臧棣的诗歌观念的对比，可以清晰地把握到张枣"汉语性"的特定内涵。

在一篇诗学文章中，张枣对新诗的发展做出了一个概括性的总结。在他看来，从1917年白话文全面确立至1949年中华人民共和国成立前，来自西方的任何可辨认的现代主义诗学手法，都被中国新诗人稍迟甚至平行地实践过。但1949年后，为什么许多诗人会突然一致放弃了写作的延伸呢？不同于一般的解释，张枣认为，是因为在中国诸多现代主义技巧虽被征用，但在诗人身上却没有最终转化成一种"现代主义的写者姿态"。真正典型的"现代主义"的写者姿态，就是将写作视为与语言发生本体追问关系的行为，在其中虚构远胜于现实。而中国新诗人，虽接受了现代主义诗歌技法，但在写者姿态上仍然源于儒家诗教的"诗言志"，即不愿将语言当作唯一终极现实。所

---

[1] 本章中，讨论张枣的"中西文化价值或思维"类比，与学术文章中的"文化价值或思维"使用相类似，但又有极不同的地方。涉及文化价值比较的问题，时代风气使然，20世纪80年代初开始写诗，张枣讨论"文化价值""文明"等时，总和诗人使用的工具——"语言"联系起来。这种思维方式，一方面与80年代流行的诗人自我认知有关——担当时代文化反思的先锋，诗人中的佼佼者，抱负甚大。对使用"语言"来工作的他们来说，其对自我形象的认定，多少接近艾略特在评价叶芝时对诗人的功能的定义，就是诗人既可以被视作一个民族的良心，也可以更新时代的感受力，但这一切都是通过"语言"来完成的；另一方面，80年代，欧美哲学界的语言学转向也影响到国内，语言哲学大受追捧，"语言"崇拜大行其道，诗人们受此时尚影响，讨论文化价值、文明、时代感等也要通过"语言"凸显出来。在诗界影响甚大的俄裔美国诗人布罗茨基的话可以将诗人的这一感受极端地表达出来："他的诗歌将留存下去，因为语言比国家更古老，因为诗律比历史留存得更长久。"（[美] 布罗茨基：《哀哭的缪斯》，见《文明的孩子》，中央编译出版社1999年版，第133页）所以张枣在讨论他梦想中的"汉语性"的时候，总是和"西方思维""二元对立""逻辑"等纠缠在一起。

以当社会历史现实出现了符合道德良心的主观愿望的变化后,"反而引发了写者的身份危机,进而外化成写者与个人、'小我'与'大我'、语言与现实、唯美主义与爱国主义等一系列二元对立,最后导致对现代性追求的中断"。而"朦胧诗"以来新诗的变化以及争议,实际上延续了"白话文学运动以来一桩一直未了的心事——对'现代性'的追求"(1)。

与臧棣一样,张枣也认为自"朦胧诗"以来,新诗对"现代性"的追求,展开了一个新的、大有可为的审美空间:

> 这说明挑战者错误地选择了挑战的对象(注:"朦胧诗"),也就是说,他们选择挑战的对象其实是其自身,因为早期朦胧诗并不是风格的权威,而只是风格的可能,这是一个大有可为的可能,它源于白话文学运动以来一桩一直未了的心事——对"现代性"的追求。(2)

在这种"现代主义写者姿态"的驱动下,当代中国诗人挣脱了"真实性"的规约,沉浸于"语言本体",普遍相信人类的记忆、经验、思辨在本质上都是一种语言行为,现实也不过是一种特殊的符号关系。在终极意义上新诗的写作可以被视为一个享有某种程度上的"治外法权"的独立于现实生活的"场",具有不容置疑的"不及物性"。

无独有偶,臧棣也将诗歌的写作视为"不及物"的。在长诗《月亮》里,他把张枣的两句近年来被广泛阐述的诗句作为题记:"诗,干着活儿,如手艺,其结果/是一件件静物,对称于人之境。"(3)臧棣激赏这两句诗的原因是它恰当而准确地传达了臧棣自己关于诗歌写作"不及物性"的深刻体认——诗歌可以对时代发言,可以对生存发言,但它从根本上来说是史蒂文斯所谓的"最高虚构笔记",与所谓的"真实"的语境的关系是"对称"的,而不是附属与被附属或者"表现"与"被

---

(1) 张枣:《朝向语言风景的危险旅行——当代中国诗歌的元诗诗歌结构和写者姿态》,载于《上海文学》2001年第1期。
(2) 同上。
(3) 张枣:《跟茨维塔伊娃的对话》,见《春秋来信》,第110页。

表现"、"见证"与"被见证"的关系。[1]

虽然两位诗人在新诗的写作前景以及性质上分享着共同的理念，但由于身处不同的压力结构中，他们对待"传统"的不同态度，导致对这一"可能性"空间的未来持有不同的判断、趋向。

抱持"希望诗学"的未来主义态度，一直身处国内的臧棣态度相对乐观。面对国内持续出现的以"古典诗传统"的标准来批评甚至诋毁新诗的趋向，他发扬了"为诗一辩"的传统，坚信"新诗自身的文化创造力"，强调诗人应该始终保持着一种"无焦虑的状态"。新诗的写作，既不依赖于"古典诗传统"提供的审美标准，它所接受的西方诗歌的影响，也可以通过"影响的焦虑"的创造力逻辑加以疏离，只要投身于"可能性"的寻求，就能发明出新的完全异于任何传统的诗歌。而"可能性"就在于诗人摆脱纠缠于"古典／现代、东／西"之间的冲突、纠葛中的焦虑心态，充分调动诗人的语言感受力，执着于对诗歌之新的认识。[2] 所以，在臧棣与张枣那里，新诗的评判与发展都依赖着"现代性"自身提供的标准，至少对臧棣而言，这个"现代性"只是"未来"一词的替换物，并没有任何实质性的内容，只是代表了指向未来的可能性，因此新诗的"可能性"的空间对臧棣来说是无限开阔的。在讨论新诗评判标准时，臧棣尽管借用了哈贝马斯的"现代性尚未完成"的论断，但对哈贝马斯提供的带有确凿方向与规划方案的"现代

---

(1) 胡续冬：《臧棣：金蝉脱壳的艺术》，载于《作家》2002年第3期。在一次访谈中，张枣谈到了文学与现实的关系，与臧棣的诗歌观有所重叠："因为这样的一个现实性是从来没有的，以为文本外还有个现实，这是一个外行人讲的话，我自己认为，文学恰好是尊重现实性，恰好是重新追问、构建现实的过程。对于一个真正的纯文学家来讲，从来没有一个规定的现实要求被再现，我不知这样的东西在哪里。"参见颜炼军、张枣《"甜"——与诗人张枣一席谈》，载于《星星》（理论半月刊）2008年第11期。

(2) 当然，臧棣的态度也有过细微变化。他一直强调新诗独特创造力的自我发明性质，但在《现代性与新诗的评价》中，还处于辩护与探索的立场，而后的表述就大大前进了一步，转变为一种对新诗创造力的绝对信仰。比如，在讨论王敖诗歌时，他认为："我特别看重它（指新诗）所包含的差异性。每一种诗歌，都应该考虑它自身的'诗歌之新'提供充分的可能性。诗歌之新，是诗歌得以永恒的最主要的动力。"见臧棣《无焦虑写作：当代诗歌感受力的变化——以王敖的诗为例》，载于《江汉大学学报（人文社科版）》2008年第2期。

性"的内容几乎置之不理，表现出了对"可能性"神话的信仰。[1]

与臧棣彻底抛弃"写作身份焦虑"的未来主义乐观态度不同，早年受西方欧美现代主义大师的影响而写作，1986年后置身欧洲的张枣，处于国际尤其是欧美诗歌氛围的包围中，却没有办法完全摆脱"文化身份"认同的危机，表现出"以西方的价值取向为判断依据"的身份焦虑。无论是没有赢得国际"公认"和赞赏的外在压力，还是内在服膺欧美的现代主义诗歌，都导致张枣对这一"可能性"的前景产生了危机意识，进而借助"传统"的重构加以克服。

对臧棣而言，这个"现代性"只是"未来"一词的替换物，并无任何实质性的内容。但与臧棣不同，张枣认为这一"现代性"却有着方法论上质的规定性，并将之表述为"围绕'消极主体性'"这一寰球现代主义核心意识形态的"现代性"，一种在全世界内流行、影响的"现代性"。[2]这一"现代性"的关键就在于西方现代主义诗歌的写者姿态，沉浸于诗歌的"不及物性"，而一旦坚持这种西方现代主义诗歌的写者姿态，也就接受了西方诗歌的美学方法论，"不但使其掺入了诗歌写作的寰球后现代性，也使其加入了它一切的危机。说到底，就是用封闭的能指方式来命名造成的生活与艺术的脱节的危机"。因为"在对词与物之关系作为艺术创造的根本起点的思考上"，中西诗歌传统有着不可调和的诗学方法论。渗透着儒家精神的古典诗歌核心理想所敦促的写者姿态则是"及物性"的：词不是物，诗歌必须改变自己和生

---

(1) 诗歌界能轻易接受且广泛引用臧棣这一有关"现代性"的讨论，固然跟部分从事诗歌写作者或批评家缺少对其时已泛滥的学术时尚"现代性"的精准把握有一定关联，但也因为这一提法暗中迎合了20世纪90年代以来思想界涌动的"反思现代性""反现代的现代性"等思潮。随着中国在国际社会中经济、政治地位的微妙变化，促发了国内对以西方现代化为主要方向的改革道路进行反思，提出了有中国特色的现代化道路的口号、舆论。国内思想界有关"现代性"的诸多反思，无疑使本来具备明确内容、方向的"现代性"或"现代化"处于相对模糊、含混的混沌地带，为接受臧棣的"现代性未完成"的诗学方案铺垫了较为顺畅的心理基础。

(2) 将西方庞杂的现代主义的核心观念表达为"消极主体性"，这一点受到了Hugo Friedrich 和Michael Hamburger 对文学现代性研究的影响，但也跟张枣自身的写作有关系。关于"消极主体性"的内涵，张枣有过表述："这个忧郁的主体含带着许多消极特征，以致文学现代性最早最明锐的观察者如Hugo Friedrich 和Michael Hamburger，都干脆把它称为'消极主体'（negative subject），因为它生成于现在生存的一系列的主要消极元素中：'空白、人格分裂、孤独、丢失的自我、噩梦、失言、虚无……"具体参见张枣：《秋夜的忧郁》，见《张枣随笔集》，人民文学出版社，2012年版，第118页。

活,[1]而"现代性"的追求则被理解为封闭的能指虚构出一个语言的世界。新诗对"现代性"的追求,既为新诗提供了大有可为的可能性空间,同时又携带着这一诗歌美学方法论本身内在的危机,所以张枣才把当代中国新诗的写作状况描述为"朝向语言风景的危险旅行"。"危险",意味着这一来自"文学现代性"的内在危机,最终也将导向新诗的身份危机:

> 依照"词就是物"这样的信念固然可以保持一个西方意识上的纯写者姿态,并将语言当作终极现实,从而完成汉语诗歌对自律、虚构和现代性的追求。然而,这一过程可能带来如下逻辑后果:中国当代诗歌最多是一种迟到的用中文写作的西方后现代诗歌,它既无独创性和尖端,又没有能生成精神和想象力的卓然自足的语言原本,也就是说它缺乏丰盈的汉语性,或曰:它缺乏诗。[2]

"危机"并不在于新诗追求"现代性"能不能为新诗创作提供一个可能性的空间,而在于如何在世界诗歌之林中评价这一"可能性"的前景。臧棣带有行为主义态度的诗歌观,认为只要投身写作,新诗自然就能摆脱它所接受的西方诗歌的影响。张枣显然并不认同这一看法。当代诗歌在文化身份上如何摆脱"迟到的用中文写作的西方后现代诗歌"的标签,在文本上体现出有别于西方现代主义诗歌的独创性和尖端,也即"汉语性",则对张枣产生了巨大的压力。

---

(1) 臧棣指出中国新诗与西方现代诗歌的现代性之根本差异,与张枣强调中西诗学方法论上的根本不同类似:"最大的差异即表现在新诗基本上是把它的主题深度和想象力向度设定在它与中国历史的现代性的张力关系上,新诗的自我肯定也源于对这一张力关系的自觉或不自觉的体认。而西方现代诗歌的现代性,其最醒目的特征是把诗的主题深度和想象力向度设定在对历史的疏离、反叛和挑衅上,甚至具有文化保守主义倾向的美国新批评派的一代宗师兰色姆(Ransom)也声称:'诗是一种根本的或本体的独特的知识。'亦即强调诗歌是疏离于历史的。又比如,德国现代大诗人霍夫曼斯塔尔对现代性做过一个著名的、被反复引证的定义即是:现代性的典型特征是对现实的逃避。不过,这种逃避——并不像我们所习惯理解的那样是指向一种自我封闭,而是指向一种超越历史、时代和现实的永恒感。西方现代主义诗歌往往同这种超越性纠结在一起(正像它同瞬间感、即兴性纠结在一起一样)。"见臧棣《现代性与新诗的评价》,原载于《文艺争鸣》1998年第3期。
(2) 张枣:《朝向语言风景的危险旅行——当代中国诗歌的元诗诗歌结构和写者姿态》,载于《上海文学》2001年第1期。

基于这一不同的"文化信念",臧棣与张枣对新诗"现代性"态度上的差异,几乎是根本性的,不仅直接呈现在诗学观中,在他们的诗里也有清晰的反映。在《猜想约瑟夫·康拉德》一诗结尾,臧棣写道:"一群海鸥就像一片欢呼／胜利的文字,从康拉德的／一本小说中飞出,摆脱了／印刷或历史的束缚……"[1]他"欢乐颂"般高亢的表白,流露出对语言"可能性"极度乐观的情绪;而张枣诗里的种种消极因素,比如莫名其妙的失败感、难以进入的焦虑,渗透到诗歌肌理中,往往内化为诗歌的结构。此外,两位诗人对美国诗人史蒂文斯的阐释,也涉及他们对"现代性"的不同理解。臧棣谈及"如何协调私人象征和神话象征之间的关系问题"时,将史蒂文斯视为楷模:"这种感觉,用美国诗人史蒂文斯的话说,就是用内在的语言暴力去抵御外在的语言暴力"[2];张枣则重点指出了史蒂文斯"想象力"的独特性:"史蒂文斯的伟大不仅仅在于他坚持了浪漫主义以来想象力的崇高,而且还在于他坚信现实世界之事实性和事理性的崇高"[3],张枣同时也注意到了史蒂文斯对"虚构"的暗中怀疑:

> 这种对词与物关系的处理,使人想起史蒂文斯在那首《取代了一座高山的诗》诗中对暗喻所表露的怀疑和梦想。[4]

如果说新诗对"现代性"的追求,携带着这一美学方法论的内在的危机,那么如何克服这一危机呢?在张枣看来,较为合适的方式就是对这一对立之危机的双向觉醒:

> 如果说白话汉语是一个合理的开放系统,如果承认正是它的内在变革的逻辑生成了中国诗歌的现代性又生成了它的危机,那么它的继续发展,就理应容纳和携带对这一对立之危机的深刻觉

---

(1) 臧棣:《猜想约瑟夫·康拉德》,见《燕园纪事》,文化艺术出版社,1998年版,第30页。
(2) 臧棣:《大忌还是大计:关于新诗的散文化——答〈广西文学〉关于当代诗歌语言话题的问卷》,载于《广西文学》2008年第9期。
(3) 张枣:《"世界是一种力量,而不仅仅是存在"》,见《最高虚构笔记——史蒂文斯诗文集》(陈东东、张枣编,陈东飚、张枣译),华东师范大学出版社,2009年版,第4页。
(4) 张枣:《朝向语言风景的危险旅行——当代中国诗歌的元诗歌结构和写者姿态》,载于《上海文学》2001年第1期。

悟，和对危机本身所孕育的机遇所做的开放性追问。从这一独特的汉语处境出发来实践写作的追问，就有可能给当代中国先锋诗歌带来身份的确立。而它身份的最终确立，也许将意味着对当代诗歌之整体危机的突破。"[1]

对张枣来说，这一解决危机的具体方法论，就体现在如何理解新诗写作所借以使用的白话汉语的开放性质上。但在如何看待新诗的语言资源方面，两位诗人又产生了细微但又至关重要的差别：正是出于对古典诗歌传统作为评价标准的回避[2]，臧棣更愿意把新诗语言理解为"白话文和翻译体相互磨合的结晶"，后来又广泛解释为散文语言，但在张枣看来，这一语言资源同时还必须向文言经典开放，作为中国特征或"汉语性"的体现：

> 1917年以来，白话文的全面确立，当然不仅仅是一项语言改革以适应社会变革的措施，从文学发展的意义上讲，它是要求写作语言能够容纳某种"当代性"或"现代性"的努力，进而理论上成为一个在语言功能与西语尤其是英语同构的开放性系统，其中国特征是：既能从过去的文言经典和白话文本摄取养分，又可转化当下的日常口语，更可通过翻译来扩张命名的生成潜力。[3]

正因为如此，张枣才如此决绝地说："我个人绝不相信现代性就等于放弃汉语性的神话（其典型方法就是从白话文的翻译文体和对西语的误读中派生灵感，并使作品具备某种简便的国际互换性）。"[4]

可以看出，张枣对白话汉语的开放性理解，结构上同构于他所理解的方法论上的突破。如果说，"转化当下的日常口语，更可通过翻

---

(1) 张枣：《朝向语言风景的危险旅行——当代中国诗歌的元诗诗歌结构和写者姿态》，载于《上海文学》2001年第1期。

(2) 臧棣访谈时交代："曾有过一段时间，我努力想从当代汉语中演绎出古典语言的韵味和气质。"但经过众多的阅读与辨析后，他终于认同了诗歌语言与日常语言同构这一判断。见臧棣《大忌还是大计：关于新诗的散文化——答〈广西文学〉关于当代诗歌语言话题的问卷》，载于《广西文学》2008年第9期。

(3) 同（1）。

(4) 同（1）。

译来扩张命名"的指向容纳某种"当代性"或"现代性"的努力，内含着西方诗歌的美学方法论的危机，那么，"从过去的文言经典和白话文本摄取养分"则渗透着他所体认的"儒家精神的古典诗歌核心理想"。但借助这一开放性的白话语言写作，如何实现"当代诗歌之整体危机的突破"，张枣其时并不明确，表述上也是含混不清的，只是强调"对立双方去克服它的努力，就不能简单地通过'就是'到'不是'的极性对换来进行"，"对于它的意识和追思往往比自以为是的克服更有意义"。倒是从文中他如此焦虑于"当代中国先锋诗歌"的"身份的确立"，如此担心它被确认为"迟到的用中文写作的西方后现代诗歌"，可以看出其问题思考的出发点，其所承受的"影响的焦虑"之巨大，以至他几乎像是强迫性地断言：一旦缺少了有别于西方现代主义诗歌的"独创性和尖端"与"精神和想象力的卓然自足的语言原本"，"它缺乏丰盈的汉语性或曰：它缺乏诗"。

在写作《朝向语言风景的危险旅行》一文时，文化身份的焦虑致使张枣将之理解为"中西诗歌传统诗学方法论上不可调和"[1]，但中西诗歌传统诗学方法论并无明显的高下之别。在西方诗歌传统的方法论——"不及物"已经内化为诗歌的主流意识形态的当下，张枣只是强调写作中"理应容纳和携带对这一对立之危机的深刻觉悟"，并"对危机本身所孕育的机遇所作的开放性追问"。但是在他回国后的多次访谈里，中西诗歌传统方法论的差异，已经转化为中西语言思维方式的差异，相比于西方语言的二元对立的辩证法的特征，中国传统诗歌中的语言反而体现出某种优越性。这种本质化的价值判断，无疑为他以前犹疑不安的文化身份焦虑提供了一个更为"可靠"的保证。

《祖母》一诗，如上节所说，固然可以解读为内在于诗歌的中西文化的本质差异如何互取短长的问题，但也不妨看作对新诗"现代性"

---

(1) 张枣对中西诗歌传统审美方法论的区分，德国学者胡戈·弗里德里希对其的影响是至关重要的。将抒情诗中"抒情我"的虚构特征，与日常的"经验我"区分开来，是胡戈·弗里德里希在《现代诗歌的结构》一书中论述波德莱尔时明确提出来的、现代主义抒情诗"去个人化"的基本原则。以这一区分为基础，在《诗人与母语》一文中，张枣将其扩展为中西诗歌传统审美方法论的对立。概括来说，当圣人孔子将诗歌功能定义为"兴、观、群、怨"后，其"化上剩下的社会功能和经验主义导向无法再使诗指向诗本身"，"作品中的'我'不是那'虚构的另一个'，经验之我与抒情之我混为一谈"。具体参见张枣《诗人与母语》，见《张枣随笔选》，人民文学出版社，2012年版，第56页。

危机的表达与突破:"祖母"的形象高渺、从容,略带神秘,重叠于诗论中反复强调的有待发明的"汉语性":

> 汉语是世界上最"甜美"的语言,它不是二元对立的。在西方语言中有明显的"我"和自然之间的命名与被命名的关系。汉语最大的特征,是在它运用最充足的时候,非常甜美、圆润和流转。……汉语能体现我们文化中非常高级的部分。我们的思考本来不是二元对立的思考,我们原来的汉语对世界的思考也不是20世纪所说的辩证法的思考,而是一种既形而上又形而下,既唯物主义又唯心主义的思考。严格讲,就是拿现在的名词很难解释的诗意思考。我认为汉语是世界上唯一自然的一种绿色的高级诗意语言。[1]

与"祖母"相对,"我"对应的则是代表了"西方思维"的典型特征——"二元对立、辩证法":

> 古代汉语没有二元对立的思想,现代汉语通过引进这种所谓反西方的西方,通过苏俄,通过辩证法,还有经典西方的科学主义,才知道二元对立。[2]

"祖母"与"我"之间的差异与冲突,最后由一个虚拟的"小偷"来协调突破。从这个角度来看,"他闯祸,以便与我们／对称成三个点,协调在某个突破之中"[3],表达了张枣所理解的突破汉语处境之危机的较好方式。不过,从"祖母"与"我"之间辈分、姿态、仪容的差异上,显示出张枣对待"这一有待发明"的"汉语性"的优越感。这从另外一个方面说明,此前悬隔在心中的文化身份的焦虑不但得到了解除,甚至获得了某种肯定性的自信。

结合2010年逝世前几年张枣对"汉语性"进行的阐释来看,对古

---

(1) 白倩、张枣:《绿色意识:环保的同情,诗歌的赞美》,载于《绿叶》2008年第5期。
(2) 同上。
(3) 张枣:《祖母》,见《春秋来信》,文化艺术出版社,1998年版,第143—145页。

代"汉语"思维方式的判断，无疑吸纳了20世纪80年代就在中国风行的海德格尔"天地人神"和谐共处的思想，也混合了德国绿党有关人与自然关系的探讨。海德格尔借助东方思想对自苏格拉底以来的西方哲学进行了整体性批判，德国绿党则站在当下消费主义语境里对人与自然的关系进行了再思考。无论是对西方哲学进行整体性的批评，还是对人与自然关系的再思考，"东方"的思想往往是他们加以借用的资源，而这无疑都助长了张枣对"传统—汉语"优越性的体认。这种带有价值判断的思想倾向，在回国后的张枣身上变得越来越明显。

当然，体认到诗歌"汉语性"的优越，也不意味着放弃"现代性"的追求，与几年前的思考一致，张枣仍然认为这一诗意的"汉语性"的发明，并不仅仅依赖文言，而是与其他语言共同协作的：

现代汉语诗歌不能不承接汉族古代帝国诗歌的秘密和精华，但怎么做这件事，各有各的想法。我相信有的人忽略了这样一个致命的问题：古典汉语的诗意在现代汉语中的修复，必须跟外语勾连，必须跟一种所谓洋气勾连在一起——我相信这方面很多人没做好。(1)

从这个角度而言，张枣的"汉语性"依然朝向了未来的可能性，是有待发明的，而且往往是和其对汉语的身份期待——"文化帝国的语言"相关：

汉语对我来说是唯一的诗意化语言，我从不用其他语言写作。汉语在命名或者笼罩世界万物的时候，足以形成一个帝国。我们梦想中的汉语诗歌帝国是没有疆界的。严格地讲，诗意就是一个没有疆野的帝国。……事实上我还是着眼于汉语，我认为现代汉语已经可以说出整个世界，包括西方世界，可以说出历史和现代，当然，这还只是它作为一门现代语言表面上的成熟，它更深的成熟应该跟那些说不出的事物勾连起来，这才会使现代汉语

（1） 颜炼军、张枣：《"甜"——与诗人张枣一席谈》，载于《星星》（理论半月刊）2008年第11期。

成为一门真正的文化帝国的语言，也就是我们的绿色语言。⁽¹⁾

这样有待发明的"汉语"，依赖于张枣个人的偏执，将身处欧美感受到的汉语诗歌的身份焦虑转化为自身的创造性与文化上的"帝国梦"。这一点，内在于中国的现代化的历史进程中，与19世纪40年代以来中国知识分子的"强国梦"是一脉相承的。1840年以来，一代代知识分子与政府前仆后继，浴血奋斗，渴望中国能够作为一个世界强国，屹立于世界之林。在中西语言思维对立中找到了汉语性的品性后，相比过去焦虑于文化身份的确立，张枣显然自信多了。"文化帝国的语言"，充分透露出他对诗歌文化身份的梦想。

如果再进一步透视，张枣这样的诗歌观，虽然一直强调自身的文化独特性，但是从其文化诉求来说，又在某种程度上忽略了身份、国家、阶级等，上升为一种文明的想象。在张枣这里，最能代表"西方文明"的，显然是20世纪80年代以来涌入中国的那些欧美诗歌大师，如里尔克·史蒂文斯等，他们也是中国诗人20世纪80年代初写诗时学习模仿的偶像。从这个意义上来说，张枣无论从自身素养，还是诗歌理念，都无限接近于布罗茨基评价曼德尔施塔姆所用的词语——"文明之子"⁽²⁾。不过不同于曼德尔施塔姆，作为俄罗斯人，与欧洲其他国家有着共同的基督教背景，可以毫无顾忌地拥抱俄罗斯文化之外的以但丁为首的"意大利文明"⁽³⁾和以希腊神话为主的"希腊文明"或罗马文明⁽⁴⁾。张枣在向"西方文明"——尤其是诗歌——学习的同时，出自语言（中文）与异质文化的自尊与荣耀，却始终期待恢复古老的中华文明（以唐帝国为代表）的精粹与荣光，所以他一再强调"现代汉语诗歌不能不承接汉族古代帝国诗歌的秘密和精华"。这样的一种以诗歌为文明代表的"文化帝国的语言"，一方面突出其自身不可混淆的独创性，同时又时刻强调渗透在诗歌中"诗意"的无疆界性（广度与深度）以及诗歌本质上的超越性。

（1）　白倩、张枣：《绿色意识：环保的同情，诗歌的赞美》，载于《绿叶》2008年第5期。

（2）　[美]布罗茨基：《文明的孩子》，中央编译出版社，1999年版，第93—114页。

（3）　参见[俄]曼德尔施塔姆《关于但丁的谈话》，见《时代的喧嚣》，第276—340页；《〈关于但丁的谈话〉补遗》，作家出版社1998年版，第341—353页。

（4）　[美]布罗茨基：《文明的孩子》，中央编译出版社，1999年版，第96—98页。

其实，社会进程永远不能解决人的根本问题，这就决定了诗有更高的本质，它超越了时代社团和制度，也超越了意见态度观点和意识形态，它是对人的生存实境中不可根除的矛盾和困难的和解。[1]

通过以上对张枣诗学观的具体剖析，再结合前几节对其诗中"传统"的详细阐释，可以发现，张枣与臧棣之间理解的差异表现在诗歌领域，虽只体现在诗歌语言资源的不同认识上，最终指向的还是对"传统"，也即"汉语性"的理解。

无论从张枣建构的"传统"话语，还是所谓的"汉语性"来看，对"传统"的理解，并不完全囿于"古典诗传统"，也不仅仅拘囿在语言的包容问题上，而是在20世纪80年代以来民族／世界的论述框架或中西文化价值比较的层面上，指向包括了"古典诗传统"在内的更为广泛的"传统文化"的现代理解。正像"五四"时期胡适（和他的白话诗"战友"）之所以要颠覆、革除旧诗词的"传统"一样，最深层的原因乃在其与腐朽落后的封建社会文化体制之间的关联，张枣强调"汉语性"，并在其诗歌中重构"传统"，尤其是1986年出国后，是出于对国际诗坛中中国诗歌的文化身份的焦虑。这种对于文化身份的巨大焦虑，促使张枣在中西文化比较的基础上，吸纳了海德格尔的批判思想与绿色运动的思考，转换为对中国"传统"尤其是"汉语"思维特征的创造性转化。"文化身份"的焦虑，作为积极的建构力量，参与现代化进程中新诗的写作中。

从这一角度来说，张枣对"传统—汉语性"的建构，并不违背臧棣所指认的"传统／现代"这一断裂的总体性评价："我们现在所说的传统，究其实质，是现代性状态中的传统。""旧诗对新诗的影响，以及新诗借鉴于旧诗其间所体现出的文学关联不是一种继承关系，而是一种重新解释的关系。"[2]但在新诗评价并不依赖于"古典诗传统"提供的审美标准的前提下，臧棣虽然认为"这个新的审美空间的自身发

---

(1) 黄灿然：《访谈张枣》，载于《飞地》2015年第3辑。
(2) 臧棣：《现代性与新诗的评价》，载于《文艺争鸣》1998年第3期。

展,还与中国的不可逆转的现代化进程紧密联系在一起",在某些特殊的历史条件下,新诗和旧诗之间也可能(比如通过一位天才诗人的出现)建立深刻的关联。[1]但由于坚信诗歌的审美独立性具备超脱历史的能力,臧棣常常把这一新的审美空间的出现与发展,封闭性地理解为现代性自身内在审美逻辑发展的必然结果。在涉及社会历史进程或所谓的"某些特殊的历史条件"与诗歌"可能性"的关联时,臧棣表述得极为含混模糊,仅把"可能性"的实现,寄托在"天才"通过语言进行的"创造性"转化上。因此当他批评新诗史上寻求与旧诗关联的诗人时,往往只集中指出这些诗人——如朱湘——的迷误就在于迷恋与"古典诗传统"的审美标准——如旧的美妙意境和韵律——的对接。[2]而"传统",这一内在于"现代性"的话语,发生在各种各样的时代境况中,蕴含着不同的现实或文化诉求,臧棣在"重新解释伟大的传统"时,往往将其搁置在讨论外。

张枣对"传统"的一次次的"创造性转化",脱离了"古典诗传统"的"意境"与"诗歌语言"的审美范畴,而与特定时期的社会文化语境密切相关。他"重新解释伟大的传统",对古典诗及古典诗学中蕴含的"过去的现在性"的独特挖掘,也只有放置在20世纪八九十年代以来的文化语境中才得以说明。

回溯20世纪80年代以来中国现代化进程,包括"古典诗"在内的"传统文化"在当代的社会进程中获得重新激活的可能,既涉及中国自身现代化进程的内在困境,也与中国在复杂的国际文化环境中所面临的文化政治身份息息相关。就中国自身现代化进程的内在困境而言,30年来中国的现代化进程一波三折,其内在的复杂性,远远不是制度建设就能说明的。在变动的历史情况下,80年代初建构的政治

---

(1) 臧棣:《现代性与新诗的评价》,载于《文艺争鸣》1998年第3期。
(2) 同上。如果说,臧棣在讨论诗人对"古典诗传统"的重新诠释时,往往囿于从审美标准范畴来论述,这也与他的辩驳对象有一定关系。在他看来,人们指责新诗,经常使用两个来自"古典诗传统"的审美标准:"一、在1949年以前,它是诗歌的意境问题(在新诗史上,新诗受到的最常见的指责之一即是说它缺少'诗味');二、在1949年以后,特别是20世纪80年代以来,它是诗歌的语言问题。"所谓"诗歌的语言问题",是指相比"古典诗传统"的语言,批评者如郑敏等认为新诗的语言不成熟,与诗人忽视了"文言"这一宝贵资源相关。

经济现代化以便与世界接轨的宏大叙事也已解体,[1]不同来源的思想进入现代化进程中,加入社会文化价值的再创造。从20世纪80年代的"文化热"开始,到国内外"新儒家"的涌现,"传统"作为内在于"现代性"的话语,通过一代代学者的阐释与"创造性转化",在不同的社会历史条件下,加入了现代化的历史进程中,成为反思"现代性"思潮中较为重要的思想资源。而从文化交往的角度来看,正如汪晖指出的,"就中国的'现代性'而言,从问题的提出、形成的方式以及它的病理现象都不仅仅是中国社会的内部问题,也不仅仅是外来文化移植,而是在不同的文化和语言共同体之间的互动关系中形成的。"[2]而不同文化和语言共同体之间的互动交流,则面临着"文化自主性"的问题,这也意味着对"传统文化"的重新梳理与再认识。

> 对中国"现代性"的研究涉及的是一种"文化间性","文化间的交往行为",这个概念并不意味着否认中国"现代性"发生的被动性,但却同时承认中国"现代性"发生过程中的文化自主因素。正是在这个意义上,有必要扩展哈贝马斯的交往行为理论,把他的"主体间性"概念用于对不同文化和语言共同体之间的关系研究。[3]

相比其他同时代的诗人,张枣拥有丰厚的古典文化的家教与修养,但他对"传统"不同时期的想象与建构,只有与中国的现代化历史进程相联系,才能获得充分理解。但是正因为其所建构的"传统"与

---

(1) 关于这一点,孙歌在谈论中国当代的政治形势时,说得相当明白:"中国现代政治,由于历史的剧烈变动,特别是社会主义实践经验积累不足,还没有获得足够的时间形成自己的独立叙事。我们只能判断,中国的政治形态既不会是美国式的,也不会是俄国式的,当然也不会是印度式的。当中国的政治形态被视为向某种既定样式发展的雏形时,现阶段我们可以观察到的所有现象都会被视为一种'过渡',然而当我们放弃这种先入为主的观念时,所谓'过渡状态'就不再是未成形的和无序的,它内含另一种秩序。"见孙歌《亚洲的普遍性想象与中国的政治叙事——回应查特杰教授的理论》,载于《探索与争鸣》2008年第1期。

(2) 汪晖:《韦伯与中国的现代性问题》,《去政治化的政治——短20世纪的终结与90年代》,生活·读书·新知三联书店,2008年版,第402、403页。

(3) 同上。需要指出的是,从不同角度重新审视中国的"传统",已在国内成为一股重要的思想潮流,不但汪晖本人的著作有所体现,也反映在诸如贺照田、李猛等更年轻的学者身上。

当时的社会文化语境有隐秘的关联，而这样的结构框架同时也限制了他对"传统"的理解。早期受制于20世纪80年代"文化热"提供的视野，他所建构的"传统"有本质化的趋向，导致其诗歌的丰富性大为缩减；中期来到德国，"传统"的"知音对话"模式又被创造性地转化出来，作为对其自身孤独困境的解救；后期对汉语诗歌文化身份的焦虑，深化了他对"传统"的理解，也致使从个人写作的意义上"重新解释伟大的传统"成为可能。但问题也是同样的，在这样的身份意识结构中，他所建构的"传统"是"本质化"的，同时也将与之相对的"西方文化"本质化了，限制了其诗歌进一步走向开阔。换句话来说，黄灿然所意味的新诗的压力不足的劣势，通过张枣对新诗的"文化身份"——"汉语性"的追寻，转变为一种既有创造性又有局限性的压力，使新诗的"可能性"呈现出另外一个面向。而"传统"阐释的"可能性"与危险即在于此：一方面，他以一种现代的文化意识发现了"传统"的价值，激活了"传统"在当代的一种实践可能性，然而受限于文化政治视野，他对"传统"的渐趋本质化的阐释与理解，反过来又制约了他对新诗"可能性"的进一步开掘，致使其诗歌的广度受到限制。■

化欧化古的当代汉语诗艺　张枣研究集

绪论

对张枣诗歌的认识，也许才刚刚开始。随着当代中国现实运转、文明进程和诗歌写作等诸方面困难的深化，我们也许会回头认真继承和反思这位诗人留下的诗歌遗产。他几乎是汉语新诗诞生以来写得最少的诗人，在他身上，浪费成为一种以少胜多的抒情聚变能量；他是最早深入西方语言文化的当代诗人，尝尽了流亡的痛苦，同时也写出了杰出的流亡之诗；他在古典、现代和西方之间，找到了他梦想的对话——知音诗学；他的诗歌竭力创造一种格物能力，他甚至在诗歌中尝试包容现代科学密码的方式；他在没有了形而上学基础的时代，试图在诗歌中锻造具有形而上学指向的词语容器……总之，他诗歌涉及的许多命题，对他身后的汉语诗歌写作和诗学研究而言，都是难以绕开的重要出发点。

董仲舒曾把《春秋》的内容分为三等："有见、有闻、有传闻。"大致意思是说，面对亲历亲闻的人与事，写作者难免会"微其辞"或"痛其祸"，即摆脱不了人情世故、情感偏见和时代盲区；而如果面对的是没有亲闻亲见的人与事，因为经过时间无情的过滤，写作者就会显得更为客观。[1]作为有幸接受过诗人张枣教导的学生,我来谈论老师的诗歌,亦难免因"有见有闻"而辞微言谨。面对他的诗歌,各种往事和情感自然会渗透进我的谈论。

最重要的是,面对他诗歌中精巧深邃的世界和融合中西的诗艺人生,我并非够资格的阐释者。庄子说"朝菌不知晦朔,蟪蛄不知春秋",我之谓也。好在,这也没什么不好,朝菌和蟪蛄的小世界,至少可以作为鲲鹏广渺天地的极好参照。下面,我尝试从五个方面来谈谈我在张枣及其诗歌中看到的小世界。

一、浪费

在人类文明史上,鼓吹"无用"和"浪费"的人不绝于耳。比如,庄子曾描绘过一种叫樗的大树,因其无用而不曾被人砍伐,所以长得茂盛高大。惠子为其无用而犯愁,庄子却认为,正因为这棵树蓄满了无用之大,它才足以诱人"彷徨乎无为其侧,逍遥乎寝卧其下"。在现代艺术家中,也不乏持这种态度的人。比如,曾因以小便池为泉而闻名的法国艺术家杜尚,就是以惊人的浪费而闻名。他一生仅有不多的作品,大部分时间则怀抱八斗高才,几十年都在下棋娱乐。对他的一切毁誉,皆起于此,而他不多的作品,也因此备受珍爱。

现代社会和文化史研究注意到,人类对生命和物质的耗费分为两种类型:一种是为保存生命的耗费,另一种即是浪费。广泛意义上的浪费,与快感、神圣性、唯一性、游戏性等人类精神的本质需求相关。不只是为保存生命的耗费或浪费,从反面让人类文明的一切保存变得有意义,所有珍贵事物之珍贵,正是因为有无数超级的耗费。比如,珍珠让蚌历经保存孕育之痛,古人以最精湛的古典建筑技艺,成就了紫禁城的无用,这都体现了浪费与价值之间的二律背反。越是浪费的,越是指向超越性。浪费对于价值的特殊意义,与福柯所谓历史对真理的埋没与凸显异曲同工:"真理的历史在本质上在于其延迟、贬低,或

---

[1] 〔汉〕董仲舒:《春秋繁露·楚庄王第一》,中华书局,2011年版,第1—3页。

障碍的消失。"[1]

耗费于延迟、贬低和障碍中的真理,就像苏联作家帕乌斯托夫斯基说的那种"珍贵的尘土"[2]。诗歌又何尝不是这样呢?诗歌因其言说之少,而至于圣训所谓"不学诗,无以言",亦堪称语言艺术中最具有浪费特征的艺术形式。法国思想家巴塔耶说得好,"诗,可以视作耗费的同义词",诗正是通过失去(loss)来表明其创造性。[3]浪费无一不针对某种有用性,进而也让浪费变得"有用"。比如,庄子式的古典虚无主义,内在地包含了对事功与势利的反讽,因而美化、淡化了虚无;杜尚式的现代虚无主义,则出于反抗现代物质生产的喧嚣与激情,因而够得上西方现代艺术引以为豪的悲壮姿态。

张枣堪称当代汉语诗人中典型的浪费者。作为20世纪开始写作的诗人,张枣与所有当代汉语诗人一样,要面对古典社会余响最后的消逝,要面对全球化、消费主义、城市化在中国大地的狂歌乱舞。面对这些浩大的恐惧与崇高导致的词与物的对立,张枣以卡夫卡的语气,对当代汉语诗人写作做出了绝望而坚韧的命名:"我们这些必死的、矛盾的测量员"(张枣《卡夫卡致菲丽丝》)。卡夫卡笔下的测量员与弥赛亚谐音,张枣笔下的这位,则是时时处处品尝虚无之甜的惊人的浪费者,张枣说,"生活的垃圾千万不要带到诗中",因为诗歌本身,即是他生活最不累赘的结晶,就是他的弥赛亚。他很年轻的时候,就抱定这样的想法:"经不起读一百遍的诗不是好诗。"[4]因此,挑剔甚至放弃自己的诗作,是他写作的常态。在去世前两年的一篇访谈中,张枣曾对自己的写作做了比较好的总结:

一切做得好的东西,是因为其中包含了巨大的浪费。也就是讲,一个东西只需要30%就可以像那个东西了,做到60%就更像那个东西了,做80%就很像那个东西,做到100%就是那个东西了,

---

(1)《乔姆斯基、福柯论辩录》(方斯·厄尔德斯编,刘玉红译),漓江出版社,2012年版,第29页。

(2)[苏]康·帕乌斯托夫斯基:《金蔷薇》(戴骢译),上海译文出版社,2007年版。其中的名篇《珍贵的尘土》,在作家的创造与披沙拣金之间作了美妙的比喻。

(3)参阅乔治·巴塔耶《耗费的观念》(汪民安译),见《色情、耗费与普遍经济——乔治·巴塔耶文选》(汪民安编),吉林人民出版社,2003年版,第24—41页。

(4)柏桦、宋琳编:《亲爱的张枣》,江苏文艺出版社,2010年版,第104页。

但如果做到200%甚至300%就是浪费，但这个东西看上去就不一样。……所以我认为，那个完美的幻想，把这个声音发出来的那个妄想，就是一个浪费自己的妄想。

张枣在此说出了两层意思，第一是要有足够的耐心和坚韧，让作品的优异性不重复；第二是要有足够的耐心，让更多外在于诗的世界内化为诗："一个赴死者的梦／一个人外人的梦／是不纯的，像纯诗一样"(《死囚与道路》)。在这篇访谈中，张枣还提到一位批评家对法国诗人马拉美的批评：

> 有一个研究象征主义的非常好的批评家，叫Arthur Symons，他非常崇拜马拉美的诗歌。但他对马拉美有一句批评：马拉美如果少一分宁为玉碎的决心，也许更伟大。这句话经常让我深思，我不知道这句话对不对，但它经常引起我的思考。就是说马拉美为什么最终只能成就六十几部作品，严格讲基本上是短诗。是不是就像他说的那样，如果马拉美少一点对完美的疯狂、宁为玉碎的决心，就更伟大？

了解张枣生平的读者，看到这里，难免要会心一笑。张枣的确以美妙的方式总结了自己的诗歌写作生涯。但是，我们也会疑心，张枣会不会对自己宁为玉碎的决心有一丝丝后悔？我听到许多人像Symons批评马拉美那样，对张枣写得太少感到无比的惋惜。张枣的好友、诗人柏桦不无惋惜地写道："他或许已完成了他在人间的诗歌任务，因此，在他生命的最后几年里，他干脆以一种浪费的姿态争分夺秒地打发着他那似乎无穷的光景。新时代已来临，新诗人在涌现，他在寂寞中侧身退下，笑着、饮着，直到最后终于睡去……"[1]张枣钟爱的诗人荷尔德林在谈论阿喀琉斯时，曾深情地说："如此英武而脆弱，英雄世界里最成功最易逝的花。"[2]在英雄辈出的当代汉语诗歌界，这

---

(1) 柏桦、宋琳编：《亲爱的张枣》，江苏文艺出版社，2012年版，第60页。
(2) ［德］荷尔德林：《荷尔德林文集》（戴晖译），商务印书馆，2003年版，第201页。

句话用来评价张枣，也很合适。荷尔德林认为，荷马让他最爱的英雄阿喀琉斯隐而不现，端坐帐内，免得在特洛伊热闹的场面上世俗化；同样，命运安排张枣孤悬海外。当他返回自己祖国喧嚣的现场，肺癌，就立即像阿喀琉斯之踵一样，突然夺走了他的性命。

比起现代以来绝大多数汉语诗人，张枣留下的作品实在是太少了。从大学期间开始到他去世，他有将近三十年的写作时间，却只留下不到一百五十首诗，其中还包括他不愿意示人的几十首早期习作，加起来平均每年不到五首诗。这其中他自己认为值得留下的，不到八十首。当世诗人好学勤力，或鹦鹉能言者多矣，好诗人如张枣者却极端地相信，诗有不言而胜其言者。正所谓"珠玉不可多得，以其珍也"[1]。

尽管张枣跟笔者、跟许多人讲过他是如何偷偷地"勤奋"，但他在朋友中间却留下"懒惰"的名声——"多少埋伏的口唇在卜算你？"（张枣《苹果树林》）德国汉学家、诗人顾彬是张枣诗歌德文版的重要译者，他早年曾对张枣有非常高的期待和赞誉："对德国和中国文化双方而言，有了张枣，可谓是一桩大幸事，可惜太稀有。"[2]但后来亦对张枣对才华的浪费深感失望。在一篇纪念张枣去世的文章中透露了他对张枣"懒惰"的不满：

> 在1998年，我们曾约定：我在德国翻译出版一部他的诗集；当然，他相应地在上海翻译并出版我的诗集。一年后，我与黑德浩夫出版社（Heiderhoff Publications）合作，出版了他的诗集《春秋来信》（*Briefe aus der Zeit*）。为了完成这个工作，我不得不将我的《中国古代诗歌史》的写作搁置数月。这项工作的成效斐然：此前从没有一位中国诗人的专集能够得到如此精美的印制，而且是用中德双语印刷。虽然这本书只售出数十册，它却使作者在2000年1月得到了著名的萨托鲁斯（Joachim Sartorius）在《世界》报纸上的高度赞美的评价，德国文学界的各项庆典聚会的邀请也

---

(1) 〔汉〕王充：《论衡·超奇》。
(2) 〔德〕顾彬：《综合的心智——张枣诗集〈春秋来信〉译后记》，载于《作家》1999年第9期。

向作者纷至沓来。

然而,我的诗集的中译本如何呢?绝无踪影。张枣只是以修改他人既有中文译稿的方式"翻译"了我的一首诗歌《博物馆咖啡屋》(Narrentürme, 2002)。这就是说,他所做的工作只是对一篇他不满意的中文译稿的加工。相反,他以种种理由为自己未履行承诺做辩解,包括称我的诗歌太难翻译等。难道他不是一个更加复杂的诗人吗?我翻译他的诗歌,即使没有遇到更大的挑战,会比他在我的诗歌中遇到的更小吗?[1]

顾彬先生作为一个直率而勤奋的德国学者,我非常理解他说出自己的遭遇和不满。张枣因"懒"而留下的逸闻还有很多,比起他与顾彬之间的过节,许多"懒"事儿可能显得更可爱。在给陈东东的信中,他抖搂了一些自己的懒事儿:"我是一个会做学问的人,但对学问彻头彻尾讨厌,因为我同时又是一个不耐烦的人,你看我的字就知道了。做学问应该在乱世,而我们正处在一个大好的时代,对吗?记得我在国内做硕士论文的时候,一字不改地抄了某部书的一章交上去,打字的时候不耐烦,错了懒得改正,后来评委团就这一点说了大半天,却不知道通篇都是抄的,令我十分开心。不过在德国不能开这样的玩笑,这是一个美丽的科学的国家,我只好老老实实地做。"[2] 大概因为不耐烦造成的懒惰,张枣读博士花了许多年,中途因种种原因换了导师和学校;张枣的好友、诗人欧阳江河甚至认为,是德国的博士学位论文制度对张枣造成了致命的戕害。张枣生前,曾跟笔者讲过德国大学里一些不愿毕业的老学生的种种奇事,这中间,可能也包括他自己的事儿。在中央民族大学任教期间,他多次跟笔者说起他《〈野草〉考义》一书的写作,但直到去世,三年里,他只留下了几千字的草稿。他关于《野草》的想法,初步地展现在他的学生们后来整理出版的精彩讲义中。在20世纪80年代末给陈东东的信中,他说,曾计划写一部自传性的长篇小说,叫《蝴蝶的传说》,听起来多么迷人!曾经计划翻

---

[1] [德]顾彬:《最后的歌吟已远逝——祭张枣》(肖鹰译),载《中华读书报》2010年11月3日。
[2] 柏桦、宋琳编:《亲爱的张枣》,第67页。

译晚期里尔克的作品……可惜一切与他无数的奇思妙想一样,开始是在谈吐中湮灭,最后则被死亡一笔勾销。这些,可以证明他是博学高才而无所成就者。张枣在朋友的口舌间流传的其他纷纭的颓靡行迹,虽难免有夸张和偏见的嫌疑(枯燥的世界向来酷爱有趣的谣言),但无一不旁证了他浪费生命的态度。孔夫子与弟子宰我之间有过这样的问答:问于汝安乎?曰:安。汝安则可。我的老师张枣先生"安否"已不得而知,但他访谈中对自己诗观的讲述,则显示出,他在建构自身的诗人形象时,要让纷乱生命和往昔变得清晰。正如他所钟爱的犹太德语诗人保罗·策兰在诗中写的那样:"数数这些曾经苦涩的并使你一直醒着的杏仁,把我也数进去。"[1]在诗歌中异曲同工地钟爱"话梅核儿""樱桃核儿"的张枣,在总结自己时,智慧地将自己往昔的锦瑟年华命名为"浪费"。这样好,在回顾往昔的话语脉波之中,一切都变得跌宕而有序——张枣说过,"大师是琐碎的"[2];也在诗中这样感叹过:"哎,恨的岁月,褴褛的语言,／我还要忍受你多久?"(《德国士兵雪曼斯基的死刑》)

他的确是一个不能忍受"语言之褴褛"的人,所以他说:"我觉得当代世界诗歌写作最大的危机就是迷信写。"[3]是的,我们失去了诗人,也失去了他那些没有写出来的、也许更重要的作品——记得哪位作家说过,最重要的作品是没有写出来的作品。诗人曼德尔施塔姆也说,"诗歌进程是一种不间断、不可逆转的失去,失去的秘密多得像创新。"[4]在这个每年出版几十万种书、急于生产海量诗意的时代,张枣的诗歌之少,是否应该被尊为一种无上的抒情美德?面对灵魂再无所寄的浩瀚轰烈的人造世界,诗人是否可以抱一种"少"的态度?像"花朵抬头注目空难"(《入夜》)那样?在一个预言诗人和诗歌"将在电子时代消失,或者萎缩为一种纯粹的礼仪角色,也许就像京剧那样

---

(1) [德]保罗·策兰:《保罗·策兰诗文选》(王家新、芮虎译),河北教育出版社,2002年版,第29页。
(2) 柏桦、宋琳编:《亲爱的张枣》,第81页。
(3) 黄灿然:《访谈张枣》,载于《飞地》第3辑。
(4) [俄]曼德尔施塔姆:《曼德尔施塔姆随笔选》(黄灿然等译),花城出版社,2010年版,第30页。

的东西"[1]——的时代,诗人的浪费,是不是一种充满悲剧性的绝地反击?

"艺术品不过是生命中撕下来的一页"[2]。张枣的浪费美学,还非常极端地表现为他的日常生活状态。他以罕见的细腻,迷恋许多东西,迷思许多事物。按墨子的话说,"目之所美,耳之所乐,口之所甘,身体之所安"[3],都是他酷爱的。比如,他对音乐和电影的热爱。我听过他讲授塔可夫斯基的电影(是一次学生社团活动临时请他来讲),这是我听过的最精彩的电影课。比如,他的恋爱方式和对两性关系的态度:"要么能写诗,要么有爱情,否则生活就没意思"[4],"爱上爱情和爱上某个人是两种不同的方式,没有哪个对哪个错,而是哪个更好玩。因为人不可能一辈子只爱一个人:'亲爱的,你知道吗,爱情会消逝的'。"[5]他如是说。比如,他对军事的爱好。在陈东东的回忆中,他是个军事迷,讲起各种歼击机、核潜艇、航母和导弹的型号、性能、杀伤力、各大国拥有和配置的这些武器装备的详情,简直头头是道,仿佛了如指掌。[6]比如,他从味蕾展开生活。几乎所有与张枣有过交往的熟人和朋友,都无不惊讶于他对吃的迷恋,都能讲出他吃的趣事来。张枣几乎把吃当作上帝来崇拜,他关于吃的妙言快语连起来,足以绕地球好几周。比如,他说脂肪肝可能是一种现代医学阴谋。张枣在民族大学任教期间,曾有一句经典的话:饭菜拙劣,是一种道德沦丧。为了免于"道德沦丧",我们一帮学生跟他在民大周围品尝了各种他发现的美食。陈东东记下他的饕餮文化学:"仅仅在吃东西的时候,我们才能分明尝到一些后来被定义为传统文化的原本滋味?枣,这冠冕的借口是为你找的,让你可以心安理得地痴迷于从大餐到小吃直至零食的每一种美馔。"[7]张枣说自己是烹调高手,曾给笔者讲述他在台北

---

(1) A. 克南:《文学的死亡》,转引自彼得·沃森《20世纪思想史(下)》(朱进东等译),上海译文出版社,2008年版,第878页。

(2) [法]萨特:《〈局外人〉阐释》,见《萨特文论选》(施康强译),人民文学出版社,1991年版,第60页。

(3) 《墨子·非乐上》。

(4) 柏桦、宋琳编:《亲爱的张枣》,第82页。

(5) 同上,第101页。

(6) 同上,第82页。

(7) 同上,第65页。

跟蒋经国的厨师学糖醋排骨的经历。我起初不以为然，但后来看到他描写黄珂的炒猪肝的技艺，不禁惊赞高人再世："用鲜菇片炒，饰以点点的清辣的红尖椒，但适之以糖，些许的日本生抽和黄酒，免去姜末和蒜片的俗套，也免芡，炝于急火，端出就是一盘洒脱的经典。"[1]据朋友回忆，他甚至会在一个初次见面的朋友家里，脱下身上的皮外套，换取人家阳台上晾晒的火腿，可谓用心良苦。张枣对吃的态度，让人想起袁枚《随园食单》序中所引的曹丕的话："一世长者知居处，三世长者知服食。"[2]的确，在中国古典文人的生活中，昼咏宵兴，颓废、浪费于饮食起居之美，是填满生命空白和虚无的高级形态，自然也就是诗歌的主要内容之一。大概由于我们还没来得及有"三世长"的资格，因此在现代新诗中这一传统并不发达。由于新诗人多有启蒙者和爱国者的身份，新诗写作往往就受限于它端着的某个架子，而支撑这个架子的，可能是某种外在于诗的意识形态。张枣在1987年写的一段诗观中，就对诗歌语言如何"代表周围每个人的环境、纠葛、表情和饮食起居"[3]提出过自己的看法。他后来常常强调"高级的颓废"。1992年，采访俄国诗人艾基（G.Ajgi）时，他曾有这样的提问："诗人也是因为丧失了真正的生活而再无韵可押吗？"[4] 1996年，他在给傅维的信中感叹"现代艺术与生活太脱节，其幽僻令人恶心"[5]。他一再说：要生活有趣的生活。他诗中时常出现沉迷于饮食的细节，恰好是这有趣生活的词语形态。比如，让人深深叹赏的《厨师》中，有对煎炒豆腐的描写：

  厨师忍住突然。他把豆腐一分为二，
   又切成小寸片，放进鼓掌的油锅，
    煎成金黄的双面；
    再换成另一个锅，
   煎香些许姜末肉泥和红颜的豆瓣，

---

(1) 张枣：《枯坐》，见《张枣随笔选》，第3页。
(2) 〔清〕袁枚：《随园食单》，中华书局，2012年版，第1页。
(3) 张枣：《张枣随笔选》，第59页。
(4) 同上，第50页。
(5) 柏桦、宋琳编：《亲爱的张枣》，第112页。

汇入豆腐；再添点黄酒味精清水，
令其被吸入内部而成为软的奥秘；
现在，撒些青白葱丁即可盛盘啦。
厨师因某个梦而发明了这个现实，
户外大雪纷飞，在找着一个名字。

这一段单独拿出来，就是一个诗歌写成的绝妙的菜谱，而它在全诗中，则是作为手艺之美指向写作的绝境。通过对手艺的再现，来消融词与物之间的隔阂，是中西诗歌中共有的传统。比如，荷马笔下阿喀琉斯之盾、杜甫笔下的舞剑的公孙大娘、李贺笔下作法的女萨满，某种程度上，都可以理解为诗歌自身的隐喻，按张枣的说法，即元诗——"写者将世界形形色色的主题的处理等同于对诗本身的处理"[1]。张枣浪费于食色乐趣，对诸多琐事的不耐烦甚至好逸恶劳，这些与他的诗歌写作之少，形成了一种惊人的对照。他尽力以诗的态度处理这些形形色色。"他在我的印象中基本没有任何世俗生活的痛苦，即便有，他也会立即转换为一种张枣式的高远飘逸的诗性。"[2]柏桦如是说。傅维也有类似的看法："虽然他比更多人还热爱红尘生活，我没有见过一个人会把青椒皮蛋送进嘴前，无比温柔地说，让我好好记住这细腻丝滑还有清香，我们再说话，可好？我也没有见过何人在我描述上海菜中糟溜鱼片和水晶虾仁时候那样的热切和专注，即便这样，他这份倾心和迷恋如果不能化成诗之精妙，那么世俗之好、红尘之沉醉还是不能把他从心中诗苑拉走须臾。"[3]这可以说是一种古希腊式的德行（张枣曾说，他是一个古希腊迷。这与荷尔德林一样），更是一种充满艰难而孤独的生活——钟鸣这样说他："最快活的人就是最苦闷者。"傅维悼念张枣的诗句也许说出了张枣的这一生存悖论："你一半后来只有一小半／脆生生迷恋这我们都迷恋的红尘，你的一大半始终一个人踽踽走着，没有一个肩头可以并行。"那个深居在优雅而浪费的生命迷观中，装在自己才能和命运制服里的，到底是一个什么样的诗

---

[1] 张枣：《张枣随笔选》，第37页。
[2] 柏桦、宋琳编：《亲爱的张枣》，第51页。
[3] 同上，第114页。

魂呢？风格即是宿命。真相之魂夭逃，空白之词蜂拥。一句顶一万句的诗歌之堂奥，是否装得下充满浪费的生活世界？这也是一个元诗命题。对张枣，对所有的诗歌写作者都是。

二、流亡

庄子笔下的理想生活之一，便是"含哺而熙，鼓腹而游"（《庄子·马蹄》）。但现实生活中再逍遥的游，都是矛盾重重的。爱玩爱吃的张枣应该符合庄子的生活理想，却背负了"游"最为涩重的部分：流亡。

远方是20世纪80年代汉语诗歌中的一个重要主题，也是浪漫主义和乌托邦传统的一个负遗产：革命乌托邦意义上的远方，渐渐转换为语言意义上的、个体内在的远方。在20世纪80年代初期的诗作中，年轻的张枣就已对内在于诗人的那个远方产生命名的激情，这是他们这一代诗人鲜明的标志之一。比如，青春爱情式的远方，在他笔下需要"重新开始"："……选择／一个朝南的房间／一块干净的地方／我们重新开始／没有姓名和年龄"（《纪念日》之四）。耐人寻味的是，张枣命名"远方"的激情，体现为他对"住址"这一表征此在的关键词的反复抒写："住址钉死我和你／香蕉等候在后院"（《杜鹃鸟》）；"那个可能鸣翔，也可能开落／给人佩玉，又叫人狐疑的空址"（《楚王梦雨》）。地址与主体形象的构成是互为表里的，对地址的狐疑，既是对此在主体形象的质疑和重新命名，也暗含了对内在远方的虚构。当然，对于已经失去可神秘化的远方的现代诗人而言，无论是此处还是彼处，本质上都是虚假的："哎，我感到我今天还活着／活在一个纸做的假地方；春天／咕咕叫，太阳像庸医到处摸摸／摸摸这个提前或是推迟了的／时代，摸摸这个世界的乌托邦"（《早春二月》）。"纸做的假地方"与"狐疑的空址"形成同构，但前者更具写者意识地展现了诗人作为流亡者的必然性。熟悉张枣的人都知道，他是一个喜欢"到处摸摸"的诗人。某种程度上，"摸摸乌托邦"，正是现代诗人因痛失远方而在语言中将这种痛失崇高化的体现，或者说，这个乌托邦即是诗人虚构的远方的名字之一。

年少的张枣早年从湖南师大毕业后，先到湖南境内一所专科学校任教，继而又到了四川外语学院上研究生，但总有一个别处在诱惑他离开。在哪里才能"摸"得到"乌托邦"？诗人海子摸到的是"众神死亡的草原"，更多诗人则去海南淘金、出国……在出国成为风尚的20世纪80年代中期，在诗人们纷纷下海前夕，张枣选择了与一个"远方"异国女子结婚，选择了荷尔德林、里尔克的国度："血肉之躯迫使你做出如下的选择／祖国或内心，两者水火不容。"（《选择》）祖国外面那披着乌托邦幻影的远方，像一间未点灯的房间，即将幻化为"钉死"诗人的住址："我的光阴嫁给了一个影子"（《何人斯》）。

"他很喜欢'盲流'一词，他说他最想去做一个盲流。"[1]柏桦回忆道。钟鸣在张枣去世后的悼文中也说："现实中，他似乎也没有真正意义上的家，婚姻只是个壳而已，所以他只能算是个迷途者。"[2]有一次在北京街头，张枣曾对我说过，他最羡慕托钵僧，他们是有尊严的乞讨者和流亡者。当然，流亡意味着付出生活的代价。他追忆过刚出国时的心境："我在国内好像少年才俊出名，到了国外之后谁也不认识我。我觉得自己像一块烧红的铁，哧溜一下被放到凉水里，受到的刺激特别大。我整整有三个月的时间讲不出来话，完全失语，不光没有写信，连日记也写不出来。我唯一讲的几句话就是到超市买东西，对人说一句谢谢。我的这种遭遇也是非常典型的80年代留学生的遭遇，即新的物质对人的心理所造成的压力。"[3]的确，作为少年成名的天才诗人，张枣出国前在四川诗歌界享有阿多尼斯式的明星地位，"他非常英俊，1983年的英文研究生，二十二岁不到就写出了《镜中》《何人斯》，而且谈吐燕语呢喃，有一种令人啧啧称羡的吸引力，他那时不仅是众多女性的偶像，也让每一个接触了他的男生疯狂"[4]。张枣留下的诗文中，不止一次讲起他出国前后的这种巨大落差感。越想脱离流亡状态，就越是陷入流亡的迷途；越在迷途中，就越热衷于对过去经验的精美重构。行子断肠，百感凄恻，流亡中的诗人对传统文化元素

---

(1) 柏桦、宋琳编：《亲爱的张枣》，第29页。
(2) 同上，第120页。
(3) 刘晋锋：《张枣：80年代是理想覆盖一切》，载于《新京报》2006年4月4日。
(4) 同（1），第51页。

的自觉再现和变形，其实也是流亡心态的一部分。

张枣1986年出国后与写作相关的具体生活细节我们不得而知，但从一些文字记录中可以略窥一二。1989年3月，在给友人陈东东的一封信中他写道："我在海外是极端不幸福的。试想想孤悬在这儿有哪点好？！不过这是神的意旨，我很清楚，这个牢我暂时还得坐下去。"[1]

在抒写漂泊的虚无感上，张枣显得"反反复复，絮絮叨叨"。[2]也许，不断地嘀咕各种面相的孤独，才可以缓解痛苦："我知道化成一缕青烟的你／正怜悯着我，永在假的黎明无限沉沦"(《与夜蛾谈牺牲》)。古人"闲敲棋子落灯花"的意境中展示的孤独、闲逸颓然者，在张枣这里化身为"没有新纪元的人"(《与夜蛾谈牺牲》)。他说，"整个世界老想着将它自己拆毁"(《给另一个海子的信》)。在相当长的时间里，张枣一直深陷这样的矛盾：及时抽身，漂泊海外，据说是诗神对他的护佑（直到21世纪张枣决定回国后，北岛依然认为张枣回国可能就意味着他写作的终结）。同时，长期孤悬海外，在母语和经验现场之外，也令他陷入生活与写作的窘境："咫尺之遥却离得那么远，／我的心永远喊不出'如今'"(《吴刚的怨诉》)。说不出"如今"，是张枣最剧烈的失语之痛："我迷惑着，心情无边地沉郁着／似乎永远无人知道我在想什么／也没谁，会指出我如今在哪儿"(《别了，威茨堡》)。在流亡途中，那个内在的、浪漫主义式的远方，转而成为一种挣不脱的噩梦："我真愿什么会把我载走，／载到一个没有我的地方"(《卡夫卡致菲丽丝》)、"停下，就是我们唯一的地址"(《蓝色日记》)。即使是重见昔日女友的痛苦和感慨，也是失去了家国归宿之痛的一部分："旧时的装束从没有地方的城市／清理出来，穿到你温馨的身上／接着变天了，湿漉漉的梅雨早晨／我们的地方没有伞，没有号码和电话／也没有我们居住……"(《娟娟》)。"你是怎样／飘零在你自身之外／什么都可以伤害你／甚至最温柔的情侣"(《天鹅》)。一切"不可能"

---

[1]　《给陈东东的信》，未刊稿。感谢陈东东先生提供此信。
[2]　柏桦、宋琳编：《亲爱的张枣》，第116页。

和"没有",让诗人像海底被囚的魔王那样,被祖国和母语抛弃:"看看我的世界吧,这些剪纸,这些贴花／懒洋洋的假东西;哦,让我死吧!"(《海底被囚的魔王》)

在一次访谈中,张枣曾讲起自己20世纪90年代的写作:"我不满意我1992年到1993年一段时期的作品,比如《护身符》《祖国丛书》等,我觉得它们写得不错,技术上没有什么可遗憾的,但太苦、太闷、无超越感,其实是对陌生化的拘泥和失控。"[1]同是长期悬居海外的诗人宋琳的话,可以印证张枣的这种感受:"长期的孤独中养成的与幽灵对话的习惯,最终能否在内部的空旷中建立一个金字塔的基座?"[2]以写作来超越流亡的苦难,的确是一件难事儿。谁能够真正美化生活这件真事呢?悲剧和喜剧都在于,我们得去美化它。流亡途中的张枣爱上了里尔克的这句诗:"你必须改变你的生活。"[3]

也许,里尔克的话应该反过来说:生活在改变诗人。"祖国,／远方,你瞧,一只螳螂在赶贴标语。"(《伞》)螳螂是有拟态功能的,有保护色,能与其所处环境相似,借以捕食猎物。诗人张枣如何在流亡途中给自己穿上保护色?在反复和絮叨中,他总结了自己的流亡诗学,他用一个微妙的成语命名了他的流亡:因地制宜。张枣如何实践他的"因地制宜"呢?我们有幸看到苏珊娜·格丝女士对张枣在德国生活的描述,虽然这太少了,但通过她,仍可以窥度张枣在德国期间的些许生活细节:"你与保罗·霍夫曼相遇,这位伟大的老师和学者,最后一位不是诠释诗歌而是生活在其中的人,从他身上体现出'诗歌的世界语'。他属于那些极少数的人,可以毫不犹豫地称之为'伟大'者,我们都非常感谢他。他在自己的学生和朋友的圈子里热情地接待了你,并成为你的老师和依托。他自己也知道流亡苦辛的味道。在纳粹时代,他被迫离开家乡流亡到了新西兰,好多年后,才在图宾根找到了自己新的家乡。对于霍夫曼而言,在他的'塔楼专题讲座'上与人们共同朗读诗歌就是自己的家园:'在我长年与诗歌独自相处之后,现在,参

---

(1) 黄灿然:《访谈张枣》,载于《飞地》第3辑。
(2) 宋琳:《域外写作的精神分析——答张辉先生十一问》,载于《新诗评论》2009年第9辑,北京大学出版社,2009年版,第185页。
(3) [奥]里尔克:《远古阿波罗残躯》,见《杜伊诺哀歌》(林克译),同济大学出版社,2009年版,第33页。本书中的《杜伊诺哀歌》,不同版本中也译作《杜英诺悲歌》。

与共同阅读实在是幸福的事。'在这个圈子里,你的汉语,你的诗歌也找到了自己的位置。它们的避难所。"(1)在诗歌的"世界语"中找到汉语的位置,这对张枣会是一种怎样的艰难和惊喜?张枣在讲起外语对他写作的影响时说:"对我来说,这些声音加在一起,就是我要发明的那个声音。"然而,将这些声音叠加在一起,锤炼诗歌世界语的张枣,将拖累着怎样的生活?

苏珊娜·格丝描绘了诗人被拖累的状态:"在流亡中词语弥足珍贵。你随身带着的家园。有一次,她的根被抢劫,她丢失了,但是很快又复苏过来,绿意盎然。你必须把这些珍贵的词汇留住,将它们风干。它们褶皱、枯萎,但它们可以抵御严冬。如果你要它们苏醒过来,你必须给它们喂养你的鲜血。"(2)他在写茨维塔伊娃时,其实是写自己——"流亡的残月散发你月经的辛酸"。

转机就蕴藏在困境中。张枣调侃自己说:只要思想不滑坡,办法总比困难多。就这样,诗人这一飘零的母语之树的落叶,在坚韧的命运的托盘里吞服自身,等待复活:"突然,那棵一直在叶子落成的托盘里/吞服自身的树,活了,那棵/曾被发情的马摩擦得凌乱的大树/它解开大地肮脏的神经/它将我皓月般高高搂起"(《入夜》)。在《今年的云雀》一诗中,张枣也曾写过"叶子找不到树"这样的形象。德国批评家苏珊娜·格丝曾细腻地指出,张枣笔下"叶子找不到树"应答了策兰《雪的角色》诗集中的诗作《一片叶,没有树》,也呼应了策兰指涉的布莱希特。格丝指出了"树"在西方文化中的两个渊源:希腊裴里帕托斯学派,他们一边在树下漫游一边进行关涉树的哲学对话,此外即《圣经》伊甸园中的善恶树。前者是寻找知识的象征,而后者寓意了知识中夹带的原罪(暗指法西斯主义)。(3)到了张枣这里,树与叶之间的分离,被置换成了流亡者与母语之间的关系。他说:"对于一个永为异乡人的个人而言,母语是一支流浪的歌","诗人不能改变生活,但诗人注定会改变母语"。他笔下那棵"吞服自身的树",不但承

---

(1) 张枣:《张枣随笔选》,第256页。
(2) 同上,第258页。
(3) [德]苏珊娜·格丝:《一棵树是什么?——"树","对话"和文化差异:细读张枣的〈今年的云雀〉》(商戈令译),载于《当代作家评论》2000年第1期。

接了布莱希特和策兰批判的西方现代历史主题，更是一个流亡诗人泣血"寻找母语中的母语"的自我写照。[1]在他自己最钟爱的组诗《云》中，张枣写道："你只要说出树，树就会／闪现在对面，无论你坐在哪儿"（《云》）。这里的树，既融合了里尔克笔下俄耳甫斯唤醒的"耳中的高树"的虚构性，也沾染了中国式意象思维中的直观洞见，当然，也可理解为那棵吞食自身的树，正在命名中实现其因地制宜。张枣钟爱的诗人之一曼德施塔姆说过一句话，可以用来解释这种因地制宜："既不把世界当作一个负担也不当作一个不幸的意外，而是当作一个上帝赐予的宫殿。"[2]对于没有上帝的张枣，诗歌就是上帝，就是灵魂寄居的宫殿——在这点上，张枣深谙欧洲浪漫主义以来的现代诗歌梦想："给人一种貌似脱离事理的虚无的翱翔之激荡，乃诗意也……诗歌的事理就是生活的事理。"[3]无论生活的威胁，是否能像它在童话中得到解除那样也在诗歌之事理中得到缓解，我们都得寻求这种缓解。

张枣20世纪90年代中后期的诗歌，以《祖母》《云》《春秋来信》《边缘》为代表，在内在的情绪和肌理上有明显的变化，这些充满了冷静、沉思和精确的感性的诗，将汉语诗性的抽象潜力演绎到了无以加的程度，的确给汉语读者以诗歌"世界语"之感。这种世界语般的诗歌抽象性，与因地制宜的诗学姿态一样，是诗人在极端孤独痛苦中，病变出来的美丽后果。

没有高于肉体的真理，逻辑在最本然的血肉情感面前，是不顶用的。这个时常在"流浪的酒边记下祖国和杨柳"（《我们的心要这样向世界打开》）的诗人，依然"悲旧乡之壅隔，情眷眷而怀归"："一切无家可归的人，总是在回家"（《跟茨维塔伊娃的对话》）。20世纪90年代中后期开始，张枣开始急迫地思量着回到吞云吐雾的母语中来。他在1997年一次接受访谈时这样说道："我渴望生活在母语的细节中。我当年与它分开，是因为自己本事不够，需要依靠身体的距离的帮助来落实陌生化。现在练好了桩，该像一只蝉儿一样飞回去唱一唱。我希望我回国之日，睁眼就能看见，真正看见事物并接纳它们，让我看

---

(1) 　张枣：《张枣随笔选》，第54、58页。
(2) 　[俄]曼德尔施塔姆：《曼德尔施塔姆随笔选》，第15页。
(3) 　同（1），第31页。

见一只紫色的茄子吧,它正躺在一把二胡旁边构成了任意而必然的几何图形,让我真正看见它并说出来。我相信我作为诗人的命运只有回到祖国才能完毕。"[1]

回国之后,迎接诗人的还有无数个苦海无边的"大上海",以及内在于它们的形形色色:

那些生活在凌乱皮肤里的人;
　　　　摩天楼里
那些猫着腰修一台传真机,以为只是哪个小部件
　　出了毛病的人,(他们看不见那故障之鹤,正
　　屏息敛气,口衔一页图解,踱立在周围);
那些偷税漏税还向他们的小女儿炫耀的人;
那些因搞不到假公章而煽自己耳光的人;
那些从不看足球赛又蔑视接吻的人;
那些把诗写得跟报纸一模一样的人,并咬定
　　那才是真实,咬定讽刺就是讽刺别人
　　而不是抓自己开心,因而抱紧一种倾斜,
几张嘴凑到一起就说同行坏话的人;
那些决不相信三只茶壶没装水也盛着空之饱满的人,
　　也看不出室内的空间不管如何摆设也
去不掉一个隐藏着的蠕动的疑问号;
那些从不赞美的人,从不宽宏的人,从不发难的人;
那些对云朵模特儿的扭伤漠不关心的人;
那些一辈子没说过也没喊过"特赦"这个词的人;
那些否认对话是为孩子和环境种植绿树的人;
……

只有在一个长期流浪归来的诗人眼中,才会有《大地之歌》中出现的芸芸众生。这首《大地之歌》的结构,直接取自音乐家马勒1908

---

(1)　黄灿然:《访谈张枣》,载于《飞地》第3辑。

年创作的绝笔之作《大地之歌》。两部作品都有六个乐章，最后一个乐章都很长。这里暗含了张枣深谙的连环扣式的互文性，因为马勒的《大地之歌》是受唐诗的启发，甚至就是用七首充满了悲情、颓废和宴饮欢别的唐诗（其中有李白、钱起、孟浩然、王维的诗作）的德文版，作为创作的基础。一生都在波西米亚、奥地利、德国、犹太人等身份或国度之间游荡的马勒，借用唐诗穿越了语言和时空的悲喜交集，作为一个谱写西方现代性交响的维度："我不再到远方游荡，／脚已累，灵魂已疲惫，／大地到处都一样，白云永远、永远……"[1]诗人张枣漂泊到了马勒哀歌中的大地，在那里听到了自己祖先依稀的声音，一定也听到了汉语诗意复活的启示。于是，他把马勒的琴弦与歌唱，移植到曾经孕育唐诗而现在已被现代化弄得皮肤凌乱的大地上，试图用它来创造"大提琴与晒满弄堂衣裳之间的呼应"。这与张枣此前的十四行组诗《跟茨维塔伊娃的对话》的写作起因有相似之处。流亡途中的诗人，大概对与祖国相关的诗性元素异常敏感。张枣在茨维塔伊娃的回忆录中，看到这位流亡途中的女诗人与中国人对话的场景：茨维塔伊娃说，因为中国人与她的同胞特别相似，她见到中国人就有异常的亲切感。张枣就此获得灵感，模仿茨维塔伊娃与中国人的对话，写下了此诗。[2]如果说"跟茨维塔伊娃的对话"是一场想象和虚构的词语盛宴，那么，《大地之歌》就是诗人返回母语大地途中的见闻集锦的升华。他一边惊叹中国现代化可以做得比西方更为极端，同时兴奋地四处游走观看，在精移神骇中酝酿新的诗歌前景。

然而，结局如他早就说过的那样，无论是此前在西方文本中发现"祖国"，还是后来真的"到江南去"（《到江南去》），还是在宴饮的幻觉中看到"远方的抽象"，一切都是诗人在用虚无的四肢寻找到的幸福。"是你，既发明喧嚣，又骑着喧嚣来救我？"（《钻探者和极端的倾听者之歌》）这个"你"，就是张枣面对的具象化的祖国，回到喧嚣的母语世界中，诗人想寻找含金的预言，却遇到了更多的肉体羁绊——

---

(1) ［奥］Kurt Blaukopf：《古斯塔夫·马勒：未来的同时代人》（高中甫译），辽宁大学出版社，2000年版，第342—344页。

(2) 《中国人》，见汪剑钊主编：《茨维塔耶娃文集·回忆录》（董晓译），东方出版社，2003年版，第302—312页。

既是唯一溢满尘世的美满，也是携带着死亡的甜。因地制宜，本身就是一个流亡者的词语幻象。在大地满是难言的图案上，在奔波而拥堵的祖国的"里面"，外面再次成为诗人头顶的咒符；但即使逃到海南岛，逃到那个悠远缔造的太平洋上的小岛……等待自己的灵魂赶上来，流亡的肺腑还是鹤立般停留在"灯笼镇"——这个流亡者发明的乌有之乡，这个令人信以为真的祖国的虚假之物。诗人似乎早就预言了自己的结局："外面啊外面，总在别处！／甚至死也是衔接了这场漂泊。"（《跟茨维塔伊娃的对话》）

三、对话

与现代汉语新诗中的革命象征传统和朦胧诗中的反革命象征传统相比，后朦胧诗已经没有一个大写的"你"、一个崇高的客体作为对话者。20世纪七八十年代北岛、舒婷笔下的那个坚实一贯的主体，在张枣这一代诗人身上当然也就瞬间地叶散冰离了。他们这一代诗人的诗歌最大的特点之一，就是常常大声地对着一个空白地带说话，空白感促使他们在言说中寻求和建构新的崇高性：有时是通过西方现代诗人们的作品，采集和模拟中西神话崇高形象，有时是莫名地虚构出的"你们"，有时则是一个个虚构或变形后的自我形象……

作为一个敏感的高级写作者，张枣在20世纪80年代初期的写作中，已清晰地意识到，再造诗歌的对话性即再造当代汉语诗歌与世界之间的关系。当许多同辈诗人还在语言自身的狂欢中兴奋、沉溺时，张枣已经开始在探索诗歌的内在对话结构。他早期诗中那些清晰的"你"的面孔，一直为读者铭念。对话结构在张枣笔下大致可分为两类，一是自我戏剧化，一是设置对话者，这个对话者有时很明确，有时则是潜在的。当然，这二者亦非泾渭分明，因为一切"你"都是"我"的延伸，只是远近高低各不同而已。"每个悲哀的实体都有二十个影子"，莎士比亚早就在《查理二世》中说过。

在《早晨的风暴》这首早期的杰作中，张枣就有意识地设计自我戏剧化场景："忽而我幻想自己是一个老人／像我曾经见过的某一个／

叮咛自己不去干某一些事情／忽而觉得自己渺小得可怜／跟另一个渺小的人促膝交谈／最后分开，又一直心心相印","我发现自己变成许多的人／漫游在众多而美妙的路上"。在后来的许多作品中，这种自我的戏剧化结构随处可见。比如在《断章》（之二）中，张枣用裂缝来形容人和世界的境况："我们是裂缝中的人／裂缝是世界的外形／只有酒杯不曾粉碎／裂缝便与酒杯共存"，通过推杯换盏的对话结构，诗人想隐喻地沁润裂缝中的人，弥合世界的裂缝。在《断章》（之五）中，张枣用了一个浪漫主义诗学的经典逻辑："怀揣某个对立面"，这也是自我戏剧化的一种手段；在《卡夫卡致菲丽丝》中，他写道："孤独中我沉吟着奇妙的自己"；在《伞》中，他写道："我孤绝。有一次跟自己对弈／不一会儿我就疯了"；在《夜半的面包》中，他写道："十月已过，我并没有发疯""我会吃自己，如果我是沉默"；在《空白练习曲》中，他写道："我是我的一对花样滑冰者"；在《海底被囚的魔王》中，他写道："有一天大海晴朗地上下打开，我读到／那个像我的渔夫，我便朝我倾身走来。"这些具有同构性的诗句，足以表明张枣一直致力于发明自我戏剧化结构，来探究和呈现主体复杂性。在1987年的一首诗中，张枣甚至这样说："一个表达别人／只为表达自己的人，是病人；／一个表达别人／就像在表达自己的人，是诗人。"（《虹》）

张枣诗歌中自我戏剧化的细化、放大，人称变换和对话结构的系统化，对应着他诗学观念的成熟。这种成熟，集中体现为他诗歌中对话诗艺的成熟。据笔者统计，《张枣的诗》收入的130多首诗中，"你"出现652次（不包括"汝"），"他"出现208次，"它"出现162次。张枣曾说："刻意地追求对话性，是现代文学的一个特点。"[1]在现代性处境下，如何通过对话来发明一个包含神明的倾听者、对话者，是许多诗人深度思考过的问题。比如，张枣钟爱的诗人曼德尔施塔姆就曾对此有过深思熟虑："文化上的伪装、礼貌具有深刻的意义，借助于这种礼貌，我们每时每刻都在强调彼此之间的兴趣。""诗人与谁交谈，一个痛苦的、永远现代的问题。"[2]他对诗歌解决这个问题的能力有很高

---

(1) 张枣：《张枣随笔选》，第108页。
(2) [俄]曼德尔施塔姆：《曼德尔施塔姆随笔选》（黄灿然等译），花城出版社，2010年版，第19—20页。

的期待:"抒情诗人在本质上是雌雄同体的,有能力以其内心对话的名义进行无限的裂变。"(1)德语犹太诗人保罗·策兰也强调了诗歌对话特征对现代诗的重要性:"因为诗歌是一种语言的表现形式,并通过对话表现其本质,因此它可以是一个玻璃瓶邮件,付邮于信念——诚然这希望不是时时保持强烈,它可能什么时候什么地点被冲上陆地,也许是心灵的陆地。诗歌就是用这种方式旅行:它漂向什么地方。……漂向敞开者、可占领者,也许漂向一个可以对话的你,漂向一个可以对话的真实。"(2)"诗歌将走向别的事物,它需要别的事物,它需要一个对手。它探望它,和它交谈。"(3)欧美现代诗要追求对话者,是因为"荒原"时代神的"缺在",以及"后荒原"时代大众文化偶像的狂欢,使诗歌失去了直接的对话者。保罗·策兰说,西方现代诗是一朵"空无其主的玫瑰",或者一枚"被空无的王充满了的杏仁"。(4)按德国犹太哲学家马丁·布伯的话说,如何将沦陷为"它"的世界,重新挽救回"你"的世界,挽救回"我"与"你"的关系之中,这是现代西方人面临的核心精神命题。(5)

张枣这一代诗人开始写作时,汉语新诗仰望了好几十年的那个大写的对话者倾塌了,废墟上无度的自由、恐慌、狂欢和无所适从,孕育了消费主义神话,也催迫当代诗歌极力地寻找自己的对话者和倾听者。为了重新树立一个大写的"你","文化"寻根应运而生,它在诗歌中常显现为与汉语古典传统暗通款曲。张枣早期诗中的对话性结构,就曾受到庞德翻译的中国古诗的启发。庞德将中国古诗译成具有非常美妙的对话结构的情诗,比如,他将《古诗十九首·青青河畔草》创译为 THE BEAUTIFUL TOILET(《美丽的化妆间》)。张枣后来在讲起庞德翻译的李白《长干行》一诗时,透露过自己对庞译中国古诗的看

---

(1) [俄]曼德尔施塔姆:《曼德尔施塔姆随笔选》(黄灿然等译),花城出版社,2010年版,第7页。
(2) [德]保罗·策兰:《不莱梅文学奖获奖致辞》,见《保罗·策兰诗文选》(王家新译),河北教育出版社,2002年版,第177页。
(3) [德]保罗·策兰:《子午圈》,见《保罗·策兰诗文选》,第194页。
(4) [德]保罗·策兰:《赞美诗》《曼多拉》,见《保罗·策兰诗文选》,第21、134页。
(5) 笔者上大学时无意中读到陈维钢先生自德语翻译出的《我与你》,印象非常深刻,受益良多。后来与张枣先生谈起此书,他亦表达了对此书的热爱,说自己曾与陈先生谈论过此书。

法:"他怎么在《长干行》中读出了对话性,并认为是一封信,这是很有趣的,如果没有这个译本的话我们不会读出这是一封信,这是一个发人深省的话题。……可见中国古代诗歌充满了对话性。"[1]当然,"明智的作家接受影响时就是学会回避某些东西",张枣逐渐将诗歌的对话结构,与后革命—消费主义时代汉语诗歌崇高性资源的空白联系起来,尤其是在出国之后,他的诗歌中对话结构就变得更加层峦叠嶂,增加了许多中西文化对撞后的维度。柏桦在评价他80年代的作品时说:"他擅长的'你''我''他'在其诗中交替转换,推波助澜,形成一个多向度的格局",而从《秋天的戏剧》《灯芯绒的幸福舞蹈》开始,对话的技艺已经出神入化。[2]在1988年给陈东东写的信中,张枣有一段关于对话的谈论,可以作为旁证:"通信给我的感觉就像是两个人打架,熟人之间当然就是面对面地扭打,从未谋过面的人呢,比如我和你,就好像是我们躲在台下,手中牵着两个木偶在打,当然打的玩架。我特别喜欢后者,因为当我们演完戏,从台后站出来,可能说的就是另一种话,另一种玩法了。"[3]

张枣诗歌中的对话结构,首先是对私密话语和情色话语的崇高化:在诗歌的渐进中,诗人剔空它们原本的内容,进而植入元诗主题,让诗歌写作从对现实的低级复写,升级为词语对现实的重构。

针对不同的对话对象,张枣诗歌的崇高化方式有微妙的差异。比如,它诗歌中写到的"你",女性比例非常大。现代新诗中的女性形象,常常与革命者或祖国相关。在以张枣为代表的当代诗人笔下,女性形象则常常返回到私密和色情层面,同时,又从这个层面跃升至本体性层面。关于诗人如何写女性,张枣在谈论叶芝时,有一个总结:"许多作家终生会爱许多女人,爱上了爱情;而有的作家有一个致命的女人,这个女人就成了他一辈子致命的东西,他一辈子永远在写她。"[4]张枣

---

[1] 张枣:《张枣随笔选》,第108页。在柏桦等人的回忆文字中,张枣20世纪80年代初期经常谈起庞德。张枣在1985年四川诗人们办的民刊《日日新》,举行庞德100周年诞辰纪念期间,曾翻译过庞德《诗章》中的部分诗节,但这些译稿至今未找到。《亲爱的张枣》,第33、42、54—55页,张枣对庞德的赞誉,在他留下的不多的文字中,依稀可见。

[2] 柏桦、宋琳编:《亲爱的张枣》,第40、44页。

[3] 同上,第67页。

[4] 张枣:《张枣随笔选》,第113—114页。

无疑属于前者。西方文化中常常将来自女性的诱惑比喻为塞壬的歌声。培根曾将男性艺术家面对塞壬式的诱惑的态度分为两类:"尤利西斯曾让水手用蜡封住耳朵。他希望尝试一下歌声,又不想招致危险,就把自己绑到桅杆上,同时禁止任何人冒险给他松绑,即使有他本人的恳求也不行。俄耳甫斯不让绑起来,而是放声歌唱,用琴声赞美众神,压住了塞壬的歌声,所以也安然无恙地通过了。"[1]尤利西斯是禁欲式的,而俄耳甫斯可以说是纵欲式的。后者通过将情色的神性化,继而将与塞壬的相遇转换为对神性的赞美,显现了诗歌对情色应有的基本态度。张枣诗歌中对女性的"你"的描述,亦常常按照这个逻辑展开。只是对一个现代诗人来说,幽赞神明,得基于神明的缺席。比如,张枣早期著名的《灯芯绒的幸福舞蹈》一诗,就是通过两性对话而展开当代汉语诗歌于空白中追索的那个神明。

在张枣早期的诗歌中,较为典型的,是张枣的《南京》一诗。与他的许多诗作一样,这首诗中有一个被命名为"你"的女性形象。粗看内容,这首诗写的是"我"在一个雷雨夜醒来的清晨,追忆五年前在南京与"你"的一场幽会:

南京

醒来,雷电正袭在五月的窗上,
昨夜的星辰坠满松林间。
我坐起,在等着什么。一些碎片
闪耀,像在五年前的南京车站:
你迎上来,你已经是一个

英语教员。暗红的灯芯绒上装
结着细白的芝麻点。你领我
换几次车,丢开全城的陌生人。
这是郊外,"这是我们的住房——

---

[1] [英]培根:《西方传统·经典与解释:论古人的智慧》(李春长译),华夏出版社,2006年版,第80页。

今夜它像水变成酒一样

没有谁会看出异样。"灯,用门
抵住夜的尾巴,窗帘掐紧夜的髦毛,
于是在夜宽柔的怀抱,时间
便像欢醉的蟋蟀放肆起来。
隔壁,四邻的长梦陡然现出恶兆。

茶杯提心吊胆地注视这十天。
像神害怕两片同样的树叶,
门,害怕外面来的同一片钥匙。
但它没有来。我想,如果我
现在归去,一定会把你惊呆。

我坐在这儿。同样的钥匙却通向
别的里面。嘴在道歉。我的头
偎着光明像偎着你的乳房。
陌生的灯泡像儿子,吊在我们
中间——我们中间的山水。

结满正午的果实,航着子夜的航帆。
我坐着,嗅着雷电后的焦煳味。
我冥想远方。别哭,我的忒勒玛科斯
这封迷信得瞒过母亲,直到
我们的钢矛刺尽她周身的黑暗。

"你"的出现,源于当下心境、体验与过去经验之间的偶然共振。张枣在成名作《镜中》的开头,就巧妙地运用过这一神秘的共振:"想起后悔的事"→←"梅花落了下来"。夜晚的"雷雨"和"星辰",既有事理上的清晰,也拉开了合理的隐喻伸展域。是什么样的雷雨,如何坠落松间的星辰,能够在窗边勾起"我"对一个五年前的女性的追忆呢?这是一个谜。闪耀的碎片间,"你"拖着往事冒出,这个"你"形象清晰(这是张枣最具功力之处):时间、地点、人物、灯芯绒、芝麻点……接着,就是一场男女幽会;但诗人在修辞层面一直在把男女幽会这人间天天发生的事儿,写成另一件事儿:夜的温柔怀抱、时间像欢醉的蟋蟀、"像神害怕两片同样的树叶""偎着光明像偎着你的乳房"——在这些比喻中,诗人把比喻中本体置换为充满了崇高性的元素:情人的温柔怀抱置换为夜的温柔怀抱;"我"与"你"的欢快,置换为时间的欢快;"我"的害怕,置换为茶杯/神的害怕;偎依着情人的乳房,置换为偎依着"光明"。通过这一系列置换,"你"作为情人的形象,被置换为与夜(与第一节的"星辰"暗自呼应)、时间(与第一节中的"五年前"暗自呼应)、光明(与第一节中的"雷电"暗自呼应)等相关的崇高形象。总之,通过前五节的精心安排,诗人是要告诉我们,他写的不只是一场男女幽会,也不只是作为情人的"你"。那么,用来置换幽会和情人的那些主题构成的那个"你"是谁?答案必须通过透露"我"是谁,才能得出。在最末一节中,诗人借忒勒玛科斯——荷马笔下著名的漂泊者奥德修斯之子(忒勒玛科斯为替母亲解困而去寻找自己漂游在外的父亲)来置换诗人身处的现实场景,回答了"我"是谁,当然也就回答了"你"是谁。最后,诗中完成了两个相互入侵的主题:"我"在雷雨夜后的清晨回忆往昔的一场幽会,儿子是在场者甚至知情者,而征战漂泊归来的奥德修斯在向儿子忒勒玛科斯讲述漂泊途中遭遇的一场诱惑。张枣讲授 T.S. 艾略特的《普洛弗罗克的情歌》时曾说:"情诗从来不是一首单纯的情诗,而是把它与对世界冥想结合在一起。"[1]换言之,色情话语的崇高化,必须借助另一种"冥想世界"的崇高话语——我们都同意。在西方现代诗歌写作的指引下,20世纪80年代以来的当代汉语新诗中,古希腊神话一直被作为重要的崇高话语资源。

在修辞意义上,借助古希腊英雄与张枣在有些诗作中借助汉语古典资源的作用相似,比如《跟茨维塔伊娃的对话》中,张枣就借助了"凤凰""喜""大人先生""万古愁""皎然四望"等充满中国古典性

---

[1]　张枣:《张枣随笔选》,第76页。

的崇高元素，给这场诗人之间的对话植入了依稀的古典色彩。在许多诗中，两性话语则不通过中西古典神话资源而直接展开主题转换。张枣的《那天清晨》一诗也是写"我"与"你"幽会后的早晨："我把闹钟牛奶般饮下不致尖叫你／那个熟睡得溢满室内的你"，但诗人依然把对话的内容置换为对写作空白的突围，在诗接近尾声时他写道："我听见性命昂贵地骑着写作的／大神秘飞跑"，这一转换，就让诗歌的主题从情侣意义上的"我"与"你"，暗度陈仓地转移为词与物意义上的"我"与"你"，前者是谜面，后者是谜底。这种转换在《卡夫卡致菲丽丝》这首张枣出国后的重要作品里，也非常明显。张枣以密集的崇高性转化，精确地把两性之间的情色话语，展开为一个关于诗歌写作与倾听的复杂主题。他在诗歌中有条不紊地镶嵌入圣人、神、神的使者、天使、浩大天籁、菩提树等与形而上学命题相关的词；同时，异香、赞美、玫瑰、鸟、鲜花、幽会等与两性私密性相关的名号也间或出现；而所有这些，都服务于诗中这个孤独而絮叨的写作者的自我崇高化过程。张枣曾说："面对异性不自信的人往往将自己的优点说成弱点，面对异性自信的人往往将弱点说成优点。"[1]这可以帮助我们理解这种转换：在这首诗的说者与倾听者之间，一方面是说者乞怜倾听者的理解，另一方面则暗自通过对倾听者的崇高化，将说者也崇高化了。说者被崇高化，事实上就是对写者困境的崇高化。

对女性形象的元诗性挪用，在张枣后期的作品《湘君》一诗中显得比较独特。这首诗中，除了这个题目源自屈原《九歌》之外，整首诗没有一个张枣早期喜欢用的古典词汇。"我"与"你"是一对在美国重逢的昔日恋人。屈原笔下的《湘君》中，男女主人公正在表达各自如何焦急地奔赴一场幽会，而在张枣诗歌中，男女主人公已经耗尽了奔跑和等待，端坐在纽约的咖啡店里，"隔着桌子，忍着遥远"，努力通过对话，着急地回到往昔的恋爱故事中。但一切最终都只是"浩大烟波里从善如流的死者"。由于"湘君"（隐含了诗人自己的形象）这一命名，让这场逼近往昔的对话充满了幽曲的互文性，进而获得了沐浴着古典气息的崇高性质地。恋人别后多年的重逢，似乎成了诗歌写作

---

[1] 张枣：《张枣随笔选》，第88页。

与古典命名之间的"忍着遥远"的巧妙共振。在《枯坐》中，张枣通过直接指涉元诗命题，作为崇高性转换的发力点。诗人戏仿了英语情诗"let's go"式的开头，通过在诗中嵌入"新奇的节奏""胯骨叮当响的节奏""沁甜""惊叹号"等元诗语素，让从"我"幻化出的"我"与"你"的一次私奔，转换为对当代中国日常生活中浪漫形态的诗意命名。

张枣笔下另一种"你"，是男性形象。按照张枣的话说，即"追踪最知心的密友"（《纽约夜眺》）。比如，《秋天的戏剧》中的部分内容写的是他与柏桦的知音式的交往："你又带了什么消息，我和谐的伴侣""夜半星星的密谈者"；《春秋来信》是赠给臧棣，《大地之歌》是赠给陈东东，《到江南去》是赠给钟鸣，这些诗人都曾在某个阶段与他有密切的诗艺切磋和往来。刘勰在讨论知音时，曾经感慨道："知音其难哉！音实难知，知实难逢；逢其知音，千载其一乎！"（《文心雕龙·知音》）在现实生活中，张枣是一个谈吐甜蜜的人，他总是能够找到合适的谈话内容，与周围的人迅速地建立起私密感。与他打过交道的人，大多会为他的讲话方式着迷。然而，这也恰好是他最寂寞的体现，因为他谈吐的甜蜜，周围的人很少或根本不用去体察、猜测他内心的真正想法。他的这种分裂，就像他在《父亲》一诗中写的："总有两个自己，/一个顺着走，/一个反着走，/一个坐到一匹锦绣上吹歌，/而这一个，走在五一路，走在不可泯灭的/真实里。"这种矛盾，可能是他珍重知音这一古典概念的原因之一。

因此，古典式的知音之难，被张枣改造为一个当代诗学命题："现代人如何在一种独白的绝境中去虚构和寻找对话和交谈的可能性。"[1]遍览西方文学的张枣坚信："对话性某种程度上起源于中国，中国人最先发现了文本的对话性，比如高山流水——俞伯牙与钟子期的故事。没有一个对话者，创作者就不成立，是对话者本身创造了创作者。"[2]他说，"知音带来的美要大于沦落感，给了一个宽慰，在沦落中找一个好东西——交流，共同俯瞰生存的深渊，有一个情怀在里面"[3]。这是一个无神论者乐观的存在主义哲学吗？在20世纪90年代接受一家外

---

[1] 张枣：《张枣随笔选》，第23页。

[2] 同上，第97页。

[3] 同上，第71页。

国电台的采访时,他这样说道:

> 我相信对话是一个神话,它比流亡、政治、性别等词儿更有益于我们时代的诗学认知。不理解它就很难理解今天和未来的诗歌。这种对话的情景总是具体的、人的,要不我们又回到了20世纪独白的两难之境。这儿我想起中国古典传统,它的知音乐趣可以帮助我们。这个传统还活着。我们刚才谈及的我的那些早期作品如《何人斯》《镜中》《楚王梦雨》《灯芯绒幸福的舞蹈》等,它们的时间观、语调和流逝感都是针对一群有潜在的美学同感的同行而发的,尤其是对我的好友柏桦而发的,我想唤起他的感叹、他的激赏和他的参入。正如后来出国后的作品,尤其是《卡夫卡致菲丽丝》,它与死者卡夫卡没太多实事上的关联,而是与我一直佩服的诗人批评家钟鸣有关,那是我在十分复杂的心情下通过面具向钟鸣发出的,发出寻找知音的信号。他当然不知道那些外部前提,而竟然在一年之后我突然收到了他的一篇析读文章,那是一篇扬扬得意的文章,整个儿在细节上洋溢着知音的分寸和愉悦,那是语言的象征的分寸和愉悦。它传给了我一个近似超验的诗学信号:另一个人,一个他者知道你想说什么。也就是:人与人可以用语言联结起来。对我而言,证实了这点很重要。(1)

在这里,张枣把他的所有写作,都归结到"知音"这个漏眼的背篓中;显然,他的许多作品远远超出了知音这一命题。但如此强调,是不是诗人自我崇高化的另一个策略?就像他在诗歌中,通过各类崇高语汇系统,将色情的、庸俗的语义垃圾场转换为指向写作困境而展开的对话追寻一样,通过知音这一概念,诗人也欲盖弥彰地、美妙地将自己的诗歌及诗学姿态变得过于凌虚高蹈。我们是否可以进行"谋杀"式的阅读,将知音视为一个沉重的空无?张枣甜蜜地描绘知音写作,会不会像"一钱不值"的纸币宣称自己代表真金白银一样,背后想展示的,是倾听的不可能?它更应该是流亡的诗心为自己虚构的一根

---

(1) [德]苏珊娜·格丝:《一棵树是什么?——"树","对话"和文化差异:细读张枣的〈今年的云雀〉》。

金黄的救命稻草（张枣在出国后给钟鸣的明信片上印有怪鸟和help，他病逝前也曾发出help的信息），[1]但我们却信以为真，视之为孤独的现代诗心塑造的说与听的典范。须知，知音本身就是悲剧性的。因流亡与孤独而如此沁甜的诗人张枣，在启用该观念时，一定深谙其悲剧性：比如他说过，你失去了你说话和歌唱的对象，就失去了存在的基础，[2]"现在，没有第二个人能说服我，没有第二个人对我作品满意，能使我同意"[3]。——而正因为知音与生俱来的悲剧性，它才会被描绘得如此之美。孔子说，乐而忘忧。诗人张枣则梦想美而忘忧，梦想发知音之藻而慰孤独之愁。从知音与孤独的同源性，来反观张枣屡屡迷恋的诗歌对话结构，也许更周全一些。

四、体物

中国古人很早就建立了格物/体物观念，比如《大学》中说："物有本末，事有终始。知所先后，则近道矣。"人冥观万象，察事物本末先后，而郁郁乎成文，故刘勰在《文心雕龙》开篇就说："文字为德也大矣。"但古典诗抒写针对的，是农耕时代的自然之物或者自然之物的衍生物，所谓"运自然之妙有"也，故能直接地想往和实现触物圆览、攒杂咏歌的写作境界。"天自在运行，对人有怜悯，使风调雨顺，有跟我们人相和的生存节奏，天潜在于物象之中，我们最大的安慰是物象的，具体的安慰在我们的文学中间表现为大自然。"[4]而自近代以来，"随着工业革命的兴起，在几百年之间，世界不同地区、民族和人群，争先恐后地进入了现代社会。一方面，我们有了各种止疼片，另一方面，大地上的事物也因为我们的改造而满身疼痛，天空的事物更因为我们观念的进步而失去先前的魅力。作为诗歌乃至一切艺术言说最为重要的隐喻资源，大自然已经丧失了它本来的面貌。近现代早期的诗

---

(1) 钟鸣：《旁观者》（第三卷），海南出版社，1998年版，第1382页。
(2) 张枣：《张枣随笔选》，第99—100页。
(3) 同上，第214页。
(4) 同上，第103页。

人，还可以借未被侵蚀的自然和远方放纵和撒娇，还可以借古老的神话结构来在万物残碎的世界中建立起某种统一性；而现在，工业化和现代化的尘嚣已经渗入地球上每一个物的心思中，在人与自然之间，已经垒起了一堵坚固的墙，它是用汽车、飞机、转基因食品、无数庞大的水泥森林、无所不在的信息网络……筑成的"[1]。

张枣曾在中西比较视野下，精彩地谈论现代诗歌抒情面临的问题："没有谁去取代上帝的空白，如果上帝在，我们可以通过祈祷跟上帝讲话，通过跟上帝的讲话可以缓解自身，在 20 世纪没有一个缓解的地带，因为不相信神，上帝死了，这种怕是跟死同构的，这里就用这两者来定义上帝，这是消极的，因为上帝不在了，这种怕不能在宗教和生命意义上得到解脱。中国虽然没有上帝的信仰，但是我们在 20 世纪同样失去了古代的那种传统，留下了空白，这是同构。"[2]张枣说，现代社会"对物的消耗，对物的追求，以及对物的占有，成了人类的神"[3]。对物的这种态度，造成了物的诗意的空白，即物的可命名的部分，隐匿在人类对它的消耗和追逐之中："什么是空白？空白是词，是空白之词，是废词、失效之词、被消费之词、暴力之词，是遮蔽其实（the real）的非命名之词。"[4]而诗歌必须来命名这一空白，"每个事物里面都沉睡着一个变成词的、可以表达人类生存愿望的词，这个词是与物联系在一起的，我们唤醒它的时候，它就变成了词，也就是一支好听的歌"[5]。

五色不乱，孰为文采？诗人得在语言的忧郁、物的沉默之间恢复某种芬芳的关系："呵，语言使人忧郁／鬼和冰棒纸芬芳地缄默／子夜十二点是一个美女"（《杜鹃鸟》）。一个时间点如何是一个美女呢？正如他写"手掌因编织／而温暖"（《何人斯》）一样，其中体现了诗人很早就具备的为观念寻找"客观对应物"（艾略特）的能力，而"客观对应物"这一现代英语诗学观念，通过庞德，可以回溯到中国古典诗歌的意象修辞方法中。但张枣对古典传统中的命名方式是有甄别的，

---

[1] 颜炼军：《如何在词语中构筑新的物态》，载于《诗江南》2013 年第 3 期。
[2] 张枣：《张枣随笔选》，第 102 页。
[3] 同上，第 61 页。
[4] 同上，第 45 页。
[5] 同上，第 127 页。

他认为："中国古典诗歌没有寻找、追问现实，也没有奔赴暗喻的国度。我们的母语是失去了暗喻的母语，我们的民族是没有暗喻的民族。没有暗喻就不可能有真正的纯文学。"(1)创造暗喻，在早期的张枣那里，就是采集中西诗学方法，发明精确的意象；就是让诗人的超级虚构能力，成就汉语诗歌和诗人的独立性。张枣在一首诗中表达过这种梦想："最纯粹的梦是想象——／五个元素，五匹烈马／它紧握松弛的现象／将万物概括成醇酒／瞧，图案！你醉在其中／好像融进黄昏，好比／是你自己，回到家中"(《断章》[之十二])。在此诗中，张枣用中国上古的五行概念，将荷尔德林式的"语言家园"在汉语中创造出来。直接对古典物性特征展开发掘，是张枣早期诗歌的一个特性："一个驿站一朵梅花／十里一长亭／五里一短亭"(《南岸第一次雪花》)；"我咬一口自己摘来的鲜桃，让你／清洁的牙齿也尝一口，甜润的／让你也全身膨胀如感激"(《何人斯》)；"你已穿上书页般的衣冠／步行在恭敬的瓶形尸首间"(《十月之水》)；"我礼貌如一块玉坠"(《十月之水》)；"我身边的老人们／菊花般升腾，坠地"(《深秋的故事》)；"河流映出被叮咛的舟楫"(《刺客之歌》)；"当燕子深入燕子，／当舞蹈在我心田初夏般发病"(《老师》)。柏桦认为，张枣在重庆时期的诗歌，就显出两个与众不同的亮点："一是太善用字，作者似乎仅仅单靠字与字的配合，就能写出一首鹤立鸡群的诗歌……二是作者有一种独具的呼吸吐纳的法度，这法度既规矩又自由，与文字一道形成共振并催生出婉转别致的气韵，这气韵腾挪、变换、起伏着层层流泻的音乐。"(2)这种效果，很大程度上是因为，张枣天才地直接将物象中被埋没的古典气质剥离出来，作为诗歌美感的起点，并以此展开诗歌呼吸吐纳的内在逻辑。

总体而言，在上述早期诗歌中，沉吟古典意象和自然意象的张枣，尚没有推敲出一个对立面，但这个对立面正在孕育："哦，那日日威胁我们的无敌的饥饿，／布谷鸟一样不住地啼唤着"(《桃花园》)。这种例子在张枣80年代中后期开始的诗歌中，俯拾即是："我们还活着

---

(1)　张枣:《张枣随笔选》，第57页。
(2)　柏桦、宋琳编:《亲爱的张枣》，第49页。

吗？被颓然的嘴和食指？／还活在鸡零狗碎的酒的星斗旁边？"(《蝴蝶》)"鸡零狗碎"与"酒的星斗"也展现了一种对消极性的积极处理方式。"经典的橘子沉吟着／内心的死讯"(《断章》之七)，橘子之甜亦携带着死讯，这也是张枣发明的一种矛盾修辞。可以作为旁证的是，张枣对如何将古典元素融入现代诗意结构有着清晰的思考："内容美和文本美的区别在于，一个是美学上的美，也就是说他写得很好，所以觉得这个文本很美，但不是它的内容美，内容美和美学美的完美统一，使你向往那个地方，'花间一壶酒，对饮成三人'，虽然写的是一个孤寂，但是你会向往那样的境界，所以它把内容美和美学美统一在一起，这是典型的古典主义的做法，'长风万里送秋雁，对此可以酣高楼'，即使是悲秋，但是境界非常美，你愿意是那样，向往这个环境；还有当你看见维纳斯的雕像，或者古典的画，你会向往，会希望自己在那其中。然而现代艺术，关键是它的内容和它的美学的美的制作是不统一的，它是一种丑的美学，是'恶之花'，所以你碰见这样的场景的话，你不会向往，你不会向往去成为那个女仆，但是你会觉得它写得好，所以说在现代美中的一个核心是真实，是reality，古典美的核心是理想，甚至是梦想。"[1]在《断章》这组诗中，有两节就非常明显地展现了他上述诗学卓识：

我得跟你谈一谈痛
痛绝非来自你本身
最糟的时刻是正午
当世界，含着水仙，像
玻璃球，透明。痛之手
在款步中繁衍；痛让
我多颗牙；最糟的
是我的心，充满虚幻
——《断章》之十四

---

(1) 张枣：《张枣随笔选》，第69页。

>虚无看上去像一只
>
>长颈鹿,或者像由你
>
>所体现的那个少女
>
>像云像桥像刀像笛
>
>世界之书总是试图
>
>以否定的方式呼风
>
>唤雨。于是:山石、松风
>
>空白将午睡者惊起
>
>　　　　——《断章》之十六

  在上面的第一节诗中,"痛""虚幻"等充满消极性的词,与"水仙"形成对立统一。在第二节中,消极性概念"虚无"与"长颈鹿""少女""云""桥""刀""笛"形成对立统一,后者成为一些并列的"客观对应物","山石""松风"与空白之间的关系亦如此。张枣曾经给傅维描述自己想要的诗歌感觉:"精细、氛围、迷人、微妙、美"[1],而这些美学追求,是通过精确而充满虚构想象地运用对立统一律来展现的,按张枣自己的话说,即把消极性看成唯美的元素。[2]

  张枣到德国之后,对物写作方式有明显的变化。国外的孤独,对西方诗歌传统的近距离学习和对中国传统文明的回顾,让他对"看"产生了浓厚的兴趣:"到国外后,我也想过很多办法,因为我是一个虔诚的文学练功者。有时甚至尝试了很蠢的办法,比如学习王阳明的格物,坐在樱桃树下去重新学习观察,等等,呵呵,这当然与王阳明不一样了。但我刚到德国,就马上理解了里尔克与罗丹的关系,就是所谓物诗。从那里,我真正开始了解罗丹,练习各种观看,然后内化看。在孤独的黄昏,寒冷的秋季,坐在一棵樱桃树下,观看天鹅等等。这种看也成了一种对生命的消遣,也是一种面对绝望的办法。"[3]他对里尔克式的写物情有独钟,比如他在许多地方讲过一个来自里尔克的比

---

(1)　柏桦、宋琳编:《亲爱的张枣》,第105页。

(2)　同上,第134页。

(3)　张枣:《张枣随笔选》,第210页。

喻："让这死在圆圆的嘴里，如一只美丽的苹果含着果核。"[1]此外，他曾跟笔者透露过他修禅的体验，回国后，也曾带领笔者在北京街头巷尾欣然探看眼前发生的一切，谈吐啧啧妙论。这种对"看"本身的研究甚至深度冥想，一定对他诗歌中的物态辐射出有趣的影响。在这时期的两首诗《空白练习曲》和《一个诗人的正午》中，张枣生动地表达了他的"格物"诗学，或者"看"的诗学。比如，《空白练习曲》中出现这样的句子："火焰，扬弃之榜样，本身清凉如水""我，啄木鸟，我闻所闻而来，见所见而去"。这里虽用了《世说新语·简傲》钟会与嵇康对话时的句子，却显示了一种格物之思。张枣在诗中抖搂了这一秘密："修竹耳畔的神情，青翠叮咛的／格物入门"。照这个思路，我们可以看出，张枣的许多美妙的修辞，背后都下过苦吟的功夫："我啊我呀，总站在某个外面。／从里面可以望见我龇牙咧嘴""内心的花烛夜，我和你久久对坐"，"玉碎放弃了每张容颜"，这些诗句都隐藏了一个苦吟的形象。当然，此类诗句的展开逻辑，显示的物态，都可以让我们看到诗人内在之眼中的物的奥妙。在《跟茨维塔伊娃的对话》中，他这样描述自己开启内在之眼的情形："看的羊癫疯"——在《一个诗人的正午》中也有类似的意思："在此起彼伏的静物中发烧畏寒。"因此也就会有如下诗句："阳光偶尔也会是一只狼，遍地／转悠，影子含着回忆的橄榄核""樱桃，红艳艳的，像在等谁归来。／某种东西，我想去取""谈心的橘子荡漾着言说的芬芳，深处是爱，恬静和肉体的玫瑰"(《跟茨维塔伊娃的对话》)。

有时，对这种"看"的沉迷，会让张枣的有些修辞意图显得过于明显，方式显得过于生硬或冷僻。比如，像"雨伞颤袅的钥匙打开一匹神麟""吹奏一只惊魂的紫豹"(《空白练习曲》)、"用螺丝枪勾勒那人面桃花之家"(《一个诗人的正午》)这样的句子，可能会让熟悉张枣诗歌的人有过于强扭的感觉，但这种极端的"看"，也逼出了汉语新诗歌中前所未见的发明：比如，最为明显的是他诗中出现的"影子护士""空白爷""碘酒小姐""薄荷先生"，这是一个大诗人修辞自信心的体现。当然，这一切，可以说都是张枣追求的现代之"看"的"练

---

[1] ［奥］里尔克：《杜伊诺哀歌》(林克译)，同济大学出版社，2009年版，第53页。

习曲"。他对古典自然之物的向往,是让现代之物恢复真身的一种方式。比如,"茉莉花香与汽笛的呜呼哀哉,谁是／谁非?"(《空白练习曲》)其中就包含了现代与古典、自然世界的物与人造世界的物之间的矛盾。

格物之思,也体现在对动词的妙用上,比如,"忧伤的磁石犹如大晴天的暗礁／吸住开水,气候和狐狸"(《姨》);"没有奶油。战争啃着发绿霉的面包皮"(《在夜莺婉转的英格兰一个德国间谍的爱与死》);"我吸紧残烛,是万有引力的好棋手"(《一个诗人的正午》);等等。这些诗句中对"吸""啃"的妙用,我们就看到了一种新的写物的语法。通过这类动词的妙用,诗人更加深远地展示了他内在之眼中的物的秩序:"暗中的每件小事物都像手牵着手"(《在夜莺婉转的英格兰一个德国间谍的爱与死》)。格物使得他诗中一贯的对立统一律,也显得更加流转圆润:"我奇怪的肺朝向您的手,／像孔雀开屏,乞求着赞美";"像圣人一刻都离不开神,／我时刻惦着我的孔雀肺";"时间啊,哪儿会有足够的／／梅花鹿,一边跑一边更多——／仿佛那消耗的只是风月。"(《卡夫卡致菲丽丝》)这样的诗句,可以列入现代以来世界最杰出的诗句中而毫不逊色。精确、优美、颓废中带着汉语的优雅,张枣将欧洲浪漫主义传统中"化解对立面"的诗学修辞策略,与中国古典意象的营造方式,非常好地运用到了当代汉语诗歌表达上,他运用得如此自如而自信,几乎成为他的诗作中将物境(当然也是人之境)崇高化的最常见的办法:"那溢满又跪下的,那不是酒／那还不是樱桃核"(《祖国丛书》);"你熟睡到橘／但有人剥开你的赤裸后说／他摸到了另一个你"(《哀歌》);"我的兜里／揣着一只醉醺醺的猕猴桃／我,人的一员,比火焰更神秘"(《地铁竖琴》);"它扑朔迷离,它会从／那机器创出的小小木葫芦／以檀香油的方式／越狱似的打出一拳"(《护身符》);"我没有听见花瓣骑着死铃铛飞跑。／我把闹钟牛奶般饮下不致尖叫你"(《那天清晨》)。"樱桃核""橘""猕猴桃""木葫芦""檀香油""花瓣"等诗人精挑细选的词,镶嵌在诗句里,充任了崇高性元素。张枣是如此痴迷地玩这种化解对立面的词语游戏,我们可以成片地找到这类诗句:"孤独的猫眼之歌／倾听者内心玉砌的事物"(《孤独的猫眼之歌》);"西风和晚餐边一台凋败的水泵／在那里,刺绣出深情的母龙的身体"(《而立之年》);"生活的她夜半淋浴,双眼闭紧,/窗纱呢喃手影,她洗发如祈祷"(《跟茨维塔伊娃的对话》);"我走着,难免一死,这可/不是政治。渴了,我就/勾勒出一个小小林仙:/蹦跳的双乳,鲜嫩的陌生,/跑过未名的水流,/而刀片般的小鹿,/正克制清荫脆影。"(《死囚与道路》)

有时,他也艺高人胆大,把古诗词中的句子脱胎换骨,化为己有,让诗句变成了纯粹的、丢开了反讽的赞美:"这时一对情侣正扮演陌生,这时有人正口述江南:绿肥红瘦"(《猫的终结》);"南风的脚踏车闻着有远人的气息,/桐影多姿,青凤啄食吐香的珠粒"(《祖父》)。如此"采摘"李清照、杜甫的句子,可谓危险而美丽。有时则神来之笔,真做到了对物的直观洞见:"带乡音的电话亭。透过它的玻璃/望着啄木鸟掀翻西红柿地。/暗绿的山坡上一具拖拉机的/残骸。世纪末失声啜泣"(《希尔多夫村的忧郁》),在这四行诗里的"电话亭""玻璃""啄木鸟""西红柿""山坡""拖拉机残骸""哭泣"等形象之间,真正做到了浑然天成,没有一点先在意图的影子。

或许是诗人对上述修辞方式玩弄已久而生疲倦,也可能是诗人有了新的格物体验,张枣后期诗中的写物观念发生了微妙的变化。他驰神运思,用科学式的精确意象,充分地发挥虚构的力量,来克服此前的那种反讽模式的局限。这在某种程度上,超越了波德莱尔以来的现代诗修辞学遗产的方式,也摆脱了古典诗歌中那种意象逻辑。比如,在《祖父》中出现了"幽灵的电热丝","逝者也无需大地,幽灵用电热丝发明着/沸腾,嗲声嗲气的欢迎,对这/生的,冷的人境唱喏对不起"。这可以说是对日常生活之神性的一种绝妙演绎。再请看《祖母》的第二节:

给那一切不可见的,注射一支共鸣剂,
以便地球上的窗户一齐敞开。

以便我端坐不倦,眼睛凑近
显微镜,逼视一个细胞里的众说纷纭
和它的螺旋体,那里面,谁正在头戴矿灯,

一层层挖向莫名的尽头。星星,
太空的胎儿,汇聚在耳鸣中,以便

物,膨胀,排他,又被眼睛切分成
原子,夸克和无穷尽?
以便这一幕本身
也演变成一个细胞,地球似的细胞,
搏动在那冥冥浩渺者的显微镜下:一个
母性的,湿腻的,被分泌的"O";以便

室内满是星期三。
眼睛,脱离幻境,掠过桌面的金鱼缸
和灯影下暴君模样的套层玩偶,嵌入
夜之阑珊。

张枣在谈论北岛的诗时,曾这样说过:"正如地球在浩渺的密码般的宇宙中运行达到它命定的那一点而'破晓'一样,在漫漫长夜里苦思冥想的写者像一个锁匠那样也找到了词语意义的密码组合而突然打开了沉默和空白之锁。"[1]这同样可以用来描述他上面的这些诗句。张枣在此引入了现代物理学和生物学的元素,作为格物的诗学门径,这真是一种空前而大胆的创意。在《边缘》中,张枣也写过一把奇妙的"德国锁",而在《在森林中》,也有这样一系列的句子:"一个状如闹钟内部的温暖机房";"绿,守候在树身里如母亲,清脆地拧着精确的齿条";"长跑者停在那儿修理他呼吸的器械";"飘香升入金钟塔,归还或断送现实"。在《云》中:"蝉的锁攫住婉鸣的浓荫";"远方是／漩涡的标本";"云的双乳称着空想的重量"。《瞧瞧,弟弟,这些空瓶子》:"蝴蝶／管制那么几瓦电,抖擞在标语上"。《大地之歌》:"一滴饮水／和它不肯屈服与化合物的上亿个细菌"。《告别孤独堡》:"燕子,给言路铺着电缆";"森林边一台割草机猛省地跪向寂静"。这些诗句,

---

[1] 张枣:《张枣随笔选》,第46页。

我们在张枣更早的诗句中可以看到一些萌芽，但的确是一种诗学理念的变化。像波德莱尔当年要写"丑"之美一样，张枣也想将科学精确性表现在汉语物象的建构中。但遗憾的是，这一极具挑战的诗学实验，在张枣诗中刚开始不久，他就去世了。这的确是一个当代诗歌写作者值得认真面对的一个方向，他期待自己的后来人。因为，我们正生活于科学精确带来的浩渺混乱中，正如前人面对上帝或老天的压抑、安慰和快感一样。

诗人曼德尔施塔姆说"从清澈的绝望到欢乐只需要一步"，[1]这话也可以反过来说：从欢乐到清澈的绝望只需要一步。在张枣写物的各路手段中，我们一方面可以看到张枣的诗心之苦，就像诗人傅维描述的那样："不论在张枣之前，还是他之后，再没有见到过与他一样用心和辛苦的诗人。虽已天生一颗玲珑心，但仍然没有一刻放弃雕琢。"[2]另一方面，我们亦可以体察到张枣发明这些物态背后的得意和欢乐，就像他留给我们的所有生活记忆都是欢乐，而他是如此深知自己的绝望和孤独一样。在他的诗歌里，清澈的绝望和欢乐总是在琢磨的万千物态中，相隔着咫尺天涯的某一步。这，难道不也是我们共处的左右为难的情境吗？

五、玩偶

如果我们把诗歌之"化解对立面"，理解为黑格尔意义上的辩证法的一种体现的话，那么它本身即理念之一种，或是康德意义上的那个"自在之物"的外现。黑格尔眼中的辩证法游戏，使得经验与超验间的沟壑得到了暂时性弥合，诗歌不正是常常在做这种弥合吗？按中国古人的说法，包含了变、不变和本真的易[3]（最高级的辩证法形态），才是事物生生不息的本真形态。歌德也说，变和死，是事物最基本的

（1） ［俄］曼德尔施塔姆：《曼德尔施塔姆随笔选》，第132页。
（2） 柏桦、宋琳编：《亲爱的张枣》，第114页。
（3） 朱骏声云："易有三义：简易、变易、不易。"《六十四卦经解》，中华书局，2009年版，第1页。

相貌。诗歌所写的世界之奇妙，亦在于世界本身而不是别的。

在"化解对立面"的诗学实验中，现代诗歌除了尝试让古典与现代、自然之物与人工之物、中国与西方之间的对立，归为词与物之间的嘉会，进而在新的品物流形中获得涅槃之外，自然还得考虑，在有限之物与那已隐匿的"全体"或依然缭绕我们的浩大宇宙空间和无限时间的绳索之间的对立。中国古人说"理在人区，而义兼天外"[1]，"发微不可见，充周不可穷之谓神"[2]，德语诗人里尔克也说："我们融化进去的无限空间届时会品尝我们吗？"[3]在张枣这里，这个关乎形而上学困境的诗学命题的解决，就是要处理好永恒及其小赘物之间的关系："我们的绿扣子，永恒的小赘物"（《春秋来信》），也就是要发明与永恒或无限相关的诗意。经过了一个多世纪的线性历史观的蹂躏之后，经由现代科技对物巨细无遗的修改之后，张枣似乎意识到，在诗歌中重新发明一种"大由小之"的以空间为主脑的诗歌形象的重要性。在张枣的诗歌中，这种发明表现为两种相互联系的想象结构。

一方面，是处理空间上的大与小的关系。从早期的诗开始，张枣就非常注意宇宙意象的营造。他总能将具象置身于宇宙，让它获得形而上学气质；或者说，让宇宙的抽象，蛰伏于某个具体的物象，让形而上学之虚无，栖居于眼前的即兴之物。他在诗里这样说道："像它会善待宇宙，给它合乎舞台的衣裙／宇宙也会善待圣者，给它一颗奥妙的内心。"（《风向标》）这样的诗句生动地表达了张枣诗中宇宙意象背后的形而上学观念。"宇宙"这个词，在他诗歌里出现的次数非常多。比如，写天鹅，他就这样写："宇宙充满了哗哗的水响／和尚未泄漏的种族的形态"（《天鹅》）；写老人形象，他笔下会无逻辑般跳出有点突兀的句子："有一只手正熄灭一朵苍蝇，把它弹下圆桌和宇宙"（《朦胧时代的老人》）；写静物内蕴的虚无感的蔓延，他会说："如果把左边的那张／移植到最右边，不停地——／如此刺客，在宇宙的／心间"（《椅子坐进冬天……》）；他会在少女形象与艰难的形而上之间为难地发出这样的感慨："她们牵着我在宇宙边／吃灰"（《合唱队》）；他写"驾驶"

---

(1) ［北魏］杨衒之：《洛阳伽蓝记·序》。
(2) ［宋］周敦颐：《通书·诚几德》。
(3) ［奥］里尔克：《里尔克诗选》（黄灿然译），河北教育出版社，2002年版，第9页。

否定与克服空白的艰难，就用镜子来比喻大地："天色如晦。你，无法驾驭的否定。／可大地仍是宇宙娇娆而失手的镜子"（《空白练习曲》），但那个失手的宇宙依然是妖娆的；他也在花开花落与无限宇宙之间聆听到秘密的口令："花开花落，宇宙脆响着谁的口令？"（《一个诗人的正午》）有时他也将花朵置换为落叶："落叶，／这清凉宇宙的女友"（《跟茨维塔伊娃的对话》）；"一片叶。这宇宙的舌头伸进／窗口，引来街尾的一片森林"（《云》），好像这是杜甫和屈原无边落木中的某一片叶，而显然又不是。上述这些妙句，大抵都来自隐身于诗人内部的那个扳道工的双手，来自宇宙之光影："光，派出一个酷似扳道工的影子站在岔道口。／他觉得他第一次从宇宙获得了双手，和／暴力"（《在森林中》）；是因为诗人把宇宙当成表情隐现的玻璃："清辉给四壁换上宇宙的新玻璃，／大伙儿戴好耳机，表情团结如玉"（《悠悠》）。

这位调皮而感情丰富的诗人，有时也会让"宇宙"以别的面相出现。比如："后来战地牧师来了，慈祥得像永恒：可永恒替代不了我"（《德国士兵雪曼斯基的死刑》）；"灰心，只好彗星一样游开"（《第六种办法》）；"醉舟乞求变成／中心，被万物所簇拥"（《断章》之二十）；"我们听见蛾们迷醉的舌头品尝／某个无限的开阔"，"别怕，这是风。铭记这浩大天籁"（《卡夫卡致菲丽丝》）；"夜空飘来／一朵彩云，来自永恒的／偶尔安慰"（《纽约夜眺》）；"有一种怎样的渺不可见／泄露在窗台上，袖子边"（《告别孤独堡》）；"黑磁铁之夜有如沉思者吸紧空旷。钥匙吮着世界"（《献给C.R.的一片钥匙》）；"秤，猛地颌斜，那儿，无限，／像一头息怒的狮子／卧到这只西红柿的身边"（《边缘》）；"他这一转身，惊动了天边的一只闹钟。／他这一转身，搞乱了人间所有的节奏"（《父亲》）。上述这些诗句中，"永恒""彗星""万物""无限的开阔""浩大天籁""渺可不见""空旷""无限""天边"，可以说都是宇宙意象的花团锦簇的别样呈现。

张枣晚期给学生讲艾略特的诗时，曾透露过一点儿他对这类宇宙意象的看法："Do I dare ／ Disturb the universe？这是一个名句，'我敢不敢打搅这个世界'，把小小的敲门与打搅这个宇宙等同起来，他无限放大了自己的敏感。如果把这样的一个地方放大成整个宇宙，足以看出他的敏感度，把那个地方当成自己的世界，也说明了当代人生活格局的狭窄。"[1]这个解释其实也可以用来解释张枣的诗,即通过浩渺的宇宙意象,来拓展灵魂奥区的幅员,让主体与无限世界重新嘉会,人世幽微因此借之而昭告。在当代汉语语境中,这种让诗歌重回天地之间的努力,也是对当下人与世界的关系、诗歌与社会历史之间的关系的一种纠正和超越,也是让词语去蔽澄明,重新恢复真身的梦想之一。"伟大的情感到处都带着自己的宇宙,辉煌的或悲惨的宇宙。"记得加缪在《西绪福斯神话》中说过。

另一方面,张枣的诗歌中,尤其是后期的诗歌,有一种对内部空间或"至小无内"的求索,它让事物具体性地展现,与形而上学命名之混沌合二为一。在早期的诗歌比如《镜中》里,张枣就制造了一个镜子式的迷宫,文本的循环,模仿着镜像的循环,这就构成了一个内在的无限空间。但诗人在设计这个内在空间时,没有直接或间接地指向一个形而上学式的空白,而是着迷于一个充满青春气息的词语游戏。当然,他写下的一些零星诗句,预示了他后来的诗歌中密集出现的形而上学倾向。比如,他在《楚王梦雨》中写道:"空白的梦中之梦。"在整首诗中,这句诗通过指向内在的意识空间,而接近无言的沉默地带。张枣之后的写作渐渐显示了如下意识:只有通过一个明确的外部符号来确认,才能完成对无限内部的命名。比如,《预感》一诗就显示出这种内外的协调特征:

像酒有时预感到黑夜和
它的迷醉者,未来也预感到
我们。她突然扬声问:你敢吗?
虽然轻细的对话已经开始。

我们不能预感永恒,
现实也不能说:现在。
于是,在一间未点灯的房间,
夜便孤立起来,

---

[1] 张枣:《张枣随笔选》,第91页。

我们也被十点钟胀满。

但这到底是时日的哪个部件
当我们说：请来临吧！？
有谁便踮足过来。
把浓茶和咖啡
通过轻柔的指尖
放在我们醉态的旁边。

真是你吗？虽然我们预感到了，
但还是忍不住问了一声。

星辉灿烂，在天上。

比起他早期的许多诗歌，这首诗对内在空间的设置，超出了单一的修辞学需要。显然，诗人在写一种人生途中犹豫不决的状态，他想把这种犹豫不决的状态崇高化。这种状态是首先以一种室内的虚无感来呈现的。首先，这首诗写的是一个酒馆里的饮者形象。张枣饮酒和补饮的习惯，在朋友中是很有名的（详见《枯坐》一诗）。第一节中，把"酒预感到黑夜和迷醉者"与"未来预感到我们"这两种"预感"对举，即未来与"我们"之间的关系，正如酒与黑夜、迷醉者之间的关系一样。抒情主体在黑夜中啜饮，是与未来交谈的迷醉者，而与未来的轻声交谈，正如饮酒一般迷醉、迷失。诗人把未来比喻为"她"，或者说，抒情主体眼里的未来，已经泄露在来回走动的女侍者身上。"夜之孤立，我们被十点钟胀满"，既是一种酣醉之态，也是茕茕子立、无所依托的状态。对未来的不确定本身，就是时日的某个未知部件；正如咖啡浓茶，就是我们醉态的一部分。总之，在每一节诗中，都设计了室内的具象与某种笼罩性抽象之间来回往复的逻辑，在其中，"黑夜""未来""永恒"不断地将室内的促狭的不安和无名之状扯进某个崇高感中，但这种崇高化一直没能最终完成，室内依然是"一间未点灯的房间"。直到最后一句"星辉灿烂，在天上"，突然的奋藻舒展，疏通了某种拥堵和隔阂，给室内拉开一个广袤的宇宙背景，进而让室内的个体促狭而消极的状态，得到了崇高化。诗人对个体与未来之间困局的命名，也因此具有了形而上学气息。

越到后期的诗，张枣对无限内在景观的呈现越发考究，他对那些最内在的不可命名之状有持续的兴趣："每时每刻都在想着，想着／莫名的心事，沉吟这些图案／就是这些又神秘又亲切的图案／仿佛来自深深的心的迷宫"（《别了，威茨堡》）。内在迷宫无限的曲折环绕，足以使诗人用它来比喻无数莫名的状态，让每一种撞见诗人的事物，似乎都可以展开无限的内心："虹，在它内心的居所，那无垠的天堂"（《虹》）；"我想深入你嵯峨的内心／五脏俱全，随你的血液／沿周身眩晕／并以微妙的肝胆／扩大月亮的盈缺"（《苍蝇》）；"镜子比孤独更可怕／人在鸟中，鸟在人中？"（《断章》）；"戏中之戏里还更会有演不完的戏"（《夜色温柔》）；"枕上我们精制了一场夜／星星的花园，那可就寝的火焰"（《诗篇》）。这些诗句都以对内在空间的隐喻性强化，来显示诗歌命名主体的内在丰富性。对内在空间的无限性的描摹，是现代文学中最为迷人的精致，卡夫卡小说中的城堡、病房形象，卡尔维诺或博尔赫斯式的迷宫，都是典范。现代诗人对形而上学的命名，一样也只能经由探究主体形象展开，而这种内在的无限，确实是对现代主体复杂性的最好隐喻。在张枣的诗歌中，最集中地展示了这种意识的，是《我们的心要这样向世界打开》一诗：

我们的心要这样向世界打开：
它挑剔命运心跳的纸和笔
像猛虎的舌头那样挑剔，从不
啜饮盛在玻璃杯中比喻的水
于是心会映出一个两极称平的世界
我们的心这样打开后会看见
那看不见的海上看不见的船舰，正被
那更看不见的但准时的一架飞机救援
黑夜的世界有些恶心，因它裹着
凶恶的金和雾，它让自己装扮成一副

恐龙骸骨的模样
是一座危耸的旋梯
所有的形体都有恶心的一面，想想
耳朵、烟、瓶子和子弹
或者屋子，火背上的烟囱和镜子对面的门
锁和钥匙正腐烂，像一对淫鬼
想想尸体做成的食品
而食品昨天还在飞
在月映万川的水里游
在疼得要命的木上灯一样成熟
因此我们的心要这样对待世界：
记下飞的，飞的不甜却是蜜
记下世界，好像它跃跃跃欲飞
飞的时候记下一个标点
流浪的酒边记下祖国和杨柳
化腐朽为神奇
我们的心要祝福世界
像一只小小蜜蜂来到春天。

　　心映出或打开的世界，必须经过诗人自身的语词焊接，形成一个独特的符号世界。而在这个符号世界里，首先是对写本身的反思，这种"写"要"挑剔命运心跳的纸和笔"，要像猛虎舌头的啜饮，挑剔"玻璃杯中比喻的水"。张枣属虎，在许多诗中，这个猛虎都是诗人自己的写照。通过一种对写本身的反思，世界在内心，或在主体内部未被符号化的物象(Presymbolic Substance)，就可以被符号化了：看不见的船舰、看不见的飞机的救援、世界的恶心、恐龙骸骨、旋梯、火背上的烟囱、镜子对面的门锁、尸体做成的食品、月映万川……都纳入这一命名系统中。这样，诗人心目中的"这样的世界"的形成过程本身，即是主体突破了内部混乱的窒息；与外部构成对称的过程，即是诗歌展现自身的过程。诗歌写作于是不仅反驳了世界难以命名的恶心的一面，更与在语言中创造世界的形而上学母题联系起来。质言之，诗歌语词游戏和命名本身，即是搅乱顽固枯燥的经验世界，并以重组搅乱的经验质料来模拟超验世界的尝试。这个模拟出来的世界，是一个被诗歌命名、分娩出的"这样的世界"。在许多诗里，诗人不时地说出同样意思的话："用另一种语言做梦；打开手掌，／打开树的盒子，打开锯屑之腰，／世界突然显现"（《卡夫卡致菲丽丝》）；"在某处，最深最深，山川如故／那该是几维空间，该有怎样的炊烟袅娜于我的眉间"（《伞》）；"倾听者内心玉砌的事物／坐在一个随便冒出的尖尖上／钓着一个乒乓作响的绝壁"（《孤独的猫眼之歌》）；"玻璃上的裂缝／铺开一条幽深的地铁，我乘着它驶向神迹，或／中途换车，上升到城市虚空的中心"（《而立之年》）；"只因它不可见，瞳孔深处才溅出无穷无尽的蓝，那种让消逝者鞠躬的蓝"（《云》）。在这些诗句中，张枣非常小心翼翼，他一方面要指向永恒、无限等关乎形而上学的范畴，同时也要回避关于它们的常规命名形态。他的策略是，在中国古典的美学范式与现代科学精确性之间找到令人惊艳的熔接："山川如故""炊烟袅娜""玉砌""绝壁""鞠躬"等是充满古典美感的词汇，而"锯屑""几维空间""地铁""城市""虚空"等都是具有现代感的词汇，"深""盒子""内心""幽深""中心""深处"等，则是象征无限内在性的词语。三种词汇基于现代性体验的机枢相和，显示了诗人发明一种现代汉语诗歌形而上学的梦想。

在张枣中后期开始的诗歌中，"大由小之"的诗学显得更具原创性。他试图以新的精理，把内在的无限与外在的浩渺更为流转地融为一体。比如，在他的重要作品《祖母》中，精彩地写了一个显微镜下的微观世界。这是命名内在空间的一个典型文案，那个"一层层挖向莫名的尽头"的"谁"，以及他居身的"冥冥浩渺"，将内在空间无限放大了，做到了泯色空于合迹，但这里的"色"和"空"都充满了一种具有现代科学式的精确特征。通过这些诗句中展示的当代宇宙论，诗人似乎想表明，对内在的无限探索与对宇宙无限的命名是一致的。诗人随后说出的"俄罗斯套层玩偶"，无意间揭开了诗人张枣的写作底牌：内与外、大与小、远与近、有限与无限……这些构成世界的迷宫气质和生活的悲喜特性的宇宙呈现，都需要内在于诗歌这一词语的套层玩偶中——这个玩偶，诗人发明的一个心象，它虽然显示出一副可以无限地被翻转、无限地敞开、无限地通向内部的姿态,事实上却像一首诗终究要落于言筌一样,只是一个玩偶。可以说,这个套层玩偶,象征了张枣诗歌指向内部和外部无限世界的词语伸缩器,也代表了当代汉语诗歌冥想形而上学的超级玲珑方式。

"玩偶"承载的疑问可能是:词语内在的无限,能匹配世界至大至小的无限吗?"如果谁把这尘埃掏空又放大,／再倒进许多梦之绿"(《西湖梦》)。好在,答案从来都不是诗歌要关心的。《易》云"鼓天下之动者存乎辞",人类不再能直接与苍天或神对话之后,丧失了在自己的促狭处境中直接赞美世界的资格之后,这疑问本身,就是我们的诗歌讲述的各色好故事之风骨所在,就是人类诗心要命名的新天地所在。∎

化欧化古的当代汉语诗艺

张枣研究集

引子：词具

张枣抒情的纯粹在中国当代诗歌领域是被公认的，尽管他现在身在德国，其影响力，随他偶尔见诸国内杂志的诗作和那薄薄的诗集、更多随手抄给朋友们的那些纸笺上的诗歌片段以及书信，而还在发挥作用。哪怕这些"蓝色纸笺"上的汉字，由于他学习多种外语的文化交叉，显得有些生疏，但浸润其中的语言天赋和他特有的灵气，依然可以嗅到。[1]

他的作品，已日渐具有卡内蒂[2]和叙赫曼·布洛赫[3]的那种"不知不觉的技巧"。这种技巧，是靠诗性的直觉和潜意识的呼吸得来的。他并不一定读布洛赫，也不一定知道卡内蒂关于布洛赫的评论，这只能归于我们现在还无法定义的"抒情性"。它不靠风格化的语言符号而存在，它是内蕴的、极其个人化的。不难理解，何以20世纪80年代后，一直喧阗不已的"非官方诗歌"突然哑寂，在许多诗人不断重复自己时，张枣却完成了对他个人而言，对我们大家而言，都更纯粹

---

(1) 张枣有段时间很喜欢在诗里使用"嗅了嗅"这个词。
(2) 埃里亚斯·卡内蒂（Elias Canetti）：英籍德语作家，主要著作有《群众与权力》《迷惘》《苍蝇的苦痛》《耳证人》，回忆录三部曲《获救之舌》《耳中火炬》《眼睛游戏》等。
(3) 赫曼·布洛赫（Hermann Bruoh）：德国作家。

笼子里的鸟儿和外面的俄耳甫斯 ※ ——— 钟鸣

※ 选自钟鸣《秋天的戏剧》，学林出版社，2002年版。经作者修订，收入本集时有所删改。

的作品。其实，这些构成因素，早就隐伏在他的身上了，那是一种延续性的东西，只是未被意识到而已，这点毫不奇怪。因为20世纪80年代末之前，我们所看到的批评，还纯然是种自以为是的东西，瞎子摸大象、隔山打虎，还从来没有像现在这般真正地短兵相接过，只有不少时髦的字眼和说法，还有数十年的文字禁忌刺激起来的外部语言趣味，低俗浅薄，也因为当时我们的文化，正处在死而复生后一种很特殊的"繁荣的晕眩"之中，这种"晕眩"，也感染了诗界，至少它是被自己放纵的习惯宠坏了，被它津津乐道设置或挪用的一些词"噎住"了。

  我说的"噎住"与当时的写作速度和偏离有关。写作速度在这里不是指一首诗完成的时间，而是指一个词，在许多诗中所达到的时间，或者说，许多诗同时采用一个词，从而引起泛滥的时间。诗人们不动脑筋相互挪用时自己最明白这点。

  凡在20世纪80年代末前涉足诗坛的人，很难说他未曾在作品里使用过下面这些熟词，比如虚词类的"之"啊，"假如"啊，形容词和动词及主谓结构的"君临""众多""我是""我像""无言""不屑""痛""美丽""抒情""守望"，恐怕最纷繁的还是名词类的"镜子""石头""鸟儿""鱼儿""麦子""燕麦""美人""苹果树""橡树""灰烬""终点""结局""高度""高原""事物或东西""青铜""金属""玻璃""火焰""老虎""乌鸦""牙齿""刀刃""帝国"，外来的"夜莺""玫瑰""天堂""上帝""神""王""天使""希腊""弥撒亚"等。

  这些还仅仅是我从民间诗歌刊物中（又称"地下刊物"），那些通用性最强的词语中随便挑选出来的一小部分，还不包括那些个人隐秘化用的酷嗜语，那些像标签一样在口头辗转不停的称呼、切口，这个"主义"、那个"主义"。但丁、密尔顿、叶芝、里尔克、诺瓦利斯、荷尔德林、帕斯捷尔纳克……翻来覆去地，几乎都成了嚼舌头。

  当然，我要谈的不是这些词语能不能用的问题，我关心的也不是修辞学和诗歌的行业术语，而是一种冷漠而快速处置的"单词现象"。这种现象的根源，存在先于我们写作的语言系统和风格中。就写作本身来说，单词现象是说诗人在选择上述那些最具代表性的熟词时，更多是通过外部的"语言暴力"（后来发明了"山寨"），而非罗兰·巴特说的"协同行为"来实现的。[1]所以,单词现象也是风格的一种寄生现象。这种孤立词语上的机械反应和复制,受到传统的语言权势的诱惑(像鲁迅所谓的"取彼者"),尽管运用者声明自己是反抗这种语言权势的。

这种单词像道具和仪器一样,对诗歌风格而言,只具有死板的装饰效果,把词变成词具,就像把脸变成面具。说穿了,无非是其操纵者,试图通过截用,和读者及同行迅速构成阅读的语言链,以获得廉价的承认或风格上的成功。且不说置创造性语言的伦理意义于不顾,仅文本而言,这些词在作品结构中,因不受个人语境驱迫,乃是一种没根的东西,其旧形态可在某些大量炮制的标语和口号中找到,它们确实具有飞速传播的作用。人们关注它,是因为它那不可见的速度和可见的效果,而不是它的确切语义。由于语境的特殊激化,声音比语义更重要,词成了仪式,然而对词本身来说,却不过是做了一次小小的巴洛克式的丧葬,其华丽轻浮令人哑舌。因这种既非深思熟虑也非觉悟的"截用",实际上封闭了个人对词语真正所拥有的正当嗜好,没有给予自己机会,也阻断了对词的历史亲近。词具是没有生命的语言填塞物,它与没落的书写有关,而和自己标榜的写作无关。

诗成为语言制约的牺牲品,要从两个方面来看。首先,单词现象隐秘地延续图画文字本身势必留下的后遗症。图画文字的及物性,比音素文字的及物性强,具有强烈的视觉性,适于两个图像和意念旷日持久地做固定滑动,为汉诗过早伦理化和理性化提供了机会,从而丧失游戏的一面、形而上的一面和整合的一面,束缚了自由联想。另外,单词现象和语言控制也密切相关。语言控制,经由赫胥黎和奥威尔反乌托邦小说加以描写,已非新鲜之物,但有一点,我们应该记住,那就是语言控制,往往通过把复杂的语义关系转而为简单的语音(音响)来完成,以至形成非公开性的语境。它通过等级制和与此相关的仪式(比如新媒介专用),让语义享用和语音享用分属不同的阶层。一般说来,在为数最多而又最下层的群众中,真实的语境是不存在的。所以,民俗中的谣言、小道消息和社团(维护某种语境的自发性群众组

---

(1) [法]罗兰·巴特(Roland Barthes)认为,语言结构与风格都是盲目的力量,而写作则是一种历史性的协同行为,所以,他说"写作在风格之外"。

织）作为一种补充，作为残缺语境的过分补偿便畸形地出现了，由于它是在语言系统的外部进行的，所以，它要么具有巨大的破坏作用，要么就作为一种幻觉而起麻痹作用，甚至非常具有说服力地加入了语言控制循环。我这里化用福柯的话，把它称作语言的快感享用。

这都基于这样一种语言事实，这里不妨引用萨丕尔的一段话："语言符号能容易从一种官能转到另一种官能，从一种技术转移到另一种技术，可见单只语音并不是语言的基本事实，语言的基本事实毋宁说在于概念的分类、概念的形式结构和概念的关系。"[1]从反面看，每一个词的介入，在刚才说的前提下，都应该是有条件的，它依赖于语义关系和最终不同的思想样式，但词具却消除这一事实，因为它只本能地而非美学地突出了语言的物理属性。

单词现象还可以辐射到其他一些语言行为，如社会性焦虑和压抑导致的诗发泄和平民化的"洛可可风格"，这种风格就像古代澳洲人装饰在性器官上的羽毛，是为了可怜的名利而设置的陷阱，那些把诗歌当作"换血"工具的低劣动机，还有那些把"非官方诗歌"刊物的表面特征，看得比内容更重要的"自我小丑化"（反叛文艺颇多）、低技术化（比如，他们认为油印比铅印要更地下化）都属此类。实际上，从语言内在结构和他们的写作动机习惯上看，他们其实仍笼罩在肤浅的"大结构"中，而且，就在他们想反抗而又无力反抗的语言系统中。在系统中是不可能反抗系统的，或许只有一种不断的警觉。这很像卡夫卡形容的"一个笼子在寻找一只鸟"[2]，而不是鸟儿寻找或逃离笼子。如果一个诗人不去真正思考这些问题，那他就很容易落入那样的圈套：他或许能聪明地去承诺，诗人必须摧毁僵死语言囚笼的诺言，但他却不能发现一只笼子又如何更隐蔽地把他装进去。正是出于这些考虑，我才注意到张枣整个的写作状态。

---

(1) 萨丕尔（Edward Sapir）：美国观念语言学派的代表人物。这里的话引自他的《语言论》，又作《言语研究导论》。
(2) 卡夫卡：《对罪愆、苦难、希望和真正的道路的观察》，见《卡夫卡全集》（第4卷），河北教育出版社，1996年版，第5页。

一

重读张枣的《镜中》，无疑有点嘲弄我们自己，因为，我相信当时还没有几个人是正确理解它的，即使现在也未必真理解了。诗界盛行"采气"，浮皮潦草，撷其妙处，恭维两下，非理解。张枣是那种百般无奈情况下可引毒蛊绝技治病的人，窥破大家的恶习，恭行君子。那首《苍蝇》所诉即是，⁽¹⁾他托苍蝇深入其"嵯峨的内心"而非人，因人没那样的能力。所以，他是知道"虚假理解"情况的，广而广之，便是难闻的"灾难的气味"，是要给摒绝的。苍蝇反反复复在他诗里出现，不可小觑，都是渴望深入理解而不能的非人化结果。所以，读张枣作品，庶几保持一定的距离，效果或更佳，否则，便很容易掉进他好意设的陷阱。"危险的事固然美丽"⁽²⁾，这是典型的张枣式的"狡狯"，但，这种有些天真的"狡狯"，却只用于构成趣味，这对弱智的读者来说，反倒容易引起误读，亦如饮鸩止渴。

前不久，还流传着这样的说法，有某诗人，读了《镜中》后，情不自禁地被一种语气和与由此产生的幻觉迷住了。我相信，南方的"颓靡"具有此种攻击力，当然，某种身体化的阅读，本能而低级，是亵渎诗的。在此种语境中，诗的及物性，帮助阅读者浑然不觉地在种族文化的延续中，不可避免地把注意力集中到了身体最敏感的部位，从中获得快感，获得一种我想称之为"分离式介入"，或索性叫"盲入"好了。与介入相反，与存在主义所倡导的"介入"更是异趣。十分凑巧，就在《镜中》发表之前，存在主义的术语，就已席卷大学和当时的知识阶层，现在看来，那只是一种萨特称之为"失语症"的玩意儿。从新文化运动以来，这种失语症就不断地交换着面孔出现。按萨特的理解，所谓失语症，就是失去了行动，理解境况与异性保持正常关系的可能性。介入显然是回避失语症的，但我所说的"盲入"，恰恰与此相反，它更趋向一种本能，是表面的反抗而实质上的误入歧途。一个人偶尔与自己过意不去，那又能怎样呢？一个父亲，看到自己不肖的儿子，

---

(1) 张枣：《苍蝇》，见《张枣的诗》（颜炼军编），人民文学出版社，2010年版，第115页。
(2) 同上，第45页。

未必就充满怨恨，因为，最终他们保持着血缘上的一致，反叛说不定还是一种更高意义上的顺从呢！

如果认为《镜中》所表现的是那些偏离阅读者所希望的颓废和单纯的唯美主义，是对清教徒文化反动的凭借，那他们就错了。作为广义的文化，我们啥时真正地排斥过色情和精致化呢？禁欲难道不是一种最高明的挑逗吗，而羞耻实乃猥亵的权力。稍有艺术史知识的人都知道，原始社会中女性的围裙和由此发展的身体装饰物，不过是性刺激的别称罢了。推论到我们的写作上来，发泄似的、以颓废和唯美为出发点的写作和阅读，并不是真正对权势的反抗，而恰恰相反是对它的一种粉饰、注解。道理很简单，现代的集权型社会，并不一定是让人成为信仰的囚徒，而是让人成为它所欲的囚徒，不是不讲情感，而是更强调世俗的更趋本能的人情和性欲。人一旦失去社会的基本权利，便会迅速转向寻找温情，暂释焦虑，采取重返虚幻社会的有效行为方式，化整为零，融入削弱社会革新的自发力量。在对《镜中》或其他类似作品的阅读中，我们所发现的偏离，就属于这种力量。《镜中》就成诗而言，很简单，而拿了它检验一时代之阅读，则是另一码事。复杂非搞法，而在思维的缜密。

二

张枣的成名作，无疑是《镜中》(1984年)这首短诗。寓居德意志时，曾在给我的一封信里谈到，他在德国"只是偶尔被某些诗句触及"。我想，《镜中》从风格看，可归此类，它因为过于短小精巧而有着完整的气氛。我一直认为，文体气氛是个性最鲜明的标志，因为它呈现的是弥漫包容的状态，使每个词都在错综复杂的关系中，最后都要归拢到唯一的词根上去。

而在同时期一些人的作品里，我却看到另一种气氛。表面看，这些作品无可挑剔，但就是读来没有吸引力，它们所使用的漂亮词语，就像是游离状态下的"私生子"。笼统说，这些作品的拥有者，还没有选择个人风格的能力，而只有捏造词句、东拼西凑的雕虫小技。最有趣的传闻是,有人写一首诗,面前可獭祭十几本别人的诗集。这样的写作,能指望什么呢?弥漫20世纪80年代和90年代的写作时尚和那种一知半解的"句读式"批评,也用某种假象成全了他们。可以说,正是诗人那种野心勃勃和修养不足,与社区文化的急剧兴奋凑在了一起,以致造成既是社会的又是诗的华丽的拼贴效果。虚假意识,掩人耳目。甚至混淆了许多较纯正的作品。当时的情景也是,一方面是急功近利的模仿,而另一方面却渴望独创。语言的生存,在这两者的对峙之下,变得复杂起来。听听杨格的老龙门阵,还是有些意思的:"独创性作品是最美的花朵,模仿之作成长迅速而花色黯然",因为"独创性作家的笔头像阿米达的魔杖,能够从荒漠中唤出灿烂的春天,模仿者从那个灿烂的春天里把月桂移植出来,它们有时一移动就死去,而在异乡的土地总是落得个枯萎"[1]。而正是因为这样的区别,《镜中》一出,便立即吸引了很多缺少抒情气质的人(可笑而冷漠的时代造就了冷漠的诗人,用后来诗界流行的一句话说,就是"最不该是诗人的人却成了诗人")。其中,有不少词语,被这些人熟练地嵌入自己的作品,用布鲁姆的话说,这种嵌入叫"缩削"(reductiveness)[2]。缩削甚至包括语气、结构和氛围,\像在《镜中》这一类较纯粹的作品中,原本是作为"前驱词语"出现的词,在模仿者的抄袭下,也逐步脱离了它初始语境而迅速变成了词具,前驱词语在原诗中所具有的"豁亮"效果,变得麻木起来。这种木讷,是中国当代诗歌的主要特征,它是个人化的,也是历时完型的。

  张枣写作讲究"微妙"。在我理解,这微妙首先表现在善于过渡。简单说,就是想法让时间在诗里温柔消逝。人生之中,痛苦的沟壑最后也总是要由时间来填平的。但我这里指的不是通常说的那种心灵的自然治愈,而是针对写作,指语言所及之物的内在化,它或以认识人类和自然长时间合理性之可能为基础。

  从局部的个人来说,我们对任何实在都可以表示不满,诅咒它,

---

(1) 爱德华·杨格(Edward Young):英国诗人,这里所引两句,出自其《试论独创性作品》,人民文学出版社,1963年版。

(2) 布鲁姆(Harod Bloom):美国文学批评家,这里借用的"缩削"和"前驱词语",均出自他的《影响的焦虑》,生活·读书·新知三联书店,1989年版。

抱怨它，但作为一个漫长过程中的个人，我们又无所抱怨，这就是"温柔"在张枣气质中的一种定义。温柔不是作为纯粹情怀和修养来理解的，而是作为一种可以从个人延伸到人类生存的意识和知解力来理解；本质上是抒情的，悬浮于群众和民俗之上；是诗者凝聚言语，而又消失于言语的纯语气，或许可以把它叫作音势。在诗歌里，它不光具有表现力，而且也具有道德的高度。音势就个人来说，是先语言的，像呼吸一样，渗透在诗人的气质甚至疾病与一切知觉里，所以说，它是内蕴的和存在的，就像呼吸对一个歌唱家那样重要。

呼吸决定着语言节奏和音势这点，每个人的感触方式不一样。这点，张枣不是通过理性得知的，而是通过在不同语言环境中反复独白体察的。其语言天赋，熟悉他的人马上就能感受。他几乎每深入一种语言，就得换种呼吸方式，换一个肺，就像他描写的孔雀一样。"呼吸方式"，有时先于思想方式，几乎是每一个敏感诗人的关键所在。

在我接触的南方诗人中，几乎都以不同的方式关注过自己的呼吸，以致"呼吸"这个词本身，也几乎成了灾难性的单词。但它确实是一个问题，从大的方面看，这是文明快速变换的节奏挤压所致。诗人害怕自己的声音遭到损害——这在今天的生活中是很容易的——便都无意识地培养了一套自我保护法。实际上，这种方法也就是每个人书写和运用语言的习惯。比如，陆忆敏气息纤细文弱，自然形成了一种相当短促的句式，轻盈而能上升："我站在忧愁的山顶／正为应景而错／短小的雨季正飘来气息／一只鸟"[1]，其实，她更像一条勇敢挑剔的小鱼儿，独自游过山冈（指其短诗《沙堡》，张枣曾无数次地赞叹它），方向是中国人的天堂，"那儿土地干燥／常年都有阳光／没有飞虫／干扰我灵魂的呼吸"[2]；而恰恰与之对称的，是翟永明那深沉、忧伤和粗质的嗓音，它仿佛天生就受过伤，亦如墙茨，敏感而寒冷——或者说，对寒冷的敏感："空气意味深长／冷得像刚痊愈的心理创伤"[3]。两人都是当代优秀的女诗人……这个范围，若深入，还可以继续扩大。

（1） 陆忆敏：《年终》，见《后朦胧诗全集》，四川教育出版社，1993年版，第715页。
（2） 陆忆敏：《梦》，见《后朦胧诗全集》，四川教育出版社，1993年版，第14页。
（3） 翟永明：《重逢》，见《翟永明诗集》，成都出版社，1994年版，第203页。

三

至于张枣本人是怎样意识其诗之呼吸的，剖析《镜中》自会给我们一点帮助。它显然不像一般的诗，靠意义的组合与递进，实现上下文的关系，却以音势为意象轴。就是说，这些意象，与其说产生于思想，还不如说来源于某种语气。它来自哪里呢，这是个难题，但它确实伴随着呼吸的灵魂之光，进入了诗歌的稠密地带，也就是它的自足性。

试着往下看，首先，他的抒情性是以某种警觉（知道生命之极限，而仍渴望行动并趋于平静的经验）为保障的，而且十分客观化。也就是说，在写作中，他不像别人那样，以为自我在写作方面相当安全，就是说，仅仅"第一人称"在内心保持对语言系统的警觉在他看来还不够，而且，还必须有一种保护措施，足以使警觉在一定的值上，不至于因为个人狭窄的空间和随意性而贬值，哪怕这只是很微妙地在内心进行着，不易被察觉，但显然甚于那种自我欺骗。"我"在张枣看来，仅仅是个出发点，在他多数诗中，是与另一个"我"有区别的，它受制于相互限定的关系、分化和折射，否定或肯定：

我所猎之物恰恰只是自己[1]

这就是典型的张枣式的警觉。抒情即反悟，即反抗，因为这并不是那种连一般的人也时而要怀疑到的自我描述。反省和反身叙述，在别的作品中，作为单一的修辞手段倒还常见，但要从局部的敏感和嫌恶发展到对语境的警觉则不多见。这在他的《梁山伯与祝英台》《罗密欧与朱丽叶》《惜别莫尼卡》《楚王梦雨》《灯芯绒幸福的舞蹈》《何人丝》《十月之水》，尤其在本文着重分析的《镜中》和《卡夫卡致菲丽丝》中最为明显。

他一直在接触一种我们可称之为"古趣"的东西，它和题材、语言风格无关，已发生的事件和片断可作为历史话语的东西不会构成古

---

[1] 张枣：《十月之水》，见《张枣的诗》，第58页。

趣，它必须是个人内在延续着的、体验着的、永无休止的神秘经验。没有一个真正的诗人会对转瞬即逝的东西感兴趣，它朝个人和历史任何一方倾倒都很危险。它和历史事件一样，在日历时间上是不可能重复的，但在内在结构上，它却可以重复，具有原型的意味，既生疏又必须如母语进入肌体，转为腹语。已发生的恰恰是张枣想疏远的，无论从摆脱写作风格考虑，还是从作品的质感考虑，他都希望做到无牵挂，而这一切也只有成为他内蕴的声音时才有可能。

四

《镜中》如果还有一点历史事件的蛛丝马迹的话，那便是我们都很熟悉的宫廷皇妃嫔娥与统治者的故事，把两者联系起来的是两个历史话语：宠幸和冷宫。实际上这两个词，作为历史话语是颇值得怀疑的，因为，大家都很熟悉汉语的文字禁忌，任何时代，人是绝不允许暴露最高统治者隐私的。除非它是事后一种闲话，也就是民俗和野史感兴趣的东西，它之所以没有什么危险，乃是因为它所描述的内容，是过去任何一个统治者都可能的，只具有符号的作用，是一部可以反复听的章回小说，它之所以吸引人，是因为它的文学性，是伴随"准现在"历史进程的一个不甚重要但却必需的话题。汉语诗歌在这方面倒有着一致性，比如女子虚掷青春、空守闺房、怨妇怀春等。这些题材构成了"艳诗"在不同时代的形式，从《诗经》到"汉乐府"，然后是唐诗宋词，一直到现代诗，它从来就没有中断过，而这只不过是一种文本的"习惯性忧伤"和历史的假想世界，是被士大夫和知识分子理性化了的呻吟，并未脱序，这就是许多人会误读《镜中》的历史根源。

实际上，《镜中》展示的内容和意义，远远要比这复杂得多、重要得多。我说过，作为理解，非指成诗。你拿了成诗过程之简陋，来误读理解力，那是你的事情，与理解的他者无关。如果略加统计，《镜中》大概出现了八种交错的隶属人称关系，正是在这交错替换之间，作者悄悄地就实现了自己的意图。为了了解张枣诗歌是如何声音化而不是单词化的，我们不妨做更细致的分析，这八种人称如下：

1. 匿名之我（W）

2. 她（T）

3. 皇帝（H）

4. 镜中皇帝自身（JH）

5. 我皇帝（WH）

6. 镜中她自身（JT）

7. 镜中她我（JTW）

8. 我自身（S）

需要说明的是，诗人在完成自己的作品时，是靠统摄和瞬间直觉，这里的分析，只是把这个直觉运动放慢罢了。很明显，在"室内—镜子"构成的情境中，W始终没有出现，它被批评家所谓"时间畸变"消除了，更准确地说，是在内历时性中被悬置起来了。W在其他人称中变换着，最后又回到自身，但这已非开始的那个W了。这难道只是张枣在玩弄技巧吗？不，这是一场深刻的反叛。对谁反叛呢？对汉语的及物性、对传统主题等的反叛。

W是通过首尾两次"想起"和"比如看她"来加以限定的，如若把悬置看作单纯的修辞性省略那就错了。全诗最关键的一句是"危险的事固然美丽"，而其重要就在于这"危险"所提供的一种可能的语境参数——这个参数，也确实对理解张枣的风格至关重要，让我们来看看这隐蔽者吧。

这首诗写于1984年10月。那时，就当时资料的流通性而言，张枣未必读过里尔克的《杜伊诺哀歌》原版或译文，所以当我们把两者关于"危险"的近似值找出来时，自然会服膺他的才华和预先的顿悟，也就是马利坦（Jacques Maritain）所说的"诗性的直觉"。这种预见性只能说明，他后来在德国与天才诗人的相遇不过是一种巧合而已，而不是附会。前者是原生的气质性的，而后者是后生的词句性的。里尔克关于"危险"的描述语段如下：

谁，倘若我叫喊，可以从天使的序列中

听见我？其中一位突然把我

拉近他的心怀：在他更强烈的存在前
我将消逝，因为美只是
恐惧之始，正好我们仅能忍受着，
而我们又如此赞美，因为它冷静地蔑视着
欲把我们粉碎，每一位天使都是可怕的。[1]

"美只是恐惧之始"和"危险的事固然美丽"，若不依上下文，而光从词和句法看是同构的。我当然不是为了证明张枣的天赋而找出两者的相似，恰恰相反，我想强调的是两者的区别，以此来说明他的顿悟和先天性直觉（每个真正的诗人都该具备这点），他在许多人尚不具备完整性时就已获得了一种完整性。

不排斥一般的说法，《杜伊诺哀歌》是一部宗教意味浓厚的作品，就在我所引用的译文中，也不难看出，神界与凡界有着怎样一种质的差异。"天使"和"美"是永恒自然秩序和此种秩序不可证实的虚无象征，具体的个人存在，是渺小而卑微的，他如若要接近这秩序，既是美妙的事情，极富诱惑的事情，但也肯定是危险和令人不安的，这种不安，有点近似克尔凯郭尔所说的那种"忧惧"。这种差异和不可企及，介于个人之存在所欲寻求的宗教感情和"冷静蔑视"这种存在的神之间。这显然促成了里尔克的本质思考，对善的认定、对人类终极失败的悲悯之情，显然它们都来源于古典的悲剧意识。

而《镜中》所言及的"美"，虽然也涉及自然，但这却是一种更趋物化的场所。东方人之眼界和西方人之眼界大为不同，因此《镜中》所呈现的自然，没有里尔克诗中的那种神性，它是民俗的和写意的，就像汉语本身所体现的特质。"游泳到河的另一岸"，显然是"淇泮"和"在河之洲"诸如此类远古河域文化场所的深化，和"松木梯子"一样，它既是自然的，又是与繁殖有关的。T在这里只是一个中介，是W叙述的言语运作物，通过T来描述一种知识，并在描述过程中化合为TW。这种知识，应该是我们熟悉的：自然万物变幻莫测，除非它处于某种秩序，也就是在社会的矫饰之中——它是人为的，充分物化和

---

[1]　［奥］里尔克：《杜英诺悲歌·第1歌》（李魁贤译），名流出版社（台湾地区）。

民俗的，但同时也是写意的，美丽而可把握。

这就牵涉另一个人称H，皇帝显然是权势的象征，是性控制的象征，是制度的产物，和镜子都具有双重性，都是具体的（物），又都是洞察此物的鉴体，所以等候TW的既是镜子又是皇帝。"冷宫"的古老观念，在这里暗示着一种新的社会学意义，那就是我们现在，在享用某种"文明形式"时肯定抛弃了一点什么，损失了一点什么，而且我们也无法估计，但是有一种客观存在会鉴别它，这正好与许多个体的互证对应起来。这种互相警觉和限定，以退缩的自然和模糊的社会价值观念为前提。每一个角色置身其中，都可以看到自己的真实模样，同时，也看到不真实的模样，这也就是何以在诗中，人物与人物、镜子和窗口形成了一种对偶关系，因为两者是在不同层面上的参照物。从镜中我们可以同时看到个人和环境（笼统说法）的态势，而从"窗口"我们则又看到更广阔的人类所丧失的和所希望的。如果这是对的，那么我们便可以从里尔克和张枣的两面镜子中找到相似的答案：

镜子把自己流露出去的美
再吸回到自己的镜面[1]

五

隐蔽的预叙手法，在《镜中》最能说明张枣的微妙。它一方面把W／T和镜子／窗子这两组对称序列沟通，另一方面又把"我"悬置起来，使其"匿名化"。匿名化的作用，用张枣自己的话来说，就是"与世界和母语构成对立面"。

为什么要构成对立面呢？在张枣看来，母语就像神一样，是一种主观的永在，它是通过个人言语，对历史亲近（一种更高的回溯）而存在着的，因此"存在"既是灵的，也更是变化的，所以"母语只可能以必然的匿名通过外在物的命名而辉煌地举行自指的庆典"。

---

[1] ［奥］里尔克：《杜英诺悲歌·第2歌》（李魁贤译），名流出版社（台湾地区）。

而在《镜中》，这种命名是通过人称的转换来实现的。如果说全诗第一句是对匿名的"我"的限定叙述（实际上在句法结构上真正起限定作用的是"看她"），那么，倒数第二句的重复句型，则应该看作W和T所共有的行为状态，它同时起疏远和衔接的作用：疏远是指对T的过去时间性所进行的解除，也就是在深层结构上（语义层面）对"宫怨"这一传统主题进行解除。所以，这里的匿名不光是一种技术，还是一种反叛。所谓衔接，一方面是指T和W的换位与合成，没有这种合成，就不会有深邃性，因此另一方面，就是在把T和W分解到时间的全部历史观念中去的同时，把所言物转换成一种内蕴的声音，从而引导出新的句型结构：

$$W \rightarrow S$$

也就是呈现在这首诗中的音势。这首诗的主要人称句法结构是$W \rightarrow T \rightarrow H \rightarrow W$，但显然由于在叙述的全过程中（在写作的时间上是相当短的），随着情境的扩展，两个W已有了新质，其表述应该是$W_1 \rightarrow T \rightarrow H \rightarrow W_2(S)$。$W_1$代表着物我（汉语拼音中我与物正好都是同一声母），它在经过对T和H的异体化后——转换成许多不同的T（她或他或它）反视自己——又回到另一个音位的我自身，它是独白的，纯粹声音的（S），而这从物质到声音的觉悟本身，某种意义上也就是对"物"的一种消除。

《镜中》之迷惑人，在于里面出现了许多折射关系，而这些人称关系，又极富声音化，实际上，不管有怎样的人称变异，它始终都以独白的语式进行着，每一个人称相互沟通，又相互疏远，它们只是一个时间段落，一个像镜子似的鉴赏他物者，而非符号本身，所以W的最初悬置，是对这种意图的铺垫，是看不见的预述。从物到声音，从实到虚的既是词色的温柔所至，也是哲理和社会学的效应所在，它与汉语诗歌一直缺乏形而上的思考和过分的世俗化描写这一现状相对峙。

它的声音化不光因为它是独白的、汉语式的，还有更重要的是它以我们前面说的警觉为其先验，它一面对所言之物保持警惕，另一面对语言载体（形式）本身也保持着高度的警觉，扩大之便是荷尔德林所意识到的：人类拥有了最危险的东西——语言。正是这两者，把它推到了集体叙述习惯的对立面，这种习惯在前面已有过交代。

看来"危险的事固然美丽"和"后悔的事"同样具有双向性,它们构成了这首诗最隐蔽而也最具魅力的反论,也就是罗兰·巴特所称的"非语言符号的反论"。"后悔的事"既暗示人文和自然的不和谐,又指社区的语言控制系统与人自由灵魂的不和谐,但这一切又先语言、历史地设定了。没有出路便是出路,无可后悔便是后悔,这就是《镜中》最诡秘的地方,前面所言的"不知不觉的技巧"尽现其中。

六

一方面,它是指那种不留痕迹的心灵转化统合的过程,在这过程中,诗人把沉重而又复杂的过去与现在的事物化为诗歌的情境、声音和节奏,以至我们只有在一种整体的观念中才能把握住,对于批评来说,则只有通过解析、重组和比文本产生还要复杂的体验过程,才能让作品的有机思想得以复原,这或许也是一种梦想吧;另一方面,它又指语言的预先被给予性,这是我和张枣很长一段时间(从谈论我的《鹿,雪》开始,到最近关于"对话"的问题)最为关心的问题。他在1992年给我的一封信里这样写道:

> 我亦同意即得使其成为学术现象的论点,我只想在这儿从"学术"一词提示中西的一个本质区别:一是"言志"的,重抒发表达(expression),一是源于古希腊的模仿(mimesis),重再现,重客观现实的对应。我的诗一直想超越这两者,但我说不清楚是怎样进行的。或许这是不可能的,正如人不可能超越任何生存方式,但欲去超越的冒险感给予我的诗歌基本的灵感。说不清楚,因为这本身是一个极大的先语言现象。

因为这篇文章,主要是摸索张枣写作的某些外在原因和内在的精神机制,不是纯粹的理论,故不准备展开谈"先语言现象"的问题。但我可以笼统地说,语言的预先被给予性至少涉及这样两个方面:母语的文化传统、语言系统和说话的习惯(统称词语系统),词语系统被诗人心灵作用后之历史变异。大致说来，这两个方面互为前提和条件。

不过，对当代诗歌来说，最重要的是理解后者，它是以下面两种语言行为为基础的：首先是语言外在形态是相对不变的，而它的内在意义则随心灵的价值和强度自由变化，用萨丕尔的话说就是"思维是言语的最高级的潜在的内容，另外与文本关联的有效词语必以准确的个人所指为前提"，也就是说必须具有最完满的观念价值，而不是单词。从张枣现有的作品来看，他最擅长的仍是通过最直接的个人经验和历史事件的沟通来获得语言自主性。满足了词语系统古老魅力的揭橥，言语豁亮地表现两方面的需求。

他早期的诗作，风格还不算很突出，有散漫之感，像《何人斯》《第六种办法》《早晨的风暴》《苹果树》等，大概和特定阶段的语境太近有关。处理题材聪明机灵，像《十月之水》，意象的排比、文白相间的句法，并非他的所长，他以后也再没写过这类作品，不过对细节的注意，对历史逸趣和语言困思的偏好却保留了下来，这是80年代诗坛给他唯一的好处。直到他完全把自身的抒情气质带入诗歌，才让我们看到了一种更新鲜的东西。

客居德国，显然使他和诗坛保持了距离，客观上促使他回到了自己最熟悉的语气和孤独的本性上来。他开始培养独白和自言自语的习惯，这习惯和他过去那种内省的能力有机地结合在了一起，隔着事物看事物，这就给了新风格一种可能性，形而上的静观，然后附带滑稽俏皮：

死亡猜你的年纪
你猜猜孩子的人品
孩子猜孩子的蜜橘
吃了的东西，长身体
没吃的东西。添运气[1]

这种童谣似的东西，并不能说明一个诗人的能力，但却是构成他

---

[1] 张枣：《死亡的比喻》，见《张枣的诗》，第74页。

新的语势的一种因素，用以维护内心的平衡，也就是说寻找自己说话的方式。对一个诗人来说，还有什么比没有找到说话的方式而更痛苦的呢？这就必须向失语挑战。他或许一开始就是成功的，但那是另一种意义上的，或者说是流行意义的，但也有另一种意义上的成功，那就是求得更内在的变化，这类作品应该包括《惜别莫尼卡》《苍蝇》《海底被囚的魔王》《孤独的猫眼之歌》等。这些作品是很见其语言再生力的。也似乎培养了一种好习惯，每首诗，都该有一套自己的术语，而且，只对本文有效。

统观他至今的全部作品，不难看出，从1984年的《镜中》到《卡夫卡致菲丽丝》（1989年），再到后来的《空白练习曲》（1993年）、《跟茨维塔伊娃的对话》（1994年）、《纽约夜眺》（1994年）、《厨师》（1995年）、《云》（1996年）等，他的风格日趋成熟。不光别致、内向、形式完美、高度的节制和微妙、丢掉不少矫饰的东西，而且，因对话技巧的训练，他无疑已预先进入祈祷型诗人的行列，当今这行列空气之稀薄，最见素质难得。可以说，若无天赋，又没有真正的历史感，恐怕想也别想。正是这点，《卡夫卡致菲丽丝》就显得比其他所有的诗都重要了。因为，这首诗产生于20世纪80年代末的转型期，另外他也是关于对话问题，寻求知音的"始作俑者"。

张枣并不是一个历史学家，但他却是一个忒具历史感的诗人，更准确地说，是具历史美感。他不可能嗅不到这世界格局的变化。他开始所生活的特里尔（Trier）是马克思的故乡，而后来的图宾根（Tubing）则又是荷尔德林和歌德的漫游之地，通过书信往来、耳濡目染，心灵自然会微妙地朝着一种较之过去更为复杂的语境滑动。幸运的是，他本来也不是我们同时期常见的那种压抑、发泄、强词夺理和党同伐异的诗人，作品乐观而恬美，即使是苦闷也是健康人的苦闷。所以，若我们拿了衡量比比皆是的、可笑畸变风格作品的眼光来看他的作品，你甚至不会觉得它如何的重要，因为他的作品是内向的，不靠语言的外在冲突获得效果，《卡夫卡致菲丽丝》在这点上是有所扩展的。

他早期的历史感所依据的还不是历史本身，而是一种音势。这种音势，发源于古汉语那种先验性的恬美。简略说来，每个民族都经历过那种无文字的阶段，社会学家称之为古朴。在古朴社会，无时间性给所有的文化类型带来了一种匀速，只是随着文明技术的发展，随着语言符号的强化意识，这匀速反倒成了人们缅怀的东西。它最明显地表现在艺术中，无论这些艺术借助外部形式怎样的变化。就这点而言，汉语的匀速也表现得最为明显，宁静缓速的音势动力现象是它的主要特征。说到这点，就不难理解张枣诗歌所保持的那种历史感，因他直觉了汉语的这种音势，而且还能加以运用和改造，最终使作品根植于汉语自身《刺客之歌》就可看作代表作，它涉及的与其说是历史本身，还不如说是音势这另一种隐形的历史：

那么，他会置身在风暴之中
真的，大家的历史
看上去都是一个人医疗一个人
没有谁例外，亦无哪天不同[1]

写这首诗时，他已身在德国，时过境迁，舞台更迭，对惶惶然承受某种陌生使命的过敏，很容易使他想到那个唱"风萧萧兮易水寒"的刺客，他们具有共同的孤寂感和近似于虚无的使命（把学习语言看作决定性的，和把刺杀僭主看作决定性的具有等同性），这便显出历史的内涵，如果历史是一种绵延不绝的形态。但如果认为这只是刺客和作者的互渗，那就错了，刺客的故事本身并不那么重要，重要的是两个时间场所之所以互涉的理由。显然，诗里那种无可奈何的语调，带有强烈的主观色彩，它对历史中实有的刺客可以说是一种反讽，而对自身则是一次解嘲（这里，我们又发现了《镜中》的手法）。刺客在这里是"处境"诗化的名称，不排除它在音势上的吸引力，它与贯穿于全诗的徐缓节奏和恬美的音势一致。当刺客临行前唱诵时，他的紧张感也就被消除了，诗意化了，当危险说出时，也就不再危险了。所以这唱诵的方式，是"大家的历史"，因它对任何一个具有同构行为的人来说，都是有效的。历史越远也就越近。这也正是身在德国的张枣对母

[1] 张枣：《刺客之歌》，见《张枣的诗》，第70页。

语的看法，它可以帮助一个被另一种语言包围的诗人消除失语的恐惧和痛症：

你看他这时走了进来
像集中了所有的结局和潜力
他也是一个仍在受难的人
你一定会认出他杰出的姿容[1]

我们当然能认出这个受难者是谁，他可以是刺客荆轲，也可以是阿伽门农、伊狄帕斯、哈姆雷特、普罗米修斯，自然也是进入他诗中的卡夫卡或隐蔽的俄耳甫斯或张枣自己。

从个人语言亲近历史语言，是他诗歌构造很重要的一个特征，《卡夫卡致菲丽丝》也是如此。在德国，他为什么没有选择里尔克，而选择了卡夫卡呢，这正是他的聪明之处。因为这首诗是反英雄化的，而"英雄化"（这和世俗化走向或精英走向无关）却恰恰是20世纪80年代诗界最愚拙的表现之一，他们一面否定着意识形态的英雄化，而一面却不自觉地实现着美学的英雄化。我再次提醒注意，现代主义所谓的"英雄"，在波德莱尔叙及时，具有反讽的意味。开篇我已提及过那些英雄化的切口和术语，里尔克自然也是要列入其中的。在中国知识界，大概除了波德莱尔，他恐怕是最具影响力的了。所以，张枣的回避是很聪明的。当然更内在的原因，则是张枣的处境与卡夫卡更有一致性，他们都是活着时的孤魂。

卡夫卡不是一个活着的成功者，热爱卡夫卡的人都知道这点。他死后所赢得的声誉，正好证明他的作品和生活是先语言的，是一个迟来的寓言。卡夫卡生前那种沉闷的脱离，和张枣在德国客观上脱离汉语有相似之处。卡夫卡作为一个语言客体，是张枣习惯性分化自己的一个产物。在德国，在克莱斯特的国家，对卡夫卡稍有研究的人都知

---

[1] 张枣：《薄暮时分的雪》，见《张枣的诗》，第76页。

道，黑贝尔[1]、克莱斯特[2]与霍夫曼[3]所代表的德语，比歌德与席勒代表的德语更深地影响过卡夫卡。勃罗德就曾说过："卡夫卡的语言只能用约翰·彼得·黑贝尔或克莱斯特的德语来衡量，但在卡夫卡的语言中，却掺杂着布拉格的以及一般奥地利的遣词用字和语调成分，构成了一种特殊的，不能混淆的语言魔力。"显然，是他们在不同的时间成了"德语的客人"（卡内蒂语）这点，使他们重叠在了一起：

我叫卡夫卡，如果你记得
我们是在 M.B 家相遇的。[4]

M.B 并非完全指马克斯·勃罗德，而是一个先于时代唯一认识卡夫卡价值的鉴赏者，一个先驱者后期效果的阐释者和证明人、新文学的传教士、生活中的知音。张枣通过卡夫卡所要寻找的便是这知音，所以，M.B 在这里是一个替身，是作者潜对话里的另一个我。这首诗，仔细想来，几乎是《镜中》方法的放大和深入的演绎，但却充满了叙述的细节，还有内蕴的历史感，绝对未失诗歌的水准。

我替它打开膻腥的笼子[5]

可见"打开膻腥的笼子"是一种极婉转的说法，这不仅与置于父亲或婚姻阴影之下的卡夫卡相似，而且也与"非德语"的里尔克相似。这两个人，都是他在生活里，或文本上，站在母语的立场亲近德语时遇到的知音。风格上，他们是碰合的关系，只能是碰合，毕竟是不同的母语，而面临的也是不同的时代，但一个精神的交接地带还是有的。里尔克的诗以内向和婉转闻名，他所代表的德语，不是纯日耳曼式的，但却更德语化，更抒情，更柔美，是奥地利文化经由德意志理性和法国优雅气质混合而成，因此也更带综合性。从某种角度讲，张枣也是

（1）黑贝尔（Johann Peter Hebbel）：德国通俗文学家。
（2）克莱斯特（Heinrechvon Kleist）：德国作家。
（3）霍夫曼（E.T.A.Hoffmann）：德国后期浪漫派的重要作家。
（4）张枣：《卡夫卡致菲丽丝》，见《张枣的诗》，第174页。
（5）同上。

以"非汉语性"而更表现出汉语恬美的。里尔克更多是靠文化场所的转换，而张枣则更多是靠语种的转移。两人都缓解着生活中的具体事件，而同时，也证明着诗人不过是悲哀的浪费者而已。

这里没有要把张枣和里尔克相提并论的意思，而只是通过比较，我想要了解诗人在不同语境邂逅的某些内在因素，还有在诗歌里所起的反应。比如"德语的客人"，就使我们明白了张枣那现代的"文学流亡"面临的问题，和先驱诗人所面临的一样。作家在另一个语言国度最明显的特点是，当个别的文字不能让他超越更大的精神连贯，使他被迫用别的语言来代替一种语言（母语）时，他对语言特有的力量与能量的感觉最为强烈，流亡者的第二语言变成自然的、老生常谈的东西，而第一种语言则不断保卫自己，出现在一种特殊的光辉中，《卡夫卡致菲丽丝》就笼罩在这样的光辉中。

参与这场合的主角自然是卡夫卡和他的杜撰者，因为他们在各自的作品里，都设置了一个歌咏者，同时又是倾听者，也都善于运用对话的方式，因为这种方式，更容易使他们各自认为的实在"隐回事物里"。对话毕竟是一种精神理解和纯音质的、自我的，诗人毕竟是在以不同的方式，无可救赎地忍受他们永远的孤独。

他要让什么"隐回到事物里"呢？是不是和卡夫卡著名的婚姻困境相似的东西？不排除这个因素，里尔克也未排除这个因素。这种因素也使《卡夫卡致菲丽丝》成为他生命转换的一个部分，全诗充满了危机感，它源于个人，却大于个人。而凌越它的并非一般意义上的胜利，而是一种体验各种危险的精神素质，它的本质，就是安慰诗人，使诗人因了一种旷日持久的音势而暂入睡眠。我不敢说，汉语诗歌里出现神和天使是理所应当的事情，但如若我们看作神人关系的回光返照，又何尝不可？毕竟两者像克尔凯郭尔说的，前者是后者省思与行动的终极前提。由此不难看出，《镜中》和《卡夫卡致菲丽丝》在人称上的变化，是有很大差别的，分别表现着作者早期的对话意识和中期与印欧语系碰撞后的对话意识。张枣依靠它缓解着生活中具体事件带来的紧张感和危机感，但仅仅是缓解而已，也许只有把它纳入一种更大的、不可能的观念中（也许正是里尔克应该保持的认知的形态），才会使灵魂真正地趋于宁静，但这最后已是宗教的问题了。张枣的眼光没有这么高远,也不必这么故作高深。但作为一种诠释和一种精神的努力,他尽到了自己的责任,在诗里把现实和历史、把个人处境和文学神话统一起来而给予智性的抚触。经历一种灾难和恐怖并不比在这之外想象一次更难受,所以,从《卡夫卡致菲丽丝》我们看到的不是愤怒本身,也不是忧心如焚,"那焦灼的呼吸令我生厌",而是一种更广大的焦虑,这种焦虑在它产生时,也就同时汇入了消解的过程。从这点观察,张枣的处境和内在的体验,与里尔克笔下的俄耳甫斯是很贴近的:

> 那里升起过一棵树。哦,纯粹的超升!
> 哦,俄耳甫斯在歌唱!哦,耳中的高树!
> 万物沉默。但即使在蓄意的沉默之中
> 也出现过新的开端,征兆和转折。
>
> 沉静的动物离开自己的巢穴,
> 奔出澄明消溶的树林;
> 它们内心如此轻悄,
> 绝不是缘于狡黠和恐惧,
>
> 而是缘于倾听。咆哮,嘶鸣,淫叫
> 在它们心中似乎很微弱。
> 哪里没有草棚,收容最隐秘的要求,
>
> 哪里没有栖居,它缘于此要求,
> 带一条穿廊,廊柱震颤不已,
> 你就为它们创造聆听之神庙。[1]

张枣的"神庙"要小得多,他没有包容万物,而是直指特殊情境中生命流逝的相似性和陌生。固然,他也以特殊的视线,把人和动物做

---

[1] [奥]里尔克:《致俄耳甫斯的十四行诗》(林克译),重庆大学出版社,2015年版。

了形而上的划分:

> 突然的散步,那驱策我们的血,
> 比夜更暗一点;血,戴上夜的礼帽,
> 披上发腥的外衣,朝向那外面,
> 那些遨游的小生物。灯像恶枭……

这些小生物还包括孔雀、梅花鹿、布谷鸟、蜘蛛、枯蛾……它们与魔鬼、天使和神对列。而我们可别忘了,卡夫卡也曾以分裂人和动物而闻名。而且,我们还会在这一切之前发现更多的相似物:歌颂者和聆听者、歌唱和呻吟、声音和道路、沉默和祈祷、圣徒和恋人、受害者和迫害者、神和人、追踪者和被追踪者……也许还有很多很多。但无论多少,总有一个更高的存在主宰他们,使他们置身于不同的语境,以至人们觉得自己也必须去思考,什么时候能够最清晰地看见自己。所以,卡夫卡也好,俄耳甫斯也好,暴君或者恋人……所有的"匿名者"和所有的"具名者",都是在同一个原型中,都在同一种"驱策我们的血"中,也正因为如此,他们又仍是一种外形,而且,是幻影似的,是正在消逝着的东西。

也许说到这里,我才敢说,《卡夫卡致菲丽丝》表达了一种既是个人的,又是普遍的世界的观念。张枣通过自己的生存处境,对一切"准现在"的东西都加以质疑,也就是说,在他看来,世界除了在内心外是不存在的,至少杂乱无章,是没有内在联系和错乱排列的。所以,在诗里,如果不采取脱序的方法,就很难表达这种情境,还会陷入语言的泥坑。

而所谓的脱序,就是让一般合逻辑的意象和比喻,在诗里归到更深的统摄上去,而非浅层提供的语境。比如,"阅读就是谋杀",一般我们很容易理解为一种生命之"误解",通过错误地"读"一个人,从而歪曲了这个人。实际上,关键在"我不喜欢孤独的人读我"这一句。因为对这个人的正确把握,只能是把这个人放进众人中,就像把一根树杪放入它永恒的根须之中才是可能的。前面所录的里尔克的十四行诗,表达了这种观念。张枣《镜中》的各种人称,和《卡夫卡致菲丽丝》

中的各种关系,也毫无例外地都处在这样一种复原的关系中。只有这样的他或她,才是他自己。孤独的人往往是不真实的,而让一个不真实的人去读一个不真实的人,就等于双重谋杀。

看得出来,张枣很想通过一种恒久不变的东西来解释他的现实,也就是我称之为"音势"的东西,在他所喜欢的里尔克与他的俄耳甫斯中,在卡夫卡和他的城堡中,也都有这音势的僭越。它具有超越性,而无年代感,声音却旷日持久:

致命的仍是突围,那最高的是
鸟,在下面就意味着仰起头颅。
哦,鸟!我们刚刚呼出你的名字,
你早成了别的,歌曲融满道路,[1]

这里很明显地有一个潜在的俄耳甫斯,这个俄耳甫斯,当他置身非乞求和非声音的世界时,表面看来在遭受不幸,而实际上,他却是更永恒地存在着。鸟在古老的东西方文化中都是被当作灵魂来看待的,而灵魂之不见,就像声音之不见——它只能聆听,如果你想看它,局部地感受它,就会重蹈俄耳甫斯的覆辙,落入永劫之中。这里的"在下面",是一个与音势有关的重要观念。它是一个寓言,也是张枣通过诗暗示我们的一种再简单不过的知识:既然只有声音是自由的,那又何必去管身体被囚在何处呢?■

---

[1] 张枣:《卡夫卡致菲丽丝》。

化欧化古的当代汉语诗艺　张枣研究集

本文第一节，在形式上是对张枣《护身符》一诗的细读，这首诗到目前为止还没有人专门讨论。但我要这样做，并不仅是为了细读这首诗，而是通过细读"辐射"到张枣的全部创作，试图逼近张枣诗歌的秘密机理：那就是命名的否定性，而他每一首完整的诗都构成了一个"否定的圆"。在行文过程中，我直接引用了西方理论家的片言只语，可能会造成突兀之感，但我这样做不是为了比附，而正是为了辨析（张枣诗歌代表的）汉语诗歌的独异之处，抑或说，去"品味中国诗歌的品味"，我想，不是不可以直接引用理论，而是要看引用得是否谨慎、妥帖和恰当。在这一节我试图做到最大可能地"释放一首诗的能量"——既然诗人的写作是一个相反的将思想和欲望"缩减"进入语言的过程。

　　第二节仍是以对作品的解读为主体，《空白练习曲》这组重要的组诗同样几乎没有人注意到。这一节谈论语言与虚无、沉默和空白的关系，这个认识受益于胡戈·弗里德里希在《现代诗歌的结构——19世纪中期至20世纪中期的抒情诗》一书中的简洁总结。但同时，我试图去触及语言的灵魂这个显得有点一元论倾向的命题，但笔者认为，只有"语言的灵魂"这个实际上和柏拉图主义有关的观念，才有可能对流行的"语言本体论"构成真正的压力，而二者的龃龉之处也不过是证明了现代主义是对浪漫主义的抵制这个普通常识。当然，我在论述过程中尽量保持每一个概念内涵和外延的确定性，而不致由于概念

护身符、练习曲与哀歌：语言的灵魂
——张枣论※

王东东

※ 原载于《新诗评论》2011年第1辑。

自身的"辩证"运动而模糊了头脑的界限。由于《空白练习曲》是一首相对纯粹的语言诗，我的逐章解读虽然极力在"音调"与"内容"之间保持平衡，仍然可能会突出"内容"的分量并对诗歌意义的不确定形成挤压，但这同样是为了"承载音调制造者及其带有意味的震荡"。对这一部分的阅读需要时刻对照张枣的诗歌进行。

第三节开始讨论张枣与死亡主题——不仅仅是"诗人之死"——有关的诗歌，《哀歌》《历史与欲望》《卡夫卡致菲丽丝》《跟茨维塔伊娃的对话》等，我想要证明，他对死亡的关注已让他成为一名独特的哀歌诗人，这是命名的否定性的最后表现，也是沉默、虚无和空白的极致。张枣也许在寻求一种诗歌的救赎之道与宽恕之道。中国诗人潜意识中的哀歌性弥足珍贵，并且需要从集体无意识的层面上升到公共理性的层面，它也许与中国诗人对（历史）行动（以及历史事件）的着魔同样有价值。

第四节进一步论述了张枣诗歌"幻觉的对位法"。发展到这里，张枣诗歌"否定的诗学"开始返回，既没有失去人的现实，又（借助史蒂文斯式的虚构）解释了人的存在的多重性。尤其使他表现出一种"超越政治的心灵"，与同时代纷纷"向历史跌落"的诗人比较起来，张枣更主动追求诗歌自身的合理化，着眼于"诗的哲学化"，并且容纳"时代的逻辑矛盾"，从而使诗歌处于种族和文明"意识的中心"，成为"对文明的追求"；正如《大地之歌》既关心"如何重建我们的大上海，这是一个大难题"，同时又宣称"这一切，正如马勒所说，还远远不够"，而执迷于"比文明还长的好几秒"，在伦理关注的同时流露出对美与和谐的幻想。这些都是张枣诗歌"语言灵魂"的题中应有之义，也是他"超越政治的心灵"的表现，正是在此意义上他无助地沉浸于汉语诗歌边缘最为激动人心的危机之中。笔者同时大胆提出，《大地之歌》这首张枣后期最重要的作品，也是向颂歌的变形。

一

如果将"护身符"这个三音节词拆开，可以发现它至少包含三层含义，一是"身"所代表的身体、生命，以及属于存在的含义，二是"符"所代表的词语、语言的含义，三是守护生命的词语、守护存在的语言这一层含义。

如果你真愿佩戴
它就是护身符
它扑朔迷离，它会从
那机器刨出的小小木葫芦
以檀香油的方式
越狱似的打出一拳

"不"这个词，挂在树上
如果你愿意
"不"也会流泪，鳄鱼一样
护身符的某日啊
月亮正分娩月亮
凌驾于一切表达之上

树在落发
抽屉打开如舌头
如果你愿意，护身符便是那
疼得钻进你脑袋中的
灯泡，它阿谀世上的黑暗

灯的普照下，一切恍若来世
宽恕了自己还不是自己
宽恕了所窃据位置的空洞
"不"这个词，驮走了你的肉体
"不"这个护身符，左右开弓
你躬身去解鞋带的死结
你掩耳盗铃。旷野——

不！不！不！

通读全诗我们发现，"守护"的含义是晦涩的，甚至包含"舍弃"的意义，"守护"就是通过这个否定含义确立自身的，这一点说明了在"形式的牢笼"里一个词在语义上的不确定，一个词可以走到自己的反面；而一首诗更多是莫瑞·克里格所谓"仿型运动"的整体，很有可能是一个圆：这是因为有时间因素——比如阅读时间的加入，一首诗的语言结构显然又在模仿时间的结构。而这首诗的语言运动——正如我们即将或已经看到的，则构成了一个"否定的圆"。

诗歌语言活动的全体公开"否定"每一个词语，以至每一个词都包含其自身的否定性含义。具体到这一首诗，可以说，"身"这个词每时每刻都暗示着"身外"，"身外"也是对"身"的否定，这让这首诗中出现了其他属于"身外"范围的名词，也让这首诗本身充满了一种危险的品质。这样说是因为"身"不仅暗示着生命个体（"所指"），还暗示着语言活动本身（"全体能指"），一首诗本身（"所指的乌托邦"），它自身"有机体"的完整性有被打破的可能。而结尾"躬身去解鞋带的死结"，"躬身"带上了仪式性的尊严，"解鞋带的死结"因为与"身"相关，而变成亲切无比的一个细节，虽然这"身"马上就要溶解于"身外"，也就是"旷野"，"不！不！不！"则是对"旷野"的惊惧和否定，试联系W.H.登写蒙田的诗句："他看向书房窗外，只见田园平静，／却笼罩着语法的恐怖，／城市里强迫人们说话含糊，／而在各省口吃被处死刑。"（Outside his library window he could see ／ Agentle landscape terrified of grammar, ／ Cities where lisping was compulsory ／ And provinces where it was death to stammer.）"田园"（landscape）与"田野""旷野"可以互换，而城市与各省都是田园的延伸。

"如果你真愿佩戴／它就是护身符"，体现出转喻的邻近性（"护身符"作为词与物的中介的含义此处不予考虑），护身符作为"符"，作为一件具体的物，一定要有词语或符号才可以识别，它本身具有了词语的物质性。一方面，词语的物质性不仅仅是对词语的一个譬喻，但另一方面，词语的物质性又不能完全还原为客观的物，正如护身符中先已有词语或"符"才能成为护身符。护身符的出现依赖于词语的赋形能力也就是命名,但是与其说这是对物的命名,不如说是语言的自我投射。按照张枣自己的说法,"母语只可能以必然的匿名通过外在物的命名而辉煌地举行自指的庆典",可以认为在护身符这一对"外在物的命名"里,语言显露又隐藏了自己,这一"外在物的命名"同时内在于语言。这里有一种对纯语言的呼唤,护身符携带着它自身的符号出现,因而是语言中的语言,是语言的自我同一,这样就可以理解第二节的句子:"护身符的某日啊/月亮正分娩月亮/凌驾于一切表达之上"——语言也只能从语言中诞生,用海德格尔的说法就是"把作为语言的语言带向语言","护身符的某日啊"就是指这样一个历史性时刻,一个语言的时刻。"月亮"一词可以替换为"语言",这是语言的朗照。

第一节末尾写到了语言的晦暗:"它扑朔迷离,它会从/那机器创出的小小木葫芦/以檀香油的方式/越狱似的打出一拳"。此处,"扑朔迷离"是语言的本性,"小小木葫芦""檀香油"可以看作"护身符"的一系列比喻,只不过在语言运动的戏剧场景里,命名过程的分解被转化为语言单元的冲突,这是语言、护身符的拓扑学:同一、重复和差异的戏剧。"机器创出"暗示另一种强硬的命名方式也就是科技的悖反作用,从命名构筑的语言秩序内部开始了对命名的反抗,同时又在语言的容器内("木葫芦")承受住反抗的力量("檀香油"),虽如此,"檀香油的方式"暗示了反抗的自觉和限度,既隐蔽又凶猛,祈求摆脱命名的专制。这里显示出一种崇信人类诗性能力(尚未分裂为技术理性和美学/感性)的维科式幽默,尚有别于诗歌结尾"旷野"暗含的命名的悲剧。

紧接着的句子,"'不'这个词,挂在树上/如果你愿意/'不'也会流泪,鳄鱼一样"(第二节),"不"本身构成了"护身符"的形象,从而充满了隐喻的紧张(在它成为护身符后,它自身构成了一个隐喻),其"含义"仍可以得到还原,"挂在树上"意味着它("护身符")是一个"一切词中最高的词",也就是语言本身,和下文中的"月亮"相联系,而"流泪,和鳄鱼一样"则又点明其虚伪或虚假的一面,也就是护身符的否定性含义。

张枣所称语言"以必然的匿名通过外在物的命名而辉煌地举行自指的庆典",有浪漫主义的命名("诗人为世界立法")热情的遗留,但其重心已经由命名转向了语言的自指和自我投射,后者是现代主义诗学的主要特征之一。这是一种高度自省的语言活动,命名本身已经变成了对命名的模仿,它意识到命名的分解、破碎和无能,这就是为什么在《护身符》中,护身符＝"不"这个词:"'不'这个词,驮走了你的肉体／'不'这个护身符,左右开弓"(第四节)。

如果命名终将被归还给语言,那么一切命名都是暂时的并会导致对命名的否定。张枣虽说感受到命名的欣悦力量,但无疑也受到否定性的吸引,也许,不只是命名的否定性,还有现代经验的否定性。护身符具有这两种否定性的含义,当我们意识到命名的持存力量时,我们也不能不立即意识到死亡这一最大的否定性经验,甚至我们对历史的感受也应包括在内。

"树在落发／抽屉打开如舌头",写出了命名在语言中的降解,命名的变异,以及和语言说话有关的语言的哑默和关闭。树在张枣诗里是一个重要的隐喻,"但叶子找不到树"(《今年的云雀》),"世界显现于一棵菩提树,／而只有树本身知道自己／来得太远,太深,太特殊"(《卡夫卡致菲丽丝》),简言之,树象征了生命和语言的历史创伤,但同时也是生命和语言永远重新开始的象征,⁽¹⁾张枣警醒于命名的暴力,而发明了一种自我否定的命名。如果说这里面有他钟情的反抗现代否定性经验的消极主体性(negative subjectivity),对应于它想要反抗的对象,并且消极主体性表现为"对语言本体的沉浸",那么就可以说,浪漫主义者对个性、想象力的推崇被聚拢在语言对象上,浪漫主义者的灵魂进入并转化为语言的灵魂。

"如果你愿意,护身符便是那／疼得钻进你脑袋中的／灯泡,它阿谀世上的黑暗","镜与灯"的浪漫主义诗学被改写,护身符成了一个有关"灯"也就是浪漫主义诗人头脑或"心智"(Mind)的反讽,与"感觉的分解"同步的"命名的分解"的沉痛——同时是一种光的折射、映照和回返的游戏——表露无遗,我们发现它在技术上

---

(1) "……他的应答诗《今年的云雀》可被读作一个'知情者'(eines Wissenden)刻意创作的互文元诗。他对布莱希特的应答是通过采取同情策兰的诗学立场即德语中的一个边缘立场而折射出来的;与其说他不同意布氏的'言说＋行动'这一诗学宣言的内涵,倒不如说他不同意其代表一代人发出共同声音的方式,因为一代具备一个集体意志的后来人今天已不存在,也因为它作为过去的历史与政治现实只能勾起痛苦的回忆。"见[德]苏珊娜·格丝《一棵树是什么?——"树","对话"和文化差异:细读张枣的〈今年的云雀〉》(商戈令译),载于《当代作家评论》2000年第2期。

就是 T.S. 艾略特所谓的客观对应物（objective correlative），并且它和艾略特《情歌》中的隽句相比也毫不逊色："仿佛有幻灯把神经的图样投到幕上（But a sifa magic lantern threw the nerves in patterns on a screen）。""灯泡"、柏拉图式"光源"和灵感的存在成为一种"钻疼"，生命和语言的疼痛，"阿谀"的用法值得深思，"阿谀"和上文中的"鳄鱼"几乎同音，而"阿谀世上的黑暗"也趋近于"'不'也会流泪，鳄鱼一样"，二者都源于对历史生存领域的否定性的洞察。当然，它们更多表明了命名的否定，有关"灯"和黑暗的辩证，也就是语言显露和隐藏的秘密，赠予又撤销意义的秘密，光的秘密。

"灯的普照下，一切恍若来世／宽恕了自己还不是自己／宽恕了所窃据位置的空洞"，第一句诗也重复出现于《孤独的猫眼之歌》与《蝴蝶》。《蝴蝶》中还写道："我们共同的幸福的来世的语言。"也许，语言本身是一种宗教？对它的否定性的信仰将导致对来世的信仰？否则很难解释为何在语言之灯的普照下，现实显示出了不同于现实自身的面目。波德里亚在论述克利斯特瓦时说的一段话，有助于理解这几句诗的"语言运作"："诗歌的否定性则是一种彻底的否定性，它针对判断逻辑本身。某个东西既是自己，又不是自己：这是所指的乌托邦（本义上的乌有之邦）。事物与其自身（当然也包括主体与其自身）的等价关系消失了，因此在诗歌所指的空间里，'非存在与存在以极为令人困惑的方式纠缠在一起'。但危险仍然存在——它在克利斯特瓦本人的理论中也清晰地显露出来。危险在于仍然把这个'空间'当作场所，仍然把这种'纠缠'当作辩证法。"[1]波德里亚对"辩证法"的拒斥带有语言学的专断，所幸这是以诗歌的崇高理由进行的，但同时也揭示了语言运作的秘密。张枣诗歌的密封性就得益于法国诗人马拉美（启发了包括波德里亚在内的一大批法国后现代理论家），这更多是指他诗歌的"形式原理"的部分。但我们读张枣的诗，总觉得和马拉美又不一样。哪里不一样呢？作为一个中国诗人，他不可能无视个体生存的痛苦（以及个人在历史中承担的命运），即使"对语言本体的沉浸"的辛劳制作也会透露出个人的气质，而不能做到马拉美倡言的

---

(1) ［法］让·波德里亚：《象征交换与死亡》（车槿山译），译林出版社，2006年版，第330页。

"无人性"。这是语言对诗人的背叛。张枣看重理性制作的能力,但汉语偏于生存的感受。

因此,我们仍然可以阅读出诗句的"内容"。"宽恕了自己还不是自己/宽恕了所窃据位置的空洞",它仍在指向宽恕的美好含义:允诺语言的更新,也就允诺了生命的复活,允诺了个体的新生;虽然仅就词语的角度可以说,一个词可以被另一个词替代,一个词形成的空洞可以被另一个词占有,对命名危机的解答不是停止命名而是坚持不懈地命名。

"'不'这个词,驮走了你的肉体/'不'这个护身符,左右开弓","肉体"这个词提醒我们存在着一种语言的灵魂,每一次语言的新生都模仿了灵魂转世,而来世,则意味着语言的自我更新。这首诗甚至沾染上了巫术的影子,而具有祈神(守护灵)和驱邪(恶魔)的双重意味。"你躬身去解鞋带的死结/你掩耳盗铃。旷野——/不!不!不!"在语言的拓扑学空间中同一、差异和重复的游戏已经摆脱了结绳记事的实用性(在拓扑学中也正好有纽结理论),因此"死结"也几乎有一正一反两个含义,正如勒内·夏尔的诗告诫的那样:"尽可能不去模仿那些在谜一般的疾病中打死结的人。"

"你掩耳盗铃。旷野——/不!不!不!"由于诗歌语境的巨大压力,张枣的诗句几乎具有了"两义性",两义性是在诗学层面对悖论的正视,坦然面对(诗歌的)语法和逻辑的矛盾(保罗·德曼语)。在掩耳盗铃的喜剧中,如果有教诲,那么只能是:对语言之铃只能倾听,而不能盗取。而在诗歌的旷野上,主体或肉身只能以自我否定的、弃绝的形式出现,以此实现对语言之铃的归还。对施特凡·安东·格奥尔格(Stefan Anton George)的诗,"我于是哀伤地学会了弃绝/词语破碎处,无物存在"(《词语》),海德格尔阐发道:"自身拒绝看起来不过是回绝和取消,其实却是一种自身不拒绝——向词语之神秘……在这种自身不拒绝中,弃绝作为那种完全归功于词语之神秘的道说向其本身道出。在自身不拒绝中,弃绝是一种自身归功。其中有弃绝之居所,弃绝是归功(Verdank),因而是一种谢恩(Dank)。弃绝既不是彻底的回绝,更不是一种损失。"[1] 而"作为神秘,词语始终是遥远的。

---

(1) [德]海德格尔:《词语》,见《在通向语言的途中》(孙周兴译),商务印书馆,2004年修订版,第231页。

作为被洞悉的神秘,遥远是切近的。此种切近之遥远的分解(Austrag)乃是对词语之神秘的自身不拒绝。对这种神秘来说缺失的是词语,也就是那能够把语言之本质带向语言的道说"[1]。与上引波德里亚的"密码破译"的立场相反,海德格尔热衷于探询"语言运作"背后的"精神含义"(这是"法德之争"的又一个表现)。《护身符》与海德格尔所言的精神意义并非毫无关联,但却表现出一种自我隐匿和自我脱逃的语言面貌,带有反对"概念的执着"的禅宗式的"后退"的智慧和狡黠,其语言结构恰好是一个"否定的圆"。——这不仅仅是诗与阐释的不同,也是诗与诗(对概念的执着程度)的不同。——张枣极力结合"德语的深沉"与"汉语的明丽与甜美",其成绩有目共睹,但也同时突出了现代汉语(诗歌)"精神的晦暗"。

这首诗还有另一个版本名为《吉祥物》,将诗中的"护身符"一词悉数替换为"吉祥物"。"吉祥物"无疑是一个更有汉语味道的词语,这种向汉语词色(包括其幸福期许)的回归也许正说明现代中国人在心理和思维方面的变化。与之对应,如果说现代汉语具有一种调和的品质,也许并不为过。这也令我们想到古典汉语的中庸之美:在哪一方面都触及了,但在哪一方面又都不过分。《护身符》偏离了与海德格尔的"精神"(Geist)言说颇有渊源的浪漫主义自不待言,更由于追求语言的绝对而恰好处于理智的密封与神秘的道说之间,并且给语言的灵魂(这是比"理性""精神"更普遍的一个概念,而且毫无疑问更适用于汉语诗歌,但需要唤醒一个与"无神论"相反的汉语诗歌传统)带来了高度自由、善于逃逸而又可能困顿的特点。大而言之,这也是那种打开了视野的现代汉语诗歌的特点。

二

张枣早期对古典诗歌的"改写"十分成功,《镜中》《何人斯》《桃花园》《楚王梦雨》《十月之水》等一批诗除了引发对他个人语言才赋

---

[1] [德]海德格尔:《词语》,见《在通向语言的途中》(孙周兴译),商务印书馆,2004年修订版,第234页。

的赞赏,也足可引发对已遭贬值的柏拉图式神灵附体论的重新审视。如果说诗人是语言的工具,那么真正起作用的还是语言的灵魂,它以原型的形式存在。原型凡有模糊之处,必是语言的灵魂使然;原型如是不确定的,有待完善,也有赖于后者。极端地说,他不断呼唤的那个远方的形象,也只能是语言的个别化身;语言的灵魂是不可见的,但却构成了他对话的隐衷,甚至动机:

如此我承担从前某个人的叹息和微笑
如此我又倒映我的后代在你里面
——《十月之水》

这里是以生命延续来比喻语言的神力[1],正是在语言的循环中,张枣期待的对话时刻出现了。这首诗的开头和结尾两节都说:"你不可能知道那有什么意义/对面的圆圈们只死于白天""你不知道那究竟有什么意义/开始了就不能重来,圆圈们一再扩散"。"圆圈"是"鸿"的变形,但"圆圈"和"鸿"一样都是世界和语言运动的幻象。正如张枣所说,对话可能是一个神话,那么,这个社会交往的神话同时也是语言的神话,"我们所猎之物恰恰只是我们自己",张枣的诗歌就在语言象征和社会象征之间的"空白"地带工作:"一个安静的吻可能撒网捕捉一湖金鱼/其中也包括你,被抚爱的肉体不能逃逸",他需要二者之间的距离来自我调整。

只是越到后来,他就越警醒于社会象征中的牺牲和祭献,而减损

---

(1) 这首诗的灵感来源也就是周易渐卦的卦辞(和爻辞),即以女子出嫁为喻来说明世界的演化之理:"渐:女归,吉,利贞。"张枣并未掩饰这一点,《十月之水》的题词是"九五:鸿渐于陵,妇三岁不孕。终莫之胜,吉"(《易经·渐》),系此卦爻辞。可以在这首诗和渐卦的卦象、卦辞以及爻辞之间找到一种对应性关系。《易经》是一部马拉美意义上的"世界之书",而其构成方式也是象征主义的,通过一对简洁的符号在六个位置上的排列组合(变易)来象征宇宙的六十四种状态(不易)。孔颖达《周易正义》云:"'鸿渐于陵'者,陵,次陆者也。九五进于中位,处于尊高,故曰'鸿渐于陵'。'妇三岁不孕',有应在二而隔乎三四,不得与其应合,是二五情意,徒相感说,而隔碍不交,故曰'妇三岁不孕'也。'终莫之胜,吉'者,然二与五合,各履正而居中,三四不能久塞其路,终得遂其所怀,故曰'终莫之胜,吉'也。"正是这段话的核心"九五(—)"与"六二(—)"在"运动的形象"中的遇合,构成了《十月之水》中情势和语言的关键。"一声枪响可能使我们中断喜讯",则对应如下爻辞:"九三,鸿渐于陆,夫征不复,妇孕不育,凶;利御寇。"于是乃有:"你翻掌丢失一个国家。"

了早年和空白嬉戏的自由和天然情状。也是现代诗要求表达的迅疾和直接有力使然,张枣的"元诗"主动配合了这一倾向。他诗歌中发生的最大变化就是,原本丰沛的感性被隐藏起来,只有在耗尽语言游戏的可能性后,才能再次触及灵魂狂喜的形象,于是后者就一再被推迟,而不断被表现为语言和空白、沉默、虚无的关系,它们是"语言说话"和"命名的否定性"的极端,《护身符》《今年的云雀》和《空白练习曲》都是这方面的代表。《空白练习曲》是一个十节的组诗,与《今年的云雀》有一种互文关系。

这是一支空白练习曲
"首先是敲,如盲人凄惶于生门前
但不似药片的那种敲
因为不屑于吻合
不吻合于某种臆想
不以融解你我为最佳理想
是敲,但敲只敲那种形象
像你打开自己还是自己
短暂打开后还是短暂
敲是回家?
但家不该含有羞怯和尴尬
但家应该是这儿,这儿
随喊随开。敲。"
——《空白练习曲》

"我有多少不连贯,我就会有
多少天分。我,啄木鸟,我
闻所闻而来,见所见而去。

生虫儿在正面看见我是反面。
逃脱就等于兴高采烈。
大男孩亮出隐私比孤独。

> 我啊我呀，总站在某个外面。
> 从里面可望见我龇牙咧嘴。
> 我啊我呀，无中生有的比喻。
>
> 只有连击空白我才仿佛是我。
> 我有多少工作，我就有多少
> 幻觉。请叫我准时显现。"
> ——《空白练习曲》之三

在《空白练习曲》中只有这一首是加了引号的自白，集中表现了诗人的工作状态：面对语言的空白。"不连贯"之所以是一种天分，是因为"不屑于吻合／不吻合于某种臆想／不以融解你我为最佳理想"，诗人很清楚主体或肉身的存在状况，"我啊我呀，无中生有的比喻"，而要求一种意义流动的状态，也即不仅要挑战意义的空白，还要警惕新的意义可能产生的封闭，诗人更关心"外"与"内"之间的转化，而非对立。

这一首诗表达了一个观念，就是语言的幻觉构成了另一种存在的真实，正因为语言与现实的同一性，这首诗才可以不断在语言与现实之间——并非同义反复，因为与语言的现实性对应的是现实的可能性，这也许又回到了亚里士多德的观念：诗歌相对于历史是一种更高的真实展开，而写到生命史中的"进化"（三叶草）传奇和个人的出生（第一首和第二首），"掉落在地上的东西无始亦无终"（第一首），开头第一句诗充满玄机（也许很难悟到这是在写一场空难），可以认为直指太初有道的创世神话，然而个体的语言却能够享有一种否定性的自由："你，无法驾驶的否定。""生灵跪在警告中／谁，在空旷的自然滚动一只废轮胎？"则又以荒谬的工业社会场景对存在发出了警告，可联系"暗绿的山坡上一具拖拉机的／残骸。世纪末失声啜泣"（《希尔多夫村的忧郁》）。到最后，这首诗几乎提供了一个完整的上帝视角，以一场俯视中发生的"空难"来隐喻道成肉身的恐怖，而开头的创世神话也转化为末世图景。张枣的灵感可能来自现代技术的视觉意象（一个飞行器对另一个飞行器的跟踪俯拍）的冲击，但有趣的是俯视空难的视角被故意隐藏起来了，这首诗也因舍弃描摹的对象而向语言的理性逻辑靠近而变得抽象，[1]在很大程度上成为对浪漫主义的碎片式戏仿，甚至成为一个有关飞行之梦毁灭的反浪漫主义神话。但若"还原"到空难的事件则一切都会迎刃而解，中间还能看到对飞行器驾驶者空难前后身心状况移情式的"逼真"描写："天色如晦。你，无法驾驶的否定。／可大地仍是宇宙娇娆而失手的镜子。／拉近某一点，它会映照你形骸的／／三叶草，和同一道路中的另一条。／从来没有地方，没有风，只有变迁／栖居空间。没有手啊，只有余温。"而"掉落在地上的东西无始亦无终"是概括的具象，"滚动废轮胎"则是空难的后期处理。

"一面从天国开来一面又隶属人间——／救火队，一惊一乍，翻腾于瓦顶"（第二首），以救火队的诙谐形象和"火"来隐喻个人出生和生命承继的"扬弃"、愉悦和专断意志："假道于那些可握手言欢的品质之间，／如烧绿皮毛的众相一无所知。那年／你属虎，还是刮风的母亲消闲的／抛入弧形的瓜子"，而象征着社会权威的父亲则不光有政治嗅觉，还擅长书法的表现"在你出世的那瞬展示长幅手迹"，然后暴雨突降，满溢着，大师一般。亦庄亦谐，总有一种语言的表现伴随和弥补个人被抛于世的烦恼，张枣也许会羡慕古代中国人的文明信仰和文字崇拜（观乎天文以察时变，关乎人文以化成天下），虽说他明白中国文人的语言有时和权力联系在一起，"跨骑参考消息"就是对这种可能联系的假意嘲弄，"请叫我准时显现"（第三首），这种注重空白、沉默的诗学既是一种语言诗学，也可以转化为古典中国的自然诗学，但在世俗国度仍缺少一个人格神的维度，正如第一首生灵的毁灭和第二首个体的出生构成了隐含的对比，张枣语言的灵魂也面临着东西方之间的艰难博弈、对话和冲突，比如，含混地说，处于东方的自然与西方的精神之间。

---

(1) 张枣在给柏桦《左边——毛泽东时代的抒情诗人》所作序文《销魂》中说："我们曾好像在竞赛着什么，凭虚指点，彼此指哪到哪，不甘落步，经一番心灵的遨游，最终有能落实和复原到生命实在的事理中。落实和复原到事理，我坚信诗的最终意义；而给人一种貌似脱离事理的虚无的翻翔之激荡，乃诗艺也。柏桦谦卑地既叫我们飞，又叫我们活在事理中，诗的事理就是生活的事理。"见《左边——毛泽东时代的抒情诗人》，香港牛津大学出版社，2001年版。柏桦与张枣的诗歌方法恰成对照，与柏桦更多凭借感受力的深刻、尖锐、极端对应于事理相比，张枣后期竭力发明出一种偏向于事理的语言逻辑，以将他个人容易挥发的感性容纳其中。

第四首则直接写到由此导致的现代生活和思想的凌乱状况:"凌乱是某种恨,人／假寐在其侧。"既涉及古典性情的修养功夫:"修竹耳畔的神情,青翠叮咛的／格物入门",也涉及时代的错位感、荒谬(第二节)以及无神的悲哀:"假定没有神,//怒马就只是人的姿态的帮凶。／那影子护士来了,那喷泉般的／左撇子,她摆布又摆布,叫//事物湿滑地脱轨,畅美不可言"。这几行诗试联系"物质之影,人们吹拉弹唱／愉悦的列车编织丝绸"(《入夜》),暗示错认本能为宗教体验的虚幻之美,"纳粹先生递来幽会不带钥匙"。

第六首再次发挥了第三首已经提到的内外转化的诗学,但这种转化却是个体语言于心灵内完成的,"独白:我是我的一对花样滑冰者",进一步以男女为喻,暗示"表达的急先锋"与"无法取消虚无的最终造型"之间的对位,也就是语言与现实的对位关系,这首诗和第三首诗一样更关心语言的真实,而组诗中的其他诗在接近语言的真实时,却需要不时借助世界的比喻,当然,它们的目的同样是达到语言和现实的同构。

第七首诗则写到了爱情与表达之间的关系,或者是以爱情的焦虑隐喻语言和存在的双重焦虑:"从图书馆走出,你胖嫩的舌头／开窍于叶苗间。你坐立不安,／在长椅下寻找手帕,发卡,表达。"张枣有可能会想到柏桦的名作《表达》,在表达时表达"表达"的局限:"如果我提问,必将也是某种表达。"(《猫的终结》)另一方面诗人又明白:"月亮正分娩月亮／凌驾于一切表达之上"(《护身符》),现实存在具有难以摧毁的晦涩、康德意义上的崇高和不可表达性,套用一下拉康的说法,对任何真实的接近都会导致诗歌语言结构的坍塌,但这恰好证明诗歌语言内含一种自省的力量,诗人的书写建立在对不可表达性的了悟上,这自然是写诗的根本困境。语言与现实之间的空白(地带)正是诗人的祖国。诗人是人类的舌头。

第八首则以"红苹果"为喻,贯穿起了爱情、肉体和语言:"摘下,来比喻／生人投影于生人,无限循环相遇"。"红苹果"这个词由于承载太多的上下文压力而发生了自我背反,"给你命名就是集全体于一身,虽然／有人从郊外假面舞会归来,打开／冰箱,只见寒灯照彻呻吟的空洞",从"事理"上可以还原为冰箱里红苹果"寒灯照彻"下的

"空洞",但从词语的角度讲,则是由于命名的专制性("集全体于一身")而导致的语言空洞,"于是她求他给不可名的命名。/这神的使者便离去,万般痛苦——/人间的命名可不是颁布死刑?"(《历史与欲望》之《爱尔莎和隐名骑士》)诗人这个"口头上的物质主义者"(瓦莱里语)盼望和语言的相遇:"我和你久久对坐,/红苹果,红苹果,呼唤使你开怀:/那从未被说出过的,得说出来。"这也许表示,诗人是语言的爱人,他呼唤并倾听语言的灵魂;但是同时,也能够展示主体的更新生成和自我存在的多样性,正如同样围绕"红苹果"展开的《第二个回合》:"为了新的替身,/为了最终的差异"。对称于第二首个体的出生,第九首写个体的死亡:"我在大雪中洗着身子,洗着,/我的尸体为我钻木取火";"我在大雪中洗着身子,洗着,大地啊收敛不散的万物。""火"的意象使用、"火"与"水"的对立都和第二首诗呼应,"火焰,扬弃之榜样,本身清凉如水",既涉及自然、万物与转化的主题,也涉及精神、死亡与灵魂的主题:"吹奏,吹奏一只惊魂的紫貂:/短暂啊难忍如一滴热泪","在大雪中洗着身子"当化自《庄子·知北游》"斋戒,疏瀹而心,澡雪而精神"。

第十首也就是最后一首,写到了诗人与远方的关系,并对这首诗的爱情主题、语言主题有一个收束,"诗人,车站成了你的芳邻","诗人,/你命定要躺着,像桥,像碰翻的/碘酒小姐,而诗/仿佛就是你。你的肺腑和疯指/与神游的列车难辨雌雄。幸亏有/远方啊,爱人,捧托起了天灾人祸"。诗人成了事物之间关系的媒介、见证和缘由,"是呀,宝贝,诗歌并非——/来自哪个幽闭,而是/诞生于某种关系中"(《断章》)。对称于第一首中的空难,最后一首诗有绝处逢生的意味,碘酒小姐区别于影子护士和纳粹先生,成为至高安慰的象征。第三首中的语言工作对称于第八首中的语言之爱,而第四首中现实的凌乱与色情对称于第七首回忆中知识与爱的启蒙,第五首中阻隔的清醒对称于第六首中虚无的契合,这些都说明这组诗的不同部分之间有着复杂、多层而又统一的关系。

顾彬谈到了读者对张枣诗歌可能的阅读感受:"我们看到的是那被克制的局部,即每个单独的词,不是可预测的词,而是看上去陌生化了的词,其陌生化效应不是随着文本的递进而削减反而是加深。这些初看似乎是随意排列的生词，其隐秘的统一只有对最耐心的读者才显现。"[1]"隐秘的统一"可以说是张枣诗歌语言的灵魂性质，它至少包含三个含义：其一是语言的形而上学意义，只有它才能打破现时代流行的唯名论的语言一元论（语言本体论）；其二是语言的诗学结构和文本含义；其三才是语言在东西方文化、精神之间的游移，由此我们也知道为什么张枣的诗歌只能表现为语言的灵魂——他并不能也不愿意提供或求助于一个确定的形而上学意义系统，后者在道术为天下裂的情况下极难存留，于是他苦心经营的"元诗"也相应显示出认识论和方法论意味，他本来有术，在超越精神中倾听圣灵的密语，却不幸总是耽溺于世俗世界的自然感兴，最终让他表露出一个现代中国人灵魂的危机、契机和转机："我们到处叩问神迹，却找到偶然的东西"（《断章》）。

三

正如其名所示，《空白练习曲》是一首追求纯形式、纯语言的苦心孤诣之作，具有极为鲜明的现代主义风格："诗歌产生于语言的律动，语言倾听前语言的'音调'而自身则为内容指明道路：内容不再是诗歌的真正基质，而是载体，承载音调制造者及其带有意味的震荡。"[2]这恰好揭示语言的否定性特征，导向"前语言"的灵魂存在。承认"模仿"的古典观念的崇高理想难以企及，并转而强调语言相对于现实的异质性，这样现代诗的命运凸显了出来，现代诗可以再次揭示人类存在的灵魂属性，在语言与现实之外加上不可或缺的第三项——灵魂和灵魂的呼吸，这个做法也有利于改善当代诗的批评惯性。

一封信打开
行云流水在户外猖獗

（1）　［德］顾彬：《综合的心智——张枣诗集〈春秋来信〉译后记》（http://www.douban.com/group/topic/11967412/）。
（2）　［德］胡戈·弗里德里希：《现代诗歌的结构：19世纪中期至20世纪中期的抒情诗》（李双志译），译林出版社，2010年版，第38页。

一封信打开

　　我咀嚼着某些黑暗

　　另一封信打开

　　皓月当空

　　另一封信打开后喊

　　死,是一件真事情

　　　　　——《哀歌》

在语言与现实的关系上,《哀歌》通过一连串的排比逐渐接近真相:这首诗的语言本身是一种死亡的呼喊,它意味着现实被压抑的另一面。抑或说,死亡是对语言与世界关系的一个隐喻,语言的存在本身就是事物在时间中不断丧失的证明,于是语言就成为对现实的哀悼,与现实的黑暗属性具有一种同源关系:"我咀嚼着某种黑暗。"在对死亡的报道方面,张枣仿佛觉得诗歌比新闻更义不容辞,当然,是以含蓄的隐喻的方式。更重要的是,死之预感、交谈和记忆成了他诗歌的基本内容,这形成了他诗歌的哀歌品质,《跟茨维塔伊娃的对话》应属这方面的力作,更早的《卡夫卡致菲丽丝》则以爱情的忧郁来隐喻历史的无能、启示的缺失与神性的隐匿,这首诗也是哀歌的一种变体。《历史与欲望》则直接写到了爱之死和死之爱,更具有一种巴洛克式的镶嵌画般的哀歌效果,这也符合哀歌表达混合情感的体裁特征。[1]如果说张枣在少年时就痛苦于事物的易逝和时间的不可逆,于

---

(1) "所谓混合情感,也就是说,是那种已经多少为我们复原的生存欲望所节缓的哀恸之情。"转引自里尔克《杜伊诺哀歌》,刘浩明译,辽宁教育出版社2005年版,第34页"导言"部分。钟鸣在他那篇洋溢着知音式愉悦美感的《笼子里的鸟儿与笼子外的俄耳甫斯》中曾记,张枣故意回避了里尔克而靠近卡夫卡,其实钟鸣是以和张枣同样迂曲的方式回避和谈论里尔克:里尔克之于张枣意义非凡,不能忽视里尔克后期的《献给俄耳甫斯的十四行诗》与《杜伊诺哀歌》对张枣的意义。汉语诗歌中很难实现多维度的《杜伊诺哀歌》推论甚或理性塑造的庄严气势(同时不失视觉的精微),但历史的哀歌却可以在汉语"十四行诗"里形神俱在(同时灵活善变)。如果打一个不恰当的比方,张枣就像一个冯至(在十四行诗中)化了的卞之琳(在20世纪30年代)——与卞之琳满足于多重的相对相比,张枣执拗于对立的转化——在语言方面精于一种深隐、细小但暗中分裂的编织,而在精神上仍执着于变形、内在转化以及朝向神秘,另外,歌德也非常重视变形、驯服魔鬼以及在老年变得神秘的思想。张枣诗歌中带有喜剧色彩的"中间"人物形象,比如《而立之年》中的"小阿飞"、《祖母》中的"小偷"、《空白练习曲》中的"官员"与《跟茨维塔伊娃的对话》中的"上司"都和这种内向转化的思想有关,它们同时也暗含着转化的困难和诗艺的孤立。

壮丽的词句后隐藏一种达观的欢悦，灵魂在飘浮的语言面前也始终保持高高在上的优游的气度，那么在经过同代人和历史中死亡的重创之后，他只能在对语言空白的祈祷中触摸到语言的灵魂，并进而在自然之眼的谛视下触摸社会隐秘的灵魂。

看看我的世界吧，这些剪纸，这些贴花
懒洋洋的假东西；哦，让我死吧！
——《海底被囚的魔王》

别人死后我宁可做那个摆渡人
——《伞》

死者的微调摸索我：好一个正午！
——《一个诗人的正午》

猫会死，可现实一望无垠，
磋之来世，在眼前，展开，恰如这世界。
——《猫的终结》

"死"在张枣诗歌中比比皆是，可能也是他最为引人注目的一个词。在张枣的用法中，"让我死吧"等于"让我存在"，"死"获得了"存在／是"的哲学含义："我死掉了死——真的，死是什么？／死就像别人的人死了一样。"（《德国士兵雪曼斯基的死刑》）"我已经死了，我／死掉了死，并且还//带走了那正被我看见的一切"（《死囚与道路》），"她便杀掉死蹇进生的真实里"（《历史与欲望》之《罗密欧与朱丽叶》）。张枣提供了一个堪与悠久的"生生"媲美并且对抗的"死死"，更倾向于西方形而上学本体论的存在哲学，能够证明这一点的是："死掉死"中"死"的用法模仿了西语语法中"存在"或"是"（Sein／sein 或 being／to be）的用法，但都意指"存在者的存在"。"死掉死"是一种冲撞汉语语法边界的极端表达。对西语语法的借鉴在近世已很普遍，也的确改变了汉语的思想和美学属性，如果我们觉得汉语的哲学品格要通过它的审美实践来证明，那么很显然张枣也将存在的学问——假道人的生存和经验领域，艺术化或诗意化了，转变为存在之诗。而同时，死亡也成为对艺术的隐喻，与"我的世界""懒洋洋的假东西"相对。《猫的终结》中说得更为清楚：猫与海底被囚的魔王一样都是诗人的象征，"忍受遥远，独特和不屈，猫死去"，而"磋之来世"则意味着语言和艺术的修炼，诗曰："有斐君子，如切如磋，如琢如磨。""磋之"这个词表明了张枣对诗艺的严肃态度，既有存在之理的诗意化，也有诗的哲理化。张枣在诗歌语言里也完成了对来世的想象，"我"拥有不同化身，"死者的微调摸索我：好一个正午！"微调（diao／tiao）的两种读音表明，正是摸索中的"化身"造成了张枣诗歌声音的微弱和不易辨认，即使这个"化身"显现为一个"他者"，一个历史中的人物："他的影子在预告一朵中世纪的云，／那下面，我是诡谲橹舰上的苦役。"（《一个诗人的正午》）张枣诗歌中频繁的人称转换也许正源于此。也就是在上述意义上，《伞》中感叹："多少词，将与我终身绝缘"，"这儿，这乌有之乡，该有一片雨景／撑开吧。生活啊，快递给我的手"，点明了人的存在的两重性，而诗人则自觉要做冥界之河的摆渡者。

　　除了存在论的意义，张枣的灵魂诗学也有一种历史的意义，而牵涉国家、时代和流亡诸多主题，与政治流亡也许有所不同，更多是内心与文化甚至灵魂的流亡，这些在《跟茨维塔伊娃的对话》中有集中表现。《跟茨维塔伊娃的对话》发展了在《卡夫卡致菲丽丝》中的哀歌主题。《卡夫卡致菲丽丝》中"爱的忧郁"还被包裹在宗教和形而上学里（见《卡夫卡致菲丽丝》和卡夫卡日记中有关神、魔鬼和天使的论题），而《跟茨维塔伊娃的对话》则直接成为历史的哀歌、时代的哀歌。而与它们相比，《空白练习曲》更多属于"元诗结构"的练习，"课虚无以责有，叩寂寞而求音"（陆机《文赋》）。《跟茨维塔伊娃的对话》也具有"诗歌的形而上学"含义，但因与历史纠缠在一起，最大限度地体现了中国诗人潜意识当中的哀歌性，同时也可以唤醒古典诗歌中遭到儒家正统诗学压抑的另一面——在"美刺"之外其实还有一个（如《楚辞》中的祈神）"幽灵学"的传统。

　　　　人周围的事物，人并不能解释；

为何可见的刀片会夺走魂灵？
两者有何关系？绳索，鹅卵石，
自己，每件小东西，皆能索命，
人造的世界，是个纯粹的敌人，
空缺的花影愤怒地喝彩四壁，
使你害怕，我常常想，不是人
更不是你本身，勾销了你的形体；
而是这些弹簧般的物品，窜出，
整个封杀了眼睛的居所，逼迫
你喊：外面啊外面，总在别处！
甚至死也只是衔接了这场漂泊。

无根的电梯，谁上下玩弄着按钮？
我最怕自己是自己唯一的出口。
　　　——《跟茨维塔伊娃的对话》之九

　　开头就写到了灵魂令人惊讶的性质，它与周围的事物既亲密又疏离，但是正是现代"乌托邦"里的死亡，让人无法忍受一个没有灵魂的世界，这让诸如此类的——"一个针尖上站着多少天使？"——中世纪学术命题变成绝妙的寓言。灵魂与周围的事物、与小东西的对立因素，正好对应着社会政治领域的对立因素，"人造的世界，是个纯粹的敌人"，但接着说，"我常常想，不是人，／更不是你本身，勾销了你的形体"，诗人的目光从政治的对立上悄然移开，正是此际包含了全部历史生存的紧张，因为牵涉对待历史暴力、历史牺牲的态度："真的，语言就是世界，而世界／并不用语言来宽恕。／哎，恨的岁月，褴褛的语言，／我还要忍受你多久？"（《德国士兵雪曼斯基的死刑》）诗人知道，宽恕的命题和救赎的命题同样艰涩，宽恕之难不也反证和质询了救赎之难吗？更可怕的，不管怎样，两个难题几乎都意味着历史的无能和循环。于是可以明白，正是这些"人周围的事物""小东西""弹簧般的物品"铭刻着人类的记忆，和灵魂一样脆弱，但却是求证灵魂和人类存在的唯一渠道；而同时，这些"物品"也是现代技术管理（官僚）器物制度的遗留，具有一种在神魔之间模棱两可的变异性。而十四行诗结尾的"对句"："无根的电梯，谁上下玩弄着按钮？／我最怕自己是自己唯一的出口"，就成为对"历史谬误"中生命体验的悲剧"净化"的"空无"的悼念。如果说存在着一种灵魂与"物"的对置，这并非哲学上的陈词滥调，而是经由历史记忆完成的诗学辩证，甚至可以说存在着一种"物的记忆"，而诗人从"政治的对立"上移开目光，也不是从历史向冰冷之物的逃逸，而是自觉让语言成为灵魂的工具。"外面"仿佛与"眼睛的居所"相对，但又是"眼睛的居所"的延伸，这是在强调语言的灵视能力。"甚至死也只是衔接了这场漂泊"，死亡也是流亡的继续，这里对流亡主题的大胆书写是：漂泊与回归都不过是灵魂转世的记忆。值得注意的是，张枣在《祖国丛书》和《祖国》里还将漂泊主题情欲化了。——结尾又以悖论的方式写到了死亡，写到了生与死的差异和同一。死亡和灵魂主题之所以这么重要，乃是由于20世纪以降历史中的暴力与牺牲，也就是在这个意义上，张枣和茨维塔伊娃、和卡夫卡、和他翻译的勒内·夏尔构成了真正的对话关系，抑或说拓展了张枣对话诗学的生存视野：

  灵魂与那些被敌人虏去的词语粗暴地结合，这种保外假释只是暂时的。
  那些讨厌的家伙总是在不停地作同样的角斗；名无实，或实无名。那缺席者会来打断吗？我就是那缺席者，决不会第二次让人看见。
——勒内·夏尔《泪水沉沉》，张枣译[1]

  在貌似"晦涩"其实精确无比的诗歌里，隐藏着诗人对社会和历史生活的深刻洞察，后者相对于诗人的语言来说只能含有一种有限的真实：尤其，诗歌的"更高真实"（哲人的论辩）对社会历史的残酷真相来说更有吸引力，却同时无法抵达，虽然社会历史的进程和未来有时也会被诗歌美化为乌托邦，但只有诗歌语言自身才是"所指的乌托

---

[1] 张枣：《春秋来信》，第172、174页。

邦",也就永远不会令人失望。因而与其说语言解放("灵魂……结合")是"社会解放"的前提,不如说对这样的诗歌的阅读是一种"保外假释";也就是说,阅读也成了无效的革命活动,这样说是因为要将语言与行动的关系考虑进来。作为行动者(曾经指挥战斗)的夏尔让这句诗的意义含混无比,它具有两个指向:无论是静止态的社会还是静止态的语言都是一个牢狱;应该承认,"粗暴"是作为对行动(或"改写"的书写行为)的高歌出现的。而除了作为行动者的诗人形象,还应该有作为巫觋的诗人形象;社会运动之外的语言运动("语言斗争"),就是上引《泪水沉沉》第二句诗的关注点;第一句诗可以表明,"被敌人掳去的词语"也是诗人的词语;而如果说诗人是缺席者,诗人的语言也就相应成为缺席者的语言。张枣显然更为符合巫觋这一种诗人形象,最好的情况是,作为行动者的诗人形象内在于作为巫觋的诗人形象。张枣有时就像从天堂之梦中醒来,手上只剩下一朵玫瑰花;有时又像从地下旅行归来,述说有关地狱的悲伤的知识。他不断模仿死人说话,假想自己是一个死人,这在他也许是一种恐怖的甜蜜,但在一个瞬间很难分清这是活人在模仿死人还是死人在模仿活人,如果他要帮那些死去的人打官司,那也得冥王——过于古远了——邀请才行,而现代法官身边显然不会配置一个被替死鬼(缺席者)附身的巫觋……张枣害怕的或者想要说的是,那个灵魂可能就是我们自己。

四

张枣对命名的否定性理解,促使他去书写历史的哀歌,正如《跟茨维塔伊娃的对话》全诗结尾说:"对吗,诗这样,流浪汉手风琴/那样?丰收的喀秋莎把我引到/我正在的地点:全世界的脚步,/暂停!对吗?该怎样说:'不'!?""不"在他的诗歌里比比皆是,构成他诗歌的机密,哪怕在他为数不多的颂诗里也是如此,如写给两岁儿子的组诗《云》中说"地心下脚手架上,人有个替身——//那儿,那背上刺着'不'的人,/饕餮昏暗的引力,嘴角/流淌着事件:明天的播音员",显然意指一种超出个体的守护天使般的灵魂存在,甚至在这里，它也具有生命赐予、毁灭和循环的多重含义。张枣的特殊难题在于，如何将极具颓废色彩的"厌世"的否定转化为肯定，将悲剧体验转化为命名的欢欣，在这方面他表现出了倾向于"调鼎和味"、向往"中和"甚至"汉语之甜"（张枣语）的美学努力，仿佛中国诗人天然是语言的厨师："厨师极端地把／头颅伸到窗外，菜谱冻成了一座桥，／通向死不相认的田野。他听呀听呀：／果真，有人在做这道菜，并把／这香喷喷的诱饵摆进暗夜的后院。／有两声'不'字奔走在时代的虚构中，／像两个舌头的小野兽，冒着热气／在冰封的河面，扭打成一团……"（《厨师》）。

《厨师》这首诗和《护身符》有一种同构关系，但在"不"的辩证之外，又带入了味和无味的辩证，味是美学趣味、个人品位，无味是有机生命体的消亡，但又是"韵味的消失"，按照本雅明的说法是现代诗的特征之一。韵味已消隐在词语的偶然遇合当中，"那儿，／那儿，时代总是重复这样的絮语：／说，'没有我'：／——好，没有你。／不，说'没有你'：／——好，没有我。"（《骰子》）这里在场与缺席的互证演出的仍然是灵魂的戏剧，在个人自由（包括写作的自由）与"时代精神"之间。《而立之年》临近末尾则有更动人的说法："我祷告的笔正等着我志在四方的真实儿女，"可以看成对个人与时代不可能的和解的美好幻想，这一点可以在这首诗的结尾部分得到印证。《太平洋上，小岛国》改写了一个关于灵魂的寓言："她说，她在等她的灵魂赶上来呢。／／那鹦鹉说，这就是她走路的习惯。"《湘君》艰难地回忆起一个形象，充满了幻觉，但最终认同了死者："哪个胖姐？哪个？我在你脸上搜找着。／我印象里怎么完全没有这个人呢？／我着急地问，我着急地望着／咖啡杯底那些迭起如歌的漩涡，／／那些浩大烟波里从善如流的死者。"

"浩大烟波里从善如流的死者"，这个词组也可以用来形容张枣自身。他将海德格尔的"向死而生"改写成了特别中国化的"从善如流"，也即个体生命的虔敬与柔顺，不限于世俗生存的经验局限，而能够预知天命、参与造化。这同时也构成了他的诗歌事业的顶点。张枣提醒他同时代的诗人，在对里尔克的"经验"的理解中是不是出现了偏差：也许，经验只是诗歌的起点而不是终点。张枣也偶尔使用"叙事"

这一"权宜之计",但着力提升其诗意内涵。实际上,他一直注意"叙事"与抒情之间的配比,《在夜莺婉转的英格兰,一个德国间谍的爱与死》是一个尝试,同类题材的《德国士兵雪曼斯基的死刑》则既是叙事诗,也是完美的抒情诗。全诗由对雪曼斯基心理声音的戏拟(戏剧性独白)构成,可以看成雪曼斯基临刑前的回忆,也正因为这样的回溯视角,让其超越了经验的琐碎庸常,在中国当代诗中流行的"反诗意"的"叙事"中脱颖而出。比如,它这样写雪曼斯基与俄国姑娘的爱情:"卡佳的腋下有点狐臭,跟我一样/但不要紧;通夜,明月/热乎乎地在我们身上嬉戏。/我们第一次的身体/不是像两个词汇,碰了,变成成语?"试比较保罗·策兰的诗:"哪里燃烧着一个词,为我俩做证?"当代诗中的"叙述"难以完成《奥德赛》式的理想,并且不无可惜地"抵制"后者的"宏大叙述"。在一个相反的方向上,张枣提示了平庸叙事之外的可能,以一种"智性抒情"的方式,提示语言与灵魂记忆相关联的形而上学力量。

> 马勒又说,是的,黄浦公园也是一种真实,
> 但没有幻觉的对位法我们就不能把握它。
> ——《大地之歌》第六章

"幻觉的对位法"是张枣诗歌方法论的精髓,在唯物主义的强势话语下,也是一种能够自我辩护的诗意表达和诗学法则。《西湖梦》《边缘》《父亲》《看不见的鸦片战争》可以说是"幻觉的对位"的典型,比如《看不见的鸦片战争》以"晦涩"的语言对应了历史的玄奥:"这时,假如你碰巧从云中/往下看,一定能证实大地满是难言的图案。"《西湖梦》好不容易才将文学知识和"幻觉"中的"西湖"与西湖自身协调起来:"泪的分币花光了,而泪之外竟有一个/像那个西湖一样热泪盈眶的西湖,/黎明般将你旋转起来。""诗,干着活儿,如手艺,其结果/是一件件静物,对称于人之境"(《跟茨维塔伊娃的对话》之二),则是张枣对其诗歌理想的想象的圆满化,"窗下经过的邮差以为我是我的肖像"(《春秋来信》),本来是一个工作的"肖像",但也夸张地暗含着对诗人肖像的"圣像化"处理。

张枣的极端正好揭示和暴露了词语的异质性,语言的完成不等于生活的完成,但要承认,其诗学动力正来自语言和生活紧张的互动。"人,完蛋了,如果词的传诵,／不像蝴蝶,将花的血脉震悚。"(《跟茨维塔伊娃的对话》之三),可以认为是对米歇尔·福柯式的解构语言学的"人之死"的反讽,[1]同时这种反讽又指向诗人的语言工作自身,"词,不是物,这点必须搞清楚,因为首先得生活有趣的生活"(《跟茨维塔伊娃的对话》之八),则更多在强调语言的不满、辩驳和唤醒力量。

而当他试图突破自设的格局,结果非常意外,他是在向着颂歌的肯定变形。《到江南去》已初露端倪,"你,奥尔弗斯主义者,你还会／返回吗?""对,到江南去!／解开人身上多年来的死结","奥尔弗斯主义者"这个称谓再次点明了张枣的灵魂主义。张枣的颂歌不仅是"对语言的赞颂",更表现为一种基于匮乏感的召唤,有时,它和哀歌只有一步之遥,但它对现实的召唤表明它的颂歌成分更多。抑或说,哀歌在气质上较为内向,颂歌则较为外向。颂歌更多表现为对灵魂题中应有之义的公平、正义和善的追求,这就不光指向个人的心灵,还指向外部世界的完善。可以看到,张枣一贯朝向幻美的诗歌造境,却在这里表现出了它的伦理关注:

---

(1) 将词与物、词和人的关系,比喻为"蝴蝶"与"花"的关系,这种对词语"效用"的期待已远远超出了符号学分析,而是直接要求符号指涉的终止,并且由于触及语言和行动,也就是现实世界的"临界点"而引人深思,正是在语言终结处出现了神秘的难以理解的东西,张枣对这个东西感兴趣,就必须首先得他的语言才华以简约的形式挥霍完毕。张枣曾经表达过他对西方式的词与物关系的不满足,[张枣在给钟鸣的一封信中说:"……我只想在这儿从'学术'一词提示中西的一个本质区别:一是'言志'的,重抒发表述(expression),一是源于古希腊的模仿(mimesis),重再现,重与客观现实的对应。我的诗一直想超越这两者,但我说不清楚是怎样进行的。或许这是不可能的,我如人不可能超越任何生存方式,但欲去超越的冒险给予我的诗歌基本的灵感。说不清楚,因为这本身是一个极大的先语言现象。"转引自钟鸣《笼子里的鸟儿和笼子外的俄耳甫斯》,见钟鸣著《秋天的戏剧》,学林出版社,2002年版,第57页。]福柯借助于语言批判宣称的"人之死"或"人的终结"也算是它一个暂时的"荒谬"的顶峰:"人是近期的发明。并且正接近其终点。……人将被抹去,如同大海边沙地上的一张脸。"(福柯:《词与物:人文科学考古学》(莫伟民译),上海三联书店,2001年版,第506页。)可以认为,让张枣不满足甚至发出"警告"的正是这一点,张枣无疑想脱离语言对人的限定,但是他只能找到"一种神秘的难以理解的东西",这种东西当然又只能是人,看来,必须说,词之生乃我之死,我之生乃词之死。张枣的这一"决断"不一定就让他走向中国古典的词与物的关系,只是在"乐生"的空气里稍微活跃一点而已;很难说张枣有兴趣发明悖论,但他诗歌语言的晦暗和难以界定的性质,他最终得到的玄秘,可能也正好是人的存在的属性。

是呀，我们得仰仗每一台吊车，它恐龙般的

骨节爱我们而不会让我们的害怕像

失手的号音那样滑溜在头皮之上；

如果一班人开会学文件，戒备森严，门窗紧闭，

我们得知道他们究竟说了我们什么；

我们得有一个"不"的按钮，装在伞把上；

我们得有一部好法典，像

田纳西的山顶上有一只瓮；

而这一切，

这一切，正如马勒说的，还远远不够。

——《大地之歌》第六章

诗行中出现了中国"现代化"进程中的大量"意象"："吊车"代表的"都市化"，"开会学文件"代表的"政治变革"，"伞把"代表的"日常生活"与"'不'的按钮"代表的"生命智慧"。"我们得有一部好法典，像／田纳西的山顶上有一只瓮"，将一部"好法典"与"田纳西的瓮"（华莱士·史蒂文斯的名诗）并列，也就将现实秩序与语言秩序并列起来。这个"奇喻"将现实与语言的紧张关系暴露无遗。诗歌表现出了质询社会意识形态的强烈的"介入"愿望，但同时又对自己的"立法冲动"进行节制，"这一切……还远远不够"对"政治之诗"和"社会之诗"，张枣的态度是它们不能提供"至高的安慰"，"不够"这两个字回荡在《大地之歌》整首诗中。

还不足以保证南京路不进出轨道，不足以阻止

　我们看着看着电扇旋闪一下子忘了

　自己的姓名，坐着呆想了好几秒，比

　文明还长的好几秒，直到中午和街景，隔壁

　保姆的安徽口音，放大的米粒，洁水器，

　小学生的广播操，刹车，蝴蝶，突然

　归还原位：一切都似乎既在这儿，

又在

飞啊。

鹤，
不只是这与那，而是
一切跟一切都相关；
　　　　——《大地之歌》第六章

紧接着的诗行就从"对现实的质询"上移开了目光，现实的不完善不意味着主体心灵要放弃追求自我完善，而且，主体心灵在面对政治的"治心术"时总是会遭遇种种意外。"忘了自己的姓名，坐着呆想了好几秒"就属于心灵的意外时刻，这也是被从社会客观放逐出去的时刻，但却是"比文明还长的好几秒"。"这几秒"折射出诗歌的伟大抱负，诗歌对文明的复杂态度，而最后则是诗歌对文明的追求，[1]一如人们所说的，诗歌成了文明的代表。它提醒人们：存在着一种"超越政治的心灵"。这也就可以理解为何张枣后期诗歌中屡屡出现"鹤"这一中国古典士人钟爱的意象，它是一种"多向度的透明"——"我们得发明宽敞，双面的清洁和多向度的／透明，一如鹤的内心"是一种多维度的存在——"鹤之眼：里面储存了多少张有待冲洗的底片啊！"（《大地之歌》）

必须承认，当代诗人大声疾呼的"向历史跌落"，其源头不在于对生活世界的抚触，而在于对行为世界的疏离：一个行动的世界无可挽回地远去了。以谈论历史的方式谈论行动，谈论行动的无能和窒闷，

---

[1] 华莱士·史蒂文斯在其《必要的天使》中引用怀特海（Alfred North Whitehead）的一段话："……哲学的目的是将神秘主义合理化。哲学类似于诗歌，两者都寻求表达那种终极的良好意义，我们称之为文明。"在这段话之前，史蒂文斯说："想象作为他（指诗人，引者按）内心的一种力量，要拥有如此一种深入现实的洞见，使得他作为诗人足以处于意识正中心成为可能。这导致，或应该导致，一种中心的诗歌。"在引用怀特海的话之后，史蒂文斯又说："……有足够的并且超出足够的事情，与面对我们并且直接关系到我们的东西有关，而在作为一种艺术的诗歌之中，以及，就此而言，在任何艺术之中，中心难题永远是现实的难题，中心路线的信徒也首先是神秘主义者。但他们的全部欲望和他们的全部野心，是从神秘主义推向我们称之为文明的那种终极的良好意义。"从"现实"（"足够"："面对我们并且直接关系到我们"）（经由"神秘主义"）到"文明"（"超出足够"）的跃升，也应该是张枣"这一切……还远远不够"的真正含义。以上所引见《最高虚构笔记——史蒂文斯诗文集》（陈东飚、张枣译），华东师范大学出版社，2009年版，第358—359页。

也是当代诗批评的习惯之一：决不反悔地坚持对行为世界的隐喻，对历史（和历史行动）的想象性居有和"无功利"的审美。而仍然耽溺于语言，则无异于自弃，因为只有当语言消亡，当诗人不在，才会真正迎来行动。如果这个说法有点刻薄，那也是因为照见了诗人的命运：诗人既居于这个世界，也居于语言之内。只有先了悟"语言与行动"的"分离"，才可以奢谈"语言与存在"的"同一"。然而何其难哉！一个"便宜"的解决办法是，将"行动"同样看作现实世界的一部分，于是就可以发现，语言与现实的关系是根本的，并且具有"哲理"的含义。张枣的诗歌无异遵循了这一路径，从"相对"的历史向着"绝对"的"诗歌之理"（诗歌的哲理化与"合理化"）挺进，也就是像史蒂文斯理解的那样诗歌"更靠近于哲学"而处于人类"意识的中心"，虽然诗歌必须使用历史的"材料"并加以表现。诗歌的"最高虚构"要求转化人类的"一切经验"。

> 真实的底蕴是那虚构的另一个，
> 他不在此地，这月亮的对应者，
> 不在乡间酒吧，像现在没有我——
> 一杯酒被匿名地啜饮着，而景色
> 的格局竟为之一变。满载着时空，
> 饮酒者过桥，他愕然回望自己
> 仍滞留对岸，满口吟哦。某种
> 悲天悯人的情怀，和变革之计
> 使他的步伐配制出世界的轻盈。
> 大人先生，你瞧，遍地的月影……
> ——《跟茨维塔伊娃的对话》之十

由于和诗人形象、诗人主题密切相关[1]，这首诗有不少对诗歌之

---

(1) "第二首的'万古愁'首次暗示诗人和李白的认同；这个词组在第十一首里再次出现，而第十首里的'饮酒者'和'月亮的对应者'隐射李白'与尔同销万古愁'的豪放与捞月的传奇。"见奚密《从边缘出发——现代汉诗的另类传统》，广东人民出版社，2000年版，第116—117页。奚密颇有分寸地解读了整组《跟茨维塔伊娃的对话》，见该书第114—120页。

理的探讨。它将史蒂文斯式对虚构的认知和中国古典诗意的幻境结合了起来,"饮酒者过桥,他愕然回望自己/仍滞留对岸,满口吟哦"表明诗人张枣在考虑"羽化登仙"。"变革之计"则不光氤氲于中国古典诗人的政治直觉之中,而且也是新文学为自己设定的政治目标之一,不管张枣的虚构意志有多么绝对,他也不能完全与之脱离关系。这种"悲天悯人的情怀"在今天突然冒出来是如此感人——《大地之歌》的主题之一就是"如何重建我们的大上海,这是一个大难题"——但张枣的卓异不凡之处,还在于他对某种绝对的诗歌之理的尝试,也就是他对诗歌自身存在理由的回答。他更愿意在与各种意识形态话语的交锋中谋求诗歌语言的独立。在中国诗人集体向历史跌落的过程中,张枣想要建立一种诗歌的绝对统治,一种诗歌的宗教,这使他显得像一个异类。如何从历史走向宏大的诗歌想象,让诗歌之理容纳世界之理而构成一种综合的智慧形态,是中国诗人面临的一个难题,而诗歌的哲学化也许是一个必由之路。[1]正如吉奥乔·阿甘本在论述但丁的《神曲》时所说:"在堕落之前,人类语言不可能是悲剧的;而在堕落之前,人类语言不可能是喜剧的。"[2]张枣向着颂歌的变化也表现出抵御悲剧的力量,神学的堕落展示为历史的悲剧;他甚至以绝对的语言灵魂的面目出现,提醒我们对生存保持信心,从历史的哀歌转向对未来的过去的颂歌,就像《大地之歌》末尾所写,可能和希望主题有关:"并且警示:仍有一种至高无上……"■

(1) 如果说一百年来中国新诗的内容只是"生存的忧虑",这在一个灾难深重的国家也许并不意外,也许正像有人说的那样,中国诗歌一百年来提供的只是"情感的慰藉"。要改变这种状况,就要求诗歌自觉去占据哲学的位置,真正成为种族和文明意识的中心。这需要文明转变的机缘,但却并非不可能。但丁是这方面一个伟大的典范,同样是在一个分崩离析的时代:"……他与哲学家有着决定性的关联,因为他一个人能撼动所有的国家、教导同胞的品位、为他们的情感重新指明方向、吸引他们在不觉中默认他希望带给人们的美与和谐的想象。这是一项庞大的使命;它需要的是一种特殊的诗,这种诗通过在四分五裂的基督教世界的破碎的肢体中建立和锻造出统一的意见,来破除偏见。那个时代的逻辑矛盾,哲学化的诗,成为一件利器,借着它,诗人就像为立法者立法的人一样,去引发一场精神革命,这革命要做的,就是将新的生命力注入帝国统治的空壳里。"福廷《乌托邦:但丁的喜剧》,见《古典诗文绎读(下):西学卷—古代编》(刘小枫选编),华夏出版社,2008年版,第481页。

(2) Giorgio Agamben, *The End of the Poem : Studies in Poetics*, Stanford University Press, 1999, p.10.

化欧化古的当代汉语诗艺　张枣研究集

一

从诗人张枣离世后陆续公布的一些传记材料来看,张枣少年时代的最初习作,似乎起步于古体诗词,虽然技艺不免青涩和幼稚,却足以表明它们的少年作者,曾经是一位唐诗宋词的沉迷者。[1]这也难怪,人们在痛惜诗人过早离世的时候,媒体和读者一时间都会不约而同地争相诵读起他《镜中》的句子:

只要想到一生中后悔的事,
梅花便落满了南山。

这的确是一首诗境中明显化合了古典情致的诗作,内敛、静谧的注视,神秘的联想和幻觉,有什么东西急欲说出,却又终于没有说出,虽然说不清楚诗境的寓意究竟是什么,却可以直接触摸到那种令人诵读之后低徊不忍离去的绵密情愫和淡淡忧伤,是古典情怀与不可重复的青春期写作冲动之间,所达成的一次出神入化的组合。

但其实,像这样的,无疑有着精湛的古典诗学素养做底子的写作,

---

(1) 《鹤之眼》,见颜炼军编《张枣的诗》(代后记),人民文学出版社,2000年7月版。

在张枣的诗人生涯中，持续的时间并不长，基本上属于他步入新诗写作初始的学艺阶段。所以我不免担心，像人们尤其是媒体所热衷的那种对《镜中》的过分渲染，很可能是在好心办坏事，因为极有可能致使读者误以为这首诗或者这一类的诗就是张枣的全部，或者误以为这样的诗才是张枣的书写中最值得关注的部分，最能见出张枣之于中国当代诗歌的贡献。而事实上，这很可能是在把张枣的读者引向并不足以真正体现他的诗艺和精神水准的地方，不仅无助于人们对张枣意义的逼近和抵达，反而还会在无形中限制和取消了它。

张枣耽嗜古典的时间持续得并不很长，这一方面当然是源于他的出国，中国古典诗意得以萦回、繁衍的那种特定的物质和精神土壤，随时空的巨大阻隔而渐行渐远；另一方面，由此而来，也是最主要的，是张枣对诗意诗性的看法，其实后来已经有了很大的调整。

古典诗意所背倚的，是一个千年诗歌传统和诗学规范，诗意的生成，早已形成了它自身的典范和惯例，越来越成为人们在写作和阅读时，理所当然地、不由自主地便会予以循守的模板和期待的视野，以致这样的写作和阅读，越来越不可避免地成为一种永无尽头的复制和衍生。你只能明显地看到一种量的积累，但却很难见到某种质的突破，或者说，往往见到的多是在平面上的扩展，而少见有那种纵深度上的提升和深入。陈石遗（衍）《石遗室诗话》谈及晚清同光诗巨擘陈伯严（三立）散原老人的诗，就说他学宗黄山谷，本为世所习知，但其"生涩处，与薛士龙（季宣）绝似，无人知者……然辛亥乱后，则诗体一变，参错于杜（甫）、梅（尧臣）、黄（山谷）、陈（后山）间矣"[1]。你看，前后左右的，全都已经有典范确立在那儿了，套用鲁迅《野草》里"无所逃于天地之间"的话来说，陈伯严简直是无所逃于天地间既有诗人和他们所经营、确立的诗学范式之间了。而越到后来，这样的古典诗甚至在语言上都因为陈陈相因而失去了起码的肌理和张力，自然更不用说，与诗的本源，与积极应对、解决真实的世界、人生的问题及其困难，以及与此直接相关的种种深刻的生命体验，越来越不沾边。

1986年初夏，张枣远赴德国，同年11月13日写于德国Hünfeid（欣

（1） 陈衍：《石遗室诗话》卷十四，见张寅彭主编《民国诗话丛编》（第一册），上海书店出版社，2002年版，第204页。

费尔德)的《刺客之歌》,里边自然投射进了初来乍到异邦他乡的张枣的那份心理体验。《刺客之歌》采用的依然是一个古意盎然的框架,诗题本身便足以牵惹起我们对韩非子所说的"儒以文乱法,侠以武犯禁"(见《韩非子·五蠹》篇)的春秋战国时代的联想,以及对活跃在那个时代的、有着"风萧萧兮易水寒,壮士一去兮不复还"式的侠义风骨的烈士风范的缅怀。但其实,张枣的这首诗,既可以读作他在向古典致敬,也可以读作他在与古典作别。

该诗一共四节,每节均为四行,作为节与节之间的区隔标志,则是定时、复沓地插入的这样两行"直接引语":

历史的墙上挂着矛和盾
另一张脸在下面走动

就好比某段急转直下趋于骤急的乐曲中,不时重复地响起在你耳边的低沉的定音鼓声,不由分说地在你心里陡然引发某种莫名的急迫、紧张和焦虑。那么诗中的这句直接引语,到底是谁在说,又是在说给谁听呢?显然,不是当事人"刺客"在说,也绝不像是"刺客"愿意赴汤蹈火为之效命的那个刺杀行动的指使者"太子"在说,而应该是一个超然在诗所指涉的那段历史之外的,但同时又是洞悉整个历史事件的真实性质的"隐身"人在说话,是"他"在对诗中那个时代以及活跃在那个事件中的人物提出规诫和忠告。这规诫和忠告,当然是为诗中所抒写的那些人物所听不到的,唯有时隔千年之后的我们这样的读者方有可能听到。那么说白了,这无非是超然于历史之上的隐身抒写人特意说给我们听的,是他对于这一历史事件的性质及其意义的一个评价。

由于"隐身"抒写人所给出的对"历史"的这样的评价,"历史"的意义便在张枣的诗中开始出现了某种微妙的逆转。如果说在张枣此前的诗作中,譬如《镜中》,譬如《何人斯》,再譬如《十月之水》,"历史"是与人相互扶持、相映成趣,可以让人无条件认同、归趋,即一旦与它有了关联,身心便会获得某种安顿下来的感觉,属于价值的温柔乡或者意义的乌托邦之类的东西,那么现在的情形就不同了,它已经变成了一个可疑的所在，一个自相矛盾的纠结体，并且一点儿都不会令人感到放松，相反，却会让人愈加为之焦虑甚至惊悸，即成了遍布陷阱和充满畏途的所在。"刺客"在它的面前所流露出的神色，显然更多的是不安和踟蹰，似乎随时都在准备弃它而去。

明眼人几乎一眼就能看出，这首诗明显地不同于我们所熟谙的那种偏重于感性、性情和趣味的所谓古典的路数，它不再是耽于玄思的，因而显得迷离惝恍和情致绵绵，而是换了个骇人的外表，与其说它是用某种足以引起"震惊"的效果，取代了那种风流蕴藉的古典的美感典范，毋宁说，它是在摆脱这样一种古典诗意的诱惑。

"刺客"的境遇作为一个隐喻，实际上提示了诗人当时的某种实际处境。在真正进入世界（与这个世界相比，我们之前的生活都只是"地方性"的）之后，你会突然发现，自己原以为已经完全安顿好了自己在这个世界上的秩序以及自己身内的秩序，其实根本不是那么回事，也就是说，此前的那种统摄的力量突然间不复存在了，自己身上原先所依托的那些曾给自己提供了规范和支撑的东西正在渐次剥落。就像存在主义所说的那样，你一下子深切地感觉被一种什么力量第一次抛掷到这个世界上。

义无反顾地投身于某种凶险四伏的境地，以期通过奋不顾身的奋力一击，去改变历史的某种进程，这样的一种"刺客"形象，作为T.S.艾略特所特别看重的"客观对应物"，显然折射和承载了张枣当初所面临的心理上的压力和困境，一种因为文化上的巨大差异而导致的心理上的不适、失重甚至被撕裂的感觉（"为铭记一地就得抹杀另一地／他周身的鼓乐廓然壮息"），以及仓促间调集、聚合起自身内部的力量，以便支撑自己前去抗衡和克服来自外部的痛苦和混乱的那份艰难而又决绝的使命感（"那凶器藏到了地图的末端／我遽然将热酒一口饮尽"）。对这样一种几乎称得上惊心动魄的心理场景的设定，在今日越来越置身在全球化政经格局和文化版图中的中国年轻一代读者看来，不免会感到几分讶异，甚至会嫌它太过戏剧性地夸张了，但揆之20世纪80年代的中外隔阂既久的实情，这样的心理反应却应该是再平实和再正常不过的。

二

也许，指出张枣的《刺客之歌》，还有后来的《死囚与道路》，都是在与古典诀别，这样的说法多少还有点令人难以信服，因为事实上，一方面《刺客之歌》和《死囚与道路》里边，显然并不缺少古典的场景和要素；但另一方面，这里的古典场景及其要素，与它们之前的《镜中》《何人斯》《十月之水》相比，性质的不同却又是那样的一目了然。严格地说，后者仍摆脱不了其与"古典"之间那层"剪不断，理还乱"的干系的话，那么很清楚的一点是，后者所依托的"古典"与前者所立足的"古典"，应该是分别属于两个不同范畴的"古典"，也就是说，张枣的诗里，事实上存在着两个不同类型的"古典"。

为了让表述尽可能地周密些，不妨将上述说法略做修正如下：经由《刺客之歌》《死囚与道路》，张枣对他曾经相当倾心与耽溺的那种偏重玄思的风流蕴藉的古典路向，亲手做了一个了断，转向了对"危机时刻"的古典场景的书写。

这里的"危机时刻"的说法，是对本雅明1940年草就的《历史哲学论纲》中的一个看法的援引。我想，本雅明的这个说法，将有助于我们对张枣诗中"古典"范式的转型，以及这种转型究竟意味着什么的理解。在本雅明看来，危机感是人类进入历史（引按，当然也包括现实，因为历史总是已经经历过了的现实，而现实也总是正在成为或正待成为历史的现实）的最好的契机，你不是置身在危机的时刻，你没有为危机意识所攫住或击中，你不具有对危急时刻刻骨铭心的感受和记忆，那么，这表明你的心灵仍然还处在一个怠惰的状态，也就意味着在历史的真实形象闪回的瞬间，你还无从对其做出真正的理解和捕捉。

《刺客之歌》和后来的《死囚与道路》所处理和演绎的，不约而同的，都是属于人的生命经验中最为极端性的一种处境，即赴死。按照雅斯贝尔斯的说法，"极限境遇"，比如"死亡"，比如"罪孽"，再比如"命运""偶然"等，其实是最能揭示人存在意义的一种境遇，或者说，它们很可能是促成人真正领悟存在及其意义的一种最有效的"超验密码"。这是因为，人真正感知存在不能仅凭抽象思想，人只有在某个具体特定的"极限境遇"中，才有可能与真实的存在相遇，才有可能体会无法用抽象思想表述的真实的存在。

在《刺客之歌》和后来的《死囚与道路》中，虽然古典时代的人物、行为和场景依然还是张枣写作灵感的重要来源，但显然不再是其全部的源头了，已经有新的源头加入进来。它们的精神指向不再是对古典时代的意义和趣味的继续陶醉和皈依，而是对古典时代的深感不安，也就是我们通常所说的有了危机感，而这种不安和危机感，不是来自别处，它恰恰来自诗人对现实处境的切肤之痛。也就是说，是现实感的加入，现实感的折射或投影，导致了张枣对历史、对古典时代的迥然有异于他以往的感受，因而这样的穿着"古典"的外套的诗作，其实与现实有着极为密切的关联，它的精神指向离现实是很贴近的。

不妨从抒写人的口吻来做一番大致的分析。如果说《镜中》《何人斯》自始至终都是属于"独白"的话，那么《刺客之歌》和《死囚与道路》则是由不同人物之间的"对话"所构成，尽管你也可以争辩，这样的"对话"其实也不过是出自同一个"主体"，是一个主体的不同分身或各个侧面而已，但比起直抒胸臆的"独白"，这种来自不同方向的"对话"，毕竟更带有"戏剧"的互动和辩证性质，因而也就相对显得"客观"些。

走出诸如《镜中》《何人斯》这样的主观、神秘的"独白"式诗境，这种居于内心世界，用神秘的词语精心构筑起来的古典诗性的空间，进而走向带有辩证、驳难、互动，更具"戏剧性"因而也相对稍具客观意味，并且与"危急时刻"始终缠绕在一起的另一种古典诗性空间，这一转型过程的实现，显然并不像我们上面所谈论的那么简约和轻松。在转型的背后，张枣肯定是承受和经历了很大的心理创痛的。为了避免行文的过于枝蔓，这里只好略做提示，一笔带过。建议各位不妨去读一读张枣的另一首"古典"风的文本《楚王梦雨》。

> 我要衔接过去一个人的梦，
> 纷纷雨滴同享的一朵闲云；

这之前，每次读到这首诗，我总是不由自主地会觉得纳闷和踌躇。

对它丰盈充沛的诗意和最后迸裂出的那种令人震撼的撕心裂肺般的痛楚，我始终苦于找不到一个合理的解释。我很清楚，这样的痛楚绝无可能是无缘无故的，不会是空穴来风，不可能只是悬在虚空中的一段抽象的情志体验的拟想，它只能是对某一重大的心理挫折或精神转折所做出的回应。那么这种痛楚究竟因何而起、缘何而发？它所蕴含和指称的是什么？对此我却一直找不到有说服力的答案。直到我意识到张枣的诗境中实际上存在着两种"古典"，意识到张枣有一个从偏重玄思、风流蕴藉的"古典"走向前途未卜、充满凶险、以重现"危机时刻"为特征的"古典"之境的转换过程，我才恍然明白了这首诗到底在说些什么，原先不甚了了的那种撕心裂肺的痛楚的来源，才渐渐变得明晰了起来，开始有了较为合理的解释。这就是说，你得把《楚王梦雨》重新嵌入张枣前后两种"古典"的转换语境之中，它所蕴含的深意才有可能向你呈现。一旦脱离这里的语境关联，任其处在某种遗世独立的状态下单独去读它，结果都只能是百思不得其解。

恰好介于上述两个"古典"诗境的交替转换之间的《楚王梦雨》，当然是最能窥见个中消息的一个便捷的观察点，是有关这一转换的一个见证和一块界石。而事实上，它也确实把当时正处在两个"古典"的裂缝之中的张枣，如何痛下决心，告别一种"古典"，走向另一种"古典"，内心所体验和承受的种种难以割舍的滋味乃至撕扯的痛楚，做了虽不免朦胧但却相当有力的表达：

如果雨滴有你，火焰岂不是我？
人神道殊，而殊途同归，
我要，我要，爱上你神的热泪。

三

张枣之于鲁迅，其实有着很深的一层因缘。这也是我原先并不清楚，现在随着张枣身后遗文的陆续整理发表，才清楚了的。

鲁迅始终认定，把古典和传统用来当作营建现代世界的一种取之不尽、用之不竭的能源,那是会有很大的风险的,因为这些现成的资源的思想部分和物质部分,早就已经被一代又一代的人们所滥用,几乎早已消耗殆尽,剩下的可能性已经很少,因而现时代的人们,唯有凭借自己独立的努力,去呈现时代真实的、哪怕只是暂时有效的思想。鲁迅早年的"任个人""排众数"以及后来的"中间物"思想,便都是在这样的基础上形成的。

在思想和思想的表述上,一方面,鲁迅从不随俗,始终坚持自己的"彻底"性,但另一方面,他又没有因为这种"彻底"而堕入价值的虚无。林毓生曾经对此深感惊讶。按照惯例,认同"绝望之为虚无,正与希望相同"的鲁迅,应该是最有理由堕入虚无的。那到底是什么样的力量,在引导着鲁迅最终振拔出按照他的思想逻辑本来是无从躲避得开的虚无之境的呢?林毓生解释了老半天,最后只好把它归结为意志力的支撑:"鲁迅在希望与绝望之间痛苦的冲突与精神的熬煎使他特别强调意志的重要性——奋力回应生命之呼唤的意志的重要性。在这里他像一个存在主义者,把重点放在人的意志的意义上。"(1)这是在用存在主义的观点解释鲁迅。

意志真的有这么大的法道吗?意志本身其实并无凌虚蹈空的特权,它也得有其他心理精神资源的支持。鲁迅笔下的狂人无疑是中国现代小说中最绝望的人。但他又是洞察到了自己的罪愆并为之深感震惊和痛苦的人,与之形成鲜明对比的是,"狼子村"的村民不是对此浑然不觉,便是虽有所知,却又在那儿拼命地掩饰和洗刷,好像这么做就真能蒙骗得了自己和别人似的。两造之间的道德水准的高下,不正是在这种关键的地方,遽然做出了判分的吗?狂人对其与生俱来的罪愆的省察和自责,不仅不足以使他的道义心消弭殆尽,反而适足以增加其远远超逾在浑噩度日的庸众之上的价值分量,我想,正是诸如这样的因素,最终构成了得以支撑狂人有声有色地存活在世的内在精神支点。狂人,当然也包括鲁迅自己,不正是依恃着这份有质感的价值自信而存活在世,并将继续存活下去的吗?

张枣是对自己的限度有着特别清醒的认知的一个诗人,在他生

---

(1) 林毓生:《鲁迅思想的特质及其政治观的困境》,见《丽娃河畔论思想Ⅱ》(许纪霖、刘擎编),华东师范大学出版社,2006年11月版,第127页。

前，我们几乎很少看到他在公开场合对诗有过完整的论述。他的诗论之少，虽然未必就是当代中国诗人中绝无仅有的，但至少是极为少见的。《当代作家评论》今年第一期的"诗人讲坛"推出的张枣专辑，选了他不同时期的几首代表作和他临终前夕的显然尚未完篇的诗稿，配发了诗人宋琳（他俩曾长期联袂担任由北岛在海外复刊并主编的《今天》杂志的诗歌编辑）的长篇评论，除此之外，还很意外地收录了他的两篇篇幅都不长的学术演讲稿，它们大致都是原题《〈野草〉考义》这篇大文章中的章节，显然都还不曾完篇，应该是尚未写完的片段或残篇，但都很精彩，有着他和当代中国诗人同行很不一样的眼光。在这两篇演讲稿中，他把中国现代诗的精神源头，追溯或者说归结到了鲁迅尤其是鲁迅的《野草》那里，并且用了几乎是不容置辩的口气这样说道："我们的新诗之父是鲁迅，新诗的现代性，其实有着深远的鲁迅精神。"[1]这不禁让我想起了十几年前，南京"断裂"问卷的发起人韩东、朱文为了争得"存在感"而放出话来——准备"搬掉鲁迅这块老石头"——的那一幕。对鲁迅的亲疏，差异竟然会这么大。而事实上，张枣与韩东是一代人，同属"第三代"诗人。这里边的原因是复杂的，此处自然不便简单揣测。

在张枣看来，正像波德莱尔给整个世界文学带来了一个忧郁的现代主体或称"消极主体"（negative subject），从而标志了一种"现代心智"（the modern mind）的诞生，鲁迅之于中国现代诗的意义，同样也在这里。当年作为批评家的钱杏邨，显然是过于"消极地"看待了这个"消极主体"的意义和力量，以至完全辨认不出，塑造这个"消极主体"时，所要直面和担当的困境，那些内心自我的分裂、震撼及其巨大的创痛，除了鲁迅，你在别人身上是断难找到这些足够强悍硬朗地应对如此惨烈局面的心理素质的。

鲁迅的坚强的书写意志，将发声的主体幻化成一个风格强悍硬朗的恶鸟，震撼分裂沉默的自我和无声的中国，并将受损的主体的康复和庇护幻化成一个诗类，一个词语的工作室。……这是

（1） 张枣：《秋夜的忧郁》，载于《当代作家评论》2011年第1期。

中国新诗所缔造的第一个词语缔造室。我们今天所有的写者第一内在的空间，从这里出发，好几代诗人都缔造和守护这个既是个人又是公共的词语工作室，在这里，中国现代人的主体和心智得到了呈现，唯美的活动成了对生存意义的追求，对怎么写的冥想和反思，也变成了对怎么活的追问。[1]

注意，张枣在这里谈到了鲁迅经由《野草》所缔造出的那些"词语"，既与个人也与公共直接相关，既是中国现代人主体、心智得以呈示的有效平台，也是切入并反思他们现代生存的真实处境和命运的最犀利有力的管道。

这么说来，张枣诗中"古典"范式的转型，显然是与以下的考虑直接相关的，即诗的写作要与现实尤其是现实中遭遇的生命困境，发生一种切实的紧张和摩擦，产生出真正的切肤之痛；诗要能够成为当下世界和生活的一种回应，而不是止足于某种圈定的形式之中。事实上，从张枣诗作的编年史中大致也可以看出，继《刺客之歌》之后的张枣，诗歌写作的致力方向，便始终是要使诗的写作能与那个远比以前的自己所熟悉的那部分世界来得丰富和浩瀚的世界之间，发生气息和能量的交接和切换。他总是在努力地尝试着锻造出各种足以承载远比以往要来得繁复和丰饶的思想和感情的形式，而不至于因为眼下所面对的世界过于繁杂、纷乱和难以把握，而陷入窘迫的疏离之中。语言、主题、题材也似乎不再措意于强化和固化既有的身份，而更在意诗人对世界、人、物的变动不居的观感的直接表达。面对广阔的世界，张枣既有迟疑、惊惧和批判，同时也有迷惑，自然还有暧昧的认同。正是凭着这样的一手绝活，即能够并且擅长处理当下的经验，从当下短暂、易逝、偶然的经验中提取、转换出诗的新的形式和秩序，张枣的诗歌写作才真正具备了当代诗艺的气度和意义，而不是恋栈于古典的诗艺和典范。■

---

[1] 张枣：《秋夜的忧郁》，载于《当代作家评论》2011年第1期。

化欧化古的当代汉语诗艺　张枣研究集

> 每次向陌生人做自我介绍时,他都会说:"我是张枣,我是一个诗人。"
>
> ——题记

扮鬼脸的抒情者

冬天时,张枣喜欢扎一条有花色的围巾在脖子上,短短的,看起来更像是女子的丝巾,很可爱的样子。讲鲁迅的《野草》,他说自己特别喜欢那只夜游的恶鸟,哇的一声飞过,我们也为这可爱的神态和语气而笑出声。显然,那只恶鸟如他自己指出的那样,打破了秋夜的沉默和压抑,发出了自己的声音。当然这也是因为,这只恶鸟以一个另类的姿态出现在了秋夜的抒情系统中,它是整个抒情基调中的变奏,是张枣喜欢的鬼脸。

张枣有点胖,却看起来很轻盈的样子,我这样说时,有人不理解,但他走路的样子确实很轻盈,似乎弹跳力很好。卡尔维诺(Italo Calvino)说如果让他自己为走向新的千年选择一个吉祥物,他就选哲学家兼诗人卡尔瓦蒂从沉重的大地上轻巧而突然跃起的这个形象。[1]张枣的诗歌中,不时要逸出他喜欢的鬼脸,它们在诗歌的抒情基调中是变奏,同时也是从沉重中跃然而起的让之减轻重量的翅膀,对张枣来说,这似乎是天性使然。他要在史蒂文斯(Wallace Stevens)的诗中翻译出"天使骑着驴子慢悠悠地下凡","也带了个如花似玉的好闺女"[2]这样的句子,可想而知,扮鬼脸的习性在他自己的诗歌中也是免不了的。

钟鸣说张枣的作品已日渐具有"不知不觉的技巧",这种技巧是靠诗性的直觉和呼吸得来的。可以归于一种无法定义的"抒情性",它不依靠语言符号而存在,是内蕴的和极端个人化的。[3]或许,这种"极端个人化的"抒情性包括了在抒情中做鬼脸。钟鸣说张枣的写作讲究"微妙",如我们所看到的,鬼脸在抒情系统中的出现并不让人忐忑不安,倒好像是它们挣脱抒情基调却又在抒情基调中的样子才构成了那种"无法定义的'抒情性'"——一个更大的抒情系统?

"带乡音的电话亭。透过它的玻璃/望着啄木鸟掀翻西红柿地。/暗绿的山坡上一具拖拉机的/残骸。世纪末失声啜泣。"(《希尔多夫村的忧郁》)这首诗中,"啄木鸟"和它看起来有点气急败坏的"掀翻",一起出现在异国(希尔多夫村)的"忧郁"中,出现在乡愁("带乡音")的电话亭旁,出现在"残骸""世纪末""失声啜泣"这类词语当中,显然是一个鬼脸。词在掀翻自己所构筑起的抒情基调,或者说,它们试图掀翻。也许,我们不能说张枣的"啄木鸟"和它的"掀翻"消解了"忧郁"和"啜泣",也不能说它们淹没在后者中,要是这样想,那只能是我们的事。对于诗人自己来说,他在文本中给出的"掀翻"就像那轻盈的一跃,他高兴这么做,谁会和那只啄木鸟去较真呢?恶鸟的影子出现了,张枣在偷笑,也许吧。

---

(1) 参见[意]伊塔洛·卡尔维诺《轻逸》,见《美国讲稿》,译林出版社,2008年版,第12页。卡尔瓦蒂是《十日谈》中的人物,他在墓地中休息,被一帮豪门弟子围住,他们企图诘难他,他则不理睬他们的诘难,"一只手按在坟墓上,施展出他那矫健的身体,一下子跳了过去,摆脱他们的包围"。

(2) 参见[美]华莱士·史蒂文斯《最高虚构笔记》(陈东飚、张枣译),华东师范大学出版社,2008年版。

(3) 参见钟鸣《笼子里的鸟儿和外面的俄耳甫斯》,见《秋天的戏剧》,学林出版社,2002年版,第44页。

同样，在《地铁竖琴》一诗中，那只"醉醺醺的猕猴桃"也是一个鬼脸，在"地铁""行尸走肉""年近三十"这一类最容易让人们隐没于消失的词语中，这只"醉醺醺的猕猴桃"却玩笑般让消失的东西成为在场者——做鬼脸也是一种勇气。

在那首很有名的《边缘》中，抒情者的鬼脸换了一个低调的姿势——"像只西红柿躲在秤的边上，他总是／躺着"。乖也是一种鬼脸，当然绝非装乖，我们前面已经说了，是天性使然。这只"躲"在边上的"西红柿"绝不可小觑，它降伏了"无限"，后者"像一头息怒的狮子，卧到这只西红柿的身边"。几乎可以确定，在这首诗中，张枣的鬼脸和抒情性是完美的合体。我不想说：他把可怕的、难以猜度的无限，比作在边缘的西红柿旁边的一只息怒的狮子，是多么让人惊异的恰切之喻。情形刚好是，诗人让我们相信，甚至不是比喻，"无限"就是那头狮子，当我们看到了"息怒的狮子"时，我们才看到了"无限"。诗人的鬼脸这回是以静制动，只不过喊一声"回来"，"果真，那些走了样的都又返回了原样"，而那个虚幻、抽象、难以把握的词语"无限"也最终被降伏，安静而自如地成为在场者——如我们所看到的。

这一类鬼脸在张枣的诗歌中频频出现，比如"果实把我捉到树上，狠狠把我／摔落"（《早春二月》）；"祖国，／远方，你瞧，一只螳螂在赶贴标语"（《伞》）；"文字醒来，拎着裙裾，朝向彼此"（《卡夫卡致菲丽丝》之五）；"金丝绒绣着一个'喜'字的吉兆——／两个？NET，两个半法郎。你看，／半个之差会带来一个坏韵"（《跟茨维塔伊娃的对话》之一）；"除夕夜，乌鸦的儿女衣冠楚楚地／等钟声，而时间坏了，只好四散"（《跟茨维塔伊娃的对话》之七）；"从背面看我有宁静的背，微驼；／从正面看，我是坐着的燕子，／坐着跷着二郎腿的燕子"（《同行》）；"忍着嬉笑的小偷翻窗而入，／去偷她的桃木匣子"（《祖母》）。我们无须一一列出它们出现在怎样的抒情系统中，产生了何其微妙的变奏，总之，张枣在他的各种鬼脸中游刃有余。在调侃、讽刺、自嘲、辛酸、自信以及超然的鬼脸中，他乐此不疲地游走，轻盈地一跃再跃。

当然，并不是说，张枣的鬼脸总是有什么意味深长的东西在里面，有时，它们也或认真或戏谑地召唤出词的魔力，因为和抒情融为一体而变得微妙与意味深长起来。但更多的时候,鬼脸只是鬼脸,甚至有文字游戏之嫌,有钟鸣提到的"诗的'圆滑'"[1]之嫌。然而不管怎样,抒情者张枣在诗歌中所扮的鬼脸是迷人的,他让我们着迷,即便他是在"孩子般地表现着聪明伶俐",玩点"艺高人胆大"的游戏。[2]没有人会和鬼脸去较真,某种程度上,淘气不会让人困扰而会让人宽慰,如果能聪明地把握好尺度,张枣当然清楚这一点。不只如此,他有让我们更诧异的一面,那就是——他的鬼脸有时会出乎意料地真挚,真挚到我们相信鬼脸才是词语的真正面目,才是生活的真正面目。好一个措手不及啊,世界就是——西红柿和那只卧到它身边的息怒的狮子,谁说不是呢?

之外,之外……突破

鬼脸很迷人,在各种文字鬼脸中轻松穿越的诗人也很迷人。但我们能够看得出,诗人张枣扮个鬼脸也就是逗逗我们,却并不想有人沉溺在他信手拈来随即搁置一旁的鬼脸中傻笑,而他自己当然更不会醉心在这个游戏中。谈到张枣的诗,绕不开的鬼脸只是一段欢快而短暂的前奏,张枣的诗在鬼脸之外,他本人也在抒情的我、你、他(她)之外,这一点尤为体现在诗歌中人称的变换与变幻上。当然,在每一首诗歌中,人称的变换与变幻微妙地传达着不同的情绪,从不同层面寻找对话者。但有一点可以肯定,张枣始终在找一个"之外"的点,在自己之外,他者之外,甚至是自己与他者所形成的关系之外,这是诗人张枣的清醒感——在诗歌写作中始终保持的清醒感。或许我们也可一知半解地说这种清醒感同样适用于他的生活,当然那就扯远了。总之,从他不同阶段的诗歌中,我们确实能够看到这种寻找的痕迹,能够看到那个力求站在"之外"的清醒者的身影,用钟鸣的话来说就是

---

[1] 参见钟鸣《秋天的戏剧》,见《秋天的戏剧》,学林出版社,2002年版,第20页。
[2] 同上,第19页。

"他的抒情性是以某种警觉为保障的,而且十分客观化"[1]。

从1984年的成名作《镜中》开始,张枣的清醒感就已渗入其中。对于诗歌《镜中》里诸多复杂人称的变换,钟鸣在《笼子里的鸟儿与外面的俄耳甫斯》一文中做了细致的分析。这里要提到的是——清醒者是如何以清醒者的姿态站立在那个"之外"的。诗中前几句"只要想起一生中后悔的事/梅花便落了下来/比如看她……"昭然于眼前的后悔者是"我",因为后面紧接着提到一个"她","我"是观察"她"的人,这个"后悔"指向的是"我"这个观察者。而后面几句"让她坐到镜中常坐的地方/望着窗外,只要想起一生中后悔的事/梅花便落满了南山",到这里,气氛发生了微妙的变化,"她"曾是"我"后悔回忆中的一个对象,此刻则成了另外一个后悔者,"只要想起一生中后悔的事"的人由"我"转渡到了"她","她"和"我"就一起成了后悔的指向。在另一首诗歌《望远镜》中,开始的几句"我们的望远镜像五月的一支歌谣/鲜花般的讴歌你走来时的静寂",后面则转渡到"神的望远镜像五月的一支歌谣/看见我们更清晰、更集中,永远是孩子"。《镜中》通过"我"—"她"人称的转换,把"她"拉入"后悔"的系统中,而《望远镜》则通过"我们"—"神"的转渡,把我们置于"神的望远镜"这一系统之下。两者从这一点上看是很相似的,当然,后一首诗在精巧程度上是无法与《镜中》相比的,它更像是被套入了一个先行设计好的,为诗人事先留好了"之外"这一观测点的框架之内。

值得留意的是,在张枣的这类诗作中,系统——那个他能清醒意识到的系统似乎处于封闭状态,缺少一个突破者——对比他后期的诗作,这一点尤为明显。

在《历史与欲望》(1989年)组诗中,我们不难看出清醒者张枣的困惑——纵然他意识到某种潜在的或宿命论的系统的束缚,但如果仅

---

[1] 参见钟鸣《笼子里的鸟儿与外面的俄耳甫斯》,见《秋天的戏剧》,学林出版社,2002年版,第50页。对于这种警觉性,钟鸣给出了精当的解释:"在写作中,他不像别人那样,以为自我在写作方面相当安全,就是说,仅仅'第一人称'在内心保持对语言系统的警觉在他看来还不够,而且,还必须有一种保护措施,足以使警觉在一定的(值)上,不致因为个人狭窄的空间和随意性而贬值。哪怕只是很微妙地在内心进行着,不易被察觉,但显然甚于那种自我欺骗。'我'在张枣看来,不仅仅是个出发点,在他多数诗中,是与另一个'我'有区别的,它受制于相互限定的关系、分化和折射,否定或肯定:我所猎之物恰恰只是自己。"

仅是意识到，那么越清晰或许就越痛苦。《罗密欧与朱丽叶》中，"他"和"她"是绝对的对峙：他的生对峙着她演出的"两分钟的死"，而"待到她挣脱了这场噩梦之网，／她的罗密欧已变成另两分钟"，于是，她的生对峙了他永久的死的两分钟，生与死成为绝对的对峙；"她便杀掉死趋进生的真实里"，假死对峙了真死，她最终结束了这种对峙，和他一起进入"生的真实里"。表面上看，对峙是结束了，实际上这种"生的真实"不过是一种假的生命，仍然对峙着真的生命。《梁山伯与祝英台》中情形几乎一样，蝴蝶是一种美的生存，但不是人的真实的生存，对峙依然存在，应了那个谶语"她感到他像图画，镶在来世中"，今生和来世的对峙？！清醒者张枣困惑了——《爱尔莎与隐名骑士》中隐名与命名的对峙，《丽达与天鹅》中消逝者与残留者的对峙，《吴刚的怨诉》中重复与重复的对峙，《色米拉恳求宙斯显现》中真实与幻想的对峙。张枣选取这些题材构建了《历史与欲望》组诗，他本人站在清醒者的角度看到了历史和欲望，看到了被系统所累的绝对对峙，他把它们带入自己的诗歌，成为词语"生"和"死"、"隐名"和"命名"的对峙。显然，他还没找到突破的词，换句话说，他还没有握到那只手，他想要生活快递给他的那只手["生活啊，快递给我的手"（《伞》）]。

或许正是这种困惑，让张枣有了另一类诗，更"内在化"[1]，如《惜别莫尼卡》《海底被囚的魔王》《孤独的猫眼之歌》等。这类诗中，对人称的质疑成为诗歌的内核，显然，这个时候的张枣已经不是写《镜中》的张枣。清醒在最开始可能是一种优越感，完全可以让人称的变换与变幻所带来的美感直接进入诗歌，诗人自己则以清醒者和优越者的姿态轻松地接受这种处境。当对诗歌的清醒感越来越多地同对生活的清醒感交织在一起，不可避免地碰触生活实际的样子时，那么优越感或许就要变成一种无可奈何的困惑了。客居他乡，年华一点点消逝的张枣对此大概也于心有戚戚然吧。困惑最终免不了引发诗人躲起来的心态，躲开眩晕而迷乱的人称变换，回到更纯粹的人称中（多数情况下是"我"）来审视与质疑，这才是"内在化"的诗歌产生的真正

---

[1] 参见钟鸣《笼子里的鸟儿和外面的俄耳甫斯》，见《秋天的戏剧》，学林出版社，2002年版，第58页。

原因。在《海底被囚的魔王》一诗中,"我"完全被封闭了,被禁锢的"我"是一个无从进行人称交换的孤独之词,"诺言"也因为没有可指向的人而"无力"。或许张枣在暗示我们,被禁锢的词是没有生路的,然而,他似乎更想说,无法"变换"的词可以奇迹般拥有"变幻"的能力,"变幻"出的另一个"我",可以解救被禁锢的"我"。当词语焕发出新生的能力,诗人"我"也被解救了,那个解救者或许是词语"我",但根本上是一个"之外"的"我"。如我们看到的,这首诗中,"之外"的"我"不只是意识到系统的禁锢,同时作为突破者而进入。当然,我们知道,这种突破一点儿也不轻松,或许,这仅仅是一个开始,是张枣寻找突破点的开始。"我读到／那个像我的渔夫,我便朝我倾身走来。"这个句子很精彩,读起来有一种压抑许久后的轻松感,但我们必须承认"我"和"我"的交叠本身并不是件轻松的事情,张枣的这句诗更像是长时间潜水的人忽然浮出水面,深吸一口气。这口气仿佛是重获新生的仙气,然而,当一个人可以自由呼吸时,那实在算不了什么。这就是我所说的这个突破者的先驱作用,但一切才刚刚开始,诗人张枣需要漫长的时间去寻找更让他得心应手的突破者。

被囚禁者在解禁之后,当然还是要回到可以变换人称的对话中,毕竟我们上面提到的"变幻"只是一种多少有点机缘巧合的奇迹。张枣在一首名为《断章》的诗中发出过感慨:"诗歌并非——／来自哪个幽闭,而是／诞生于某种关系中。"即便是被囚禁,"我"还是要"变幻"出另一个"我"来释放词语,更何况是解禁之后呢!当然,在经历过被囚禁的煎熬后,诗人在选择对话与运用人称时,变得谨慎起来。或者说,清醒者张枣对那个"之外"似乎把握得更为熟稔,又或者说,到这个时候,张枣立于"之外",已不是年轻人对诗歌的机智,而是一种圆熟的生活智慧。

在《卡夫卡致菲丽丝》(1989年)、《空白练习曲》(1993年)及《跟茨维塔伊娃的对话》(1994年)这类诗中,张枣诗歌的蜕变开始了。在组诗《卡夫卡致菲丽丝》中,很明显地存留了这种蜕变的痛苦。张枣在这首诗中,设置了一个和卡夫卡交叠的"我",按照钟鸣的说法是张枣和卡夫卡的处境具有一致性，他们都是活着时的孤魂。[1]不管怎么说，一个诗人说我"乞求着赞美"，那么他依然处于一种和对话者的紧张关系中，一个自信的诗人或许应该说"我赞美"。在这首诗中，"之外"的诗人依然免不了对人的局限发出哀叹——"我们这些必死的，矛盾的／测量员，最好是远远逃掉"，当然这是以意识到某个深远的、不可企及者为前提的——"世界显现于一棵菩提树，／而只有树本身知道自己／来得太远，太深，太特殊"。诗人张枣清醒地发现，"若它就是神，那么神便远远还不是它"，显然他触及了对于诗歌或生活来说更深远的东西，不过很可惜，他给的出路是逃走——这可不是突破的方法。

在《跟茨维塔伊娃的对话》这一组诗中，对话的节奏舒缓了下来，紧张感消失了，张枣显然恢复了那种轻盈跃起的自信。组诗第一首：

亲热的黑眼睛对你露出微笑，
我向你兜售一只绣花荷包，
翠青的表面，凤凰多么小巧，
金丝绒绣着一个"喜"字的吉兆——
两个？ NET，两个半法郎。你看，
半个之差会带来一个坏韵，
像我们走出人行道，分行路畔
你再听不懂我的南方口音；
等红绿灯变成一个绿色幽人，
你继续向左，我呢，踉跄向右。
不是我，却突然向我，某人
头发飞逝向你跑来，举着手，

某种东西，不是花，却花一样
递到你悄声细语的剧院包厢。

---

[1] 见钟鸣《笼子里的鸟儿和外面的俄耳甫斯》，见《秋天的戏剧》，学林出版社，2002年版，第61页。对于这首诗更详细的分析，可同样参阅这篇文章。

这首诗中，一开始我们看到的是唯美的词和韵所构建起来的对话环境，经过四行之后，诗人张枣突然跳出来插嘴了："两个？NET，两个半法郎。你看，／半个之差会带来一个坏韵。"如果不是对自己的写作有绝对自信的人，恐怕不会使用如此大胆的突破方法：就是一个坏韵，你看，我告诉你们了，这是一个坏韵！张枣应该是这般悠然得意的样子吧。当然了，他需要这个"坏韵"把接下来的诗句转向唯美之外，那才是他要进入的对话，在这个大胆的突破中，诗人的优越感很明显。即使在突破后，这个对话中的人称"你"和"我"表面上看起来似乎是分道扬镳的，但站在"之外"的诗人却很迅速地让另一个"不是我"的人称出现，"突然向我"，并且"头发飞逝向你跑来，举着手"，"我"和"你"的对峙似乎因为这个"不是我"的人称而缓解了，这个人称向了我，也向了你，这或许就是"我"和"你"的对话桥梁吧。张枣没有让对话沉溺在脆弱的唯美情调中，他甘愿冒"坏韵"的风险中止对话，却魔术般让真正的对话成为可能。在这首十四行诗的结尾，一度中止的唯美悄然出现了，而且显得更加意味深长："某种东西，不是花，却花一样／递到你悄声细语的剧院包厢。""之外"的张枣说，他看到了另外一种东西，在前面所有的人称之外，当它被"递到你悄声细语的剧院包厢"时，张枣真正想要的突破才出现，他真正想要的对话也出现了。张枣始终是偏爱唯美的。这十二首组诗中，前九首的形式是一样的。最后两句，张枣几乎无一例外地让某种东西介入到前面的"我""你"的对话中，微妙的是，这种介入，对于总想站在"之外"的张枣来说，似乎逐渐开始扮演一个突破者，一个他曾经清醒意识到也曾痛苦地在其中挣扎过的那个系统的突破者，而且这个突破者显然愈加有诗人张枣的禀赋气质了，它来得轻逸和巧妙——"不是花，却花一样"……

钟鸣在《笼子里的鸟儿和外面的俄耳甫斯》一文的结尾说："既然声音是自由的，那又何必去管身体被囚在何处呢？"语言会成为牢笼，生活也会成为牢笼。诗人张枣的"之外"或许也会被另一个大而无形的笼子划定为"之内"吧，张枣也清楚这一点。经过漫长的煎熬和费力的突破后，张枣确实回到了轻盈的文字中，带着他对生活的通达和文字的通达。自由得只有声音，当张枣意识到这一点后，他文字中的声音也更为洒脱了。突破甚至往往不需要寻找，既然我们生活得如此局限，如此渺小，那么或许，那个大过我们自身无数倍的"之外"机缘巧合地介入我们的生活就时常成为可能——这就是一种突破，张枣也许想这么说。诗歌《祖母》中，他说了出来："夜里的中午，春风猝起。我祖母／走在回居民点的路上，篮子里满是青菜和蛋。／四周，吊车鹤立。忍着嬉笑的小偷翻窗而入，／去偷她的桃木匣子；他闯祸，以便与我们／对称成三个点，协调在某个突破之中。／圆。"张枣又扮鬼脸了。那个突破者，打破两个人之间绝对对峙的第三者，居然是一个小偷！在异国与家乡的距离中，在隔了一代的时间中，"我"和祖母，我们由于时间和空间的遥远所造成的巨大对峙，居然戏剧般地消失了，一切都缓解了——如果说距离和时间曾造成很多困扰。这绝不是讨巧，张枣很认真地说这就是诗歌。"给那一切不可见的，注射一支共鸣剂，／以便地球上的窗户一齐敞开。"就这样，"我们"突破了，从被囚于不同时间和地点的局限的身体中，从一切试图明里暗里想要威胁或诱惑"我们"的语言牢笼中。"我们"同意让"小偷"一词当选黑马突破者，这也是共鸣。

独一的诗

海德格尔（Martin Heidegger）说："每个伟大的诗人都只出于一首独一之诗来作诗。衡量其伟大的标准乃在于：诗人在何种程度上被托付给这种独一性，从而能够把他的诗意道说纯粹地保持于其中。"[1]按照他的话来说，这首独一的诗是始终没被道出的，无论是一个诗人的一首诗，还是诗作的总和。那首诗是一首怎样的诗呢？它能够召唤，让存在者在场而不是隐匿。海德格尔说语言就是诗，只不过我们日常的语言是一种被用滥了的诗歌，几乎不再发出召唤了。[2]那么任何一个自觉的诗人就是在据此作诗，他们的诗歌语言应该拥有召唤的能

（1）［德］海德格尔：《诗歌中的语言》，见《在通向语言的途中》（孙周兴译），商务印书馆，2008年版，第30页。

（2）同上，第24页。

力,在凡·高的油画里,那双农鞋让我们看到它磨损处所凝聚的劳动的艰辛,看到无尽的田垄,看到谷物的成熟……于是,我们说农鞋存在,不是它的有用性让它存在,而是诗(广义的诗——艺术)让它存在。[1]

既然只有在语言中,存在者才是存在的,那么,诗人潜心于语言,潜心于那首独一的诗就不是件可有可无的事。我们往往在误解诗歌,或者基于一个两个一知半解的理论去生吞活剥它,而对于一个诗人来说,诗歌是全部。诗人张枣说"而生活的踉跄正是诗歌的踉跄"(《跟茨维塔伊娃的对话》之七)。在张枣那里,诗歌就是一种生存状态,发声是为了活下去。他讲鲁迅时,总在讲他的发声,因为张枣自己深知,深知那悠扬的"二月开白花,你逃也逃不脱,你在哪儿休息/哪儿就被我守望着。你若告诉我/你的双臂怎样垂落,我就会告诉你/你将怎样再一次招手;你若告诉我/你看见什么东西正在消逝/我就会告诉你,你是哪一个"(《何人斯》,1984年),对应着他如何葱茏的岁月;他也深知自己在写作"我真想哭。我的双手冻得麻木"(《卡夫卡致菲丽丝》,1989年)时,是如何在异乡的土地上,孤独地,孤独地……

写作《春秋来信》(1997年)时,张枣已人到中年,那枚唯美者的"绿扣子"依然在他的诗中跳跃,迷人的"小赘物",也是"永恒的"。然而中年,即使对张枣也不例外,仿佛多了一种静,一种乏味而让人昏昏欲睡的静,他说:"静的时候,/窗下经过的邮差以为我是我的肖像;/有时我趴在桌面昏昏欲睡,/双手伸进空间,像伸进一副镣铐。"张枣依然做了一个淡淡的鬼脸,自我戏谑一下,看得出,多少有些伤感。考虑到这首诗是赠藏棣的,我们可以想象两个中年人的对话状态,即使在文字和生活中,张枣始终不放弃寻找让人莞尔和着迷的东西。比如,在此诗中,他说:"那儿,鹤,闪现了一下。你的信/立在室中央一柱阳光中理着羽毛——"几乎让人叫绝,张枣如愿以偿地召唤了词语,"信"鹤立于我们眼前,优雅地梳理着它洁白的羽毛。存在是迷人的,只是大多时候,我们看到的事物都不存在。张枣却看到了,生活和他的诗歌同样迷人。然而,即便如此,他还是会感慨"哪儿,哪儿,

---

(1) 参见海德格尔《艺术作品的本源》,见《林中路》(孙周兴译),上海世纪出版集团,2008年版,第16页。

是我们的精确呀？／……绿扣子"，或许，这就是中年的困惑吧，迷人的唯美的绿扣子仿佛真的成了赘物呢，负担不起却又舍弃不掉。

钟鸣说，张枣是"祈祷型"诗人，是否是海德格尔所说的荷尔德林和乔治·特拉克尔那类诗人呢？我没太想清楚这个问题。对张枣来说，那首独一的诗就是语言，张枣的诗在谈论诗，在为诗歌欣喜不已或忧心忡忡。他本人最喜欢提"元诗"，而他自己也总在写一首诗，说：看，诗歌是这样的；喏，诗歌应该这么写。

济慈说："美即是真，真即是美。"[1]海德格尔在谈到艺术与真理的关系时，说诗的本质即是真理的创建[2]，只有"我们本身摆脱了我们的惯常性而进入作品所开启出来的东西之中，从而使得我们的本质在存在者之真理达到恒定时，一个作品才是一个现实的作品"。[3]日常语言之所以丧失诗性而不再具有召唤性，就在于它的惯常性让我们在进入它时也承袭着自己固有的惯常的惰性，最终导致我们什么也看不到，"熟视"往往令人"无睹"，惯常性中，事物缺席了，真理也消失了。一首真正的诗是在召唤，是在自己摆脱了惯常性后也让读它的人在非熟视的陌生感中去辨识美和真理。

"红苹果，红苹果，呼唤使你开怀：／那从未被说出过的，得说出来。"（组诗《空白练习曲》之八）诗歌的语言必须是能够呼唤的语言，事物才会真正在场，我们必须说出那首唯一的诗，必须为每一个缺席已久的事物重新命名，让它们在诗的语言中成为在场者，张枣想说诗歌应该是这样的。在诗人张枣那里，各种各样的文化氛围，造就了大大小小的语言牢笼，他当然是身处其中的。然而，既然我们是寄身于语言中而存在的，那么那个最大的，那个我们称之为"语言"的东西，就不是牢笼，而是寄身之所。只是，这个寄身之所因为各种各样的原因遮蔽了太多事物，诗歌就是恢复语言的诗性，让被遮蔽的事物重新现身。就像我们从西红柿和息怒的狮子那里看到的再现，就像我们从

---

[1] ［美］济慈：《希腊古瓮颂》（穆旦译），http：//www.mdjnw.com/show.aspx?id=276&cid=35。

[2] 海德格尔所说的"创建"有三重意义。详情参见［德］海德格尔《艺术作品的本源》，见《林中路》（孙周兴译），上海世纪出版集团，2008年版，第54—58页。

[3] ［德］海德格尔：《艺术作品的本源》，见《林中路》（孙周兴译），上海世纪出版集团，2008年版，第54页。

立于一柱阳光中梳理羽毛的鹤那里看到的再现。当然这些是不够的,有时,来得太精妙的它们会让我们产生一种怀疑,这种精妙的语言是不是也是一种遮蔽呢?一种海德格尔所说的"伪装"[1]的遮蔽。对于这个问题,我也没太想清楚,在张枣迷人的诗歌中沉湎,会让人怀疑起这种迷人感。或许,诗人张枣也会有类似的想法,既然那首独一的诗总是不会被写出来,那么诗人就会一直写,会抱着一种突破以往自己的想法去写。"对吗,诗这样,流浪汉手风琴／那样?丰收的喀秋莎把我引到／我正在的地点:全世界的脚步／暂停!对吗?该怎样说:'不'!?"(《跟茨维塔伊娃的对话》之十二)该怎样说不?对于我们这些有限的、终有一死的人来说,敞开的始终太少,而被遮蔽的则太多。我们说不的时候,目光是投向了那更多的,依然在黑暗中被遮蔽的事物,而不是在有限的敞开中满足地说:"是。"

惊叹号,或尾声

2009年6月,有幸在一堂课上听张枣谈自己的诗歌。《枯坐》写于2004年,是张枣回国后写的第一首诗。他说,这首诗中,他幻想中的那对夫妇,是因为贪污公款而逃到了海南岛,当时大家都笑了——一个别致的小注释,对于这首诗。

原诗如下:

枯坐的时候,我想,那好吧,就让我
像一对夫妇那样搬到海南岛
去住吧,去住到一个新奇的节奏里——
那男的是体育老师,那女的很聪明,会炒股;
就让我住到他们一起去买锅碗瓢盆时

---

(1) 海德格尔提到"双重遮蔽",一种是作为"拒绝"的遮蔽,即存在者没有显现出来,另一种就是"伪装"的遮蔽,即"存在者蜂拥而动,彼此遮盖,互相掩饰,少量阻隔大量,个体掩盖全体。在这里,遮蔽并非简单的拒绝,而是存在者虽然显现出来,但它显现的不是自身而是他物"。参见[德]海德格尔《艺术作品的本源》一文(孙周兴译),见《林中路》,第34—36页。

胯骨叮当响的那个节奏里。
在路边摊，
那女的第一次举起一个椰子，喝一种
说不出口的沁甜；那男的望着海，指了指
带来阵雨的乌云里的一个熟人模样，说：你看，
那像谁？那女的抬头望，又惊疑地看了看
他。突然，他们俩捧腹大笑起来。

那女的后来总结说：
我们每天都随便去个地方，去偷一个
惊叹号，
就这样，我们熬过了危机。

  钟鸣在他的《徒步者随录》里谈到诗人陈东东的时候，涉及"枯坐"一词——"如果有什么使别人坐立不安，那肯定是他的枯坐。这种不安，源于怀疑。"[1]对于张枣，从诗中来看，他的枯坐看起来更像是仅仅针对自己而言的，他无须用"枯坐"去逃避他者，也更不想让这种逃避引来更大的怀疑和不安，他只是，在枯坐中修炼了自己的诗，自己的世界。他让自己入住到"一个新奇的节奏里"，见证那对携款潜逃者"胯骨叮当响"的日常生活，品尝"说不出口的沁甜"，和他们一起"捧腹大笑"。诗的一开始，"我"就声称自己要像幻想中的那对夫妻一样搬到海南岛去住，像张枣想象中携款出逃的夫妻一样，"我"也在"枯坐"中出逃，不过，似乎要比"逃"更从容，我们读到的是"搬"。直至诗的结尾，"我"没有再出现过，也许张枣在暗示，"我"已经搬走了，到了他们中间，一起成为"我们"——"我们每天都随便去个地方，去偷一个／惊叹号，／就这样，我们熬过了危机。"枯坐结束了，或者说，枯坐在那里的只是一具外壳，灵魂则轻盈地起身。

---

[1] 钟鸣：《走廊》，见《徒步者随录》，东方出版中心，1997年版，第77—78页。钟鸣还谈道："中国有许多史书，都记载过这种枯坐。当某个将臣，被统治者不信任时，为了表示他是安全的，不会背叛，也不会急情，便枯坐庭院、梅林、郊原、庑廊或书房，在那里凭己假寐，似如反省。至于是否真是这样，也就只有鬼知道了。"

当诗歌中难得的惊叹号出现（注：原诗说"偷"一个惊叹号，而不是"捡"一个"廉价"的惊叹号），生活中的惊叹号或许同时也出现了，所以，终于熬过了，对于枯坐中年的张枣来说，对于从中年危机中轻盈起身的张枣来说。

诗歌就是一切，不是说它可以替代一切，而是，它召唤了生活，让生活在场，让身处于其中的人在场。认识张枣时，是2008年，他已不再年轻，但是他让和他相处的我们感到快乐和自如。讲课到精彩激动时，他微笑，扬起眉毛，就像他诗歌中的惊叹号。■

化欧化古的当代汉语诗艺　张枣研究集

在当代中国诗人中,张枣可谓是用来验证新诗回归语言的最好的案例。用德国汉学家、诗人及译者顾彬的话来说,张枣"是中文里唯一一位多语种的名诗人。他不仅可以用多种语言交流,也阅读和翻译俄语、英语、法语和德语的文学。因而对他而言,用汉语写作必定意味着去与非汉语文化和语言进行辨析。这类辨析直接作用于他诗歌构图的形式和结构上"[1]。

张枣有一个热爱白居易、杜甫的外婆,以及一个懂俄语的诗人父亲,自幼受其家庭的熏陶,张枣很早就意识到:"普希金和杜甫是一样的,人类的诗意是一样的。"[2]20世纪80年代,身为四川外国语学院研究生的张枣初露锋芒,他那个时期的创作,如《镜中》《何人斯》《楚王梦雨》等已经表露出他试图以现代心智去修复古典诗意的尝试,而要做到这一点,就少不了要与外语世界相勾连。因此在文学道路的方向选择上,张枣从未改变。柏桦表示:"他早在二十二岁时就深深懂得了真先锋只能在旧中求得,此外,绝无他途,而我及其他人却要等很多年之后才能真正恍然大悟个中至理。"[3]

---

(1) [德]顾彬:《综合的心智——张枣诗集〈春秋来信〉译后记》,载于《作家》1999年第9期。
(2) 张枣、颜炼军:《"甜"——与诗人张枣一席谈》,《亲爱的张枣》(宋琳、柏桦编),江苏文艺出版社,2010年版,第200页。
(3) 柏桦:《张枣》,《亲爱的张枣》(宋琳、柏桦编),江苏文艺出版社,2010年版,第58页。

1986年，年仅23岁的张枣怀着一个秘密的目的远赴德国留学，他曾用《刺客之歌》自喻他当时的境况："为铭记一地就得抹杀另一地／他周身的鼓乐廓然壮息。"[1]时隔二十年，他在接受《新京报》采访时回忆说："我在国内好像少年才俊出名，到了国外之后谁也不认识我。我觉得自己像一块烧红的铁，哧溜一下被放到凉水里，受到的刺激特别大。"[2]张枣出国是负有一个神秘的使命，就是特别想让自己的诗歌"能容纳许多语言的长处"。因为从开始写作起，他就"梦想发明一种自己的汉语，一个语言的梦想，一个新的帝国汉语"，而"这种发明不一定要依赖一个地方性，因为母语不在过去，不在现在，而是在未来。所以它必须包含一种冒险，知道汉语真正的边界在哪里"[3]。张枣以为，反思在某种意义上是一种西方的能力，而感性是汉语固有的特点，所以他特别想写出一种非常感官，又非常沉思的诗，"沉思而不枯燥，真的就像苹果的汁，带着它的死亡和想法一样，但它又永远是个苹果"[4]。

不同于以北岛为代表的"朦胧诗人"的早期写作，张枣并不通过诗歌来表达观念，因为他深知现代诗歌的要义不再是一种传达。传达是向外进行的准确无疑的信息传递，而现代诗歌的"写作"是向内挖掘的晦暗艰涩的精神探索。这就造成了一种荒诞："写"，却词不达意，或不被理解。现代抒情诗自兰波和马拉美以来日益成为一种语言魔术。对于这样的诗歌，真实的不是世界而仅仅是语言。所以现代抒情诗人也一再强调："诗并不表意，诗存在。"[5]语言不再是诗人的工具，相反诗人倒是语言延续其存在的手段。[6]在某一个神秘的时刻，通过写作，文字获得了生命，词挣脱了物的羁縻。

---

(1) 张枣：《刺客之歌》，见《张枣的诗》，人民文学出版社，2012年版，第71页。
(2) 刘晋锋：《张枣：80年代是理想覆盖一切》，载于《新京报》2006年4月4日。
(3) 张枣、颜炼军：《"甜"——与诗人张枣一席谈》，见《亲爱的张枣》（宋琳、柏桦编），江苏文艺出版社，2010年版，第208页。
(4) 同上，第211页。
(5) ［德］胡戈·弗里德里希：《现代诗歌的结构——19世纪中期至20世纪中期的抒情诗》（李双志译），译林出版社，2010年版，第170页。
(6) ［美］布罗茨基：《诺贝尔奖受奖演说》，见《文明的孩子——布罗茨基论诗和诗人》（刘文飞、唐烈英译），中央编译出版社，1999年版，第43页。

……

我写作。蜘蛛嗅嗅月亮的腥味。
文字醒来,拎着裙裾,朝向彼此,

并在地板上忧心忡忡地起舞。
真不知它们是上帝的儿女。或
从属于魔鬼的势力。我直想哭。
有什么突然摔碎,它们便隐去

隐回事物里,现在只留下阴影
对峙着那些仍然琅响的沉寂。(1)

……

上述诗句摘自张枣的《卡夫卡致菲丽丝》(十四行组诗),写作时距他离开四川外国语学院,远赴德国特里尔留学已经三年了。之所以选择卡夫卡作为语言客体,很重要的一个缘由是:张枣当时的处境与内在的那个卡夫卡有着一致性——他们同为外语世界的漂流者。1918年,当捷克从奥匈帝国分裂出来的时候,已经用德语完成大部分作品的卡夫卡仿佛是被囚禁在一座悬浮于捷克语境的文化孤岛,他生前的那种沉闷的疏离感,和张枣在德国的感受相近,此种文学"流散"(Diaspora)(2)现象在某种程度上又增进了母语的隐秘性和亲密感。

张枣写诗,不是想好了再写,而是语言让他这样写下去。(3)"文

---

(1) 张枣:《卡夫卡致菲丽丝》(十四行组诗),见《空白练习曲:〈今天〉十年诗选》(张枣、宋琳编),香港牛津大学出版社,2002年版,第58页。

(2) "流散"(Diaspora,又译飞散、离散等)一词源于希腊语,原指植物通过种子和花粉的随风飘散繁衍生命,后引申为犹太民族在"巴比伦之囚"以后离开耶路撒冷而播散异邦。而它的新解,是指民族文化文学获得了跨民族的、世界性的特征。在当代的文学创作和文化实践中,"流散"成为一种新概念、新视角,"含有文化跨民族性、文化翻译、文化旅行、文化混合等含义,也颇有德勒兹所说的游牧式思想的现代哲学意味"。如果从词源上分析,diaspora 由希腊语 dia 和 spenen 组成,前者表示"穿越""经过""经历"之意,后者表示"播散种子"。与 exile(流亡)相比,"流散"在美学含义上更接近于雅克·德里达所使用的 dissemination(播撒)。参见童明《飞散》,载于《外国文学》2004年第6期。

(3) 张枣、颜炼军:《"甜":与诗人张枣一席谈》,见《亲爱的张枣》(宋琳、柏桦编),江苏文艺出版社,2010年版,第206页。

字"化作舞蹈的精灵，灵性直感与智性觉悟相互作用，"写"上升为对"写"的反思，张枣20世纪90年代所提出的"元诗"理论正源于此。张枣认为，"作家把写作本身写出来的手法，也正是现代写作的一大特点，即对自身写作姿态的反思和再现。这种写作手法被称为'元叙述'（Metawriting），写出来的作品被称为'元诗'（Metapoetry）或'元小说'（Metanovel）。"[1]张枣用"元诗"这个术语——即"关于诗的诗"，或者说"诗的形而上学"，来指向写者在文本中所刻意表现的语言意识和创作反思，以及他赋予这种意识和反思的语言本体主义的价值取向，"在绝对的情况下，写者将对世界形形色色的主题的处理等同于对诗本身的处理"[2]。

透过"元诗"的理论视角，张枣指出，"过去，传统上把胡适看作中国现代诗第一人，但事实上他的作品中并没有体现出'现代性'，他的诗人身份其实也是毫无意义的。鲁迅才应该是中国现当代的诗歌之父。"[3]在其完成于图宾根大学的德语博士学位论文中，张枣用了第二章的内容，以鲁迅的《野草》为例论述了一种源自言说及生命困境的发声方式。《野草》的写作时间介于1923年至1927年之间，当时的鲁迅在发表《狂人日记》《阿Q正传》等作品之后面临着一个写不下去的危机：

> 通常人们只是负面评价作家的语言危机，以为这将导致创造力的损毁、精神的颓靡。论及鲁迅，特别是他的《野草》，也并未认识到其中蕴藏的感官的、动态的和辩证的语言增殖力。由此一来，危机与战胜危机的意愿、失语与对词语的重新命名、"我"的隐退与其可视化、缺席与再现、梦想与形式之间的应力场所产生的不谐音和，以及其中所暗含的精辟的诗意也就遭到了漠视。《野草》源自这种应力场，同时将不谐音和转化为一种象征主义的自成一体的创作内容。因此相应地我们也就尝试去对这些作品做元

---

(1) 张枣：《秋夜，恶鸟发声》，载于《青年文学》2011年第3期。
(2) 张枣：《当天上掉下来一个锁匠》，见北岛《开锁——北岛一九九六至一九九八》，台湾地区九歌出版社，1999年版，第11页。
(3) 张枣：《秋夜，恶鸟发声》，载于《青年文学》2011年第3期。

诗意义上的解读，并相信正是元诗的语言反涉和反思特性赋予了自身一种诗的现代性。

"元诗"理论构成张枣思考由鲁迅开启的新诗现代性演进的一条中心线索。现代文学有其私密法则，"每个作家都在表达自己，他想表达的那部分是他的'内象'，即内心，但这个'内象'一定要依托于一个'外象'来表达，这是文学的基本策略。因为文学语言是一种隐喻语言"(1)。从写作《野草》的鲁迅到李金发等"象征派"诗人，梁宗岱和"新月派"，30年代的卞之琳、废名和"现代派"诗人，40年代的冯至和"九叶派"诗人，无不是在围绕"消极主体性"（negative subjectivity）来追随他们一生所孜孜以求的诗意。所谓"消极主体性"，即以消极事物为文本的主体，通过重新命名，使之脱离单向度的、二元对立的审美思维模式。德国语言文学家胡戈·弗里德里希（Hugo Friedrich）曾言："所谓现代就是指从创新性幻想和独立语言中诞生的世界是现实世界的敌人。"由此一来，现代抒情诗也就成了一种"几乎单单由幻想造就、跃出现实或者毁灭现实的世界的语言"。(2)老一辈的汉语新诗探索者"稍迟甚至平行地实践过任何可辨认的现代主义诗学手法——'苦闷的象征'到言说困难的升华，意象构图、自动写作到超现实结构，从'抒情我'的面具化到寻找客观对立物"(3)。但为何到了1949年以后，正当中文现代主义诗歌技法日渐成熟之时，诗人和作家们却突然在中国大陆似乎是主动放弃了现代性的进一步延续呢？张枣认为：

> 主动放弃命名的权力，意味着与现实的认同：当社会历史现实在那一特定阶段出现了符合知识分子道德良心的主观愿望的变化时，作为写者的知识分子便误认为现实超越了暗喻，从此，从边缘地位出发的追问和写作的虚构超度力量再无必要，理应弃

---

(1) 张枣：《秋夜，恶鸟发声》，载于《青年文学》2011年第3期。

(2) [德]胡戈·弗里德里希：《现代诗歌的结构——19世纪中期至20世纪中期的抒情诗》（李双志译），译林出版社，2010年版，第190页。

(3) 张枣：《朝向语言风景的危险旅行——中国当代诗歌的元诗结构和写者姿态》，见颜炼军编选《张枣随笔选》，人民文学出版社，2012年版，第172页。

之。……在中国，虽然非个人化作为诗歌技巧也被极具诗学意义的诗人如卞之琳和后来的"九叶集"诗人征用，并对它进行过有趣的（借用奚密引入的一个概念）交叉文化生成（transculturation）（他将它与中国传统诗学的"境界说"相沟通），但它最终未能转化成一种现代主义的写者姿态，反而引发了写者的身份危机，进而外化成写者与个人、"小我"与"大我"、语言与现实、唯美主义与爱国主义等一系列二元对立，最后导致对现代性追求的中断。可以说这是源于儒家诗教"诗言志"，不愿将语言当作唯一终极现实的写者姿态在某一特定境况中的失败。[1]

张枣本是于1985年初春在重庆认识北岛的。[2]据傅维回忆，张枣曾坦言自己不太喜欢诗中的英雄主义。[3]的确，张枣、柏桦、翟永明、欧阳江河等年轻10岁左右的"新生代"也被称为"后朦胧诗人"，他们对时势和意识形态的远离不仅有外在的社会原因更有内蕴的美学缘由。他们的作品没有历史伤痕，干净明亮，随性所至、随情而发，打破了先有观念、后有写作的既定模式，也激励了北岛推陈出新、另辟蹊径的决心。[4]对语言本体的沉浸及对写作本身的觉悟，主导了20世纪80年代中期以后诗艺的变化：重要的不是教诲，而是写作。正如罗兰·巴特（Roland Barthes）对作家的定义："站在所有其他话语交汇十字路口的旁观者。""写作"这个不及物动词的含义就是自由的样板，"对于巴特而言，并非对写作之外事物的投入（以实现社会或道德的目标）使得文学变成反对或颠覆的工具，而是写作本身的某种实践使然：过度的、游戏的、复杂的、微妙的和感官的——这是一种决不隶属于权

（1）张枣：《朝向语言风景的危险旅行——中国当代诗歌的元诗结构和写者姿态》，见颜炼军编选：《张枣随笔选》，人民文学出版社，2012年版，第173页。
（2）北岛：《悲情往事》，见《亲爱的张枣》（宋琳、柏桦编），第84页，江苏文艺出版社2010年版。
（3）傅维：《美丽如一个智慧——忆枣哥》，见《亲爱的张枣》（宋琳、柏桦编），江苏文艺出版社，2010年版，第100页。
（4）张枣在其德语博士学位论文《诗的现代性的追寻：1919年后的中国新诗》中称，北岛与柏桦等"新生代"诗人有过一些通信，在逐步深入的诗艺交流中他开始正视其早期创作的一些问题，并决心在诗歌创作的道路上另辟他途。

势的语言"(1)。

张枣发现,共同的"元诗"趋向使得"朦胧诗人"与"后朦胧诗人"貌似"断裂"的关系实为殊途同归。他在博士学位论文中用了近三章的篇幅详细分析了"朦胧诗"及"后朦胧诗"的来龙去脉,指出到20世纪80年代末,这两股诗潮不仅没有停止发展,而且事实上已经合二为一。既然是同一类诗歌,就不该有两种后设概念的对立:"几位重要的诗评人也就相应地有了'先锋诗'或'实验诗'之类的提法。"(2)陈晓明也注意到:"北岛、多多、杨炼虽然被称为第二代诗人,但他们在20世纪90年代的创作与第三代诗人有某种共通的地方。由此可见汉语言诗歌在20世纪90年代的整体性变异。"(3)

而导致"朦胧诗"与"后朦胧诗"合流的更深一层的原因则是文学"流散"现象。张枣认为,"流散"虽然有外在的政治原因,但究其根本,美学内部自行调节的意愿才是真正的内驱力:先锋,就是"流散","是对话语权力的环扣磁场的游离";或多或少是自我放逐,是一种带专业考虑的选择,它的美学目的是去追踪对话、虚无、陌生、开阔和孤独并使之内化成文学品质。这也是当代汉语文学亟需的品质"。(4)从这个意义上来讲,"流散"早在20世纪80年代末以前就已开始,"流散"的场域也不仅限于国外。"所有诗人都是犹太人",茨维塔伊娃的这句诗恰切地道尽了诗人"流散"的命运。"流散"令诗人语言与日常语言激烈碰撞,改变了词与物的既有关联,人的"流散"变成了词的"流散"。

茨维塔伊娃曾深刻影响了包括北岛、多多、张枣等在内的"今天派"诗人,他们通过诗歌寻求与她的精神对话。1973年,多多就曾写下《手艺——和玛琳娜·茨维塔耶娃》;而在海外,张枣也因漂泊与茨维塔伊娃倍感亲近。精通英、德、俄三国外语的张枣可以通过原

---

(1) [美]苏珊·桑塔格:《写作本身:论罗兰·巴特》,见《重点所在》(陶洁、黄灿然等译),上海译文出版社,2011年版,第94页。
(2) 例如,唐晓渡称朦胧诗是实验诗的"开先河者",陈超认为先锋诗是对朦胧诗的超越(包括"朦胧诗人"后期创作的自我超越)。参见唐晓渡:《实验诗:生长着的可能性》,见《唐晓渡诗学论集》,中国社会科学出版社,2001年版;陈超:《中国先锋诗歌论》,人民文学出版社,2007年版,第43—48页。
(3) 陈晓明:《中国当代文学主潮》(第二版),北京大学出版社,2013年版,第455页。
(4) 张枣:《当天上掉下来一个锁匠》,见《开锁——北岛一九九六至一九九八》(北岛著),台湾:九歌出版社,1999年版,第9—10页。

文直接领略茨维塔伊娃与她的挚友——里尔克的精神恋爱的通信。1992年在荷兰鹿特丹，张枣曾用俄语采访楚瓦什诗人艾基（Gennady Aygi），当时问道：诗人能否既关心政治又写纯诗，比如像茨维塔伊娃？对此，艾基的回答是："其实政治与纯诗，两者互不妨碍。……政治渗透每个人的生活，但无论如何，经历各种日常困境的灵魂都高于政治，它必须以人类的名义，以美好、自由的名义来讲话。"[1]

1994年，张枣创作的十四行组诗《跟茨维塔伊娃的对话》就是这样的一种尝试。德文译者顾彬赞赏他"大师般的转换手法，声调的凝重逼迫，语气的温柔清晰和在译文中无奈被丢失的文言古趣与现代口语的交相辉映"[2]。形式上涉及的也是元诗原理。因篇幅所限，仅摘取十二节长诗中的第二小节：

> 我天天梦见万古愁。白云悠悠，
> 玛琳娜，你煮沸一壶私人咖啡，
> 方糖迢递地在蓝色近视外愧疚
> 如一个僮仆。他向往大是大非。
> 诗，干着活儿，如手艺，其结果
> 是一件件静物，对称于人之境，
> 或许可用？但其分寸不会超过
> 两端影子恋爱的括弧。圆手镜
> 亦能诗，如果谁愿意，可他得
> 防备它错乱右翼与左边的习惯，
> 两个正面相对，翻脸反目，而
> 红与白因"不"字决斗；人，迷惘，
>
> 照镜，革命的僮仆似原路返回；
> 砸碎，人兀然空荡，咖啡惊坠……[3]

---

(1) 张枣：《俄国诗人G. Aygi采访录》，载于《今天》1992年第3期。
(2) ［德］顾彬：《综合的心智——张枣诗集〈春秋来信〉译后记》，载于《作家》1999年第9期。
(3) 张枣：《跟茨维塔伊娃的对话》，见张枣、宋琳编：《空白练习曲：〈今天〉十年诗选》，香港牛津大学出版社，2002年版，第62—63页。

《跟茨维塔伊娃的对话》采用的是莎士比亚商籁体，讲究隔行押韵，最后两行对押。如"悠"对"疚"、"啡"对"非"、"果"对"过"、"境"对"镜"、"回"对"坠"。"万古愁"取自李白《将进酒》；"白云悠悠"令人联想起崔颢的《登黄鹤楼》。这样的一首古意盎然的诗却是以现代诗人为言说对象的，"你煮沸一壶私人咖啡，／方糖迢递地在蓝色近视外愧疚"，这里又很俏皮地暗示了几组信息：茨维塔伊娃爱喝黑咖啡；[1]她是近视眼；[2]黑咖啡加白糖意喻一对黑白分明的主仆搭配，这或许也是大是大非的革命的搭配。

茨维塔伊娃是一位对诗艺的追求从不懈怠的诗人，她在诗中写道："我知道／维纳斯是手的作品／我，一个匠人，懂得手艺。"但艺术在现实世界里毫无用处。茨维塔伊娃也一度被革命所吸引，她出国前写的一本颂扬白党的诗集《天鹅营》后来遭到了她丈夫谢·雅·埃夫伦的反对。早年加入白党、革命失败后流亡捷克的埃夫伦向她叙述了白军的残暴，谈到了他们的暴行和心灵的空虚。"天鹅在他的叙述里变成了乌鸦，玛丽娜迷惘了。"[3]

张枣通过几句简洁的诗行陈述了这段过往，表达了他对历史的反思："凡是活动的，都从分裂的岁月／走向幽会。哦，一切全都是镜子！"[4]白与黑、红与白、左与右、是与非，一切"对称于人之境"的影像就像一首圆手镜的诗，其结果：互为敌对的双方总是长得越来越像！恰如布罗茨基所言："世上最容易翻转过来并从里到外碰得焦头烂额的，无过于我们有关社会公义、公民良心、美好未来之类的概念了。"[5]如此严肃重大的主题，张枣却用轻松俏皮的诗来表明，可见他是试图在智性与趣味之间建立一种微妙的平衡。现代诗艺往往过于幽

---

(1) ［俄］阿里阿德娜·埃夫伦：《女儿心目中的茨维塔耶娃》（节选），见［俄］丘可夫斯卡娅等著《寒冰的篝火：同时代人回忆茨维塔伊娃》（苏杭等译），广西师范大学出版社，2012年版，第4页。

(2) ［俄］伊利亚·爱伦堡：《人·岁月·生活》（节选），见［俄］丘可夫斯卡娅等著《寒冰的篝火：同时代人回忆茨维塔耶娃》（苏杭等译），广西师范大学出版社，2012年版，第11页。

(3) 同上。

(4) 张枣：《卡夫卡致菲丽丝》（十四行组诗），见张枣、宋琳编《空白练习曲：〈今天〉十年诗选》，第58页。

(5) ［美］约瑟夫·布罗茨基：《毕业典礼致辞》，见［美］布罗茨基等著《见证与愉悦：当代外国作家文选》（黄灿然译），百花文艺出版社，1999年版，第307—308页。

僻，令人望而生畏，而张枣希望通过重拾古典之美闯出一条新路——"首先得生活有趣的生活"，这是张枣《跟茨维塔伊娃的对话》中表达的重要主题。[1]

1999年，中德双语印刷的张枣诗集《春秋来信》（*Brief aus der Zeit*）由德国黑德浩夫出版社（Heiderhoff Publications）出版发行，并获得了德国当代著名诗人、出版者及翻译家尤阿希姆·萨托琉斯（Joachim Satorius）在《世界报》上的高度赞美的评价，"德国文学界的各项庆典聚会的邀请也向作者纷至沓来"[2]。2000年6月，萨托琉斯为张枣撰写了一篇诗评，解读的正是选自《春秋来信》的《猫的终结》：

忍受遥远，独特和不屈，猫死去，
各地的晚风如释重负。
这时一对旧情侣正扮演陌生，
这时有人正口述江南，红肥绿瘦。
猫会死，可现实一望无垠，
猫之来世，在眼前，展开，恰如这世界。
猫太咸了，不可能变成
耳鸣天气里发甜的虎。
我因空腹饮浓茶而全身发抖。
如果我提问，必将也是某种表达。[3]

以下是萨托琉斯的阐释：

这首诗很迷人，尽管——因为？——它如此令人费解。1962年出生于中国、现今生活在图宾根的张枣，是一位以晦涩而著称的"后朦胧"诗人，对于他来说，这首先意味着语言自身，以及他常常在自述中提及的元诗写作。

---

[1] 张枣1996年9月18日于图宾根写给傅维的一封信中如此表述。参见傅维《美丽如一个智慧——忆枣哥》，见《亲爱的张枣》（宋琳、柏桦编），江苏文艺出版社，2010年版，第112页。

[2] [德]顾彬：《最后的歌吟已远逝——祭张枣》（肖鹰译），载于《中华读书报》2010年11月3日。

[3] 张枣：《猫的终结》，见《张枣的诗》，人民文学出版社，2012年版，第212页。

在这首诗中，一幅幅鲜明的画面纷至沓来，似乎令人猝不及防，彼此之间又缺乏关联。显然这是一首挽歌。

猫死去。晚风如释重负，世界从容舒展。即使是往日情侣也如获新生，宛若初次相识。

口述重又成为可能，从遥远的南国家乡传来夏日的鸣响，花朵的艳丽盖过了绿叶的苍翠。"红肥绿瘦"等同于汉语古诗中一个关于季节转换的常用的典故。

显然"猫"代表的是失语，无言以对。诗人为此历经磨难，而今他找到了一条重返语言、回归世界的路径。诗的最后一行表明：提出问题也意味着重新言说，以及从一个新的视角审视世界的可能。

据张枣本人陈述，这首1993年写于特里尔的诗传达的是一种将自己从语言危机中解救出来的策略。当真情实景重新展开，就像诗中描写的那样：当猫——毕竟只是虎的仿拟——退出历史舞台，从而揭开了新一轮的投胎转世的序幕，原初意义上的虎重新登台，诗人试图创作一首关于创作的告别的歌，而他所使用语言的方式令他不再软弱无能。

他提问。他表现自身。

焕然一新的世界在他的耳边发出甜蜜的鸣响。[1]

《猫的终结》是张枣一生为之奋斗过的文学理想的写照。宋琳认为，"张枣的'元诗写作'与欧美现当代诗人如马拉美、史蒂文斯、策兰的写作之间存在着呼应，即叩问语言与存在之谜，诗歌行为的精神性高度是元诗写作的目标，而成诗过程本身受到比确定主题的揭示更多的关注"[2]。"猫的终结"暗示着"虎"（张枣属虎）的时代的来临，即一种新的写者姿态的出现，将写作视为与语言发生本体追问关系。唯有如此，诗歌才能给我们"这个时代元素的甜，本来的美"[3]，这也正是张枣对诗歌的梦想。∎

---

(1) Joachim Sartorius. "Das Endeeiner Katze：Dasneue Gedichtvon Zhang Zao".Die Welt（24.06.2000）.http：//www.welt.de/print-welt/article519704/Das-Ende-einer-Katze.html.

(2) 宋琳：《精灵的名字——论张枣》，见《亲爱的张枣》（宋琳、柏桦编），江苏文艺出版社，2010年版，第152页。

(3) 张枣、颜炼军：《"甜"——与诗人张枣一席谈》，见《亲爱的张枣》（宋琳、柏桦编），江苏文艺出版社，2010年版，第223页。

化欧化古的当代汉语诗艺　张枣研究集

张枣曾主张把"现代性"辩争为"现代主义性",即围绕"消极主体性"这一寰球性现代主义文学核心意识形态及相关的种种现代主义诗学手法展开。[1]可以认为,所有的诗学手法最终都将归结于语言手法,"没有出色的语言不可能有出色的文学","写作必将是语言创造意义上的写作"。[2]因而,文学的现代性即缔造"词语工作室"来呈现现代人的主体与心智,修复其在科技与物质侵袭中的受损。张枣坚持的是波德莱尔意义上的现代性:"现代性就是过渡、短暂、偶然,就是艺术的一半,另一半是永恒和不变。"[3]也即,从短暂、消极、流行、黑暗的东西中提取出富有诗意的东西,从过渡中抽出永恒,制造出令人着迷之物——一种美学的积极,在物质掌权、灵魂生锈的境况中以诗学来抗衡,在鲁迅式的或沉默或开口的诗学中即暗示着一种警悟的发光的主体对抗意识,把消极性化成美学原则,化成文本,以"言说的锋芒"成就"生存的锋芒"。因为,言说方式即生存方式,言说的危机即生存的危机。对此,张枣亦以鲁迅的《立论》阐发"发声方式的困难即生存的困难"这一深刻思想,而"词语工作室"的建构即关注在生存

(1) 张枣:《朝向语言风景的危险旅行——中国当代诗歌的元诗结构和写者姿态》,载于《上海文学》2001年第1期。
(2) 李欧梵:《未完成的现代性》,北京大学出版社,2005年版,第175页。
(3) [法]波德莱尔:《波德莱尔美学论文选》(郭宏安译),人民文学出版社,2008年版,第439页。

危机中诗歌如何成为可能。极端的美学原则由此浓缩为对语言即存在的语言本体论认识，可以说是诗歌现代主义性的根本写作姿态。不过，张枣异常警觉，他的反思能力使他明白，对诗歌的形而上学、元诗结构的全面沉浸——某种意义上也是对语言本体的沉浸，以西方意识上的纯写者姿态来匡衡现代汉诗的创作，纵使能够完成汉语诗歌对自律、虚构和现代性的追求，却必然导致削足适履，成为邯郸学步的悲剧："中国当代诗歌最多是一种迟到的用中文写作的西方后现代诗歌，它既无独创性和尖端，又没有能生成精神和想象力的卓然自足的语言原本，也就是说，它缺乏丰盈的汉语性，或曰：它缺乏诗。"[1]换言之，这仍然是复制了一种言说方式或诗学方案，而且是对精神文化实质迥然相异的另一地的复制。张枣在为北岛1999年的诗集《开锁》写序言时说过这样一句话："他只关注写诗，写出一种尖端的诗，而不关注他是否在写汉语诗。"[2]这一尖端包含经典现代主义的诗学手法，如非个人化的无地域"无自传"写作、"对外界物性的虚化和对词的通约化"。这一批评的言外之意即他所反思的元诗写作或曰语言本体写作的悖谬：一种以词替物的狂欢与惰性，"语言原本"丧失了，写诗变成了符号布景与能指网里的循环。反之："如果寻求把握汉语性，就必然接受洋溢着这一特性的整体汉语全部语义环境的洗礼，自然也就得濡染汉语诗歌核心诗学理想所敦促的写者姿态，即：词不是物，诗歌必须改变自己和生活。"[3]也即，诗歌并非来自语言自足的幽闭，而是诞生在"词与物"的亲密拥抱与互动关系中，最高的理想即马拉美意义上的"对外界物的摹写使物的自在性如此真实地体现，以至它与它的意念完全叠合，在这过程中，主体'只是媒介，宇宙通过他而显形可见'"[4]。换言之，进行摹写的语言比诗人重要，诗人只是媒介，他的主体性即体现在他是语言的工具，语言通过他找到向物的回归，这一辩证关系就是张枣在《朝向语言风景的危险旅行——中国当代诗歌的元

---

(1) 张枣：《朝向语言风景的危险旅行——中国当代诗歌的元诗结构和写者姿态》，载于《上海文学》2001年第1期。

(2) 张枣：《当天上掉下来一个锁匠》，《张枣随笔选》，人民文学出版社，2012年版，第43页。

(3) 同（1）。

(4) 同（2），第42页。

诗结构和写者姿态》一文中提出的(当代中国先锋诗歌的)"现代性"与"汉语性"问题。在这里,我们即将讨论新诗语言的现代性与汉语性问题。

1917年以来的白话文,"从文学发展的意义上讲,它是要求写作语言能够容纳某种'当代性'或'现代性'的努力,进而成为一个在语言功能与西语尤其是英语同构的开放性系统……其中国特征是:既能从过去的文言经典和白话文本摄取养分,又可转化当下的日常口语,更可通过翻译来扩张命名的生成潜力"[1]。现代性的一个突出特征是它的复杂性,语言同样如此。现代诗人在语言上注重磨炼、挖掘、转化,面临着语言的多元化、杂交化,这就是诗歌语言面临的现代性问题,这一点,穆旦曾在他的诗歌中积极而明显地追求过。那么,是否有一种纯正的汉语性的诗歌语言呢?萧开愚说:"粗糙也是汉语性的一种。讨论汉语性,我想不是为了返祖和追求绝缘于当代的雅致。"[2]讨论汉语性的确不是为了返祖,而诗歌语言的雅致也不意味着绝缘于当代,我更愿意把粗糙视为汉语的现代性,即一种语言的复杂化和不断被渗透的可能性。汉语性与现代性不是二元对立的,但也不可以含糊混之而取消其各自的效果,它们是互补并可以相互"勾连"的语言追求,是诗人自觉努力磨炼语言的决心和苦心的可能。在诗歌中没有标准语言,但一定有可以让人感觉到的好坏;或许对语言感觉的好坏也"从来没有可操作的标准"[3],但一定有可操作的方向、方法和实践,以及经过努力后或者在语言天才那里可以感受到的经典效果,而经典就是一种标准。因为,我们"不会赞同相对主义的虚无观点,只不过好坏的标准较前更多元、更复杂了"[4]。张枣强调立于汉语的处境写作,立于汉语性写作,写诗伊始,他即"试图从汉语古典精神中衍生现代日常生活的唯美启示的诗歌方法"[5]。"汉语古典精神"即充盈的汉语性,

---

(1) 张枣:《朝向语言风景的危险旅行——中国当代诗歌的元诗结构和写者姿态》,载于《上海文学》2001年第1期。

(2) 萧开愚:《关于"汉语性"的一点感想》,见《此时此地》,河南大学出版社,2008年版,第434页。

(3) 同上。

(4) 李欧梵:《当代华文写作的语言问题》,见《未完成的现代性》,北京大学出版社,2005年版,第176页。

(5) 张枣:《销魂》,见《张枣随笔选》,人民文学出版社,2012年版,第28页。

它是与传统核心思想"天人合一"相吻合的语言,没有主客二元对立,不像西方语言那样有明显的"我"和对象之间的命名与被命名的关系:"汉语是世界上最'甜美'的语言,它不是二元对立的。"[1]"汉语言柔弱、干净、寂寞、多情。……世界上任何诗篇本来都应该是用汉语言写作的。"汉语性最充足的时候,如古典诗歌中的语言,是非常"甜美、圆润和流转的"[2]。在古典汉语里,我看世界和世界看我是同一的。古典诗歌对此境界的呈现是很常见的:"相看两不厌,只有敬亭山";"水流心不竞,云在意俱迟";"片云天共远,永夜月同孤";"青鸟殷勤为探看";"感时花溅泪,恨别鸟惊心"……大量这样的诗例表明,这并不是单纯用拟人这类修辞手法可以简化的,它在根底上是中国"天人合一"宇宙观的折射,人与物在一个合一的世界里平等相处,心物感应,传递到语言中即表现为甜蜜的、物语合抱的"汉语性"。张枣想要做的,是在他写作的现代汉语诗歌中恢复这种与事物原始的关联,与"大地的触摸",在他的诗歌语言中,"天地人神好好地相处在美满的绿色中"[3]。不妨随手摘录他的一些诗句:"只要想起一生中后悔的事,梅花便落了下来";"植树的众鸟齐唱:注意天空";"樱桃,红艳艳的,像在等谁归来";"谈心的橘子荡漾着言说的芬芳/深处是爱,恬静和肉体的玫瑰";"像此刻——木兰花盎然独立,倾诉/警报解除,如情人的发丝飘落"。这样的诗句读起来就像用现代汉语写作的古典诗意,它们清洁、甜蜜,古意盎然,在这样的语言世界中,没有现代性的焦虑与疲惫:"警报解除",人与物、物与词相互等待、守候、倾诉、倾听,语言的表情就是人的表情,它们安详、温柔。

然而,正如荷尔德林意识到的,语言是人类最危险的东西,诗人应该对语言保持高度警觉与病态般的敏感。在多元化的"现代性"洗礼中,现代汉语也必异质混成、鱼龙混杂。倘若我们认同,思维是语言的思维,语言是思维的语言,"没有言语的思想是不可想象的。'思想和言语相互依赖,它们不断地相互替代'"[4],那么,当"现代性"的

---

(1) 白倩、张枣:《绿色意识:环保的同情,诗歌的赞美》,载于《绿叶》2008年第5期。
(2) 同上。
(3) 同上。
(4) [美]汉娜·阿伦特:《精神生活·思维》(姜志辉译),江苏教育出版社,2006年版,第34页。

思想入侵时,也必带来"现代性"的语言。叶维廉在论及中国现代诗的语言问题时曾提出,中国现代诗在"两种视境及表现中求取一种均衡:表现上达到超然的纯粹的倾出,经验的幅度兼及转化自现代梦魇生活的'形而上的焦虑'"[1]。前者等同于我们讨论过的中国古典诗歌中物我合一、"以物观物"的"审美融入"的"汉语性",它脱尽抽象、枯槁、概念式的分析性和演绎性;后者乃西方诗歌建立在其语言重逻辑性与分析性基础上的叙述性与演绎性表现,即便诗人极力融入事物里,终难免有主体出场,流露出"我"形而上的"焦虑"。中国古典汉语性中恬静祥和的超然宁静难以容许"哈姆雷特式或麦克白式的狂热的内心争辩出现——然而,忧郁传统的宇宙观的破裂,现实的梦魇式的肢解,以及可怖的存在的荒谬感……在重重的敲击之下,中国现代诗人对于这种发高烧的内心争辩正是非常的迷惑"[2]。这一点体现着"现代性"的思想因素与写作意识的同构,"现代主义的一个特征就是对艺术问题具有一种敏锐的意识,一种不懈的自我意识"[3]。这个自我意识是写作主体的意识,易言之,经验之"我"被写作之"我"书写。福柯说,没有原初意义上的历史,同样,也没有不在逃逸中的经验。当诗人用写作手法表达经验时,其实是在塑造经验,诗歌之"我"是对经验之"我"的出离与"延异"。这个诗歌之"我"就是现代性的关键语素:强调主体。如黑格尔首次将现代性的自我确认即主体性当作哲学的基本问题予以对待,并认为在现代性之中,宗教生活、国家形态、社会结构及科学、道德和艺术均是主体性原则的转换和表现形式,这个主体以发声的力量对现代生活中时刻遭到贬损的"自我"进行修复。

  只有一种复杂而要求严格的艺术才能恰当地传达一种关于世界的现代意识。技术不仅使世界充满了前所未有的"事物",而且使封建时代相对固定的关系变为现代工业国家混乱的开放状态。心理学研究对人格的复杂性的揭示,哲学研究对人在创造他所经验之现实时具有的能动性之注重,使现代艺术家的意识更加

---

(1) [美]叶维廉:《中国诗学》,人民文学出版社,2006年版,第348页。
(2) 同上,第336页。
(3) [法]福克纳:《现代主义》(付礼军译),昆仑出版社,1989年版,第34页。

注重自我，对权威的不再尊崇是这种境况的另一个方面。[1]

个体应对复杂境况的能动性使他越是重视自我，他对与外部世界的冲突的反应就越是激烈，他渴望修复自我、表达自我的欲望就越是强烈，这一欲望聚焦于艺术家的主体身份。扩大而言，这也是卡林内斯库认为的西方现代主义文艺传统即艺术的现代性对金钱、庸俗现实这种布尔乔亚的现代性的对抗。简言之，这样的"现代性"内含一种紧张的二元对立关系，抒情之"我"想方设法以种种手段超越、拔离经验之"我"，以实现艺术的拯救，最突出的手段也就是"我"是那"虚构的另一个"。当人、思想、语言在如此这般"现代性"的裹挟中，现代汉语诗人又该如何作为呢？一代代诗人都在不懈地探求汉语诗歌的语言出路。李金发把文言句法硬拼在白话上，却拗口；吴兴华用文言写新诗，却落入陈旧诗境；穆旦追求熔铸现代口语的质感，迷恋翻译体；昌耀展现"多重语言类型景观"[2]，采用文言句式，追求语言苍茫的历史感、哲理化的抽象、余音流响等"高古"意蕴，但印象中却难免滞涩和粗糙。这些，都未能实现古典与现代之间的完美平衡。对此，张枣的梦想是，"发明一种自己的汉语"，"用另一种语言做梦"（《卡夫卡致菲丽丝》），缔造"一个新的帝国汉语"。他认为，在高度语法化及逻辑化的西方语言入侵中，如何追溯并融汇古代汉语那种"相看两不厌，只有敬亭山"的圆润流转与精神气度，应是汉语诗人的使命或梦想。

在方法论上，张枣的策略仍然是超越中西二元对立，在1995年给钟鸣的一封信中他说道："……我是有方法论的，因而想再谋求在汉诗的现代性上做一些突破，以最后确定这门语言在诗的先锋性上的可能。先锋性离不开汉语性，这点我已确信不疑，这也一直在指导着我的诗歌实践。"[3]"古典汉语的诗意在现代汉语中的修复，必须跟外语勾连，必须跟一种所谓洋气勾连在一起"[4]。这种勾连既融合了西语分析

---

(1) ［法］福克纳：《现代主义》（付礼军译），昆仑出版社，1989年版，第34页。
(2) 燎原：《多重语言类型景观中的昌耀——昌耀十周年祭》，载于《青海湖》2010年第3期。
(3) 张枣语。转引自钟鸣《诗人的着魔与谶》，见《亲爱的张枣》（宋琳、柏桦编），江苏文艺出版社，2010年版，第128页。
(4) 张枣、颜炼军：《"甜"——与诗人张枣一席谈》，载于《名作欣赏》2010年第4期。

性、逻辑性的精密与精确性,以此传达复杂的现代处境与心境,同时又能保留古代汉语圆润流转的暗示性与最大包容力:精练。文言、日常口语、翻译体一并构成诗人的重要资源。1986年,作为英语专业的研究生,张枣仍不满足,仍然试图冒险,寻找一种陌生的东西,突破现代汉语的界限。为此,他自称顶着最大的困难——失去柏桦、钟鸣等一批知音朋友所给予自己创作上的激发这一宝贵财富,怀着一种"风萧萧兮易水寒"的壮志远赴德国,去"完成一个使命,进入一种更加孤独的境地",熟练习得德语、法语、俄语等,进入西方原汁原味的文学帝国,成为一个掌握着多门语言的诗人。张枣曾说,这些语言"在我的内心形成很多种声音。对我来说,这些声音综合在一起就变成诗意的声音,而这种诗意的声音在内涵上不是单一的声音。这也是获得外语的声音的必要性"[1]。我认为,张枣在这里向我们启发了一个重要的问题,即化欧化古的精髓应该是"化声音"。诗人听到某种外语的声音,就能感受到这种语言的声音质地,也等于在内心中置身于这一语言世界的情境,领略它的思想。多种语言相叠加,诗人得以冶炼出一个因混同着丰富元素而独特的声音,犹如画家可以从几种颜色调配出新的颜色。在早期,张枣注重从古典语言中化声音,如他对《诗经》语调与口吻的内化,这种内化不是对典故的生硬套用,它是在声音这一难以捉摸的事物中发生了化学反应,哪怕是在西方语言注重连接词的分析性与演绎性的逻辑句法上,也令人感觉其吞吐中的袅袅神韵,著名的如《镜中》《何人斯》《十月之水》等诗。且看《镜中》欧化句法的腾挪蹀躞:"只要想起一生中后悔的事/梅花便落了下来/比如看她游泳到河的另一岸/比如登上一株松木梯子。"句法的清晰可以有完整的对应翻译:Just remember the regret of life / Plum blossoms then fell out / Such as watching her to swim to the shore of the river / Such as boarding a pine ladder。诗句在隐匿汉语主语的同时又勾连英语大量借助虚词的连贯句法,既获得辗转缠绵的唏嘘语气,又去除了英语人称归属严格的狭隘(翻译后,主语成了"梅花",于是一系列的动作在语法上都确定无疑地归属于梅花。而在中文中,隐匿的主语却始终指向

---

[1] 张枣、颜炼军:《"甜"——与诗人张枣一席谈》,载于《名作欣赏》2010年第4期。

某个未出场的人）。又如《何人斯》："你要是正缓缓向前行进／马匹悠懒，六根辔绳积满阴天／你要是正匆匆向前行进／马匹婉转，长鞭飞扬／二月开白花，你逃也逃不脱，你在哪儿休息／哪儿就被我守望着。你若告诉我／你的双臂怎样垂落，我就会告诉你／你将怎样再一次招手；你若告诉我／你看见什么东西正在消逝／我就会告诉你，你是哪一个"。这里的诗意来源于《诗经》"彼何人斯，其心孔艰。胡逝我梁，不入我门"的激动，糅合着古典意蕴与感觉，却以婉转的现代汉语追诉出"感官的热烈"。这些看似繁复而啰嗦的句法，包含着细腻的感觉与难以名状的迷离："二月开白花，你逃也逃不脱。"贴切的语调、神情、态度赋予这首诗声音上最直接的丰满，这便是一种被现代汉语所发明的古意、古典与洋气的勾连。

  作为一个敏锐的汉语诗歌实践者，我认为张枣在现代诗"以词当物"这一现代性语境中，又反观中国"诗言志"（以及"言之有物"）的古老核心诗学传统这一汉语性处境，为探讨"现代"汉语诗歌、创作现代"汉语"诗歌提供了面临挑战与突围危机的行动和典范文本。这一典范文本就是《云》，它集大成地实现了张枣所谓"现代性"与"汉语性"的诗歌理想。这首诗丰富复杂，笔者另有专门的文本解读[1]，或许仍只是触及其中一隅。这里所要补充的是，它对语言中的语言的再造。在这种语言形而上的再造中，它存在着波德莱尔所说的"另一个世界的真实"，这个世界是瞬间现时的，语言从时间的序列中跳脱出来，成为陡然直立的空间，譬如我们可以在《云》之六中读到的"共时感"。以下是《云》之二：

  一片叶。这宇宙的舌头伸进
  窗口，引来街尾的一片森林。
  德国的晴天，罗可可的拱门，
  你燕子似的元音贯穿它们。

  你只要说出树，树就会

（1） 参见赵飞《天人合一的颂诗》。

闪现在对面,无论你坐在哪儿。
但树会憋住满腔的绿意,
如果谁一边站起,一边说,

"多,就是少?未必如此。
我喜欢不多不少。"口吻慵倦。
这时,蝉的锁攫住婉鸣的浓荫,
如止痛片,淡忘之月悬在白昼。

　　这首诗的语言第一节富于古典的"汉语性",没有分析和演绎,句法和隐喻都经过了严密的压缩与跳跃,事物在其中自然呈露,然而某种语言与宇宙的神秘气息渗透着,仿佛犹太教神秘哲学关于造物是神性语言中的文本这一教谕的味道。第二节这一味道明显变得稠密了,其句法是典型的西化语言,洋气十足,四行诗一共用了四项逻辑虚词:"只要……就""无论""但""如果",充满繁复而纠缠不休的辨析。第三节中和了前二者,从分析性、争辩与表白中再次回到事物与宁静的"淡忘(忘我)"中,止住了被质疑的疼痛。

　　在上文提到的那封信中,张枣坦言:"但我的汉语性虽准确,却太单薄,我的方法往往都是靠削减可用的语汇来进行的,因而题材还太窄,有些技术如幽默、反讽、坚硬一直未敢重用。现在我想试试这些走向,《跟茨维塔伊娃的对话》开了一个好头。"[1]《跟茨维塔伊娃的对话》的确幽默、反讽因子增加,使得这首诗呈现出某些枯硬的面目,最明显如《跟茨维塔伊娃的对话》之七。这一首是对第六首的转折或"补偿"——整首组诗进行到一半,对话的女主角转变了地理位置,终于,"你回到莫斯科",但其作为诗人的"流亡"并未结束,境遇并未改善,而是接着遭受厄运,这正是茨维塔伊娃隐喻过的诗人那流亡的命运:"每个诗人都是犹太人。"1939年6月,茨维塔伊娃携儿子返回苏联,"碰了个冷钉子";同年8月,先期回国的女儿被捕,随即被流放;10月,丈夫埃夫伦被控从事反苏活动而逮捕,后被枪决。这个时期,她

---

(1)　张枣语。转引自钟鸣《诗人的着魔与谶》,见《亲爱的张枣》(宋琳、柏桦编),江苏文艺出版社,2010年版,第128页。

丧失了发表作品的可能性，把主要精力投入诗歌翻译中。这和1949年后卞之琳、何其芳、穆旦等诗人的境遇多么像，它表明诗与时代、生活休戚相关。在类似这样的处境中，现代诗人如何言说？怎样言说更有效？且看张枣的努力。

除夕夜，乌鸦的儿女衣冠楚楚地
等钟声，而时间坏了，只好四散。

除夕夜意味着新年的来临，新的开始和新的希望；"乌鸦"喻指苏联统治当局的乌黑，而在这乌烟瘴气的政治氛围下人民依然对新生活满怀憧憬："衣冠楚楚地等钟声"，但这一奇妙地并置却赋予了反讽的悲剧色彩。"衣冠楚楚"源于《诗经·蜉蝣》："蜉蝣之羽，衣裳楚楚。心之忧矣，于我归处。"作者感叹蜉蝣又薄又亮的翅膀，就像美丽的衣裳；而"我"内心忧伤啊，哪里才是"我"的归宿！典雅的汉语用在这里讽刺苏联当局的"异化"统治，肃反运动、大饥荒、战争等使人民身无归处："而时间坏了，只好四散"，正常的社会历史进程与个人生活皆遭毁坏，诗人等精神骨干尤其不能幸免，接下来即对"作协"这一集中了社会精英的组织——堪称社会的"总机员"，不过受伤了，躺在"带担架的风景里"——做出生动而准确的描绘，因茨维塔伊娃是诗人，又浓缩地投射着混乱而荒诞的现实：

带担架的风景里躺着那总机员，
作协的电话空响：现实又迟到，
这人死了，那人疯了，抱怨，
抱怨的长脚蚊摇响空袭警报。

大清洗运动中的冤假错案此起彼伏，社会精神陷入瘫痪状态，在此不堪的危机中，"长脚蚊"尖细的长鸣声被想象为"抱怨"，并借其长脚"摇响空袭警报"，这一灵感可谓"奇思妙想"。叶芝在其晚年的名诗《长脚蚊》中，赋予长脚蚊与人类思维密切相连的神秘感应："如长脚蚊在河流上飞翔，/他的思想在寂静中滑动。"因而，"为了免使文明沉沦，／大战落败，／叫狗别吵，拴好小马"，自然，也不能惊动"长脚蚊"。张枣反用这一典故，恰给人出奇制胜的效果。在叶芝的诗中，"思想"获得一种居高临下的"警告"语气，在张枣的诗中"思想"却"逆来顺受"，无可奈何地抱怨，承受着愚蠢的"顶头上司"的凌辱，以及同行愚昧的"幸灾乐祸"，何等悲哀：

> 完美啊完美，你总是忍受一个
> 既短暂又字正腔圆的顶头上司，
> 一个句读的哈巴儿，一会儿说这
> 长了点儿，一会儿说你思想还幼稚，
>
> 楼顶的同行，事后报火，他们
> 跛足来贺，来尝尝你死的闭门羹。

诗人这一语言的完美主义者却要承受统治者这一"句读的哈巴儿"的指指点点，悖谬无比。1941年8月，德国纳粹的铁蹄迫近莫斯科，茨维塔伊娃移居鞑靼叶拉堡市，本期望在即将开设的作协食堂谋求一份洗碗工的工作，却遭到了作协领导的拒绝，在精神与物质的双重绝望中，自缢身亡。细细品味这段引诗，张枣此处尖锐讥诮的语言手法尤为突出，一方面是描写人事情境、刻画人物形象漫画般活灵活现，另一方面是语言精致又泼辣的效果。丰富复杂的境遇与感受融合着有力的批判，语言的坚硬成就的恰恰是对外在毫不妥协的抵抗。

此外，张枣也会以语言的悦耳音响来追求抽象的现代内容，甚至极端地进行一些"空白练习曲"，以纯粹声音之华美构成形式力量来搏击意义的虚空，但于整体上，仍然不是空洞的，他最终坚守着汉语诗歌的精神性。我们认为，这在《悠悠》一诗中达到了嵌入性的契合，从而也使这首诗在诗的过程与诗的精神之间构成了张力，这便是以"洋气"的姿态来呈现"古典"的境界。关于《悠悠》的诗学方案意义，欧阳江河在《站在虚构这边》中有详尽而精彩的阐释，此处不再赘述，只对《悠悠》内蕴的精神性予以讨论。在我看来，《悠悠》是"一首悠远的诗"，写出了"枯坐的悠远"，在清苦、寂寞的处境里所能怀有的心境之芬芳与精神之美感:这又回到了我们所说的汉语性。开篇的"顶楼"二字表示这一境界远离喧嚣的人世,"秋天哐的一声来临,／清辉给四壁换上宇宙的新玻璃"。这是一个以透明来敞开、却又不受干扰的境界,是清辉般的澄澈之境。"戴好耳机,表情团结如玉。"表明对这一境界的进入。"团结如玉"在中文里并不是一个现成的词汇,但张枣在诗里用起来却似信手拈来,而我们读到时也有似曾相识之感,仿佛大伙儿在语音室里上听力课,那表情正是团结如玉,非这一短语不能传达当时神情的俨然。这是奇异的汉语,是令人沉迷的诗句!正是在心醉神迷的语言中我们得以抵达悠悠之境,"怀孕的女老师也在听",在此充满暗示。"迷离声音的／吉光片羽:'晚报,晚报'"似幻似真的声音仿佛传自夜幕降临的遥远天际,但又渗入沉溺中的"大伙儿",由此带来一种节奏的加速。真正的悠悠是在面对消极处境时的超越与赞美,纵然也有血液的偾张、紧张。"不肯逝去,如街景和／喷泉,如几个天外客站定在某边缘,／拨弄着夕照,他们猛地泻下一匹锦绣;／虚空少于一朵花!"物象纠缠,声音激越,仍不过是要把紧张、急促化淡、化融至悠悠的一种过程。悠悠似一种虚空,虚空腾出、容纳一种新格局:"每个人都沉浸在倾听中,／每个人都裸着器官,工作着,／／全不察觉。"纵使是"同一个好的故事",每个人都用一台织布机不厌其烦地讲述它。"喃喃"二字表明这种讲述如梦幻般的呓语,是沉浸的讲述,也是沉浸的倾听,"裸着器官""全不察觉"表明这一沉浸的巅峰状态。倘若一首诗能把人带入"裸而不觉"的状态,则可称达到了悠悠之境。《悠悠》可说是对"悠悠"之情或境的向往与迷醉。柏桦在回忆张枣的《张枣》一文中谈到,1997年张枣在德国图宾根森林边缘写下《悠悠》:"在回忆中写他十五岁读大学时的良辰美景:'书未读完,自己入眠?'"可见,悠悠岁月与悠悠生活的经验均在这一诗中上升为对一种诗性境界的颖悟。由此,《悠悠》一诗可看作对中国传统文化境界一词的诗性体悟,是以现代的生活和现代经验来表明境界这一诗性品格。因而,《悠悠》在表达精神性的同时也获得了精神性的表达,极富汉语性品格,又可作为诗人众多元诗中的一首,正表明他的旨趣:"写诗是需要高兴的,一种枯坐似的高兴。从枯坐开始,到悠远里结尾。"⁽¹⁾语音室里的听力课正是从屏声敛气式的枯坐开始，到进入吉光片羽的沉浸之悠远里结束。

  无论是语言的现代性还是汉语性，对于诗人，正如张枣所翻译引用过的诺瓦利斯那句名言揭示的："正是语言沉浸于语言自身的那个特质，才不为人所知。这就是为何语言是一个奇妙而硕果累累的秘密。"⁽²⁾这秘密也正是动态生命的秘密，是诱惑，是挑战，是诗本身不可祛魅的永恒诗意。■

(1) 张枣：《枯坐》，载于《名作欣赏》2010年第10期。
(2) 张枣译。转引自张枣《朝向语言风景的危险旅行——中国当代诗歌的元诗结构和写者姿态》，载于《上海文学》2001年第1期。

化欧化古的当代汉语诗艺　　张枣研究集

第二辑

化欧化古的当代汉语诗艺　张枣研究集

1992年，中国诗人张枣写作了一首题为《今年的云雀》的诗。此诗是对策兰的诗作《一片叶，没有树》的一种和答，而策兰的诗作本身又是对布莱希特的诗作《致后来人》的一个应答，张枣如是刻意展开了一个互文系列。这些作品因互相之间分别跨越了整整一代人，同时又源自三种不同的文化，而使其更加重要。下面我将探讨不同的文化符号建构是如何影响诗中的意义建构的，并通过对对话诗学、异变以及流放写作的讨论来揭示意义的新层面。

1991年，张枣将策兰的好些诗作译成了中文，他在译后记中谈及了策兰的"对话性"和他的"他方感"：

> 造成策兰作品晦涩难懂的原因，不仅仅是那些不平常的语法语义现象，更重要的是他的抒情方式。他的诗是"对话式"（dialogisch）的，也就是说，他用每首诗来追寻一个对应面，那"另一个"——一个神秘莫测的"你"。"你"时而是被戕害的母亲，时而是情人，时而是神，更多的时候是这一切的综合体。这种源于犹太教神秘主义的对话与西方正统的"独白式"（monologisch）抒情方式是迥然有别的。对后者的探讨往往可以从"抒情我"的主观性与其对应物的关系着手，而对于前者，我们则感到陌生和茫然。

一棵树是什么？
——"树"，"对话"和文化差异：
细读张枣的《今年的云雀》※ ———— [德]苏珊娜·格丝，商戈令译

※ 原载于《当代作家评论》2000年第2期。

引文中张枣显然指涉了策兰的《子午线讲话》。张枣在此处十分细致地在他熟悉的事物和他方事物之间做出了区分。作为中国文化的一员，同时又作为谙熟正统西方文学文化的学者，张枣更熟悉西方传统基于主体关系的独白风格，而对策兰从属的犹太教的对话传统感到"陌生"和"不确定"。引文中还显现出张枣创作中一个重要的关联：对话和寻找对等倾听者的关联。他的《今年的云雀》写于翻译策兰之后不久，我们在其中可以找到许多对策兰诗歌对话结构创造性析读的指涉。

今年的云雀

但最末一根食指找不到手
　　但叶子找不到树
但干涸的不是田野里的乐器
总之它们不运载信息
这是一首空白练习曲；
　"首先是敲，如盲人凄惶于生门前
　但不似药片的那种敲
　因为不屑于吻合
　不吻合于某种臆想
　不以融解你我为最佳理想
　是敲，但敲只敲某种形象
　像你打开自己还是自己
　短暂打开后还是短暂
　敲是回家？
　但家不该含有羞怯和尴尬
　但家应该是这儿，这儿
　随喊随开。敲。"
　　　　然后谁也猜不透
你这云雀葬身何方。我站起
我摸到快结霜的天气里

无边无限的墙
我给它的空空如也戴上一副墨镜
仿佛是随手画到一张白纸上
红色单薄的墨镜表示寻人
而迷途的人儿找到一只死鸟

此诗是张枣对他的另一首短诗《云雀》(迄今只存德译本,未见有原文发表)的大幅度改写,最显眼的不同之处是将一个对话结构重新嵌入,比如"云雀"被赋予了一个自己单一的叙述声音,于是保持了一个主体姿态的形式。此诗本身没分段,但我们可以找到三个主要分界。第一部分是引号直接语气前的部分。第二部分包括直接引语及其应答,然后是刻意用句号表明的最后非引语部分。交谈即"练习曲"和应答被"首先"和"然后"两词分开,直接语气中的绝对现在时反衬出"应答"的然后性,虽然云雀被直接呼称,但无真正直接情景的对话发生。讲话与对讲交织在过去与现在的序列之中,之间是不可超逾的时间之沟的分隔,这是与死者中的一个"你"的对话。当句号也当作句读时,"对话"也突然中断,标明对话结构中的裂隙。第三部分显然是从"我站起"这一句引发的,而从此处起,只有一个"抒情我"在发音。

前两部分的"对话质"(姆卡罗夫斯基语)是通过那显眼的迭用七次的"但"字作为句首重叠法来标明的。它在诗的开始部分被用作序语,但在独白结构的第三部分突然中止。这一句重叠法将第二部分的我/你对立投射到叙述性的第一部分,其起初含义只有到了互文指涉交代后才揭显出来,"但最末一根食指"以"但"字开始的前两句暗涉了策兰的诗歌。手指/手的动机贯穿策兰的作品,如在《依偎着无人》一诗中:"偎着你,生活/偎着你,用手的残部找到的/你的手指/遥远,在路上……""叶子找不到树"应答了策兰诗集《雪的角色》中的诗作《一片叶,没有树》。此处的互文性并无直接标志,正如策兰给贝尔特·布莱希特的诗一样。第一部分的互文性标志只是用反诘的姿态即"但"字标明的。下面我们来看策兰的诗:

一片叶，没有树

　　——给贝尔特·布莱希特

这是什么年代，
连谈话都几乎变成犯罪，
因为它包含了
如此多的以往的话语？

下面是策兰直接应答布莱希特的《致后来人》一诗，并修改布诗第一段中最有名的一句：

这是什么时代，当
关于树的谈话几乎是犯罪
因为它包含了对恶性的沉默！

评论视角中的策兰和布莱希特

布莱希特的《致后来人》（作于1934—1938年他在丹麦流放期间）是近期德语文学界里得到最多应答的诗。策兰的《一片叶，没有树》是1968年专为一本应答诗选而作的，许多应答诗都专门或明显指涉上面引文中"关于树的谈话"。勒尔曼和娄温认为：

　　对整整一代人而言，"谈话"和"树"这些词儿像被无形的线连接到一起了。这是从布莱希特在斯温勃格时期写的《致后来人》开始的。最明显的标志是策兰的遗集《雪的角色》。且不提"谈话"一词涉及荷尔德林、海德格尔和策兰的《子午线讲话》时更为广阔的含义。

策兰的《一片叶，没有树》《图宾根，一月》以及《法兰克福，九月》是三首"诗人之诗"或所谓"献诗",分别与布莱希特、荷尔德林及卡夫卡进行对话。一般认为,后两首是以赞同的姿态引入互文的,而前一首却是被读作针对布莱希特的一个"反词"甚至是针对其诗学文艺观的一个修正。

在布莱希特和策兰的诗歌文本比较中,解读者一般一致认为策兰的语言观更激进,两者的诗学观大相径庭。布氏据其马克思主义的艺术观不怀疑语言的交流功能,只认定非政治性的话语即是对恶性的沉默也就是同谋犯罪。而策兰的对话意识不仅仅是关涉"树",更是认为一切对话——一切包含了以往话语的对话都应含有歉疚,可见策兰质疑话语即质疑言说本身。通过强调"无树",策兰表达了"美好和无恙的自然与无可救药的文明之间的对比已经失效"的观点。进而言之,"无树"象征着"对艺术而言,一个可触感的物件已彻底缺在",以及"意义空白"。

张枣和策兰:寻找一个对应者——"对话方式"和"知音"观念

我们先细读引语的核心部分:策兰加入了"一片叶"而否定了"树"。而"树"并非缺在,因我们都熟悉语言的这一修辞现象:用命名决定某物就等于内在地提及了某物,因而使它在设置的缺在中保留了实在。他保留了布氏预设的"对话"关联,但没让"对话"与"沉默"对立,而是与"以往的话语"对立。张枣呢,他参合了策兰的"叶"并保留了"树"之否定,用动词词组"找不着"引入一个寻找时序。搜寻确是张枣诗中的中心动机,他将关联词"对话"修改成"歌曲",或更准确地说,修改成"练习曲"。

用"练习曲"取代"对话",表明张枣熟知两个前文本各自的文化语境,于是他有意将树的隐喻连置在汉语诗歌的对话传统中。它源自音乐,后来转换到诗歌中——这就是"知音"观念。它专门关涉乐师与听者、诗人与读者的际界交流,也就是个体之间直接的人际交流场景。这一传统源自伯牙和钟子期的故事,见于《列子·汤问》篇。"但干涸的不是田野里的乐器"隐指这个场景:

伯牙善鼓琴，钟子期善听。伯牙鼓琴，志在登高山，钟子期曰："善哉，峨峨兮若泰山！"志在流水，钟子期曰："善哉，洋洋兮若江河！"伯牙所念，钟子期必得之……伯牙乃舍琴而叹曰："善哉善哉，子之听乎！夫志想象，犹吾心也。吾于何逃声哉？"

音乐的本源和"知音"的观念将诗文本的解读重心更多地移换到作者的"心境"上而不是语句的语义内涵上。此外，这一观念的另一特质是它不在艺术家以及艺术鉴赏者、写作者与读者之间建立任何等级观念：两者皆是各自领域里的艺术大师，而作品降位至中介的角色，通过它可获得理解的最佳形式。

听者—读者的"完美理解"与西方的对话观念是不相应和的，因为一般来说它有太肯定的特质；这里也不存在我—你对立，而是寻求两者心境的完全合一（心暗合与己无异）。知音观念中的作者—文本—读者的理想关系很难与诗歌表达的对话方式同日而语。此外，在超验方面还有极大的区别：知音观念讲究的是一个真实交流情景中有一个真实的听者，而不是一场与一个死者中的"你"或神的虚构对话，这就是张枣声明对话的方式他比较陌生，而独白的方式他更熟悉的主要原因。刘勰的《文心雕龙》用整整一章来讲知音的观念，他大大抱怨找到这样一个理想听者的难度。汉语诗歌的主题充满了对这类听者的渴求，只需参见李白、陶渊明和苏东坡的作品就可了然。而张枣与古诗微妙的不同，是他将对文本本身对话结构发展的寻找投射成一种对理想听者的寻找，并用语言物质再现了这种寻找，而不是停留在传统中一代代流传的失落和乡愁上，正是这种寻找对应者的时序为张枣打开了通向外来传统的新门，以致两个不同的对话观出现了某种共同点。策兰也是用文本互涉的方式表达了类似的对话诗学观，这在他的《子午线讲话》中得到了强调："诗想走向一个'他者'，它需要一个'他者'，它需要一个对应者。"不过，张枣更强调直接的人际的层次："诗在寻找什么？一个听者。"他在1995年8月12日南德电台的访谈中谈道：

真的，我相信对话是一个神话，它比流亡、政治、性别等词儿更有益于我们时代的诗学认知。不理解它就很难理解今天和未来的诗歌。这种对话的情景总是具体的、人的，要不我们又回到了世纪独白的两难之境。这儿我想起中国古典传统，它的知音乐趣可以帮助我们。这个传统还活着。我们刚才谈及的我的那些早期作品如《何人斯》《镜中》《楚王梦雨》《灯芯绒幸福的舞蹈》等，它们的时间观、语调和流逝感都是针对一群有潜在的美学同感的同行而发的，尤其是对我的好友柏桦而发的，我想唤起他的感叹、他的激赏和他的参入。正如后来出国后的作品，尤其是《卡夫卡致菲丽丝》，它与死者卡夫卡没有太多事实上的关联，而是与我一直佩服的诗人批评家钟鸣有关，那是我在十分复杂的心情下通过面具向钟鸣发出的，发出寻找知音的信号。他当然不知道那些外部前提，而竟然，在一年之后我突然收到了他的一篇析读文章，那是一篇洋洋得意的文章，整个儿在细节上洋溢着知音的分寸和愉悦，那是语言的象征的分寸和愉悦。它传给了我一个近似超验的诗学信号：另一个人，一个他者知道你想说什么。也就是：人与人可以用语言联结起来，对我而言，证实了这点很重要。

这段话里显露出来的愉快而乐观的语气使人想起他的另一些直接表明对话的作品的基本语调，那些作品似乎都暗含着现实中成功对话的体验：《祖父》《春秋来信——赠臧棣》《跟茨维塔伊娃的对话》……但这段话同时有一个悲剧的弦外之音：如果对话失败怎么办？因为源自人际领域的对话关系注定受到时空和际遇的限制，注定有"找不着"和丧失的可能，伯牙、钟子期的最终悲剧就是最好例子。因而，搜寻与丧失本身又构成了这个神话的背面。《今年的云雀》因此是一首从消极面剖析知音观的诗，是一首哀歌，它选用的语言构建了一个多层次透视的棱镜似的裂点：他在自身之中发现了他者，在他者之中又发现了自身，而无论他者之中的他者性是什么，只有确定为是他者的本性对他才具有可辨认性。于是寻找在这种情况下就是对可能克服分离因素的搜寻，也因为如此，它只可能是尝试。"敲"是对永恒的他者性的准确表达，是敲陌生之门，是搜寻。"敲"不等同于"以融解你我为最佳理想"，它既表示了知音观念的可能，又表示了它事实上的缺在，既表示了对陌生接近的愿望又表示了这种接近难以完美的遗憾，只有语言，充满能动的语言才有可能完美地再现这一实况。"敲，只是敲某种形象"，是对再现之可能成功的预感，不过人总是发现他永恒地被再扔回自身的语境中。"你打开自己还是自己"，搜寻最终还是回到了自身，正是在自身这个场地，对他者的接近才能真正发生："敲是回家？"这里我们又想起了策兰：诗是"生存的草图，也许，是自身对自身的派遣，去寻找自身……是某种回家"。

但分隔的因素没有退却，它置身在那总是遍在的缺在即空白之中，因为它最终只能被描述成一个否定，一个"不在"，因而语言本身不能将它把握。它最终只能在两个内涵中得以证实：朝向我和朝向他方。"无边无限的墙"作为分隔者是可感可触的，但它同时又是"空空如也"的。这首诗就是用这样的方式来处理图像，使它们成为作为空白本身的缺在的盛器，这缺在本身在诗中变成了诗学宣言似的隐喻："我给它的空空如也戴上一副墨镜／仿佛是随手画到一张白纸上／火红而单薄的墨镜表示寻人。""云雀"现在成了缺在的盛器：这是浪漫主义话语和传统的象征，如雪莱的《致云雀》，它在汉语传统中不存在。张枣反用这个浪漫主义话语来给他的语言创造一个虚构空间，来超越痛苦和断裂。云雀作为一个不可捉摸的现象，作为声音，它成了那个被放弃了的寻找的符号，一个纯可能性和体验他者的符号。这个声音变成了一个"呼唤"，一次朝向"自身打开"的"派遣"，然而，打开的可能性直到它被转化成死亡和绝对的无从补偿的丧失时才实现。当它丧失了布伯所谓的它的"你性"而只剩它的"它性"存在于世时，它才能被人找到——而它不能参与对话了。"云雀"变成了"死鸟"，也就是说变成了"瓶中信"，只有那些"迷途的人儿"才能找到它——这样，它其实就是变成了诗本身的符号："当人思考诗时，人是否在用诗走这样的路？路是否就是弯路，从你通向你的弯路？但它也同时是……通向一个感知的你的声音之路……"（策兰语）于是，诗本身成了盛装空白的声音，进而成了寻找他者的地域，也成了克服陌生和分隔的空白的可能性。诗因此进入"开阔和空白"之境，成为一个"指明方向的追问"，"诗也在寻找这个地域"（策兰语），而最终达到张枣梦寐以求的那种宁静和谐的相遇之地："陌生的事物进入／我们，铸造我们"(《卡夫卡致菲丽丝》)。

"对话"和"树"的关联：文化差异

布莱希特诗中"有关树的对话"主题里交织着西方传统的两个根：一是古希腊的，这最早可追溯到裴里帕托斯学派，他们一边在树下漫游一边进行关涉树的哲学对话；再就是后来基督教的，它将"知识之树"和原罪联系在一起。前者通过对话来寻找知识，后者看见知识的寻找中夹带着原罪。因此在"有关树的对话"中也有着这样的含义：关涉原罪（即关涉其历史暗指中的法西斯主义）的对话几乎等于"沉默"，正如在远离现实之处通过对话来获取知识是可质疑的一样。这两支被暗指的传统很难阻止暴行，因而得到批判。"说"可以被解读成"沉默"即犯罪，只要这个"说"是一个没有行动的说。这里布莱希特的马克思主义观点是一目了然的，正是这一内涵的丰富性使它成了一个吸引人的像一个原诗注解似的点，引来许多诗的应答。布莱希特用简单的语言来确立的政治与非政治言说的二元对立，以及对语言的信任都是值得质疑的。

犹太教传统中，比如在马丁·布伯的作品中，我们可以随意找到"对话"与"树"关联的例证。布伯给过策兰很大的影响，他在1913年出版的哲学论文《达尼尔》的前言中描述他是如何在一棵树下体验对话的："似乎只有当我找到这棵树时，我才找到了我自己，那时对话出现了。"这个文本对策兰之重要，可以从他1960年唯一用散文诗形式写的应答作品《山中对话》中看出来。这个标题取自布伯的《达尼尔》的第一对话篇"论方向：群山中的对话"，两个文本都论及"我"与一个对应面的问题。不过，在策兰的作品中布伯所定义的"真正严肃的呼称"并未发生，"树——动机"也被否决："他没说话，只是发音，而谁只是发音，就没跟人说话。"不过，如果我们把策兰的诗也读作参与的一面的对话，那它的时代与社会批判的层面也确实与布莱希特的诗有联系：布莱希特所批评的"沉默"，策兰以一个后来人身份未必不赞同，不过他的视角有所不同，他看到的20世纪60年代末对历史的那些轰轰烈烈的争论不过是一个自我安慰的策略，是没有对话者的"呼称"，是"没有树"。

张枣作为布莱希特呼称的"后来人"，作为拥有中国独特的"知音"传统同时又缅怀这种中断了的乐趣的流放者，也作为机敏的策兰的读者，他的应答诗《今年的云雀》可被读作一个"知情者"（eines Wissenden）刻意创作的互文元诗。他对布莱希特的应答是通过采取同情策兰的诗学立场即德语中的一个边缘立场而折射出来的：他不同意其代表一代人发出共同声音的方式，因为一代具备一个集体意志的后来人今天已不存在，也因为它作为过去的历史与政治现实只能勾起痛苦的回忆。今天的个人只能正视他自己发现的现实，而传统肯定也是这现实中的一种。对于张枣，传统也就是"树"的根，是"叶子"（个人）应该去寻找的。一如叶子要经过脱离才能再"找到"或回归树，个人也只有通过搜寻朝向陌生、开阔的空白和对话之路才能再发现传统。他在同年写的题为《入夜》的诗里展现了这一幻境：

>……
>突然，那棵一直在叶子落成的托盘里
>吞服自身的树，活了，那棵
>曾被发情的马摩擦得凌乱的大树
>它解开大地肮脏的神经
>它将我皓月般高高搂起……
>
>树的耳语果真是这样的：
>神秘的人，神秘的人！
>我不知道你是谁，但我深知
>你是你而不会是另一个

这里出现的神秘合一说明个人与传统不再分离，也就是说，在一个地理上远离传统的陌生场地，个人通过学习、记忆和搜寻将传统进行了内化，自身成了传统的携带者："那棵一直在叶子落成的托盘里／吞服自身的树，活了。"这就是"树"——"个人"的含义。而这个个人在一系列的棱镜折射中通过"我"与对应面、陌生与对话、传统与外来、互文与独创而变得丰富自足且奇妙:"孤独中我沉吟着奇妙的自己"(《卡夫卡致菲丽丝》)。也正是这个虚构的个人成为当代诗学批评中最奇妙、最迷人同时也最具有挑战性的研究和对话的对应者。■

化欧化古的当代汉语诗艺　张枣研究集

张枣的《镜中》是当代诗歌中最令人难忘的名篇之一。这是张枣的少作，也是他的成名之作，张枣在20世纪80年代"诗歌江湖"中的声望很大程度上就建立在这首诗上。可以说，除了海子的某些诗，当代诗歌中还很少能找到如此流行的实例。那么，这首诗特殊的魅力究竟来自哪里呢？

　　"镜中"这个标题包含着一个拒绝的姿态。镜子具有双重功能，一方面它具有吸附和复制的功能，哪怕一面再小的镜子，它也可以把整个世界包容在内，这是博尔赫斯曾经写到的令人害怕的镜子；但是另一方面，镜子也意味着排斥，它的四个边框就是对于其外的世界的一个推拒和否定，这是倾心于自我和内部的镜子。对于揽镜自照的人，镜子的吸附功能很少起到作用，他用自己的后背把整个世界牢牢挡在外面了，他在镜中看到的，永远是他自己，而镜子的四个边框正好帮助他巩固自我的形象。因此，镜子也提供了一个我们对自我进行审视的绝好的机会。面对镜子，实际上就是面对自我。值得注意的是，在我们通过镜子进行自我审视的过程中，镜子并不是一个简单的道具，它和我们之间存在一个对话关系。面对不同的镜子，我们所得到的自我形象是不同的。也就是说，是镜子在告诉我们自己是谁。反过来说，我们每一次对自我的审视都需要一面特殊的"镜子"。庞德写过一首《对镜自怜》的诗，在那首诗的结尾，叙述者的自我发生了分裂，他在

时间中的远方——解读张枣的《镜中》※　　　　　　　　　　西渡

※ 原载于《名家读新诗》（西渡编），中国计划出版社，2005年版。《镜子》原文据张枣《春秋来信》，文化艺术出版社，1998年版。

镜中看到的是一个他者。所以，面对张枣这首诗，我们首先要搞清的是，诗人所说的镜子到底是什么。但是，仅从标题，我们还没有获得足够的信息来解除这个疑问。让我们暂时保留它，先从诗的头两行开始吧：

只要想起一生中后悔的事
梅花便落了下来

"只要……便……"是一个充足条件复句，用一种陈述性的语调，把一个想象性的事实进行了现实化的处理。这一语调和《圣经》中"上帝说，要有光，于是就有了光"的语调有某种内在的相似性。上帝用语言创造了现实，这两行诗同样试图用语言虚构出一个现实。相信语言更甚于现实是20世纪80年代诗人的一个普遍倾向，张枣也不例外。对语言创造力毫无保留的信赖，某种程度上正是20世纪80年代泛化的青春写作的一个显著特征。20世纪80年代诗人的个性不是表现在他们对待语言的意识上，而是表现在他们的语言的风格上，这两行诗就典型地表现了张枣诗歌唯美、柔婉、绵密的特征。当代诗人中，有两个具有女性化风格特征的男诗人，一个张枣，还有一个柏桦。柏桦的风格中有一种女性的神经质倾向带来的尖锐感，而张枣则把女性的敏感和优雅发挥到了极致，可以说，超过任何一个女诗人。这两行诗里就表现着一种女性化的敏感和偏执，按照正常的逻辑，这两行诗中所反映的因果关系是颠倒的，也就是应该先有梅花落的事实，然后才有叙述者的心理反应。但是诗人却反过来说，叙述者的心理反应造成了梅花落的事实。这种说法不具有物理世界的真实性，但却具有心理体验的真实性，它带出了一种女性化的、非理性的思维方式。我们常常听到男人抱怨女人不讲理，从散文的逻辑来说，诗歌恰恰也是不讲理的，所以，优秀的诗歌和优秀的诗人都必然具有某种程度的女性气质。李煜的《清平乐》词也写到落梅，"别来春半，触目愁肠断。砌下落梅如雪乱，拂了一身还满"，将心理反应和外界的事件并置在一起，虽然没有直接挑明两者的因果关系，但它还是突兀地将心理反应置于外界的事件之前，同样给人一种叙述者的百转愁肠造成"落梅如雪乱"的暗示。事实是,如果没有心理上的百转愁肠,落梅也就是落梅,它根本就不"乱"。可见,每个人看到的自然都是打着他自身的心理印迹的自然。既然李煜的愁肠可以"乱"了落梅,张枣的"后悔"自然也就可以让梅花"落了下来"。西方象征主义有一个关于应和的理论,他们认为,自然界的事件和人们的心灵现象是互相呼应的。这一理论的创始者波德莱尔在《应和》一诗中写道:"自然是一座庙堂,那里活的柱石/不时地传出模糊隐约的语音……/人穿过象征的林从那里经行,/树林望着他,投以熟稔的凝视。"[1]在这样一个象征的世界中,"香味、颜色和声音都互相呼应","歌唱性灵和感官的欢狂"。这样一个理论,在西方诗歌中曾经是一次伟大的革命,几乎彻底改变了西方诗歌的面貌。但对于哲学上信奉"天人合一"的中国诗人和读者,它实际上并不怎么新鲜。当中国读者读到杜甫"感时花溅泪,恨别鸟惊心"这样的诗句,没有谁会对其中的逻辑产生怀疑,因为相信自然界的事件呼应着人类的心灵现象本来就是中国诗歌的一个古老传统。对此,只要对中国文学史稍具常识,就会有足够深刻的印象。

"想起一生中后悔的事",这句诗采用了一种回忆的口吻。如果我们联想到张枣写这首诗的时候实际上正值青春年少,我们会对这两行诗的性质有一个更深的认识。在这里,回忆实际上却是幻想——叙述者设想自己在将来的某一刻回忆他的青春时代。也就是说,他是在"回忆将来"。这个"后悔的事"实际上并未发生,这和"后悔"的性质显然是矛盾的。这里的潜台词就是,抒情主人公为了"回忆",主动选择了"后悔",而他之所以选择"后悔",是因为在他的意念里,"后悔"具有一种值得追求的美好的性质。也许,在张枣看来,"后悔"就是青春的性质,也是青春的骄傲。因为,只有拥有未来的人才有资格"后悔"。迟暮的美人、老去的英雄,都不具备这个资格。从这里我们可以看出,抒情主人公是以多么骄傲的口吻谈起他的"后悔"的!现在我们大概可以回答上文关于镜子在这首诗中代表什么的疑问了。在这首诗里,镜子就是"未来"的化身。所谓"镜中",就是青春在"未来"的镜子里观察到的自画像。至此,本诗的主题已经渐渐明确了。

---

(1) [法]波德莱尔:《应和》(戴望舒译),见《戴望舒全集·诗歌卷》,中国青年出版社,1999年版,第614页。

"梅花便落了下来",这一行诗,展开了这首诗的另一个主题——对古典世界的向往。事实上,这个意象一下子把我们和中国古典诗歌的悠久传统联系起来了。"一生"本来已经是一个具有漫长的时间跨度感的意象,但"梅花"的意象更把这个时间的跨度延伸到悠远的历史中。青春是短暂的,它的历史也是可疑的,为了获得对自己存在的确定,它需要把自己和身外的世界联系起来,而联系的方法就是想象。无论对于时间还是对于空间,青春总是特别敏感于其无限的性质,而执着地把自己有限的经验依附于这个抽象的无限中。作者在这里采用"梅花"这个词,就是在引导读者进入一个悠邈的古典时空。这个主题和上文说到的"未来"主题看起来是矛盾的,实际上却统一于青春的想象中。从青春的角度来看,"未来"也就是"过去"。如果青春可以被假设为一面镜子,那么"过去"和"未来"就是这面镜子里以现时为对称轴的两个对称的镜像,它们都是时间中的远方,而远方对青春就意味着理想。在这首诗中,通过"青春"这个中介,"过去"和"未来"结成了奇妙的姻亲。我们也许可以说,对"未来"的向往和对"往日"的钟情分别是青春的左、右脸,只有两者的结合才能呈现青春的完整的自画像。

让我们在"梅花"这个意象上继续停留一会儿。我们都知道,在我国古典诗歌所提供的文学经验中,折梅赠远是一个有着悠久渊源的传统。南朝宋人陆凯《赠范晔》诗"折梅逢驿使,寄与陇头人。江南无所有,聊赠一枝春",是诗词中经常引征的典故,而《西洲曲》的起句"忆梅下西洲,折梅寄江北"更是广为传播。从这些诗例中,我们看到,"梅花"在古典诗歌的经验中,是一个和远方、和被阻隔的感情相联系的意象,这正是对本诗主题的一个有力的暗示。我们刚才说到,《镜中》这首诗是青春对未来的想象,所以,这首诗某种程度上就是青春寄赠给未来的"一枝梅花"。叙述者在想象中咀嚼着、回味着事实上并未发生的故事,并且赋予这个失意的故事浓郁的诗意,而这种诗意除了由青春的想象赋予外,更多的则是来自传统的经验。如果我们把眼光延伸到文学经验之外,则梅花的意韵显得更加丰厚。汉乐府中早有"梅花落"的曲名,以后鲍照、吴均、陈后主等的乐府曲辞中都有此篇。琴曲《梅花三弄》相传改编自晋桓伊所作笛曲,更是中国音乐中屈指可数的名作。这些梅花形象,都闪烁着中国传统知识分子自我的面影。这一传统在古典诗歌中越到后来就越彰显,陆游的《卜算子·咏梅》完全是以梅自况。所以,我们说在张枣的这首诗中活跃着强烈的自我意识应当是不会错的。但由于这首诗的青春的、幻想的性质,它在情调上与传统诗歌并不相同。上文曾经引征的李煜的《清平乐》词,是古典诗词中写落梅的名篇,但那是对过去的眺望:"别来春半,触目愁肠断。砌下落梅如雪乱,拂了一身还满。　雁来音信无凭,路遥归梦难成。离恨恰如春草,更行更远还生。"这里,诗人没有明说"后悔"是现实而沉痛的,相反诗的情调却是纤丽明媚的,尽管诗中一再说到了"后悔"。它也没有陆游词作中的落寞情调,青春,给这首诗染上了一层明亮的、希望的色彩。现在看来,这一点青春的情调正是20世纪80年代所独有的。

　　让我们接着往下读:

比如看她游泳到河的另一岸
比如登上一株松木梯子
危险的事固然美丽
不如看她骑马归来
面颊温暖,
羞惭。低下头,回答着皇帝

　　这是对情爱对象的正面想象。六行诗里包括四个独立的分镜头。"比如看她游泳到河的另一岸",是远景;"比如登上一株松木梯子""看她骑马归来",是中景;"面颊温暖,／羞惭。低下头,回答着皇帝"则是特写镜头,四组镜头安排得错落有致。这六行诗中,居于中心地位的是"美丽"一词。这个词的朴素的性质更突出了它在诗中的重要地位,事实上,它既是叙述者幻想的中心,也是这首诗诗意的核心,它以一种醒目的方式标明了这首诗的唯美趣味。用"危险"来规定"美丽"的性质,也别有意味,它暗示了青春的一种特别偏好,也是青春肯定自己的一种方式。用"温暖"来修饰"面颊",把视觉的形象触觉化,赋予本诗一种亲切的但并不过分的感官氛围。"羞惭。低下头，回答着皇帝"，这一诗行再一次表明了本诗中爱情的想象性质。她的羞惭，她的低头，都说明他和她的爱情仍然停留在心灵相通的阶段，还没有进入收获感官享乐的阶段，这正是青春期少男少女情爱的特征。这很容易让我们联想到海子诗中所写的爱情，那也是不以感官的满足为指向的爱情。海子想象女友的手像"两盏灯"、"隔山隔水"、"只能远远地抚摸"，把触觉的对象视觉化，弱化了爱情中的感官倾向。本诗中除了"温暖"一词包含一定的触觉意味外，充满的同样都是视觉的形象，而"温暖"一词所包含的触觉意味也是暗示的、抽象的。所以，张枣的这个爱情在性质上和海子的爱情是相似的。此外，值得注意的是张枣所使用的特殊的并列句式。诗中"游泳到河的另一岸""登上一株松木梯子""看她骑马归来"这些句子成分，本来都是完整的句子，但在诗中分别被冠以"比如""不如"等介词成分，消解了它们的独立性，从而虚化了它们陈述的事实，进一步冲淡了感官的氛围。

这几行诗中，选用的意象也都是古典的，进一步带领我们深入古典的世界中。需要特别加以讨论的是"皇帝"一词的含义，"皇帝"在这里是不是对叙述者身份的一种说明？我曾经按照这样的思路来解读本诗，把这首诗理解为"皇帝"对逝去的爱情的一种追忆。但是，这显然不是读解本诗的最好方式，因为这样理解无疑是把一首具有普遍意义的诗限定为一首特殊的诗。后来，我忽然想到"皇帝"一词在这里可能并不具备它表面的意义。事实上，恋爱中哪一个男子在情人面前不是具有无限威权的皇帝，而哪一个女人不是爱人心目中具有无限威权的女王呢？所以，"皇帝"在这里只是表明了叙述者的男性身份，而并不表明本诗叙述的是一个宫廷故事。当然，更重要的，是这个词大大加深了这首诗的古典氛围。

我们再看接下来的两行：

一面镜子永远等候她
让她坐到镜中常坐的地方

这两行诗正面写到作为实物的镜子。我们已经在上文分析过镜子所具有的隐喻意义。对恋人而言，镜子还另有一层意味。它是两人世界的一个重要的道具——它既是爱情的见证，又常常被用作爱情的信物。镜子是女性私密的生活用品，因此可以认为内在地保留了女性自我的形象。所以，在古典的经验中，镜子的赠予和我们今天照片的赠予有着十分相近的含义，即是希望对方记住自己，并永久地保留自己美好的形象。毫无疑问，"镜"这个意象上同样打上了醒目的古典标记。恋爱的双方彼此也互为镜子。"一面镜子永远等候她"，这镜子既是指实物的镜子，也是指她的恋人。镜子是善于守候的，多情的人也如镜子一般守候她的爱人。"让她坐到镜中常坐的地方"以一种含蓄的方式显示了两人关系的进展。一般来说，只有丈夫才有资格伺候女性化妆。恋爱中的男女只希望向对方展示自己最美好的形象，这时候女性是决不会以未加修饰的面目去见她的恋人的。不过，对本诗来说，我们还得记住，这个进展仍然是想象的。

望着窗外，只要想起一生中后悔的事
梅花便落满了南山

最后两行是对头两行的完整的呼应，只略有修饰性的改动。"望着窗外"，是一个怀念远人的典型姿态，同时通过"窗"的稳定结构把一种弥漫的、发散的情绪固定下来。"窗"本身又是一面镜子，使诗中的镜像通过它又得到一次反射，产生镜像反复互射、扩散的效果。"梅花便落了下来"发展为"梅花便落满了南山"，好像电影中的纵深镜头，一下子把诗歌的空间推向远方，产生了一种奇妙的放大效果。这两行诗中出现的"山"本来是一个男性化的意象，但是"南山"却另有一种妩媚的意味。这个"南"字带给我们多少阳光和温暖的感觉！"南山"把"山"的威严变成了庄严。打一个比方，就好像观音在菩萨中，以一种女性的妩媚调剂了佛法的森严。你要是不信，且把"南山"换成"北山"试试！"南山"又是一个积淀了数不清的古典文学经验的意象，自从陶渊明写出"采菊东篱下，悠然见南山"，"南山"便成了历代诗人钟情的对象。所以，这里写到"南山"，也是诗人对这位隐逸诗人和伟大的诗歌传统的一次遥远的致意。

这两行诗与头两行的呼应方式，也在这首诗的内部形成了一个类似镜子的封闭的空间，在这首诗的镜式结构中增加了一个新的层次。现在，整首诗的镜式结构终于完整地显现在我们眼前。在诗的最外层，叙述者面对"未来"的镜子审视着自我的形象，镜中映出的镜像便是我们现在读到的这首诗，也就是一幅青春的自画像。往里一层，这个镜像本身构成了另一面镜子。一头一尾的四行构成镜框，中间八行是这面镜子的镜像（这一结构具有一种特别的平衡简洁之美，与诗歌意义的繁复形成了鲜明的对照），它们是从一头一尾的因"后悔"而来的"回忆"中产生的镜像。在这一镜像系列中，还安放着两面更小的镜子，一面是"永远守候她"的镜子，另一面是"望着窗外"的"窗"。这两面镜子中所反映的镜像则分别是恋爱双方的她和他，他们之间因为隔着现在和未来的永恒距离而永不能相见——他们所能看到的只是对方的镜像。整首诗的结构好像俄国人的套娃娃，大镜子中套着小镜子，小镜子又套着小镜子，镜子与镜子互相映射，形成了一个繁复的意义结构。

这首诗技术上的一个主要特点就是省去了每个句子的主语，使得诗句的指向变得十分暧昧，有力地烘托了诗歌幻想的氛围。此外基本上不押尾韵，却有一种明显的音乐感，这主要依赖同类句式的灵活运用。头两行和末两行不但句式相同，语句也基本相同，在声音上造成了回环的效果。句间和句内通过"悔"（hui）、"梅"（mei）、"来"（lai）的邻韵相协，也造成了丰富的音乐效果。中间八行又穿插着三个"比如""不如"引头的并列成分，进一步加强了全诗行云流水的感觉。全诗基本采用口语句式和口语语汇，具有一种灵动自如、自然生动的节奏。

爱情诗的常规总是以情感的热度来打动写作的对象，并以此感动读者。而读者在阅读过程中，通常要么化身为作者，要么化身为诗歌奉献的对象。也就是说，爱情诗的阅读能量是通过在作者和读者之间的热情的交换来实现的。令人玩味的是，这首流传广泛的以爱情为题材的诗却不是一首"热"于"情"的诗。要说这首诗中有什么热情，那就是幻想的热情。对于以可能性为膜拜对象的青春来说，无论"未来"还是"过去"都只在幻想中存在。这首诗一方面充满了对

"未来"的期待,另一方面又表现出对"过去"的痴迷。从这个"期待"和"痴迷"中,我们看见了青春的完整的自画像。正是这首诗的幻想的热情感动了 20 世纪 80 年代的读者,因为那恰好是一个幻想的时代。在那样的时代,现实只会引起人们的蔑视。那时,人们相信的是,"只要敢于梦想,一切都将实现";没有人怀疑,幸福会从将来的某棵大树后面跳将出来,冲你大叫一声,把惊慌失措的你逮个正着。正是那个年代的幻想的热情促使张枣写下了这首诗,而这首诗又进一步煽动了这一幻想的热情,这恐怕就是这首诗在当时不胫而走的原因吧。而这种幻想的热情在今天这个实用主义的时代又成了它最令人难以企及之处,一个时代过去了,它所产生的美好诗篇却留下来,成为已经逝去的一切的见证,而这很可能也是这首诗在今天仍然别具魅力的原因。

通过这首诗,张枣也建立了自己作为诗人和传统之间相当个人化的关系:他是这个传统的继承者和守护者,而不是叛逆者。这样一个姿态,在 20 世纪 80 年代浓厚的诗歌革命的氛围中是相当特别的。但是这种选择却深植于张枣的个性之中,而任何个性化的选择都比集体的、普遍的选择更深刻。从这首诗,我们看到张枣是一个擅长利用传统的元素铸造新的诗意的诗人,他后来的《梁山伯与祝英台》《吴刚的怨诉》等诗更突出地表现了张枣想象力的这一特点。这种做法有些讨巧,却是一个有用的方法。它利用人们对传统的敬意,解除了那些对新诗抱有成见的读者的戒备心理,诱使他进入新诗的领地,然后突然杀一个回马枪,让毫无防备的读者和一种新的诗意兜头撞个满怀。这首诗也让我想起何其芳的名作《扇》,那首诗同样是对古典经验的深情想象。这两首诗可以说是新诗在化解了初期的革命情结后对古典诗歌传统的致意,不过,在何其芳那里,也许由于对当初反叛的情景还记忆犹新,对古典诗歌似乎怀有一种赎罪之感,所以诗中更多的是古典氛围的重现,情调哀婉,新诗自身的氛围却比较稀薄。张枣的诗虽然也多化用古典的意象,但是选用的意象都很朴素,另有一种清新之美,全诗流动着一种青春的气息。也就是说,在与古典诗歌的对话中,何其芳是仰视的,有一种浪子回头的悔恨;而张枣的姿态是平等的,显示了一种创造的自信。从新诗诗艺的传承来看,张枣可以说是何其芳的合法继承人。不同的是,作为20世纪80年代的诗人,张枣在心理上已经化解了何其芳诗中或多或少体现出的对古典诗歌的迷信,而开拓出了更多的创造的空间。在何其芳那里,传统是一笔有待继承的遗产,诗人和传统的关系是单向的,而在张枣这里,传统是我们汇入其中的河流,诗人和传统的关系是双向的、互动的。

台湾地区诗人杨牧写过一首《凄凉三犯》,其第二章很可能激发了张枣写作本诗的最初动机。杨牧诗中"天就黑下来了"的重复使用,不但和张枣诗中"梅花便落了下来"句式相近,在诗歌结构和意义中的作用也类似,只是"天就黑下来了"是实际的经验,而"梅花便落了下来"是想象的虚构,大家可以参看。

附:

凄凉三犯[1]

杨牧

二

那一天你来道别
坐在窗前忧郁
天就黑下来了。我想说
几句信誓的话
像樱树花期

芭蕉浓密的
那种细语——你可能爱听
我不及开口,你撩拢着头发
天就黑下来了。"走了,"你说

"横竖是徒然。"沉默里

---

[1] 转引自流沙河《隔海说诗》,生活·读书·新知三联书店,1985年版。

听见隔邻的妇人在呼狗
男人坚忍地打着一根钢针
他们在生活。"我在生活"
我说:"虽然不知道为了什么。"■

化欧化古的当代汉语诗艺　张枣研究集

曾几何时，细读式批评是为当代诗人所普遍呼吁的一种批评方式，今天，它已成为当代诗歌批评中的现实。它不仅出现在那些围绕具体文本所展开的精细解读中，也在分析和探讨更为宏观问题的批评中时时显形。作为一种更关注诗歌文本本身、注重从语言和形式的内面理解和阐释诗歌的批评方式，它无疑彰显着当代诗歌批评意识和能力的进展。不过，在诗歌细读的实践中，也已经暴露出一些值得进一步思考的问题。细读式批评发端于英美新批评，后者以"意图谬误"和"感受谬误"切断文本与作者、读者以及写作的社会历史语境的批评策略，在显示出批评对于文本的亲近（close）的同时也造就批评对于文本意义的封闭（close），这种批评观念的盛行一时与英美（尤其是美国）20世纪上半叶高等教育的迅猛发展和学院批评的成长有关，对于有着深远的"知人论世""以意逆志"批评传统而在现代又面对着文学与政治、历史、文化深刻扭结与紧张的现代中国批评场域，这种封闭式解读的批评方式在实践中其实很难获得持久的生长空间，换言之，在当代中国诗歌批评中，那些富有成效的批评实践往往并非严格遵循了新批评的教条，多是经过了变通的。然而，如果说批评旨在发现，旨在通过对文本的解读使其隐含的与广阔现实世界连通的向度朝读者开放，那么这种细读式批评还有很多工作可做，还需对"细读"本身重新做出方法论的反思，使之更为自觉。这里无法就其所涉及的方

诗歌细读：从"重言"到发现
——以细读张枣《镜中》为例※

冷霜

※ 原载于《文艺争鸣》2015年第5期。

方面面的现象与问题展开讨论，只就其中一点给予分析。在细读式批评中，其批评的生产性需经由文本阐释的中介，然而，只有当这种阐释不是"重言"式的，批评的生产性才可能实现。在中国当代诗歌批评中，这种"重言"式阐释表现为两个层面：一是新时期以来追求审美自主性并接受现代主义诗学影响而逐渐将之教条化的层面，简言之，就是阐释成了"诗就是诗"的重言式表达；二是在对诗人（尤其是那些强力诗人）创作的批评中，被后者的个人化诗学所吸附，而使得批评成为后者的重言式回声。在实际批评中，这两个层面往往是混合在一起的，而后者更为突出，它不仅妨碍当代诗歌批评独立品格的确立，也影响到我们如何更综合、深入地认识当代诗歌的总体面貌。如果说文本细读是诗歌批评的伦理基础，则有创造力的诗歌批评必须有能力通过细读将文本的内面翻转到外部，从批评意识与写作意识之间的关系来说，这种批评必须在经历了必要的与后者的"视界融合"（而非完全不顾及后者及作品自身文脉的生硬切割）之后，又能与后者构成认识上的斜面。

兹举一例。我们通常有一种认识，认为杰出的诗人就是那些能将某种独特的诗学观念成功地凝结在其作品中的写作者，这正是重言式阐释的认识论基础，即诗人的诗学观念与其作品可以互为证明。在一个较宽泛的层面上，我们必须承认，两者之间有着相当紧密的关联度，但也并不尽然，如果将文本置于一个更广阔的、写作者自身也身处其中的语境，我们也可能会发现，诗人的观念论述与其写作实践之间有时会存在某种内在张力或矛盾，其作品意涵的丰富性、其写作的深刻价值恰恰源于此，源于这些内在张力或矛盾的外部因素。一个富于魅惑的或者产生广泛影响的文本，其魅力也许在于它既隐含又暴露了这些内在张力和矛盾及其外部性。这里，我想通过对张枣名作《镜中》的细读来试着说明这一点。这首诗被公认为具有某种古典气息，张枣的自我表述也使读者愈加确认了这一点。然而，在它传递出古典诗意的同时，诗中隐现的20世纪80年代文化意识及其对"传统"的"未来主义"姿态，也是造就它艺术感染力和独创性的来源之一。

张枣的"传统"观

《镜中》写于1984年10月,是张枣的成名作。据他的好友兼诗人柏桦回忆,张枣最初对这首诗的价值并不确信,不像他同一时期另一首诗《何人斯》那样令他满意而富于信心。[1]可让他始料未及的是,这首诗很快受到读者的喜爱,最终成了他最为人熟知的作品,而且也成为当代最有名的诗篇之一。和张枣后来的一些精心之作如《卡夫卡致菲丽丝》《跟茨维塔伊娃的对话》等相比,《镜中》并不能代表他诗艺上的最高成就,然而,这首诗仍然包含了张枣通过他全部的写作所建立起的诗歌形象的一些基本特质。在这首诗中所体现出来的魅力,现在读来也未有所消减。这些特质,和其中魅力,究竟是什么?批评家们已经做出了多种阐释,[2]在这些阐释中,一个共识是:这首诗中有着某种来自中国古典诗歌美学的气味,或者进一步说,这首诗使当代诗与中国古典诗歌之间成功地建立起某种关联,这种看法无疑是有道理的。不过,仅如此仍不足以解答这一问题,应该看到,与以往新诗史上同样建立起这种关联的诗作相比,它也显示出某些新的因素,而这些新的因素,才是它独创性的核心部分,也是它令人迷醉而难忘的根本原因。辨识出这些新的因素的具体内容,是理解这首诗的关键。

新诗最初是通过对古典诗歌的反叛而发生和成长起来的,新诗与古典诗歌之间的联系,对新诗而言并不总是意味着一种成就或价值,在新诗史上,受到古典诗歌的浸润和影响而化为新诗,有成功也有失败的例子。当把古典诗歌体式及发展历程视为新诗的范型,或者将古典诗歌积淀已久的某些表意程式过度地带入写作中,往往就造成所作新诗之现代性的不足,而能够成功转化这种影响,既需要对二者之间关系有自觉的思考,更需要在创作中提供创造性的实践。

在新时期以来的当代诗人中,张枣是较早思考这方面问题的,他

---

(1) 柏桦:《左边——毛泽东时代的抒情诗人》,香港牛津大学出版社,2001年版,第116—118页。

(2) 对这首诗的专文细读有钟鸣《笼子里的鸟儿和外面的俄耳甫斯》(收入其诗论集《秋天的戏剧》,学林出版社2002年版)、西渡《时间中的远方》(收入其诗论集《灵魂的未来》,河南大学出版社2009年版)等。此外,柏桦长文《张枣》(收入宋琳、柏桦编《亲爱的张枣》,江苏文艺出版社2010年版)、秦晓宇诗论《宇宙锋》(收入其诗论集《玉梯——当代中文诗叙论》,台湾秀威出版公司2011年版)也对此诗做了较细致的分析。

在给柏桦的回忆录《左边——毛泽东时代的抒情诗人》作序时曾提到他20世纪80年代初的写作意识："我试图从汉语古典精神中衍生现代日常生活的唯美启示的诗歌方法，在我家乡湖南，那弥漫着浓郁的楚文化日常微妙的地方，却完全得不到同代人的半点回应。"[1]这表明，他对于中国古典文学或传统文化的态度，与同一时期很多作家、诗人明显不同，他不是把它当成一种否定性的力量（如他在湖南师范大学的同学韩少功参与发起的"寻根文学"潮流，基本是将传统文化作为一个沉重的、需要反思的对象来对待），而是视之为一个启示之源。"唯美""微妙"，正是他的诗歌所追求和显示的美学特征。在20世纪80年代中期撰写的一则诗观中，张枣更为明确地讲述了他对于传统的认识：

> 历来就没有不属于某种传统的人，没有传统的人是不可思议的，他至少会因寂寞和百无聊赖而死去。的确，我们也见过没有传统的人，比如那些极端的个人主义者和浪漫主义者，不过他们最多只是热闹了一阵子，到后来却什么都没有干。
>
> 而传统从来就不尽然是那些家喻户晓的东西，一个民族所遗忘了的，或者那些它至今为之缄默的，很可能是构成一个传统的最优秀的成分。不过，要知道，传统上经常会有一些"文化强人"，他们把本来好端端的传统领入歧途。比如密尔顿，就耽误了英语诗歌二百多年。
>
> 传统从来就不会流传到某人手中。如何进入传统，是对每个人的考验。总之，任何方式的进入和接近传统，都会使我们变得成熟、正派和大度。只有这样，我们的语言才能代表周围每个人的环境、纠葛、表情和饮食起居。[2]

在这段文字中，不难看出来自艾略特《传统与个人才能》及《密尔顿》等著名文章中所表述观念的影响。英文系出身而沉醉于写诗的张

（1）　张枣：《销魂》，见《左边——毛泽东时代的抒情诗人》（柏桦著）。
（2）　初载唐晓渡、王家新编《中国当代实验诗选》，春风文艺出版社，1987年版。转引自《张枣散文选》，人民文学出版社，2012年版，第59页。

枣，显然从中获得了启发和鼓励。不过，他在这则诗论中使用"传统"一词时，并未给它更具体的限定，结合他在《左边——毛泽东时代的抒情诗人》序中的那段话，似乎给人这样的印象：它并非艾略特所讨论的"文学传统"，而是某种内涵更宽泛的"古典精神"，它仍寄身于当代日常生活里"每个人的环境、纠葛、表情和饮食起居"之中，而等待着被重新命名。了解这一点，对于进入这首诗的分析也非常重要。

《镜中》诗意空间的生成

我们首先来看一看这首诗的文本提供的基本面貌，诸如它的意象、它所显示的情境、它的结构，以及修辞上的特征。这首诗开头的两行有一种奇警的、陌生化的效果，"只要想起一生中后悔的事，梅花便落了下来"。它是超乎于日常经验的。然而，这种陌生化修辞却似乎并未引发阅读的震惊，因为它在中国古典诗歌中并不陌生。如杜甫的名句"感时花溅泪，恨别鸟惊心"，与这两行诗在修辞表意上就非常相近。王国维《人间词话》中曾言"一切景语皆情语"，这两行诗即是这样的情语兼景语。而且，"梅花"也是古诗中很常见的一个意象，有着非常丰富的含义，有时是高洁的精神操守的象征，有时又和离别相关（如有"折梅寄远"的典故），寓意一种被阻隔的情感。

这两行诗的情语兼景语的特征，加之梅花这一古典意味浓郁的意象，必然会唤起读者的一种情绪，一种我们所熟悉的情感结构，这种情感结构，在李煜词《清平乐》中也同样通过梅花飘落的意象呈现出来："别来春半，触目柔肠断。砌下落梅如雪乱，拂了一身还满。"[1]两首诗似乎都是由抒情主体的情感、记忆出发，以有情之眼观物而使外部景物与之发生共鸣。

而"后悔"这个词，触及的是"追忆"这一文学母题。文学和人的生命本质关联最密切的地方就是记忆，通过记忆，我们确认生命的连续性，而文学书写，很多时候正是对记忆的建构，宇文所安的《追忆》

（1） 参见西渡《时间中的远方》一文中的相关分析。

一书已很精彩地揭示了中国古典诗文在这一主题上的表现。后悔的情感出自追忆的行为，从某种意义上说，它也是对生命不可复得本质最内在的体验。追忆当然不是中国古典文学独有的母题，但是由于出现了古诗中书写这一母题时常见的意象和修辞方式，我们就会明确地感知这首诗与中国古典诗歌之间的关联。

不过，尽管存在这样一些明显的关联，但张枣这首诗的价值并不完全源自这种关联。比较李煜的词和这首诗，就会发现它们之间一个很重要的不同之处：李煜这首词所写的和他自身的命运遭际直接相关，是对他被扣押为人质的弟弟的忧思和怀念，而张枣这首诗中所展示的更多的是由语言的虚构行为创造出来的诗意空间。借用废名使用的一种划分方式（但刚好和废名对新旧诗的区分相反），前者是"情生文"，后者则是"文生情"。也就是说，这首诗并非一般意义上的抒情诗，它所要表达的，并非那种诗人自身作为抒情主体的情感，它通过语言和结构，实际上造就了一种更为复杂的幻想化的情境和表意空间。我们也可以从接受的角度来理解这种区别，李煜这首词尽管在修辞的表层也具有直接的美感，但只有当我们了解这首词的写作背景、关于他身世的具体内容，对它的审美才能达到最充分的程度，而对张枣这首诗的解读和审美则不需要这种传记性的因素，事实上，文本也通过它自身主动地阻断了这种阅读方式。关于这一点，后面会做更详细的分析。

第三、四两行用两个"比如"开头，不但没有缓解我们对开头所言"后悔的事"的具体内容的好奇，反而把它进一步延宕了。在日常经验中，后悔往往是和得失联系在一起的，而这两行，"比如看她游泳到河的另一岸／比如登上一株松木梯子"，却似乎只是对（记忆中）一个女性的两种行为的描述，当然，可以把它们理解为一种"留白"式的表述，即所后悔的是与这个女性相关的、发生在这些行为之后的事情，即失去了"她"，而这里所描述的是记忆中印象最美好的情景。但这样解读，还是基于把这首诗视为抒情独白的类型。当"她"字出现，并且被"看"所加强，确实会带来一种很强的暗示：这是一个跟爱情相关的主题，而爱情发生于被省略了主语的"我"（诗人＝抒情主体）和"她"之间。

接下来的第五、六两行也在加强这种印象，"危险的事固然美丽，不如看她骑马归来",仍然在延宕我们的阅读期待,虽然是转折语气,其实是对第三、四行语意的接续:"危险的事"即"后悔的事","不如"所起的功能和"比如"也无不同,游泳、登梯、骑马,"她"的动作在记忆中是一体的、连贯的。在第五行出现的两个形容词中,令人印象最深刻的是"美丽"这个词(而不是"危险"),它是最泛泛的一个形容词,但是由于和"后悔"一词遥相呼应,也由于第六、七行提供的可感细节,而无比强烈地唤起读者对一个最传统的诗歌题材——爱情诗的文学记忆。透过这一题材线索的中介,人们似乎也比较容易得出这样的认识:这首诗里的"后悔"并不指向现实、功利的层面,而是指向生命的本质,即生命的不可复得性这一事实本身既是生命之魅力(美丽)的源泉,也是造就"后悔"这种本体性的生命经验的根源。

然而,当第八行出现之后,之前的这些阅读期待和理解路径就被打破了。"低下头,回答着皇帝","皇帝"一词使我们蓦然发现这首诗的情境并非一个(记忆中的)诗人本身在场的情境,因而意识到诗中被省略的主语并不能自动填充为诗人本身。由于"皇帝"一词的出现,先前的爱情诗的氛围似乎和古典诗歌中的一个类型——宫怨题材产生了联系,但如果把"皇帝"(无疑我们会再次联想到李煜)带入这个被省略的主语/主体位置,人称关系上又无疑显得相当别扭。无论如何,这首诗已经无法被视为一首常见的抒情独白式的诗,一个与其说是戏剧性的,毋宁说是迷宫式的幻想性的诗境就此展现出来。"看她"的眼光并不是诗人——抒情主体透过自身的生命时间和记忆发出的,而是非主体的,并穿越了历史和文化的时间,换句话说,由于"皇帝"一词的出现,在"我"(诗人)、"她"和"皇帝"之间,形成了一个彼此折射的镜式空间。张枣的好友,诗人、批评家钟鸣认为,"《镜中》之迷惑人,在于里面出现了许多折射关系",他甚至将其中的人称关系细分到八种之多。[1]

关于"皇帝"这个词,据柏桦回忆,他最初读到《镜中》这首诗的手稿时,张枣是把"皇帝"这个词划掉了的,而柏桦劝说他将它保留下来。正是由于"皇帝"这个看上去很突兀的词,这首诗的诗意空间被

---

[1] 具体分析见钟鸣《笼子里的鸟儿和外面的俄耳甫斯》,学林出版社,2002年版,第47—56页。

大大地撑开了，也使它与传统的抒情诗划出了界限。当然，孤立的一个词并不可能带来天壤之别，这个词所产生的效力是和这首诗的另外一个特征结合在一起的，即其独特的"音势"，如钟鸣所说，《镜中》"不像一般的诗，靠意义的组合与递进，实现上下文的关系，而《镜中》却以音势为意象轴。就是说，这些意象，与其说产生于思想，还不如说来源于某种语气"。正是由于这种音势的存在，使得这首诗中的人称关系虽然不合常理，却没有造成诗意空间的崩解，相反使它变得丰富而富于迷惑性，因为这些人称关系"极富声音化，实际上，不管有怎样的人称变异，它始终都以独白的语式进行着，每一个人称相互沟通，又相互疏远，它们只是一个时间段落，一个像镜子似的鉴赏他物者，而非符号本身"。[1]这意味着，这首诗既非抒情独白诗，但也不同于现代诗中常见的戏剧独白诗，它实际上在现代汉语中创造性地利用了古典诗歌中（省略主语）的独白语式，在吸收它的抒情性的同时，又使它获得间离的语意效果。这首诗在修辞方式、意象、题材线索上都显现出与古典诗歌的关联，但是我们看到，它的价值并不在于这种关联本身，而在于它以全新的方式构造出这种关联，它的诗性创造力并不依赖于古典诗歌所积淀的诗意，而在于它以一种意想不到的方式触及了它。在新诗历史上，汲取古典诗歌的美学资源，运用古典诗歌的修辞技艺而获得成功的，绝大多数时候都离不开意象／意境这个维度，而在这首诗中，尽管也可以看到意象因素，但更具统摄性地位的，是其声音化的方式，是它对独白式抒情语气的出色把握、转化和拓展，这是这首诗的新意之一。

接下来的第九行，"一面镜子永远等候她"，出现了诗题中的意象——镜子。这一行和随后第十行"让她坐到镜中常坐的地方"，都令人联想到古典诗歌中的闺怨诗。镜子的意象在这类诗中指涉着女性的私密生活空间，也提示着生命时间流逝的主题，这一意象在文学中也常牵连着其他主题，如在博尔赫斯和废名的诗中，都由镜子引出对生命或现实世界的真实或虚幻的玄思。而这在这首诗中似乎也有迹可循，其关键正在于"镜中"一词，它使第十行具有了丰富的理解空间。

---

(1) 见钟鸣《笼子里的鸟儿与外面的俄耳甫斯》，学林出版社，2002年版，第49、56页。

试把"镜中"改为"镜前":"让她坐到镜前常坐的地方",两相比较,后者更合乎经验,也不会造成歧义,而前者却不同。由于这样一种表述方式,"她"的实在性似乎就在两种意义上被取消了,一个是肉身的实在性,一个是作为追忆对象的实在性(前面已分析过,追忆的动作也并不来自一个明确而实在的主体),换句话说,它再次让我们意识到,这首诗并不是"此情可待成追忆"式的,一个传统的抒情主体通过书写以召唤一段亲历的生命片段,而是一个纯粹由语言的虚构创造出来的情境,"她"这个词和"皇帝"一样,完全是功能性的符码。在这个意义上,这首诗本身也像一面镜子,或者更准确地说,它让我们体悟到这首诗中的语言和镜子的相似之处,透过语言的装置,经验和幻想、真实与虚幻往复映射,构造出一个深邃迷人的镜式空间。

我们可以在最后两行中更深地体味这首诗所创造的镜式空间的幽魅之处。"望着窗外,只要想起一生中后悔的事/梅花便落满了南山",首先,窗和镜很相似,都指向一种被扩展的空间,而这两行更特别的地方在于,它们和诗的开头两行相映照所形成的镜式结构。镜框是封闭的,镜面则对镜外的空间形成延伸,这首诗的开头两行和最后两行也具有类似的特征。它们一方面构成了镜框式的对称和重复,另一方面在重复中又有变化,而"南山"一词在这首诗的结尾处出现,以在古典诗尤其是陶渊明诗中形成的审美意蕴,带给人一种悠然、旷远的感受。

这种悠然、旷远之感,如果仍然把此诗当作一首追忆视角的爱情诗,或许会被理解为是对它开头处"后悔"之情的缓解和升华。但最后这两行的另外一些因素对这种解读方式再度形成了挑战和消解。由于主语的省略,这两行中"望着窗外"和"想起一生中后悔的事"的动作主体是不明确的,从结构的角度来说,可以认为这个主体和诗的开头一样,即使不是诗人本身,也可能是诗人拟设的一个男性主人公,但如果从诗的语意流动的角度说,这个动作主体似乎更像是"她"。实际上,如同前面已分析过的,"皇帝"一词的出现,已经揭示了这首诗的抒情声音是非主体性的,或者说是主体弥散的,因此在这里也可以说,"想起一生中后悔的事"的,既是"她",也是和"她"相对的"我/他",也是"皇帝",它是一个属于所有人,即使皇帝亦不能免的、关乎生命本质的动作/经验。

最后这两行由此展现出它的镜式特征，一方面，它通过对开头两行的重复在形式结构上造成某种封闭感，但另一方面，它又把开头两行带来的抒情声音开放给一个虚构性的、非主体的空间，正是由于对经验的实在性的消除（既通过"皇帝"一词的折射和"镜中"一词的互映，也通过"比如""不如"带来的减轻效果），这一空间中所有的形象和事物都像在镜中一样失去了重量而显得极为轻盈。而造就这种镜式特征及其空间的，除了前面提到的这些特定的词语、意象，以及主语省略的修辞方式外，也包括这首诗的语气——相对于其他几个层面，语气是最为隐匿的因素，但其实也是最为根本的因素。它把所有其他因素都融为一体，在这个意义上，这首诗中更易被读者注意到的与古典诗歌有关联的意象（如"梅花""南山""镜子"）和主题（追忆），如果不能说是被作者以这一语气有意征用的，至少可以说是被这一语气所召唤出来的。

而由于这种独白式的抒情声音所构造的，是一个非个人化的诗意空间，也无形中动摇了我们最初读到这首诗时的那种预判，即把追忆看成这首诗绝对的主题。也就是说，尽管这首诗触及了追忆这一普遍性的人类生命经验，但它似乎无法构成这首诗在主题上的充分内容。既然如前文已分析的，这首诗并非作者肉身经验的直接抒写，那么，在它抒情声音的面具之后，是否还隐藏着更多的内涵？

面对"传统"的"未来主义"姿态

和同时代很多诗人一样，张枣对欧美现代主义诗歌情有独钟，这首诗中的非个人化特征，就明显有来自艾略特诗歌观念的影响。基于这种喜爱，他径直将诗歌的现代性等同于"现代主义性"，在他看来，后者的标志即是"将语言当作唯一终极现实"或"对语言本体的沉浸"："对写作本身的觉悟，会导向将抒情动作本身当作主题，而这就会最直接展现诗的诗意性。这就使得诗歌变成了一种'元诗歌'（metapoetry），或者说'诗歌的形而上学'，即诗是关于诗本身的，诗的过程可以读作显露写作者姿态,他的写作焦虑和他的方法论反思与辩解的过程。"[1]如果以张枣的这种"元诗主义"观念反观《镜中》,可以看到,诗中情境并非诗人亲历,而纯粹是语言的虚构,并且在这一虚构行为中暴露出语言自身,如抒情声音发出者与"她"和"皇帝"之间构成的关系,就很像是现代画家埃舍尔在他的画中所构造的那些不可能的建筑,而使观者注意到绘画行为本身。在这一意义上,《镜中》无疑具有张枣所追求的"元诗"的性质。诗不必是诗人一己情感的表达与现实境遇的倾诉,不必是对时代、社会的映射,而是向语言内部的倾注与投射,这样一种"元诗"意识和写作姿态,是新时期以来当代诗歌追求文学自主性的极致表现,今天很多诗人和批评家已对之做出反省和修正,但在这首诗写作的年代,还是一种全新的诗歌观念,既为当代诗歌开拓了新的审美空间,也凝结出一些极为出色的诗歌文本,《镜中》正是其中之一。

辨识出《镜中》的这一层"元诗"因素,就可以在此基础上继续加以发掘。这首诗中所显露的"写作者姿态"一方面固然是"对语言本体的沉浸",另一方面,透过时间的距离,又可使我们看到其中观念与姿态的历史性的内容。在新诗历史上,自觉思考新诗与古典诗歌之间的关系,创造性地汲取后者的美学资源,卞之琳有过成功的实践,他在晚年将他的实践概括为"化古"。张枣的思考和实践也可归于这一脉络,而又有新的特点。"化古"表达的是一种现代性的主体姿态,但在卞之琳时代,由于去"古"未远,中国古典诗歌的表意程式和美学范型仍然有其实体性的乃至压迫性的分量。而到了新时期以后,在思考和言说新诗与古典诗歌及其"传统"的关系时,当代诗人所普遍显示出来的,是一种"未来主义"的姿态,在对艾略特的传统观的接受中,中国当代诗人实际上并没有接受其向古典主义回归的立场。相反,在他们看来,新诗的意义和价值并不在于加入某种不断微调其秩序的威严"传统",而在于向未来的投身,并且只有在这种投身中才可能有

---

[1] 张枣:《朝向语言风景的危险旅行——当代中国诗歌的元诗结构和写者姿态》,见《张枣散文选》,人民文学出版社,2012年版,第174页。

效地激活"传统"[1]。这样一种认识,无疑在现代性的话语延长线之内,但也有当代文化史的具体渊源,这里无法展开细述。由于这种认识,使当代诗面对古典诗歌及其"传统"显出一种较之早期新诗更为强有力的姿态。张枣在"传统"时或"古典精神"的认识上,或许与当代其他诗人存在不可不辨的差异,然而,在《镜中》这首诗里,却似乎征候性地显出了这一姿态。

在诗中,诗人与"传统"之间的关系,在"一面镜子永远等候她"一句中得到了精彩的呈现,它隐喻着20世纪80年代以来,当代诗与作为一种美学/文化的既有范型和压力装置的中国古典诗歌之间建立起来的一种新型的关系。换言之,在当代诗追求自身的现代性时,总会和"传统"形成一种镜像式关系,这个"传统"并非某种绝对的实体性的对象,也从未获得过稳定和确切的内涵,而是被当代诗自身所建构、所发明出来的事物,因而它并未显出一种在其他场合谈到它时常常具有的沉重、压抑的意味,反而显出一种轻盈的质地。由于这种话语建构性质,它和当代诗之间构成的真实关系也并非对象性、认知性的关系("镜前");相反,"传统"成为当代诗为自身发明的一个功能性的位置("镜中"),通过它(无论其含义是肯定的,即如张枣所言需要"进入和接近"的,还是否定的,即需要反抗或挣脱的),当代诗得以反复确认自身的主体性。

这并不是要否认,在中国古典诗歌自身的发展历程中存在真实的、活的(同时也是一直在变动的)书写传统,也不是要否认新诗与古典诗歌之间存在真实的联系,就像前面已分析到的,《镜中》对古典诗词中常见的意象和抒情声音的化用,这种联系,往往是具体的,是在创造性的技艺实践中确立起来的,而在另一层面上,在现代知识语境中,"传统"这一概念总是一种颠倒的认识论装置的产物,是一系列现代性的知识/话语从自身出发做出的阐释,[2]因此它也常常带有一种总体性的、不言自明的面貌,就像前文所引张枣关于"传统"那段话所

---

(1) 这方面最具代表性的论述是臧棣《现代性与新诗的评价》一文,见《现代汉诗:反思与求索》,作家出版社,1998年版,第86—96页。"未来主义"的概括,见余旸《从"历史的个人化"到新诗的可能性》,见《新诗评论》第19辑,北京大学出版社,2015年版。
(2) 这里借用了柄谷行人《日本现代文学的起源》中对现代文学观念起源的分析。

体现的那样，因为它的内涵始终有待新的知识／话语的命名和填充。

也就是说，尽管张枣在话语表层表达了对"传统"的谦卑，但他实际上分享着当代诗人共有的对于"传统"的"写作者姿态"，在这一意义上，我们也许可以更深入地去理解这首诗中那个似乎突如其来而令人印象深刻的"皇帝"一词所可能具有的隐喻意味，或某种文化无意识。如果从"元诗"的角度，将之置于当代诗与"传统"的关系上，这个"皇帝"显然并非"传统"或"古典精神"的象征，而指征着新诗所具有的创造力，而这个"面颊温暖"而"低下头"的少女，则更像是古典世界的婀娜化身。就像这首诗在读者中的影响所表明的那样，它的魅力与其说是源于它所建构的与中国古典诗歌之间的联系，毋宁说是在建立这一联系时，面对后者所显示出来的强烈的信心。而这种强烈的信心，正是20世纪80年代文学，尤其诗歌所体现的文化意识给我们留下的最深刻的记忆。[1]

由此，我们才能明了，为何这首诗触及了追忆的主题，却并不令人产生这一古典诗歌的经典主题通常予人的哀感，反而洋溢着一种明媚的韵味，带给我们的情绪，即使不能说是喜悦，至少可以说是悠然的。循着上述文化无意识的向度，再回头看"梅花已落满了南山"，这最后一句所具有的旷远、升华之感，其来由，恰可以说是从那个被虚构的"窗／镜"中，虽然在诗歌文本的表面，是"他"／"她"／"皇帝"正绵绵追忆着过去，而隐匿在文本之内的，却是20世纪80年代新诗的自我意识，是它正在那一特定的历史时刻眺望和想象着自己的远方和未来。∎

---

(1) 甘阳《八十年代文化讨论的几个问题》一文堪称这种"八十年代文化意识"最理论性的表达。当代对于"传统"（不限于文学）的"未来主义"认识姿态也部分可溯源于此文。见《文化：中国与世界（第一辑）》，生活·读书·新知三联书店，1987年版。

化欧化古的当代汉语诗艺　张枣研究集

这一组十二首的十四行诗《跟茨维塔伊娃的对话》，大概是当代汉语诗中最复杂的作品了，它的复杂性也跟张枣写作本身的复杂性相关。张枣是个语言天才，英文和德文都非常好，也懂法语和俄语，相应语种都有少量的诗歌翻译。而且，他从20世纪80年代就开始有意识地从西方汲取资源和能量，想获得一种既感性又沉思的角度来写作。他也说自己是一个很用功的练功者，看待诗非常严肃，甚至严重，作品总是改了又改，又特别在意别人的意见，越到后来，眼界越高，出手也就越矜持。由于这非同一般的语言能力、感受能力和思考能力，张枣知道世界上最好的诗歌本来的样子是什么，而他又真的有使命感。事实上，把张枣的诗拿出来，其复杂精微的深度，一般诗人不能比。所以我们这次来讲《跟茨维塔伊娃的对话》，其实是找了一个最困难的文本来解释。但我们读诗、解释诗，如果绕开那种最复杂、最具挑战性的文本，是不行的。问题是，正如张枣所说，"文学传达的不是意义，而是语言的感觉"（《关于〈长干行〉及其庞德英译本》）。他的诗就特重感觉，是活的句子。我们解释他的诗，便要参活句，而不能死在句下。

题目"跟茨维塔伊娃的对话"，会让我们想到里尔克，想到帕斯捷尔纳克，想到《三诗人书简》。那两位伟大诗人，跟茨维塔伊娃曾经有过爱情的对话。1926年，51岁的里尔克临死的那年，34岁的茨维塔

言说的芬芳：读张枣的《跟茨维塔伊娃的对话》※　　　　——　　江弱水

※ 原载于《今天》2015年春季号。

伊娃，经过帕斯捷尔纳克的转介，以狂热的崇拜与爱，跟里尔克通信。里尔克也喜欢她，但到死也未曾谋面。而在此之前，帕斯捷尔纳克就已经热爱茨维塔伊娃了，而且维系了一生。茨维塔伊娃一生恋爱无数，这属于非常特殊、非常强烈的精神现象。但这样三位20世纪最优秀的诗人之间的精神的爱，尤其为人们所珍视。现在，诗人张枣虚拟了一场跟茨维塔伊娃的跨时空对话，正是沿袭了这样一个诗的家族史的传统。

一

《跟茨维塔伊娃的对话》有一个法文题注，Cest un chinois, ce scra lang。来自茨维塔伊娃的回忆录里面的一章，就叫"中国人"。这句话意思是："这是个中国人，他有点慢。"接下去来看第一首诗：

亲热的黑眼睛对你露出微笑，／我向你兜售一只绣花荷包，／翠青的表面，凤凰多么小巧，／金丝绒绣着一个"喜"字的吉兆——

这么多的中国元素，当然是一个黑眼睛的中国人。但《黑眼睛》又是著名的俄罗斯民歌，一首驰名世界的爱情歌曲："那双黑眼睛，炽热勾人魂，那双黑眼睛，妩媚又动人。我多迷恋你，却又怕见你，莫非见到你，不是好时辰……"这既符合招人喜欢的诗人张枣的自信，又切合整组诗主题之一的爱的感应。——没有这一自信，他如何能够让自己跻身于同茨维塔伊娃对话的著名诗人的行列？

这一个兜售荷包的黑眼睛中国人，在茨维塔伊娃的回忆录中有详细的描述。有一次，她去邮局，看到一个中国人把头探在窗口上，手里晃动着一个小钱包，向邮局小姐兜售，要价三法郎，邮局小姐愿出两法郎。两人语言不灵光，茨维塔伊娃就居间翻译，买卖成交了。中国人得知茨维塔伊娃是俄国人，便用半通不通的俄语说自己去过莫斯科，去过列宁格勒。茨维塔伊娃由此想到，在莫斯科阿尔巴特街上曾经撞到一个中国女人，要用五卢布卖给她一个银手镯。

从莫斯科到巴黎,这些带点乞丐和偷儿性质的中国人是从哪儿来的?《清稗类钞》乞丐类上有一则"兴国人行乞至欧",不知道跟这有没有关系。说是光绪年间,朝廷移湖北兴国州(今天的阳新县)数万贫民实边,到了黑龙江。当局安置不当,结果很多人都沦为乞丐。"久之,闻外国之富,易于谋生也,遂沿西伯利亚铁道之轨线,步行以赴欧。……自是至俄,寻辗转至法,盖皆有陆路之可遵也。"辛亥年间有中国留学生到巴黎,还看见破衣烂衫的男女同胞卖艺行乞,有的持槌打鼓,有的飞刀使舞。细听口音,还听得出是湖北兴国州人。

你再听不懂我的南方口音

张枣是湖南人。茨维塔伊娃当日遇见的,也许就是那些湖北人的后代,被张枣这个湖南人"移花接木"了去。人的历史,是草蛇灰线,伏延千里。人的命运,也是明镜双开,相互映照。天涯沦落的中国人唤起了茨维塔伊娃的漂泊感,漂泊无依的茨维塔伊娃又唤起了诗人张枣的放逐感。于是,茨维塔伊娃在巴黎偶遇的黑眼睛的中国人,被他的诗人同胞借壳上市,借尸还魂,设置出这么一个场景,将自己带进去,同病相怜,同命相依,深刻地写出了人类在不同处境下生命的交感。

> 像我们走出人行道,分行路畔 / 你再听不懂我的南方口音; / 你继续向左,我呢,蹀躞向右。/ 不是我,却突然向我,某人 / 头发飞逝向你跑来,举着手, / 某种东西,不是花,却花一样 / 递到你悄声细语的剧院包厢。

除了最后一句,都是茨维塔伊娃曾经经历的事实。她带着儿子穆尔,跟那个中国人出了邮局,在汽车川流不息的十字路口等了好一会儿。终于过了马路,"他要向右拐,我则向左拐"。走过几步之后,中国人突然哎呀呀叫着跑过来,"头发飞逝"(茨文写的是"马鬃式头发"),手里挥动着一朵花,塞到小穆尔手里。

在诗中,花儿一样的东西,不是塞到小穆尔手中,而是递到茨维塔伊娃悄声细语着的剧院包厢。这一替换很契合茨维塔伊娃跟剧院的密切关系，18岁时她就曾经因为失恋而带一把手枪去剧院试图自杀；"十月革命"后更是和莫斯科艺术剧院的演员们打得火热，还写过几出诗剧。

"某人不是我，却向我，又向你跑来。"不注意看不出来，诗人依托的那个真实发生的中国人故事，稍一挪移，就幽灵般出现了不合逻辑的魅影。"我"，现在逆情悖理地分了身：某人，不是我，又正是我，向我，又向你，跑来。这里涉及张枣诗学的一个关键：主体的分化与转化。也就是几位评论者先后指出过的，戏剧性的人称变化技巧，互为主体性地戴着不同面具的歌唱："他不是单面人，而是具有双向度或多向度的人"（柏桦）；"他诗中的虚拟主体在转换自如的各种场景讲话，布设玄妙机境"（宋琳）。这个问题我们接下去会不断讲。就现在这个"某人"来说，他（其实就是诗人带入的"我"）同时向"你"也向"我"、向左也向右地这一跑，就把茨维塔伊娃书写的那则本事的滞重的外壳跑脱了，轻盈地钻入了纯粹的诗的空气里。

某种东西，不是花，却花一样。诗人现在把茨维塔伊娃那则本事中的真实的花朵也扔掉了，那么他递来的是什么？我的解释是，这递来的正是一束语词，是悄声细语，是剧院里的声音，说穿了，是诗，而且就是这一组诗。"不是花，却花一样"，请记住马拉美的名言：诗的花，是把一切已知的有形的花都交付给遗忘后，从所有的花都不具备的东西之中音乐般地升华出来的。张枣深谙这个道理，也在反复讲这个道理："一个词在准确命名后，本身就存在一个词的物质的消逝和意义的升起这样的过程。"（《〈野草〉讲义·〈秋夜〉讲评》）这又涉及张枣诗学的另一个关键：词成为物、以词替物的暗喻写作。"去精确命名的词，有着被命名之物的真实质地"（《文学义……现代性……秋夜》），"对写作本身的觉悟，会导向将抒情动作本身当作主题"（《朝向语言风景的危险旅行》），这就是他的元诗理论。元诗即关于诗本身的诗，关于写作本身的写作。任何写作都是自我指涉的，这两行诗就是一种自我指涉：我，一个黑眼睛的中国诗人，给茨维塔伊娃献上这首《跟茨维塔伊娃的对话》，敬请笑纳。

这种自我指涉所在皆是，比如我们没有讲到的中间两行：

> 两个？NET，两个半法郎。你看，／半个之差会带来一个坏韵

NET相当于俄语的Нет，意思是"不"。"坏韵"指什么？谐音"坏运"？茨维塔伊娃有格言"诗就是词语的谐音"，所以不排除有这一层意思，但是，字面上还真是说上面那四行的韵脚之坏呢。

《跟茨维塔伊娃的对话》十二首十四行诗，除了第三首是意大利式或者叫"彼特拉克式"的变体（韵脚排列为ABBACDDCEFFEGG），其余都是英国式或者叫"莎士比亚式"十四行（韵脚排列为ABABCDCDEFEFGG）。我曾经说过，"莎士比亚式"十四行中国诗人很少有作，以至王力的《汉语诗律学》论白话诗的商籁体部分竟无例可举，张枣却知难而上作了尝试。写这种莎体十四行的困难，以及张枣的成功，我最后再讲，但他这组诗一开头却是个败笔，自有十四行诗以来没有人失手过，四行诗居然AAAA通押一个韵："笑""包""巧""兆"！

这样押韵，谁都知道坏了规矩，那么张枣为什么要这样押？如果一个聪明人犯了一个低级到从来没有人犯过的错误，那么他就是故意的。张枣故意押一个"坏韵"，而且当场招供出来。但是我们同时发现，坏了规矩之后的声音，竟然甜美异常："微笑""荷包""小巧""吉兆"，你都能感觉到这些韵那巧笑倩兮的样子呢！

玩了一下，张枣意犹未尽，接着又玩了一个直观的"分行路畔"：

> 你继续向左，我呢，踯躅向右。

一左一右本身就已经分置左右了，这就叫自我指涉。克里特人伊壁门尼德斯断言：克里特人没有一句真话。这个著名的说谎者悖论，就是一个特殊的绕进去出不来的自我指涉。我们平常讲内容与形式的统一，最高度的统一正是这样：他说的正是他的诗句当下在做的。

二

第二首，以对茨维塔伊娃命运的拟想与书写为主，以"我"的此在

为辅，展开了对话。

我天天梦见万古愁。白云悠悠

"万古愁"语出李白《将进酒》，是一个抽象词，诗人把它变成了能够梦见的具象的实在，然后用"白云悠悠"一笔荡开，花开两朵，各表一枝，"我"按下不表，视线都聚焦到"玛琳娜"身上。这一行诗，古意盎然，张枣写的时候，潜意识里肯定闪过"白云千载空悠悠"，闪过"白云一片去悠悠，青枫浦上不胜愁"。后面这两句在《春江花月夜》中也是起了一笔荡开的作用，从哲思转入人事。"悠悠"两字好，既可状白云无尽，也摹写愁之无尽。像中国画长卷里的屏风，起到了引渡诗思到下一段落的作用。

玛琳娜，你煮沸一壶私人咖啡

"玛琳娜"是茨维塔伊娃的名字，在拉丁文里有"大海"的意思。咖啡就咖啡，为什么是"私人咖啡"？要注意，同公众世界和公共事件相对应，这里凸显了一种日常的存在。油盐酱醋茶、面包咖啡，向来是庶民日常生活的约定俗成的符号。但问题就在于，公众的世界、外在的事件，无孔不入地要侵入每个人的日常生活中来：革命的僮仆、大是大非、右翼和左翼、红与白……俄罗斯20世纪20年代所发生的一切，都与玛琳娜脱不了干系，哪怕她远在巴黎，煮沸一壶咖啡。

方糖迢递地在蓝色近视外愧疚

现代诗人要表达得太多，只能强行把语言压缩、变形。"方糖""迢递""蓝色""近视""愧疚"，你说这一溜子毫不搭界的词，哪个跟哪个能搞到一块去？如果说杨炼《诺日朗》第一句，"高原如猛虎，焚烧于激流暴跳的万物的海滨"，跨度虽大，毕竟还是关系可以理喻的一些词的印象叠加和意义转移，这句"方糖迢递地在蓝色近视外愧疚"，就完全切断了日常的逻辑关系，一旦脱离上下文，只能理解为呓语、昏话。但问题是，它们现在偏偏就组织到一起来了。原来，这些词不是彼此牵连，而是跟诗中另外一些词发生关系。比如"蓝色"，遥承白云的蓝天，近接玛琳娜的海。"近视"则是茨维塔伊娃的一大特点，同学回忆："她的外貌给我印象最深的是珍珠般细腻的柔润面容，看人时常眯缝两只近视眼睛，睫毛上闪烁金光。"张枣可能以为玛琳娜的眼睛是蓝色的，以此与第一首的黑眼睛形成对应（茨维塔伊娃的眼睛其实是碧绿的，她丈夫埃夫伦才有一双"海的颜色"的眼睛，女儿阿莉娅也有"一双蓝盈盈的眼睛"）。但"近视"也暗指茨维塔伊娃缺乏基本的政治眼光，一"近视"自然什么都"迢递"了。

但说来说去，这句话还是可以径直理解为女主人连喝个咖啡都加不起方糖，只能一味苦涩，一生艰辛（茨维塔伊娃诗云："活到头——才能嚼完那苦涩的艾蒿"）。这方糖"如一个僮仆。他向往大是大非"。方糖的僮仆本来是效劳于贵族的咖啡的，但革命来了，他抱歉他不能配合了，日常生活被大是大非的政治搅乱了。

> 诗，干着活儿，如手艺，其结果／是一件件静物，对称于人之境，／或许可用？但其分寸不会超过／两端影子恋爱的括弧。

茨维塔伊娃将自己的一部诗集命名为"手艺集"，她说："我知道维纳斯心灵手巧，／作为手艺人我懂得手艺。"诗在干着活儿，而写诗本身首先是一种手艺。我曾经写过："诗，不管说得多崇高，多神秘，多玄，最后还是一件技术活，是怎么锯、刨、削、凿、钉的功夫。""如今有许多诗人真好比拙劣的木匠，连做一只凳子都四脚摆不平，如何写得了有机的诗？"诗人的手艺活，结果就是一个个静态的文本。它们既不等于也非高于，而是对称于人之境里的生活。这里开始涉及诗与生活、语言与真实世界的关系这一主题："对称于人之境，或许可用？"诗之为用，不可高估，只不过是与真实世界和现实生活形成对应、对称，用张枣《诗人与母语》里的说法，"一种卓然独立于此种现实的另一种完美即绝对现实"，这两种现实如双括弧分置于两端，像镜子里互为镜像，不可须臾分离。

对于这个诗到底有用没用的问题，现代诗人的回答是干脆的：没用。"Poetry makes nothing happen。"("诗不能让任何事情发生。")这是奥登的名诗《悼叶芝》里面的一句,这已经成为现代作家的共识。鲁迅说,一首诗吓不走孙传芳,一炮就把他轰走了。加西亚·马尔克斯也说,我们搞了这么多年的文学,却没能够用它推翻任何一届政府。但诗与文学还是有无用之用的大用,这是后话。

张枣的诗中充满了小小的静物——纽扣、分币、杯子等小玩意儿。他喜欢说那句西方诗人的经典座右铭:"每个物里都睡着一支歌。一旦被那个魔术的词击中,它就歌唱起来。"所以,圆手镜亦能诗,如果谁愿意。这个女性化妆用的圆手镜,一个玲珑的圆钿盒里,两边各镶嵌着一面小圆镜,合起来是正面相对,打开来就翻脸反目。

这一首纯粹用咖啡壶里的风波,来影射外在世界的风云变幻及其对私密空间的闯入。室内,静物,什么都没发生,但什么都发生了,就好像西班牙超现实主义绘画中的场景:空洞无物的窗台上,一个女人在窥视;马倒在梦幻的远处;钟呢,软塌塌地像糖融化了一样挂在台阶上。这种魔幻的场景,细节精确到令人眩晕,这就是张枣诗的世界。

三

接着来看第三首:

……我照旧将头埋进空杯里面;

前面,"人兀自空荡,咖啡惊坠"。镜子砸碎了,咖啡泼掉了,人一下子被兀自抽离了,但"我"依旧将头埋进空杯里面。"你"跟"我"是镜子里的镜像一样的人物,"你"在做的事情跟"我"在做的事情是同时进行的。"你"的日常生活被侵扰了,但"我"的还在继续,照旧把头埋进空杯里面。

你完蛋了,未来一边找葬礼服,／一边用绷紧的零碎打发下午,

"你"在巴黎的生活是"用绷紧的零碎打发下午",而"你"的未来是回到祖国死掉。

巴黎也完蛋了,/我落座一柄阳伞下/张望和工作。人在搭构新书库,/四边是四座象征经典的高楼,/中间镶嵌花园和玻璃阅读架。

这几行写的是塞纳河畔法国国家图书馆的新馆,花园广场的四角耸立着四座高达八十米的玻璃高塔,十八层中的十一层都是书库,典藏了旧馆所有的书籍。新馆1996年年底正式开馆,这首《跟茨维塔伊娃的对话》写于1994年,张枣去过巴黎,见过书库在搭建中。那么,何以说巴黎完蛋了?应该是有感于那高高在上的、冷冰冰的、后现代的玻璃书库,是将过去的人们有血有肉的情思封冻,也跟今天的我们有血有肉的生活隔离吧,所以才有了最后两行的感慨:

人,完蛋了,如果词的传诵,/不像蝴蝶,将花的血脉震悚。

诗是一个手艺活,它相对的是一个静物,但这个静物却能够起到爆炸性作用。张枣特别喜欢用蝴蝶震悚花的血脉这一意涵,其《历史与欲望》组诗第二首《梁山伯与祝英台》末尾说得好:"这是蝴蝶腾空了自己的存在,/以便容纳他俩最芬芳的夜晚:/他们深入彼此,震悚花的血脉。"他的《蝴蝶》一诗,有一句更妙:"载蠕载袅,啊,我们迷醉的悚透四肢的花粉。"显然,蝶恋花所具有的性爱因素,更切合诗与真实生命的紧张。诗是没有用的,但是,在我们每个人的生命历程中和内心叙述里,诗,一句顶一万句。

四

我们的睫毛,为何在异乡跳跃?/慌惑,溃散,难以投入形象。/母语之舟撒弃在汪洋的边界,/登岸,我徒步在我之外,信箱/

打开如特洛伊木马，空白之词／蜂拥，给清晨蒙上肃杀的寒霜；／陌生，在煤气灶台舞动蛇腰子，／流亡的残月散发你月经的辛酸。

第二、三首都是"你""我"各表，这里第一次出现了"我们"。同是天涯沦落人的"你我"，面对的是共同的命运。"我们的睫毛"（其实指代眼睛）在异乡跳跃，呼应了第三首"落座一柄阳伞下的张望"，也与第一首的"亲热的黑眼睛"相关联。异乡总是让我们心思慌惑、心理溃散，连根拔起的虚悬感使我们难以专注地投入形象。"母语之舟撇弃在汪洋的边界。"1925年，女诗人编辑过俄国流亡作家的文丛，名字就叫"方舟"，编辑前言中写道：俄罗斯作家在境外"花果飘零"中继续写作，"虽生活在俄罗斯边境之外，仍然靠俄罗斯精神生存，脚下接触不到俄罗斯的土地，却依然靠俄罗斯的根基屹立"（安娜·萨基扬茨《玛丽娜·茨维塔耶娃：生活与创作》中卷）。张枣通过茨维塔伊娃而感同身受的宿命，就是流亡在异乡的写作。我们舍弃了母语之舟，登上陌生的岸，"我徒步在我之外"，换句话说，你也徒步在你之外。我们都与原来所属的土地和语言——组成我们的血肉的，使我成其为我而你成其为你的那一切——隔离了。1992年，张枣在《诗人与母语》一文中写道：

母语在哪儿？她就在我们身上，她就是我们，是我们挑起事件的手指，是我们面临世界的脸孔。对于个人而言，活着的母语从来就不是一个依附于某个地理环境的标志，是附体于每个人的，而我们就是每个人。

对于一个永为异乡人的个人而言，母语是一支流浪的歌。

张枣一再谈论：茨维塔伊娃也讲过，任何一个诗人本质上都是一个漂泊者、异乡人，因为诗人总是要用自己最熟悉的词干一些最陌生的活儿。你跟你的土地、你的人民呼吸与共固然是好，但你也须经常把自己置于这熟悉的生活外，陌生化，再陌生化。但是，现在的问题是，外在的命运把他们抛到了陌生之境，生活也本质上异化了。

"信箱打开如特洛伊木马，空白之词蜂拥。"在异乡的环境中，没有人给你写信。张枣《告别孤独堡》里有一句:"我设想去电话亭给我的空房间拨电话。"没有电话,没有信。或者如张枣《哀歌》里说的:"另一封信打开／是空的,是空的／却比世界沉重。"此处"特洛伊木马"是什么?就是其中有一个颠覆的力量,是埋伏的刀兵纷纷杀出来。没有人写信的信箱,打开来里面什么都没有,正是这个 nothing,这个空无,是一种严重的挫败与杀伤。

不断幻觉的场景,但有时我们借助日常的经验是可以重建的:空的信箱(但空白之词蜂拥),煤气灶台上的火苗在舞动蛇腰子(茨维塔伊娃在信中说,她在巴黎的贫民窟里终于用上了煤气灶),月经的辛酸(对着流亡的残月)……整个儿构成了异乡的流亡生涯。这种刻骨的孤独与辛酸,同样可以在张枣《枯坐》一文里找到:"住在德国,生活是枯燥的,尤其到了冬末,静雪覆路,室内映着虚白的光……越喝越醒,直到晨曦苍白地把尘世的窗户一个个交还回来。凭窗望去,德国日常生活的刻板和精准醒了:一个职员模样的中年人走过,脸上还有被闹钟撕醒的麻木,腿甚至像秒针般移动……"

> 妈妈,卡珊德拉,专业的预言家,／他们逼着你的侧影吸外国烟,／而阳光,仍舒展它最糟糕的惩罚:／鸟越精确,人越不当真,虽然／火中的一页纸咿呀,飒飒消失,／真相之魂夭逃——灰烬即历史。

忽然换上了茨维塔伊娃的女儿阿莉娅的口吻,才 13 岁的阿莉娅曾给人写信说:"妈妈教导我爱书、爱太阳和香烟。她的手里总是拿着书,嘴总是叼着香烟,头发——像太阳……"(《玛丽娜·茨维塔耶娃:生活与创作》中卷)而阿莉娅 6 岁的时候,茨维塔伊娃就在给她的《总有一天,可爱的孩子……》一诗中写道:"你将忘记我高鼻梁的侧影,／忘记我眼前常常烟雾迷蒙。"请注意张枣写这组诗的资料功夫。突出"外国"烟,是"异乡"的延伸。

卡珊德拉是希腊神话中拥有预言能力的特洛伊的公主,阿波罗赋予这个女子能够预测未来的能力,但交换条件是她要委身于自己。卡珊德拉拒绝了,阿波罗就给了她一个诅咒:日后,你的预言都是准的,但是没有人信。"卡珊德拉,对于我来说她是一个很美的人",在评论鲁迅《过客》时,张枣曾经说过,"她有最聪明的预见力,但是没有人相信她,优秀但不被人们理解,零余者形象,像现代以来被诅咒的诗人"(《〈野草〉讲义》)。

阿波罗是太阳神,眉心镶嵌着一个太阳出世的,所以说这是来自阳光的惩罚:"鸟越精确,人越不当真。"埃斯库罗斯《阿伽门农》一剧曾以夜莺和燕子比拟卡珊德拉:"像燕子一样只会说难懂的外国话。""是一位神把你迷住了,使你发疯,为自己唱这支不成调的歌曲,像那黄褐色的夜莺不住地悲鸣。"(罗念生译本)在阳光下,一切都精确呈现,拥挤着所有的细节而毫发不伤,却反而给人一种虚幻不实之感。这是过于真实引起的虚幻、过于精确导致的模糊吧。张枣在《大地之歌》中写道:"我们得仰仗一个幻觉,使我们能盯着／某个深奥细看而不导致晕眩。"但是,"鸟越精确,人越不当真。"这是最糟糕的惩罚:预言越准,人越不信。

"火中的一页纸咿呀,飒飒消失,／真相之魂夭逃——灰烬即历史。""夭逃"是"逃之夭夭"的压缩。真相被焚毁了,历史只是余烬。这两行中,火与前文煤气灶台上蛇腰子似的火苗应和,阳光与流亡的残月反接,而特洛伊公主卡珊德拉跟特洛伊木马也是连类引譬。张枣的文心之细,当代无人能及。

五

这一首更为复杂,压缩的经验更多,解释起来也就更困难。但核心部分是围绕着两个希腊悲剧与史诗的人物,一个是前面的预言家卡珊德拉,一个是特洛伊英雄赫克托。张枣喜欢用希腊神话,《历史与欲望》组诗中五首就占了两首:丽达与天鹅,色米拉(通译塞墨勒)恳求宙斯显现。明白了卡珊德拉和赫克托这两个典故,这第五首就好懂了。

阳光偶尔也会是一只狼,遍地／转悠,影子含着回忆的橄榄核,／

> 那是神,叫你的嘴回味他色情的 / 津沫,让你失灵,预言之盒 / 无力装运行尸走肉,沐浴在 / 这被耀眼的盲目所统辖的沙滩。/ 看见即是说出,而说出正是大海,/ 此刻的。圆。看的羊癫疯。看。

阳光从上一首作为惩罚的阳光承续而来。阳光如狼,遍地转悠,带着它的影子。阿波罗别号 Apollo Lykeios,Lykeios 的语源,一说是阳光,一说是狼,所以阿波罗是太阳神,又是狼神。他色情的贪婪垂涎让卡珊德拉的预言失灵,而那些对灾难的预言无动于衷的行尸走肉,正盲目地沐浴在阳光耀眼的沙滩上。"耀眼"扣住"阳光","盲目"呢,就是"越精确,人越不当真"。"耀眼的盲目所统辖的沙滩"事实上也可以隐指写作的、语言的、革命的种种。只有卡珊德拉看得见真相:"哎哟,多么痛苦啊!要说真实的预言真是苦啊!这可怕的苦恼又使我晕眩,一开始就使我心神迷乱……"(埃斯库罗斯《阿伽门农》)。"看见即是说出,而说出正是大海,此刻的。""大海"跟"沙滩"相对,正如"影子"跟"阳光"相对。预言即看见,也即说出。但更深的层次则涉及张枣诗学的一个重要观点:"存在清脆的命名抛掷出存在物和宇宙图景,哪儿没有命名,哪儿便是一片浑沌黑暗。""荷马,一个盲歌者,一个完全无法把握世界表象的人,却能侃谈百工艺事、政术战略和人神之交往。"(《诗人与母语》)"圆"为真理的完整具足之相,又是智慧的浑融无偏之征,所谓"圆通""圆觉""圆解""圆览",都是一类的表述(参见钱锺书《谈艺录》第三十一则"说圆")。然而,看见和说出的代价是疯狂。"看的羊癫疯"最为费解,却最简单。羊癫疯即癫痫,古希腊人称之为"神圣的疾病",患者被认为是神灵附体,拥有预测未来的能力。叔本华说:"天才与癫痫相邻。"圣女贞德、福楼拜、贝多芬、陀思妥耶夫斯基、凡·高,都是癫痫患者,因为据说上帝对你关上一扇门,必为你打开另一扇窗。看——

> 生活,在哪?"赫克托,我看见你 / 坐在一万双眼睛里抽泣,发愣"—— / 你站在这,但尸体早发白。等你 / 再回到外面,英雄早隐身,只剩 // 非人和可乐瓶,围观肌肉的健美赛, / 龙虾般生猛的零件,凸现出未来。

赫克托就是被阿喀琉斯杀死的那个英勇的特洛伊王子，那是惨烈的一幕。"赫克托，我看见你／坐在一万双眼睛里抽泣，发愣。"一万双眼睛都被耀眼的盲目所统辖，什么都看不见，形同或者已经死掉，只有赫克托窥见了自己的命运而抽泣、发愣。"你站在这，但尸体早发白"，承接上文的"行尸走肉"，也可能是指特洛伊国王普里阿摩斯亲自去阿喀琉斯的军营里赎还儿子赫克托尸体一事。那样的话，"等你／再回到外面，英雄早隐身"，可以指赫克托，或者阿喀琉斯，都是天神一样的英雄，从此隐身了。但是，这两行更可能是张枣对荷马史诗脱胎换骨，让虚拟的主体转化自如的惯伎：你，茨维塔伊娃，"你完蛋了，未来一边找葬礼服，／一边用绷紧的零碎打发下午"。你已经看见了你的死，正如卡珊德拉最后也看见了自己的死，你那个时代的英雄都已隐身了，只剩——剩下给我的了："只剩非人和可乐瓶，围观肌肉的健美赛，龙虾般生猛的零件，凸现出未来。"

六

樱桃，红艳艳的，像在等谁归来。／某种东西，我想去取。下午，／我坐着坐着就睡了，耳朵也倦怠，／我答应去外地取回一本俄文书。／你坐在你散发里，云雀是帽子。／笔，因寻找而温暖。远方，来客。／梦寐之中，你的手滴落着断指，／我想去取：人，铜号，和火车；

注意这个"取"，不断地"取"。就像前面第三首会用"完蛋了"贯穿全诗，这第六首的关键词就是"取"。

读张枣的诗，我想，真的要习惯于那种超现实主义的绘画和戏剧。就像这一首，我想我们应该还能够唤起贝克特《等待戈多》那样一个场景。"你去取"，这里面有一个"等的纯粹逻辑"。"我坐着坐着就睡了，耳朵也倦怠"，"你坐在你散发里，云雀是帽子。／笔，因寻找而温暖。远方，来客。／梦寐之中，你的手滴落着断指。"这是一个疲惫的下午，一个发生在白日梦中的场景，就像卞之琳的《距离的组织》：

"忽听得一千重门外有自己的名字。/好累呵！我的盆舟没有人戏弄吗？/友人带来了雪意和五点钟。"远方的来客在梦中出现，是坐火车来的吧？"梦寐之中，你的手滴落着断指"，是那种达利式的画面，真实的东西被融化掉。又像《焦氏易林》里的魔幻情境，梦兆不祥。

樱桃，红艳艳的，等的纯粹逻辑，/我心跳地估算自己所剩的时光；/没有你，祖国之窗多空虚。呼吸，/我去取，生词像鳟鱼领你还乡；//你去取，门锁里小无赖哇吐静电——/痛，但合唱惊警地凌空，绝缘。

"樱桃，红艳艳的，等的纯粹逻辑。"这算是一跤跌到逻辑外，意义完全无法解释。张枣有一首《告别孤独堡》，里面有一句："上午，仿佛有一种樱桃之远。"樱桃之远，可感而不可言传。樱桃只有近才看得真切，"万颗匀圆讶许同"（杜甫《野人赠朱樱》）；而樱桃之远，也是"盯着某个深奥细看"吧？看久了就会晕眩，并且在幻觉中远起来。

"我心跳地估算自己所剩的时光；没有你，祖国之窗多空虚。"有些时候，"我"并非绝对就是张枣那个"抒情的我"，而"你"并非绝对就是茨维塔伊娃。因为在幻觉中，他们有些时候会有某种互换、交融。我认为，这两行诗，这两句话，相当于现代小说中的"自由间接引语"（free indirect speech），即抹去了引用痕迹的引用，引用了帕斯捷尔纳克的声音。他1935年访问巴黎时，茨维塔伊娃向他征询是不是应该回国，他没有明确阻止她返乡的意愿。第二年她遭受了厄运，帕斯捷尔纳克对此追悔莫及。但问题是，"生词像鳟鱼领你还乡"，是母语的诱引，前面已有俄文书；而所谓"生词"，是不是相当于奥威尔《1984》里的老大哥的"新话"（newspeak），或者就是指苏联的新生活吗？

你去取，门锁里小无赖哇吐静电——/痛，但合唱惊警地凌空，绝缘。

某种东西，我想去取：想去取俄文书，取人、铜号和火车，然后，我去取呼吸。你呢，取什么？痛。我们要格外注意张枣的标点符号。

不可能倒装去取上一行"像鳟鱼领你还乡的生词"，因为已经用分号隔开，收束了。有人说起分号便没有好话。写《苔依丝》的法朗士说：分号既不是逗号，又不是句号，是个杂种；写《五号屠宰场》的冯内古特说：分号就像患有易装癖的阴阳人，什么都没说，唯一能说明的是你上过大学。但分号用处还是大，特别是在张枣手里，用起来特别讲究。那么，最后两行，"你去取"的宾语，应该是，也只能是，"痛"，只不过中间被"门锁里小无赖哇吐静电——"隔开，使得单个的"痛"字，看上去无主了。"合唱惊警地凌空"，这是歌队的合唱，来自古希腊戏剧。尼采说，歌队是抵御汹涌现实的一堵活的城墙。现在，当女主角因为空虚寂寞，因为估算自己所剩的时光无多，而要还乡时，歌队的合唱声惊呼"绝缘"。"绝缘"当然跟"电"有关，但这两个中文字，从字面上就是告诉你，"绝"了跟故乡的"缘"吧。尽管你离开了母语通行的土地，思乡如渴，思亲如焚，但是行不得也！因为俄罗斯大地上正在发生的一切，让你的未来只能是"一袭丧礼服"。

七

茨维塔伊娃的结局之惨，让我想到"公无渡河"的故事。郭茂倩《乐府诗集》卷二十六引《古今注》："朝鲜津卒霍里子高，晨起刺船，有一白首狂夫，被发提壶，乱流而渡，其妻随而止之，不及，遂堕河而死。于是援箜篌而歌曰：'公无渡河，公竟渡河。堕河而死，当奈公何！'声甚凄怆，曲终亦投河而死。"这第七首便是公竟渡河、堕河而死的结局：

你回到莫斯科，碰了个冷钉子，／而生活的踉跄正是诗歌的踉跄。／除夕夜，乌鸦的儿女衣冠楚楚地／等钟声，而时间坏了，只好四散。／带担架的风景里躺着那总机员，／作协的电话空响：现实又迟到，／这人死了，那人疯了，抱怨，／抱怨的长脚蚊摇响空袭警报。完美啊完美，你总是忍受一个／既短暂又字正腔圆的顶头上司，／一个句读的哈巴儿，一会说这／长了点儿，一

> 会说你思想还幼稚，// 楼顶的同行，事后报火，他们 / 跛足来贺，
> 来尝尝你死的闭门羹。

这一首叙述性很强，只要熟悉茨维塔伊娃的传记资料，就不难理解。1939年6月，茨维塔伊娃带着儿子穆尔回到了苏联。两个月以后，先期回国的女儿阿莉娅被逮捕，然后被流放。四个月后，她的丈夫埃夫伦被控诉从事反苏活动，被逮捕，然后被枪决。这是最初的"冷钉子"。她生计无着，寄人篱下，如嚼苦涩的艾蒿，真是一路踉跄。她为获得住处向作协书记法捷耶夫求告，却连一个平方米都得不到；想发表作品，出版诗集，也未成功。终于，1941年8月31日，茨维塔伊娃在绝望中自杀。

八

上一首是茨维塔伊娃剧烈的重大的人生变故，是死亡。到了这一首呢，突然甜美舒缓。仿佛死亡降临以后的祥和宁静，类似于歌队合唱的安魂曲。Wenn Du wirdlich mich sechen willst, so musst Du handeln！这句德文题词，用了茨维塔伊娃给里尔克信里的一句话，意思是说："如果你真想见到我，那么你得行动！"

> 东方既白，经典的一幕正收场：/ 俩知音一左一右，亦人亦鬼，/
> 谈心的橘子荡漾着言说的芬芳，/ 深处是爱，恬静和肉体的玫瑰。

什么是"经典的一幕"？茨维塔伊娃与里尔克和帕斯捷尔纳克的《三诗人书简》，即《一九二六年书简》，是三位伟大诗人之间的通信，或者说，三方情书，照苏珊·桑塔格的说法，"是对诗歌和对精神生活所怀的激情的无与伦比的戏剧化"。一左一右的"俩知音"，可以指里尔克跟帕斯捷尔纳克，那么"亦人亦鬼"便是说当茨维塔伊娃死去，里尔克已成亡灵，而帕斯捷尔纳克依然健在。但考虑到题词用了德语信中的话，"俩知音"还是解释为茨维塔伊娃与里尔克为好。里尔克的

亡灵在送茨维塔伊娃回家——死亡的家。

"谈心的橘子荡漾着言说的芬芳",这一句美妙的诗很难解说。橘子如何谈心？难道真像某诗人所说，"圆圆的，燃烧着的orange，是我心的比喻"（艾青《orange》），读的人才懂？张枣一写到水果，特别是这个芬芳的橙子橘子柑子，就有美妙的诗句："经典的，橘子沉吟着／内心的死讯"（《断章》之七），"一颗新破的橙子为你打开睡眠"（《空白练习曲》之十）。"新破的橙子"来自周邦彦的《少年游》："并刀如水，吴盐胜雪，纤指破新橙。锦幄初温，兽烟不断，相对坐调笙。低声问：向谁行宿？城上已三更。马滑霜浓，不如休去，直是少人行。"写主人公跟心上人在寒冬长夜的闺室里浓情蜜意的温存，呢哝细语，恩怨尔汝，那境界正好就是"谈心的橘子荡漾着言说的芬芳，／深处是爱，恬静和肉体的玫瑰"。记得当初发表的版本，"玫瑰"作"丽瑰"，似乎更好，因为既然有了橘子就可以不再有玫瑰了。

> 手艺是触摸，无论你隔得多远；／你的住址名叫不可能的可能——／你轻轻说着这些，当我祈愿／在晨风中送你到你焚烧的家门：／词，不是物，这点必须搞清楚，／因而首先得生活有趣的生活，／像此刻——木兰花盎然独立，倾诉，／警报解除，如情人的发丝飘落。

第二首说"诗，干着活儿，如手艺，其结果／是一件件静物"。现在，关于写作，关于诗与生活、语言与真实世界的关系，这一主题重现了。"手艺是触摸"，是身体与物体的亲密对话，是重建人与世界的关系，重获对存在的切肤之感。"躬腰费眼的手工活，很是有劳动之美。"（张枣《自己的官方》）在诗人手里，词获得了物的存在，有如皮匠手里的皮子、金匠手里的金子。而从更深一层思考，词是不是物的问题，在现代诗人中间有最复杂的运算。我们陈旧的观念像胡适所说的"言之有物"，但现代诗人和哲学家都相信，言即为物。就像张枣所讲的，"哪儿没有命名，哪儿便是一片浑沌黑暗"。当你说出了什么，那个东西就出现了；当你写出了什么，那个东西就发生了。张枣组诗《云》第二首说："你只要说出树，树就会／闪现在对面，无论你坐在哪儿。"

我们对这种看起来会被毫不迟疑地斥为唯心主义的说法要有清醒的认识。我们现在觉得什么东西真实？你看张枣真实吗，还是这首诗真实？张枣死了，但他留下的这本薄薄的诗集还会继续存在下去。未来的人读到他这首诗，还会想到他这个人。所以从长远看来，词就是物，它比肉体的生命更真实。如果他没有留下这些东西，我们就不会在这儿讲张枣这个不复存在的存在了。

但是问题还有另一面。"词，不是物，这点必须搞清楚，／因而首先得生活有趣的生活。"第二首说，诗，作为人境的生活的对称，其用处极有分寸，不会超过两端影子恋爱的括弧，这儿又回到诗不能使任何事发生的问题上来。诗是一场超级虚构。写作可以创造一个世界，但毕竟不等于这一个世界；可以虚构一个人生，但毕竟不等于这一个人生，"因而首先得生活有趣的生活"。上一首说，"而生活的踉跄正是诗歌的踉跄"，那么换个说法，生活的顺畅也正是诗歌的顺畅。用茨维塔伊娃给里尔克的那句题词："如果你真想见到我，那么你得行动！"——只有行动才能解决现实、解决人自身的生活。

可是，有一种爱是隔着遥远的距离，通过词来互相触摸，也通过词而最终实现。"无论你隔得多远，／你的住址名叫不可能的可能"，诗能够让"不可能的可能"发生，比如现在，诗人让生前从未见过面的里尔克与茨维塔伊娃清晓相送。"东方既白""亦人亦鬼""晨风"，这是亡灵甚至鬼魂出而复没的辰光。《哈姆雷特》第一幕第一场，鬼魂一听到鸡叫就隐没了。中国也有"鸡鸣鬼去"的常言。"你轻轻说着这些，当我祈愿在晨风中送你到你焚烧的家门。"这里的"焚烧"，又跟前面"煤气灶台上"那个火苗的"蛇腰子"联系起来，跟"火中的一叶纸咿呀，飒飒消失"联系起来，"焚烧的家门"又跟前面"楼顶的同行跋足来贺，来尝尝你死的闭门羹"相呼应。这组诗的好多线索是呈链状的，许多条链子交织隐现。如最后四行：

像此刻——木兰花盎然独立，倾诉，／警报解除，如情人的发丝飘落。／／东方既白，你在你名字里失踪，／植树的众鸟齐唱：注意天空。

"警报"也呼应着前面的系列：有"事后报火"的警报，有"抱怨的长脚蚊摇响的空袭警报"，当然还有"卡珊德拉，专业的预言家"的警报。"众鸟齐唱"直接与第六首末行"合唱惊警地凌空"挂钩。但警报解除后的众鸟齐唱，惊警犹在："注意天空。"提醒缠绵的灵魂要留意光阴的流逝，危险时刻的临近。

这一首写的是收场，是解除、飘落、失踪，是知音和情人的故事的大结局。但这是幽冥界的结局，是一个超级虚构中的结局。"不可能的可能"在此实现，生命中从未见面，死亡却将他们永远联系在一起。这就是文学、语言、词所做的事情，它们使一切事情发生。"你在你名字里失踪"，你的肉体生命已经结束于你名字的符号中，但你的名字流传了下来，就像罗兰·巴特说的，作者死了，其主体已经在其文本中隐没融化了，剩下的只有文本。

九

前一首是死亡的终局，这一首是对死亡的质疑。

人周围的事物，人并不能解释；／为何可见的刀片会夺走魂灵？／两者有何关系？绳索，鹅卵石，／自己，每件小东西，皆能索命，／人造的世界，是个纯粹的敌人，／空缺的花影愤怒地喝彩四壁，

诗人在沉思物质生命跟精神生命的关系。死亡是怎么一回事？"刀片""绳索""鹅卵石"，这些弹簧般的物品蹿出来，封杀了生命。张枣偏爱小小的物件，喜欢说："每个物里都睡着一支歌。一旦被那个魔术的词命中，它就歌唱起来。"但现在，这些唱歌的小小的东西凶险起来了，反叛了，会索命了。诗人归咎到这些人造的物品的冷漠上来（其实，"刀片""弹簧"和茨维塔伊娃自缢身死的"绳索"是人造物品，"鹅卵石"不是）。此处的诗思让我想到秘鲁诗人巴略霍的诗句："今天一片碎块刺进了她的身体，／在她存在的方式，在她有名的／一分

币，给她狠狠的一击。/命运使她十分痛苦；门使她痛苦，/腰带使她痛苦，给她干渴和折磨，/给她酒杯的而不是酒的干渴。"（《今天一片碎块刺进了她……》）

"人造的世界是个纯粹的敌人。"前面的"非人""可乐瓶""围观肌肉的健美赛""龙虾般生猛的零件"都是这"人造的世界"的组成部分，后文又将延续这一主题。"空缺的花影愤怒地喝彩四壁"，张枣在一次访谈中将这句诗引成"愤怒的假花喝彩四壁"，假花就是人造的花。但这句诗令我想到它与一句旧诗惊人的相似，龚自珍《梦中作四截句》第二首："黄金华发两飘萧，六九童心尚未消。叱起海红帘底月，四厢花影怒于潮。"钱锺书在《谈艺录》中，特别拈出后七字，细品而极赞道：

> "潮"曰"怒"，已属陈言；"潮"喻"影"，亦忾人先；"影"曰"怒"，龃龉费解。以"潮"周旋"怒"与"影"之间，骖靳参坐，相得益彰。"影"与"怒"如由"潮"之作合而缔交莫逆，"怒""潮"之言如借"影"之拂拭而减其陈，"影""潮"之喻如获"怒"为贯串而成其创，真诗中老斫轮也。

将影子比喻成潮水不算什么，将潮水形容为怒潮也不算什么，但把"影""潮""怒"三个字放到一块儿去，那就相得益彰了：

四厢花影怒于潮。

这一句要改写成现代汉语的话，那就一定是——

空缺的花影愤怒地喝彩四壁。

"四壁"相当于"四厢"，"花影"原封不动还在，"愤怒"也出现了。张枣难道读过龚定庵的这首诗？或者读过钱锺书的这段话？不一定。我相信这是一次不谋而合的邂逅，一次相互都不知道对方存在的遭遇战。可以说，龚自珍的那句诗如此富有现代感，张枣应该"忾他人之我先"了。但张枣别有创获,是把"愤怒"与"喝彩"奇妙地压缩到一起去。是啊,有些时候,一种痛、一种死亡之发生,像鲁迅说的,是一种大欢喜;或者像庄子讲的,"以生为附赘悬疣,以死为决疣溃痈"。死亡是个脓包,一下子脓头破掉,是极痛快的事,所以有"愤怒"和"喝彩"两个完全相反的情绪反应糅到一块儿去。我们看一看鲁迅《野草》里的《复仇》:

> 但倘若用一柄尖锐的利刃,只一击,穿透这桃红色的,菲薄的皮肤,将见那鲜红的热血激箭似的以所有温热直接灌溉杀戮者;其次,则给以冰冷的呼吸,示以淡白的嘴唇,使之人性茫然,得到生命的飞扬的极致的大欢喜;而其自身,则永远沉浸于生命的飞扬的极致的大欢喜中。

一柄利刃的一击,一根绳索的一扣,就能索命,在时间中慢慢成熟的生命会中止于这么不起眼的小东西,足可愤怒。但死亡又是对苦难的生命的复仇,这痛快淋漓的复仇,足可喝彩。对于身陷绝境的茨维塔伊娃来说,投缳而死反而是解脱。

> 使你害怕,我常常想,不是人 / 更不是你本身,勾销了你的形体, / 而是这些弹簧般的物品,窜出, / 整个封杀了眼睛的居所,逼迫 / 你喊:外面啊外面,总在别处! / 甚至死也只是衔接了这场漂泊。

柏林、布拉格、巴黎的十七年固然是异乡的漂泊,回到故国却更是异乡,"我的家乡不珍惜我……"茨维塔伊娃是嚼完生活的苦蒿,带着这无尽的叹息离去。一生总是居无定所,生活永远在别处,"甚至死也只是衔接了这场漂泊",漂泊即挂空,无根——

> 无根的电梯,谁上下玩弄着按钮? / 我最怕自己是自己唯一的出口。

这个"怕"又联结了前面的"使你害怕"。张枣在《〈普洛弗洛克〉讲稿》中说:"永恒的事情,一个是害怕,另一个是死亡,死亡用了一个矛盾修辞法,真正超出日常性的一个人不是 God,而是说 dare,在没有上帝的时候,死亡就占据了这个空白,所以一句话,'I am afraid',20世纪文学一个关键的主题就是'我怕'。……因为不相信神,上帝死了,这种怕是跟死同构的。"当张枣悬拟茨维塔伊娃临终的心态说,"我最怕自己是自己唯一的出口",他替她想到的也许是,"无根的电梯,谁上下玩弄着按钮?"是上帝吗?可是上帝已经死了。

十

> 我摘下眼镜,我愿是聋哑人的翻译——/ 宇宙的孩子们,大厅正鸦雀无声: / 被手势的蝴蝶催促开花的可能。

这一首以非常魔幻的场景开始,诗的意旨也晦涩难解,但可以确知,已经从茨维塔伊娃转到了"我"。一场虚构的手语诗的朗诵,聋哑人在这个地方完全依靠手语,是"手势的蝴蝶催促开花的可能"。空气在朗诵,大厅鸦雀无声,这是一个怪异的世界。当然,鸦雀无声、空气朗读等,可能指向某种高压,也可能是一个"人造的世界"抽空的结果。

> 真实的底蕴是那虚构的另一个,/ 他不在此地,这月亮的对应者,/ 不在乡间酒吧,像现在没有我——/ 一杯酒被匿名地啜饮着,而景色 / 的格局竟为之一变。满载着时空,/ 饮酒者过桥,他愕然回望自己 / 仍滞留对岸,满口吟哦。某种 / 悲天悯人的情怀,和变革之计 / 使他的步伐配制出世界的轻盈。/ 大人先生,你瞧,遍地的月影……

"真实的底蕴是那虚构的另一个,他不在此地。"此地有一个真实的"我",但并不真实;真实的是那不在此地的"我",虽然是虚构。第五首中，那太阳的对应者是阿波罗，这月亮的对应者则是"我"自己。但"我"非"我"，尽管我正在乡间酒吧里啜饮着一杯酒，但这不是真实的"我"，所以这杯酒只是被匿名地啜饮着。匿名是有意改写"惟有饮者留其名"，所以像奚密就认为，这位饮者是李白，李白酷爱写月亮，在《花间独酌》里"举杯邀明月"，在《将进酒》里"与尔同销万古愁"（第二首开头即用了"万古愁"），所以说他是月亮的对应者并非没有理由。但这一说法不符合这组诗的内部统一性，因为里面放不进一个李白。"景色的格局竟为之一变"是因为分身的另一个"我"换了一个角度：现在他过了桥，回望自己仍滞留对岸，满口吟哦，不禁愕然，仿佛不认得自己了。"满口吟哦"是旧时代的风流，抛弃了那一个"我"的这一个"我"，乃是有着"悲天悯人的情怀"和"变革之计"的新人，这些崇高的理念"使他的步伐配制出世界的轻盈"。

这里诗人大玩特玩起他惯玩的分身术了。的确，与其说诗人在故弄玄虚，不如说他贪玩。现代诗经常会写这样一个分身，写主体的分化与转化，就像 T.S. 艾略特在《四首四重奏》的最后一首《小吉丁》里，"我"作为一个伦敦消防队员（艾略特在战时一度做过），在纳粹空袭伦敦这样一个历史时刻，在街头遇见了一位过去的大师，眼睛里有"熟悉的复合的灵魂"：

于是我呈现为一个双重角色，一面喊
一面又听见另一个人在喊："怎么！你在这儿？"
尽管我们都不是。我还是我，
但我知道自己已经变成了另一个人。

张枣非常推崇 T.S. 艾略特的《四首四重奏》，认为其表面语法简单而内涵极为深邃。他当然对 T.S. 艾略特的分身术再熟悉不过了。

张枣自己在课堂上简单讲过这组诗，据颜炼军的笔记，张枣说这第十首的最后用了阮籍的《大人先生传》，但我不大相信《大人先生传》用在这里有什么用，不过就是借一个名目吧。当然，大人先生这名目本身就带有一种反讽的意味。在旧俄的小说里面，经常会有"大人先生""贵族老爷"。张枣会像史蒂文斯，偶尔用稍显怪异的、讥嘲的甚至给人感觉恶意的调调儿说话。这个"大人先生",这个"你",应该是反躬自视、反躬自嘲的另一个"我"——作为新人的"我"。"大人先生,你瞧,遍地的月影……"这"遍地的月影"又是从第五首反转出来:"阳光偶尔也会是一只狼,遍地／转悠,影子含着回忆的橄榄核。"

十一

是的,大人,月亮扑面而起,／四望皎然,峰顶紧贴着您腮鬓:

张枣自己还说过,这第十一首开头,他又用了一点"王子猷雪夜访戴"的典故。我仍觉得比较牵强,因为这里"皎然"的是月,而不是雪。古今诗语的表面相似很多,难道"山从人面起,云傍马头生"也会是"月亮扑面而起"的来历吗?不会。这个"大人",这个"您",前面说了,应该是反躬自视、反躬自嘲的另一个"我"。组诗整个儿是在"我"和"你"之间展开的,所以,接下去,从主体的"您／我"转向作为客体的茨维塔伊娃,也就是"她":

下面,城南的路灯吐露香皂气,／生活的她夜半淋浴,双眼紧闭,／窗纱呢喃手影,她洗发如祈祷,／回身隐入黑暗,冰箱亮开一下;

一个俯望的、带点儿窥视的角度,一个逼真而又虚幻的场景。为什么偏要说"生活的她"?别忘了第八首,"首先得生活有趣的生活"。普希金写得好:"如今我的理想是家庭主妇,／我的愿望是平静的生活,／还有一大砂锅汤。"契诃夫也说得好:"在女人中,我所爱的当然是美;在人类社会中,我所爱的是绒毯、附有弹簧的马车和敏锐思考所表现出来的文化。理智与事实告诉我:电流与蒸汽比贞洁和吃素含有更多的人性和爱。"当面对恐惧和无解的难题时,没有比香皂、窗纱、夜半淋浴更能代表现世安稳的生活了。

隔着一层窗纱在淋浴，可以看到手的影子在上面闪动，于是诗人用了"呢喃"这一双声词，写出"昵昵儿女语，恩怨相尔汝"的含糊甚至暧昧。女子夜半淋浴的动作是私密性的、亲密性的，"呢喃"一词表现力异常丰富，既应和着"祈祷"，也将"递到你悄声细语的剧院包厢"（第一首）、"谈心的橘子荡漾着言说的芬芳"（第八首）等绵绵的絮语贯串起来。此刻的意境，其实倒很吻合唐人刘方平的七绝《月夜》："更深月色半人家，北斗阑干南斗斜。今夜偏知春气暖，虫声新透绿窗纱。"虫声从窗纱中"透"过来，却不如"窗纱呢喃手影"更微妙。

> 回身隐入黑暗，冰箱亮开一下；/ 永恒像野猫，广告美男子蹱到 / 彗星外，冰淇淋天空满是俏皮话……

从"冰箱"到"广告"到"冰淇淋"，这里又出现了"人造的世界"，与第五首的"可乐瓶""健美赛"同为有机联系着的意象。"冰淇淋天空"出自史蒂文斯的《冰淇淋皇帝》。在张枣的生涯中，没有比史蒂文斯在诗学观念和写作风格上给他的影响更大的诗人了。"冰淇淋天空，满是俏皮话"，人造的世界事实上消解了真正的严肃。

> ……夜莺啊正在别处，是的，您瞧，/ 没在弹钢琴的人，也在弹奏，// 无家可归的人，总是在回家：/ 不多不少，正好应合了万古愁——/ 呵大人，告诉我，为何没有的桂树 / 卷入心思，振奋了夜的秩序？

上一首和这一首，集中出现了许多分身的、魔幻的场景，以及悖论式的表达。"夜莺啊正在别处"，跟"外面啊外面，总在别处"一致，也与济慈的《夜莺颂》有文本上的联系。济慈说，他愿一饮而尽一杯醇酒，再与夜莺一起悄然离开这世界，遁入那幽邃的森林，全然忘却所有这些疲惫、焦灼和热病，而这些都是夜莺并不知晓的一切。"万古愁"呼应第二首第一句的"我天天梦见万古愁"，"万古愁"分置于顺数第二首和倒数第二首，可见张枣的讲究对称的形式感，也凸显了此语的重要性。"不多不少"可参照张枣组诗《云》第二首中的诗句:"多,就是少?未必如此。/我喜欢不多不少。"

"没在弹钢琴的人,也在弹奏","无家可归的人,总是在回家","没有的桂树卷入心思,振奋了夜的秩序"。这一连串的No,一连串的无中生有,如何理解?按照张枣的超级虚构的诗学观念,没有的桂树也是树之一种,如第五首已有非人之人的"非人",这就像鲁迅的无物之物、无地之地,司马相如的《子虚赋》里的"乌有先生""子虚使""亡是公"。这些都是没有的有,不存在的存在。张枣也可能仿效肯明斯(E.E.Cummings)的 Anyone Lived In A Pretty How Town 一诗中拿noone当实有其人的那一类奇异的表达。

词一出现,物即成立。本来没有的物,本来没有的人,形成了一个新的事实和秩序。"没有的桂树/卷入心思,振奋了夜的秩序",这与张枣翻译过的史蒂文斯的《基围斯特的秩序观》那首诗有关。史蒂文斯不是喜欢在诗中设置一些虚拟的秩序吗?他最著名的诗写道:我在田纳西放了一只瓮,然后它就赋予了那片原野以秩序。张枣尤有进者:空缺的花影可以愤怒地喝彩四壁,没有的桂树也能够振奋夜的秩序。

再从本事诗的角度看,这几句也不是泛泛而写。"无家可归的人,总是在回家",是指茨维塔伊娃的悲剧。"没在弹钢琴的人,也在弹奏",同样与茨维塔伊娃有关。"你在钢琴上按键,琴键在那,在这,黑的,白的,音符在哪?"茨维塔伊娃说过,她最初的语言不是俄语,甚至也不是出生地的德语,而是音乐。她母亲生命的最后一息,手指是停止在钢琴的键盘上的,所以我说张枣写这组诗下过十足的资料功夫,可谓字字有来历。

十二

九月,果真会有一场告别?/你的目光,摆设某个新室内:/小铜像这样,转椅那样,落叶,/这清凉宇宙的女友,无畏:/对吗,对吗?睫毛的合唱追问,/此刻各自的位置,真的对吗?/王,掉落在棋局之外；西风／将云朵的银行广场吹到窗下：／正午，各自的人，来到快餐亭，／手指朝着口描绘面包的通道；／对吗，诗这样，流浪汉手风琴／那样？丰收的喀秋莎把我引到／我正在的地点：全世界的脚步，／暂停！对吗？该怎样说："不"？

9月会有一场告别吗？可8月31日茨维塔伊娃死掉了。新的室内的摆设，此刻各自的位置，都是重建一种秩序。"落叶这清凉宇宙的女友"，是属于张枣的惯用语。组诗《云》第二首中也有"一片叶。这宇宙的舌头／伸进窗口，引来街尾的一片森林"。

"对吗，对吗？睫毛的合唱追问，／此刻各自的位置，真的对吗？"呼应第三首"我们的睫毛，为何在异乡跳跃？"以及第六首的"合唱"、第八首的"齐唱"。从"我们的睫毛"到"睫毛的合唱"，男女主角你和我以及我们身后的合唱队，都在追问：你／我／你们各自所在的位置是哪儿？你在昨日革命的世界，我在今天商品的世界，是不是都命运乖张，站错了位置？诗人一再追问："对吗？对吗？"这样对吗？那样对吗？这个错乱的世界是每样东西都各得其所呢，还是被一个荒谬的命运各带到不可测的地方来了呢？所有偶然聚集起来的这些，看上去是以必然的秩序存在着，但存在的就是合理的吗？从来如此便对吗？

"王，掉落在棋局之外"，现实的世界是错乱的。"西风将云朵的银行广场吹到窗下"，虚实结合地写西风把云朵吹到了窗下，窗下其实就是银行的广场，而文字上却是借白云之白与银行之银偷渡。"银行广场""快餐亭""面包""流浪汉手风琴"，都是眼下现象的存在，是人造的世界、商品的世界，也是"我"所面临的"生活的"世界（就像第一首，"人行道""红绿灯""剧院包厢"，是你往日"生活的"世界一样）。但这个世界不是"我"想要的，正如你，茨维塔伊娃，也不要你那个糟糕的世界一样。喀秋莎是清纯美丽的少女的代名词，"丰收的喀秋莎"或从前面的"清凉宇宙的女友"和"快餐亭"的"面包"承接而来。但此时此刻，诗人对这个世界叫了"暂停"，说了"不"。

当全世界以革命或者科技的名义迈开大步（革命的僮仆原路返回的脚步，变革之计使世界轻盈的脚步），诗人却是一个对现实说"不"

的人。张枣常用否定词"不",他的组诗《云》里,就有一个背上刺着"不"的人。他的《护身符》一诗中,"不"的护身符也越狱式地打出一拳,终止于"不!不!不!"这组《跟茨维塔伊娃的对话》,沿袭了他一以贯之的追问,最后还是重重地落在这样一个否定词上。

十三

　　这组十二首十四行诗,《跟茨维塔伊娃的对话》,我已经逐行逐句分析到这里。我的工作等于是给这组诗做了详注。诗中涉及的本事、典故、意象、象征,我尽可能都给出了解释,也对其复杂的文脉与思路做了梳理。不少地方似不可解,而强为之解,这也是没有办法的事,因为"诗无达诂",我虽想参活句,却可能终不免死于句下。事实上,我的解释和分析只想为读者和学者提供一个可资进一步索解的基础和平台。

　　总的来说,此诗虚拟了一个超越时空的戏剧化场景,展开了一场作为叙述者的"我"与茨维塔伊娃想象中的对话,实写俄国革命所导致的茨维塔伊娃的悲剧一生,虚写发达资本主义社会中"我"的遭遇,主线与副线交缠在一起,处理了一些重大主题,如诗人与时代的关系(革命的和商品的时代)、诗与生活的关系(日常的和公众的生活)、诗与现实的关系(词即是物与词不是物的二律背反),等等。

　　茨维塔伊娃命运悲惨,张枣也自陈在海外的孤独生活极端不幸,形同坐牢。茨维塔伊娃往昔的俄罗斯完蛋了,因为革命精神的冷酷;"我"当下的巴黎完蛋了,因为物质主义的冷漠。"同是天涯沦落人",这种生活的缺损是无论怎样的写作都无法补偿得了的。再加上诗人和艺术家宿命似的被诅咒,张枣1985年就翻译过荣格的《论诗人》,其中说道:

　　　　艺术家的生活皆是未能如愿以偿的生活(虽然不尽是悲剧的),这是因为他们在人性与个性上是自卑的,而不是因为某种阴暗莫测的命定性。一个艺术家为自己创造力的神圣火焰将付出惨重的代价，这似乎是一条不可破的规律。

"而生活的踉跄正是诗歌的踉跄。"所以诗人才会说，"词，不是物，这点必须搞清楚，/因而首先得生活有趣的生活。"

但是，"人，完蛋了，如果词的传诵，/不像蝴蝶，将花的血脉震悚"。整首诗最后的结穴所在，还是诗人的萦心之念："诗这样，对吗？"诗对这个世界有什么用？诗能不能为这个世界重建一个秩序？诗的语言、诗的词汇，能不能等同于一个世界？其实这是现代诗学和哲学的一个中心问题，即词与物的关系问题。维特根斯坦说："语言的边界即世界的边界。"拉康说："词语的世界创造出了事物的世界。"海德格尔说："词语缺失处，无物存在。"此外，福柯写过《词与物》，朗西埃写过《字的肉》，都在讲言说的优先性和现实性。牟宗三也提到过文本的自足世界是一个"如是如是之境界，当下即是之境界"，我们"必须如如地（as such）观之"（《水浒世界》）。这是20世纪的诗人和哲学家萦绕心头挥之不去的问题，张枣也不断在谈论这个问题，谈词与物、文本与世界、虚构与真实之间的关系问题。他翻译史蒂文斯，总是喜欢取诸如《词语做的人》《一首诗取代了一座大山》《世界作为冥想》等篇目，已透露内心消息。当然，我们拿一个哲学或诗学理论来套他的诗，会索然寡味，但他一再申论：

> 写作不是再现而是追寻现实，并要求替代现实。在这场纯系形而上学的追问中，诗歌依靠那不仅仅是修辞手法的象征和暗喻的超度（metaphoric transcendence）而摇身变成超级虚构。这虚构将双手伸向另一种现实的太阳，人的生存便会因偶赐的光亮而顿显意义。（《诗人与母语》）

从这个意义上说，词即是物，《跟茨维塔伊娃的对话》即自成一小小的宇宙。为营造这个自足的宇宙，张枣虚构场景，敷设对话，乃至生造词语。"哇吐"这个词就是他生造的，造得非常好，两个口，三个土，伴有声音的动作。张枣很喜欢这个生造的词，后来在《祖父》《给C.R.的一片钥匙》等诗中都用过。《红楼梦》第三十七回，薛宝钗说:"诗固然怕说熟话,更不可过于求生。"但张枣就是敢"过于求生"。

这些可能的手段,当然包括他的主体分化和换位的技术。我们过去习惯了那种有确定边界的"我"所发出来的声音,到了张枣这里,这种读法完全行不通了。"我"不一定是"我"。表面上是"我",事实上是另外一个"我",而另一个"我"很有可能又融进了帕斯捷尔纳克、里尔克,有些时候,这个"我"一转又变成了茨维塔伊娃。所以主体的消解和分化,声音的多元和分裂,就成为张枣的诗的标志。呈现在这组《跟茨维塔伊娃的对话》中,便是主体分解之后双向的渴慕与思恋的呢喃,是一场轻声细语的对话。所以,这就牵涉到张枣诗学的核心问题之一,即诗的对话观念。但这一点讨论的人已经很多了,这里不再细说。

的确,这是一种我们必须相应地调整自己的阅读策略的诗。张枣谈到,北岛等人的朦胧诗一出来,他就知道这不是他们想要的诗。为什么?因为北岛诗中的声音是一种纯正的普通话,一种集体的声音,一种总体的声音。张枣则是一种南方的庶民作风的代表。出国以后孤独失语的异域生活,更使张枣彻底过滤掉那种雄辩的声音,完成他纯粹的个体言说。他诗中的句子很少呈现出口角伶俐的长句,而是布满褶皱和阴影的碎片式的声音,像冰在春天融化时开裂的那种细碎的声音,充满小心翼翼的探问,所以他特别喜欢把那些小字小词穿插在诗里,喜欢把两三个字弄到一起,甚至令人感觉他把某个诗行弄得支离破碎。但问题在于,这个支离破碎就是他要的结果。

雄辩的诗歌都有一个完整的主题,其实是总体性的言说、阳性的言说,而张枣的诗是阴性的书写。王国维《人间词话》说:"词之为体,要眇宜修。"叶嘉莹据此而论词的婉约本质,认为它的句子本身就是切碎了的,是琐细的声音、女性化的声音,所以词应该是一个阴性文本。而豪放的苏、辛则惯用长句,"一意迅驰,专用骑兵"。张枣诗的质地近于词,也属于一种阴性文本,是一长串游弋、踌躇、矛盾、短路的词细意熨帖而成,语调和口风中甚至能感觉到作者的呼吸。他说过:"我有多少不连贯,我就会有多少天分。"(《空白练习曲》之三)他就像接受了法国作家儒勒·列那尔(Jules Renard)的告诫:"写碎片,小的碎片,特别小的碎片。"他又喜欢用典,云雀呀、夜莺呀、长脚蚊呀、蛇腰子呀,还有蝴蝶啊、狼啊,一组诗镶嵌了太多别的文本的碎片。云雀是雪莱的云雀,夜莺是济慈的夜莺,长脚蚊是叶芝的长脚蚊。且不说还有那许许多多的私立象征,更增加了我们的阅读难度,对我们的知解力构成重大挑战。

对旧的写作传统的抗拒、在异域流离的经验,催生了张枣内倾型的诗,如乔伊斯的流亡写作,"以间离的精神和严苛的琐细形式来构造故事,能把一个人的灵魂从现实经验的传染病中解放出来,并且坚忍,甚或同情地从高处观照它"。整组《跟茨维塔伊娃的对话》,作者绝对动情,但又绝情忍性,就像荣格《论诗人》里说的,"艺术家在施展自己才能的时候,既不是自恋的,又不是他恋的,完全与恋欲无关。他是客观的,非个人的,甚至是非人性的。艺术家就是他作品本身,而不是一个人"。结果呢,"诗人心智之丰满稳密,处理手法之机敏玄妙,造境之美丽,令人艳羡和折服"。这是张枣给史蒂文斯的赞语,其实也可以拿来给他自己点赞。光是这组诗对精严的十四行形式的运用之妙,就令人赞叹不止。这十二首十四行诗的韵脚安排,不算第一首开头四行的故意出格,不算张枣用方言押韵和轻声字押韵,只有一处小疵,即第十一首第十一行忽然脱韵("您瞧"和"回家"不押韵)。莎士比亚体十四行,前十二行交韵,最后两行用偶韵,其难度比意大利式的彼得拉克体还要大得多:前面的十二行须行行不弱,要像十二根罗马柱,根根都能承重。尤为关键的是,最后偶韵的两行,要能把前面蓄势已久的十二行荡得开,提得起,镇得住。这方面张枣做得非常好,每一首最后两句的概括与提升总是十分到位,能够像拉链一样把整首诗拉起来!总之,张枣卓绝的形式感,当代中国无人出其右。

2014年10月4日完稿■

化欧化古的当代汉语诗艺　张枣研究集

一

　　让我们的故事从异国他乡的一个邮局柜台开始吧。在有条不紊的工作气氛中,一个中国小贩和一位法国邮局小姐在为一件中国货讨价还价,前者要价三个法郎,后者只想出两个,相持不下。站在他们身边的是准备邮寄手稿的茨维塔伊娃(Tsvetajeva),她兴致勃勃地走过去充当了两人的翻译:"他是个中国人,他有点慢。"这位俄国女诗人用一种极为郑重的口气,为那位讲法语的买家找到了一条充足理由,仿佛这个迟缓、狡黠的天朝子民像是茨维塔伊娃的老朋友一样。[1]交易成功终止于双方的妥协,而这个令人莞尔的场景则进驻了中国诗人张枣创作于1994年的一首组诗的开场:

亲热的黑眼睛对你露出微笑,
我向你兜售一只绣花荷包,
翠青的表面,凤凰多么小巧,

---

(1) 关于茨维塔伊娃与中国人交往的故事,可参阅其所著《中国人》,见《茨维塔耶娃文集·回忆录》(汪剑钊主编),东方出版社,2003年版,第302—312页。

金丝绒绣着一个"喜"字的吉兆——

(1:1—4)[1]

这是一首名为《跟茨维塔伊娃的对话》的十四行组诗，张枣将一只精致的"绣花荷包"佩戴在这首诗"光洁的额头"，或许也是"我多年后的额头"（张枣《姨》）。按照张枣的创作意识，一切文本都具有互文性。作为邮局逸事的互文，《跟茨维塔伊娃的对话》转而以一种中国视角重新讲述了一段发生在异国他乡的故事。在这里，"我"，是一个带有南方口音的中国小贩（张枣会把他想象成自己吗），虽然与"广告美男子"（11:7）相去甚远，却是一个古典意境的兜售者。在盈盈笑意间，"我"用缓慢的民族节律细数着"绣花荷包"风华绝伦的图案，抚摩着它柔软的金丝绒，迷恋着它"'喜'字的吉兆"——这些都是纯粹的中国手艺。而原本在一旁承担翻译工作的茨维塔伊娃，如今成了"我"的兜售对象——"你"，这位女诗人被她邻国的同行擢升为这场漫长对话的主角之一。于是，"我"和"你"围绕着"绣花荷包"（绘有小巧的凤凰）酝酿着言辞，又被古典意境包围（"喜"字洋溢的完美想象），刚好凑成一个封闭的圆。这情形，令人想起张枣后来写出的《祖母》，在这首诗的最后，出现了一种微妙的格局：偷桃木匣子的小偷、祖母和"我"，"对称成三个点，协调在某个突破之中。／圆"（张枣《祖母》）。

在"绣花荷包"散发的古典意境中，这秩序井然的四句诗统一采用了"通韵"的写法："笑"—"包"—"巧"—"兆"，一以贯之，在另一种意义上画出了一个"圆"。然而，这种自给自足的诗艺免不了将自己"协调在某个突破之中"，它如同一颗潜藏在诗卷缝隙里"屏息的樟脑"，时刻准备着"紧握自己如同紧握革命"（张枣《夜色温柔》）。然而，革命的螺刀就在顷刻间旋开了"通韵"的长钉，当"我"向茨维塔伊娃宣讲完那段自恋般的"广告语"之后，在一个斩钉截铁的破折号之后，在重复了刚才那番有趣的讨价还价之后，"我"登时被革命

---

[1] 本文所引《跟茨维塔伊娃的对话》中的诗句只标明其在整首组诗中的节数和行数，如此处的"1:1—4"，指这里引用的是该组诗第1节第1行至第4行的诗句；另如"3:5—6"，指组诗第3节第5行至第6行的诗句。下同。

"紧握"了一下:

> 两个? NET,两个半法郎。你看,
> 半个之差会带来一个坏韵
> (1:5—6)

此言一出,还没等读者发难,眼疾手快的"我"就略带娇嗔地率先抱怨起来,向着茨维塔伊娃,也向着读者:瞧,就因为你跟我争执,这里出现了一个"坏韵"! 古典式的"通韵"秩序被一个从天外飞来的"NET"("不")击中了七寸,因"半个之差"而形成一个断裂,并且令此后的韵法为之一变,封闭的"圆"被打破了。如果我们再向后耐心地读上几行就会发现,"交韵"和"抱韵"的格式开始相继出现,并合力统治着该诗其后的韵律样式。关于这一点,张枣在后面的诗句中做过一个生动的对比:古典式的"通韵"就好像一个浑厚的"男低音"(3:5)抛出了一个"既短暂又字正腔圆"(7:10)的"您早"(3:5),并且"代词后颤'R'"(3:7);而充满破坏力的"坏韵"则类似一个"清脆的高中生:/啊—走吧—进来啊—哭就哭—好吗"(3:5—6),这种既绵延又震颤的韵律,如同"马达般转动着"(3:8),跌宕而快速。诗犹如此,历史是否也仿照着诗歌被一个莫名的"坏韵"撞了一下腰呢?

这个"坏韵"让绣在荷包上的那个"喜"字尴尬万分,像一把匕首挑开了说谎者身上仅剩的一条底裤。为了尽快修复这个"坏韵",弥合上这个"圆",也为了能够适时地与茨维塔伊娃押上韵,此刻的"我"仿佛一下子撕掉了那副小贩的皮囊,露出了一个诗人的本来面目,以便与这位女主人公两相对称。因为"我"现在已经不那么关心价钱了,反而对诗歌本身的问题更加认真起来,一种与茨维塔伊娃对等的诗人身份,被这突如其来的韵法转换召唤而来,在这里,我们依稀听到了张枣本人的声音。"通韵"被破坏了,新的身份格律也随即建立起来。"我"要跟茨维塔伊娃对话,就是要像一个伟大诗人那样坐在她的对面,用一口浓重而轻滑的湘音楚语与她娓娓倾谈,"让她坐到镜中常坐的地方"(张枣《镜中》),与她重新组成一个"圆"。

可以想见，对话双方在此时组成了一个最基本的"圆"，即一种原始的、直接的、面对面的对话格局："我"—"你"。这是古典形式的恩惠，信息在"我"和"你"组成的一个封闭的"圆"中发出、接收又反馈回来，形成一个闭合线路。在从小贩到诗人的身份转换中，为了实现这种伟大对话的可能，"我"扮演了一个诱惑者的角色：像一个善解风情的绅士主动搭讪一位女孩那样，"我"用一只神秘的"绣花荷包"来向茨维塔伊娃炫耀，诱惑她讲出内心的价码和她不为人知的生活（也许是一种窘迫潦倒的生活），用一个故意为之的"坏韵"，来让这位充满热情却时运不济的女诗人中计（也许是命中注定的），以便让她面对面地出现在"我"的眼前。

在本诗的另一处，"我"的这种愿望继续升级，从一个诱惑者变成了偷窥者："城南的路灯吐露香皂气，／生活的她夜半淋浴，双眼闭紧，／窗纱呢喃手影，她洗发如祈祷……"（11：3—5）"我"的偷窥行为不带有任何色情含义，而只是想恢复一种原始的对话格局，希望能实现与"生活的她"面对面的交谈，可是这种面对面的对话也许就像历史本身一样，仅仅是一次性的。"我"在这里只能采取"看"的姿态，看一个受难的女人在寂静的夜里伫立在氤氲水汽中沐浴，这一场景令人顿生宗教情怀，它在一定程度上为我们提供了一种对完美的"圆"的想象，就像那只精致的"绣花荷包"上的"喜"字带给我们的"吉兆"。

按照张枣暗地的设计，这只"绣花荷包"其实是个潘多拉盒子，里面装着一个呼之欲出的、魔鬼般的"坏韵"，它被无辜的茨维塔伊娃打开，并永久地携带着这个坏韵（或称"坏运"）颠沛流离。张枣在这里不但创造性重构了一个"我"与茨维塔伊娃发生对话的契机、一个崭新的"圆"，而且为后者追认、描述了一个"坏韵"发生的征候，或曰起源。这个起源既来自诗歌内部（即语言的、形式的、结构的因素），也来自诗歌外部（即时代的、个性的，甚至命运的因素），它们被来自异邦的"绣花荷包"悄悄裹挟，配制成一个充满玄机的"坏韵"，强塞给了茨维塔伊娃，同时也成就了茨维塔伊娃。

二

茨维塔伊娃曾在一封信中对里尔克（Rainer Maria Rilke）说："您的名字不能与当代押韵——它，无论是来自过去还是来自未来，反正都是来自远方。您的名字有意让您选择了它（我们自己选择我们的名字，发生的一切永远只是后果）。"[1]如果茨维塔伊娃对里尔克的判断有道理的话，那么它同样适用于张枣对茨维塔伊娃的判断，这或许也是他对诗人（也包括张枣本人）这一职业的总体判断：诗人先天携带着一个属于自己的"坏韵"，诗人与时代之间总存在着"半个之差"，这或许也成了诗人的原罪。他们的名字都来自远方的一个乌有之乡，这"半个之差"的"坏韵"正横亘在诗人之名与时代之名中间的一处幽灵地带，它永远地折磨着诗人，召唤着他们踟蹰行进在朝向远方的路上，像"一个英雄正动身去千里之外"（柏桦《望气的人》）。

> 像我们走出人行道，分行路畔
> 你再听不懂我的南方口音；
> 等红绿灯变成一个绿色幽人，
> 你继续向左，我呢，踉跄向右。
> （1：7—10）

与其说"坏韵"的发生让"我"与女主人公的关系由密转疏，不如说全诗内在韵法的改弦易辙暗示了对话的双方需要拉开一段距离、"分行路畔"，借以让"半个之差"（此处的"韵"与"音"形成一个"半韵"）翻一个身，继续沉睡在这片幽灵地带。在这里，"南方口音"渐行渐远，路口的"红绿灯"复活为"绿色幽人"，为两位萍水相逢的诗人指明各自离去的道路："你继续向左，我呢，踉跄向右。"这个对称的动作仿佛有一面镜子立在路的中央，立在两人分手的地点："你"向左，"我"向右，本来是一回事，我们都互为对方的幻影，"你""我"都走不出这面镜子。

---

[1] 《致莱纳·里尔克》，见《茨维塔耶娃文集·书信》，第416页。

张枣深知，跟茨维塔伊娃对话，其实是在与他体内的另一个自己对话，这"另一个自己"在镜中呈现为茨维塔伊娃的形象——一个他乡的知己。这一切，对于茨维塔伊娃也同样成立。或者干脆，"我"和女主人公分别在镜中呈现出的形象，被张枣重构出的崭新的"圆"圈拢在了一起，合二为一，再通过镜像的复制、颠倒和反转等作用，最终汇成一个"多元决定"的第三者。这个神秘的第三者既来自外部世界，与T.S.艾略特（T.S.Eliot）所谓的"客观对应物"有些类似；也同时接受当事人内心意识的调遣，带有一定的幻觉色彩。因此，它在全诗中现身为一连串复杂多变的、极不稳定的、暧昧不明的形象，在"我"与茨维塔伊娃对话的过程中，这些亦人亦物、非人非物的形象，这些"万变不离其宗的化身"（张枣《色米拉恳求宙斯显现》），会一直伴随在对话者左右，"串联"起一条潜伏的形象链，或形成一个场景，时刻准备与"我"和茨维塔伊娃"对称成三点"，缔造一种崭新的"圆"形对话格局："真实的底蕴是那虚构的另一个，/他不在此地，这月亮的对应者，/不在乡间酒吧，像现在没有我——/一杯酒被匿名地啜饮着，而景色/的格局竟为之一变。"（10∶5—9）

正如张枣有言在先："你和我本来是一件东西/享受着另一件东西：纸窗、星宿和锅。"（张枣《何人斯》）在这首依照《诗经》原作进行创造性改写的作品中，诗人指明了自己的这种造型方式，即预先设置一面隐形的镜子，将"我"的言说对象与镜中的自己化为一体，反之亦然。紧接着，继续利用这个合体和这面镜子来构造出一系列第三者形象，这些形象成了一条不稳定的、活跃的、具有开放性的所指链。作为二度镜像，它们介于存在与空无、真实与虚幻之间，充满了多种可能的意义阐释途径，因而是一种多元决定的产物："上午背影在前，下午它又倒挂。"（张枣《卡夫卡致菲丽丝》）

于是，我们在《跟茨维塔伊娃的对话》中看到，在"我"与"你"甫一转身之际，那个第三者形象来了："不是我，却突然向我，某人/头发飞逝向你跑来，举着手……"（1∶11—12）一个既非"我"又非"你"、既向"我"又向"你"狂奔而来的形象，头发飞逝，举着手，自我塑造成一个亦真亦幻的人形。"某人"的片刻闪现在这里构成了一个第三者，构成了这一时刻的对话格局："我"—（"某人"）—"你"。但这里出现的只是一个不稳定的第三者形象，该格局随即又发生了更迭：

> 某种东西，不是花，却花一样
> 递到你悄声细语的剧院包厢。
> （1:13—14）

"某人"携带"某种东西"而来，像一个风尘仆仆的信使捎来了乌有乡的消息。如果说，全诗是从那段茨维塔伊娃亲身经历的邮局逸事起始的［对于这个故事本身而言，存在一个对话格局：中国小贩—（绣花荷包／茨维塔伊娃）—邮局小姐］，那么作为互文，在组诗《跟茨维塔伊娃的对话》的第一节中，同样也会找到那个中国小贩（非"我"）或者邮局小姐（非"你"）的影子，但那并不是某一个确切的形象，张枣只能将他／她抽象化、模糊化，称其为"某人"；同理，"某人"高举之物也有可能是邮局逸事里的"绣花荷包"，但张枣同时又指出，它"不是花，却花一样"，因此我们只能称它为"某种东西"。从"某人"到"某种东西"，第三者形象发生了改换，正符合了它变动不居的属性。此刻，正是"某种东西"充当了那个圆形对话格局中飘忽不定的第三极，现在的情形则是："我"—（某种东西）—"你"。

"某种东西"从一个未知之地被蒙面邮差递进了茨维塔伊娃的"剧院包厢"，似花非花，异常神秘。如果按照本诗女主人公对里尔克所讲的那样，这件不明物体莫非就是诗人那个来自远方的名字？这个名字像一封信笺那样千里迢迢地被送到它的所有者手中，从而让这个名字的所有者、这个诗人承担了选择这个名字的一切后果——"你在你名字里失踪"（8:13）。他／她被指定一种命运，就像那只绣着"喜"字的"绣花荷包"给茨维塔伊娃带来了真实的"坏韵"。在这些动作的背后，定然有一种更为强大的幽暗力量、一个玄奥的偷窥者，它躲在流变的第三者身后，靠咒语推动着这个"坏韵"在诗歌迷宫中的传递，也推进着诗人在现实世界的跋涉。"永恒像野猫"（11:7），正是在这种幽暗力量的凝视之下，我们的女主角获得了一个属于自己的名字——玛琳娜，一个典型的西方人的名字；而与之相对，张枣在传统的中国语境中为这种法力无边的幽暗力量拣了个好听的词——万古愁。

三

我天天梦见万古愁。白云悠悠，
玛琳娜，你煮沸一壶私人咖啡，
方糖迢递地在蓝色近视外愧疚
如一个僮仆。他向往大是大非。
（2：1—4）

"我"在白云悠悠间梦回唐朝，时间停滞；而茨维塔伊娃坐在"剧院包厢"里，悄声细语。这很可能就是上演过她心爱的戏剧《雏鹰》的那家剧院，因为初恋的失败，少女时代的茨维塔伊娃曾决定在这里开枪自杀。[1]尽管这次行动并没有成功，但呼啸而过的死神却将置身于剧院中的女诗人反转为舞台上的剧中人——一个戏剧角色，让茨维塔伊娃倾其一生都投入一出跌宕的、充满"坏韵"的戏剧当中。如今，她坐回包厢，"某种东西"已经递到了她的手中（或许就藏着一个"坏韵"），就像多年以前她带进剧院的那把手枪。玛琳娜的戏剧开场了，茨维塔伊娃凝视台前，这情形，令人想起让·雅克从他的名字里跳出来声色俱厉地审判卢梭。舞台成为一个开放的场域，充当了那个活跃的第三者，它轻而易举地施展穿越时空的本领，让茨维塔伊娃的"悄声细语"搭乘这块飘向云间的魔毯，化为"我"每日叨念的"万古愁"。

由于"我"和女主角受"绿色幽人"的指派已经各分东西，甚至受时空阻隔，不再谋面，二人的对话格局也由先前那种"在场"的对话（尽管有时以"某人"或"某物"为中介）彻底转换为如今这种"不在场"的对话。这里的对话格局可表示为："我"—（戏剧）—"你"。戏剧具有召唤时间、重组空间的再现能力，作为对话格局的中间项，它已经发育成熟，并衍生出一套相对独立的符号系统。在戏剧舞台上，被演员表演出的戏剧内容构成了"我"与茨维塔伊娃对话的介质和发生场，由于这个第三者仰仗着一种强大的幽暗力量做后台，它便具有了一种混淆真实世界与虚幻世界的法术。为了保持通话，"我"和茨

---

[1] 汪剑钊：《诗歌与十字架（代序）》，见《茨维塔耶娃文集·诗歌》，第2页。

维塔伊娃有时也不得不一同卷入这个光怪陆离的世界，不断地改变着自己的位置，改换着自己的形象，就像掉入井中的爱丽丝闯进了那个迷局般的仙境。

于是我们看到，玛琳娜——茨维塔伊娃的镜像："煮沸一壶私人咖啡"，这是一个来源于日常生活的、具象的动作；而"方糖"却如同一个头脑简单的"僮仆"一样"愧疚"，这又是一个爱丽丝式幻象。"方糖"与"咖啡"搭配成一个"坏韵"，"像黑夜愧对白昼"（张枣《罗密欧与朱丽叶》）。"咖啡"已煮沸，供玛琳娜独饮，在酽浓的气息里，她"用紧绷的零碎打发下午"（3∶3）。"咖啡"代表了现代西方人有序而无趣的生活程式，就像 T.S. 艾略特描述过的那样："我是用咖啡匙子量走了我的生命"（艾略特《J. 阿尔弗雷德·普罗弗洛克的情歌》）；"方糖"在远处的"愧疚"暗示着玛琳娜的生活中"甜"的缺席和物的贫瘠，对于一个诗人来说，这些现实生活的"坏韵"也的确堪称"万古愁"。

这些戏剧动作充满了丰富的象征性。利用这种象征性，本诗将"我"跟茨维塔伊娃的对话格局内嵌进戏剧情节的微观结构中（如"方糖"和"咖啡"间的"坏韵"）。在这里可以参照米哈伊尔·巴赫金（Mikhail Bakhtin）的一个区分，他认为作家在自己的作品中应当反映人类生活与人类思维本身的对话性，因此整个作品将被构造成一个大型对话，作者只是这个对话的组织者和参与者；不仅要有作者的音调，而且还要有"剧中人"（包括所有赋予生命的事物）的音调，每句话都是双重声音的，都能听得见争论，这就是微型对话，它是大型对话的回声。[1] 在本诗中，幕后的幽暗力量将这种对话性逐步"向内转"的过程中，大型对话不断地激起层层微型对话，从而导致了一派众声喧哗的戏剧氛围。在这种持久的争论中，张枣势必会带领我们触摸到这一系列对话的核心成分，那便是直接面对诗歌本身的问题：

诗，干着活儿，如手艺，其结果
是一件件静物，对称于人之境，
或许可用？但其分寸不会超过

---

(1) ［苏］米哈伊尔·巴赫金：《陀思妥耶夫斯基的诗学问题》（刘虎译），中央编译出版社，2010年版，第80—81页。

两端影子恋爱的括弧。

（2：5—8）

由戏剧这种自足的符号系统充当发生场的对话格局，会从一种本体的意义上揭示对话性的含义，这同时也是一种诗歌的本体论。张枣提出过一个著名的诗观，叫作"元诗"（metapoetry）理论，这种"诗歌的形而上学"告诉我们："诗是关于诗本身的，诗的过程可以读作写作者姿态，他的写作焦虑和他的方法论反思与辩解的过程。因而元诗常常首先追问如何能发明一种言说，并用它来打破萦绕人类的宇宙沉寂"[1]。"元诗"就是关于诗的诗，就是让诗歌自说自话，就是在诗中探讨写作本身，这是一个标准的"向内转"。比如，在以往的对话中，"我"略带责怪地指出："你看，／半个之差会带来一个坏韵"，或者充满惋惜地说道："你再听不懂我的南方口音"，这些诗句实际上已经带有十分明显的"元诗"色彩。作为"元诗"语素，"坏韵""口音"等自辩式的词汇成为诗歌核心地带开向外界的一扇扇气窗，有了它们，才可能保证整个诗歌机体的顺畅呼吸。

茨维塔伊娃在一部名为《手艺》的诗集中宣称："我知道，维纳斯是双手的事业，／我是手艺人，——我懂得手艺。"[2]（茨维塔伊娃《去为自己寻找一名可靠的女友》）同玛琳娜煮沸一壶咖啡一样，写诗也是"双手的事业"，是一门不折不扣的手艺。鉴于一切文本都具有互文性，善于锤炼诗艺的张枣对此赞同般地点了点头，并唱和式地强调："诗，干着活儿，如手艺。"在"元诗"理论的关照下，张枣开始郑重其事地提出关于诗歌本身的命题，表达了一个诗人的"写作焦虑和方法论反思与辩解"。也就是说，全诗对话格局不断"向内转"的主要目的，是为了实现张枣与茨维塔伊娃在"元诗"这一母体之上的对话，即关于诗歌本身的对话。于是，仰仗文本的对话性，一种"张枣—（元诗）—茨维塔伊娃"

（1） 张枣：《朝向语言风景的危险旅行——当代中国诗歌的元诗结构和写者姿态》，载于《上海文学》2001年第1期。

（2） 《茨维塔耶娃文集·诗歌》，第253页。

的对话格局诞生了。

四

张枣认为,作为一项工作,诗歌"干活"的结果是表达了"一件件静物"。"静物"具有两面性。一方面,它们共同诠释了诗歌写作的一个安静的本质,这个本质培养了诗人对永恒的向往之心,从而与世俗世界保持着距离,与"人之境"遥相对称。对称是对话的必要条件,就像先前的"我"为了跟茨维塔伊娃对话,从小贩变成了诗人;就像"你继续向左","我""踯躅向右"。对称的诗与"人之境"是押韵的吗?会不会也存在着"半个之差"的原罪?对于"人之境"来说,诗歌能否揭示并解释人类的困境?是否有用?"或许可用?"——张枣,或茨维塔伊娃都在进行着这种内心争论,向自己,也向对方发问——"但其分寸不会超过／两端影子恋爱的括弧"。诗人在这里立刻清醒地为诗歌的功用划清了界限,把诗歌放进了一个"恋爱"的小天地。恋爱是一种自给自足的、美妙和谐的押韵状态,诗歌天然适合生存于其中,像它天然适合被放入象牙塔:"人在搭构新书库,／四边是四座象征经典的高楼,／中间镶嵌花园和玻璃阅读架。"(3:10–12)在这个典雅的括弧之内,诗人修习着一种永恒的知识,维持着一种天长地久的完美梦想。

另一方面,由于"静物"缺乏自主性,容易受到外力的操纵,因而暴露诗歌在客观世界面前的消极性。这种消极性会演变为诗歌对客观世界的一种颠倒的、错误的表述,类似阿尔都塞(Louis Althusser)意义上的"意识形态"概念。由于这种消极性具有相当强大的自我复制能力,在某种程度上,它也再生产了人类的历史。在本诗中,作为静物之一的"圆手镜"为我们展示了这种消极性的巫术:在自己的括弧里复制出一个颠倒的世界,犹如"黑白时代的底片"(3:4)。它可以不费吹灰之力地"错乱右翼和左边的习惯"(2:10),让"两个正面相对""翻脸反目"(2:11),挑起"红与白"的"决斗"(2:12)……诗的功能显然已经溢出了括弧的边界,知识衰变为意见,词架空了物在滥用特权,世界成了符号化的产物,"哦,一切全都是镜子!"(张枣《卡夫卡致菲丽丝》)茨维塔伊娃成了"静物"的牺牲品。这位极端浪漫的俄国女诗人因"红与白"(红军和白军)的"决斗"吃尽苦头,"圆手镜"的巫术让她在政治立场上的忽左忽右,却从未被哪一边真正地接纳,导致了她一生的苦难和孤独。因此,诗的消极性最终带来的是人的"迷惘"(2:12):

我们的睫毛,为何在异乡跳跃?
慌惑,溃散,难以投入形象。
(4:1—2)

"静物"的消极性引发了一场关于"看"的危机,就像"抱怨的长脚蚊摇响空袭警报"(7:8)。在一个逐渐被符号化的世界里,人,尤其是诗人,应该如何去"看"?如何去从事写作?更为重要的是,我们究竟该如何在一种良性的"看"中还原那些消极的"静物"?"静物"对世界进行了消极性改造之后,让习惯"照镜"和习惯"被照"的人们生成了一种"歧视",这是一种病态的"看",是充满敌意的"看":"人周围的事物,人并不能解释;/为何可见的刀片会夺走魂灵?/两者有何关系?绳索,鹅卵石,/自己,每件小东西,皆能索命,/人造的世界,是个纯粹的敌人……"(9:1—5)这种来自日常世界的巨大的消极性,在一点点戕害着我们原初的愿望,干扰着我们的判断,让我们看不到"亲热的黑眼睛"露出的"微笑"。相反,在这一危机下,"我"只能"摘下眼镜",充当"聋哑人的翻译"(10:1),而"夜半沐浴"的"她"只能"双眼闭紧"(11:4),"回身隐入黑暗"(11:6)。

由"看"的危机引发的最为显著的精神灾难便是预言的失效。在词与物共振的时代,诗歌可以看成一种预言,它引导人们憧憬幸福的生活,勘探人类灵魂的深壑,它言辞间布满了魔力,是一幅为人类心灵绘制的地形图。按照柯勒律治(Samuel Taylor Coleridge)的说法,诗歌行为本身是一种"神的创造行为幽暗的对等物"[1]。对于大半生流落

---

(1) 转引自[美]肯尼斯·勃克《济慈一首诗中的象征行动》,见《读诗的艺术》([美]哈罗德·布鲁姆等著,王敖译),南京大学出版社,2010年版,第63页。

他乡的茨维塔伊娃来说,她从很早开始就将诗歌看成自己的一种命运:"像一群小小的魔鬼,潜入/梦幻与馨香缭绕的殿堂。/我那青春与死亡的诗歌,/'不曾有人读过的诗行!'//被废弃在书店里,覆满尘埃/不论过去还是现在,都无人问津,/我的诗行啊,是珍贵的美酒,/自有鸿运高照的时辰。"[1](《我的诗行,写成得那么早》)然而,在残酷的现实世界中,这个珍贵的"鸿运"却被一个强悍的"坏韵"无限期地向后拖延着,茨维塔伊娃被迫尝尽了世间的苦难,一直期待实现她的诗歌预言:

流亡的残月散发你月经的辛酸,
妈妈,卡珊德拉,专业的预言家,
他们逼着你的侧影吸外国烟,
而阳光,仍舒展它最糟糕的惩罚
(4:8—11)

在这里,"月经"仿佛是"残月"吐露的一句消极预言,两者也构成一个"坏韵",不但酿造了女人身体内部的"辛酸",而且暗示了她在外部世界的"流亡"宿命(人类学家在这方面有更精彩的阐释)。张枣将自己隐藏在了一个低矮的儿童视角当中(或许是人类的童年),称她的谈话对象为"妈妈"。紧接着,他浓墨重彩地召唤出了特洛伊城的女祭司"卡珊德拉",这位"专业的预言家"、悲剧的神话女主角。张枣不但将笔锋朝向对"元诗"的探索,而且把此刻的对话格局改写为:"我"(敏感的儿童)—(神话)—"你"(受难的母亲)。卡珊德拉成为玛琳娜的一个神话镜像,玛琳娜则是卡珊德拉的现实"侧影"——她正在流亡的途中被迫吸着外国烟。作为童年期的人类对世界的解释方式,神话告诉我们一个关于"预言家"的预言:卡珊德拉将遭受"惩罚"!由于她在阿波罗那里获取了预言的能力,却拒绝了阿波罗的求爱,后者在请求和她接吻的时候沾湿了她的舌头,让卡珊德拉的预言无人相信:"影子含着回忆的橄榄核,/那是神,叫你的嘴回

---

[1] 《我的诗行,写成得那么早》,见《茨维塔耶娃文集·诗歌》,第26页。

味他色情的／津沫,让你失灵,预言之盒／无力装运行尸走肉,沐浴在／这被耀眼的盲目所统辖的沙滩。"(5:2—6)

预言的"失灵"是一个十足的"坏韵",是神嫉妒般的惩罚,也形成了诗歌的原罪。作为神力"幽暗的对等物",诗歌承担了预言失效的灾难性后果,让它制造出的"一件件静物"成为"预言之盒"和"无力装运"的"行尸走肉",被"耀眼的盲目"所"统辖",引发"看"的危机。这种"看的羊癫疯"(5:8)始终折磨着茨维塔伊娃,让她深陷于一个"静物"杂陈的迷局当中,忍受着"一项最危险的事业"(海德格尔语)带来的"惩罚":"不是人／更不是你本身,勾销了你的形体;／而是这些弹簧般的物品,窜出,／整个封杀了眼睛的居所,逼迫／你喊:外面啊外面,总在别处！／甚至死也只是衔接了这场漂泊。"(9:7—12)"看"的危机让那些"弹簧般的物品""封杀了眼睛的居所",不但逼迫在"漂泊"途中的玛琳娜"吸外国烟",而且逼迫她"喊"出:外面啊！别处！

五

照镜,革命的僮仆从原路返回;
砸碎,人兀然空荡,咖啡惊坠……
(2:13—14)

爱伦堡(Ilya Ehrenburg)回忆说:"对于通常被称为政治的那种东西,茨维塔伊娃是天真的、固执的、真诚的。"[1]如同一个"向往大是大非"的"僮仆",茨维塔伊娃压根不懂政治,相反,她遵从于另一套规则的调遣,它们被放进括弧内,造成了"政治的美学悬置"(克尔凯郭尔语),那个被悬置起来的部分就是诗歌的、美的逻辑,是向往永恒的逻辑,也就是诗歌表达出的那个安静的本质,茨维塔伊娃显然遭遇了"看"的危机,她只专注于括弧内的唯美化狂欢,忽略了更重要的

---

(1) [苏]伊利亚·爱伦堡:《人·岁月·生活》(冯南江、秦顺新译),花城出版社,2004年版,第93页。

判断:"完美啊完美,你总是忍受一个/既短暂又字正腔圆的顶头上司,/一个句读的哈巴儿,一会说这/长了点儿,一会说你思想还幼稚"(7:9—12)。

茨维塔伊娃并没有挽救自己,这或许源于她先天携带的那个"坏韵",或许归咎于"看"的危机,这个"坏韵"既让她以全部的热情迷恋诗歌写作,崇尚静物(永恒)里那个安静的本质,与现实生活拉开"半个之差";"看"的危机又让她遭受诗歌消极性的摆布,在静物(镜子)面前迷失自己,丢掉名字,用美学判断代替政治判断,用词代替了物,无可救药地酿成她大半生的厄运。茨维塔伊娃告诉帕斯捷尔纳克:"要知道,词比物大——词本身也是物,物只是一个标志。命名——使其物化,而不是分散地体现……"[1]她当初的这种"物化"观点,正说明了诗歌的结果是"一件件静物",她在"看"的危机下选择了"静物"的消极性,这让她走火入魔。

茨维塔伊娃的尴尬境遇也暗示着整个人类历史发展的"坏韵":"真相之魂夭逃——灰烬即历史。"(4:14)纯正之物已然消逝,赝品虚像横行市井:"非人和可乐瓶,围观肌肉的健美赛,/龙虾般生猛的零件,凸现出未来"(5:13—14)。如果诗所制造出的这"一件件静物"走向极端,这种消极的"围观"便会弥漫整个世界,成为"看"的世界性危机,那结果便是——"完蛋了"(3:2,4,9,13)!就像张枣所说:"如果词的传诵,/不像蝴蝶,将花的血脉震悚。"(3:13—14)

与"咖啡"和"方糖"的"坏韵"不同,"蝴蝶"和"花"在这里构成了一种微观的对话格局,人与"静物"的关系却没能达到那种和谐的押韵关系。在"看"的危机之下,"词的传诵"最终导致了人的迷惘和历史的疯狂,也就是说,"词"的自赎酿成了"物"的悲剧。张枣在"元诗"的括弧里推导出了这个不幸的结论,但他紧接着又警醒我们:"词,不是物,这点必须搞清楚"(8:9)。为了救赎诗歌的原罪,为了克服"静物"的消极性以及"看"的危机,在搞清楚了"词"不是"物"之后,我们必须尝试用一种方式——哪怕是一种革命的方式——"砸碎"那面妖言惑众的镜子,哪怕镜中的人影"兀然空荡"。

---

[1] 《茨维塔耶娃文集·书信》,第394页。

身处异乡的她由于在政治上亲近了马雅可夫斯基,让她又一次陷入孤绝。对此,她痛心疾首地总结道:"我不是为这里写作(这里的人不理解——因为声音),而正是为了那边——语言相通的人。"[1]在付出了高昂的代价之后,茨维塔伊娃终于摸清了"分清敌友"这个"政治的首要问题"(施米特语),她分清了"这边"和"那边",她清楚自己必须洞穿政治的迷雾,找到自己真正的栖身之所。作为一名俄罗斯诗人,她必须回归母语的怀抱,然后向全世界宣称:"俄语是我的命运。"(张枣《德国士兵雪曼斯基的死刑》)

"如果你真的想亲眼见到我,你就应该行动……"[2]茨维塔伊娃一生都未曾与里尔克谋面,这让她每一次这样热情洋溢的邀约都显得意味深长。"咖啡惊坠"警示我们:"经典的一幕正收场"(8:1)。是时候请我们的女诗人走出"剧院包厢"了,走出去就是走出"洞穴"(柏拉图语),就是面对世界的真相,因为"她等待刀尖已经太久"[3],这是茨维塔伊娃在艰难抉择之后做出的决定——行动:

你回到莫斯科,碰了冷钉子,
而生活的踉跄正是诗歌的踉跄。
(7:1—2)

在写作《跟茨维塔伊娃的对话》之时,张枣出国已八年,个中滋味可想而知:"母语之舟撇弃在汪洋的边界,/登岸,我徒步在我之外,信箱/打开如特洛伊木马,空白之词/蜂拥,给清晨蒙上萧杀的寒霜。"(4:3—6)对于他这位始终依靠母语写作的中国诗人,写诗是他语言上的还乡。在这种文化乡愁的蛊惑之下,茨维塔伊娃顶着"兀然空荡"的危险,决定付诸行动,她最终回到了危机四伏的莫斯科,回到了她的祖国,因为她听到"那边"在说:"没有你,祖国之窗多空虚。"(6:11)茨维塔伊娃成了张枣放飞的一只"夜莺",她代替张枣先

---

(1) 苏杭:《致一百年以后的你:茨维塔耶娃诗选·前言》,外国文学出版社,1991年版,第8页。

(2) 《茨维塔耶娃文集·书信》,第444页。

(3) 《生活》,见《茨维塔耶娃文集·诗歌》,第381页。

行实现了还乡的梦想,让诗人回到母语,如同"生词像鳟鱼领你还乡"(6:12)一样,是一种知行合一的梦想。于是,本诗在"元诗"的层面上形成了这样一种对话格局:张枣—(母语)—茨维塔伊娃。母语如"樱桃,红艳艳的,像在等谁归来"(6:1),它的等待成为一种"纯粹逻辑"(6:9),我们只有仰仗行动,才能抵达那里,抵达知行合一,像"木兰花盎然独立"(8:11)。

那个"纯粹逻辑"永远等候着行动,如同"一面镜子永远等候她"(张枣《镜中》)。行动就是敞开诗歌的胸怀,使它们"被手势的蝴蝶催促开花的可能"(10:4),让"词"有效地匹配上"物";行动就是通过诗歌聆听预言,在诗歌中挽救它的失灵,就是让自己的作品甩掉"坏韵";行动就是去想方设法化解"看"的危机,摆脱"静物"的消极影响,力图在写作中证明"看见即说出,而说出正是大海"(5:7);行动就是对话,就是让"谈心的橘子荡漾着言说的芬芳"(8:3),就是"生活有趣的生活"(8:10)。在茨维塔伊娃的世界中,行动就意味着还乡,名副其实地回归母语,回归存在之家。

六

在一次诗歌课上,张枣沾沾自喜于翻译了勒内·夏尔(Rene Char)的诗作。据说,这位在"二战"时做过阿尔卑斯地区游击队队长的法国诗人,在一次危急关头,将一首即兴诗写在纸片上,瞒过了敌人的十面围困,成功地把情报传递给了前来援助的战友,赢取了这场战斗的胜利。很奇妙,正是诗歌,这种看似无用的语言,帮助人们克敌制胜,获得生存的喜悦和尊严。这就是张枣在诗歌中呼唤的知行合一,一条辉煌的法则。

这种梦想也召唤着渴望触摸母语的茨维塔伊娃回国,用她无比热爱的母语在祖国的土地上写作。那是她人生中最难以忍受的一段日子,也是她最后的日子:"作协的电话空响:现实又迟到,/这人死了,那人疯了……"(7:6-7)母语之舟驶回港湾,搭载着它受难的女儿走向一个逼仄的终点。行动的茨维塔伊娃回到祖国,就像多年以后,张枣用他"亲热的黑眼睛"在中国的讲台上"露出微笑"一样,谁都不会料到,两位辗转半生的诗人终究都选择了一个终点——祖国。"这些必死的、矛盾的／测量员"(张枣《卡夫卡致菲丽丝》),都试图在行动中兑现那些反复萦绕着的文化乡愁,至此我们方才明白,"生活的踉跄正是诗歌的踉跄",不论是对于茨维塔伊娃,还是对于张枣而言,这一定是刻骨铭心的。

左与右,红与白,生与死……没有哪一个地方是安定、永久的居所。"踉跄"才是生活的本来面目,我们从诗歌中瞥见了它——诗歌是一种行动。那些充满了不确定的指认,那些"看见"后的"说出",才是行动的诗歌告诉我们的:"手艺是触摸,无论你隔得多远;／你的住址名叫不可能的可能——／你轻轻说着这些,当我祈愿／在晨风中送你到你焚烧的家门。"(8:5—8)在茨维塔伊娃的生命中,诗歌这种"手艺"赋予了她潜在而强大的行动力,去无限地靠近那个不可能的"住址",一个多年以后踏进的门扉,在那里,诗人期待实现一种"珍贵的抵达"(张枣《在夜莺婉转的英格兰——一个德国间谍的爱与死》)。

钟鸣从张枣诗歌中提取了一种特有的写作方式,或语法关系,即"设局—迷失—寻找主体和客体的对偶及倒置关系——最后,岐问,悬念——也就是斯芬克斯之谜的伎俩。答案其实尽管简单,不过,弯弯绕,还是孳乳了环境,隔离出了某种距离,让人有所期待"[1]。张枣诗歌中遍布着这样的迷局和疑问,他也等待着我们递出的答案。在张枣的诗歌行动中,他一边探测着自己的最佳位置,一边又对它加以否定:"对吗,诗这样,流浪汉手风琴／那样?丰收的喀秋莎把我引到／我正在的地点:全世界的脚步,／暂停!对吗?该怎样说:'不'?!"(12:11—14)"我"回来了,然而"我"在哪里?在落叶纷飞中,"我"与那街边无家可归的行吟诗人其实走着同样的路,尽管我们擦肩而过,"分行路畔",他却始终在体内与"我"为伴:"饮酒者过桥,他愕然回望自己／仍滞留对岸,满口吟哦。某种／悲天悯人的情怀,和变革之计／使他的步伐配制出世界的轻盈。"(10:10—13)

---

[1] 钟鸣:《诗人的着魔与谶》,载于《今天》2010年夏季号(总第89期),第8页。

在经过了几番"踉跄"地追问后,笛卡尔(Rene Descartes)告诉我们,只有"不"是永恒的。"有什么突然摔碎,它们便隐去∥隐回事物里……"(张枣《卡夫卡致菲丽丝》)张枣跟茨维塔伊娃的对话就定格在这个永恒之词上面。让行动的诗歌行使"还乡"的使命,无论如何,他们、我们,都愿意停留在这一刻:

没在弹钢琴的人,也在弹奏,
无家可归的人,总是在回家:
不多不少,正好应合了万古愁——
(11:10—12)

茨维塔伊娃终生携带着一个诗人特有的"坏韵",她此生热爱诗歌,却因诗歌受难,在绝望中结束了自己的生命,"作为一个人而生,作为一个诗人而死"(茨维塔伊娃评价马雅可夫斯基语)。而天才般的张枣感叹道:"我最怕自己是自己唯一的出口。"(9:14)然而他却恰恰中了自己诗歌的"谶",[1]在自己的世界中迷途,爱于镜中,死于镜中,一生都在飘零中追寻着一个美丽的"空址"。他回国教书,查出绝症,又返回图宾根,接受治疗。躺在万般痛苦的病床上,张枣随手抓起儿子的作业本勾画着:"搁在哪里,搁在哪里∥老虎衔起了雕像／朝最后的林中逝去"(张枣《灯笼镇》)。

"最后的林中",美丽的"空址"。弥留之际,他喊出了一句"救命"[2],这个"空袭警报"没能搭救自己,祖国,没能搭救自己。和茨维塔伊娃一样,他们这些"兀然空荡"的灵魂只能回归"万古愁",一种"世界的轻盈",一种无边的幽暗力量。如果可以,张枣同他隔着时空之岸的知己——玛琳娜·茨维塔伊娃——会在"万古愁"中、在他们身后传诵的诗歌中持久地互望,像两座等待被"老虎""衔起"的"雕像"。

里尔克死后,悲伤的茨维塔伊娃写道:"我与你从未相信过此世的

---

(1) 钟鸣:《诗人的着魔与谶》,载于《今天》2010年春季号(总第89期),第102—117页。
(2) 张枣在去世前几个小时给他的国内友人发过短信,内容是"救命",以及一个未知的外文地址。

相见，一如不信此世的生活，是这样吗？你先我而去（结果更好），为着更好地接待我，你预定了——不是一个房间，不是一幢楼，而是整个风景。"(1)对于张枣，这个在本命年里被"老虎"衔走的诗人（张枣属虎，享年48岁），我们同样可以说，你先我们而去，为了更好地接待我们——这些平凡的对话者——你不但预定了整片风景，而且邀约了风景中的美人，"诱人如一盘韭黄炒鳝丝"（张枣《大地之歌》），在轻盈与微醺之中与我们彻夜长谈。

2010年11月7日完成于北京法华寺■

---

(1)《茨维塔耶娃文集·书信》，第447页。

化欧化古的当代汉语诗艺　张枣研究集

历史地解读一个作品，往往易于过度凸显"文变"与"世情"之间的因果链。但介于张枣《祖母》一诗诗艺呈现上的独特性和复杂性，在解读此诗之前，我们需要以此诗中出现的关键词"中心"为话头，大致梳理一下与此有关的中西诗歌线索。出于批评的警醒，这种梳理注重的，是文本与相关知识和艺术之间的微妙联系，而非一般意义上的文学社会学或文学史逻辑。如张枣此诗展示的："仙鹤拳"如何自立"中心"，拨响一切"不可见"的事物间的共鸣？我们也可以试图回答如下问题：一个优秀文本如何自立机杼，妙手回春般总结、照亮周边文本，并以自身的激情展示一种世界观？

现代诗歌中充满着对"中心"（centre）的向往和消极描绘。叶芝、里尔克、艾略特、史蒂文斯等西方现代诗人，都构造过各种名目的"中心"。在现代情景中，西方古典诗歌中颂歌或哀歌式的"神"的形象，作为抒情核心已经不复自然。西方诗歌由浪漫主义转入象征主义后，诗人开始重构取代此前可以直接说出的"神"的各种"中心"，以写出另一种崇高性，为诗辩护。写诗也不再被认为是先知、灵感或神迹的产物，而成为人在尘世中追慕神性的劳动，丧失神启"中心"的诗人，摇变为波德莱尔所说的词语炼金术士。因此法国诗人韩波说："我写出了寂静无声，写出了黑夜，不可表达的我已经做出记录，对于眩晕

祖母的"仙鹤拳"——读张枣《祖母》※　　　　　　　　　　　　　　　颜炼军

※ 原载于《星星诗刊》（诗歌理论版）2010年12期。

惑乱我也给以固定。"[1]波德莱尔也说："对美的研究是一场殊死的决斗，在这里，艺术家只是在被战败之前恐怖地哀鸣着。"[2]到艾略特、史蒂文斯、弗罗斯特等诗人笔下，编织"关于尘世的伟大诗篇"已经成为诗人的主业。

20世纪初叶，随着与汉语古典诗共生的政教体系解体，汉语古诗的整套诗意修辞系统也随之丧失生殖力。换言之，此前"有效的象征方式已经解体，而象征在社会层面上的消失所带来的困扰却因此而加剧了"[3]。某种意义上，这可以视为汉语诗意"中心"的散失。汉语白话诗在"西学东渐"和"现代感"中应运而生，意味着置身新的经验世界的现代汉语诗人，必须重新锻造汉语的诗意性。20世纪40年代，诗人穆旦在《玫瑰之歌》一诗中曾委婉而迫切地说出了这种愿望：

……
然而我有过许多的无法表现的情感，一颗充满熔岩的心
期待深沉明晰的固定。一颗冬日的种子期待着新生[4]

从新的世界感出发，在中国古典诗和西方近现代诗的交汇中，现代汉语诗人借鉴西方近现代诗歌重写"中心"的各种抒情方法论，重新照明古诗，并营造出各种新的汉语词具来"深沉明晰"地固定新的"中心"，构建了比古典诗歌更为复杂的诗歌世界：

我要采撷所有
春天的香气，
我要捕捉所有
飞过的流过的亮光；

---

[1] ［法］韩波：《彩画集》（王道乾译），上海文化出版社，2001年版，第26页。
[2] ［法］波德莱尔：《艺术家的"忏悔经"》，见《巴黎的忧郁》（亚丁译），生活·读书·新知三联书店，2004年版，第19页。
[3] 耿占春：《失去象征的世界——诗歌、经验与修辞》，北京大学出版社，2008年版，第37页。
[4] 穆旦：《穆旦诗文集》第1卷，人民文学出版社，2006年版，第29页。

> 给我一支长长的竹管吧，
> 我要从宇宙的湖沼
> 汲取一个最中心的波浪
> ——陈敬容《野火》

但汉语诗歌直接说出"中心"的宣言，要等到汉语新诗行进近百年之后，才出现在诗人张枣的《祖母》一诗中：

> ……她蓦地收功，
> 原型般凝定于一点，一个被发明的中心。

回首百年现代汉诗进程，这个"中心"的说出，意味着汉语新诗之丰富盎然，意味着现代诗人已经深刻地、多立场地体悟到自身面临的"空缺"感和抒写它们的方式。

这里的"她"，是张枣此诗中描写的"祖母"形象。"祖母"作为"中心"形象，在张枣笔下意味着什么？写亲情伦理的文学作品数不胜数，但优秀的作品肯定有凌越于个体表达之上的杰出的美的形式。也就是说，伦理真实必须成功过渡到美学真实，才能脱离个体局限，引起广泛共鸣。如诗人里尔克在描述艺术家时所言："只有当个人穿过所有的教育习俗并超越一切肤浅的感受，深入到他的最底部的音色当中时，他才能与艺术建立起一种亲密的内在关系：称为艺术家。"[1] 那么，在张枣《祖母》一诗中，日常性与"最底部的音色"如何融化为一体？覆盖、增强和融合伦理事实的力量何在？象征中国乡土幸福感的"祖母"，如何成为一个"被发明的中心"，被现代美学拯救？

张枣1996年写此诗时，已去国外11年。故土故人、逝水流年、事物风华，都凝结于诗人的诗中，被"燕子似的元音贯穿"着。[2] 张枣的"元音"，当然已经不只是音韵学意义上的元音，更指的是词语针对事物而发出的本来的、起始之调，是从词语言说事物的梦想中化育出的

---

(1) ［奥］里尔克：《现代抒情诗》，见《永不枯竭的话题——里尔克艺术随笔》（史行果译），东方出版社，2002年版，第45页。
(2) 张枣长诗《云》第二节中的句子，见《春秋来信》，文化艺术出版社，1998年版。

一个清脆命名——这正是现代汉语的诗意性梦想所在。凝定为中心的"祖母"形象，是张枣给"元音"的另一个更形象命名，它比"元音"更加因地制宜，也不再依靠"燕子"做比喻，而是自己说出自己，因此具有更活泼的感性魔力和更逍遥的象征力。我们且进入诗中：

> 她的清晨，我在西边正憋着午夜。
> 她起床，叠好被子，去堤岸练仙鹤拳。
> 迷雾的翅膀激荡，河像一根傲骨
> 于冰封中收敛起一切不可见的仪典。
> "空"，她冲天一喊，"而不止是
> 肉身，贯满了这些姿势"；她蓦地收功，
> 原型般凝定于一点，一个被发明的中心。

刚刚开始第一行，诗的玄思性与日常性就在词语的雀跃中开始各自清晰地合奏，却又增殖出高于二者的清晰悦耳。张枣此刻的忧郁，让人想起阮籍的咏怀名句"夜中不能寐，起坐弹鸣琴"。阮籍表达的是周遭官场和世事的险恶，个体在宇宙中的枯寂与孤独，自己局限于自己的无奈，合起来，是一种慷慨悲壮。张枣"弹"的，是夜晚的词语之琴。在德国的夜晚，客居此地的诗人，在时区差异激起的孤独伤神中，思念祖母，思念着"中心"。"憋"是一个张枣式的动词，张枣好几处诗句中都有对这个动词的妙用，比如，他写过"憋着绿意"。"在西边正憋着午夜"，除直白思念和孤独外，含有元诗语素。"清晨"与"午夜"在"憋"的两端对称，我们可以检视它们之间的因果关系：是因午夜失眠而想象故乡的清晨，还是因为想起故乡的清晨以致午夜失眠？是因痛苦而写，还是因写而痛苦？可以双向流动的语义逻辑，如一个共鸣器，开始表演个体情绪蜕变为诗的过程：全诗中，"祖母"从清晨至正午的活动，恰恰渗透和占有着诗人的"午夜"。"西边"一词，除了点明"非诗"的日常现实的枯燥之外，还暗示了诗人写作的非汉语处境。因此，"祖母的清晨"在这里"憋"着悄声细语、绵里藏针的诗歌宣言，它象征的，不只是诗意在日常生活中的升腾，更暗示了非汉语处境中诗人孤寂的汉语"相思"病。但这心病很快就被接下来的诗

句减弱了:"她起床,叠好被子,去堤岸练仙鹤拳"。"起""叠""去""练"四个动词,生动洗练,显示出一种精确的喜剧性和崇高性。这里让人想起波德莱尔《太阳》一诗的第一节:

> 沿着古旧的城郊,一排排破房
> 拉下遮蔽秘密淫荡的百叶窗,
> 当酷烈的太阳反复地、不断地
> 轰击着屋顶、麦田、原野和城市,
> 我将独自把奇异的剑术锻炼,
> 在各个角落里寻觅韵的偶然,
> 绊在字眼上,就像绊着了石头,
> 有时会碰上诗句,梦想了许久。(1)

张枣笔下的"仙鹤拳",某种意义上可以理解为波德莱尔"奇异的剑术",但波德莱尔写的是现代抒情诗人的美学奋斗者形象。"剑术"的寓意比较清晰,而"奇异"某种意义上可以理解为对"神奇"的革命:前者是人的创造,而后者则属于神迹。前者是西方现代艺术的共性,后者是西方古典艺术的共性。不同于现代"酷日"下的波德莱尔,张枣笔下的"祖母的仙鹤拳"包含着对汉语诗曾有的帝国式的强大美感和甜蜜的梦想,甚至还夹杂着庞德式的东方诗意腾挪术。只是在流徙欧洲的张枣这里,前者显得更迫切,更占据内心,后者只是"弃舟登岸"中的"舟"。在一切皆流的世界里,如卢克莱修说的那样,"必须寻找新的词来适应事物的新奇"(2)。"仙鹤拳"是非汉语处境中的诗人文化、语言和诗意认同的一个符号,即诗人在异文化天地中为"异"感寻找到的因地制宜的新命名。张枣诗中常见的"燕子""凤凰""修竹""神麟""荷包"等,都有类似的性质。"仙鹤拳"让人想起留法艺术家熊秉明先生,鹤在他手里也曾是一个著名的形象,他创作了许多关于鹤的作品(系列),还雕刻过故乡云南的水牛。西去的中国现代

---

(1) [法]波德莱尔:《恶之花》(郭宏安译),漓江出版社,1995年版,第109页。
(2) [古罗马]卢克莱修:《物性论》序诗(方书春译),商务印书馆,1981年版,第5页。

艺术家，在回顾故土时，有许多被升华为元诗语素的共同素材。这种升华，让他们中的杰出者贡献出许多新的艺术形式。"鹤"在他们笔下，就是一个可与西方艺术中的"天鹅"媲美的形象。张枣熟悉多种欧陆语言，经过巨大的西方语言"洗墨池"的蘸染和浸润，他笔下的许多名词，甚至动词、形容词都出落得清辉四射、柔软空灵，同时，也"憋"着内敛而霸气、婉转而飞扬的纯粹。

波德莱尔要通过奇异的剑术在城郊的各个角落里寻觅偶然和诗句，张枣笔下的"祖母"，则要在"空"中如"鹤唳"一般"冲天一唳"——这正是诗人在"空"境搏击的象征。"城郊的角落"与"堤岸"，"酷烈的太阳"与"天"之间，有隐蔽的隐喻性差异。前者具有强烈的末世感和废墟感，而后者，则具有戏仿性的前现代美感——这暗含着现代汉诗重新塑造自己"祖母"的愿望。这种差异，某种程度上也显示了当代汉语诗歌暧昧的美学窘境：汉语的弱势与汉语诗歌的民族主义梦想、现代性表达交织在一起。但张枣在此不但想要包含这种窘境，还不外于这种处境地解开它的牵绊。因此，张枣对"空"有许多怪癖式的摹写，比如他的名作之一的长诗《空白练习曲》；他笔下还常常出现凌空而"写"的艺术家形象；他对冯至《十四行诗集》中"向着无语晴空啼哭"的句子亦颇为欣赏。张枣常常将"空"抒写为现代汉语诗人的本质性处境，"仙鹤拳"象征的，正是诗对于"空"的一切美丽言说。

超越练拳的肉身建立起的这个原型般的"中心"，正因"空"而来。"空"字立起一个别样文心，揭开傲骨般的河收敛起的一切不可见的仪典，进而展示生命、个体、词语与世界之间的原初性的对峙与和睦。这"仪典"是什么？这个"中心"如何"贯穿""空"的世界？随着诗中这些疑问的展开、扩大，诗人斩钉截铁地抛掷出更辽阔的空间感：

给那一切不可见的，注射一支共鸣剂，
以便地球上的窗户一齐敞开。

"注射"这个动作的发出者是谁？是祖母的仙鹤拳，是"我"，也是诗歌自身。憋着午夜的"我"，与"祖母"的"仙鹤拳"所凝定的"中心"散发出的磁力形成的想象力磁场,被诗人具体化为"共鸣剂"。中国古典式的物感"共鸣"与充满现代科学式的物感的"剂"组合,构成了一个高级而新鲜的诗学命名。在西方的古典诗学中,缪斯的神力正在于催生一切事物之间的"共鸣",诗人俄耳甫斯的力量也能使万物从枯燥无序中苏醒,并陶醉于新的秩序和共鸣中。里尔克这样感伤地描绘这位西方诗人鼻祖之死:"正因为你被撕开并撒到大自然中/我们现在才变成听者和一个夺回来的声音。"[1]在中国诗学中,"精骛八极、心游万仞"说的也是诗艺通约事物的力量。"知音"这一命名,恰好精确地描绘了两个心灵之间的共鸣:"遥闻声而相思。"[2]张枣的"共鸣剂",正是对"祖母"和她凝定的"中心"的现代召唤。在这句诗中,有两个"空缺"。一个是"一切不可见的"——一切不可见的是什么?另一个是"地球上的窗户一齐敞开"——与窗户相关的,是看见者,这看见者是谁?第一个"空缺"与上一节呼应,它包含并超越了"仪典",但诗人没告诉我们它具体是什么。第二个"空缺"也同样包含并超越了"我"与"祖母"之间的阻隔,这里出现了一个隐蔽的"看见者"和一个"不可见的"世界。"看见者"如何看见那"不可见的"世界?在柏拉图的"理念"说中,一切眼见之物背后,都有一个理想的标准之物。因此,诗歌作为语言的艺术,不光要描摹眼见之物,更要指向眼见之物背后的理想之物,以解除柏拉图式的语言焦虑。在西方现代诗中,这体现为对"不可见"的事物的寻找。因此,"不可见"常常是现代艺术的追溯性修辞。比如,美国现代诗人史蒂文斯是这么来描写"看"的:

Begin, ephebe, by perceiving the idea
Of this invention, this invented world,
This inconceivable idea of the sun

You must become an ignorant man again

---

(1) 〔奥〕里尔克:《里尔克诗选》(黄灿然译),河北教育出版社,2002年版,第95页。
(2) 〔南朝梁〕刘勰:《文心雕龙·知音》。

And see the sun again with an ignorant eye

And see it clearly in the idea of it.[1]

  史蒂文斯重申了"无知"（ignorant）与"看见"之间的关系。从知识论的历史看，这可以回溯到苏格拉底的无知论，也让人想起庄子"忘知"的境界，20世纪的西方现象学也认为，要将所有的关于事物的"知"悬置起来，面对事物本身。里尔克在《盲女》《盲人之歌》《观望者》《古阿波罗残像》等诗中，也曾对"看"有过魔幻式的描述。他重写了荷马，写了一系列作为"看见者"的诗人形象。在汉语文学中，对于"不可见"的事物，亦有"大美无言""微言大义""言外之意"等修辞来呈现，它要求诗歌必须有一个超出语言的指向，暗示"欲辩已忘言"中被"忘"的部分。在散失"中心"后，现代汉语诗歌如何重申一种粹然之"看"？

  张枣在此也写"看见"的梦想：看见一切"不可见"之物。但他呈现"看见者"和"一切不可见的"，已不可用西方颂诗或哀歌的方式实现，也不能像里尔克那样在"阴影中间拿起七弦琴"。他融汇现代科学世界感和中国古典思维，来呈现这种隐秀：

以便我端坐不倦，眼睛凑近
显微镜，逼视一个细胞里的众说纷纭
和它的螺旋体，那里面，谁正在头戴矿灯，
一层层挖向莫名的尽头。星星，
太空的胎儿，汇聚在耳鸣中，以便

物，膨胀，排他，又被眼睛切分成
原子，夸克和无穷尽？
      ·以便这一幕本身
也演变成一个细胞，地球似的细胞，
搏动在那冥冥浩渺者的显微镜下：一个

---

[1] Notes Toward a Supreme Fiction.

母性的，湿腻的，被分泌的"O"；以便

室内满是星期三。
眼睛，脱离幻境，掠过桌面的金鱼缸
和灯影下暴君模样的套层玩偶，嵌入
夜之阑珊。

"看"在这里被设计成两个层次，第一层是"我"的看。"我"看到了细胞中的众说纷纭，并看到一个更小的"谁"在"挖"向事物"莫名"的尽头——"谁"是诗歌接近事物本质的一个象征，也是对现代科学精密性的戏讽。正因为这种细"看"，"看"者成为见微知著的齐物者；在第二层里，第一层中的科学之看和想象之看，都成了一个浩大的"看"者主体。读者一定会问：这个"冥冥浩渺者"是谁？何以高高在上？在西方文学传统中，这一"浩渺者"常常用"神""主"或"上帝"及其相关称谓来充当。在中国，从庄子以来，汉语文学中常常有这种"浩渺者"的形象。在郭璞、李白、李贺等的诗歌中，都曾有过类似的"看"的主体。比如，李贺《梦天》："遥望齐州九点烟，一泓海水杯中泻。"还有张孝祥《念奴娇·过洞庭》："尽挹西江，细斟北斗，万象为宾客。"熟悉这些抒情传统的张枣，在塑造这样一个主体时，肯定精细地想过如何克服"影响的焦虑"。因此，他发明了一个"看"的套叠结构，消除了"看"的主体的单一性，奇妙地展示了现代诗人主体的流动性。但这已经不再是穆旦《诗八首》中营造的那种动摇溃散的主体，也不是现代主义艺术中常见的游移、焦灼的主体，而是借助科学名词加强感官精确性，进而发明的一个众"看"之中的汉语"中心"：在层层之"看"叠成的"看"的共鸣器中，头戴矿灯的"谁"和"O"，都与第一节中的"空"相呼应，最浩大的看者，看到的正是莫名之空。而空纳万物，"螺旋体"、湿腻的"O"，如老子笔下的"玄牝"，是生命源泉的朴素象征，但又充满现代认知式的精密，"O"也是一个"元音"。这源泉之满，让这一场关于"看"的戏剧溢出了幻境，使得诗人的处境变得鲜艳起来。正是由"一个被发明的中心"引发的"看"的戏剧，让意识到存在本身的诗人感到了时日之满："室内满是星期三"。在这种

"满"的支撑下,"金鱼缸""灯影"等常见事物,也呼应、增强、总结了幻境中的层层之"看"。

"夜之阑珊",即再次点出幻境产生的事理性缘由,也为下一节的视角转换作了铺垫:

> 夜里的中午,春风猝起。我祖母
> 走在回居民点的路上,篮子里满是青菜和蛋。
> 四周,吊车鹤立。忍着嬉笑的小偷翻窗而入,
> 去偷她的桃木匣子;他闯祸,以便与我们
> 对称成三个点,协调在某个突破之中。
> 圆。

如果说整首诗写的是夜晚的幻境,那么第二节就是幻境中的幻景,第一节和第三节则是幻境中的实景。第三节再次回到第一节的情景中,是德国的"春风",还是中国的"春风"?事理上都成立。如果是德国的夜晚的春风,正好与"眼睛嵌入夜之阑珊"衔接;如果是中国的春风,则回应第一节,这应该是一阵春寒料峭的风。回到此诗的诗意逻辑中,这春风之寒,也是诗人的孤独思念转换为美学激情之后的温暖春意。"篮子里满是青菜和蛋"一句,既是对上一行焕发的春意的张扬,也显示了一种物态与诗意的混融,如张枣在另一首诗中说的那样:"一件件静物,对称着人之境。"[1]后一行中的"鹤立"也是如此,同时呼应了第一节中的"仙鹤拳"。至此,诗人笔下的"祖母"形象,成了一个诗艺的起源者、演绎者和承载者。值得细说的是"小偷",这里堪称妙笔。从此行开始,第三节开始进入一种戏剧性:小偷嬉笑着偷祖母的桃木匣子这一情节中,诗人童年的甜蜜记忆,闯入"我"和"祖母"的对话之间,似乎搅乱了此前形成的对照格局。正如柏拉图《会饮》中,宴会的高潮是由烂醉的不速之客阿尔喀比亚德闯入掀起的一样。[2]正是这种"闯入",让诗克服了线性的生命感的拘囿,成为经验、

---

(1) 张枣:《跟茨维塔伊娃的对话》,见《春秋来信》,文化艺术出版社,1998年版,第107页。

(2) [古希腊]柏拉图:《柏拉图的〈会饮〉》(刘小枫等译),华夏出版社,2003版,第95页。

记忆和幻想的共鸣器,融化了它们之间的一切不和谐。同时,以此形成的"圆",却是协调与突破悖论的结果,这其中,高超地显示了生命处境的永恒困惑,正如俄耳甫斯永远在歌唱、欧律狄克总在死去。悲喜交加的世界,永远呼唤着不倦的心智与之形成更大更多的和谐,"仙鹤拳"正是其中的一种。■

化欧化古的当代汉语诗艺　张枣研究集

> 彼窃钩者诛，窃国为诸侯。
> ——庄子《胠箧》

诗人张枣的《祖母》是当代汉语诗歌中难得的佳作，批评家余旸曾评价这首诗是张枣诗集《春秋来信》中的"压卷之作"。一个非常重要的原因在于，"祖母"和"我"在诗中达成了极具诗意性的对话，张枣倾力追求的"汉语性"和"现代性"在诗中有效地融合，这已在很多研究中得到了承认和称赞。[1]然而，在既有的研究中，大多数批评都是围绕着以"祖母"为代表的汉语性和以"我"为代表的现代性之间的对话展开，似乎对这首诗可能性的探讨到此为止形成了一种公认的意见和批评面孔，这实际上已陷入了传统、现代的二元对立模式之中。那么，这首诗的意义是否已被穷尽？是否存在着更多解读的可能？

在此情形下，重新思索"小偷"在整首诗末尾的登场无疑会让人感到惊喜，这包括两方面含义：一方面，无论是以"祖母"为诗意角色的汉语性还是以"我"为诗意角色的现代性，二者在互相之间经过"仙鹤拳"和"共鸣剂"的有效切磋之后，似乎已达到了某种诗意的饱满。

---

(1) 其中尤以余旸《重释伟大传统的可能与危险》一文最为精彩。张枣对于"汉语性"和"现代性"的论述可参见张枣《朝向语言风景的危险旅行》，见《张枣随笔选》，人民文学出版社，2012年版。

意外的身体与语言"当下性"维度
——重读张枣《祖母》※

李海鹏

※ 原载于《飞地》第8辑，海天出版社，2014年版。

在这样的语言情态下,"小偷"的出现着实让人意外,而且重要的是他作为新的诗意角色并未被前两者排除出整首诗的语言有机体中,沦为诗意的"赘肉"(就像现实生活中的小偷所遭遇到的那样),而是与他们之间发生了出色的、深入的甚至让人艳羡的阐释性关系,三个身体中各自蕴蓄的语言能量在彼此之间恣情地投射着、传递着,个人身体的必然限制被打破,陷入让人梦寐以求的迷失之中,或者说陷入一种被语言梦幻胀满的锋利时刻之中,被这一时刻所笼罩的个人,正如阿尔蒂尔·兰波所说"我是另一个",即扬弃了自身所寓的一元论意义上的僵化身体,上升为语言的享乐者和迷醉者,在"文之悦"和"文之醉"[1]中获得了一个不断新陈代谢着语言痛感和语言血性的崭新身体。这样的身体,就像张枣所发明的"孔雀肺"一样,"打开血腥的笼子"[2]。在这种状态下,一方面,本体论意义上的语言本身也因三者的对话和投射而进入一种多元的、复调式的狂欢之中,整首诗的诗意就在这样的张力关系中达到顶点(这种张力关系可以这样认为,三者已融为一体,但永远处于"协调"之中,即,处于突破的危险之中而非静止的死亡之中)。另一方面,"小偷"在这首诗中并非面目可憎,而是拥有一个"喜人的形象"[3],这与我们对小偷的日常经验化想象截然相反,甚至更新着我们在符号学意义上对"小偷"这一语言符号的理解(这不得不说是张枣的创造,他为中国的新文学创作贡献了一个相当经典的诗歌形象)。似乎在这首诗中,"小偷"因其隽永的形象和如前所述的语言活力而受到了语言本身的"特赦",从一个经验化意义上的"窃钩者"转而晋升为一个诗意王国之中新的"诸侯"(他确实在恰当的时刻把手伸向了"桃木匣子",这倒相当契合"胠箧"二字的题中应有之义,但他将盗取的是唯有在语言中方能偶然显现的神迹)。值得一提的是,"特赦"是张枣诗歌中一个相当重要的词,它在《祖母》中并未出现(却并未因此缺席),但是在与《祖母》构成了极其有效的阐释性关系的《大地之歌》中,"特赦"以其巨大的语言能量促成了"至

---

(1)有关这两个概念的论述参见[法]罗兰·巴特《文之悦》(屠友祥译),上海人民出版社,2004年版。

(2)张枣:《张枣的诗》,人民文学出版社,2012年8月版,第174页。

(3)余旸:《重释伟大传统的可能与危险》,载于《新诗评论》2011年第1辑。

高无上"的瞬间显现。

"小偷"的身体

有论者认为"小偷"的形象,"当然是个虚构,一个比喻性的说法",[1]就诗论诗来说,这当然没问题,因为,如果说"祖母"的形象是身在海外的诗人从真实记忆中挖掘、提炼出来,"是件真事情"的话,那么我们确实无法证明"小偷"的出现也是来自某件真实发生在诗人生命中的具体事件。但从另一个角度想,"小偷"也可验证某种真实而非虚构(如果不是"最高虚构"的话):我们确实无法把"小偷"指定为一次具体事件,但若着眼于改革开放以后的中国语境,"小偷"在这首诗里作为一个表面上的语言事件却指涉了真实的外部现象。

1978年后的新空气中迅速形成了一个新的人群,从某种意义上说,这是新环境下最为闪耀夺目的人群,他们各自的身体虽然有着高矮胖瘦、能力大小的差别,但却有着高度一致的表情和动作,这是他们结成身体集合的最根本原因,这就是所谓的"经济人"群体。从实用主义角度说,他们代表了所谓"最先进生产力的发展方向",而且作为新的时代英雄和先锋,他们所"皈依"的经济形式,是一种高度世俗化的生产方式和动力,不是以皇权的面目示人,而是作为一种具有更大普适性和连贯性的秩序渗透进社会的每个有机组成部分之中。借用福柯的话说,这种秩序淡化、取消了偶然、间歇的仪式(这是皇权的常用形式),而是表现为全景敞视主义(Panopticism),即作为一种极其机敏的权力形态,它的施展不是"像一种僵硬沉重的压制因素从外面加之于它所介入的职能上,而是巧妙地体现在它们之中,通过增加自己的接触点来增加其效能"[2],因此,它虽然暗中加强了权力控制(这甚至比皇权更加严重),但却不会有"蜕化为暴政的危险"。这就意味着,在这种经济形式下,人们的身体作为权力对象,不再受到血腥的、

---

(1) 余旸:《重释伟大传统的可能与危险》,第93页。
(2) [法]米歇尔·福柯:《规训与惩罚·监狱的诞生》(刘北成、杨远婴译),生活·读书·新知三联书店,2012年版。

喧哗的、仪式化和危险性的（这客观上带有狂欢的色彩）对待和控制（这在改革开放前的中国语境中似乎很常见），而是被一双看不见但绝对温和的方式持续不断地规训和引导，每一个动作、每一个表情都受到严格的控制，不存在盲区，也不存在断点，人们的身体在规训过程中也不会感受到痛苦，因为这种规训手段作为神话，不再是社会准则，而被扭曲、默认为自然本能。这个过程，最后人们将得到的身体体验是工具理性的，这样的身体就是生产力，这样的身体所对应的人就是"经济人"，它们在完整的流水线上如一个个零件般规矩地从事着金钱复制和批量生产：身体唯有"被某种征服体制所控制时，它才可能形成一种劳动力"[1]，这种身体"在变得更有用时也变得更顺从，或者因更顺从而变得更有用"[2]。

可喜的是，与此同时，"小偷"也应运而生了。"小偷"在近30年来经济弥漫的中国语境中已成为一个重要的社会现象。在"经济人"成为新的时代英雄的情景下，"小偷"俨然以反英雄的面目出现。与前者不同，"小偷"不是涵盖了安全、秩序、生产、复制、驯顺、噤声的能指，而是对危险、混乱、破坏、偶然、犯罪、疯癫的隐喻。当然，本文无意对二者做社会学、人类学的比较和讨论，而是旨在借用他们作为隐喻和语言符号，来探讨他们对于张枣的诗歌语言具有什么样的关照，或者说，看看他们如何由社会事件进入张枣的诗歌语言之中，进而对语言本身产生了何种化学反应，为张枣的诗歌引入了何种新的语言维度。

在《祖母》中，"经济人"是作为"小偷"的背景和影子出现的，更学究气地说，它是一个缺席的存在。不管怎样，它们的出现作为一个纯语言事件，继"祖母"所指涉的汉语性和"我"所指涉的现代性之后，又为这首诗引入了一个新的语言维度，姑且名之曰"当下性"。

在语言层面上，"经济人"式的驯顺身体将为语言带来灾难，这灾难体现为语言将成为一种被高度规训化的符号系统，它的每一个动作和表情都不会让人感到惊喜，因为这些动作和表情在发出之前，早已被权势精心计算、控制过。一切都合乎秩序，语言不存在否定性和自

---

[1] ［法］米歇尔·福柯：《规训与惩罚·监狱的诞生》（刘北成、杨远婴译），生活·读书·新知三联书店，2012年版，第27页。

[2] 同上，第156页。

我匿名的欲望,一切语言的发生和展开都在一种等式关系中进行,这一等式关系本质上是"怠惰不思提升至严密精确之列"[1]的同义反复,借用罗兰·巴特的话说"拉辛就是拉辛"[2],这种语言姿势被一种虚弱而暴力的安全灌满,它暴力是因为它对语言的真实充满恐惧(它越暴力就表明其越虚弱和恐惧),它仅仅能成为语言的幻象,却绝不可能成为语言的真实。语言的真实是无穷尽的阐释和命名,而不是一元论的、僵化的喝止和回答,因为它敢于认识到真正的语言永远是不可言说,这是语言的根本危机,解决这一危机的唯一办法"不是停止命名而是坚持不懈地命名"[3],或者如张枣所说,语言"不会存在正确的回答,却可以有正确的,或者说最富于诗意和完美效果的追问姿态"[4]:不可言说也是语言的根本动力,只有在面向它的不断追问中,真正的语言才有可能倏然闪现。而被权势所灌满的语言显然不会具有这样的欲望和能力,它只有驯顺的身体,不停地做着同义反复,保护着每一寸肌肤免受自我否定和追问的伤害,拒绝着惊喜和偶然,丧失了割掉身体中的陈词滥调,并从伤口中嗅出新语言在生成中的血腥味的勇气。总之,这样的身体无法感受到语言的狂欢。

上面的阐述将有助于我们分析"小偷"及其影子"经济人"在这首诗中所引入的当下性维度(实际上这既是语言的维度也是外部指涉的维度)。张枣在写作《祖母》伊始似乎陷入了双重的困境,这从本诗第一句中便可看出:

她的清晨,我在西边正憋着午夜。

一方面,诗人身在"西边",缺席于中国的当代生活,它正如"午夜"一词所暗示的,对于诗人来说是不可见之物。"清晨"与"午夜"的对立在这里不仅单纯揭示出物理意义上的时差,从更深层的意义

---

(1) [法]罗兰·巴特:《神话修辞术·批评与真实》(屠友祥、温晋仪译),上海人民出版社,2012年版,第108页。
(2) 同上,第106页。
(3) 王东东:《护身符练习曲与哀歌:语言的灵魂》,载于《新诗评论》2011年第1辑,第109页。
(4) 张枣:《朝向语言风景的危险旅行》,见《张枣随笔选》,人民文学出版社,2012年版,第176页。

上，它揭示出了诗人的身份危机，即身为中国当代诗人，自己的写作是否问心无愧地关照了中国的当代生活，自己语言的身体对于这段时间来说是否在场，是否与当下中国分享着共同的时间。另一方面，在习惯于长期抒写汉语性和现代性的合唱之后，自己的语言是否有能力和勇气在既有的身体（它已在绝对意义上陷入了僵化）之外寻找到新的空白，并用新的语言使这片空白更新语言的身体（其实真正的语言只出现和劳作于这片空白地带中）。做一个过度阐释，"西边"一词在汉语中带有死亡的意味，诗人似乎感受到了自己语言的既有身体在经过长期相对固定的操练和重复自身之后有濒临死亡的危险（当然，这种感受并不是对读者，而是只有对诗人本人来说才最深切）。"憋"这个字就暗示了诗人语言的身体在焦虑中扩展着可能的空间，当然，是空白的空间，并试图在这片空白中触碰到新的词语，就这样，语言的身体从西方的午夜有意识地挨近了东方的清晨。

当然，这并不是说诗人对这首诗的整体设计先于语言的进行，更为可能的是，在语言的进行过程中整首诗的面貌才得以越发明晰地展现出来。这里要强调的是，诗人的困境确实存在着，在这困境之下，每一次写作的尝试都表明了语言的身体试图在空白地带寻求突破的勇气和寻找新语言的努力，但是每一次的尝试究竟能为诗人带来些什么，或者说究竟在哪一次的尝试中语言的身体才能有所收获，却是一件偶然的事情，这从语言本体论的角度讲，不能不说需要碰些运气（这冥冥之中与"小偷"这一身份的内在属性极其相似，诗人在语言中似乎也在扮演着一个语言偷盗者的角色）。足够幸运的是，张枣在这首诗的尝试中妙手偶得了"小偷"（也只有妙手才能偶得）。

在这次尝试中，"祖母"所代表的汉语性与"我"所代表的现代性在这首诗的前两部分中达成了有效的对话（张枣的语言能力自然是让人放心的，但也因为习惯于放心而缺少了些许意外）。其实，无论是"祖母"还是"我"的身体中都具有当下性的语言维度，但在诗的前两部分中二者身上的这一维度都被暂时悬置了起来，即"祖母"虽生活于当下中国，但身体与"仙鹤拳"相联结，这就像一种"附魅"，"祖母"身体中的当下性被腾空，从而被发明成蕴含着中国古典式优雅、神秘的汉语性能指；"我"身在欧洲，因此，身体中的当下性也被暂时忽略，被敷衍成代表着西方现代性的语言身体。

在第一部分中,"祖母"成为"一个被发明的中心",成为"我"不断去追逐的记忆,时差即是证明,"祖母"的时间是一种过往,它蕴藏着汉语的全部奥秘和完美,这正是"我"试图用现代性去触碰之物。在第二部分中,"我"就在不断地追问和对话的寻求中渐渐抵达"祖母"的时间,与"祖母"分享同一个"星期三"。在这样的语境中,二者的身体彼此在场,突破了"午夜"阻隔的不可见。实际上,二者的身体在这一过程中已不知不觉地来到了当下的中国语境中间,即在穿过时间的层层迷雾之后,他们相见的场域不再是由虚弱的"皇帝"所喻指的单一的汉语性宫殿里,也不再是由咳嗽的"卡夫卡"所喻指的苍白的现代性打字机前(这两个场域对于诗人张枣来说,早已不是语言的空白之处,它们之中自然也容不下更多对话的可能),而是在当下中国的一个普通"居民点"里,再具体些就是"祖母"的房间里,这个房间既与"祖母"的身体分享着共同的记忆,又与"我"的身体分享着共同的时间,而且最重要的是,这里包含着二者身体中被悬置的部分,或者说被悬置的部分只有在二者的身体偶然进入这片空白地带中才有被发现的可能。

语言的空白地带中永远存在着危险,也只有危险,才允诺了新语言诞生的可能。这个"空白"的房间被诗人成功改装为犯罪行为发生的场所:"小偷"突然闪现。这是一个边缘化的,不受权力驯服的身体,它既确保了诗人对当下中国语境的有效关照和提炼,也确保了语言的身体拒斥着同义反复,不断探寻、追问、"偷盗"新语言的勇气。

遵循着"幻觉对位法"的指引,"祖母""我"和"小偷"之间组成了幻觉的三棱镜,这意味着三者在诗中以平等对话者的身份出现,前两者并不因为出现早和占据了较长的文本时间而地位显赫,后者也不因为出现晚和倏然一闪而地位卑微(这正像卡尔维诺所说的那样,"精神速度是不可计算的,且拒绝比较和竞争;它也不能从历史角度展示它的结果。精神速度的价值,在于它自身的价值,在于它赋予任何对这种东西特别感兴趣的人以快乐"[1]),因为三者代表着平等的语言维

---

[1] [意]伊塔洛·卡尔维诺:《新千年文学备忘录》(黄灿然译),译林出版社,2011年版,第46页。

度，各自的身体中蕴蓄着不同的语言能量，在对话中相互投射着各自的语言能量，这场对话也因此突破了困惑诗人许久的二元对立，导向多元化的语言狂欢之中。前两者的对话方式已无须赘言，这里只讨论后者的对话方式——"闯祸"。

"小偷"的这一姿势深刻验证了"当下性"的双重维度：作为一个外部事件，它直指了当下的深刻现实（在"经济人"式的驯顺泛滥的全景敞视下，仍然在边缘处有祸事发生）；作为一个语言事件，它表明了从绝对意义上讲，唯有在当下之中，真正的、不被驯服的语言才能够显现。因此，当下既是对语言的发明，也是对生活的见证；[1]既是语言的勇气，也是生活的勇气；既是语言的准确，也是生活的准确。对于历史来说，当下永远在闯祸，只有在不断闯祸的过程中才得以完成自身。在当下不断的"闯祸"中，新语言一个个地显现出来，没有闯祸就没有新语言。历史本身所蕴蓄的巨大语言能量，也唯有被投射进当下之中才能被最大限度地激活和释放。当然，当下在闯祸结束后就成了历史的一部分，被投入未来的当下中去，历史就是由所有已完成"闯祸"行为的当下所组成。当下是一个不规则的瞬间，从这个意义上说"小偷"也只有在闯祸（偷盗行为）发生的瞬间才成其为"小偷"。这就是"当下性"的意义所在，也是"小偷"的意义所在。

作为"闯祸"这一语言姿势的具体化，"破窗而入""忍着嬉笑"也是神来之笔。

做出"破窗而入"这一动作的身体显然不是驯顺的身体，或者说这个动作是一个"严重违纪"的动作。也正因为这样的语言姿势，"小偷"的身体才否定了权势的控制，走向了语言的享乐。小偷"破窗而入"这一动作显然隐喻了语言的身体在这一反常和不合群的危险动作中剔除了权势的控制，转而被狂欢的姿势所灌满。

"忍着嬉笑"的表情更加让人难忘。它一方面暗示着语言时刻准备做出"嬉皮笑脸"这样桀骜不驯的表情（这与"破窗而入"的贡献相同），更重要的方面在于这个表情极具张力。这是一个极富当下性的表情，它既不是尚未发现新语言时的隐忍（"憋"和"忍"在这一角度上很

---

[1] 对于诗歌的见证，波兰诗人切·米沃什有深入而精彩的阐述，具体观点可参见其著作《诗的见证》（黄灿然译），广西师范大学出版社，2011年版。

相似），也不是新语言完成时松弛的嬉笑，而是在"小偷"发现新语言（即桃木匣子，对它将在下文进行分析）那一瞬间的表情，这种表情就像蒙娜丽莎的微笑，或者拉奥孔的痛苦一样，表现了"最富于蕴育性的顷刻"[1]，这一顷刻"可以让想象自由活动"，被赋予了"一种想象、美的持久性"[2]。不得不说，这极富当下性的表情让人印象深刻，虽说莱辛认为"诗人不必要把他的描绘集中到某一顷刻"[3]，但张枣笔下的这一"顷刻"，让人感受到了雕塑般的欢愉，这里上演着语言的激情狂欢。

总而言之，"小偷"确实是个意外的身体，他带给我们的阅读感受就像罗兰·巴尔特谈论摄影时提出的"刺点"[4]效果，在让人惊喜的语言生成中迅速推翻了陈旧的语言契约（极端地说，一个诗人一旦写出一首突破性的新作，对他自己而言就意味着否定了所有的旧作）。

值得一提的是，在"小偷"身体的精彩呈现过程中，有两样道具起到了充分而必要的辅助作用："吊车"和"桃木匣子"。三者以"小偷"为中心形成了一个相互支撑的意象群，下面试做补充阐释。

"吊车"的目光

张枣在很多诗句中表达了对当下中国都市化建设的反思：

云朵，砌建着上海。
我心中一幅蓝图
正等着添砖加瓦。
——《春秋来信》

工地上就要爆破了，我在我这边

---

(1) [德]莱辛：《拉奥孔》（朱光潜译），人民文学出版社，2009年版，第15页。
(2) 同上，第16页。
(3) 同上，第20页
(4) [法]罗兰·巴尔特：《明室——摄影札记》（赵克非译），中国人民大学出版社，2011年版，第58页。

鸣这面锣示警。

——《春秋来信》

如何重建我们的大上海,这是一个大难题

——《大地之歌》

就像"云朵"一词所暗示的那样,在诗人心中,都市化建设这"破旧立新"的宏大叙事太过单一和滞重,缺少了某种内在的轻盈,只有赢得了这份轻盈,一切的"砌建"和"添砖加瓦"才是真正有效的。似乎在诗人心中的蓝图中,都市化建设应该是一种举重若轻,它既能示人以"外在的强大",又能带给人"至高的安慰",这样的"重建",确实"是一个大难题"。这也可简单理解为张枣对工具理性的不信任,他认为仅仅用这一种手段对于实现诗人心中的蓝图是"远远不够的"(《大地之歌》),人们在其中盲目建造和争抢的东西其实是"本就没有的东西"(《春秋来信》)。这就意味着真正的存在若以建设的面目出现,那么它不应仅仅是对于物的堆砌和技术,还应是超出物之上的探求,这正如弗·施勒格尔所说:"物理学一旦要探求普遍的结果,而不仅仅追求技术的目的,就不知不觉陷入宇宙起源说,陷入占星学、通神学,或诸如此类的东西里,总之就是陷入一种关于整体的神秘认识。"[1]张枣在《祖母》的第二部分就进行了此项尝试:借着显微镜的视野由对细胞的"逼视"转而完成了对"冥冥浩渺者"的发现。

张枣深信"言说之困难即生活的困难"[2],对于纷纷涌来的物,张枣一方面欣喜于"万象皆词"[3]的丰富,另一方面却也并不满足于把"生活的困难"简单地平移进语言之中,最有力的证明就是张枣没有一首单纯意义上的"政治之诗"和"社会之诗"(这在张枣看来并不能提供"至高的安慰"[4],它们或许并不比工具理性高明多少,甚至在语

---

(1) [德]弗·施勒格尔:《关于神话的谈话》,见《德语诗学文选》,华东师范大学出版社,2006年版,第261页。

(2) 张枣:《朝向语言风景的危险旅行》,见《张枣随笔选》,人民文学出版社,2012年版,第176页。

(3) 同上。

(4) 王东东:《护身符练习曲与哀歌:语言的灵魂》,载于《新诗评论》,北京大学出版社,2011年第1辑。

言本体论的意义上与之构成转喻性的关系），而是在此之上把物转化成词本身（或者说词就是物），发明出一种元诗意识，发明出一种"朝向语言风景的危险旅行"。

在此观念的引导下，我们可以借张枣诗歌中对"吊车"意象的两种处理方式来观察其"言说的困难"。"吊车"作为一种深具"暴力美学"的工具，与"都市化"之间存在着深刻的隐喻：

是啊，我们得仰仗每一台吊车，它恐龙般的
骨节爱我们而不会让我们的害怕像
失手的号音那样滑溜在头皮之上；
　　——《大地之歌》

四周，吊车鹤立。
　　——《祖母》

在对"吊车"意象的处理上，前者以僵硬的、滞重的"恐龙"形象示人，这与工具理性的内在精神遥相呼应（暂且不论张枣对其在语义上进行的否定性表达），似乎"吊车"作为一个语言能指，其所指只是一种"庞然大物般的工具"，在这种情形下，物只是物本身，并未与语言发生交媾，语言在此做着同义反复，言说并未形成任何困难，物也堆砌在存在之外，相安无事；而后者却是以缥缈、轻盈的"仙鹤"形象出现，这样的语言并非无物的缥缈（"诗人的想象不能脱离'物性'，否则语言会进入无法则状态，沦为幻想的牺牲品"[1]），而是从物的聚焦之中提升出来，词的张力确保了物与词的双重存在（这种存在用席勒的观点说是使感性冲动扬弃自身时间性、杂乱和偶然，达到形式冲动，它来自人的绝对存在，因而能够把时间性、杂乱和偶然转变为永恒性、秩序和必然）[2]。这是语言的举重若轻，是"伍尔坎和墨丘利的

（1）　[德]席勒：《论天真的诗与感伤的诗》，见《席勒文集Ⅵ》（张佳珏译），人民文学出版社，2005年版，第157页。
（2）　[德]席勒：《审美教育书简》（冯至、范大灿译），北京大学出版社，1985年版。

完美应答"[1]。

在张枣眼中,"鹤的内心"有着"宽敞,双面的清洁和多向度的透明"(《大地之歌》),包含着汉语的全部奥秘和完美。在张枣的诗歌中,"鹤"俨然具有语言立法者的意味,在其出现的地方,必将围绕着它发生一场语言的仪式。这种语言立法,就像美国诗人华莱士·史蒂文斯笔下的"田纳西的坛子",在"最高虚构"之中建立起语言的秩序。

在《祖母》中,"鹤"附身于土地中央高高矗立的"吊车",这就使得"吊车"的身体作为语言事件发生了根本性的变化。在此之前,"吊车"作为工具理性的隐喻,有着恐龙般的"身体",它高高在上地注视着四周,这种注视正是上文中提到的"全景敞视"。对于语言来讲,这样的目光将造成语言的超稳定结构,这无限趋近于作为语言的噤声状态。因此,在以"吊车"为中心的语言仪式中,一切以近乎哑剧的形式进行着。被"最高虚构"为"鹤"之后,它的目光不再是监视性的目光,而是获得了"鹤之眼",也意味着获得了"冥冥浩渺者的显微镜"(二者虽然具有东西方迥异的面孔,但在最高的语言真实面前其实是同一件东西)。有意思的是,经过张枣的处理,这语言的目光并不是像翟永明笔下的"潜水艇"[2]深藏水中,置身于当下中国宏大叙事之外的边缘处,进而获得一个略带悲伤的窥视性的目光,而是直接走进工地中央,爬上宏大叙事高傲的塔顶,把"吊车"的身体变成自己的身体(二者只是方法不同,并不存在高下之别,无论走到何处,对于语言来说需要同样的勇气)。

这种目光与权势最大的不同不在于它比后者虚弱、松懈,作为语言的最高立法,它能够窥视到一切语言事件的发生,包括旧语言的消失、新语言的生成。也就是说它有着和后者同样的敏锐性。不同在于这种目光作为一种秩序,它并不监视、否定反常的语言行为,它深知

---

[1] 墨丘利,古罗马神话人物,即希腊神话中的信使和小偷保护神赫尔墨斯;伍尔坎,古罗马神话人物,即希腊神话中的火神和铁匠赫菲斯托斯。古代西方人认为,墨丘利身上具有水星属性,代表了轻盈、多变、和谐、交流的性格;而伍尔坎身上具有土星属性,代表了沉重、稳定、孤僻、沉思的性格。在语言层面上,二者单独出现恐怕都存在着缺陷,只有处于对话之中才促成了语言的实现。卡尔维诺此表述为:"对墨丘利在空中的飞翔,伍尔坎答以一瘸一拐的步履和手中铁锤铿锵有力的敲击。"参见伊塔洛·卡尔维诺《新千年文学备忘录》(黄灿然译),译林出版社,2011年版,第54页。

[2] 洪子诚主编:《在北大课堂读诗》,长江文艺出版社,2002年版,第90—122页。

新语言只存在于"当下"不断的"闯祸"之中,自己的面目也唯有在容纳"当下"的语言生成的情况下才可能不断清晰。在不断谅解和肯定"当下性"的语言过程中,"吊车"最终扬弃了自身原本作为宏大叙事代名词的神话,破译了神话对语言的"劫掠"[1],成为合格语言的"最高虚构"。总之,这样的目光是懂得"特赦"的目光。

说到这里,"吊车"意象对"小偷"的意义就不言自明了。如上文所言,"小偷"在《祖母》中作为对语言"当下性"生成的隐喻,受到了"吊车"这一语言立法者的"特赦",即"小偷"这意外的语言身体因其危险的语言行为呼应了"吊车"作为语言立法者的面目(它自身的成立也是来自语言的"当下性"),因而由生活中的"窃钩者"受封为语言王国中新的"诸侯"(它为语言立下了"战功"。这让我不禁想起古典话本《隋唐演义》中的神偷"小白猿"侯君集,其古灵精怪、活灵活现的喜人形象与之极其相似)。

"桃木匣子"的欲望

"小偷"的一切动作都指向"桃木匣子",这在语言层面上意味着它成了"当下性"试图去阐释的对象。"桃木匣子"属于"祖母",里面盛满了汉语的历史性的甜美和优雅,这正是张枣试图容纳进当下写作的语言质地。"桃木匣子"中原本储藏着巨大的语言能量,但它由于长期鲜为人知,已安于被存放在历史之中。因此,它虽然美丽,但却贫血,不具有自动生成新语言的语言活性。历史性的语言维度本来确保了语言能量的丰厚积淀,却也因此造成了自我实现上的障碍。这就意味着"桃木匣子"作为被历史性语言维度控制之物,虽然甜美和优雅,却缺乏欲望。张枣认为"中国当代诗歌最多是一种迟到的用中文写作的西方后现代诗歌……也就是说,它缺乏丰盈的汉语性,或曰'它缺

---

(1) [法]罗兰·巴特:《神话修辞术·批评与真实》(屠友祥、温晋仪译),上海人民出版社,2012年版,第193页。

乏诗'[1]，沿着这一思路，对于中国当代新诗写作来说，如果汉语性的缺席意味着诗的缺席，那么接下来的事情我认为依然成立，即对于汉语性来说，当下性语言维度的缺席将导致汉语性本身作为一种语言真实的不可能。就汉语性本身所暗含的语言可能性来说，它绝不应该简单等同于历史性。任何把二者简单等同的语言行为都意味着同义反复地发生。在这一行为中，我们只能得到汉语性的幻象，而不是汉语性本身，或曰，诗本身。更浅显地说，这样的行为将永远把汉语性闭锁在历史性的语言维度之中，而真正的语言并未寓居其中。这样的"桃木匣子"，用海德格尔的观点来说，它只是存在者，但并不存在。

因此，真正的汉语性应该在不断追问中去实现，而且，这种追问的姿势，对于历史性来说应该意味着绝对的反常。追问即是使汉语性摆脱历史性这一语言权势的控制，把积蓄的语言能量投入当下，从而在阐释中给出汉语性一个可能的面孔而非幻象，唯有这样才能把汉语性引入语言真实的存在之中。

当下性也并不等同于现代性。或者说，对于当下性来说，现代性也已太过局限。张枣在其之前的写作中亲手打破了"现代性就等于放弃汉语性的神话"[2]，在《祖母》的写作中，我们又惊喜地看到了张枣在绝对的追问中打破了"现代性和汉语性有效对话便能诞生真语言"的又一神话：虽然"我"与"祖母"之间达成了对话，但只有"小偷"意外的闯祸才提醒了他们"桃木匣子"的真正价值。即只有在对话中加入"小偷"，"桃木匣子"中锁闭的语言能量才能被发掘、释放出来，它不再只是作为历史之物而隐藏在语言的阴影和盲区中，沦为语言的幻象，而是作为语言的真实（或者说真正的汉语性，诗），出现在"冥冥浩渺者的显微镜下"，这对现代性本身也是一种丰富。

就在小偷发现"桃木匣子"的瞬间（仅能是瞬间），"小偷"的欲望转化成了"桃木匣子"的欲望，它盛装的一切语言能量（历史性的能

（1） 张枣：《朝向语言风景的危险旅行》，见《张枣随笔选》，人民文学出版社，2012年版，第191页。
（2） 同上。

量)都在这当下性的时刻释放和实现:这一刻,"飞矢不动"[1];这一刻,在窗外,盘桓在吊车之上的"鹤之眼"也倏然一闪——它寄寓在"小偷"身上的期望终于实现——在"忍着嬉笑"的瞬间,他发现了唯有在诗意王国中方能偶然显现的神迹。

张枣深知"瞬间"的厉害,它动辄使时间"崩成碎末"(《历史与欲望:吴刚的诉怨》),动辄把"花容月貌"化为"焦土"(《历史与欲望:色米拉恳求宙斯显现》)。一切神迹都在瞬间显现,让人惊喜;一切神迹又都在瞬间消失,化为乌有;悲剧的是,它厉害正是因为它不可挽留。

在《祖母》结尾,张枣在极力地、徒劳地挽留着这一瞬间语言的神迹:他让全诗在"小偷"发现"桃木匣子"的瞬间戛然而止,这是"当下性"的瞬间。这一瞬间,"祖母""我"和"小偷""对称成三个点","协调在突破中"——一个"圆"就这样被发明出来(在几何学中,三个不重合的点即能确定一个圆)。这是个极其危险的结构,因为只有在这个瞬间,整首诗才处于诗意的顶点,只有在这个瞬间,一切语言才那么让人惊喜,但它不可挽留。

张枣也有意识地把这一瞬间发展成一出喜剧,"小偷"的形象也是喜剧性的形象。喜剧,正如弗·施勒格尔所说,是"如果我们在某个地方本来是期待着限制的来临,而那里却出乎我们预料出现了欢乐"[2]:这一瞬间,语言因祸得福,迷失在一片狂欢之中。

然而,正如张枣在《大地之歌》中所吟咏的那样:

至少这一秒,每个人都有一次坚守了正确
并且警示:

　　仍有一种至高无上……

---

(1) 这是古希腊诡辩家芝诺的名言,即飞着的箭在每一瞬间是静止的,而完整的时间又恰是由所有瞬间叠加组成的,既然箭在每一个瞬间是静止的,那么它在飞翔的过程中也自然是静止的。这自然是诡辩。但它却在某种意义上启示了我们历史之物只有把自己不断抛出不断在逝去的当下之中才能保存自身,它必须重视每一个瞬间的价值。语言的真实也只有在每一个转瞬即逝中方得显现。

(2) [德]弗·施勒格尔:《浪漫派风格》(李伯杰译),华夏出版社,2005年版,第5页。

这是诗歌最高的自信，也是诗歌最大的无奈：正确永远存在于"这一秒"，我们也只有在"这一秒"得以见到"至高无上"匆匆闪现。真正的语言永远在"当下性"的空白地带才有生成的可能，而且新语言一旦生成，就宣告了"当下性"维度的消失，新语言旋即被权势灌满，融入历史性之中，这样，新语言也就不再是新语言。

同理，"小偷"也只有在这一瞬间才能一窥语言的神迹，才能受到语言的"特赦"，才能受封为语言的"新诸侯"。但是，这一瞬间从根本上讲，转瞬即逝，不可挽留，因为"当下性"只有不断变换的姿势，没有始终如一的身体，它永远不可能满足于任何一次命名，而是持续不断地命名。"小偷"在成为"新诸侯"之后，他就同样不可避免地要被"当下性"抛弃，沦为语言的权势（这正像他偷完东西就得马上逃走），他让人难忘的意外的身体，也不再是对语言"当下性"维度的隐喻。真正的言说永远是不可言说，这不能不说是个悲剧，是足够真诚的语言必然要遭逢的悲剧。

或许正是如此，这首《祖母》才格外显得魅力四射，这是一首真正的诗。真正的诗歌中永远上演着语言的悲喜剧，而不是二者中任何单独的一个，也只有在这悲喜交加中，我们才能有幸一睹语言的梦幻，这梦幻正如罗兰·巴尔特所说："文学应该成为语言的乌托邦。"[1]这是最高的荒谬，像张枣笔下的"小偷"一样荒谬；这也是最高的真实，像张枣笔下的"小偷"一样真实。诗歌的奥妙和感人之处正在于此。波兰女诗人辛波斯卡写道：

我偏爱写诗的荒谬，
胜过不写诗的荒谬。
　　——《种种可能》[2]

2013年2月28日于中央民族大学■

（1）［法］罗兰·巴特：《写作的零度》（李幼蒸译），中国人民大学出版社，2008年版，第55页。

（2）［波］维斯拉瓦·辛波斯卡：《万物静默如谜》（陈黎、张芬龄译），湖南文艺出版社，2012年版，第127页。

化欧化古的当代汉语诗艺　张枣研究集

一

　　《大地之歌》共有 111 行，是张枣的雄心勃勃之作，他在这首长诗中几乎动用了他对诗歌的全部理解，也可以看作他的诗学观念的一次全面表达。但要想准确地理解这首长诗颇不容易，一是因为张枣的诗歌写作远远超出我们的批评观念，对张枣的任何一次解读，都会是对批评家的严峻考验；二是因张枣自己也深谙批评之道，但他提供的诗歌解释，有时只会误导我们，比如，"元诗"理论，我们如果朝着这个方向去看，极容易陷入马拉美和瓦雷里的泥潭之中，⁽¹⁾而对给予张枣巨大影响、启发的里尔克和特朗斯特罗姆，则会有较少的注意，在这一点上，我信赖弗洛伊德的说法，即作家并不能比读者更好地理解自己的作品。⁽²⁾因此，对《大地之歌》的解读，我愿意以普通读者的角度来展开。

　　对于一个普通读者而言，如何对一个诗人的写作，做出最初的、

（1）　张枣的"元诗"理论最集中的表述，是在他的《野草》讲义中，其实和瓦雷里的概念并不一样，更多的时候，张枣的用法所指的是，一种"经典化"写作，即用经典的诗歌元素或者文化元素来写当下，我个人认为，这是他对自己诗歌中的"对话"主题的总结。考虑到"元诗"概念本身的复杂性，所以我尽量避免从这个角度去阅读张枣的诗歌，而将注意力放在他的"对话"主题上。
（2）　［德］弗洛伊德：《创作家与白日梦》，见《西方文艺理论名著选读》（下），北京大学出版社，1987 年版。

"鹤"的诗学——读张枣的《大地之歌》※　　　　　　　　　　张伟栋

※ 原载于《山花》2016 年第 7 期。

有效的评估,这里有一个灵验的试金石:那就是看这个诗人在认同、赞赏和暗中学习哪些诗人的作品和价值观念,这意味着我们可以大致知道诗人在借助何种诗歌原型来思考诗歌,以及诗人写作的指向。熟悉张枣的读者,会揣测到他诗歌写作的几个秘密来源,比如史蒂文斯、特朗斯特罗姆、茨维塔伊娃、曼德尔斯塔姆,还有里尔克。这几位诗人是他诗歌中的主要对话者。在对话中,张枣大多扮演的是来自古老中国的一个天才诗人的形象,比如他在《跟茨维塔伊、娃的对话》[1]中所写:"亲热的黑眼睛对你露出微笑,/我向你兜售一只绣花荷包,/翠青的表面,凤凰多么小巧,/金丝绒绣着一个'喜'字的吉兆"。而里尔克的意义绝不仅限于此,张枣1986年出国后几年的诗作中,里尔克几乎充当着他的诗歌老师的角色,张枣这个时期所热衷的"天鹅"形象,即来源于里尔克,而不是像有人所说,是来自叶芝,比如将张枣的《天鹅》和《丽达与天鹅》这两首诗与里尔克《新诗集》的《天鹅》,《新诗集续编》中的《勒达》两首诗相对照,我们会发现,此时的张枣在里尔克的诗作面前,还只是学徒,但很快他就能创造性地转化里尔克的精妙之处。我们以两首《天鹅》的第一节为例:

尚未抵达形式之前
你是各种厌倦自己
逆着暗流,顶着冷雨
惩罚自己,一遍又一遍
　　　　——张枣《天鹅》

累赘于尚未完成的事物
如捆似绑地前行,此生涯之艰苦
有如天鹅之未迈出的步武。
　　　　——里尔克《天鹅》(绿原译)

张枣的《天鹅》第一节是对里尔克的改写,《新诗集》时期的里尔

---

(1) 本篇文中所引用的张枣的诗歌,均出自《张枣的诗》,人民文学出版社,2010年版。

克以"咏物诗"而闻名,他在写作中很少透露自己的主观情感,而是通过对"物"的结构和理念的呈现来对应"真实"的法度。我对张枣阅读的感受是,里尔克的"咏物诗"对他有很大的启发。之所以谈到这一点,是因为我认为《大地之歌》中隐藏着一个张枣试图与之平等对话的里尔克。

《大地之歌》在形式上仿照马勒的同名交响乐的结构,共分为六章。在这六章当中,张枣设置了"马勒""鹤""大上海"和诗人所反对的、代表着当下存在状态的"那些人"四组形象。其中的"马勒"代表着交响乐《大地之歌》的部分主题,表面看来是诗人所参照的构建未来的一幅蓝图,其实在"马勒"的背后站着一位张枣与之对话的诗人,这位诗人就是张枣极其偏爱的特朗斯特罗姆。特朗斯特罗姆有一首长诗题目为"舒伯特",在形式和主题上与张枣的《大地之歌》都颇为相近,我相信张枣在某些方面受到了《舒伯特》这首诗的启发,张枣在《大地之歌》中正试图通过"马勒"与特朗斯特罗姆通过"舒伯特"所构建的现实和未来的主题来对话。《大地之歌》中的第二组形象"鹤",是令张枣极为痴迷的一个诗歌形象。考虑到"鹤"在张枣诗歌中复杂的语义结构,我们也可以说,"鹤"几乎可以算作张枣诗学观念的最准确和最充实的表达,正是"鹤"这一形象,才统一和连贯了全诗的主题和结构。关于这一点我后面会做详尽的解释。在此,我想先提出的是,"鹤"这一形象背后,也站着一位张枣与之对话的诗人,这就是里尔克。"鹤"在张枣诗歌中的地位,相当于"天使"在里尔克诗歌中的位置,两者都是诗人在各自的文化系统中提炼出来的,可以概括为诗人对世界认知的诗歌模型。张枣通过"鹤"与"天使"的对话,使得这一诗歌模型趋于丰富完满。《大地之歌》中的第三组形象"大上海",一方面是用来指认马勒交响乐中所表现的,收养我们而又埋葬我们的"大地",另一方面是用来指认我们所面对的破败的现实,而在这一形象里,张枣要与之对话的诗人则是他的好友、上海诗人陈东东,诗中出现的"我们",即是指诗人和陈东东,正如张枣在《大地之歌》的赠词中所写的"赠东东"字样所标明的。第四组形象——"那些人",所对话的主体较为模糊,或者说较为广泛,但在这广泛的群体中,也有一个当代诗人的形象,就像诗中所写的:"那些把诗写得和报纸一模一样的人，并咬定／那才是真实，咬定讽刺就是讽刺别人／而不是抓自己开心，因而抱紧一种倾斜／几张嘴凑到一起就说同行的坏话的人。"

《大地之歌》中四组形象和四个对话者的交织回旋，再加上与之相匹配的四种乐器的结构性连缀，比如"长笛""双簧管""号音""大提琴"，使得这首长诗极为精妙、丰富、恢宏，但也非常晦涩和复杂，几乎难以清晰地解读。自新诗以来的众多经典长诗中，还很难找到一部作品，在结构上能与张枣的《大地之歌》相匹配。《大地之歌》在张枣所有作品中也是我最为喜欢的，我对这首长诗的阅读有十几遍之多，但自认为无法充当这首诗的最好的诠释者，一方面是因为我思考的诗歌路向和张枣不同，另一方面是因为张枣在德语或英语中的阅读对我来说，是完全陌生的，这使得我无法全面把握他诗歌写作中的核心环节，所以，对《大地之歌》的阅读，我主要是围绕"鹤"这组形象来展开。

二

逆着鹤的方向飞，当十几架美军隐形轰炸机
　　偷偷潜回赤道上的母舰，有人

心如暮鼓。
　　　　而你呢，你枯坐在这片林子里想了
　　一整天，你要试试心的浩渺到底有无极限。

何为"鹤"？为何"逆着鹤的方向飞"？《大地之歌》第一句中出现的"鹤"，因为这语义丛生的悖论式句法而恍惚莫测。

我无从知道，张枣在多大的意义上认同史蒂文斯对诗歌的表述：诗是生活的最高虚构。诗中这恍惚莫测的"鹤"，和这个表述其实并不完全相符，但是我想，张枣一定会同意这个表述背后的观念，即"诗是通过词语表达的词语启示录"[1]。因此，我想说的是，张枣的"鹤"并不是再现，而是启示，它和我们熟知的传统文化中的"驾鹤西游""梅妻鹤子""白鹤展翅"等"鹤"的意象没有直接性的对应或再现关系，就像里尔克的《杜伊诺哀歌》的"天使"，虽然是以《圣经》中的"天使"为蓝本，但在《哀歌》中脱颖而出的"天使"形象与蓝本中的并无直接性的关系，而是在"天使的阵营中"增添了一个新的形象，"正如诗人在其被多次援引的信中向于勒维所解释的，它与《圣经》的观念不再相干；确切地讲，它是整个近代演变史的证人，在这场演变中，世界脱离了上帝的启示"[2]，张枣的"鹤"与里尔克"天使"即在这种同构的意义上构成了对话。

那么，如何理解这做见证的"鹤"？它是如何从古典的情境中脱颖而出的？对于这个启示性的而不是再现现实的意象而言，任何寻求精确、准确的回答，都会犯下武断的错误。我们试着从这样一条线索给予最基本的理解，在张枣所有谈论诗歌的文字中，有一行文字应该得到格外的关注，这就是他在《〈野草〉讲义》中，对鲁迅《一觉》中的一个句子的阅读。他对其几乎是毫无保留地大加赞赏，而只要细心体会，就会发现张枣的赞赏其实是为自己的诗歌做的一个脚注，所以我们要将这个句子和张枣《祖母》中第一节对照来读：

缥缈的花园中，奇花盛开着，红颜的静女正在超然无事地逍遥，鹤唉一声，白云郁然而起……这自然是使人神往的罢，然而我总记得我活在人间。[3]

"逍遥，鹤唉一声，白云郁然而起"，太漂亮了，文字天才，只有鲁迅能写出来，第二个人写不出来。[4]

---

(1) 史蒂文斯：《必要的天使》，见《文学批评理论——从柏拉图到现在》（[英]拉曼·塞尔登著，刘象愚、陈永国等译），北京大学出版社，2000年版，第35页。
(2) 瓜尔蒂尼：《〈杜伊诺哀歌〉中的天使概念》，见刘小枫选编《〈杜伊诺哀歌〉中的天使》（林克译），华东师范大学出版社，2005年版，第213页。
(3) 见《鲁迅全集·第一卷》，新疆人民出版社，1985年版，第266页。
(4) 见《张枣随笔选》，人民文学出版社，2012年版，第150页。

她的清晨，我在西边正憋着午夜。
她起床，叠好被子，去堤岸练仙鹤拳。
迷雾的翅膀激荡，河像一根傲骨
于冰封中收敛起一切不可见的仪典。
"空"，她冲天一唤，"而不止是
肉身，贯满了这些姿势"；她蓦地收功，
原型般凝定于一点，一个被发明的中心。
————张枣《祖母》

我所引用的第一个段落是鲁迅《一觉》中的原文，我们可以很清楚地看到，这里面设置了两个平行的世界，一个是"奇境"一般的逍遥的世界，另一个是充满"流血和隐痛的魂灵"的现实人间。两个世界遵循着不同的法则，对于鲁迅而言，"奇境"的世界不过是在偶然一瞥中，所看到的古典世界的"幻美之境"，但这个"幻美之境"却只是古典世界的残余物，或者说剩余物，它碎片一样地镶嵌在我们的现实里，虽然偶尔能够发出使人神往的光亮，虽然在这光亮里，我们可以看到正义的比例是多么完美地被分配，但终究是幻觉；现实人间则是另一个法则所支配的，它黑暗、倾斜、粗暴、"鲜血淋漓"，它需要被改造，它应该符合正义的比例，它应该有合理的制度性安排，而这一切是如此的迫不及待，是如此的为时已晚，因为这一切都发生在此时此刻的当下，作为"历史中间物"的这个当下，连接着过去和未来，如果我们不能整顿好这个当下，过去和未来都不能在此时此刻到场，所以，我们要批判它，要惩恶扬善，但不是依据古典世界的"幻美之境"，而是现实分配的利益法则。这两个相互映照的世界，自新诗诞生以来，就内化为其语言的秘密根茎，成为新诗发展的动力，我们的新诗史上有太多的互相反对的吵吵闹闹，而不是严肃的对话，更多时候是这两个世界之间浅薄的反对。

在张枣身上，不存在这种分裂式的冲突，他出色地和解了新诗中这种分裂，这种和解在于张枣将古典世界的"绝对时间"和现代世界的"推论性时间"成功地嫁接在一起。我们看第二段引文，张枣所赞叹的是鲁迅呈现出来的，作为古典剩余物的"幻美之境"。他还做了一点点的改写，把这段文字变成纯粹的"奇境"。"逍遥，鹤唳一声，白云郁然而起"，在这个句子中，主语消失了，"人间"也消失了，事物在神秘的氛围中辉光流转，正是这个改写，使得这个句子发生了位移，而把古典剩余物的碎片，变成了一面我们可以照见自己的镜子，"鹤"才从古典的情境中脱颖而出，"鹤"就是那样一面镜子，只有在观照中才发生，它从"幻美之境"起飞，就像张枣咒语一般的诗句，"飞呀，鹤"，它所召唤的正是这种"观照"，这"召唤"的潜台词则是，"看吧，奇境"，在这"奇境"当中，"不只是这与那，而是／一切跟一切都相关"。因此，我读张枣的诗，时常会想到阿什贝利《凸面镜中的自画像》中的情境，在那面凸面镜中，一切事物都被重新发明，重新关联，也可以说，张枣1984年的诗作《镜中》即开启了这样一面镜子，他之后二十多年的写作，所描绘的大多是这"镜中之物"，就像米沃什所说："未来永远是通过一面镜子被昏暗地看到的"[1]。我们立刻就可以想到，作为诗人的张枣与作为画家的帕米加尼诺是如此相像，"他将自己／最完美的技艺倾心描画镜中所见"[2]。

而鲁迅笔下的另一个世界，则被"幻美之境"所收编，被重新发明和重新关联。在张枣的《祖母》第一节，他所写的是祖母在清晨的河岸练习仙鹤拳，这原本是我们在日常生活场景中熟知的一部分，而在诗句中，"鹤"再一次降临，练拳的祖母变成了一只鹤，她——鹤般"冲天一唳"，置身于"一个被发明的中心"。这只降临的"鹤"，不过是仙鹤拳中残留的古典剩余物之碎片的回光返照，但是可以改变我们所处身的"现实人间"。

《大地之歌》第一句中"鹤"的形象，与"十几架美军隐形轰炸机"之间的对照，即是"幻美之境"和"现实人间"的互相诠释，在"鹤"的奇境中，"隐形轰炸机"，不过是"鹤"在现代世界中的异形，只有"逆着鹤的方向飞"，才可以看到。

---

(1) ［波］切斯瓦夫·米沃什：《诗的见证》（黄灿然译），广西师范大学出版社，2011年版，第139页。
(2) ［美］阿什贝利：《凸面镜中的自画像》（叶美译），刊于民刊《剃须刀》2008年春夏季号。

三

人是戏剧，人不是单个
有什么总在穿插，联结，总想戳破空虚，并且
仿佛在人之外，渺不可见，像
   鹤……

但是，"鹤"的意义并不仅限于此，它在张枣的诗歌中扮演着诗歌模型的角色，这意味着，在"鹤"的身上隐藏着诗人的整个世界观，因而这节诗中出现的"鹤"，被陡然放大，"渺不可见"。我们知道，任何一个一流的诗人，都会在自己的写作中找到一个与世界相对应的诗歌模型，在这个模型里，诗人获得了"一个全面的、堪称正确的视角，以观察世界和人对世界的安排"[1]。也就是说，张枣在从古典的碎片中，重新"发明鹤"的同时，也"发明"了"鹤的内心"，一个属于他自己的古典—现代世界观。在这一点上，张枣与写作《华夏集》时的庞德在同一条道路上，但要比庞德走得远得多。两人所做的工作，有一点非常一致，就是把古典诗歌中的"过去时态"变成此刻正在发生的"现在时态"，而促成这种改变的发生，除了要为"原作"重新赋予一个现代抒情主人公外，还要为其添加新的价值编码。我们以庞德对李白《侍从宜春苑奉诏赋龙池柳色初青》后两节的翻译与张枣对《何人斯》第一节的改写为例[2]：

始向蓬莱看舞鹤，还过茝若听新莺。
新莺飞绕上林苑，愿入箫韶杂凤笙。
   ——《侍从宜春苑奉诏赋龙池柳色初青》

他走向蓬莱池，去看仙鹤振翅，
他经茝石归来，为的是倾听新莺的鸣唱，

---

[1]　[美]朗佩特：《尼采的使命》（李致远、李小均译），华夏出版社，2009版，第1页。
[2]　关于庞德对这首诗的翻译和解释，见艾略特《批评批评家》（李赋宁、杨自伍等译），上海译文出版社，2012年版，第237页。

上林苑的花园已遍布新莺,
它们的生息与这箫声相融。
　　　　——庞德《江中吟》

彼何人斯?
其心孔艰。
胡逝我梁,
不入我门?
伊谁云从?
维暴之云。
　　　　——《诗经·何人斯》

究竟那是什么人?在外面的声音
　　只可能在外面。你的心地幽深莫测
　　青苔的井边有棵铁树,进了门
为何你不来找我,只是溜向
　　悬满干鱼的木梁下,我们曾经
　　一同结网,你钟爱过跟水波说话的我
　　你此刻追踪的是什么?
为何对我如此暴虐
　　　　——张枣《何人斯》

　　庞德的翻译基本上是忠实于原作的,他只是在诗歌中增添了一个"他"的形象,便改变了我们进入这首诗的通道,我们很容易受到庞德的暗示,将这个"他"读成一个现代人——他生活在充满现代景观的都市中,也忍受着景观中的嘈杂和虚无,但他的选择是,穿过城市的重峦叠嶂走向蓬莱池,看遗世独立的仙鹤振翅,而后从苨若归来,只是为了倾听新莺的鸣唱,因此,我们也很容易把李白的这首诗读成一首现代诗。庞德的成功之处在于为这首诗增添了现代英诗的句法和一个新的抒情主人公。

　　而张枣的改写只是保留了原诗的场景,其余全部被偷偷替换,专业的读者一眼就可以看出，张枣是用德语中的里尔克的句法，重新诠释了这首诗，重点是为这首诗重新塑造一个"存在论"的地基。"究竟那是什么人？在外面的声音／只可能在外面。你的心地幽深莫测"，这两句是这节诗的主题句，而这个主题也是里尔克的最重要的主题之一，即一个绝望的现代人，对那个圆满的、自足的、不受现代世界法则支配的爱者或天使的倾听。我们来看里尔克是怎样书写这个主题的，比如："那些时日，我曾是怎样一个人，／什么也没呼唤过，什么也没把我泄露"[1]（《钟情人》）；"你来了又走。大门／悄然关闭，文风不动。／你是一切中最悄静的，／穿过了悄静的房屋"（《关于僧侣的生活》）；"但是，在明亮的出口前面，远得看不清，／站着一个什么人，他的面貌／不可辨认"（《俄尔甫斯·欧律狄刻·赫尔墨斯》）；"那现实可能明天来，今天晚间／来，也许来了，只是人们把它藏匿"（《钢琴练习》）。在这种对照性阅读中，可以看到张枣和里尔克是重合的。

张枣为《何人斯》确立的"存在论"地基，距离《大地之歌》并不遥远，《何人斯》中的"幽深莫测"的心与《大地之歌》中的"鹤"也极为相似，那么我们要从这首改写的《何人斯》，尤其是其中的"存在论"角度，来阅读《大地之歌》的这一节诗。

"人是戏剧，人不是单个"，这一句容易让人想起约翰·邓恩的《每个人都不是一座孤岛》，但张枣的重点是"戏剧"这个词，它的第一层意思是人和所有事物都相关联，另外一层则是，戏剧性的，总会有出人意料，不在意料之中的事物出现，也就是说，在这些关联中，既有那些可见的布景和舞台，也有不可见的光线和匿名的"什么人"，就像《何人斯》中所写。柏桦在《左边——毛泽东时代的抒情诗人》一书中，曾提及张枣早期的诗歌观念，他说，张枣那时谈得最多的是："诗歌中的场景（情景交融），戏剧化（故事化），语言的锤炼，一首诗微妙的底蕴以及一首诗普遍的真理性。"[2] 今天看来，这个观念差不多

---

(1) 文中所引用的里尔克诗歌，均来自《里尔克诗选》（绿原译），人民文学出版社，1996年版。

(2) 柏桦：《左边——毛泽东时代的抒情诗人》，江苏文艺出版社，2009年版，第114—115页。

可以为他的全部诗歌做脚注,他的诗歌都是在这个结构里完成的,其中"一首诗微妙的底蕴以及一首诗普遍的真理性",构成了他诗歌写作"存在论"的那部分。第二句的出现,"有什么总在穿插,联结,总想戳破空虚",就承担了这个"存在论"的功能,它是对"幻美之境"中的"浩渺之物"的倾听,同里尔克一样,这个"浩渺之物"也是圆满的、自足的,不受现代世界法则支配的爱者,这里出现的"鹤"只不过是对它的指认和代称,相对于郁闷、苦闷、空虚、平庸的现代人来说,"鹤","仿佛在人之外",它藐视动物性的人道主义和激进的人本主义所持有的一切,它是"上帝之死"所留下的空白位置的守护者,"浩渺之物"也就是这个空白位置升起的"乌托邦"。

所以,"鹤"相当于一个拯救者的角色,它要将此时此刻的"现实人间"变为"来世"。那么,"鹤"的存在论意义,就在于"来世"——一个借助"鹤之眼"在当下挖掘出来的"浩渺之物"。张枣早期有一首诗叫作《蝴蝶》,其中一句写道:"灯光下普照的一切都像来世。"熟悉张枣诗作的读者,会发现诗人是多么看重和贪恋这句诗,在20世纪90年代写作的《护身符》《孤独的猫眼之歌》这两首诗中,这句诗几乎原封不动地被重写:"灯泡,它阿谀世上的黑暗/灯的普照下,一切恍若来世"(《护身符》),"灯的普照下一切都像来世/呵气的神呵,这里已经是来世/到处摸不到灰尘"(《孤独的猫眼之歌》),两句诗歌中都有着反讽的态度,指认出此刻的荒谬。而在其他的诗作,比如《梁山伯与祝英台》中,这句诗被改写为:"她感到他像图画,镶在来世中。"再比如《猖狂的一杯水》:"被这蓝色角落轻轻牵扯的/来世,它伺者般端着我们。""来世"作为诗句中的构成性力量,它并非指那个将来的世界,而是描述在此时此刻绽出的"来世"时间,"幻美之境"在此刻为昏暗的现实描画蓝图。

"来世",有时可以他的另外一个关键词通用——"浩渺"。这个词以及其变形,我们可以在张枣的诗句中找到很多,比如"邈远""邈然""悠远""悠悠""遥远""浩茫""天边""远方""幻象""樱桃之远""渺不可见""万里外一间空电话亭""乌托邦"等,这些词语在张枣全部诗作中出现的频率之高,几乎可以用密集来形容,而"鹤"正是这些词语的代理人或者说现实形象。套用瓜尔蒂尼对里尔克的分析,我们也可以说，张枣的"鹤"的形象，如同荷尔德林的"众神"和里尔克的"天使"一样，是从古典世界残存的"幻美之境"吸取的一种内在性，"凭借这种气质，它以冷漠的庄严与地球的俗物相对峙"[1]，以宇宙的整体去感觉。而"那些人"作为来世与鹤的对立面，作为地球俗物的代表，将作为拯救者的鹤赋予了一种神圣的色彩，鹤也因此是张枣诗中的最高位格。

四

在这一处，我们也能立即看到特朗斯特罗姆对张枣的影响。我在张枣的很多诗句中都能读出特朗斯特罗姆的影子，但都没有《大地之歌》明显。《大地之歌》与特朗斯特罗姆的长诗《舒伯特》，不仅具有结构上的相似性，而且在主题和修辞上也非常相近，我们也因此可以说张枣的前期写作是属于里尔克的阵营，而后期则属于特朗斯特罗姆的阵营。正如特朗斯特罗姆的英译者罗宾·弗尔顿所指出的那样，特朗斯特罗姆的诗歌中有很强烈的宗教感，但往往被误认为是一种神秘主义的东西。张枣后期诗歌越来越强烈的幻觉气质，其实也带有一种近似宗教的乌托邦立场。

> 那些嫉妒地睨视行为者的人，那些因自己不是凶手而鄙视自己的人
> 他们在这里会感到陌生
> 那些买卖人命、以为谁都可以用钱购买的人，他们在这里会感到陌生
> 这不是他们的音乐。
> ——特朗斯特罗姆《舒伯特》（李笠译）

> 那些决不相信三只茶壶没装水也盛着空之饱满的人，
> 也看不出室内的空间不管如何摆设也
> 去不掉一个隐藏着的蠕动的疑问号；

---

[1] 瓜尔蒂尼：《〈杜伊诺哀歌〉中的天使概念》，见刘小枫选编《〈杜伊诺哀歌〉中的天使》（林克译），华东师范大学出版社，2005年版，第224页。

那些从不赞美的人，从不宽宏的人，从不发难的人；
那些对云朵模特儿的扭伤漠不关心的人；
那些一辈子没说过也没喊过"特赦"这个词的人；
那些否认对话是为孩子和环境种植绿树的人；
他们同样都不相信：这只笛子，这只给全城血库
供电的笛子，它就是未来的关键。
一切都得仰仗它。
　　　　——《大地之歌》

对于熟悉《圣经》的读者来说，会一眼就看出特朗斯特罗姆和张枣的这两段诗中所带有的救赎气质，这气质中的审判口吻和救世的企图，都被交付给了音乐，或者说音乐所指引的那个"虚无"，诗人都在以庄严的面目说话，而"那些人"也因此被判定为亵渎者，这是一次关于信仰的较量。那些通过舒伯特的眼光和鹤之眼所看到和瞄准的人和通过上帝之眼所看到的一样，因此，"鹤"是位于上帝之眼中的"绝对时间"。如果我们将特朗斯特罗姆和张枣的这两段诗与《以赛亚书》中的段落相比较，这一切都会一清二楚，也会清楚这种结构与指示的相似性，绝不是偶然出现的，而是刻意的结果。

5：11 祸哉，那些清早起来，追求浓酒，留连到夜深，甚至因酒发烧的人。
5：12 他们在筵席上弹琴，鼓瑟，击鼓，吹笛，饮酒，却不顾念耶和华的作为，也不留心他手所做的。
5：18 祸哉，那些以虚假之细绳牵罪孽的人，他们又像以套绳拉罪恶。
5：19 说，任他急速行，赶快成就他的作为，使我们看看。任以色列圣者所谋划的临近成就，使我们知道。
5：20 祸哉，那些称恶为善，称善为恶，以暗为光，以光为暗，以苦为甜，以甜为苦的人。
5：21 祸哉，那些自以为有智慧，自看为通达的人。
5：22 祸哉，那些勇于饮酒，以能力调浓酒的人。

5:23 他们因受贿赂，就称恶人为义，将义人的义夺去。

特朗斯特罗姆和张枣的诗句中也都刻意地隐去了上帝之名，或者说只是保留了上帝的这一功能性概念，而非原有的实体性概念，以待"将来之神"。因此，我们可以认定，鹤、来世、奇境、浩渺作为《大地之歌》的中轴线，所构建的是一种崭新的乌托邦诗学，而所谓的乌托邦"是从未被言说之物，从未'提上议事日程'之事，总是被压抑在各种秩序的同一性中，即政治和历史的同一性，逻辑和辩证的同一性。乌托邦也是萦绕这些秩序之物，以无可召回的方式穿越它们，将其逼向一种理性的竞价"[1]。在某种意义上，乌托邦诗学也是对诗歌最准确的定义。

在我看来，"鹤"正是以这样一种拯救者的姿态和立场，连贯起整部《大地之歌》，通过"鹤"这组形象，我们才能更好地理解其他几组想象的含义，也才能更好地看清张枣的诗歌抱负和成绩。艾略特在《德莱顿》一文中曾写道："德莱顿仍然是为英诗树立标准的诗人之一，忽视这些标准将是十分危险的。"[2]这个判断句之所以有趣，是因为它传达了一个文学的普遍准则，即每种文学语言当中，都会有自己的文学立法者，后来的文学都要经受它的考验。在现代汉语诗歌这一文学系统当中，假如要列出这样一份立法者的名单，则必然会饱受争议和攻击，即使这样的事情还没有发生，但我们已经可以想象这个局面了。当代诗人的写作和对诗歌的判断、评价，基本上是参照两条线索：一是陶渊明、杜甫、李商隐、黄山谷、姜白石等这样一条古典诗的线索，另一则是从波德莱尔到阿什贝利这样一条西方现代诗的线索，几乎没有人会以新诗史上的诗人为榜样，也不愿将自己的作品放到这些诗人的标准之下去衡量。我个人认为，即使从现在看，张枣也可以出现在这份立法者的名单上，他的写作为我们展现了现代汉语诗歌中罕见的综合能力和原创性，而这些需要我们在认真对待他的作品时，才可以理解。■

(1) ［法］波德里亚：《乌托邦被打发了》，见《游戏与警察》（张新木、孟婕译），南京大学出版社，2013年版。
(2) ［英］T.S.艾略特：《德莱顿》（李赋宁译），见陆建德主编《现代教育和古典文学》，上海译文出版社，2012年版，第61页。

化欧化古的当代汉语诗艺　张枣研究集

第三辑

化欧化古的当代汉语诗艺　张枣研究集

人们都在谈论诗歌受到的危害,在中国,甚至谈到了"诗歌的危机"。真的,到了 20 世纪,诗歌,这所有文化中人类精神史的发轫者,似乎走到了末日,政治与媒体看好的只是大众,而大众并不需要诗歌,于是,诗歌艺术这一门类便由于内在的美学原因走向了边缘,站在自绝于人的悬崖上。但更令人吃惊的却是:在 21 世纪来临之际,诗人并未死绝,而且,尽管现代诗高蹈晦涩,复杂难懂,读者乃至倾听者,仍有人在。甚至中国现代诗也是这样,只是似乎出现了一个重心的转移:读者和倾听者与其说在中国,还不如说在国外,对中文诗关注的人与其说是中国人,还不如说是洋人。为何?因为西方至少知道资本主义仅仅只是生活的一半,而在中国,市场经济作为生活方式刚刚被允许,人们不想知道那另一半是什么。现代诗,或准确地说当代诗,正是这诘问的表达,备受国际瞩目的中国诗人也正是置身在诘问与批评者的行列中。在这情形中,我们也可以观察到一个从民族重要性向国际重要性转移的奇迹。

一

中国文学在近代开始前(11 世纪)一直以诗歌艺术为主,直到中

综合的心智——张枣诗集《春秋来信》译后记※ ——————— 顾彬

※《春秋来信》(*Briefe aus der Zeit*),德国 Heidcrhoff 出版社 1999 年 7 月出版,原著者张枣,译者为笔者顾彬(Wolfgang Kubin)。中文版《春秋来信》1998 年 3 月由北京文化艺术出版社出版,本文所指页码是中文版页码。译文篇目是诗人亲自选定的,笔者在文学期刊发表的许多旧译也一并编入了这本集子。张枣作品其他的德文译文请参阅 Susanne Gocsse 女士首译的两部选集:*Die Glasfabrik*(1993 年)和 *Chi nesisehe Akroballk—Harte Srucle*(1995 年)。原载于《当代国际诗坛》2011 年第 5 期。

世纪结束之际（10世纪）其他新的文类才走向舞台。然而，诗歌作为中国精神最精致优雅的体现，直到现代的最终出现即1919年的五四运动才正式解体。小说与戏剧成了批评与辨析中国的更受偏爱的文类。诗的引退原因颇多，从语言形式和内容上讲，要完成从古典到现代的过渡实不容易。1979年后的新诗承接了欧洲艺术的晦涩主义而与其他文类体裁成功地走向变革。同时，新诗在国际上获得的重要性又使当代中国文学其他的类别大为逊色。

海外人士谈论中国当代文学，首先谈到的是朦胧诗的北岛、顾城、杨炼、舒婷和多多等，以及后朦胧诗的张枣、欧阳江河和王家新等，将这些诗人分成两拨当然是很有问题的，不过这样倒是方便，可以帮助我们澄清一些区别。粗说起来，朦胧诗有政治色彩，其对象过去常常是而且仍然是历史即中国历史，但其声音更多是要求变革的一代新人的而不是个体的。怪不得一位评论家曾讥讽道：朦胧诗的真正读者是中国历史。朦胧诗的政治色彩在1983—1984年也遇到政治上的反馈，虽然它在海外续存下来，其最重要代表的作品已有很大改变，后朦胧诗的诞生以及对时势和意识形态的远离不仅有外在的社会的而且还有内蕴的美学缘由。对朦胧诗进行纯诗艺批判的后朦胧诗人关注的是文学的自主和书写的独立、诗艺的语言化和个体的不可混淆的鲜明。

二

中国当代文学，尤其是诗歌艺术，自20世纪80年代末以来越来越四分五裂了。许多优秀诗人，以朦胧诗人为主，也有部分后朦胧诗人移居到海外。批评家随意动用的一些观念常常很难描述中国文化场景的复杂，绝大多数旅居海外的诗人可以自由往返于中西之间，常常回国与出版者见面，商谈出书事宜，观望找工作的可能，同时也乐于把海外当作新家园，如此获得的美学自治使诗歌回归到语言。此处必不可少的前提是与外来文化和语种的相遇，张枣是最好的案例。他是中文里唯一一位多语种的名诗人，他不仅可以用多种语言交流，也阅读和翻译俄语、英语、法语和德语的文学。因而对他而言，用汉语写作必定意味着去与非汉语文化和语言进行辨析，这类辨析直接作用于他的诗歌构图形式和结构。

张枣1986年赴德留学。他出生于湖南长沙，至硕士的教育是在长沙和重庆获得的。他在四川，这当代诗的重镇，一举成名，被视为"四川五君"之一（其他四位是翟永明、欧阳江河、钟鸣和柏桦）。目前，他和他家室的居地是图宾根，一个极度幸运的诗歌之地，这当然是因为他十分偏爱荷尔德林，读他的原著，并基于原文向中文读者传递出反应。对德国和中国文化双方而言，有了张枣，可谓是一桩大幸事，可惜太稀有。

三

与原文相遇就是与语言相遇，与语言相遇即意味着交流或有意识的交流的可能。虽说所有的言谈和书写最终都是交谈的尝试，但并不一定就会导向那孜孜以求的尤其是平等的对话。对话形式正是张枣作品的一个重要特色。如下几则对话因素是显而易见的：诗人与家谱（《云》，第133—140页）、生者与死者（《死囚与道路》，第131—132页）、现在与往昔（《楚王梦雨》，第54—55页）、东方与西方（《祖母》，第143—145页）。由此可见，张枣是自传性的诗人，同时又是诗人中的诗人，在两种情境中他都是一个内化记忆或追忆的诗人。

张枣的读者殊不容易，无论是他原文的还是他译文的读者，无论是他中文的还是德文的读者，他们所面临的难度是同等的。将诗与政治和时势割断，使语言得以回缩。如何来理解这点呢？在当代中国，一些写作常常是大而无当、夸张胡来，而张枣却置身汉语悠长的古典传统中，以简洁作为艺术之本。没有谁比他更一贯、更系统地实践着对简明精确的回归，因此他把语言限定到最少：我们既不能期待读到传统意义上的鸿篇巨制，也不会遇到自鸣得意的不受传统语境制约的脱缰的诗流。我们看到的是那被克制的局部，即每个单独的词，不是可预测的词，而是看上去陌生化了的词，其陌生化效应不是随着文本的递进而消减反而是加深。这些初看似乎是随意排列的生词，其隐秘的统一只有对最耐心的读者才显现。论者常看好他大师般的转换手法、声调的凝重逼迫、语气的温柔清晰和在译文中无奈被丢失的文言古趣与现代口语的交相辉映。张枣爱谈及如何使德语的深沉与汉语的明丽及甜美相调和，他谈到对外来形式和语种化用时实际上涉及的是元诗原理，比如用莎士比亚商赖体来创作与一个俄国女诗人茨维塔伊娃的对话（参见《跟茨维塔伊娃的对话》，第106—177页）。正是在这一诗人与诗人交谈层面上，他拓展了普遍性，而我们也学会如何把他的"我"解读成一个诗学面具。

张枣似的诗学实践暗含着对在中国影响极大的现代主义的摈弃和对朦胧诗的远离，它是对汉语之诗的回归。就一个如此通晓外来语文和形式的诗人而论，这初听上去似乎很吊诡，不过这表面的矛盾可以通过这样的释读来化解：自1919年到1979年，中国现代诗一直在寻求如何确立自身。保守地说，语言、形式和内容很少达到全面的融合，除了少数例外，中国现代诗曾一直处于试验阶段，只有朦胧诗和后朦胧诗才成功地完成了它。然而，当朦胧诗的意象世界和语汇选择至今还依赖西方和中国早期现代主义，并且还承担政治和社会的角色时，它就还不能把自身理解成纯语言或者纯汉语。不少批评家认定张枣的作品体现了现代汉诗即纯诗的完善，我在这里不想深谈这一论点的正确性，只想就翻译和解读的难度再说几句。

张枣是一个自得其乐的南方人，他运用的汉语不是他的译者们在中国或海外的高校里所能学到的，不是课堂中文或标准语或普通话，他作为诗人的自由甚至扩大到对京腔规定的语言秩序不屑一顾。通晓中文的、觉得有必要对照浏览原文和译文的读者，常会感到惊奇，这不仅是因为每种译文都是一种解释，还因为多次被问询的诗人总是不厌其烦地提供了阐读的可能。我妻子张穗子也帮助了我，她常常是标准语的捍卫者，她跟我一起吃了这些文本不少的苦头。译者尽管得到了各种可能的帮助，尽管想作为探路者试图穿过这新奇语言的丛林，却不得不承认其困难：真的，在译者漫长的中国文学翻译生涯中，这是最难的一次。因此，译者在这儿很想化用和补充评论界评述张枣的一句话：与其说张枣是20世纪中国最好的诗人之一，我更想说张枣是

20世纪最深奥的诗人。就难度而言,恐怕只有他的同行杨炼可以相比。善意的读者尽可放心:译者可能的失败会起抛砖引玉的作用,为更多各种译本和阐读的出现开启新的可能。■

化欧化古的当代汉语诗艺　张枣研究集

一

来到伦敦将近三个月了，临行前，张枣跟我说："快点去吧，伦敦很好玩，伦敦就是一座红色的迷宫。"这句话特别让我振奋，因为准备出国手续过于漫长和烦琐，我对到伦敦来的期望已经兴味索然，加上人到中年再漂洋过海，出国访学变成了我的一个负担。但是，张枣这句对伦敦的描述，立刻重燃了我对伦敦的热情。因为我对伦敦的认识确实是从红色开始的，从北京奥运会闭幕式上那辆红色的双层大巴，到伦敦街头无所不在的红色电话亭，伦敦的红色像跳动的火焰。张枣是诗人，到了伦敦之后我不得不惊叹，他这听起来如诗歌般梦幻的句子，在我看来是对伦敦最经典的描述。三个月来，我惊叹并陶醉于伦敦的红色，的确，从往昔到今天，伦敦漫长的历史和文化交织在了红色的迷宫中。

一直想有机会告诉张枣我对伦敦的这种感受，但是这个机会永远没有了。昨天傍晚，我正在急匆匆地赶往 Russell Suqare 地铁站，去接一个到伦敦来的朋友，突然接到一个电话告诉我张枣已经去了。这消息让我猝不及防，我在街边站了一会儿，看着红色的巴士一辆接一辆在眼前飞驰而过，不远处的 Russell Square 地铁站也是红色的，红色的迷宫充满了生机，张枣却已经走了。"伦敦，红色的迷宫"，是我听到

"伦敦，一座红色的迷宫"——纪念张枣※　　　　　　　　　　刘淑玲

※ 原载于《文汇报》2010 年 3 月 28 日。

的张枣留在这世间的最后一句话。第二天他就被确诊为癌症，飞回德国。如果病中的张枣不再作诗，那么，这也应该是他留给这个世界的最后一行诗。我愿意用他这句诗编成一个红色的花环，呈在他的墓前。

二

第一次见到张枣是在2006年，那时他决定回国到我们教研室任教。我对他的了解只有那首在大学时代读过的诗句："只要想起一生中后悔的事，梅花便落了下来。"（张枣《镜中》）20世纪80年代初期在年轻人心中犹如诗歌圣经般的《青年诗选》中好像就选有这首诗。所以这个名字我早已熟悉。那时我们正准备引进一个学术带头人，张枣就成了我们教研室的海外引进人才。张枣到北京来的三年，也是我们最忙碌的三年，本科教学评估让所有人都已经焦头烂额。有一段时间，我特别烦张枣，我觉得引进他这个人才，不但没有让我们的工作变得轻松，反而添了很多乱。他使我一度坚信，也许诗人，尤其是像他这样有流浪情怀的诗人，真的不适合在中国的高校里任教。

学校要求教授要给本科生上课，他却总是给我打电话说："淑玲妹妹，我能不能只上研究生的课呀？别给我排本科生的课了吧？"这时，我就又气又无奈，总觉得他在捣乱。有一次，研究生面试结束之后，他一本正经地问我们："为什么这些学生总是说'现代文学30年'，30年是什么意思？他们为什么不说40年、50年？"听了这话，我就知道，完了，真的不能给他排本科生的课了，学生要统考，他真的没法按照我们的统考教材给学生上课。否则，学生考试怎么办？后来学院出了个好主意：让张枣给本科生开双语教学课。张枣特别高兴，他开设的课程叫作《英语文学与中国现代文学》。这课一开，他就拥有了一大堆"粉丝"，学生们还给他取了昵称，叫他"阿枣"。上课成功了，但是出题又遇到了麻烦。学校要求严格按照考试模板出题，这对张枣是一大难题，他无论如何也无法完成这项工作。有一天，下午就要交试卷了，他早晨打电话给我，说他怎么也弄不好那卷子，要传给我帮他修改，我只好赶紧跑到教研室的电脑前等着他的卷子。我以为只是格式问题，应该很快就会弄好。但是拿到他的卷子我却傻眼了，只有卷子，没有答题要点和评分标准。他也急了，赶紧补做。然后校对、修改，一遍又一遍。如果说诗人都对数字不敏感，那么张枣堪称诗人之最。到下午3点，忙碌了大半天的张枣已经饥肠辘辘。我对电话那头的他说，你去吃饭，我帮你校对最后一遍。文字都没问题了，可是我突然发现他出了三道大题，每题30分，明摆着加起来90分，可是他却白纸黑字地写上总分100。我跟他说：你再匀匀，看看哪题应该分值多点，加在一起得够100分呀。张枣很愧疚地赶紧去修改，改过的分数我一看，这回是一道35，一道32，一道34，加起来又101分了。卷子改好的时候，已经是下午6点钟了。那天离开教研室的时候，我突然特别烦躁，我在心里想，真该好好写你的诗去，别在这儿添乱。

三

张枣离去了，我坐在伦敦街头宁静的街心花园里，看着脚边自由自在地觅食的鸽子和清新的草地，这些往事清晰地浮现出来。和以往的生活相隔了一个大洋，却像相隔了一个世纪。我突然意识到和张枣成为同事三年，却从没有认真地和他交谈过，我只是很烦他让我增加了很多无谓的工作量，没有心境似乎也没有时间去了解他。

张枣确诊前的一个月，一个研究生告诉我：张老师身体不舒服，他腰疼，打了出租来上课却下不来，几个学生把他拉出来的。我听了很是震撼，在我，绝不会有这样的毅力，而且我也不会有这样的精神，为了上课命都快不要了。我一直觉得他对待工作吊儿郎当的。这让我对张枣另眼相看。还有一次，就是我见他的最后一面，他拖着虚弱的身体刚刚从教室里出来。那天中午我忙着去办出国必备的银行卡，急急忙忙地走到学校西门，正好和张枣碰个正着，如果他不叫我，我真认不出他来。大概只有两个星期没和他见面，却完全变了一个人，那张饱满的有光泽的脸变得异常消瘦，以往衣着洒脱的他却穿了一件旧式长款羽绒服，慢慢地一步一挪地往前走。他说：我生病了，腰疼咳嗽，特别难受。我很想陪他吃顿饭，但是给我办卡的姑娘已经在西门等了。

他说:"没关系,我刚下课,吃碗桂林米粉就回去休息,以后再聊。"我只好匆匆地走了,我从来没想过他会得绝症,也从来没想过这就是最后一面。

那天晚上,我给他打了一个电话问候他的病情,这是我三年来给他打得最长的一次电话,谈话几次都被他剧烈的咳嗽打断,我劝他去休息,但他总说没关系。在谈话中,他反复地告诉我:伦敦很好,但你肯定会很寂寞,很孤独,在国外的生活是很寂寞的,一定要做好心理准备。也许正是因为这种难耐的孤独,张枣选择了回国。但是国内的生活对他也是一种折磨,没完没了的开会他就很难受,琐碎的程式也让他很烦躁,学校给他的宿舍他不住,大老远地住到望京去,可能也是一种逃避吧。

我到了伦敦,到了这个红色的迷宫里,却全然没有张枣所说的寂寞和孤独,只觉得心灵的宁静,浸泡在嘈杂、烦琐的生活中太久了,我反而享受这种宁静。张枣和我是同龄人,喧嚣的20世纪80年代使他成为诗人。为了保有心灵的自由和激情,他在二十多岁的时候就开始游荡欧洲,之后一直过着这种漂泊的生活。但读他的诗就会发现,其实这种长久的漂泊也是很痛苦的。《蝴蝶》《梁山伯与祝英台》《何人斯》……从他诗歌的命名就可以看出,对中国古典文化的眷恋不只是他的诗歌意象,更是一种激荡他创作的生命之水。即使他写《罗密欧与朱丽叶》,也是和故国相连的。和他同龄的我却被迫在无数的规训和惩罚中成长,张枣的浪漫和激情可能没有土壤来安放,所以他觉得孤独,以至决然地回来。而我曾有的浪漫和激情已经被无数的规训挤压成硬壳,没有了柔软的生命。所以,虽然是同龄人,这三年来,除了处理烦人的琐事,我从来没有想到要和张枣坐下来谈一谈。张枣的离去让我痛悔,失去了了解他的机会,也看到了自己灵魂的粗糙。敬文东对我说:"你说你不了解张枣,这不怪你。其实,我们所有人都彼此不了解,这是我们的悲哀。张枣诗歌的最大主题是'知音',他只为知音写作,就是看清了人世间心灵从不相通的亘古疾病。"

有了自由的心灵,却会有无根的孤独;踩着踏实的土壤,却会感到被禁锢的悲哀,这就是我们这代人的悲剧。

正像张枣所说的,伦敦是一个好地方,它给了我无数的震撼和启发。在伦敦的三个月，正是伦敦最寒冷而又阴郁的季节，但是，我的心境却是前所未有的辽阔，伦敦的红色暖化了伦敦的阴郁和潮湿，走在湿湿的石板路上，呼吸着清新的空气，我觉得身体里的那个硬壳正在慢慢褪去。感谢张枣，感谢他送给我一个"红色的迷宫"。

远处，教堂里的钟声响起，悠扬的歌声也随风飘来。相信天堂里的张枣不再孤独，他永远是学生们的"阿枣"。他生命的最后三年，我们骂他、爱他、陪伴他。

2010 年 3 月 13 日写于伦敦■

化欧化古的当代汉语诗艺　张枣研究集

作为活着的人、幸存者，我们有责任为那些已经绝无可能为我们写祭文的人写下我们的悼念，这没有别的理由，只是因为他们先于我们死去。许久以来，这已经构成了我存在的一部分。有时，我会疑心是否在印证韩愈（768—824）所言，他说对于年轻的逝者，我们应当直言其是非。

　　作为一位诗人，张枣是一个天才。然而，不幸的是，他并没有充分发挥他的天资，他沉溺于饮酒和林地漫游。我们因此结交，我们也因此分离。其中的理由如此简单，可以说是凡俗的：责任和女人。

　　1998年我们曾约定：我在德国翻译出版一部他的诗集；当然，他相应地在上海翻译并出版我的诗集。一年后，我与黑德浩夫出版社（Heiderhoff Publications）合作，出版了他的诗集《春秋来信》（*Briefe aus der Zeit*）。为了完成这个工作，我不得不将我的《中国古代诗歌史》的写作搁置数月。这项工作的成效斐然：此前从没有一位中国诗人的专集能够得到如此精美的印制，而且是用中德双语印刷。虽然这本书只售出数十册，它却使作者在2000年1月得到了著名的萨托鲁斯（Joachim Sartorius）在《世界》报纸上的高度赞美的评价，德国文学界的各项庆典聚会的邀请也向作者纷至沓来。

　　然而，我的诗集的中译本如何呢？绝无踪影，张枣只是以修改他人既有中文译稿的方式"翻译"了我的一首诗歌《博物馆咖啡屋》

(*Narrentrme*，2002）。这就是说，他所做的工作只是对一篇他不满意的中文译稿的加工。相反，他以种种理由为自己未履行承诺作辩解，包括称我的诗歌太难翻译等。难道他不是一个更加复杂的诗人吗？我翻译他的诗歌，即使没有遇到更大的挑战，会比他在我的诗歌中遇到的更小吗？另一方面，他不断给我打电话，反复邀请我到大连、东北去旅行，与一个"赞助人"见面，一切费用都由对方支付。然而，我不能接受在邀请中暗示赞助人或女人的做法。我有自己的人生信仰，对于我这样的加尔文主义者，钱财和谄媚又有什么用呢？正是他的这种"示好"的努力让我们疏远多年。

张枣只留给我们一部中文诗集和一部德文诗集，合计八十来首诗。对此，他很满意，因为胡戈（Hugo von Hofmannsthal，1874—1929）的作品总量也不过如此。然而，这两位年轻早逝的诗人都在其为人类创作的为数不多的遗产中留下了不朽的诗行。对于这位中国诗人，我们被诸如"椅子坐进冬天……"这样的诗句感动，而且刻骨铭心。

张枣是波恩的常客，既为大学讲课，也参加语言和文化之家（Haus der Sprache und Kultur）的诗歌朗诵会。我们总是，而且必然是满怀欢欣地分享他在图宾根大学的教学和博士论文研究中把伟大的德国诗人荷尔德林从象牙塔中带向中国之路所做的一切工作。"让人诗意地栖居……"这句由我钟爱的诗人所镌写的诗句，至今依然是中国诗人和书商的座右铭。例如，如果没有和张枣在荷尔德林之路相逢，欧阳江河也许不会成为今天我们所赞许的杰出诗人。

他留给我们的记忆是什么呢？当他在2000年3月，寄居在斯图加特的孤堡（Solitude Castle）中，作为一位阴郁的主人款待北岛、翟永明和我时，他打算买两瓶威士忌为晚餐助兴，他听我的劝说只买了一瓶。数年后，在2003年岁末，在波恩的语言和文化之家，他同享佩勒-索丝（Karin Hempel-Soos）、杨炼一道唱俄罗斯歌曲，歌声荡气回肠。那夜我们朗诵得很少，而歌唱却通宵达旦。第二天，即12月17日，为斯宾格勒（Tilman Spengler）的到来，麦安（Ann Mak）和朱德华帮助我在这座房子里做中国菜，甚至到此时，他们三人仍然在歌唱。

大约在德国生活20年后，张枣回到中国，先后在数所大学任教。尽管他有深厚的语言功底，却很少翻译。没有德语作品翻译，虽然他的德语和中文都非常精彩。唯一的例外是他对我为顾城（1956—1993）所写祭文的翻译，然而，这是一篇至今未能在中国大陆发表的译作。

他的生命是一种浪费吗？我们最后一次相遇是在2007年9月，在北京大学举办的一次中外诗人参与的朗诵会上。会后，他在回家的巴士上向我解释他的写作已经穷尽了，在他内心里已经没有值得表达的东西了。不过，他承诺翻译我的诗，只要我寄给他一些资料。我什么都没有寄给他，这不是因为我对他不再抱希望，而是因为我认为他更应当花时间处理他自己的事务。

张枣在2010年3月8日死于图宾根大学医院。他在上一年12月得知自己患肺癌，两个月后即离开北京，来到图宾根。图宾根如此美丽，是一个死亡的好归宿。既然他如此紧密地与荷尔德林之路相连，它是唯一适合他的"诗意地栖居"的地方。如果一个人才华横溢而终于失败，他就会在面对死亡的时候寻找一个更大的失败者作为例证，他在荷尔德林那里发现了这个失败者。我们或可因此嫉妒他。步其后尘，我们也将死去，相应地也许会更微不足道，当然，也不会有张枣来为我们写祭文。那么，用张枣的诗来说，尽管有的人挪动了"中间的椅子"，但是我们仍然将不得不在自己的椅子中"坐进冬天"。∎

化欧化古的当代汉语诗艺　张枣研究集

最近搬家，见到张枣回答我书面采访的打印稿，一式两份，其中一份仍很新，好像刚打印出来，油墨未干似的，这应是张枣寄来的原打印稿。另一份已发黄，字迹也较淡，应是复印件。这应该是为我当时编的《声音》而准备的，可惜后来没有做成。我已完全忘了采访的时间，只能粗略估计是我们1997年在柏林和继而在图宾根他家见面之前或之后几个月。后来我根据文中提到他与陈东东去杭州这条线索，从陈东东那里获知他们去杭州应是1996年。陈东东为谨慎起见，让我再向蔡天新确认一下，因为当年他们是住在蔡天新家。蔡天新确认是1996年春。也是根据上下文和根据上述这个时间的确认，我想起我在20世纪90年代中期某一段时间与张枣有过频密的长途电话通话，通话内容我忘记了，但有一个印象，就是我们花很多时间谈论语调。

这份采访稿是未完稿，从打印稿看，以及根据我模糊的回忆，我的每一个提问都应是颇长的，由于提问我必然有存稿，所以张枣只抄了我提问的几个字，作为提示。但现在我已失去我提问的原稿——甚至可能没有原稿，而是存于电脑档案，电脑档案可能因为我多次换电脑而遗失了。这不是什么损失，因为我们有张枣的详细回答，这使得这份采访变得不像采访，而像张枣的一篇文章。使我遗憾的反而是，当采访开始要进入讨论张枣诗歌的正题

访谈张枣 ※　　　　　　　　　　　　　　　　　　　　　　　黄灿然

※ 原载于《飞地》2015年第3辑。

时，便戛然而止，而我记得我当时读张枣是颇有心得的，如果采访继续下去，我们应有机会深入谈论张枣本人的诗歌。但就目前这份未完稿而言，张枣对于总体诗歌的见解和诗人与自己、与世界、与语言的关系，已表达得颇全面了，而且很清晰，境界也很高。

黄灿然

2013年4月17日，香港

黄：在电话中，你曾提到"陌生化"……

张："陌生化"是一个陈旧的术语，不过我确实一直爱用它。说实在的，我不知道在写作过程中还有什么比"陌生化"更明显的方法，它不仅是技术，更是一种内心冲动、一种精神、一种对虚构、对那"另一个"、对与众不同的渴望。每人动笔时都会想：怎么写？这是写作的一个最重要的组成部分，每种写作都暗含了这一个永恒而又隐蔽的主题。人越深入这种考虑，就越会孤零零地面对这一挑战：我要写的必须是独特的、原创的、不可取代的；我的声音只有我本人能够发出。这不正是一条美妙的人文主义原则吗？它使人执着于独辟蹊径，同时又胸怀正气，不刁钻古怪，不入旁门左道。显然，陌生化帮助我学习怎样与自身，与写作，最终与世界进入一种批判性质的关系。

"陌生化"如果落到技术上，它就是一种自己的眼力，属于自己的内在体验方式，它使得人不可能那么轻易地苟同文艺时尚对现实的描述，哪怕是一时显得进步或者说"正确"的描述。我从70年代末写作开始，就本能地不喜欢文字的权力感和暴力，也就更不会去想以暴易暴。我早期的作品充满了幻美的冲动和对辞色结构的迷醉，表达的是对周围世界"脏、乱、差"的蔑视。回想起来，那时的"陌生化"过程含有互文对话的特征，是对文字暴力所做的个人化的诗意回应。

我1986年后孤悬海外，陌生化便假戏真演了，我甚至认为，我在海外的漂流简直就是我早期追踪陌生化的必然后果。我知道一个诗人在追踪什么，他在生活中就得到什么：他追踪权力和成功，他就会得到；他追踪爱和孤独，他也会得到；他若追踪尽善尽美的奇迹，他同样也会得到。追踪什么，这是天性而不是选择。诗和人最终是不可分解的，一切都取决于人生的境界。我的陌生化训练给我带来的是"生生之妙"的境界，是对诗歌的圆润、和谐、健康之境的憧憬，具体也就是说，一旦陌生化在海外变成了日常场景，它也就在创作中变成了一种萎靡、片面和极端的效应，这时候就得对陌生化本身进行超越性的异化，如此才能保持陌生化的真正精神内涵。荷尔德林在《图宾根》那首诗里说：没有谁／之于我是生疏的。我颇能心领神会，因而，我不满意我1992—1993年这段时期的作品，比如《护身符》《祖国丛书》等，我觉得它们写得不错，技术上没有什么可遗憾的，但太苦，太闷，无超越感，其实是对陌生化的拘泥和失控。但幸好它们不是我海外写作的主流。

黄：由上面提到的陌生化……

张枣：我诗里的所有明显效果都是预设的，是经营出来的，当然，也包括常被人辨认出来的那个语调或者说调式。那语调是虚构的，它并不完全一致，因而跟我自然人的说话没必然的关系。我有好些不同的说话者，诗与诗之间的调式也不尽相似，甚至同一首诗里声音也相异，比如《灯芯绒幸福的舞蹈》。我的起步之作是1984年秋天写的《镜中》，那是我第一次运用调式找到了自己的声音。但很少人知道，1984年之前我已有过6年的正式练笔，很刻苦，心高气傲，但有一个好习惯：不着急，不屑于成功，整日耽在对完美的妄想里，也培养了不少的自我批评意识。我已开始不满意以意象来做一首诗的主干，我觉得意象这玩意儿暴力，全靠聪明，人只比聪明就不公平，显然"地下诗歌"用意象来对抗官方的非诗意在当时来说是必要却简单的策略。1984年年初，我和柏桦还有彭逸林开始谈到调式，我记得我的观点是，如要辞色美，就离不开一个调子，一种组织说话的语态。有一次我们几个在歌乐山散步，逸林背诵起屈原的《山鬼》："若有人兮山之阿，披薜荔兮带女箩……"我一下顿悟到我要找的调式是楚文化的、抒情的，它早已隐约闪烁在我的方言和阅读感性里，得把它虚构到现代汉语里面去，这样就开始了我出国前的那段写作。从语调我找到我早期偏重的主题：原型的汉语人和集体记忆，这样我便把传统当作先锋性来处理，好像传统不是在后边而是在前方似的。出国后情况更复杂了，我发明了一些复合调式来跟我从前的调式对话，干得较满意的是《祖父》和《跟茨维塔伊娃的对话》。我写东西很慢，仔细得有点病态，近20年只写了43首诗，包括3首组诗。也许是因为找调式使我不愿轻易动笔，但很奇怪，我感觉我天天都在写，忙得很。

黄：我想，写诗写到我们这种年龄……

张："但心中却包含诗歌写作的喜悦"——说得真好，确实如此。我这辈子只愿有份好工作，轻松，时间多，薪水高。我不想当专职诗人，诗在任何时代都不该是职业，混在人群中，内心随意而警醒。

黄：在电话中，我提到写诗的三个阶段……

张：我想这三个阶段有点像悟禅：开先的时候词是词、物是物，两者难以融合；后来词物相交，浑然一体，写诗变成纯粹的语言运作；真正难的是第三阶段，这时词与物又分开了，主体也重新出现，三者对峙着构成关系，这从外表上与事实世界中人的处境并无区别，但本质的不同已经发生，因为它已经经受了前两个阶段的洗礼。这时主体最大的不同是他已达到某种空以纳物的状态，再也不筛选事物，也不挑剔周围，他居不择地，内心充满着激情、理解和爱，这时一切都变成必然。相信我，必然是诗艺的至境。随意从窗口望去，街景的每一瞬都含有历史的必然。没有哪个词不能用，没有哪个词是单独的，词与词将处于必然的来龙去脉中。这最终是诗人作为人的境界，而不是写。我觉得当代世界诗歌写作最大的危机就是迷信写，迷信写的生理动作和它的本体性以及言说困难的崇高。我看诗不是写，至少不是像散文那样是个写的过程。要知道写诗不是非有纸和笔或电脑不可。一首杰作不是可以用手指画在沙滩上吗？一部小说就不行。有时意至诗成，即使不去写下，世界的景象也为之一变。我当然不是否认写诗本身也有一个工作状态,甚至是艰难的工作状态,我质疑的是将写暗喻化,把它当作对生存本身的动作的替换。正是这种意义上我认定"词,不是物……/因而首先得生活有趣的生活"。

我一直想回国,海外的日子我老觉得得不偿失。再者,1978年我15岁进大学后就没再出来过,一待快20年了,前后换了近10所大学。我有点厌了,海外我也厌了,祖国反倒陌生起来。其实,我的人生一半是在国外成长的,我走得太早,对祖国了解得很不够,连长城都没去过,别说五岳和其他好地方了,西湖还是去年东东带我去的,这不行。我渴望生活在母语的细节中,我当年与它分开,是因为自己本事不够,需要依靠身体的距离的帮助来落实"陌生化"。现在练好了桩,该像一只蝉儿一样飞回去唱一唱。我希望我回国之日,睁眼就能看见,真正看见事物并接纳它们,让我看见一只紫色的茄子吧,它正躺在一把二胡旁边构成了任意而必然的几何图形,让我真正看见它并说出来,我相信我作为诗人的命运只有回到祖国才能完毕。

黄:可以说,当代汉语的中心已经分离……

张:我觉得汉语现代诗1949年后就一直没有重心,港台的诗跟大陆的客观上一直是分开发展的,20世纪80年代开始有了交流,但我看不出互文的关联。20世纪70年代末开始,大陆的诗在代与代之间、流派与流派甚至南北之间忙于争夺"正确性",其实很封闭。香港地区的诗与台湾地区的也一直有所不同,前年我在荷兰听梁秉钧说,香港地区的诗是在殖民文化和母体文化的夹缝里确立了身份的。台湾地区的诗一脉相承了20世纪40年代的中国现代派,使汉语第一次承担了都市病和怀乡病的交织忧虑。总之,这几十年来,汉语有史以来第一次正在不同的历史地域分头应付各自的问题。文学的汉语是分裂的,但这只会有好处,因为这会从整体上丰富汉语的表现力和它的精神派生力,使它最终完成向一门卓然自足的现代文学语言的过渡。

20世纪80年代中期之后流落在海外的诗有两种走向。一种已不再是汉语诗,也就是说汉语只是一个模糊的影子,很快便蜇进了不同的译本中,原作就像报刊快讯,用过了就可以扔掉。这类诗或许会进入世界阅读,但已开始在汉语中失传,因为它之于汉语文学建设无功。第二种仍是汉语诗,翻译取消不了原作,至少在目前仍与大陆的诗有着千丝万缕的内在联系,是大陆诗的一支探险队。

黄:由上面这个问题又带出另一个……目标:汉语的边界在哪儿?

张:我那篇文章的主要想法是对诗人而言,母语并非一种自然语态而是虚构,诗人写作是寻找母语,或者说母语中的母语,因而人在哪儿写作并不重要,哪怕是远离母语,日久说话都不熟练了,也不一定会影响写作,而说不定是塞翁失马。我当时想从理论上确立这种想法,给自己在海外的写作打气。现代汉语已相当成熟了,可以生出流放文学,这在20世纪二三十年代是不可能的,这也说明汉语的特性慢慢变得清晰起来。一般说来,它的特性是一种平衡于传统汉语和西语之间的开放性。但20世纪80年代以来对外的接纳能力越来越强,暗喻和主体化程度也越来越高了,因而先锋文学读起来很像西方的东西,总给人似曾相识的感觉。它忽略了对自身历史的挖掘,也就是说忽略了对自身的开放,因而也就违背了它开放的特性,这是我们母语的危机。这危机包含两层意思:一是它的现代性携带了西方的病毒,也就是消极主体的和空白超验的以及语言本体主义的危机;二是忽略了从其自身对克服这危机的可能性的挖掘,也就是说忽略了对传统汉语的(不是字面上的)圆润恬静的非暗喻命名境界的挖掘。可惜的是,极少人领悟到我们写作的母语即今天的现代汉语是一枚罕见的有着两面的勋章。实际上我不知道当今还有哪门语种比汉语更适合生成综合的记忆和伟大的诗歌,因而它对有雄心壮志的写者的要求也格外高,让他们成熟得格外慢,要他们做到古今不薄、中西双修。可惜片面的写者太多,他们动辄就用意识形态的东西,比如但丁啦、俄罗斯灵魂啦,诸如此类西方用来克服主体危机的成品来引入某种"中国崇高",殊不知这是简化,是滥用,它们一脱离其历史、地点进入中国语境,就不但不能克服主体危机反而加深了它。极端地说来,在当下的母语语境中,但丁可能是反动的。因而滥用但丁对但丁本人很不公平,为何这事不好好想一想？其实想了也没用，有的人就是才华不够，到这时还在写假大空的东西。

黄：还有一个相关的问题……

张：我很能理会你讲的，也基本赞同你的判断，语感确实是这问题的关键。港台地区诗人的学养很高，又有老中青的正常衔接，生活相对安定，因而，哪怕是在偏激的作品里语感都带有很强的文人味儿，这些情况刚好和大陆相反。钟鸣是极有远见的，我个人眼下一时想不透为什么。是不是文人味儿在当代社会即意味着暗含了中产阶级似的对艺术不温不火的态度呢？我还得好好想一想。

不过语感就是调式的词语成品，本身是艺术虚构，是对同一语种内词语神经的最佳震撼点的虚构。同一语种的好诗人对它的感受既富于个性又有某种直觉的共识共鸣，我相信这种共鸣能超越地域和历史。我的阅读面不广，就我看到的而言，我觉得大陆一些诗人的语感跟台湾地区的商禽、香港的也斯很有共鸣之处。我想，普遍不能融入阅读，是语感的失败，而品位完全超不出当地，是阅读的失败。

至于我的语感，它也完全是我的虚构。我的内心交织着许多声音：长沙话、四川话、普通话，还有几门外语，像有好几股真气在回荡，最后变成一个虚构的调式和语感。我迷恋学语言，也是想不断给我的语感以新的滋养。每门语言都有不可思议的独特之美，对世界的看法也很不一样，要是能把它们都融进我的汉语就好了！你说得对，这是陌生化。我当然不喜欢那些从翻译语感里派生出来的诗，我觉得那些诗还没入门。

流畅？我不知道这个时代诗人如何能流畅得起来，诗人总是结结巴巴的。

黄：提一个十分幼稚的……

张：不是提这问题幼稚，而是简单地回答这问题怎么都会幼稚，写东西有点像抽烟，抽上了就很难说为什么，虽然总有点原因，但解释起来难免显得勉强。我自己也老想把这事弄清楚，每次都会有不同的答案。这本身就是一个自我认识的过程，人得想一辈子，不是吗？不过在我近20年的写作中，有样东西一直没变，那就是对文字的组合排列之美十分过敏。这也许要追溯到童年，我老是回想这样一个情景：冬天，我10岁，外婆带我睡在同一床被子里。这还得具体交代一下：我祖父、外公和父亲都是"右派"知识分子，都不在长沙，我是外婆带大的。她本人出身也不好，调到了一个汽车配件厂值夜班。我记得早晨醒来，她常温和地怨我不好好睡，把她踹得浑身痛。有一次她的表情悠远、轻轻说："娇儿恶卧蹋里裂。"我一下子就被那个语气迷住了，但不太明白，她说："这是杜甫写的诗。'娇儿'就是你，'恶卧'就是说不会睡觉，把被子踹破了。"我当时觉得这诗句说得又准又美，说的既是我，又像说别人。我突然觉得周围叠合进了另一个周围，但看上去样子并没变，我相信那是我对诗歌之境的第一次开悟。这是一次本真的经验，我后来当然通过主动的阅读不断强化着它。读与写有着深不可测的联系，诗人是否高明全在于他阅读的心得是否高明，这就是才能之谜。心得是体悟，不是知识，说不出所以然。我的写作从某种意义上讲是对这类本真经验的复制，也就是把自己从读者的角色换到写者，将心比心，希望用同等强烈的语言魔力唤醒另外的人。这也构成了我诗歌方式里某种基本的东西：我总爱用假设的语气来幻出一个说话者，进而幻出一个情景，这情景由具体的、事理性的，也就是说可还原成现象和经验的图像构成，然后向某种幻觉、虚构或意境发展，一到高潮就自然戛止。这一过程是一场纯粹的语言魔术，它伴随我的生存使我不断与语言以及语言命名的世界发生亲昵、神秘的关系。诗就是人与语言和世界发生的三维共鸣关系，这关系比散文纯粹——它绝对纯粹，自给自足，无须他求，因而我当然不会想到去"拯救诗歌"。我想什么时候这种关系对我结束了，哪怕只是变淡了，变得不自然了，我的诗也就写不好了，也就完了，这关系因它的绝对纯粹而半点都勉强不得。

黄：另一个相关的问题，即诗人责任的问题……

张：说真的，我不太欣赏布罗茨基的那类辩证法。他很会写诗，他的音韵和格律美得无以复加，但他的散文油腔滑调，常常骗人，总是在说他如何如何对，世界和时代错了，这与他的诗歌，至少是他最好的作品里表达的精神不一样。或许他是想报复那些弱智者吧，他们总是通过他的散文来套出他诗的意思。写作纯粹是一个美学过程，它是专家在经营一项本职工作，完全独立于社会，不受任何需求所左右，这一点是《恶之花》之后现代诗赖以发展的前提，诗干不了什么事。我想，诗可以强化人心智的美学和情感的深度，丰富和修改人的现实觉悟和生存感，但这事本身就很虚幻。诗人要谈社会责任，就不该写诗，而该写散文，或干脆身体力行介入事件中。其实，社会进程永远不能解决人的根本问题，这就决定了诗有更高的本质，它超越了时代的社团和制度，也超越了意见、态度、观点和意识形态，它是对人的生存实境中不可根除的矛盾和困难的和解。这个和解不是事实，而是境界，诗的境界。诗的天敌是简化，至于诗是否该有时代的缩影，这是一个修辞的问题。有的人爱扩张词汇，有的爱缩约，如杜甫和王维，两人都是大诗人。

黄：你虽然身在海外……

张：我想，假设我只是一个内行的旁观者，我一定会十分赞叹当代中文诗歌。它无疑是世界文学中最活泼的一股生力，它在汉语中一直保持了先锋势头，从来未曾妥协过，因而处境也最艰难。它的独特之处在于它的精神可贵。它的读者和支持者少得出奇，中国99%的文学知识分子缺乏读现代诗的修养，绝大多数所谓后朦胧诗人也无海外的译介，诗人全无社会地位，没有一举成功而改变经济状况的可能，连出诗集的机会都少见，写作基本上可称作是同行自娱，但仍有那么多聪明的脑袋干这个事业，真是奇迹！这种艰难是一次历史机遇，我只祈愿它延续长一点，成全一代诗魂。诗给诗人的唯一报酬就是诗。在这个时代，我想诗人应有孤独求败的精神，不妥协，包括不向同情者和善意的外行妥协。我看，不经历这种极端的冷傲就难以最终求得与人的和谐。执意处在失败的状态中，故意去对自己成功的可能性进行捣乱,是今天诗人得过的最后一关。许多人过不了这一关。

　　至于热闹,我倒真怀恋1986年我出国前的那段热闹,那是一个不再的黄金时代。可惜一些奇才后来都不写了。我很羡慕他们,我要一直留在国内,也可能不写了:生活如此广阔,为何一定要写诗?不过真要写,同伴越多就越好。我很喜欢听民歌里唱的一句话:"走路要走大路口,人马多赖解忧愁。"今天诗人的冷傲,是求全身,实在是下策,是没办法的事情。■

图书在版编目（CIP）数据

化欧化古的当代汉语诗艺：张枣研究集/颜炼军编．－－北京：华文出版社，2020.10
（隐匿的汉语之光·中国当代诗人研究集/张桃洲，王东东主编）
ISBN 978-7-5075-5323-9

Ⅰ．①化… Ⅱ．①颜… Ⅲ．①张枣－诗歌研究 ②张枣－人物研究 Ⅳ．① I207.22 ② K825.6

中国版本图书馆 CIP 数据核字（2020）第 111319 号

化欧化古的当代汉语诗艺：张枣研究集

丛书主编：	张桃洲　王东东
本书编者：	颜炼军
策划编辑：	杨艳丽
责任编辑：	郭俊萍
出版发行：	华文出版社
地　　址：	北京市西城区广外大街 305 号 8 区 2 号楼
邮政编码：	100055
网　　址：	http://www.hwcbs.com.cn
电　　话：	总编室 010-58336210　编辑部 010-58336254
	发行部：010-58336202　010-58336230
经　　销：	新华书店
印　　刷：	三河市祥宏印务有限公司
开　　本：	710×1000　　1/16
印　　张：	26.5
字　　数：	390 千字
版　　次：	2020 年 10 月第 1 版
印　　次：	2020 年 10 月第 1 次印刷
标准书号：	978-7-5075-5323-9
定　　价：	78.00 元

版权所有，侵权必究